Dirk Schillings
Der Chronist des Pilgers

acabus

Dirk Schillings

Der Chronist des Pilgers

Ein historischer Roman

 acabus

Schillings, Dirk: Der Chronist des Pilgers. Ein historischer Roman. Hamburg, acabus Verlag 2022

1. Auflage 2022
ISBN: 978-3-86282-842-5

Dieses Buch ist auch als eBook erhältlich und kann über den Handel oder den Verlag bezogen werden.
ePub-eBook: 978-3-86282-844-9

Lektorat: global:epropaganda Michael Haitel
Satzherstellung: Rebecca Riegel, 3w+p Typesetting Automation Experts
Korrektorat: Elena Steighorst, Paderborn
Umschlaggestaltung: © Andrea Barth | Guter Punkt, München unter Verwendung eines Motivs von Mauritius Images
Umschlagmotiv: © mauritius images / SuperStock

Bibliografische Information der Deutschen Nationalbibliothek: Die Deutsche Nationalbibliothek verzeichnet diese Publikation in der Deutschen Nationalbibliografie; detaillierte bibliografische Daten sind im Internet über https://dnb.d-nb.de abrufbar.

Der acabus Verlag ist ein Imprint der Bedey & Thoms Media GmbH, Hermannstal 119k, 22119 Hamburg: https://www.bedey-thoms.de

---

© acabus Verlag, Hamburg 2022
Alle Rechte vorbehalten.
https://www.acabus-verlag.de
Gedruckt in Deutschland

Dirk Schillings
Der Chronist des Pilgers

Bidt got vur den pylgrum weech wijzer ind dichter.
Amen.
Arnold von Harff

Für Ina und Felix!
Möge euer gemeinsamer Weg vom Glück begleitet sein.

Burg Wilhelmstein, 18. Oktober 1496

Herzog Wilhelm von Jülich und Berg hatte sich aus seinem Stuhl erhoben und mit den Fäusten auf dem Tisch aufgestützt, damit er den vor dem Tisch am Fuß der Empore knienden Ritter besser sehen konnte. Sein Gesicht war gerötet und die blassblauen Augen unter den buschigen, grauen Augenbrauen zu schmalen Linien zusammengekniffen.

»Du Vollidiot! Hirnverbranntes Rindvieh!«, brüllte er.

Der Mann vor dem Tisch sackte noch weiter in sich zusammen.

»Wann lernst du endlich, dass das Ding zwischen deinen Beinen nicht zum Denken da ist?« Der Herzog erwartete glücklicherweise keine Antwort.

»Duelliert sich mit dem Bruder einer Bauerntochter! Wirst du eigentlich irgendwann mal erwachsen? Jahrelang habe ich dich wie einen Sohn behandelt. Bei den Friedensverhandlungen mit Geldern können wir uns keinen Fehler erlauben – und dann kommt so etwas! Ich muss mich doch wenigstens auf meine Leute verlassen können.« Das Gesicht des Herzogs nahm einen leicht bläulichen Farbton an.

Am anderen Ende des Saals verschwanden zwei Arbeiter, die einen Riss in der Wand ausbesserten, unauffällig durch eine Seitentür.

»Was ist, wenn König Maximilian davon erfährt? Wir haben so schon genug Probleme!«

»Wir haben uns nicht duelliert. Es war nur eine dumme Prügelei«, murmelte der Mann vor der Empore mit Blick zum Boden. Er verzichtete darauf, dem Herzog zu erklären, dass es sich nicht um eine Bauerntochter, sondern um die

Tochter eines kleinen Landadeligen gehandelt hatte – eines geldrischen Landadeligen allerdings.

»Das ist doch völlig egal!«, brüllte Wilhelm. »Du hast den Kerl zum Krüppel geschlagen!« Wilhelm atmete tief durch. »Es geht überhaupt nicht darum, wie es wirklich war, sondern was weitererzählt wird«, setzte er etwas ruhiger hinzu.

»… und was der König glauben wird!«, ergänzte seine Frau leise. Sybilla von Brandenburg legte ihrem Mann ihre schmale Hand auf die Schulter.

»Großer Gott, ich sollte mich nicht so aufregen«, sagte Wilhelm und sank zurück auf seinen Stuhl. Er griff nach seinem Bierkrug und nahm einen tiefen Schluck.

»Es tut mir leid!«, sagte der Ritter. Er sah weiterhin zu Boden.

»Verdammt, Arnold, komm gefälligst hier hoch, damit ich besser sehen kann, *wie* leid es dir tut. Und sag' bloß das Richtige, sonst kannst du meinen frisch ausgebesserten Kerker in der Torburg gleich mal ein paar Jahre lang ausprobieren.«

Arnold wusste, dass Wilhelm erst richtig gefährlich wurde, wenn er begann, leise zu reden und stieg die drei Stufen zur herrschaftlichen Tafel empor. Er verkniff sich allerdings jede verräterische Mundbewegung, denn er hatte keine Lust, auch nur eine einzige Nacht bei den Ratten im Kerker zu verbringen.

»Sieh mir in die Augen, wenn ich mit dir rede!«

»Ja, Herr«, sagt Arnold kleinlaut. Er war stolz darauf, genau den richtigen Tonfall getroffen zu haben.

»Der ewige Landfriede ist gerade mal ein Jahr alt und Maximilian muss beweisen, dass er es damit wirklich ernst meint. Er könnte auf die Idee kommen, an dir ein Exempel zu statuieren. Und wenn du mir bei den Friedensverhandlungen helfen sollst, dann musst du über jeden Zweifel erhaben sein«, erklärte Wilhelm nun schon etwas ruhiger. »Du musst für eine Weile aus der Schusslinie verschwinden. Ich werde dafür sorgen, dass die Familie eine entsprechende Entschädigung erhält und alle den Mund halten. Vielleicht machst du eine nette kleine Reise an einen befreundeten Fürstenhof?«

»Oder eine Pilgerreise!«, warf seine Frau leise ein. »Dann kann er ein wenig Demut lernen. Obwohl ich da keine große Hoffnung für dich habe.« Sie lächelte Arnold kurz an, wurde aber gleich wieder ernst.

Arnold gab sich größte Mühe, nicht verräterisch zu grinsen.

»Eine Pilgerreise?«, murmelte er. »Da bin ich doch Ewigkeiten unterwegs!«

»Genau – was meinst du, Wilhelm, ein gutes Jahr dauert es doch nach Jerusalem und zurück, oder?«, fragte Sybilla ihren Mann mit Unschuldsmiene. »Und durch die Pilgerreise zu den heiligsten Stätten der Christenheit erhältst du ganz nebenbei auch noch die Generalabsolution und kannst noch einmal ganz von vorne anfangen«, sagte sie zu Arnold gewandt.

»Das ist eine großartige Idee, Liebste. Obwohl ich jetzt eigentlich auf keinen Mann verzichten kann, wo die Friedensverhandlungen mit Geldern mal wieder nicht von der Stelle kommen«, brummte Wilhelm. »Wenn sich nichts tut, werden wir wohl wieder gegen Geldern mobilmachen müssen. Gütiger Herr, was das wieder kosten wird!«

Arnold war erleichtert, gab sich aber weiterhin angemessen zerknirscht.

»Wir reisen ja morgen sowieso wieder ab, da kannst du mit uns nach Heinsberg kommen. Und von dort aus wirst du dann ohne Farben und Wappen und in der Dunkelheit weiter nach Caster reiten und dann nach Köln. Alle sollen glauben, dass du dich auf Burg Heinsberg versteckst. Falls Maximilian dich suchen lässt, werden seine Leute zuerst dort auftauchen. Für alle Fälle werde ich dir einen Geleitschutz mitgeben.«

Am nächsten Morgen verließ eine kleine Reisegruppe Burg Wilhelmstein. Nach einer Vorhut aus drei Rittern mit Kettenhemden und Schwertern ritten Sybilla und Herzog Wilhelm, dicht gefolgt von Arnold und drei weiteren Rittern über die Zugbrücke aus dem Burghof. Danach kamen einige Diener, die zusätzlich Packpferde führten. Die schwereren Gepäckstücke waren schon im ersten Morgengrauen mit einem Ochsenkarren losgeschickt worden. Arnold blickte zurück zu dem mächtigen Bergfried, der sich zwischen Vorburg und Hauptburg erhob. Schon als kleiner Junge hatte er sich gefragt, wie man die riesigen Steinblöcke für den Turm bewegt hatte. Seine Amme hatte ihm erzählt, dass Riesen dem ersten Wilhelm beim Bau der Burg geholfen hätten. Seither hatte er immer die Gesichter der Riesen in den Steinen der Burgmauer gesehen.

Arnold trug über seinem Kettenhemd einen Wappenrock in den Familienfarben derer von Harff: Rot, Silber und Blau. Auf der Brust war das Wappen aufgestickt, ein Schild, der in der oberen Hälfte einen blauen Turnierkragen auf rotem Grund zeigte und dessen untere Hälfte mit kostbaren Silberfäden gearbeitet war. Sybilla und ihr Mann trugen lange Reiseumhänge mit Pelzbesatz an Ärmeln und Kapuze.

Nachdem sie das Tor der Vorburg und die Zugbrücke passiert hatten, wandte sich die kleine Gruppe nach links und ritt durch einen steilen Hohlweg, über dem Buchenzweige ein goldenes Dach bildeten, hinunter ins Tal. Auf dem goldenen Herbstlaub am Boden glitzerten Eiskristalle in der blassen Morgensonne.

»Der Herbst und der Winter machen mir zunehmend zu schaffen.« Wilhelm hatte sich leicht zu Arnold herumgedreht. »Ich bin jetzt einundvierzig und hoffe, dass der Allmächtige mir noch die Zeit gibt, meine kleine Maria zu verheiraten.« Arnold erinnerte sich an sein Erstaunen, als er erfahren hatte, dass Maria schon mit fünf Jahren mit Johann von Cleve verlobt worden war. Jetzt wurde ihm klar, dass

Wilhelm Sorge hatte, die Hochzeit nicht mehr zu erleben, denn darauf musste er noch mindestens zehn Jahre warten. Aber es passte zu Wilhelm, jetzt schon alles in die Wege zu leiten. Im Juli 1481 hatte Wilhelm die damals fünfzehnjährige Sybilla geheiratet, die ihn vom ersten Augenblick an durch ihr einnehmendes Wesen und ihre natürliche Anmut bezaubert hatte. Er selbst war da schon sechsundzwanzig Jahre alt. Erst zehn Jahre später wurde ihre einzige Tochter geboren. Daran hatte damals schon lange niemand mehr geglaubt. Natürlich setzte Wilhelm seine ganzen Hoffnungen in die kleine Maria.

Arnold lächelte in sich hinein.

»Ich bin froh, wenn wir in Heinsberg sind. Es ist hier doch recht unkomfortabel – und mit den restlichen Bauarbeiten wird der Vogt jetzt wohl alleine zurechtkommen.«

Im Tal angekommen bog die Reitergruppe nach rechts ab und folgte dem Weg am Fuß des Hangs. Das Flüsschen Wurm floss in einiger Entfernung durch sumpfige Wiesen, über denen noch der Morgennebel hing. Mit der Zeit vergrößerten sich die Abstände zwischen den Reitern und Sybilla ließ sich leicht zurückfallen, bis sie auf der Höhe von Arnold ritt.

»Woher wusstet Ihr von der Pilgerreise?«, fragte Arnold.

»Nun – ich habe im letzten Jahr deine Mutter besucht. In Köln, kurz vor ihrem Tod. Da hat sie mir davon erzählt.«

Arnold kniff die Lippen zusammen. Nach einer Weile sagte er leise »Danke!«

»Weißt du«, fuhr Sybilla im Plauderton fort, um die traurige Stimmung zu vertreiben, »eine Pilgerreise ist die ideale Tarnung. Du wirst aussehen wie jeder andere Pilger und alle paar Tage deinen Aufenthaltsort ändern. Und wenn du dich nicht an die üblichen Routen hältst, dann kann niemand vorhersehen, wo du morgen sein wirst. Selbstverständlich wirst du uns genauestens unterrichten, wenn du wieder da bist. Und pass bloß auf, dass dir nichts passiert!«

»Ja, Herrin!« Arnold deutete eine Verbeugung an. »Selbstverständlich werde ich Euch auch etwas Schönes mitbringen.«

»Du bist ein guter Junge«, sagte Sybilla mit einem schalkhaften Lächeln und einem Zwinkern in ihren braunen Augen. Und dann, wieder viel ernster: »Arnold, versprich mir, keine Dummheiten zu machen. So eine Reise ist ziemlich gefährlich. Ich mache mir solche Sorgen, obwohl du noch gar nicht unterwegs bist.« *Und dein Hitzkopf bringt dich sowieso dauernd in Schwierigkeiten,* dachte sie, sprach es aber nicht aus.

Wohlwollend betrachtete sie ihren Ziehsohn, der genauso gut ihr jüngerer Bruder sein konnte, schließlich war sie nur fünf Jahre älter als Arnold. Die Jahre hatten Arnold reifen lassen, aus einem schlaksigen jungen Knappen war ein kräftiger, groß gewachsener Ritter geworden. Der sorgfältig gestutzte Bart und der leichte Knick in der schmalen Nase gaben ihm ein verwegenes Aussehen und betonten das jungenhafte Grinsen und das Funkeln in seinen grünen Augen, das die Damen bei Hofe und anderswo schwach werden ließ. Nur auf Sybilla hatten sie keinen Einfluss, denn sie war glücklich in der Ehe mit ihrem Wilhelm, eine Gnade, die nur wenigen aus dynastischen Gründen verheirateten Frauen zuteilwurde.

Kurz darauf kamen sie an einer Felswand vorbei, in die Arbeiter ein Loch gebrochen hatten. Auch in den Hängen über der Felswand waren Löcher gegraben worden, über denen Gerüste mit Seilen und Rollen aufragten. Karren, die von kleinen kräftigen Pferden gezogen wurden, transportierten schwarze Säcke mit Kohle ab. Alles war schwarz und schlammig. Auch die Arbeiter waren so dreckig, dass sie wie Erdgeister wirkten, die direkt vor ihnen aus dem Boden zu wachsen schienen.

Arnold wusste, dass Herzog Wilhelm jetzt gleich wieder zu seinem Lieblingsthema kommen würde. Er setzte eine höflich interessierte Miene auf und war in Gedanken bei seiner Pilgerreise. Er beschloss, von Heinsberg aus einen kleinen Umweg über Beeck zu machen, um seinen besten Freund Guntram mit auf die Pilgerreise zu nehmen. Den leisen Zweifel, dass Guntram vielleicht als frisch verheirateter Ehemann andere Pläne haben könnte, schob er großzügig beiseite.

»Die Zukunft«, begann Wilhelm, »liegt nicht im Rittertum. Hier siehst du die Grundlage des Reichtums: Mithilfe der Kohle, die hier ausgegraben wird, kann man besseren Stahl schmieden. Bessere Waffen machen Ritter überflüssig. Die Händler werden die Macht übernehmen und die Welt verändern, nicht die Adligen und die Ritter. Wer die Rohstoffe unter seine Kontrolle bringt, der wird in Zukunft Macht und Geld haben. Dieser Jakob Fugger aus Augsburg und auch Maximilian haben das erkannt. Wir sind die letzten Ritter, Arnold! Wir werden nicht mehr gebraucht, und wenn wir uns nicht neu orientieren, dann werden wir untergehen.«

Beeck, 22. Oktober 1496

Guntram von Beeck rieb sich müde die Augen. Mitten in der Nacht hatten die Wachen ihn aus dem Bett geholt und ihm mitgeteilt, dass vor dem Tor ein fremder Ritter samt Gefolge Einlass verlangte und ihn zu sprechen wünschte. Hastig hatte er sich etwas angezogen und war in den großen Saal des Ritterguts geeilt.

»Mensch, Arnold«, begann er, offensichtlich um Fassung ringend, »du hast wirklich Glück gehabt, dass ich den Wachen nicht den Befehl gegeben habe, auf dich zu schießen!« Glücklicherweise hatte einer der Wachsoldaten gemeint, Arnold von Harff zu erkennen, einen langjährigen Freund des Burgherrn. Nur deshalb war das Tor trotz der späten Stunde noch einmal geöffnet und Arnold Zutritt gewährt worden. Sein Begleitschutz, Ritter des Herzogs von Jülich, musste allerdings draußen vor dem Tor auf der anderen Seite des Wassergrabens warten, der die ganze Anlage umgab. Schon vor vielen Jahren hatte der Großvater Guntrams die Wohnung der Familie aus dem Turm auf der von einer Palisade umgebenen Motte in das deutlich komfortablere Haupthaus des Ritterguts zu Füßen der Burg verlegt. Seitdem verfiel die Burg, die eingeklemmt zwischen Kirche und Gutshof lag und keinen Platz mehr für eine Erweiterung hatte. Östlich des Torturms mit Zugbrücke war eine neue Burg als Fluchtburg für die Bevölkerung des kleinen Weilers angelegt worden.

»Warum holst du mich mitten in der Nacht aus dem Bett?«, fragte Guntram.

»Ich gehe in den nächsten Tagen auf diese Pilgerreise. Du weißt doch, wir hatten uns gegenseitig geschworen, zusammen nach Jerusalem zu pilgern.« Arnold hatte zwei

Becher mit verdünntem Wein aus einem Krug gefüllt, den ein Bediensteter aus der Küche geholt hatte, und reichte Guntram einen der Becher.

»Auf die Freundschaft und die gute alte Zeit.«

»Arnold«, sagte Guntram beschwörend, »du kannst doch jetzt nicht darauf bestehen, dass ich diesen Schwur einlöse, den ich dir an einem weinseligen Abend vor vielen Jahren gegeben habe.

Ich habe im letzten Jahr geheiratet, wie du sicher weißt. Meine Frau erwartet unser erstes Kind«, setzte Guntram hinzu. »Ich kann jetzt unmöglich Hals über Kopf auf eine jahrelange Reise gehen.«

Doch, dachte Arnold, *du hast es geschworen!* Aber er sagte es nicht. Resigniert zog er sich einen Stuhl herbei und setzte sich.

»Du siehst gut aus«, meinte Guntram versöhnlich. »Hattest du nicht auch vor, zu heiraten und eine Familie zu gründen?«

»Die Richtige war noch nicht dabei.«

»Mann, schau mich nicht so an, da wird mein Gewissen nur noch schlechter. Du willst mir doch nicht erzählen, dass du frisch verheiratet mit einem Freund nur wegen eines Jahre alten Schwurs mal eben so für ein Jahr oder mehr verschwinden würdest?«

»Da kann ich nicht mitreden, ich bin ja nicht verheiratet.« Arnold zuckte ratlos mit den Schultern. »Du bist mein ältester Freund. Du warst es, der mir damals auf dem Turnierplatz die Nase gebrochen hat.« Er tippt unnötigerweise auf den Knick in seinem Nasenrücken. »Ich bin immer davon ausgegangen, dass wir irgendwann einmal zusammen losziehen würden.« Enttäuscht ließ er die Schultern hängen.

»Ich bin auch weiterhin dein Freund, aber ich kann einfach nicht hier weg.«

»Versteh' ich ja«, murmelte Arnold, »auch wenn's schwerfällt.« Er brachte es nicht fertig, Guntram weiter unter Druck zu setzen.

»Erzähl mir von deinen Plänen«, bat Guntram erleichtert, der Arnolds Gesichtsausdruck intensiv beobachtet hatte.

Nachdem sie den Krug geleert hatten, verabschiedete sich Arnold von Guntram und kehrte zu seinen Begleitern zurück, die sich unter einer Weide am Ufer des Wassergrabens in ihre Decken gerollt hatten. Arnold dachte an die Boten, die er an weitere Freunde geschickt hatte, um sie an den alten Schwur zu erinnern. Er machte sich keine großen Hoffnungen mehr auf eine positive Antwort, nachdem sein ältester und bester Freund ihm einen Korb gegeben hatte.

Sie ritten ohne ein Wort über den von Fachwerkhäusern umstandenen Marktplatz. Aus dem Haus eines Bäckers fiel durch die bereits geöffneten Läden etwas Licht auf das Kopfsteinpflaster und sie kauften einige frische und noch heiße Weckchen, die sie im Sattel verzehrten. Nachdem sie den Ort verlassen und den Beecker Bach überquert hatten, fielen sie in einen leichten Trab, denn sie wollten noch vor dem Sonnenaufgang ein gutes Stück weitergekommen sein.

Köln, 2. November 1496

Der Mann schleppte sich mühsam den verschlammten Waldweg entlang. Er trug eine verdreckte Mönchsrobe und stützte sich auf einen kräftigen Ast. Den linken Fuß, der mit einem schlammigen Lappen umwickelt war, setzte er nur sehr vorsichtig auf.

Plötzlich hielt er an und hob lauschend den Kopf. Sein Gesicht war trotz der Kälte mit Schweißperlen überzogen und kreidebleich, die braunen Augen spiegelten Schmerz, Angst und abgrundtiefe Erschöpfung. Mit der freien Hand schob er die Kapuze nach hinten, um besser hören zu können. Dunkle Locken klebten nass an seinem Kopf. Diesmal erkannte er das Geräusch als Schnauben eines Pferdes. So schnell es sein schmerzender Fuß zuließ, kletterte er auf allen vieren den kleinen Hang rechts des Weges hoch und versteckte sich gerade noch rechtzeitig hinter einem überhängenden Baum, als an der Biegung des Weges eine Gruppe von Reitern erschien.

Zwei schlanke Windhunde begleiteten den ersten Reiter, der mit Kettenhemd, Helm und Schwert gerüstet auf seinem schwarzen Schlachtross saß. Ihm folgten zwei weitere Reiter, die ebenfalls Schwerter an ihrer Seite trugen und durch Lederpanzer geschützt waren. Ein Stück weit hinter ihnen fuhr ein Ochsenfuhrwerk, dem schließlich noch zwei weitere Reiter folgten. Weder der Ritter noch seine Begleiter trugen Farben oder Wappen, sondern nur einfache braune Umhänge.

Einer der Hunde blieb plötzlich stehen, hob den Kopf und schnüffelte. Dann rannte er los und der zweite Hund folgte ihm nur einen Wimpernschlag später. Ohne langsamer zu werden, liefen sie den Hang hinauf und blieben kläffend und knurrend an dem über den Weg ragenden Stamm des Baumes stehen. Dort löste sich eine dunkle Gestalt vom Stamm und machte unbeholfen einen Schritt nach hinten. Dabei verlor sie das Gleichgewicht und rutschte aus. Der Mann rollte bis zum Fuß des Hanges und blieb mit dem Gesicht in einer schlammigen Pfütze liegen.

Die drei vorderen Reiter zogen ihre Schwerter und näherten sich vorsichtig der Gestalt. Einer der Ritter ließ sein Pferd ganz nah an den am Boden Liegenden herangehen. Auf ein Zeichen des Ritters senkte das Pferd den Kopf und sog schnaubend die Luft ein. Der Ritter sprang aus dem Sattel und trat zu dem Reglosen. Er packte ihn an der Schulter und drehte ihn um. Dann setzte er ihm sein Schwert an die Kehle, aber der Mann regte sich nicht. Inzwischen waren die beiden anderen Ritter ebenfalls abgestiegen und flankierten den Ersten.

Der Ritter schob sein Schwert in die Scheide zurück und kniete sich neben den Mann in den Schlamm der Straße. Er tastete nach der Schlagader an dessen Hals und hielt einen Moment inne. Dann legte er die Hand auf seine Stirn.

»Wir nehmen ihn mit nach Köln. Wenn wir ihn hier liegen lassen, ist er in einer Stunde tot«, sagte der Ritter.

»Aber was ist, wenn er die Pest hat?«, fragte einer seiner Begleiter.

»Mit der Pest wäre er nicht bis hierher gekommen. Das nächste Kloster ist meilenweit entfernt. Er ist verletzt, deshalb hat er Fieber. Außerdem ist er zu jung, um jetzt schon zu sterben. Ladet ihn auf den Karren und deckt ihn gut zu. Wenn er unterwegs stirbt, geben wir ihn bei den Wachen am Stadttor ab.«

Er spürte schon seit einer Weile das Licht auf seinem Gesicht. Es war so gleißend hell, dass es trotz der geschlossenen Lider in den Augen wehtat. Aber er war sowieso zu schwach, um die Augen zu öffnen.

Schließlich war sein Geist so weit aus seinen Träumen emporgestiegen, dass er endlich doch die Augen öffnen konnte. Im hellen Licht, das durch ein Fenster fiel, stand ein Engel mit goldenem Haar. Der Engel beugte sich über ihn und legte eine wunderbar kühle Hand auf seine Stirn. Da wusste er, dass er gestorben war. Er verspürte ein gewisses Bedauern, dass er diese Welt so früh schon verlassen hatte, konnte sich aber nicht daran erinnern, was vor seinem Tod passiert war.

Der Engel hielt ihm einen Becher vor sein Gesicht. Er setzte den Becher an seine fieberheißen Lippen.

»Ganz langsam und vorsichtig trinken!« Die Stimme des Engels klang rein und melodisch.

Die Flüssigkeit in dem Becher schmeckte bitter und war warm. Er hatte erwartet, dass es sich um Milch und Honig handeln würde, aber er kam nicht mehr dazu, darüber nachzudenken. Er brauchte seine ganze Kraft, um den Becher zu leeren, dann sank er wieder in den Schlaf zurück.

Es war Nacht. Er war vom Geräusch seiner klappernden Zähne wach geworden. Sein Körper war gleichzeitig heiß und kalt. So kalt, dass seine Muskeln sich verkrampften. Aber sein Blick war wieder etwas klarer. Trotz des krampfhaften Zitterns sah er sich um. Eine einzelne Kerze verbreitete ein wenig Licht. Der Engel war immer noch da. Er saß auf einem Hocker neben dem Bett und betrachtete ihn besorgt. Dann stand er auf und ging zu einer Kommode an der Wand. Mit einem feuchten Tuch kam der Engel zurück und wischte ihm damit den eiskalten Schweiß von der Stirn. Dann seufzte der Engel.

»Ich denke, du brauchst etwas mehr Wärme«, sagte der Engel leise.

Er hob die Decke und schmiegte sich an den zitternden Körper des Kranken.

»Wie eine billige Straßenhure! In meinem Haus dulde ich ein solch schamloses Verhalten nicht!«

Christian erwachte und hob ein wenig den Kopf. In der Nacht war ihm sein Name wieder eingefallen und er hatte erkannt, dass er wider Erwarten doch noch nicht gestorben war. Die Wärme der jungen Frau, die neben ihm geschlafen hatte, hatte seine Lebensgeister zurückgebracht. Oder war es der bittere Trank, den sie ihm gegeben hatte?

Wie ein Racheengel stand der Mann, dessen Stimme ihn aus dem Schlaf gerissen hatte, über dem Mädchen, das am Boden kniete. Die blonden Haare hingen ihr offen über das Gesicht. Sie weinte.

Christian wollte ihr zu Hilfe kommen, doch er konnte sich nicht bewegen. Nur ein Krächzen brachte er hervor. Alles an ihm schien aus Schmerzen zu bestehen.

»Herr, ich habe doch nur gemacht, was wir Waisenkinder auch immer getan haben, wenn einer von uns krank war«, sagte sie leise.

»Franziska, wenn du nicht lernst, dich wie eine Dame zu benehmen, dann schicke ich dich zurück auf die Straße«, knurrte der wütende Mann. Er wusste, dass er das niemals tun würde, aber irgendwie musste er versuchen, ihr die Eigenmächtigkeiten auszutreiben.

»Aber es ist wirklich nichts passiert ...«

»Bitte!«, brachte Christian endlich heraus. Die beiden wandten ihm die Köpfe zu. »Bitte, Herr, sie sagt die Wahrheit«, krächzte er mühsam.

Alles Bedrohliche fiel von dem Mann ab, als er zum Bett des Kranken herüberkam und dessen Puls fühlte. Besorgnis stand in den grünen Augen, über denen sich eine steile Falte der Konzentration gebildet hatte.

»Ich hätte nicht gedacht, dass du überlebst«, sagte er freundlich. »Kannst du dich erinnern, wie du hergekommen bist?«

Die junge Frau war aufgestanden und hatte wieder einen Becher für ihn. Diesmal war gewürzter Wein darin. Christian versuchte tapfer ein Lächeln. Als sie sich über ihn beugte, sah er, dass sie blaue Augen hatte. Ihre Haut war sehr blass, fast durchscheinend, aber um die Nase herum war sie mit goldbraunen Sommersprossen gesprenkelt. Energisch wischte sie sich die Tränen von den Wangen und lächelte zurück. Wieder hatte Christian das Gefühl, einem Engel zu begegnen. Nur mit Mühe konnte er sich an die Frage erinnern, die man ihm gestellt hatte.

»Ich bin schon froh, dass mir mein Name wieder eingefallen ist. Eine Weile dachte ich, ich wäre tot.« Er schloss erschöpft die Augen. Schon diese wenigen Worte waren zu anstrengend. Aber immerhin hatte er seinen Engel gerettet, dachte er zufrieden und überließ sich dem Schlaf.

Als er wieder erwachte, war er allein in seiner Kammer. Der Himmel, den er durch das Fenster sehen konnte, hatte eine rosarote Färbung angenommen. Von draußen drangen die Geräusche der Straße herein. Er erkannte das Knarren des Zaumzeugs und das Rumpeln von Karrenrädern auf Kopfsteinpflaster. Jemand redete und er konnte die Glocken von verschiedenen Kirchtürmen hören. Wahrscheinlich war er in einer großen Stadt, vielleicht in Köln. Er konnte sich erinnern, dass er auf seiner Flucht die Eifel von Süden nach Norden durchquert hatte und dann auf der Suche nach Deckung den Höhenzug der Ville, der ihn näher an Köln heranbringen sollte. Aber wie er in die Stadt hinein gekommen war, wusste er nicht. Seine letzte Erinnerung war die an zwei grauenhafte Bestien, die ihn töten wollten.

Er sah sich in der kleinen Kammer um. Eine Kommode mit einer Schüssel und einem Krug daneben, eine Truhe, ein Stuhl und sein Bett; an der Wand über der Kommode hing ein Kreuz aus Holz. Die Wände waren weiß gekalkt und die Decke bestand aus dunklen Balken. Die Bodendielen waren ebenfalls aus Holz. Durch den Boden konnte er Stimmen hören. Er glaubte, die Stimmen seines Engels, Franziska, und ihres Herrn, dessen Namen er noch nicht erfahren hatte, herauszuhören.

Den Versuch, sich aufzusetzen, gab er schnell wieder auf, denn bei der Bewegung schoss ein furchtbarer Schmerz durch sein Bein. Wie gerne hätte er einen Blick aus dem Fenster geworfen, vielleicht den Dom gesehen oder einfach nur über die Dächer der größten Stadt der Christenheit geblickt. Er war noch nie in einer so großen Stadt gewesen, nur einmal hatten die Mönche ihn mit nach Trier genommen, aber Köln war die Stadt seiner Träume.

Erschöpft, aber zuversichtlich schlief er wieder ein, denn er hatte gespürt, dass er wieder gesund werden würde.

»So Jung', jetzt erzähl mal. Was hast du diesmal wieder angestellt?« Änni, die Haushälterin, Arnolds ehemalige Amme, hatte die Arme vor ihrem großen Busen gekreuzt. Sie lehnte sich auf der Holzbank zurück und blickte über den Tisch zu Arnold. In der Mitte zwischen ihnen standen ein Krug mit Bier und zwei Tonkrüge. Das Bier hatte Franziska eben von einem Wirt ein paar Häuser weiter geholt. Inzwischen war es vor den Fenstern dunkel geworden. Einige Kerzen und das flackernde Herdfeuer erhellten die Küche notdürftig. Franziska spülte in dem großen Spülstein die Schalen vom Abendessen.

»Franziska, mach jetzt mal Schluss hier und geh ins Bett.« Franziska, die gehofft hatte, das Gespräch mithören zu können, machte ein langes Gesicht. »Und sieh auf dem Weg in deine Kammer noch mal nach dem Kranken. Aber mit Abstand!« Arnold grinste, als Franziska ihn böse anfunkelte. Die Küchentür wurde heftiger als nötig ins Schloss geworfen.

»Wie läuft es mit Franziska?«, fragte Arnold, weniger aus Interesse, sondern eher um Zeit zu gewinnen.

»Ach, Arnold, ich verstehe ja, dass du sie nicht bei diesem Hurenwirt lassen konntest und auch nicht ins Waisenhaus zurückbringen wolltest. Aber manchmal ist sie ein richtiger Satansbraten. Sie kann so lieb sein und im nächsten Augenblick tut sie, was der liebe Gott verboten hat. Und mit Lesen, Schreiben und Rechnen kommt sie auch nicht zurecht. Zum Unterricht muss man sie geradezu prügeln. Ich kann mir nicht vorstellen, dass es uns gelingt, eine Dame aus ihr zu machen.«

»Aber ich spüre, dass sie das Potenzial dazu hat.«

»Ja, das glaube ich ja auch, aber die Zeit im Waisenhaus hat ihre Spuren hinterlassen. Sie ist ja auch zutraulicher geworden, aber das Lernen fällt ihr so schwer. Wenn es nicht anders geht, werden wir sie an einen Handwerksmeister verheiraten. Kochen und backen kann sie ja. Ich verstehe sowieso nicht, warum heutzutage jeder Lesen und Schreiben lernen soll. Das setzt den jungen Leuten nur Flausen in den Kopf. Du bist doch selbst das beste Beispiel. Mit zwölf schon an der Universität von Köln. Und was hat es dir gebracht? Nur Ärger!«

»Änni, du weißt doch, Bücher werden immer günstiger und immer mehr, seit man sie drucken kann. Das Wissen der Welt steckt in diesen Büchern! Wer Bücher lesen kann, wird von diesem Schatz profitieren können.«

»Na, jetzt glaubst du bestimmt, du hättest mich von meiner eigentlichen Frage abgelenkt. Ich bin vielleicht ungebildet und kann deine schlauen Bücher nicht lesen, aber ich bin nicht dumm. Du hast dich gestern in der Abenddämmerung ins Haus deiner Mutter geschlichen, ohne die Farben deiner Familie oder des Herzogs zu tragen, also frage ich mich, was los ist. Und ich werde dir keine ruhige Minute lassen, bis ich eine Antwort habe.«

»Ist ja schon gut. Ich wollte ja antworten, aber nicht sofort.« Er wusste genau, dass Änni eine Antwort verdient hatte und auch darauf bestehen würde, eine zu bekommen.

Er hatte ihr ohnehin immer schon mehr erzählt, als jedem anderen Menschen auf dieser Welt.

»Also, wie soll ich anfangen? Da war diese hübsche dunkelhaarige Schönheit, Sophie, und nachdem ich sie unauffällig umworben hatte, haben wir uns eines Abends heimlich getroffen und sie hat mir gezeigt, dass sie unter ihrem Unterkleid auch sehr schön ist.« Arnold spürte, dass er rot wurde. Er war jetzt fünfundzwanzig Jahre alt, Ritter des Herzogs von Jülich und wurde rot, weil er seiner ehemaligen Amme von seinen Weibergeschichten erzählte. Innerlich schüttelte er über sich selbst den Kopf.

»Du hattest aber nicht die Absicht, sie dann auch zu heiraten?« Änni legte wie immer den Finger auf den wunden Punkt.

»Nein, eine Heirat mit Sophie wäre auch nicht standesgemäß gewesen. Davon abgesehen, dass sie zwar hübsch aussieht, aber von recht einfachem Gemüt ist. Jedenfalls wusste ich nicht, dass ihr Bruder zu Hause weilte, der ein Mann von Karl von Egmond ist, dem Herzog von Geldern. Jan van Issum, so heißt der Bruder, ging mit einer Mistgabel auf mich los, als ich das nächste Mal in die Nähe von Sophie kam. Was sollte ich tun? Er wollte mich abstechen und da musste ich doch mein Schwert ziehen. Ich habe aber nur versucht, den Stiel der Mistgabel zu treffen, aber dieser Verrückte hat so eine seltsame Drehung gemacht, dass ich seinen Arm getroffen habe. Also eigentlich nicht nur getroffen, sondern, äh, gewissermaßen abgeschlagen. Ich habe die Blutung gestillt und bin abgehauen.

Die van Issums stellen das jetzt so dar, als hätte ich Jan aufgelauert, um mich mit ihm zu duellieren. Wenn König Maximilian davon erfährt, und dafür wird Karl von Egmond schon sorgen, dann muss er mich bestrafen, weil ich den großen Landfrieden gebrochen habe. Herzog Wilhelm kann mir auch nicht groß helfen, denn der arbeitet ja auch an einer Rechtsreform und würde sich eine Blöße geben, wenn er jetzt der Selbstjustiz Vorschub leisten würde.

Sybilla hatte die Idee, dass ich für eine Weile verschwinden sollte. Sie hat Wilhelm vorgeschlagen, ich sollte eine Pilgerreise nach Jerusalem machen. Damit würde ich der weltlichen Gerichtsbarkeit entgehen, denn es gilt immer noch der Grundsatz, dass man durch eine solche Reise Generalabsolution erhält.«

Arnold hatte nach der langen Erklärung einen trockenen Mund und nahm einen Schluck Bier. Es war ganz still, nur der Docht der Kerze zischte kurz. Daher nahm Arnold auch das ganz leise Knarren der Küchentür wahr. Vorsichtig erhob er sich, damit die Bodendielen nicht knackten, und schlich zur Tür, die er mit Schwung aufriss. Franziska, ihres Halts beraubt, stolperte ihm entgegen. Arnold ging ihr aus dem Weg und sie fiel der Länge nach zu Boden. Benommen rappelte sie sich auf und kam zwei Schritte auf Arnold zu. Mit der rechten Hand rieb sie über ihr schmerzendes Knie.

»Nimmst du mich mit nach Jerusalem?«, fragte sie trotzig.

Arnold hob drohend die Hand, schlug aber nicht zu.

»Wenn ich noch einen Ton von dir höre oder du bei *drei* noch vor mir stehst, dann sorge ich dafür, dass nicht nur dein Knie weh tut. Eins – zwei ...«

Franziska drehte sich wortlos um und rannte die Stiege hinauf.

»Und sieh nach dem Kranken!«, rief Arnold ihr noch hinterher. Er schloss die Tür und ging zurück zum Tisch. Kopfschüttelnd sah Änni ihm entgegen.

»Du glaubst doch nicht, dass du bei dem Mädchen mit Ohrfeigen weiter kommst. Davor hat sie keine Angst!«

»Ein paar Ohrfeigen haben noch niemandem geschadet.«

»Aber auch nicht immer genützt.«

Vorsichtig öffnete Franziska die Tür zum Zimmer des kranken Mannes, von dem sie immer noch nicht wussten, wer er war. Eine Kerze brannte auf der Kommode. Erstaunt stellte sie fest, dass der Kranke die Augen geöffnet hatte und im Bett saß.

»Ich habe gedacht, ich wäre tot und du wärst ein Engel.« Christian merkte selbst, dass dieser Gesprächsanfang recht seltsam klang. »Was war da unten los?«

»Ich wollte wissen, was sie zu besprechen haben.« Franziska rieb sich verstohlen das Knie. Sie setzte sich auf den Hocker. *Mit Abstand,* dachte sie grimmig. »Und Arnold hat mich beim Lauschen an der Tür erwischt.«

»Der Racheengel?«

»Ja, er hat manchmal wirklich etwas von einem Racheengel.«

»Wo bin ich hier überhaupt?«

»Im Haus des Ritters Arnold von Harff in der Sankt-Mauren-Straße in Köln.«

»Ich kann mich immer noch nicht erinnern, wie ich hier hergekommen bin.«

»Das ist klar, du warst ja auch nicht bei Bewusstsein. Sie haben dich auf der Bedburger Straße auf den Karren geladen und mitgenommen.«

»Warum haben sie mich nicht einfach dort liegen lassen?«

»Arnold kann so etwas nicht gut. Er hatte auch schon mal einen dreibeinigen Hund, den er gesund gepflegt hat.«

Christian wollte dazu lieber nichts sagen. »Und was ist mit dir? Du bist nicht seine Tochter, oder?«

»Nein, ich bin auch so ein Findelkind. Arnold hat mich aus einem Hurenhaus gerettet, wo ich als Jungfrau angeboten wurde.« *Oh barmherzige Mutter Maria, warum erzähle ich das einem Wildfremden?,* dachte Franziska, aber sie redete einfach weiter. »Ich habe in einem Waisenhaus gelebt, bis ich zwölf war. Dann wollte mich die Mutter Oberin an einen Bäcker als Magd verkaufen, aber der Kerl war alt und hatte

Mundgeruch und er wollte mich anpacken. Da bin ich weggelaufen und dieser Hurenwirt hat mich erwischt. Das war noch ekelhafter. Und dann kam Arnold. Er sollte mein erster Freier sein, aber er hat nichts gemacht, sondern mich einfach mitgenommen. Danach hat er die Sache mit dem Bäcker und dem Waisenhaus geregelt. Jetzt lebe ich seit zwei Jahren hier in seinem Haushalt und es ist viel besser als vorher. Jedenfalls meistens. Arnold hat herausgefunden, dass meine Mutter wohl eine feine Dame gewesen sein muss, denn in dem Körbchen, in dem ich vor Sankt Claren abgelegt wurde, waren edle Tücher und ein Rosenkranz mit Edelsteinen. Und jetzt will er, dass ich Lesen und Schreiben lerne.«

Sie hatte angefangen, eine blonde Strähne ihrer Haare um den Finger zu wickeln. Christian hätte gerne ihre Hand genommen.

»Was ist so schlimm am Lesen und Schreiben?«

»Weißt du, ich versuche es ja, aber diese komischen kleinen Striche und Kringel verschwimmen immer vor meinen Augen und ich kann sie mir einfach nicht merken. Und beim Schreiben tut die Hand immer so weh.«

»Ja, das ist am Anfang immer so!«

Franziska sah, dass Christian lächelte. Das Lächeln vertrieb die Anzeichen von Krankheit und Angst in seinem offenen und ehrlichen Gesicht. Nett sah er aus, fand Franziska.

»Kannst du denn lesen?«, fragte sie.

»Ich bin im Kloster Aremberg in der Eifel zum Scriptor ausgebildet worden.«

»Du bist doch noch gar nicht so alt?«

»Ich bin schon 16 und hätte im nächsten Jahr meine Gelübde abgelegt und gleichzeitig meine Ausbildung abgeschlossen.« Christian merkte, dass er rot wurde. Er hatte wenig Übung darin, sich mit Mädchen zu unterhalten.

»Dann findest du wohl auch, dass ich lesen lernen sollte.«

»Naja, du bist ein Mädchen und noch dazu ein Findelkind. Warum sollte man dir Lesen und Schreiben beibringen? Das ist doch überflüssig!«

»Meinst du, ich bin es nicht wert, Lesen und Schreiben zu lernen?« Franziska stiegen die Tränen in die Augen. Sie wusste nicht, warum ihr diese Ansicht jetzt so viel ausmachte, wo Christian doch eigentlich ihrer Meinung war. Also stand sie auf und ging zur Kommode. Dort schüttete sie aus einem abgedeckten Krug etwas verdünnten Wein in einen Becher und reichte ihn Christian.

»Du hast doch gerade selbst gesagt, du wolltest es überhaupt nicht lernen!« Ratlos schüttelte er den Kopf. Er hatte von anderen Novizen gehört, dass es schwirig sei, Mädchen zu verstehen.

Wortlos ging Franziska aus der Stube. Widerstreitende Gefühle tobten in ihrem Inneren. In ihrer Kammer angekommen, warf sie sich auf ihr Bett und weinte sich in den Schlaf.

Köln, 5. November 1496

Sie saßen am Küchentisch und hatten gerade das Abendessen beendet. Franziska räumte die Teller, einen Rest Brotfladen und den großen Steinguttopf mit dem Eintopf ab. Christian, dessen Fieber seit gestern nicht wiedergekommen war, durfte auch aufstehen und war auf einen Stock gestützt die Stiege heruntergekommen. Sein linker, bandagierter Fuß lag auf einem Hocker.

»Herr«, sagte er, »ich bin jetzt bald so weit, dass ich Euch nicht mehr lästig fallen muss. Habt Dank für alles, was Ihr für mich getan habt.«

»Hast du denn schon Pläne, wohin du gehen willst? Du läufst doch auch vor irgendetwas weg.«

»Ich dachte, ich versuche hier in Köln ein Kloster zu finden, das mich aufnimmt.«

»Aber man hat doch nach dir gesucht? Ist Köln wirklich weit genug von der Eifel entfernt, um sich hier sicher zu fühlen? Was wirft man dir denn vor?«

»Ich soll aus dem Skriptorium Steine und Goldstaub zur Farbherstellung gestohlen haben. Der Lapislazuli und der Malachit sollen besonders wertvoll gewesen sein. Aber ich habe ein Gespräch belauscht und war so gewarnt. Als die Büttel des Richters von Blankenheim ins Kloster kamen, bin ich weggelaufen.«

»Was hast du mit den gestohlenen Dingen gemacht?«

Christian blickte Arnold entsetzt an. »Ich habe nicht gestohlen, der Cellerarius war es und wollte mir die Schuld in die Schuhe schieben. Bitte, Herr, glaubt mir.«

»Ich wollte nur sehen, wie du reagierst. Ich glaube dir.«

Arnold hielt es für unwahrscheinlich, dass Christian überhaupt in der Lage wäre, zu lügen. Zumindest würde man an seinem Gesicht ablesen können, dass er die Unwahrheit sagte.

»Ich glaube ihm auch«, sagte Franziska, die an den Tisch zurückgekommen war.

Arnold runzelte die Stirn über ihre Einmischung, sagte aber nichts.

»Der Cellerarius war noch recht jung und brauchte das Geld für die Hurenhäuser in Trier«, erzählte Christian weiter. »Ich hatte ihn schon länger im Verdacht, weil ich ihn einmal im Scriptorium erwischt habe. Als sich dann der Verdacht bestärkte, dass im Scriptorium Edelsteine und Gold verschwinden, hat er mir geschickt die Schuld in die Schuhe geschoben. Und ich war ja nur ein kleiner Novize, noch dazu der Sohn eines Bauern. Wer sollte mir glauben?«

»Nein, da hast du recht. Und spätestens unter einer Befragung mit Folterwerkzeugen hättest du irgendwann alles erzählt, was sie hören wollen.«

Es klopfte am Tor.

»Franziska, schau nach, wer es ist, aber lass Gero aufmachen. Der ist langsamer als du.« Sie hatten diese Vorsichtsmaßnahme eingeführt, weil weiterhin die Gefahr bestand, dass man Arnold zur Befragung abholen würde. Franziska rannte auch gleich die Stiege hoch, um aus einem Fenster im ersten Stock zu schauen. Nach wenigen Augenblicken war sie wieder da. »Stadtwache, drei Mann. Und zwei sind gerade um die Ecke hinters Haus.«

»Verdammt!« Arnold sprang auf und griff nach einem großen Lederbeutel, der an der Wand lehnte. »Komm schon, Christian!«

»Was, ich?«

»Was glaubst du, was passiert, wenn sie das Haus durchsuchen?«

Es klopfte wieder. Diesmal ungeduldiger und lauter.

»Immer langsam«, hörten sie Geros Stimme von draußen. »So schnell sind meine alten Beine schon lange nicht mehr.«

Arnold packte Christian am Arm und zog ihn durch den Flur zu einer Falltür. Er ergriff den Ring und klappte die Tür nach oben auf. Auf einer Truhe an der Wand stand eine Kerze auf einem Steingutteller. Eine schmale Steintreppe wurde sichtbar. Arnold nahm die Kerze und ging vor.

»Ich helfe dir, auch herunterzukommen. Zieh den Kopf ein, die Decke ist am Anfang noch recht niedrig.« Christian war fast so groß wie Arnold und beide mussten auf der Stiege die Köpfe einziehen.

Kaum war Christian im Keller verschwunden, schloss Franziska die Falltür wieder und schob die Truhe von der einen Seite des Flurs hinüber auf die Falltür. Nur Augenblicke später trampelten die drei Soldaten der Stadtwache in die Küche.

»Wir suchen Arnold von Harff, Ritter des Herzogs von Jülich, dem dieses Haus gehört. Er soll vor einem Gericht aussagen, das seine Einlassungen dann dem König übermitteln wird.«

»Der Herr ist nicht da«, sagte Änni. Franziska schlich sich unauffällig durch die Hintertür aus dem Haus. Sie huschte im Dunkeln über den Hof und betrat hinter Gero wieder die Küche. Änni hatte sich vor den Spülstein mit dem gebrauchten Geschirr gestellt, aber einer der Soldaten kam näher und sah an ihr vorbei.

»Was soll das heißen, er ist nicht da? Könntest du das etwas genauer erklären? Oder sollen wir dich gleich mitnehmen und befragen? So wie es aussieht, war er gerade noch da.«

»Wir haben zu Abend gegessen und dann ist der Herr noch einmal fortgegangen. Vielleicht versucht ihr es auf dem Berlich oder in einer der Kneipen in der Umgebung.«

»Du willst uns also weismachen, du wüsstest nicht, wo dein Herr ist.«

»Jung, ich bin nur eine alte Haushälterin und mein Herr ist ein Ritter. Warum sollte der einem alten Fräuchen wie mir seine weisen Beschlüsse mitteilen?« Änni hatte ihre Sicherheit wiedergewonnen. »Glaubst du, der Herr sacht et mir, wenn er zu den Huren auf dem Berlich jeht?«

»Wir müssen das Haus durchsuchen.«

»Selbstverständlich, wenn et euch jlöcklich macht.«

Arnold schützte die kleine Kerzenflamme mit der Hand. Sie erleuchtete das Dunkel im Keller notdürftig. Runde Steinbögen, Säulen und Gewölbe wurden sichtbar.

»Wirst du laufen können?«, flüsterte er.

»Es wird gehen, wenn wir nicht zu schnell sein müssen.«

»Der Keller geht von meinem Haus bis unter das Nachbarhaus. Wahrscheinlich irgendetwas aus der Römerzeit, das die Erbauer als Grundlage benutzt haben. Da gibt es einen Ausgang zum Hof und von dort können wir auf das Nachbargrundstück.«

Christian war froh, dass er den Stock mitgenommen hatte, und humpelte vorsichtig hinter Arnold und dem Kerzenschein her. An einer niedrigen Tür angekommen, kramte Arnold in seinem Beutel. Er zog ein Stück Wurst hervor. Christian war verblüfft. Wollte dieser seltsame Ritter jetzt etwas essen? Von draußen war leises Kratzen an der Tür zu hören. Arnold reichte Christian wortlos die Kerze und schob den Riegel zur Seite. Kaum hatte er die Tür vorsichtig einen Spaltbreit geöffnet, drängelte sich eine zottige Bestie hindurch, stellte ihre Vorderpfoten auf Arnolds Schulter und leckte ihm über das Gesicht. Danach ging sie wieder mit allen vieren zu Boden und schnappte sich das Stück Wurst aus Arnolds Hand. Arnold drehte sich grinsend zu Christian um.

»Wenn du einen sicheren Fluchtweg brauchst, freunde dich mit dem Hund des Nachbarn an. Komm schon, der ist jetzt beschäftigt. Und mach die Kerze aus.«

Es war dunkel, aber nachdem es am Nachmittag geregnet hatte, war der Himmel jetzt sternenklar.

»Zum Glück ist Neumond, sonst wäre es jetzt viel zu hell.«

Licht fiel aus einem Fenster, aber sie umgingen den hellen Flecken im Hof und hielten sich dicht an der Hofmauer. Hinter einem Schuppen war die Mauer zur Hälfte eingebrochen. Arnold half Christian über den Haufen aus Ziegeln, über den Brombeerranken wuchsen. Danach kam ein Grundstück, auf dem jetzt fast kahle Weinstöcke standen. Arnold kramte wieder in seinem Beutel und zog ein Stück Leder und eine Schnur heraus, die er Christian reichte. Er nahm ihm die Kerze aus der Hand und verstaute sie nun in seinem Beutel, den er dann wieder über die Schulter warf.

»Binde dir das Leder um den verletzten Fuß. Damit solltest du ein paar hundert Schritte weit laufen können, ohne dass die Verbände nass werden.«

Das feuchte Weinlaub dämpfte ihre Schritte. Am Ende der Rebenreihen war wieder eine Mauer, die sich allerdings leicht überklettern ließ, da an vielen Stellen der Mörtel aus den Fugen gebröckelt war.

»Die Luft ist rein«, flüsterte Arnold, der als Erster über die Mauer sehen konnte. Christian kletterte hinterher und versuchte, sich vorsichtig auf der anderen Seite herabzulassen, um seinen verletzten Fuß nicht zu sehr zu belasten. Als er mit seinem ganzen Gewicht an der Mauerkrone hing, brach dort ein Stein heraus. Christian fiel auf die Straße und der Stein sprang klappernd über das Kopfsteinpflaster. Ein Hund bellte.

»Verdammt, das war zu laut.« Arnold zog Christian auf die Füße. »Lass uns schnell hier verschwinden.« Das Klappern des Stocks auf dem Kopfsteinpflaster erschien Christian ebenfalls viel zu laut. Hinter ihnen hörten sie schnelle Schritte. Arnold lief vor ihm her und Christian fiel etwas zurück. Sie liefen an Häusern aus Stein und Fachwerk vorbei. Die wenigen Passanten, die noch unterwegs waren, schauten ihnen nur kurz hinterher, kümmerten sich aber nicht weiter um sie. Einige Schritte vor Christian bog Arnold an einer Ecke mit einem runden Turm nach rechts ab. Christian erreichte die Ecke wenig später, doch als er schlitternd um die Kurve bog, lief er nur noch wenige Schritte und blieb dann verwirrt stehen.

Arnold war verschwunden. Nur ein Straßenköter trottete in einiger Entfernung über die Straße. Nebelschwaden trieben dicht über dem Pflaster. Christian gab sich einen Ruck und humpelte zügig weiter. Als er das zweite Haus passiert hatte, wurde er plötzlich von links gepackt und in einen engen Zwischenraum zwischen zwei Häusern gezerrt. Eine Hand lag auf seinem Mund und Arnold zischte fast unhörbar: »Keinen Laut.« Augenblicke später rannten zwei Verfolger an ihnen vorbei, ohne den schmalen Durchgang zwischen den Häusern zu bemerken.

»Weiter jetzt, die kommen garantiert zurück.«

Arnold zog Christian zwischen den Häusern hindurch, die sich über ihnen beinahe berührten. Er spürte raue Steinwände rechts und links. Sehen konnte er nichts, aber er konnte es am Boden quieken hören, als die Bewohner des Durchgangs von ihnen gestört wurden. Es wurde wieder etwas heller, als sie die Häuser passiert hatten. Jetzt war ein wenig mehr Platz, die Gasse war breit genug für zwei, führte aber weiterhin zwischen Mauern hindurch.

Arnold kam an Christians linke Seite und stützte ihn. Nach etwa fünfzig Schritten knickte die rechte Mauer nach rechts ab. Vor ihnen öffnete sich ein unordentliches Trümmergrundstück. Der Pfad schlängelte sich von der linken Mauer weg zwischen Gestrüpp auf eine Erhöhung zu. Im Näherkommen konnte Christian Reste von Wänden und Steinbögen im schwachen Sternenlicht erkennen. Alles war überwuchert mit Birken, kleinen Büschen und Brombeerranken. Arnold führte Christian jedoch an dem verfallenen Gebäude vorbei bis zum anderen Ende des Grundstücks.

»Vorsicht, hier geht's abwärts.« Sie stiegen einige unregelmäßige Stufen hinab. Vor ihnen gähnte eine schmale Öffnung. Arnold ging zwei Schritte hinein und legte seinen Beutel ab.

»Willkommen in der Unterwelt!«

Christian bekreuzigte sich zur Sicherheit, während Arnold wieder in seinem Beutel kramte. Er holte ein kleines Kästchen hervor, aus dem er einen Stahlring, Zunder und einen Feuerstein nahm.

»Die im Dunkeln leben, scheuen das Licht«, sagte Arnold geheimnisvoll. Christian bekam eine Gänsehaut auf seinem Rücken. Trotz der Kälte hatte er Schweißperlen auf der Stirn. Er wusste, dass er nicht mehr viel weiter kommen würde.

»Wenn wir gleich Licht haben, sind es nur noch ein paar Schritte. Man sollte sich hier in der Nacht nicht allzu weit hineinwagen.«

Arnold packte Feuerstein und Zunder mit der einen Hand und schlug Funken mit dem Stahlring in seiner anderen Hand. Schon begann der Zunderschwamm zu glühen und Arnold legte ein paar feine Pflanzenfasern auf die Glut, die er vorsichtig anblies. Gleich darauf flackerte ein kleines Flämmchen, das er an den Docht der Kerze hielt.

»Schaffst du es noch ein kleines Stück weiter? Dann können wir uns ausruhen.« Der Gang war leicht abschüssig und nach kurzer Zeit gingen rechts und links weitere Gänge ab. Arnold wählte den rechten, breiteren Gang, der in einer kleinen Kammer mündete.

»Wenn man uns hier angreift, sitzen wir in der Falle«, flüsterte Christian unbehaglich. »Und außerdem ist das ein Grab!« Er hatte im flackernden Kerzenschein zerbrochene Sarkophage an der Rückwand entdeckt.

»Keine Sorge, die Totenruhe störst du hier nicht mehr. Die Gräber sind mehr als tausend Jahre alt und schon lange leer. Und vor dem traurigen Gelichter, das hier unten wohnt, muss man sich auch nicht fürchten, wenn man ein gut ausgebildeter Ritter ist und nicht einschläft«, sagte Arnold mit schiefem Grinsen. »Ein Eingang ist außerdem besser zu verteidigen als mehrere.«

Wieder kramte Arnold in seinem unergründlichen Beutel und zog zwei lange Messer in Lederscheiden und eine Stundenkerze hervor. Er zündete sie an der anderen Kerze an und hielt ihr unteres Ende kurz in die Kerzenflamme. Dann drückte er sie auf eine Ecke eines Sarkophags. Eines der Messer schob er zu Christian herüber. Mit dem anderen setzte er sich auf einen Mauervorsprung in einer Ecke der Kammer.

»Es ist jetzt etwa zwei Stunden vor Mitternacht. Also geht in zehn Stunden die Sonne wieder auf. Sagen wir, wir kriechen in acht Stunden wieder aus unserem Versteck, dann können wir den Dom noch in der Dunkelheit erreichen, aber auf den Straßen wird schon wieder etwas los sein. Leg du dich hin, ich werde die erste Wache übernehmen und wecke dich, wenn ich nicht mehr kann.«

Christian erwachte. Er wusste nicht, was ihn geweckt hatte, aber im Traum hatte er eine gewisse Unruhe bemerkt. Benommen blickte er sich um. Die Stundenkerze auf dem Rand des Sarkophags zeigte an, dass vier Stunden vergangen waren. Arnold saß in der Ecke neben dem Gang und hatte die Augen geschlossen. Ein leises Scharren kam aus dem Gang. *Wahrscheinlich wieder mal die Ratten,* dachte Christian. Das Licht der Kerzen fiel nur einige Schritte weit in den Gang hinein, danach kam die Dunkelheit.

Wieder drang ein Geräusch aus dem Gang, diesmal eindeutig ein kleines Steinchen, das angestoßen worden war. Arnold straffte sich und öffnete die Augen. Christian, der bisher noch keine Bewegung gemacht hatte, legte den Finger an die Lippen. Mit einer lautlosen, fließenden Bewegung kam Arnold auf die Füße und drückte sich an die Wand neben der Öffnung des Gangs. Christian drückte sich ebenso leise in eine Mauernische auf der anderen Seite der Kammer. Beide zogen ihre Messer aus der Scheide. Christian betrachtete angewidert die lange Klinge.

Lange Zeit passierte nichts, bis er schon meinte, er habe sich das Geräusch nur eingebildet. Arnold suchte seine Augen mit seinem Blick und schüttelte unmerklich den Kopf. Dann machte er eine winzige Kopfbewegung zum Eingang des Ganges. Augenblicke später sprang eine dunkle Gestalt in den Lichtschein. Christian sah nur den hoch erhobenen Knüppel, den der Angreifer in einem weiten Bogen schwang. Arnold tauchte unter dem Knüppel durch und gelangte so dem Angreifer, der von seinem eigenen Schwung herumgerissen wurde, in den Rücken. Mit einer lässigen Bewegung trat er ihm das Standbein unter dem Körper weg. Der Angreifer taumelte und fiel der Länge nach hin. Sein Kopf schlug mit einem dumpfen Geräusch gegen die Kante eines Sargdeckels. Reglos blieb er am Boden liegen.

»Christian, setz ihm deine Klinge an die Kehle!« Arnold war wieder an die Wand neben dem Eingang zurückgekehrt. »Der Nächste, der diese Kammer betritt, ist tot!«, sagte er laut. Der Mann am Boden regte sich. Christian drückte sein Messer gegen den Hals des Angreifers. Der öffnete benommen die Augen, bewegte sich aber nicht mehr. Schritte waren im Gang zu hören. An der Grenze zwischen Licht und Schatten konnte Christian eine weitere dunkle Gestalt sehen.

»Was wollt ihr hier? Ihr gehört nicht zu uns«, sagte eine raue Stimme aus der Dunkelheit.

»Wir wollen uns hier nur für eine Nacht verstecken, dann sind wir wieder weg«, sagte Arnold laut und ohne aus der Deckung zu kommen.

»Wenn ihr unseren Schutz wollt, müsst ihr bezahlen.«

»Mach dich nicht lächerlich, Mann. Wir sind bis jetzt ganz gut alleine zurechtgekommen.«

»Aber du glaubst doch nicht ernsthaft, dass ihr hier auch wieder heil herauskommt! Und wenn schon, werdet ihr vielleicht am Ausgang erwartet.«

Blitzschnell erwog Arnold die Möglichkeiten. »Also gut, was kostet euer Schutz?«

»Zwei Goldstücke, eins für jeden von euch.«

»Für den Preis hätte ich Federbetten und ein ordentliches Abendessen erwartet.«

»Red' nicht lange herum. Zahlt ihr den Preis oder nicht?«

Arnold gab Christian ein Zeichen, den Gefangenen freizugeben, was dieser nur zu gern tat. Er hatte sich den Kerl inzwischen genauer angesehen und festgestellt, dass in seinen fettigen Haaren Läuse herumkrabbelten. Er mochte sich gar nicht vorstellen, welches Ungeziefer noch unter seiner zerschlissenen Kleidung war. Christian nahm das Messer weg und machte einen großen Schritt zurück. Der Mann kam schwankend auf die Füße. Arnold hatte in einem kleinen Geldbeutel an seinem Gürtel gekramt und eine Münze in die Hand genommen. Als der Mann auf ihn zukam, drückte er ihm die Münze in die Hand und gab ihm mit der anderen Hand einen Stoß, der ihn in den Gang stolpern ließ.

»Das war nur eine Goldmünze!«, ertönte vorwurfsvoll die Stimme von vorher.

»Stimmt, die andere gibt es, wenn ihr uns im Morgengrauen zu einem Ausgang bringt, der möglichst nah am Dom liegt.«

»Wenn ihr geht, haltet euch rechts und es wird euch ein Führer erwarten.« Schritte im Gang verhallten, dann war es wieder still.

»Puh, das war knapp.« Arnold schnappte sich sein Bündel und kam zu Christian herüber. »Da nickt man nur mal kurz ein und dann so was.« Er ließ sich nieder und lehnte sich gegen einen Sarkophag. »Ich denke, wir sollten besser nicht mehr einschlafen.«

Christian konnte sich nicht vorstellen, dass er in dieser Nacht noch ein Auge zumachen würde. »Vielleicht erklärt Ihr mir, wie das alles jetzt weitergehen soll«, schlug er vor.

»Ich hatte sowieso geplant, übermorgen, nein, morgen, wir haben ja schon längst nach Mitternacht, meine Pilgerreise anzutreten. Am Vormittag des sechsten Novembers soll ich im Dom offiziell in einer Messe den Status eines Pilgers annehmen. Wir müssen es nur bis in den Dom schaffen.«

»Was heißt *wir?*«, fragte Christian irritiert.

»Naja, ich bin irgendwie noch nicht dazu gekommen, dich zu fragen. Aber du bist ja auch gerade erst wieder einigermaßen gesund. Also es sieht folgendermaßen aus: Ich möchte mindestens bis nach Jerusalem kommen und wenn möglich noch weiter und einen Bericht über meine Reise schreiben. Einige Freunde, die mir hoch und heilig versprochen haben, mitzukommen, haben entweder bedauernde Absagen geschrieben, oder sich erst gar nicht gemeldet. Ich bin also ganz allein. Du weißt nicht, ob du weiterhin gesucht wirst und es ist auch nicht klar, ob ein Kloster in Köln oder anderswo dich mit dieser Vorgeschichte aufnehmen wird. Du kannst lesen und schreiben und weißt, wie man ein Buch herstellt. Damit wärst du der ideale Reisegefährte.«

»Ich habe weder das Geld, um eine solche Reise zu bezahlen, noch bin ich in der Lage, weitere Strecken zu laufen.«

»Das mit dem Geld lass mal meine Sorge sein. Und zufällig habe ich für den ersten Teil der Reise mit einem Oberländer-Schiffer gesprochen, der am siebten November rheinaufwärts fahren wird und uns mitnehmen würde.« Arnold grinste Christian an, der sich langsam mit dem Gedanken anfreundete, eine Pilgerfahrt anzutreten.

»Ich habe mir das alles schon genau überlegt. Du bekommst einen Gulden pro Monat plus Kost und Logis, die nötige Kleidung und Material. Dafür wirst du die Reisewege aufschreiben und auch sonst wichtige Dinge notieren. Selbstverständlich wären die Berichte, die du schreibst, in meinem Besitz, solange ich dich dafür bezahle. Wir würden Kopien anfertigen, die wir nach Köln schicken, für den Fall, dass unsere Aufzeichnungen verloren gehen. Solltest du bis zum Ende der Reise dabei bleiben, würde ich dich dann beauftragen, den Reisebericht nach meinen Vorstellungen aufzuschreiben.«

»Warum wollt Ihr das Buch nicht drucken lassen?«

»Naja, in der Hinsicht bin ich ein bisschen altmodisch. Ich mag diese gedruckten Seiten nicht. Sie sind irgendwie so leblos, ganz anders als eine schöne Handschrift. Außerdem soll der Bericht keine Massenware werden, sondern ausgewählten Familien zukommen, allen voran natürlich Herzog Wilhelm.«

In der folgenden Diskussion über Reisewege und Inhalte des Reiseberichts merkte Christian überhaupt nicht mehr, dass er längst von Arnold überzeugt worden war. Er war Feuer und Flamme für ihr Vorhaben und daher überrascht, als Arnold schließlich sagte, sie müssten jetzt aufbrechen. Ein Blick auf die Stundenkerze zeigte, dass es Zeit war zu gehen.

»Eine letzte Frage musst du mir allerdings noch beantworten: Wirst du, gewissermaßen als mein Chronist, diese Pilgerreise mit mir gemeinsam antreten?«

»Ja, natürlich! Wir reden doch schon seit Stunden über nichts anderes mehr.« Christian strahlte. Das war genau das, was ihm im Kloster am meisten Freude bereitet hatte – Bücher schreiben. Und diesmal würde er nicht nur ein Buch kopieren, sondern ein eigenes Buch mit einer ganz neuen Geschichte schreiben.

Köln, 6. November 1496

Der Führer entpuppte sich als schlaksiger, etwa 14-jähriger Junge, der sie an der Gabelung von zwei Gängen erwartete. Über seiner Gugel hatte er sich ein Tuch um den Kopf gewunden, das im Nacken verknotet war. In einer Mauerspalte steckte eine Fackel, die er nun herauszog. Er machte eine einladende Handbewegung und setzte sich in Bewegung.

Schweigsamer Bursche, dachte Arnold und blickte prüfend zu Christian herüber. Der sah nach der turbulenten Nacht dennoch besser aus, als Arnold erwartet hatte. Vorsichtig folgten sie dem Jungen weiter in die Dunkelheit hinein. Schon nach ein paar Minuten hatte Arnold die Orientierung verloren.

»Bist du sicher, dass es hier in Richtung Dom geht?«, fragte Arnold.

Der Junge drehte sich um, grinste, sagte aber nichts. Ein Stück weiter war eine Wand eingedrückt. Es gab nur einen engen Durchlass, den dahinter liegenden Raum konnte man nur erahnen. Der Junge wollte gerade über die ersten herausgebrochenen Steine steigen, da packte Arnold ihn an der Schulter und hielt ihn zurück.

»Da gehe ich zuerst durch«, sagte er und nahm dem Jungen die Fackel aus der Hand. »Christian, du gehst als Letzter. Und zieh dein Messer, das ist der perfekte Ort für einen Hinterhalt.«

Christian machte ein fragendes Gesicht, hielt sich aber an Arnolds Anweisung. Arnold quetschte sich durch den Engpass, die Fackel weit nach vorne gestreckt. Der Junge war gleich hinter ihm und wollte sich an ihm vorbei drängeln, sobald wieder etwas mehr Platz war. Aber Arnold klemmte blitzschnell die Fackel in eine Mauerspalte, packte ihn mit einer Hand um die Taille und setzte ihm mit der anderen Hand das Messer an die Kehle. Der Junge erstarrte, doch als Arnold einen Schritt in den Raum machte, der sich vor ihnen öffnete, versuchte er, sich aus Arnolds Umklammerung herauszuwinden und Arnold gleichzeitig einen Fuß wegzutreten. Arnold packte fester zu.

»Bist du irre? Fast hätte ich dir den Hals durchgeschnitten!«

Arnold versuchte, mit der freien Hand nach der Kehle des Jungen zu greifen. Er hatte nicht die Absicht, ihren Führer zu verletzen, denn das hätte unweigerlich zu einem Kampf mit den in der Dunkelheit lauernden Räubern geführt. Seine Hand glitt von der Taille des Jungen nach oben, während er das Messer wegsteckte und wieder nach der Fackel griff.

Christian blickte alarmiert hinüber zu Arnold, weil der plötzlich leise lachte. Arnolds Hand lag nicht an der Kehle des Jungen, sondern auf einer Rundung, die sich unter der groben Tunika nicht abzeichnete, die man aber gleichwohl darunter spüren konnte.

»Ich glaub's nicht – der Kerl ist ein Mädchen! Du überlässt einem Mädchen eine so gefährliche Aufgabe?«, fragte er laut in die Dunkelheit vor ihnen.

»Sie ist besser als alle Jungs hier!«, kam nach kurzem Zögern eine Stimme aus der Dunkelheit. Arnold erkannte den Sprecher vom Abend vorher. »Und außerdem ist sie mein einziges Kind.«

»Nun, wenn du dein einziges Kind noch mal in deine Arme schließen willst, dann gibst du jetzt auf und lässt uns gehen. Ich gebe sie dir am Ausgang zurück, zusammen mit der versprochenen Belohnung.«

»Nimm deine Finger da weg!«, zischte das Mädchen mit Hass in der Stimme.

Fast ein wenig bedauernd ließ Arnold die kleine Rundung los und packte blitzschnell ihr Handgelenk. Er drehte sie zu sich herum und schaute neugierig in ihr Gesicht. Obwohl es vor Wut verzerrt war und Tränen helle Spuren auf der dreckigen Haut zeichneten, konnte Arnold sehen, dass sie eine Schönheit werden würde. Sie hatte große haselnussbraune Augen und einen schön geschwungenen Mund mit vollen, roten Lippen. Einige widerspenstige braune Locken hatten sich unter der Gugel hervorgewagt. Er verspürte ein vages Bedauern, dass ein so schönes Kind wahrscheinlich ihr gesamtes kurzes Leben hier im Dunkel der Unterwelt verbringen würde.

»Was macht so ein hübsches Mädchen wie du hier unten bei diesem Gesindel?«, fragte Arnold freundlich.

»Besser als bei einem Hurenwirt zu landen und edle Herren wie dich zu empfangen.« Sie drehte ihr Gesicht weg und spuckte auf den Boden.

»Schade, dass wir so wenig Zeit haben. Du gefällst mir, Kleine.« Arnold grinste und verdrehte dem Mädchen grob das Handgelenk, sodass sie scharf die Luft zwischen den zusammengebissenen Zähnen einsog und in die Knie ging. Er zog wieder sein Messer und setzte es erneut an ihre Kehle.

»Ich habe noch keine Antwort gehört«, sagte er laut in die Dunkelheit. »Wenn ihr kämpfen wollt, dann stirbt sie zuerst. Lasst uns durch und sie wird weiterleben.«

»Du hast gewonnen, wir ziehen uns zurück«, kam nach kurzem Zögern die Stimme aus der Dunkelheit. Arnold ließ das Handgelenk los. Das Mädchen rappelte sich auf und rieb sich mit der einen Hand das schmerzende Handgelenk.

»Mistkerl!« Sie drehte sich um und ging weiter.

»Schön langsam, Täubchen, das Messer zielt genau zwischen deine Schulterblätter.« Arnold grinste dreckig. »Und bitte etwas freundlicher. Ich habe ein empfindsames Gemüt.«

»Du redest zu viel!«

Schließlich kletterten sie über einen Berg aus Bruchsteinen und zwängten sich durch einen Spalt an der Decke eines steinernen Gewölbes. Auf der anderen Seite ließ sich ihre Führerin zu einer großen Holztruhe herunter und sprang von dort zu Boden.

Sie waren in einem Kellergewölbe angelangt, das nicht so verfallen und alt wirkte, wie die Gänge, durch die sie zuvor gekommen waren. Zwischen dicken, runden Steinsäulen hindurch und an Stapeln von Holzbohlen, Fässern und anderen Gerätschaften vorbei bahnten sie sich ihren Weg durch den dunklen Keller. An einer Tür aus dicken Holzbohlen, die mit Metallnägeln beschlagen war, blieben sie schließlich stehen. Das Mädchen zog an einem Eisenring, der aus einem Schloss ragte, und drückte die Tür mit der Schulter vorsichtig ein Stückchen weit auf. Schloss und Türangeln waren offensichtlich gut gefettet, sodass sie sich lautlos öffnen ließ.

Das Mädchen spähte durch den Türspalt und Arnold versuchte, über ihren Kopf hinweg etwas zu sehen. Sie blickten in einen Weinkeller. Größere und kleine Fässer waren an den Wänden rechts und links zu sehen. Dicke Säulen trugen ein Dach aus Holzbalken.

»Hier müsst ihr alleine weitergehen.« Das Mädchen streckte die Hand aus. Ohne etwas zu sagen, legte Arnold ein Goldstück in ihre Hand, die sich blitzschnell schloss und in einer Falte ihres Gewands verschwand.

»Links zwischen dem dritten und vierten Fass ist eine schmale Tür. Sie ist nur von innen zu öffnen und deshalb nicht verschlossen. Ihr kommt auf eine Gasse. Geht nach rechts und nach ein paar Schritten seid ihr auf der Hohen Straße, beim Haus zur Henne. Schräg gegenüber ist der Turm des Doms. Den Eingang findest du ja dann wohl selbst.«

Arnold war weiterhin sehr vorsichtig, aber es gab keinen erneuten Hinterhalt. Blitzschnell hatte sich ihre Führerin an der Wand hochgezogen und durch den Spalt gezwängt. Die Fackel hatte sie mitgenommen. Arnold und Christian hielten den Atem an und warteten einen Moment lang auf irgendwelche Anzeichen, dass sich jemand zwischen den Weinfässern versteckte. Dann tasteten sie sich an den Fässern entlang nach links. Es war nicht vollständig dunkel, denn durch einige kleine Fensterchen ganz oben in der rechten Seitenwand fiel ein wenig Licht in das Gewölbe. Arnold wurde klar, dass es früher Morgen sein musste.

Sie fanden die Tür und es dauerte einen kurzen Moment, bis Arnold den Schließmechanismus ertastet hatte. Mit einem leisen metallischen Geräusch, das für Christians Geschmack gleichwohl viel zu laut war, öffnete sich das Schloss. Arnold stieß erleichtert die angehaltene Luft aus. Die Tür öffnete sich nach innen und Arnold und Christian spähten in die dunkle Gasse. Es war zwischen den Häusern noch fast vollständig dunkel, nur der schmale Streifen Himmel über der Gasse schimmerte in einem blassen Blaugrau.

Sie traten auf die Gasse hinaus und zogen die Tür hinter sich zu. Von rechts tönte das Rumpeln eines Fuhrwerks gedämpft in die Gasse. Jemand lief an der Ecke vorbei, achtete aber nicht auf sie. Möglichst unauffällig traten sie auf die Hohe Straße hinaus und wandten sich nach rechts. Nach der Nacht in den dumpfen Gängen unter der Stadt kam ihnen die Luft herrlich frisch vor. Von einer Garküche zog der Duft von gebratenen Zwiebeln herüber. Christians Magen knurrte vernehmlich.

»Dazu ist später noch Zeit«, knurrte Arnold, »jetzt müssen wir erst einmal in den Dom.«

Sie folgten dem Fuhrwerk und erreichten schnell die Dombaustelle. Rechter Hand ragte der halb fertige Turm der Westfassade auf. Der Kran sah im spärlichen Dämmerlicht des frühen Morgens aus wie eine keck aufgesetzte Mütze. Obwohl nur halb fertig, wirkte der Turmstumpf gigantisch. Christian kam er vor, als sei er nicht von dieser Welt, wie ein Fremdkörper erhob er sich aus dem Häusermeer Kölns. Auch der Chor, der sich in einer beträchtlichen Entfernung erhob, hatte gerade in der Morgendämmerung und dem Dunst, der vom Rhein herübertrieb, etwas Unwirkliches. Christian, der noch nie in Köln gewesen war, blieb unwillkürlich stehen. Aber er wurde von Arnold jäh aus seiner Erstarrung gerissen, als dieser ihn am Arm packte.

»Keine Zeit für so etwas! Wir sind erst sicher, wenn wir im Dom sind.«

Arnold zog ihn mit sich, links am Turm vorbei. Hier waren schon die Säulen und Fundamente des Westportals angelegt, sodass das ganze Ausmaß des riesigen Kirchenbaus sichtbar wurde. Die ersten Säulen, vielleicht vier Mann hoch, standen frei. Die Säulen des Langschiffs hatten die Höhe der unteren Fenster erreicht. Sie waren mit Mauern verbunden und hatten auf den Säulenreihen gegründete Dächer, sodass der Eindruck einer dicht gedrängten Stadt entstand. Dahinter erhob sich wie ein dunkles Gebirge die Westwand des Chors.

Sie gingen durch das zukünftige Hauptportal, als von der anderen Seite des Platzes ein scharfer Pfiff ertönte. Arnold und Christian beschleunigten ihre Schritte und gingen in den Südturm, der zwei offene Bögen hatte. Hier im Südturm war das vorläufige Hauptportal des Doms, gewissermaßen im ersten Seitenschiff des Langhauses. Der Aufbau des Doms mit einem breiteren Langschiff und je zwei Seitenschiffen, der im Chor schon deutlich zu erkennen war, konnte hier bestenfalls erahnt werden.

Das Kirchenportal war unverschlossen. Trotz der frühen Tageszeit gab es schon einige Gläubige und Pilger, die in den Dom wollten. Manche hatten die Nacht hier verbracht, als Vorbereitung auf eine Pilgerreise. Arnold schloss die Pforte hinter sich und atmete tief durch. Er grinste Christian erleichtert an und ging einige Schritte in das Kirchenschiff hinein. Die Pforte öffnete sich wieder und zwei Männer der Stadtwache schauten in den Dom hinein. Da sie uniformiert und bewaffnet waren, durften sie den Dom nicht betreten. Sie schienen einen Augenblick zu zögern und wandten sich dann wieder ab.

Arnold ging auf einen Novizen zu, der mit einem Reisigbesen den Boden kehrte.

»Wo finde ich um diese Zeit Bruder Hieronymus?«, fragte er den Novizen, der sein schmerzendes Kreuz durchdrückte.

»Der ist wahrscheinlich in der Bibliothek. Dort ist er zwischen den Andachten eigentlich immer.« Der Junge grinste verschämt. »Außer wenn es was zu essen gibt. – Soll ich Euch den Weg zeigen?« Anscheinend wäre er gern für einen Moment von seiner Arbeit abgehalten worden.

»Danke, aber ich kenne den Weg. Wir wollen dich doch nicht von deiner wichtigen Aufgabe abhalten.« Arnold klopfte dem Novizen aufmunternd auf die Schulter. »Hier entlang«, sagte er an Christian gewandt.

Sie gingen die Säulenreihen entlang bis zum zukünftigen Querschiff und wandten sich dann nach links. Nach ein paar Schritten bemerkte Arnold, dass Christian stehen geblieben war, und drehte sich um. Im spärlichen Licht, das durch die Fenster fiel, entdeckte er Christian nach einem Augenblick der Unruhe an einem der Pfeiler, die einst, wenn der Dom denn irgendwann einmal fertig sein würde, eine Ecke der Vierung tragen würde. Christian schien sich mit einer Hand an der gewaltigen Säule abzustützen und schaute in den Chor hinein.

Die Sonne war über dem Kamm des Bergischen Landes aufgestiegen und ein erster Strahl goldenen Lichts tauchte den Chor in ein überirdisches Leuchten. Gewaltige Säulenbündel strebten in die Höhe, teilten und verbanden sich zu

Bögen und neuen Säulen. Und dazwischen war das Licht. Christian hatte noch nie so große Fenster in einem Gebäude gesehen. Das ganze Bauwerk erweckte den Eindruck, als wäre es nicht von Menschen, sondern von Engeln gebaut worden.

Arnolds Stimme riss ihn aus seiner Betrachtung. »Ich habe auch am Anfang immer so dagestanden. Dieser Anblick ist einfach unglaublich. Beim ersten Mal dachte ich, jetzt würde ich einfach sterben und der Chor wäre der Eingang zum Himmel.« Er legte Christian eine Hand auf die Schulter. »Und am schönsten ist es am frühen Morgen, so wie jetzt. Der Herr hat seine Hand nach seiner bedeutendsten Kirche ausgestreckt.«

Christian konnte sich nur mit Mühe von dem Anblick losreißen.

Da, wo einmal das nördliche Querschiff entstehen sollte, befanden sich noch Gebäude des Domklosters. Die romanische Architektur wirkte wesentlich schlichter als die gotische des neuen Doms.

An der Klosterpforte öffnete ihnen auf ihr Klopfen hin nach einiger Zeit ein griesgrämiger Mönch. Mit unwilligem Brummeln antwortete er auf Arnolds Frage nach Bruder Hieronymus, holte dann aber einen Novizen, der sie führen sollte. Arnold hätte den Weg zwar auch selbst gefunden, aber er wusste, dass es nichts bringen würde, dies vorzuschlagen.

Sie folgten einem Gang, von dem in regelmäßigen Abständen Türen rechts und links abgingen. Nach einem Durchgang folgte ein schmalerer Gang ohne Türen, der nach etwa zwanzig Schritten an einer Tür endete, die aus dicken Eichenbohlen bestand und mit Messing beschlagen war. Der Novize drückte die Klinke herunter und öffnete die Tür.

»Wenn Bruder Hieronymus nicht hier ist, ist die Pforte verschlossen«, sagte er zu Arnold und Christian. »Hier ist

Besuch für Euch, Bruder Hieronymus«, sagte er etwas lauter in den Raum hinein.

Der Raum, den sie betraten, war kreisrund. Nach Norden, Westen und Osten waren über Kopf kleine schmale Fenster in die dicken Wände eingelassen. Dazwischen befanden sich Regale mit Hunderten von in Leder gebundenen Büchern.

Hieronymus saß an einem Tisch und schaute auf, als Arnold und Christian zu ihm traten. Buschige, graue Augenbrauen überschatteten grüne Augen, die einen erstaunlich durchdringenden Blick hatten. Allerdings schmälerten zahlreiche Lachfältchen in den Augenwinkeln den strengen Gesichtsausdruck. Ein schmaler Kranz aus grauen Haaren umgab einen kahlen Schädel. Hieronymus musste sich offensichtlich keine Tonsur scheren lassen. Eine dicke Kerze in einer Laterne spendete etwas Licht, ebenso wie die Sonne, die durch das kleine Fenster auf der Ostseite des Turmes hereinschien. Hieronymus hatte durch eine Linse aus Bergkristall eine kostbar gestaltete Buchmalerei in dem Kodex vor ihm betrachtet. Er lächelte Arnold und Christian an.

»Guten Morgen, Martin«, sagte Arnold.

»Wann hörst du endlich auf, mich Martin zu nennen?« Hieronymus legte die Kristalllinse beiseite und erhob sich. »Seit ich in dieses Kloster eingetreten bin, gibt es Martin von Zons nicht mehr.«

»Daran kann ich mich einfach nicht gewöhnen. Hieronymus, also wirklich!« Arnold schüttelte abfällig den Kopf.

»Hieronymus ist ein guter Name für einen Bibliothekar.«

»Du hättest wie ich zum Ritter geschlagen werden können. Ich werde es dir nie vergeben, dass du dich so feige aus dem Staub gemacht hast.« Trotz der unfreundlichen Worte grinste Arnold Hieronymus freundschaftlich an. Christian wurde klar, dass die beiden, trotz aller Unterschiede, gute Freunde sein mussten.

»Außerdem war Hieronymus ein Zweifler und du bist doch standhaft wie ein Fels in der Brandung.«

»Sagen wir mal, dass ich mit deinen reformatorischen Ideen nicht viel anfangen kann.« Hieronymus nahm Arnold kurz in den Arm. »Gut, dass du es geschafft hast, den Häschern zu entgehen.«

»Wie immer bist du gut informiert.« Arnold wirkte nicht überrascht.

»Irgendwer hier innerhalb der Mauern muss doch wissen, was da draußen so vorgeht.«

Christian war inzwischen an den Tisch herangetreten. Er beugte sich tief über das aufgeschlagene Buch und betrachtete die Miniatur auf der linken Seite.

Arnold deutete auf Christian. »Das ist mein Begleiter. Er heißt Christian. Wir werden morgen aufbrechen, zuerst über Rom nach Jerusalem und dann über Santiago und St. Patricks Fegefeuer wieder nach Hause zurück.«

»Ein Pilgerziel hätte doch auch gereicht«, brummte Hieronymus und schüttelte den Kopf.

»Naja, ich muss für eine Weile verschwinden, also warum nicht gleich alle wichtigen Ziele der Christenheit besuchen? Außerdem würde ich dadurch für meinen Reisebericht deutlich mehr Informationen sammeln können.«

»Aha, du willst also wirklich ein Buch schreiben.«

»Ja, und den jungen Mann da drüben habe ich bereits als Schreiber angeworben. Allerdings war da noch nicht abzusehen, ob wir das Tageslicht noch einmal erblicken dürfen.«

Christian merkte, dass er angesprochen wurde, und blickte auf.

»Aus welchem Skriptorium stammt dieser Kodex?«, fragte er zusammenhanglos. »Ist er in Maria Laach hergestellt worden?«

»Allerdings!« Hieronymus war beeindruckt. »Da hast du anscheinend jemanden vom Fach gefunden, der weiß, wie man ein Buch herstellt«, sagte er, wieder in Arnolds Richtung. Hieronymus legte eine Hand auf Arnolds Schulter. »Ich hörte von einem recht begabten Novizen aus einem Kloster namens Aremberg in der Nähe von Blankenheim, der leider auch nicht sehr standhaft in seinem Glauben ist und deshalb jetzt auf der Flucht. Aber das ist doch ganz bestimmt nicht dieser junge Mann hier?«

Hieronymus grinste Christian an, der ziemlich blass, aber erleichtert zurückgrinste.

»Man sagt, dass der Flüchtige großes Talent beim Schreiben und beim Illuminieren der Kodices bewiesen hat. Einen besseren Schreiber, der gerade nichts anderes zu tun hat, findest du wahrscheinlich im ganzen Reich nicht. Und das, obwohl er eigentlich nur bäuerlicher Herkunft ist.«

Hieronymus und Arnold sahen Christian fragend an.

»Naja«, begann Christian unbehaglich, »ich war wohl als Kind sehr auffällig, weil ich schon mit fünf Jahren unbedingt lesen lernen wollte. Immer wenn ich konnte, bin ich zum Pastor gelaufen und habe mir die beiden Bücher zeigen lassen, die er besaß. Er hatte ein Stundenbuch mit Gebeten und einigen einfachen Zeichnungen und natürlich eine Bibel. Schließlich gab er mir ein Alphabet und ein Pergament mit der Abschrift der Weihnachtsgeschichte. Lesen und Schreiben habe ich mir damit selbst beigebracht. Der Pastor hat mein Talent erkannt und mich schließlich den Mönchen im Kloster vorgestellt.«

Christian hing seinen Gedanken nach. Innerhalb nur weniger Tage hatte sich seine Lebensplanung und seine Sicherheit in nichts aufgelöst. Dafür war er weiter weg von Zuhause, als er sich jemals vorstellen konnte. Er fühlte sich gleichzeitig entwurzelt und auf eine seltsame Art befreit.

Eine Weile sagte niemand ein Wort. Arnold hatte Christians Gesicht aufmerksam beobachtet.

»Du musst jetzt in die Zukunft schauen. Du bist frei und kannst alles tun, was du willst.«

»Frei!«, murmelte Christian. Er dachte darüber nach.
»Eine beunruhigende Vorstellung ...«

Arnold grinste ihn an und wider Willen musste er zurückgrinsen.

»Hast du das Paket hier,«, wandte sich Arnold an Hieronymus, »das ich dir am Montag habe bringen lassen?«

»Hier in der Truhe.« Hieronymus ging hinüber zu einer schweren Holztruhe und öffnete den Deckel. Dann hob er ein Paket heraus, das in braunen Stoff eingewickelt war. Darunter lagen zwei hölzerne Pilgerstäbe, die er ebenfalls herausnahm und an die Wand lehnte. Hieronymus schloss den Deckel wieder und legte das Paket auf die Truhe.

Arnold schlug die Stoffbahn auseinander. Darin befanden sich zwei Pilgermäntel und zwei breitkrempige Hüte. Er reichte einen Mantel und einen Hut zu Christian herüber, der ihn ungläubig ansah.

»Ihr habt mich doch heute Nacht erst gefragt, ob ich mitkomme.«

»Naja, zugegeben, es war nur eine Idee, aber ich bin immer gerne auf alle Fälle vorbereitet.« Arnold grinste entschuldigend.

Die Messe schien kein Ende nehmen zu wollen. Christian schmerzten die Knie, denn die zukünftigen Pilger mussten die ganze Zeit vor dem Dreikönigsschrein knien. Durch den starken Duft nach Weihrauch und die Müdigkeit war Christian schwindelig. Auch sein verletzter Fuß meldete sich wieder. Er fühlte sich heiß an und pochte. Links neben ihm kniete Arnold, rechts ein Bettler, der ungewaschen roch, was es für Christian auch nicht besser machte.

Endlich kam der Priester, der sie vor der Messe zu ihren Pilgerzielen befragt und ihnen die Beichte abgenommen hatte, zu ihnen herüber. Er arbeitete sich an der Reihe der Pilger entlang und überreichte jedem mit einem kleinen

Gebet Pilgertasche und Stab. Schließlich war er bei Arnold und Christian angelangt.

»Im Namen unseres Herrn Jesus Christus. Nimm diese Tasche als Zeichen deiner Pilgerschaft, damit du geläutert und befreit zu den heiligen Stätten der Christenheit gelangen mögest, zu denen du heute aufbrechen willst, und kehre nach Vollendung deines Weges unversehrt, mit Freude zu uns zurück. Dies gewähre Gott, der lebt und herrscht von Ewigkeit zu Ewigkeit. Amen!«

»Amen«, murmelte Christian und nahm die Tasche an sich. Dann nahm der Priester die Pilgerstäbe und reichte sie Arnold und Christian.

»Nimm diesen Stab zur Unterstützung deiner Reise und deiner Mühen für deinen Pilgerweg, damit du alle Feindesscharen besiegen kannst, sicher zu den heiligen Stätten gelangest und nach Vollendung deiner Fahrt zu uns mit Freude zurückkehrest. Dies gewähre der barmherzige Gott, der lebt und herrscht von Ewigkeit zu Ewigkeit. Amen.«

Er ging weiter zu den nächsten Pilgern. Christian schaute ihm verstohlen nach. Eine junge Frau weiter rechts musste von dem Mann neben ihr gestützt werden. Es war ein frisch verheiratetes Ehepaar, hatte er vorher erfahren, das nach Rom und zum Grab der Maria Magdalena pilgern wollte. Der Frau ging es deutlich schlechter als Christian, aber sie hielt sich tapfer.

Gemeinsam mit dem Bettler und dem jungen Paar verließen sie den Dom. Vor dem Portal griff Arnold in seine Geldbörse und gab dem alten Mann eine Münze. Der lächelte ein zahnloses Lächeln und verbeugte sich.

»Gottes Segen und viel Glück bei eurer Reise«, krächzte er und schlurfte davon. Christian wusste, dass diese Bettelpilger nur deswegen eine Pilgerfahrt antraten, weil sie als Pilger ein Recht auf eine Mahlzeit und ein trockenes Nachtlager in einer der Pilgerherbergen haben würden.

Am alten Brunnen vor dem Dom hatte ein Händler seinen Stand aufgebaut. Er wurde von den frisch geweihten Pilgern umlagert, die hier erste Pilgerzeichen kauften. Auch Arnold und Christian betrachteten die Waren. Arnold wählte zwei Rosenkränze als Zeichen der Rompilger und zwei Zeichen, die Maria mit dem Kind und die heiligen drei Könige zeigten, darüber drei Kirchtürme. Die Zeichen waren aus Zinn gegossen. Es waren keine Plaketten, denn zwischen den Figuren waren Öffnungen. Seitlich waren vier Ösen angebracht, mit deren Hilfe man sie auf die Kleidung oder die Pilgerhüte aufnähen konnte.

»Solche Zeichen kauft man zwar erst am Ende der Pilgerreise, aber ich habe den Eindruck, dass wir etwas zusätzlichen Schutz brauchen können«, sagte Arnold zu Christian. Plötzlich spürte Christian eine Hand auf seiner Schulter. Oder eher eine Pranke, dachte er mit einem Seitenblick. Auch hinter Arnold stand ein riesiger Kerl, der die Uniform der Stadtwache trug.

»So, haben wir euch endlich! Arnold von Harff, hiermit werdet ihr in Gewahrsam genommen!«

Arnold machte sich los und trat einen Schritt zurück. Ehe er etwas sagen konnte, mischte sich die junge Frau ein, die an der frischen Luft wieder deutlich gesünder aussah. Sie stellte sich zwischen den Riesen und Arnold.

»Wie könnt ihr es wagen, einen Pilger zu behelligen? Seht ihr denn nicht die Pilgerzeichen?« Sie deutete auf die Pilgertaschen und die Stäbe. Die anderen Pilger hatte einen Kreis um sie herum gebildet. Man sah ihnen an, dass sie nicht die Absicht hatten, die Büttel gewähren zu lassen. Der Riese hielt seine drohende Haltung noch einen Moment lang aufrecht. Man sah in seinem Gesicht zuerst Verwunderung, dann Resignation.

»Habt Ihr es wieder mal geschafft, Euch aus einer brenzligen Situation zu retten. Ihr seid aalglatt«, brummelte er schließlich und trat aus dem Kreis der Pilger heraus, die ihm gerne Platz machten.

»Komm schon«, sagte er über die Schulter zu seinem Kollegen, der verunsichert neben Christian stand. »Hier gibt es für uns nichts mehr zu tun.«

Arnold hatte sich der jungen Frau zugewandt. Er machte eine formvollendete Verbeugung, die auch mit der unhandlichen Pilgertasche noch gut gelang.

»Arnold von Harff, zu Euren Diensten. Das war ganz schön mutig.« Sogar Christian fiel Arnolds einnehmendes Lächeln auf.

Auch die junge Frau strahlte Arnold an. Sie war klein und recht schmal, aber aus ihren grünen Augen sprühten Humor und Lebensfreude. Gebende und Schleier waren ein wenig nach hinten verrutscht und gaben einen blonden Haaransatz frei. Eine blonde Locke hatte sich unter dem Schleier herausgestohlen, die sie sich aus dem Gesicht wischte.

»Maria Magdalena Leinweber«, stellte sie sich vor. »Und das ist mein Mann Hans Leinweber.«

»Zu Euren Diensten!« Auch Hans versuchte eine Verbeugung. Er war deutlich größer als seine Frau und alles an ihm schien ein wenig zu lang zu sein. Er hatte ein schmales Gesicht und darin eine lange Nase, die nicht so recht zu dem sinnlichen Mund passen wollte. Seine braunen Augen unter langen Wimpern blickten freundlich, aber zurückhaltend. Insgesamt wirkte er eher schmal und zerbrechlich, nicht wie jemand, der schon sein Leben lang schwere Arbeiten verrichtet hatte. Besitzergreifend legte er eine Hand mit langen schmalen Fingern auf den Arm seiner Frau. Die strahlte ihn verliebt an.

»Meine Freunde nennen mich Lena.« Sie hatte sich wieder Arnold und Christian zugewandt.

»Arnold – und das ist Christian. Wir wollen nach Rom, zunächst einmal. Genau wie ihr. Wisst ihr schon, wie ihr reisen wollt?«

Diesmal antwortete Hans. »Wie üblich wollen wir uns einer der Pilgergruppen anschließen, die in Richtung Rom aufbrechen.«

»Was würdet ihr denn davon halten, die erste Strecke auf einem Schiff zurückzulegen. Ich habe eine Kajüte auf einem Oberländer reserviert. Eigentlich für fünf Personen. Aber jetzt sind wir nur zu zweit. Meine Freunde«, Arnold sprach das Wort abfällig aus, »haben mich alle im Stich gelassen. Daher haben wir jetzt mehr Platz, als wir brauchen. Und ihr habt mir geholfen, als die Büttel mich festnehmen wollten, ich stehe also in eurer Schuld.«

Hans schaute seine Frau fragend an.

»Ihr könnt ja in Ruhe darüber nachdenken. Wenn ihr mitwollt, dann treffen wir uns morgen früh zur Prim an der Salzgassenpforte. Wenn nicht, dann wünsche ich euch eine gute Reise.«

Köln, 7. November 1496

Der Nebel hatte sich noch verdichtet, seit sie durch die Salzgassenpforte gekommen waren. Außerhalb des Tores, an die Stadtmauer gedrückt, um nicht im Weg zu stehen, trafen sie auf das junge Ehepaar, die Leinwebers, wie Christian sich erinnerte. Hier, genau in der Mitte zwischen dem Niederländer und dem Oberländer Ufer war ein bisschen weniger Betrieb und man hätte eine gute Aussicht gehabt, wenn es nicht zu neblig gewesen wäre. Denn hier legte die Fähre nach Deutz an, sodass eine Fahrrinne freigehalten werden musste.

Sie redeten unwillkürlich leise, obwohl der Hafen genug Lärm machte, aber der Nebel schien die Geräusche zu dämpfen. Arnold stellte Lena und Hans Leinweber seinen Begleitern vor. Gero, der einen zweirädrigen Karren mit einer Reisetruhe schob, brummte freundlich und Änni nahm die beiden mütterlich in den Arm.

Nur Franziska schmollte immer noch. Sie hatte am frühen Morgen einen letzten Versuch gemacht, Arnold zu überreden, sie doch noch mitzunehmen, und verweigerte eine Begrüßung. In ihren Augen konnte man sehen, dass sie rasend eifersüchtig auf die junge Frau und ihren Ehemann war, die mit in die Ferne reisen durften, während sie in Köln bleiben musste. Sie versteckte ihre Hände in ihrem Kleid und senkte den Blick.

Arnold überlegte einen Moment lang, ob er sie deshalb schelten sollte, aber er entschied sich dafür, dass es die schlimmere Strafe war, sie einfach zu ignorieren.

»Irgendwo hier müsste es sein«, sagte Arnold und wies unbestimmt nach rechts. »Bei diesem Nebel kann man sich in seinem eigenen Garten verirren!«

Die kleine Gruppe bewegte sich in die angegebene Richtung, als sich ein Schatten von einem großen Holzstapel löste und auf sie zukam.

»Arnold, da bist du ja endlich!«, dröhnte eine Stimme. Der Mann kam näher. Er war etwas kleiner als Arnold, aber mindestens doppelt so breit. Seine Kleidung war braun und mit Leder besetzt. Auf seinem runden Kopf trug er eine eng anliegende Kappe, ebenfalls aus Leder. Auch die Haut in seinem Gesicht schien aus braunem gegerbtem Leder zu bestehen. Unzählige Lachfältchen um die Augen zeigten, dass es sich um einen zwar lauten, aber doch freundlichen Zeitgenossen handeln musste.

»Conrad! Das ist mein Begleiter.« Er legte Christian eine Hand auf die Schulter. »Und hier haben wir ein junges Paar, das ich gestern eingeladen habe, ein Stück mit uns zu kommen.«

»Na, diesmal ist das Stück ja ein bisschen länger als früher.« Er wandte sich an die anderen. »Arnold ist als Halbstarker immer bis Sürth oder Wesseling mitgefahren und dann an einer günstigen Stelle ans Ufer gesprungen und zurück nach Köln gelaufen. Aber nun kommt mit, ich weise euch den Weg.«

Sie gingen zwischen einem der schräg ins Wasser ragenden Gerüste und einem großen Stapel aus Fässern hindurch. Arbeiter waren damit beschäftigt, eines der Oberländer-Schiffe, die Arnold immer an schwimmende Holzschuhe erinnerten, an Seilen seitlich auf das Gerüst zu ziehen, sodass man den Boden ausbessern konnte. Dahinter war ein Oberländer mit dem flachen Ende an das Ufer gefahren und an einigen im Boden des Flusses steckenden Pfählen befestigt. Arbeiter trugen Fässer und Ballen auf das Schiff.

»Gesalzener Hering und flandrische Tuche«, erklärte Conrad. »Willkommen auf meinem Schiff!«

Mithilfe von zwei Arbeitern wurde die Reisetruhe über eine Holzplanke auf das Schiff getragen und in eine kleine

Kajüte im hochgezogenen Heck des Schiffes gebracht. Sie bezogen zwei Ecken des kleinen Räumchens und legten ihre Decken über die frischen Strohsäcke, die Conrad anscheinend schon für seine Passagiere besorgt hatte.

Danach gingen sie wieder zurück ans Rheinufer, um sich zu verabschieden. Conrad trat zu der kleinen Gruppe.

»Wir müssen nur noch zehn Fässer aufs Schiff bringen, dann kann es auch schon losgehen. Und der Nebel lichtet sich auch schon«, sagte er.

Arnold fand, dass es nicht so aussah, als würde die Sicht in absehbarer Zeit besser. Aber er kannte Conrad und wusste, dass man ihm in jeder Hinsicht vertrauen konnte.

Der Abschied fiel recht kurz aus, denn Änni hatte bei feuchtem Wetter Schmerzen in den Gelenken. Immerhin hatte Franziska wieder bessere Laune und verabschiedete sich angemessen. Christian ließ es sich nicht nehmen, Franziska daran zu erinnern, weiter Lesen und Schreiben zu lernen, was diese mit einer säuerlichen Grimasse quittierte.

»Wir werden euch schreiben!«, sagte Christian. »Es wird natürlich etwas dauern, bis der erste Brief ankommt, aber bis dahin solltest du weiter Lesen üben. Und Änni wird dafür sorgen, dass dir beim Lesen niemand hilft oder dir vorliest.«

Änni nickte und lächelte Christian an. Dann zog sie Arnold ein wenig beiseite.

»Pass gut auf den Jungen auf. Das ist ein hübscher Kerl und der wird mal ein gut aussehender Mann.«, sagte sie. »Aber ihm fehlt es ganz eindeutig an Lebenserfahrung.«

»Nun, er ist in einem Kloster aufgewachsen, kein Wunder, wenn er da etwas naiv ist«, meinte Arnold.

»So, wir wollen dann los!« Conrad stand am Seitenruder im Heck des Oberländers. Der Bug hatte sich etwas gehoben, denn die Arbeiter hatten die Heringsfässer im Laderaum nach hinten verschoben. Dadurch lag die Planke jetzt deutlich steiler.

Galant reichte Arnold Lena die Hand und zog sie auf Deck. Die Leinen wurden gelöst und zwei Männer stießen das Boot mit langen Stangen vom Ufer ab. Je sechs Männer hatten rechts und links an der Reling Ruder in die Dollen eingehängt. Als sie ins offene Wasser kamen, klatschten die Ruder ins Wasser und drehten das Schiff in die Strömung. Conrad dirigierte das Schiff in den schmalen Flussarm zwischen einer flachen Insel, dem Werthchen, und dem Ufer am Bayenturm, denn der Hauptarm des Rheins war von Schiffsmühlen versperrt, die zwischen dem Deutzer Ufer und der Insel im Bereich der stärksten Strömung befestigt waren.

Conrads Oberländer war eines der größeren Exemplare. Daher verfügte es in der Mitte über einen Aufbau, in dem die Zugänge zu den unteren Laderäumen untergebracht waren. Im Heck war ein kleineres Deck, dahinter bog sich das Heck des Schiffes wie ein Horn nach oben. In diesem Horn waren zwei Kajüten untergebracht, eine für den Kapitän und eine für Fahrgäste. Seitlich am Heck war ein Seitenruder angebracht. Auf schmalen Laufplanken konnte man an den Aufbauten vorbei vom hinteren auf das vordere Deck gelangen. Nach vorne hin hatte das Oberländer-Schiff keinen hochgezogenen Bug, denn normalerweise wurde es in Uferbereichen einfach mit dem flachen Boden aufgesetzt und nach vorne be- und entladen. Auf diesem Deck befand sich ein kleiner Mast, der zur Befestigung der Taue beim Treideln verwendet wurde. Die Ruderer der seitlichen Riemen standen normalerweise mittschiffs, neben den Decksaufbauten; ein Querruder in der Mitte des Bugs konnte in engen Passagen oder Kurven zusätzlich zum Manövrieren eingesetzt werden. Die Ruderer bewegten sich auf dem vorderen Deck hin und her, um die Ruderpinne dieses Ruders zu bewegen.

Von Antwerpen bis nach Köln wurden die Waren in den schlankeren und mit Mast und Segeln ausgestatteten Niederländern transportiert, dann mussten sie in Köln für drei Tage ausgeladen und zum Verkauf angeboten werden. Erst danach wurden sie für den Transport auf Oberländer umgeladen, die rheinaufwärts bis nach Mainz fuhren. Für Waren aus dem süddeutschen Raum wurde umgekehrt genauso verfahren.

Inzwischen hatte der Nebel sich so weit gelichtet, dass man immerhin bis zur Schäl Sick, dem anderen Rheinufer, sehen konnte. Arnold und seine Begleiter standen im Heck des Oberländers und blickten auf Köln. Hinter der Stadtmauer stieg der Grund bis zur Hohen Straße deutlich an. Daher konnte man die oberen Geschosse und die Dächer der Häuser sehen und darüber die Türme unzähliger Kirchen. Und natürlich erhob sich über allem, jetzt allerdings weiter entfernt und im lichten Nebel eine unwirkliche Erscheinung, der unvollendete Dom.

»Köln ist doch sicher die größte Stadt der Welt.« Christian hatte die Arme gegen die feuchte Kälte um den Körper geschlungen.

»Nein!« Lena lächelte ihm zu. Obwohl sie auch nur wenige Jahre älter war als Christian, wirkte sie deutlich erwachsener. »Köln ist vielleicht die größte Stadt in Deutschland, aber ich glaube, Rom ist viel größer.«

»Soweit ich weiß, war Rom einst die größte Stadt, aber jetzt sollen die Städte der Heiden viel größer sein, zum Beispiel Konstantinopel oder Kairo.« Hans lächelte Lena verliebt an. »Und hier in Deutschland soll Nürnberg inzwischen genauso groß sein wie Köln.«

»Es soll eine Stadt geben, weit entfernt im Reich der Mongolen, in der über eine Million Menschen leben. Kambaluk oder so ähnlich. Behauptet ein Reisender namens Marco Polo aus Venedig jedenfalls. Und da sollen noch weitere Städte sein, die fast genauso groß sind. Aber dorthin werden wir nicht kommen. Nach Kairo und Konstantinopel vielleicht schon.«

Arnold wandte sich ab und sah herüber auf die vorbeiziehende Stadt. Er war im Moment in einer wirklich düsteren Stimmung. *Passend zum Wetter*, dachte er. Seine Abreise aus Köln hatte er sich immer anders vorgestellt, irgendwie glanzvoller, in Begleitung von ein paar Freunden, bei gutem Wetter und nicht unauffällig und bei Nieselregen und Nebel.

»Komm mit, wir müssen Pläne machen«, sagte er zu Christian und ging herüber zur Tür der Kajüte, ohne auf eine Antwort zu warten. Christian suchte den Blick von Lena und Hans, zuckte mit den Schultern und folgte Arnold.

Christian trat durch die niedrige Kajütentür. Das Innere wurde durch zwei kleine Fenster, die mit geöltem Pergament verschlossen waren, schwach erleuchtet. An der Decke hing eine Öllaterne, die etwas zusätzliches Licht spendete. Arnold saß an einem winzigen Tisch auf einem Hocker. Er deutete auf den zweiten freien Hocker.

»Wir werden natürlich eine Pilgerreise machen, aber nebenbei auch genaue Aufzeichnungen, die später in einem Reisebericht zusammengefasst werden sollen. Deine Aufgabe wird es sein, jeden Abend die zurückgelegten Entfernungen aufzuschreiben. Das ist in deutschen Landen kein großes Problem, weil hier in deutschen Meilen gemessen wird. In anderen Ländern gibt es andere Entfernungsangaben, zum Beispiel Lieux. Und in den heidnischen Ländern rechnet man in Tagesreisen. Seitdem Lienhard Holle in Ulm anno 1482 die *Cosmographia* von Ptolemäus neu herausgegeben hat, besteht ein großes Interesse an verlässlichen Angaben und Wegeverbindungen. Diese Angaben werden wir nach Nürnberg zu Erhard Etzlaub und auch an Martin Waldseemüller nach Saint Dié schicken. Waldseemüller und Etzlaub arbeiten dort an verschiedenen Kartenwerken und brauchen die Angaben, um ihre Karten zu verfeinern. Dazu habe ich auch mein Astrolabium mitgenommen, damit ich die Winkel zum Phoenice, dem Polarstern, bestimmen kann.« Arnold deutete auf ein kleines messingfarbenes Gerät, das auf dem Tisch lag.

Christian hatte schon von der neuen Vorstellung gehört, dass die Erde eine Kugel sei. Einer der Beweise hierfür sei, dass man den Polarstern je nachdem, wie weit man in den Süden gelange, in unterschiedlicher Höhe zum Horizont sehe. Natürlich durfte im Kloster Aremberg nur hinter vorgehaltener Hand über solch ketzerische Dinge geredet werden. Christian konnte sich noch gut an sein Entsetzen erinnern, als er zum ersten Mal davon hörte, dass die Erde keine Scheibe, sondern eine Kugel sei. Er wusste, dass es auch jetzt noch sehr gefährlich war, gegenüber den falschen Leuten solche Dinge zu behaupten. Arnold schien sich seiner Sache aber sehr sicher zu sein. Aber der hatte ja unter anderem, wie Christian schon erfahren hatte, Astronomie in Köln studiert.

»Außerdem werden wir aufzeichnen, welche Ablässe an welchen heiligen Orten zu erlangen sind und welche Heiligen dort begraben wurden«, unterbrach Arnold Christians Gedankengänge. »Nebenbei werden wir auch nach geeigneten Handelsgütern und ihren Bezugsquellen suchen. Herzog Wilhelm will zum Beispiel genau wissen, wo die verschiedenen Sorten von Pfeffer und anderen Gewürzen herkommen. Außerdem Herrschaftsbereiche, Burgen, Flüsse et cetera.«

Christian erkannte, dass diese Reise schon lange vorbereitet und durchdacht war. Offensichtlich hatte Arnold eine genaue Vorstellung davon, was er plante und welche Reiseroute er nehmen wollte. Die nächsten Sätze bestätigten seine Annahme:

»Hier habe ich den Reisebericht von Hans Tucher«, fuhr Arnold fort und reichte Christian ein kleines Büchlein. »Da können wir schon einige Informationen übernehmen, aber natürlich nur, nachdem wir sie überprüft haben. Außerdem habe ich noch einen weiteren Bericht, der zwar schon über hundert Jahre alt ist, aber der wurde von jemandem aus der Familie verfasst. Leider weiß niemand mehr, wer der Verfasser war. Aber in der zweiten Hälfte des Berichts geht er auf allerlei Pflanzen und Tiere ein. Diese Crocodile würde ich zum Beispiel gerne mal mit eigenen Augen sehen.« Er griff nach einem anderen Büchlein und blätterte darin. »Deine Aufgabe wird es sein, die Informationen aufzuschreiben und Kopien anzufertigen, wenn dazu Zeit ist. Dann werden Abschriften mit den Sendungen von Kaufleuten nach Köln und Heinsberg geschickt. Hier ist eine Mappe mit Papier.« Er schlug eine dicke Lederhülle auseinander. »Das sollte zunächst einmal ausreichen. Wenn du mehr Material, Tusche oder Federn brauchst, werde ich sie bezahlen, aber deine Aufgabe ist es, alles zu besorgen. Ich zahle dir monatlich, immer am letzten Sonntag, einen Jülicher Gulden oder eine entsprechende Summe in einer anderen Währung und außerdem Kleidung, Kost und Logis.«

Christian war überrascht, das war eine fürstliche Besoldung für einen Schreiber.

»Solltest du bis zum Ende der Reise mitkommen und das Buch mit mir zusammen fertig schreiben, bekommst du außerdem eine Prämie von zwanzig Gulden.« Arnold machte eine Pause und sah Christian an. »Du kannst dir bis Bonn endgültig überlegen, ob du das Angebot annehmen möchtest. Wir werden dort einen kleinen Vertrag aufsetzen, der alles regelt.«

Christian nickte, antworten konnte er im Moment nicht. Er erhob sich wortlos und ging hinaus auf das Deck. Der Nebel war aufgestiegen und zu einer niedrigen blendenden Wolkendecke geworden, durch die hier und da goldene Sonnenstrahlen brachen. Christian schloss die Augen gegen das grelle Licht.

Unvorstellbare neue Perspektiven ergaben sich aus Arnolds Angebot. Einerseits wollte er unbedingt die Welt sehen und weiter als Schreiber arbeiten können, aber andererseits sprengte die Idee, bis nach Jerusalem und in das Reich der Osmanen zu reisen, jeden Rahmen, den ein Bauernsohn aus der Eifel sich auch nur im Entferntesten vorstellen konnte. So schwankten seine Gefühle zwischen Faszination und Beunruhigung. Er war jetzt wirklich frei, aber dafür musste er plötzlich auch selbst Entscheidungen treffen, die sein Leben in der Zukunft verändern würden. Immerhin, so tröstete er sich im Moment, konnte er ja gar nicht anders, als die Rheinlande zu verlassen. Warum dann nicht in Richtung Rom?

Rüdesheim, 13. November 1496

Am Vormittag waren bei Lorch die schweren Lasten entladen und auf dem Kaufmannspfad weiter transportiert worden. Auch die Reisenden durften nicht auf dem Schiff bleiben, weil sie dort, wie Conrad sagte, im entscheidenden Moment doch nur im Weg gewesen wären. Arnold und seine Mitreisenden wollten aber nicht auf den Ochsenkarren mitfahren, die die Waren transportierten, denn der Kaufmannsweg führte über die Höhen des Rheingaus nach Rüdesheim. Die Reisegruppe wollte die Überfahrt über das Binger Loch aus der Nähe beobachten und war daher erst in Assmannshausen an Land gegangen. Von dort war es nur etwa eine deutsche Meile bis nach Rüdesheim. Das Wetter war gut für einen Novembertag und sie wanderten auf Winzerpfaden auf der Höhe von Burg Ehrenfels oberhalb des Treidelpfads.

Vor Burg Ehrenfels wurden die beiden Treidelpferde, die bislang die Ruderer unterstützten, durch weitere zwanzig Pferde ergänzt. Da immer nur zwei Pferde nebeneinander gehen konnten, war die Reihe beeindruckend lang. Die Strömung wurde immer schneller und unruhiger. Unebenheiten, Felsen und Sandbänke, die man unter Wasser nur erahnen konnte, verursachten Wellen und Strudel. Auch entgegenkommende Schiffe, die mit der Strömung fuhren, hatten große Schwierigkeiten, den Kurs zu halten. Laute Befehle und mitunter auch Flüche schallten über das rauschende Wasser des Rheins und wurden an den steilen Uferfelsen zurückgeworfen.

Auch aus der Entfernung konnte man die Anstrengung sehen, mit der die Ruderer gegen die Strömung ankämpften und das Schiff durch die schmale Öffnung in dem Felsenriff lenkten. Wie dunkle Zähne ragte hier eine ganze Reihe von Felsen aus dem Wasser. Kritisch wurde es, als die Ruderer die Riemen einziehen mussten, weil zwischen den Felsen, die Lochsteine genannt wurden und die nur einundzwanzig Fuß voneinander entfernt waren, nicht mehr genug Platz zum Rudern war. Nur mit der Kraft der Pferde und langen Stangen konnte das Schiff hier auf Kurs gehalten werden. Conrads erfahrene Mannschaft meisterte diese wenigen Augenblicke mit gelassener Routine und kurz darauf befand sich das Schiff im ruhigeren Fahrwasser oberhalb des Felsenriffs. Der Rhein floss hier wieder so gemächlich wie in Köln.

Arnold und Christian hatten sich schon früh aus dem Wirtshaus wieder auf das Schiff begeben, während die Mannschaft noch feierte, die Stromschnellen von Bingen überwunden zu haben. Hans und Lena hatten es vorgezogen, in einem Wirtshaus in der Drosselgasse zu übernachten. Wahrscheinlich, dachte Arnold, damit sie ein paar Stunden allein verbringen konnten, denn auf dem Schiff war man nie unbeobachtet. Das Schiff lag an einem Steg vertäut und von zwei Männern bewacht am Ufer. Ein Teil der Waren war bereits wieder im Laderaum untergebracht worden, aber der Großteil der Fässer und Ballen lag noch im Stapelhaus und sollte am frühen Morgen wieder eingeladen werden.

Sie saßen in der winzigen Kajüte im Heck des Oberländers an dem kleinen, an der Wand angebrachten Tisch. Eine einzelne Kerze brannte in einer Laterne und spendete ein wenig Licht. Christian hatte seine ersten Notizen sortiert und ergänzt und rollte gerade die Feder in ein Lederetui mit weiteren Federn und Pinseln ein. Arnold las im Reisebericht von Tucher, als das Schiff eine seltsame Seitwärtsbewegung machte. Christian verschnürte das Lederband, während die Bewegung sich wiederholte, allerdings diesmal etwas stärker. Christian schaute Arnold fragend an.

»Fühlt sich irgendwie seltsam an«, meinte er nachdenklich. »Als ob das Schiff sich zur Seite bewegen würde.«

Vom Deck war ein dumpfer Laut zu hören, gleichzeitig knirschte es vom Bug des Schiffes her. Der Boden kippte leicht zu Seite.

»Raus hier«, knurrte Arnold und sprang zur Tür, dicht gefolgt von Christian.

Den beiden bot sich im Licht der Laternen und Fackeln am Ufer ein erschreckendes Bild. Das Heck des Oberländers war durch die Strömung vom Steg weggedrückt worden. Nur noch ein Tau am Bug hielt den Oberländer am Ufer. Dort vorne kämpften zwei Männer, einen Augenblick später fiel einer röchelnd auf die Planken, der andere machte einen weiten Schritt auf den Steg und versuchte, das letzte Tau zu lösen.

Arnold und Christian versuchten, rechts und links an den Decksaufbauten vorbei zu dem Verletzten zu gelangen. Sie erreichten ihn fast gleichzeitig und knieten neben ihm nieder. Auch Christian konnte erkennen, dass ihm nicht mehr zu helfen war. Der Angreifer hatte ihm die Kehle durchgeschnitten. In diesem Augenblick riss mit einem peitschenden Knall das Tau. Ein Ende schlug mit einem pfeifenden Geräusch über ihre Köpfe. Der Oberländer schwankte zur Seite und trieb dann langsam vom Ufer fort. Christian sprang auf und stellte sich an den Bug des Schiffes, aber der Steg hatte sich in den wenigen Augenblicken bereits mehr als zwei Mannslängen entfernt.

»Hilf mir, das Querruder einzulegen!«, sagte Arnold in Christians Rücken. Christian, der selber weiche Knie hatte, bewunderte die ruhige Gelassenheit in Arnolds Stimme. Gemeinsam hoben sie das Ruder aus der Verankerung an der Bordwand und legten es in die Dolle am Bug ein.

Gemeinsam drehten sie das Schiff in die Strömung, während von einem anderen Oberländer ein Ruf über das Wasser herüberschallte.

»Hey, was macht ihr Wahnsinnigen denn da?«
»Jemand hat die Leinen gelöst!«, brüllte Arnold zurück.
»Steuert die kleine Sandbank da an, wir holen Hilfe.«
»Was machen wir, wenn wir die Sandbank nicht treffen?« Christian keuchte schon vor Anstrengung.
»Schwimmen«, schlug Arnold gelassen vor.

Das Blut des Toten machte das Deck rutschig, aber Arnold und Christian schafften es, den Oberländer an der Sandbank auflaufen zu lassen. Damit er nicht wieder wegtreiben konnte, sprang Arnold an Land und befestigte ein Tau an der Wurzel einer der kleinen Weiden auf dem Inselchen.

Nachdem sie zu Atem gekommen waren, nahmen sie nach und nach ihre Umwelt wieder wahr. Sie waren an einer kleinen Insel gestrandet, etwa hundert Fuß vom Ufer und eine Viertelmeile von Rüdesheim entfernt. Auf dem Treidelpfad waren Menschen mit Fackeln, die in ihre Richtung rannten. Flussabwärts konnte man das Rauschen des Flusses am Binger Loch hören.

Arnold meinte, vom Ufer her Conrads Stimme zu hören.

»Gut gemacht, mein Freund! Wir holen euch mit dem Beiboot.«

»Hier ist alles unter Kontrolle«, rief Arnold zurück. »Aber wir haben einen Toten.«

Wenig später kam von Rüdesheim her das Beiboot flussabwärts gefahren. Zuerst sah man nur das tanzende Licht der Bootslaterne, dann erkannte Christian auch die Ruderer. Das Beiboot steuerte aber zunächst das Ufer an und kam erst danach zu ihnen herüber. Es hatte am Rheinufer noch zwei Passagiere aufgenommen. Das Beiboot lief knapp neben dem Oberländer auf die Sandbank auf und als Erster sprang Conrad an Land. Danach kam, mithilfe eines Matrosen, ein weiterer Mann auf den Ufersand und eilte zu ihnen herüber. Er war kleiner als Christian, schmal und drahtig, mit einer langen schmalen Nase und dunklen tief liegenden Augen.

»Das ist der Richter von Rüdesheim, Gernot Richter, der wegen des Toten mitkommen wollte«, erklärte Conrad.

Der Richter war schon auf das Deck des Oberländers getreten und hatte sich von einem der Ruderer eine Fackel reichen lassen. Langsam umrundete er den Toten, schien ihn regelrecht einzukreisen. Die Brauen waren eng zusammengezogen, der Mund nur ein schmaler Strich.

»Kennt Ihr diesen Mann, Conrad?« Für einen so schmalen kleinen Mann verfügte Gernot über eine überraschend melodische, tiefe Stimme. Conrad machte einen großen Schritt auf das Deck und beugte sich über den Toten. Gernot leuchtete ihm mit der Fackel.

»Das ist Jan, einer meiner Matrosen. Er hatte heute die erste Wache.« Conrad sprach grimmig, er knurrte geradezu. »Armes Schwein«, setzte er dann noch hinzu. »Der andere Matrose, der Wache hatte, hat erst in Andernach angeheuert. Weil er noch ganz neu war, hatte er zusammen mit Jan Wache.« Conrad stand mit hängenden Armen und betretenem Gesicht neben der Leiche. »Jan war der erfahrenste Mann auf dem Boot. Er ist schon seit mindestens zehn Jahren mit mir zusammen unterwegs. Deshalb sollte er den Neuen ein wenig einarbeiten.«

»Könnt ihr den Toten so liegen lassen, wenn ihr das Boot wieder nach Rüdesheim bringt? Ich möchte ihn morgen bei Tageslicht noch einmal ansehen«, bat Gernot. Conrad nickte stumm. »Und bitte meldet euch«, er machte eine umfassende Handbewegung, die Arnold und Christian einschloss, »morgen bei mir im Rathaus.«

Nach einer kurzen Nacht – an Schlaf war nicht zu denken, zusammen mit einem Toten auf dem Schiff – waren sie schließlich mit Gernot zusammen zum Rathaus gegangen, nachdem dieser im ersten Morgenlicht die Leiche und den Tatort noch einmal genau in Augenschein genommen hatte.

Christian hatte große Mühe, nicht einzunicken. Er fühlte sich kalt und fiebrig und sein Fuß tat wieder weh.

»Dass der andere Mann verschwunden ist, macht ihn natürlich besonders verdächtig«, sagte Gernot abschließend.

Conrad und Arnold saßen an dem großen Schreibtisch und Christian mit einigen Matrosen auf einer Holzbank an der Wand. Ein schwaches Feuer brannte in einem Kamin hinter Gernot, aber niemand hatte Holz nachgelegt, sodass es eher qualmte, als Wärme abzugeben.

»Außerdem war eines der Taue angeschnitten, sodass es gerissen ist, als der Täter das andere Tau gelöst hat. Ich glaube nicht, dass wir den Kerl erwischen. Trotzdem habe ich noch heute Nacht Männer ausgeschickt, die das Rheinufer in beiden Richtungen absuchen. Außerdem sind berittene Boten zu den Toren im Rheingauer Gebück ausgeschickt worden, falls er über die Höhen fliehen sollte. Falls er aber über den Fluss gerudert sein sollte, haben wir nicht die geringste Chance. Meine Leute prüfen gerade, ob irgendwo ein Boot fehlt. Damit schließe ich diese Untersuchung ab«, sagte er mit einem kleinen Lächeln, »denn ich habe nicht den geringsten Verdacht, dass einer der hier Anwesenden Schuld auf sich geladen hat, indem er am Tod des Matrosen Jan beteiligt war. Ich gebe die Leiche frei, ihr könnt ihn beerdigen oder veranlassen, dass er seiner Familie überstellt wird.«

Conrad und Arnold hielten die Totenwache in der Kirche Sankt Jacobus am Marktplatz von Rüdesheim. Christian allerdings hatte sich auf Arnolds strikte Anweisung hin auszuruhen.

Am nächsten Morgen wurde Jan auf dem Kirchhof begraben. Das Wetter passte zu dem traurigen Anlass, es war neblig und nasskalt. Gernot hatte ihnen mitteilen lassen, dass tatsächlich in der Nacht ein Ruderboot gestohlen worden war. Die Suche nach dem Mörder wurde somit der

Stadtwache von Bingen übertragen. Sie hatten an ihrem unfreiwilligen Ruhetag darüber spekuliert, wem der Anschlag möglicherweise gegolten hatte, aber niemand hatte eine Idee. Gernot hatte schließlich die Vermutung geäußert, dass es sich um einen Streit unter den Männern gehandelt haben könnte. Conrad glaubte das nicht, aber er ließ das Thema schließlich auf sich beruhen.

Auch Lena und Hans waren zur Beerdigung gekommen. Sie sahen genauso übernächtigt aus wie Arnold und Conrad. Christian beobachtete Lena unauffällig; sie wirkte unglücklich und hatte anscheinend geweint, was ihm doch etwas unangemessen vorkam, denn sie hatten den Matrosen schließlich nur vom Sehen und ein paar Tagen auf dem Schiff gekannt. Hans schien nicht zu wissen, wie er Lena trösten sollte. Fast teilnahmslos stand er neben ihr.

Nach der Beerdigung wurde das Schiff, das am Vortag wieder komplett beladen worden war, zügig klar gemacht. Auf einem jetzt wieder gemächlicher fließenden Rhein, der in großen Schleifen floss, setzten sie ihre Reise Richtung Süden fort. Der Strom war hier wieder deutlich breiter, manchmal teilte er sich in mehrere Arme zwischen Sandbänken und lang gezogenen Inseln.

Ulm, 26. November 1496

Sie hatten Conrads Schiff in Speyer verlassen und folgten den Tuchen aus Flandern auf ihrem Weg nach Mailand. Eine alte Handelsstraße führte von hier aus nach Ulm. Arnold plante, in Ulm die Donau zu überqueren und dann südlich von Ulm auf die Römerstraße Via Claudia Augusta zu treffen. Diese Straße war, vor allem im Winter, die einzige einigermaßen sichere Möglichkeit, Waren nach Norditalien zu transportieren. In der weiten Ebene des Kraichgaus zwischen Odenwald und Schwarzwald hatte es noch nicht geschneit, aber auf den Höhen in der Ferne lag schon Schnee. Arnold, der als Ritter die meiste Erfahrung hatte, besorgte in einem Stall bei Hockenheim Pferde, sodass sie recht komfortabel reisen konnten. Eine von Lena angebotene Beteiligung an den Kosten lehnte er großzügig ab.

Der Weg war nicht ungefährlich, nicht einmal für Pilger. Ungeachtet der Tatsache, dass sie faktisch unter dem Schutz des Königs und des jeweiligen Landesherrn standen, kam es doch immer wieder vor, dass Reisegruppen von Gesetzlosen oder Raubrittern angegriffen wurden. Ihnen ging es um die Waren, aber es kam auch vor, dass wohlhabende Reisende als Geiseln genommen wurden, um Lösegeld zu erpressen. Daher begaben sich Arnold und seine Gefährten in den Schutz einer größeren Gruppe, die zudem noch einige Söldner angeworben hatte, um Leben und Güter im Notfall verteidigen zu können. Bei Cannstatt hatte sich außerdem eine kleine Gruppe von Rittern mit ihren Knappen der Reisegruppe angeschlossen, die dadurch selber zwar langsamer vorankamen, aber die zusätzliche Sicherheit und die Gesellschaft ebenfalls zu schätzen wussten. Außerdem waren die Kaufleute in der Gruppe gerne bereit, für weiteren bewaffneten Schutz zu bezahlen. Der Anführer der Ritter, Konrad von Berlichingen, übernahm wie selbstverständlich den Oberbefehl über seine eigenen Leute und die Söldnertruppe.

Auf der Reise von Gasthaus zu Gasthaus, die hier in komfortablen Abständen von etwa acht bis zehn deutschen Meilen zu finden waren, hatte Christian Lena weiterhin heimlich beobachtet. Zunächst tat er es aus Neugier, weil er bei der Beziehung zwischen Lena und Hans ein eigenartiges Gefühl hatte, aber später, wie er sich an einem trüben Tag in einer muffigen Gaststube mühsam eingestand, weil er sich in Lena verliebt hatte.

Ärgerlicherweise hatte auch der Knappe von Konrad von Berlichingen, ein junger Kerl, der etwa in Christians Alter sein mochte, ein Auge auf Lena geworfen. Gottfried, der Neffe von Konrad, den alle kurz Götz nannten, ließ keine Gelegenheit aus, Lena nahe zu sein und ihr Komplimente zu machen, was Christian sehr störte.

Was die Beziehung von Hans zu Lena anging, wurde Christian sein ungutes Gefühl einfach nicht los. Offensichtlich war Lena sehr in Hans verliebt, aber was Hans' Gefühle anging, da war sich Christian absolut nicht sicher. Hans schien die Rolle eines großen Bruders gegenüber Lena einzunehmen, aber nicht die des Ehemanns. Er hätte dem aufdringlichen jungen Ritter Manieren beibringen und sich schützend vor seine Ehefrau stellen müssen, fand Christian. Aber das tat er nicht. Hans wirkte beinahe teilnahmslos und oft sehr bedrückt. Und auch Lena wurde offensichtlich im Laufe der Reise immer unglücklicher.

Bei Geislingen erreichten sie das erste ernsthafte Hindernis. Quer zu ihrem Weg lag der Höhenzug der Schwäbischen Alb. Über Nacht war Schnee gefallen und hatte die Klippen an der Nordkante der Alb weiß überzogen. Geislingen lag in einem tiefen Einschnitt in das Bergland. Hinter Geislingen ging es steil bergauf, so steil, dass für die Wagen mit den Handelsgütern zusätzliche Zugtiere eingespannt werden mussten. Auf der Hochebene angekommen, bot sich unter den schweren Wolken ein großartiger Blick über das sanft zur Donau hin abfallende Land. Der Blick auf die Alpen war zu Christians Bedauern allerdings durch die Wolken verdeckt.

Sie erreichten Ulm an einem trüben Novemberabend. Die Wolken hingen tief und drohten weiterhin mit ernsthaften Schneefällen. Nachdem sie, von Norden kommend, den Michelsberg umrundet hatten, gab es von einer Anhöhe einen guten Überblick über die Stadt. Rechter Hand floss das Flüsschen Blau, das sich vor der Stadt in zwei Arme geteilt hatte, unter der Mauer hindurch in die Stadt hinein, um dann an der südwestlichen Mauerecke in die Donau zu münden. Ulm lag auf einer Erhöhung am Hochgestade der Donau. Innerhalb des Mauerrings, der erst vor einigen Jahren erneuert worden war, erhoben sich edle Fachwerk- und Steinhäuser, die ebenso wie die Mauertürme reich verziert waren. Man konnte schon aus der Ferne sehen, dass Ulm eine reiche Stadt war.

In der Mitte der Stadt erhob sich eine gewaltige Kirche, viel zu groß für eine doch eher kleine Stadt wie Ulm. Baugerüste waren seitlich des Langhauses aufgebaut. Offensichtlich wurden die Seitenschiffe umgebaut. Der mächtige Turm hatte auf dem dritten Stockwerk ein kleines Dach. Man konnte sehen, dass er einmal viel höher sein sollte, aber auch jetzt schon erhob er sich stolz über die Stadt, etwa dreihundert Fuß hoch.

Tatsächlich war die Kirche und der Turm der Stolz der Ulmer Bürgerschaft, denn zehntausend Ulmer Bürger hatten die Kirche komplett bezahlt, wie Arnold ihnen eines Abends in einer Gaststube erzählt hatte. Unter verschiedenen Baumeistern war das Bauwerk mehrfach vergrößert worden, jetzt mussten Sicherungsarbeiten durchgeführt werden, damit das Münster nicht einstürzte. Der Fehler war wohl, wie Arnold mutmaßte, dass man auf Strebewerk außerhalb des Kirchenschiffes verzichtet hatte, wie es beispielsweise beim Kölner Dom von Anfang an fest eingeplant war.

Ulms Reichtum hatte verschiedene Gründe. Einerseits begann hier der süddeutsche Pilgerweg nach Santiago de Compostela, was der Stadt zahlreiche Pilger bescherte. Außerdem war Ulm nach der Reichsreform von Kaiser Friedrich zum Hauptort des Schwäbischen Bundes geworden. Und Ulm lag an der Kreuzung zweier wichtiger Handelswege und die Donau war nur bis hierhin schiffbar. Alle Waren, die über den Fluss transportiert wurden, mussten hier ausgeladen werden. Dabei handelte es sich nicht nur um Waren aus Ungarn und den Ländern am Schwarzen Meer, sondern teilweise auch um Seide, Gewürze und Perlen, die über die Seidenstraße aus dem fernen Osten kamen. Seit die Osmanen den Bosporus kontrollierten, hatten Händler, die über die Seidenstraße reisten, nach alternativen Routen gesucht. Eine davon führte von Persien aus über das Schwarze Meer die Donau hinauf und endete dann in Ulm. Hier gabelten sich die Wege und es ging entweder nach Norden in Richtung Hamburg und Köln oder in westlicher Richtung nach Frankreich weiter.

Die Reisenden betraten die Stadt durch die Neue Pforte und verteilten sich auf verschiedene Gasthäuser. Arnold und seine Gefährten sowie die Gruppe von Konrad von Berlichingen quartierten sich im Gasthaus *Zum goldenen Ochsen* in der Weberstraße ein, von dem aus man einen schönen Blick auf die Westfassade des Münsters hatte. Die Händler und die Söldner suchten billigere Gasthäuser auf oder wohnten bei Handelspartnern oder in Handelskontoren.

Sie hatten vereinbart, eine Woche in Ulm zu bleiben, denn im Allgäu war Neuschnee gefallen und man wollte die Berichte von Reisenden aus dem Süden über die Begehbarkeit der Wege abwarten. Das verschaffte außerdem Zeit, sich die Stadt anzusehen, Kontakte zu pflegen und das eine oder andere Geschäft zu tätigen. Hans plante, wie er am ersten Abend in der Gaststube erzählte, einen oder mehrere Ballen Ulmer Barchent, ein Mischgewebe aus Baumwolle und Leinen, zu kaufen und in Mailand oder in Rom wieder mit Gewinn zu verkaufen. Ulmer Barchent war überall wegen seiner hohen Qualität sehr begehrt. Hans hatte gute Kontakte zu einem Tuchhändler aus Köln, der auch mit ihnen reiste und das Geschäft in seinem Auftrag abschließen würde, denn als Pilger durfte er selber nicht mit Waren handeln.

Am Abend des dritten Tages trafen sich alle an einem runden Tisch in der Gaststube des Ochsen. Bei Tag waren sie getrennte Wege gegangen. Hans und Lena hatten zwei Webereien besucht und Hans hatte zwei Ballen Barchent erstanden. Währenddessen hatten Christian und Arnold die Kirche und die Stadtmauer besichtigt und alle Heiligen, Ablässe und Verteidigungsanlagen notiert. Über einem offenen Feuer neben der Theke köchelte in einem großen Kupfertopf ein Ragout aus Karotten, Steckrüben und Hammel. Auf runden Holzbrettern wurde es den Gästen mit einer Unterlage aus Brotfladen serviert. Der Wirt kam mit zwei Krügen mit Bier und Wein, einem gewürzten badischen Rotwein, an ihren Tisch.

Hans, der nach dem abgeschlossenen Geschäft heute einen etwas zufriedeneren Eindruck machte, erzählte gerade von den Webereien und der Herstellung des Barchent-Gewebes. Christian, der nur mit einem halben Ohr zugehört hatte, weil er den Handel mit Tuchen nicht sonderlich interessant fand, war mit dem Essen beschäftigt. Nach dem langen nasskalten Tag hatte er Hunger. Er wurde wieder aufmerksamer, als der Wirt sich in das Gespräch einmischte.

»Ja, Barchent habt ihr gekauft? Das habt ihr gut gemacht!« Er stellte sich in Positur, die Hände in die kaum sichtbaren Hüften gestützt und den imposanten Bauch, der von einer speckigen Lederschürze bedeckt war, herausgestreckt.

»Venediger Macht,
Augsburger Pracht,
Nürnberger Witz
Straßburger Geschütz
Und Ulmer Geld
Regier'n die Welt!

Und mit *Ulmer Geld* ist nicht nur die Ulmer Münze, sondern auch der Barchent gemeint, der überall auf der Welt als Zahlungsmittel eingesetzt werden kann«, setzte er dann noch hinzu.

Es entbrannte eine nicht wirklich ernst gemeinte, freundschaftliche Diskussion darüber, was mit *Nürnberger Witz* und *Augsburger Pracht* gemeint war und ob nicht auch Köln in diesem Gedicht genannt werden müsste. Lena schlug *Kölner Eigensinn* vor, während Arnold eher *Kölner Klüngel* favorisierte.

Schließlich verabschiedeten sich Lena und Hans und Lena wünschte mit glänzenden Augen und vom Wein geröteten Wangen eine gute Nacht, während Arnold und Christian noch die Aufzeichnungen des heutigen Tages durchgehen wollten. Im Bierkrug war außerdem noch Bier, das ausgetrunken werden wollte. Schließlich drückte Christians Blase und er begab sich Richtung Abort auf den Weg zum Hinterausgang der Gaststube. Sein Schritt war nicht mehr ganz sicher und er musste vorsichtig die anderen Tische umrunden. So hatte er nicht gemerkt, dass auch Götz, der mit Konrad und seinen Männern an einem anderen Tisch saß, gerade die Gaststube verlassen hatte.

Auf dem Rückweg zur Gaststube kam er an der Treppe zum Obergeschoss vorbei. Dort hinauf ging es zu den Gastzimmern des Ochsen. Trotz der Stimmen aus der Gaststube schien es Christian, dass er ein Geräusch von oben gehört hätte. Er blieb im Dunkel am Fuß der Treppe stehen und lauschte. Da war es wieder und jetzt konnte er erkennen, dass es sich um ein leises Kichern handelte. Er schlich kurz entschlossen die Treppe hinauf und wäre am oberen Ende fast über eine kauernde Person gestolpert, die auf der letzten Stufe saß.

»Pass doch auf«, sagte die Person am Boden undeutlich. Christian erkannte die Stimme.

»Götz, was machst du hier?«, zischte Christian und zog den jungen Ritter hoch. Götz schwankte und kippte gegen Christian. Wieder kicherte er.

»An Türen horchen«, murmelte er.

»Was soll denn das?«, fragte Christian empört.

»Willst du etwa nicht wissen, was mit den beiden los ist«, fragte Götz zurück. Er hatte sich von Christian gelöst und stand leicht schwankend vor ihm.

»Welche beiden?« Christian schaffte es nicht, die Frage zu vermeiden, obwohl er die Antwort zu kennen glaubte. »Meinst du Hans und Lena?«

»Na klar, Mann! Das ist doch ganz offensichtlich, dass bei denen was nicht stimmt.«

»Und jetzt wolltest du es wissen.« Christian ließ sich auf der obersten Treppenstufe nieder und Götz plumpste neben ihn.

»Du bist betrunken«, stellte Christian zusammenhanglos fest.

»Sag mir mal was, was ich noch nicht weiß.« Im von nur einigen Kerzen erhellten Treppenhaus konnte Christian das Grinsen von Götz gerade so erkennen. »Sonst würde ich doch nicht an Türen lauschen.«

»Oh, der edle Ritter.«

»Willst du es jetzt auch wissen, oder nicht?«

Christian wand sich innerlich. Natürlich wollte er an Götz' Wissen teilhaben, aber gleichzeitig hatte er ein schlechtes Gefühl dabei.

»Na sag schon …«

»Also: Die beiden sind gewissermaßen auf Hochzeitsreise. Aber weißt du, nachts, da funktioniert es einfach nicht. Anscheinend haben sie es immer wieder probiert, aber Hans' kleiner Freund macht irgendwie nicht mit. Das ist schade, Lena ist wirklich eine schöne junge Frau, die hätte es doch verdient, dass ihr Ehemann es ihr ordentlich besorgt … Damit ergeben sich allerdings vielleicht Chancen für andere Liebhaber. Mal sehen …«

»Das ist widerlich! Du glaubst wohl, sie würde dich erhören, wenn sie von Hans genug hat?« Christian wäre es lieber gewesen, er hätte nicht danach gefragt, was Götz herausgefunden hatte. »Sehr weit reichen deine Rittertugenden wohl nicht!«

»Willst du dich mit mir anlegen, Schreiberling?« Götz war wieder aufgestanden, stand schwankend auf der oberen Treppenstufe und erhob die Fäuste.

»Ich schlage mich doch nicht mit Betrunkenen!« Auch Christian war aufgestanden und versuchte, in dem engen Gang eine Armlänge Abstand zu halten.

»Was ist hier los?«, kam es gleichzeitig von der Tür von Hans und Lena und vom unteren Ende der Treppe.

»Ich habe Christian dabei erwischt, wie er an der Tür von Hans und Lena gelauscht hat.«

Christian war entsetzt ob dieser unverschämten Lüge. Ohne eine bewusste Entscheidung zu treffen, ballte sich seine Rechte zur Faust und flog ins Gesicht von Götz, der mit einem solchen Angriff offensichtlich nicht gerechnet hatte. Allerdings kam seine Reaktion sofort, wenn auch alkoholbedingt etwas ungenau. Während Christian noch verdutzt seine schmerzende Rechte ansah, streifte Götz' Faust mit ihren Knöcheln lediglich das Jochbein von Christian und riss die Haut unter dem Auge auf. Vom eigenen Schwung aus dem Gleichgewicht gebracht, machte er einen Schritt nach hinten und rutschte auf der obersten Treppenstufe ab.

Glücklicherweise hatte Arnold von unten her schon einige Stufen erstiegen und fing den jungen Ritter auf. Er half ihm in eine sitzende Position und stieg an ihm vorbei die Treppe ganz nach oben.

»Der Lauscher an der Wand ...«, sagte er verächtlich zu Christian, der zu einer Rechtfertigung ansetzte, aber von Lena unterbrochen wurde.

»Ihr kommt jetzt alle erst mal in unser Zimmer. Und du«, sagte sie, an Götz gerichtet, »lässt uns endlich in Ruhe!«

Götz erhob sich schwerfällig und wankte die letzten Treppenstufen herunter.

»Ach, leckt mich doch alle mal am ...«, brummte er, den Rest des Satzes konnte man schon nicht mehr verstehen.

»Was hat er gesagt?« Arnold runzelte die Stirn.

»Ist doch nicht so wichtig!« Lena packte Christian am Arm und zog ihn in ihre Kammer, gefolgt von Arnold, der die Tür schloss.

»Lena, bitte, glaub mir, es war genau andersherum. Götz hat an der Tür gelauscht und ich ...«, begann Christian.

»Hinsetzen und Mund halten«, sagte Lena und drückte Christian auf einen Schemel. Sie holte einen Lappen und feuchtete ihn an, um Christian das Blut aus dem Gesicht zu wischen. »Ich glaube dir und es passt zu Götz, uns zu belauschen.«

Sie warf Arnold einen mahnenden Blick zu. Der hatte sich mit Hans zusammen auf die Bettkante gesetzt, sodass für Lena der einzige Stuhl im Raum übrig blieb. Christian spürte eine Spur von schlechtem Gewissen, denn er war ja durchaus an Götz' Neuigkeiten interessiert gewesen.

Lena hatte nur ein knöchellanges Unterkleid aus graubraunem Leinen übergezogen und trug ihr Haar offen. Die langen blonden Haare fielen in Wellen über ihre Schultern. Als sie sich über Christian beugte, um seine Platzwunde zu verarzten, konnte er gar nicht anders, als die Rundungen ihrer Brüste zu betrachten, die sich unter dem dünnen Stoff abzeichneten. Sie duftete nach Rosen. Der Schmerz in seinem Gesicht wurde dadurch erträglicher. Lena folgte Christians Blick und Schalk sprühte aus ihren Augen.

»So! Und jetzt drückst du diesen Lappen auf die Wunde, bis die Blutung aufhört. Es ist nicht schlimm, das verheilt von alleine.« Sie setzte sich auf den Stuhl, was dazu führte, dass sich das leichte Leinenkleid an ihre Figur schmiegte. Christian sah lieber weg und drehte sich zu Arnold um.

»Ehrlich, es war nicht so, wie Götz sagt.«

»Ich glaube ihm!«, kam aus Lenas Richtung, ehe Arnold etwas sagen konnte. »Lasst uns lieber darüber reden, wie wir damit umgehen können, dass Götz uns belauscht hat. Wenn ihr uns denn helfen wollt. Jetzt noch, meine ich …«

»Vielleicht könnte mich mal jemand aufklären, was hier los ist. Ihr drei seid ja wohl auf dem neuesten Stand, aber ich bin ja erst zum Schluss dazu gekommen.« Arnold versuchte, einen leicht ironischen Ton anzuschlagen. Er hatte sich schon gedacht, dass es jetzt ernst werden würde und versuchte, es den anderen dadurch leichter zu machen.

Lena schaute fragend zu Hans, der sich räusperte, aber dann eine Handbewegung zu Lena hin machte. Er schüttelte den Kopf und sank ein wenig in sich zusammen. Christian beobachtete Lenas Reaktion. Sie straffte die Schultern und strich sich energisch eine widerspenstige blonde Strähne hinter das Ohr.

»Wir sind Kinder aus zwei Kölner Kaufmannsfamilien und kennen uns schon sehr lange. Hans ist immer wie ein großer Bruder für mich gewesen. Er ist fünf Jahre älter als ich und am Anfang habe ich ihn angehimmelt und später habe ich mich verliebt. Hans wollte eigentlich nie heiraten und hatte auch überlegt, in ein Kloster einzutreten, aber dann musste er plötzlich, nach dem Tod seines älteren Bruders, einen großen Teil der Geschäfte übernehmen und konnte sein Elternhaus nicht verlassen. Und als einziger überlebender Sohn ist es für seine Eltern undenkbar, dass er ihnen keine Enkel schenken könnte.« Lena lächelte traurig, stand auf, ging hinüber zu Hans und lehnte sich an den Bettpfosten. Beschützend legte sie eine Hand auf seine Schulter. Sie räusperte sich und wurde rot. »Seitdem versuchen wir, ein Kind zu zeugen, aber ... es ... es funktioniert einfach nicht. Hans ... er fühlt sich nicht zu Frauen hingezogen, was naja, das Erotische angeht. Eben haben wir es wieder versucht, aber ...« Sie holte tief Luft. »Naja, es klappt einfach nicht und damit basta! Und danach haben wir Pläne gemacht, denn sonst wird man ja völlig verrückt. Anscheinend hat diese kleine Kröte Götz genau zur richtigen Zeit an unserer Tür gelauscht und hat die entsprechenden Schlüsse gezogen.«

»Nun, es ist ja nicht das erste Mal, dass eine Ehe kinderlos bleibt und man andere Wege ausprobiert«, meinte Arnold bedächtig.

»Jetzt sagt bitte nicht, Herr Ritter, dass Ihr Euch aus Gründen der Minne freiwillig meldet, um diesem misslichen Umstand Abhilfe zu leisten.« Lena grinste Arnold schief an. »Und schaut mich nicht an wie ein waidwundes Reh!« Damit war die trübe Stimmung gebrochen und selbst Hans musste lächeln.

»Naja, wenn die Anfrage käme, würde ich jedenfalls nicht ...«

»Oh nein, kein Wort mehr, edler Ritter!«, fiel Lena Arnold ins Wort. »Wer dazu im Zweifel infrage käme, entscheide immer noch ich ganz allein. Und natürlich in Absprache mit Hans. Aber das wird sicher nicht heute oder morgen entschieden.«

Christian beteiligte sich nicht an der anschließenden Diskussion darüber, wie man es anstellen könnte, ohne Verdacht zu erwecken mit einem Kind wieder in Köln aufzutauchen. Er dachte darüber nach, wie sehr sein Weltbild aus den Fugen geraten war, seit er Arnold kennengelernt und sich auf diese Reise begeben hatte.

In einem Kloster in der Eifel aufgewachsen, hatte er in Köln zum ersten Mal gehört, dass die Erde eine Kugel sei. Arnold verwendete, wann immer nachts die Sterne funkelten, ein seltsames Gerät, das er Astrolabium nannte, mit dem der Winkel zum Polarstern bestimmt werden konnte. Je weiter man nach Süden kam, desto niedriger stand der Polarstern am Himmel. Natürlich nur unter der Voraussetzung, dass die Erde tatsächlich eine Kugelform hatte. Das hatte sogar ihm eingeleuchtet, denn im Kloster gab es einen guten Geometrielehrer, sodass Christian genug gelernt hatte, um dem Gedankengang folgen zu können.

Seither betrachtete Christian gleichermaßen fasziniert wie beunruhigt, wie ihm immer wieder neue unbekannte Vorstellungen begegneten. Dass Arnold und auch Lena so selbstverständlich damit umgingen, dass Hans offensichtlich eher an anderen Männern interessiert war, aber Lena dennoch mit ihm zusammenbleiben wollte, war für ihn eigentlich undenkbar. Viele dieser Gedanken waren verboten, ja sogar ketzerisch. Aber gleichzeitig faszinierten ihn diese neuen Sichtweisen. Doch darüber musste in Ruhe nachgedacht werden.

Daher sah er sich außerstande, sich an dem Gespräch zu beteiligen. Was ihn allerdings am stärksten daran hinderte, etwas beizutragen, war der absolut irrwitzige Wunsch, Lena könnte ihn auswählen, um ihr aus der Kinderlosigkeit zu helfen. Lena hatte keinen Zweifel daran gelassen, dass sie ein Kind weder kaufen, noch aus einem Waisenhaus aufnehmen wollte. Sie hatte beteuert, dass es, wenn schon nicht das Kind von Hans, dann doch wenigstens ein Kind von ihrem Fleisch und Blut sein sollte. Christian schalt sich einen Narren, dieser Vorstellung auch nur nachzugeben.

Burg Ehrenberg, 29. Dezember 1496

»*C*hristian Schreiber an Jungfer Franziska, Haus Harff, Sankt-Mauren-Straße zu Köln.
Wir haben hier auf Burg Ehrenberg das Weihnachtsfest verbracht. Nach dem Dreikönigsfest wollen wir versuchen, über den Fernpass und den Reschenpass nach Verona zu kommen, wenn es das Wetter zulässt. Georg Gossembrot, dem die Burg gehört, hat über Weihnachten Musiker und Gaukler auf seine Burg eingeladen. Es war ein sehr schönes Fest. Wir haben am Tisch der Freunde der Familie im großen Rittersaal an den Feiern teilgenommen. Es gab sehr viele verschiedene Gerichte zum Essen und dazu spielten die Musiker und Gaukler. Die ganze Burg ist tief verschneit, lange Eiszapfen hängen an den Dachtraufen. Wir haben unser Quartier in einem der Türme, von dem aus man einen großartigen Blick auf die verschneiten Berge hat. Sie sind unglaublich hoch und scharfkantig und es schmerzt in den Augen, wenn die Sonne auf die Schneefelder scheint.

Wie steht es mit deinen Fortschritten im Lesen und Schreiben? Ich hoffe, du kannst diese Zeilen lesen, ohne dass dir jemand dabei hilft. Um deine Augen zu schonen, habe ich das Bild eines Gauklers beigelegt. Er war sehr klein, reichte mir nur bis zur Hüfte, obwohl sein Rumpf und sein Kopf eine normale Größe hatten und spielte für den Burgherrn den Narren.

Ich übersende dir die besten Wünsche zum Feste der Geburt unseres Herrn Jesus Christus und Glück und Gesundheit im neuen Jahr. Geschrieben zu Burg Ehrenberg an innocentium, dem dritten Tage nach navitatis domini, anno domini mcdxcvi.«

Christian straffte die vom Schreiben schmerzenden Schultern und strich sich mit den Fingern durch die strubbeligen braunen Locken. Er stand auf und sah aus dem kleinen

Fenster über die verschneite Landschaft. Dann legte er den Zettel mit dem Bild des Narren auf den Brief an Franziska, faltete diesen sorgfältig zusammen und trug ihn vom Schreibpult zum Tisch herüber, an dem Arnold gerade dabei war, weitere Briefe zu siegeln.

»Das wird den kleinen Sturkopf hoffentlich ein bisschen beschäftigen.« Arnold grinste Christian an.

Sie hatten einige Tage zuvor an einem weinseligen Abend darüber nachgedacht, nachdem sie den ganzen Nachmittag ihre Unterlagen durchgesehen, abgeschrieben und für die verschiedenen Empfänger sortiert hatten. So sollte zu jeder Sendung nach Köln neben den Anweisungen für Gero und Änni auch ein Brief für Franziska beigelegt werden, mit dem Hinweis an Änni, ihr nicht beim Lesen zu helfen und dem einen oder anderen Bildchen, das Franziska zusätzlich motivieren sollte, den Text auch wirklich zu lesen. Arnold und Christian hatten sich Franziskas Reaktion vorgestellt und an diesem Abend viel gelacht. Nun lagen auf dem Tisch zwei größere Packen, eingeschlagen in gewachstes Leder, die nach Köln und Heinsberg geschickt werden sollten und dazu zwei schmalere Briefe mit astronomischen Daten, die an die Kartografen Waldseemüller und Etzlaub gehen sollten.

Sie waren in der Nähe von Füssen auf die immer noch gut erhaltene Römerstraße nach Verona, die Via Claudia Augusta gestoßen. Der alte Handelsweg war die einzige einigermaßen sichere Strecke, auf der man auch im Winter die Alpen überqueren konnte, vorausgesetzt, das Wetter spielte mit. Das tat es aber nicht und große Mengen an Neuschnee zwangen die Reisenden zu einer Pause. In Anbetracht der kommenden Weihnachtstage fanden sie die Zwangspause allerdings nicht weiter schlimm.

Burg Ehrenberg lag auf einem Berg über dem Tal des Lech und bewachte die Zollstation des Königs Maximilian. Das schmale Tal war hier mit einer Mauer, die sich zur Burg und zur Festung auf der anderen Talseite hinaufzog, komplett abgesperrt. Wer auf dem Weg zum Fernpass war, musste durch das Tor der Zollstation, die Klause genannt wurde, und dort Zoll bezahlen. Hier begann dann der beschwerliche und auch gefährlichere Teil des Wegs durch schmale Hochgebirgstäler und über verschneite Pässe.

Georg Gossembrot, ein Augsburger Kaufmann und Finanzberater von Herzog Siegfried dem Münzreichen, hatte die Burg und damit auch die Zolleinnahmen im Jahre 1483 für 15.000 Gulden übernommen und nach Siegfrieds Abdankung im Auftrag des Königs weiter verwaltet. Er erhoffte sich vom Besitz der Burg den Aufstieg in den Adel. Aufgrund seiner adligen Herkunft war Arnold zum Weihnachtsfest auf die Burg eingeladen worden und damit waren auch Christian, Lena und Hans dort gern gesehene Gäste, während die restlichen Händler und ihre Begleiter in Reutte oder im Gasthaus an der Klause auf besseres Wetter warteten. Lediglich die Gruppe um Konrad von Berlichingen hatte den Übergang über die Alpen direkt in Angriff genommen. Ihr Auftrag sei zu wichtig, um wochenlang auf besseres Wetter zu warten, hatten sie beim Abschied erklärt. Christian hatte die Abreise nicht sonderlich bedauert.

Der Aufenthalt verlief sehr angenehm. Hans und Lena hatten ihre Versuche aufgegeben, ein Kind zu zeugen, was von Hans sichtlich eine Last genommen hatte. Auch die Abreise des Götz von Berlichingen führte dazu, dass die Reisenden nicht mehr damit rechnen mussten, belauscht zu werden.

So herrschte eine friedliche und dem Weihnachtsfest angemessene Stimmung. Besonders Lena genoss es, für ein paar Tage auf einer Burg zu leben. Mit glänzenden Augen verfolgte sie das Spiel der Gaukler und Spielleute oder genoss die Aussicht von den Zinnen auf die verschneite Bergwelt. Christian hingegen musste sich zwingen, Lena nicht ununterbrochen anzustarren. Das gelang ihm recht gut, aber von seinen Gefährten wurde er des Öfteren als mundfaul oder mürrisch gescholten.

Lediglich ein Unfall überschattete die friedfertige Stimmung. Am Morgen nach Weihnachten löste sich ein riesiger Eiszapfen von einem Wehrgang und traf Arnold, der sich just in diesem Augenblick auf einer Außentreppe befand, die zwar mit Sand bestreut, aber dennoch aufgrund des Frosts recht rutschig war. Der Eiszapfen streifte glücklicherweise nur Arnolds Schulter, brachte ihn jedoch aus dem Gleichgewicht und so stürzte er die restlichen Treppenstufen hinab in den Burghof. Wahrscheinlich aufgrund seiner gut trainierten Reflexe, so meinte jedenfalls Lena, zog er sich lediglich einige kräftige Prellungen und blaue Flecken zu. Nach einem heißen Bad und der Behandlung der Prellungen mit Arnika konnte er aber am Abend schon wieder zum Essen in die Ritterhalle humpeln.

Bei der abendlichen Ansprache gab Gossembrot Anweisung, am nächsten Morgen nach der Frühmesse den Burghof zu meiden. In dieser Zeit schlugen die Männer der Wache mit langen Stangen die Eiszapfen von Dachtraufen und Zinnen. Zeitweise erweckte das Geräusch der im Burghof zerplatzenden Eiszapfen den Eindruck, die Burg würde beschossen.

Fernpass, Januar 1497

Die Römerstraße führte sie aus der weiten Hochebene des Allgäus in teils enge Schluchten, teils aber auch in weite Hochtäler. Meistens ging es bergauf, manchmal steil, aber oft auch nur leicht ansteigend. Christian konnte sich vorstellen, dass es im Sommer recht angenehm war, auf diesem Weg die Alpen zu überqueren. Im Winter jedoch war auch diese Strecke eine Herausforderung.

Die Einheimischen hatten behauptet, dass in den nächsten Tagen kein Schnee fallen würde und so hatte sich die Reisegruppe am achten Januar an der Klause getroffen und sich zu einer kleinen Karawane formiert. Nachdem die Zollformalitäten geregelt waren, hatte sich die Gruppe aus etwa vierzig Personen und rund hundert Pferden und Maultieren in einer langen Zweierreihe aufgestellt. Die Tiere wurden von Einheimischen geführt, die Säumer genannt wurden. Reisende und Waren wurden auf dem Rücken der Tiere transportiert, die Säumer gingen zu Fuß.

Der Anführer der einheimischen Bergführer, der Josef hieß, aber von seinen Leuten nur Sepp gerufen wurde, stellte sich in seinen Steigbügeln auf und gab letzte Anweisungen. Er erklärte den Händlern und Pilgern noch einmal, dass das Wetter in den Alpen innerhalb von wenigen Augenblicken umschlagen könne und dass außerdem Lawinen oder Felsstürze die Reisenden bedrohten. Falls Mensch oder Tier an einer der steileren Stellen abstürzen sollten, würde das Wohl der Gruppe über das Wohl des Einzelnen gestellt.

Lenas Gesicht nahm einen besorgten Ausdruck an, aber auch Christian war beunruhigt und so fiel sein Lächeln, das eigentlich ein aufmunterndes Grinsen werden sollte, eher kläglich aus. Schon auf der Burg hatte man sich in Schauergeschichten übertroffen, die oft in der gefährlichen Bergwelt spielten. Jeder hier schien jemanden zu kennen, der von einer Lawine begraben worden oder in den schroffen Bergen abgestürzt war.

Am ersten Tag erreichten sie Lermoos, das nach Arnolds Schätzung etwa zwei deutsche Meilen von Reutte entfernt war. Der kleine Ort lag am Rand eines Talkessels, auf dessen anderer Seite, eine halbe Meile entfernt, das Zugspitzmassiv aufragte. Sie übernachteten in einem der Gasthäuser, die hier in kurzen Abständen von etwa einem halben Tagesritt an der Straße lagen. Die Säumer blieben bei ihren Tieren im Stall und gaben Acht auf die Waren.

Am folgenden Tag wollten sie das Hospiz auf der Passhöhe erreichen. Als sie sich wieder zu einer langen Reihe formiert hatten und Sepp das Startsignal gegeben hatte, ertönte ein dumpfes Grollen. Das Geräusch schien von überall her zu kommen. Lena dachte zunächst, dass es sich um ein Erdbeben handelte, aber ein hagerer Franziskanermönch, der vor ihr ritt, zeigte nach links, in Richtung der Westwand der Zugspitze. Dort ging eine gewaltige Schneelawine nieder, in sicherer Entfernung für die Reisenden, aber mit unglaublicher Gewalt. Lena sah sich daraufhin misstrauisch die Berge auf ihrer Talseite an und wurde fortan das ungute Gefühl einer Bedrohung auf ihrer ganzen Reise durch die Berge nicht mehr los. Auch andere Reisende und selbst die Säumer machten ein betretenes Gesicht, einer der Franziskanermönche betete leise.

Sie kamen an diesem Tag gut voran, obwohl es jetzt deutlich steiler bergan ging. Am frühen Nachmittag erreichten sie das Hospiz und die kleine Garnison auf der Passhöhe. Obwohl die Zeit noch knapp gereicht hätte, Nassreith auf der anderen Seite des Passes zu erreichen, entschieden sich die Bergführer dagegen. Aus ihren besorgten Mienen schlossen Arnold und Lena, dass sie wohl mit schlechterem Wetter rechneten.

Tatsächlich zogen bald darauf dunkle Wolken auf. Hinter den kleinen Fensterchen der Gästezimmer wurde es schwarz wie die Nacht. Der Wind frischte auf und es begann, heftig zu schneien. Man konnte gerade noch die ausgestreckte Hand sehen, der Rest der Welt verschwand in einer grauen Wand aus wirbelnden Schneeflocken.

Der nächste Morgen begann dagegen mit strahlendem Sonnenschein. Vom Schneetreiben des vergangenen Tages kündeten lediglich die frische Schneeschicht und die an allen Hindernissen aufgetürmten Schneewehen. Staunend hatten die Reisenden die zunächst blutrot eingefärbten Berggipfel betrachtet. Dann färbte sich das Licht golden und wanderte langsam nach unten ins Tal.

Die Bergführer waren indes nicht sehr glücklich über den Schneefall, denn der Neuschnee bedeckte alle Unebenheiten und stellenweise versanken Mensch und Pferd bis übers Knie. An vielen Stellen war der Pfad nicht mehr zu erkennen und nur durch die Ortskenntnis der Bergführer fanden sie ihren Weg. So erreichten sie Nassreith erst in der Abenddämmerung nach einer für Mensch und Tier anstrengenden Rutschpartie den Berg hinunter.

Reschenpass, Januar 1497

Lena kam es nach einer guten Woche in den Alpen so vor, als würde das Leben nur noch aus Frieren, Essen und Schlafen bestehen. Die Tage im Sattel in einer Landschaft aus Schnee und Kälte verschwammen zunehmend.

Sie folgten dem Lauf des Inn flussaufwärts und übernachteten in Herbergen, die in regelmäßigen Abständen an der Strecke lagen. Hinter Nauders verengte sich das Tal des Inn so sehr, dass der Weg über dem Wasser am Hang der steilen Berghänge entlanglief. Teilweise hatten die römischen Bauherren ihn tatsächlich aus dem Felsen herausgehauen. Etwa eine halbe Meile hinter dem kleinen Bergdorf überquerte der Weg den Fluss. Dort stand mitten im Inn ein eckiger Turm, der durch überdachte Holzbrücken mit den beiden Ufern verbunden war. Am gegenüberliegenden Ufer befand sich eine burgähnliche Anlage, die sich dicht an den Felsen schmiegte.

Die Klause Finstermünz war eine Zollstation, in der von den Händlern in der Gruppe Abgaben erhoben wurden, nur die Pilger waren ausgenommen. Dennoch zog sich dadurch der Zug der Reisenden etwas auseinander. Christian und Arnold, Lena und Hans ritten danach mit etwa zehn weiteren Personen und einigen Packpferden weiter. Die Gruppe vor ihnen hatte etwa eine Viertelmeile Vorsprung.

Auch nach der Klause führte der Weg wieder am Hang über den Wassern des Inn entlang. Links standen dick mit Schnee bedeckte Tannen und rechts ging es manchmal fünfzig, manchmal auch hundert Fuß tief hinab zum Fluss.

Hinter einer Kurve spürte Arnold, der beim Reiten vor sich hindöste, um die Kälte nicht so zu spüren, plötzlich einen Luftzug an seinem linken Ohr. Ehe er begreifen konnte, was passiert war, stieg plötzlich das Pferd von Lena und riss sich von seinem Führer los, der sich mit einem beherzten Sprung in den Schnee vor den Vorderhufen in Sicherheit brachte. Lenas Pferd machte zwei wilde Bocksprünge, drückte Christians Wallach nach rechts in Richtung Abgrund und rannte dann in die Packpferde vor ihm hinein. Dann brach es nach rechts aus und sprang. Christian blieb fast das Herz stehen, als er sah, wie Lena und ihr Pferd ins Nichts stürzten.

Nachdem sich sein Wallach in sichere Entfernung von den rutschigen Felsen gebracht hatte, sprang er fast gleichzeitig mit Arnold und Hans aus dem Sattel und rannte zu der Stelle, an der Lena verschwunden war. Arnold packte Hans am Arm, der mit fassungslosem Entsetzen im Blick den Eindruck machte, er wolle gleich hinterherspringen. Vorsichtig näherten sie sich der Kante, sorgfältig darauf bedacht, nicht auch noch abzustürzen. Einer der Säumer, der ein langes Seil in der Hand hatte, band ohne Umstände ein Ende des Seils um den Oberkörper von Hans, der sich dadurch weit hinauslehnen konnte. Arnold und Christian griffen mit dem Säumer zu und hielten Hans, sodass er nicht in den Abgrund stürzen konnte.

»Ich kann sie sehen. Sie liegt auf einem Vorsprung über dem Wasser. Aber sie bewegt sich nicht. Das Pferd ist in den Fluss gefallen. Lasst mich zu Lena runter!« Hans hatte sich gefasst, aber er war kreidebleich und sah aus, als würde er gleich in Tränen ausbrechen.

»Lasst besser mich zu Lena herab«, meinte Arnold.

»Gehen wir doch beide!«

»Auch gut.« Arnold gab einem weiteren Säumer ein Zeichen, der mit einem Seil näher kam und es an Arnold befestigte. Beide Seile wurden mit dem anderen Ende an zwei Packpferden befestigt, die ein Stück weit den Weg entlang geführt wurden, bis die Seile straff gespannt waren. Arnold und Hans ließen sich über den Abgrund hinab und die Säumer führten die Pferde Schritt für Schritt rückwärts, sodass die beiden Männer langsam an der Felswand hinabgleiten konnten.

Schließlich, nach einer quälend langen Zeit, wie Hans meinte, kamen sie bei Lena an. Arnold machte sich keine großen Hoffnungen, dass sie den Sturz überstanden haben könnte, doch auf dem Felsvorsprung hatte sich eine große Menge Neuschnee angesammelt, der Lenas Sturz abgefangen hatte. Sie lag mit dem Gesicht nach oben tief eingedrückt in der Schneewehe und hatte einen friedlichen Ausdruck auf ihren Gesichtszügen. Arnold kniete sich neben Lena und legte eine Hand auf ihre Wange. Die Haut war fast so weiß wie der Schnee und eiskalt. Ohne große Hoffnung tastete er nach der Halsschlagader und wollte schon eine bedauernde Geste zu Hans machen, da spürte er den schwachen Schlag ihres Herzens.

»Sie lebt noch. Wir müssen sie irgendwie nach oben schaffen.«

Hans sank neben Lena auf die Knie und küsste ihre Stirn. Dann nestelte er das Seil los und hob Lena vorsichtig an, um es mit Arnolds Hilfe um ihren Körper zu binden. Das war nicht einfach, denn das Seil war nass und die Hände von der Kälte steif, aber irgendwann war es geschafft.

»Lass du dich mit ihr hochziehen. Du bist stärker als ich. Ich warte dann hier unten, bis sie mich auch hochziehen können.«

Arnold gab ein Zeichen nach oben und stützte Lenas Kopf und Körper, während sie nach oben gezogen wurden. Als Hans einige Zeit später auch wieder auf dem Weg angekommen war, lag Lena in dicke Decken gehüllt am Wegesrand und hatte die Augen geöffnet. Arnold kniete neben ihr.

»Soweit wir das beurteilen können, ohne sie bei dieser eisigen Kälte auszuziehen, ist sie nicht sehr schwer verletzt. Aber sie ist unterkühlt und wir müssen sie schnell ins

Warme bringen. Der Säumer hat gesagt, es ist kürzer, nach Finstermünz zurückzukehren, als weiter zu reiten.«

»Hans«, hauchte Lena und wollte weiterreden, doch ihre Zähne begannen zu klappern. So streckte sie die Hand aus und Hans nahm ihre kalten Finger in seine beiden Hände, um sie zu wärmen.

»Wir werden sie vor uns aufs Pferd nehmen und stützen, immer abwechselnd, wenn Pferd oder Reiter müde werden.«

Sechs Tage später saßen sie in der Gaststube der Herberge von Finstermünz. Es war die Zeit der Abendmahlzeit. Auch Lena konnte wieder aufstehen, hatte aber den linken Arm noch in einer Schlinge. Seit dem Unfall wirkte sie blass und in sich gekehrt. Obwohl ein herbeigerufener Medicus sie untersucht und festgestellt hatte, dass ihr außer einer verrenkten Schulter, Prellungen und einer Gehirnerschütterung nichts fehlte, schien sich Lena nur sehr langsam zu erholen.

Christian schob Lenas Verhalten auf die Schmerzen, die sie vermutlich noch hatte. Auch Arnolds Gedanken schienen in diese Richtung zu gehen. Er nahm einen Schluck warmen Würzwein aus seinem Becher und legte die Hand auf Lenas Hand. Lena schien wie aus tiefen Gedanken aufzutauchen, schaute auf und lächelte traurig.

»Was ist los mit dir?«, fragte Arnold sanft. »Hat dich der Unfall so mitgenommen oder sind die Schmerzen noch so groß?

Ist sie dir gegenüber auch so ruhig oder siehst du manchmal noch die alte Lena?« Arnold blickte fragend zu Hans, der jedoch seinen Kopf schüttelte.

»Ich habe sie auch schon einige Male gefragt, aber sie hat nur gesagt, sie müsse nachdenken. Von der Lena mit den lustigen Bemerkungen ist seit dem Sturz nicht mehr viel zu sehen gewesen. Aber das kann man sich doch vorstellen, nach so einem Erlebnis.«

Lena lächelte ihn kurz an. Dann straffte sie die Schultern.

»Es tut mir leid«, meinte sie leise und mit einem Verständnis heischenden Lächeln in die Runde. »Aber redet bitte nicht über mich, als wäre ich gar nicht da, obwohl ich hier bei euch sitze. Dann kommt man sich vor, als sei man nur noch ein Geist.«

Sie nippte an ihrem Wein und holte tief Luft. Schmerzlich verzog sich ihr Gesicht.

»Die Schmerzen sind erträglich und ich kann sogar wieder schlafen, allerdings nur auf einer Seite.« Sie grinste kläglich, aber zum ersten Mal blitzte etwas von ihrem Humor auf.

»In den ersten Tagen hatte ich schlimme Kopfschmerzen, aber ich musste dringend nachdenken, was sich nicht sehr gut miteinander verträgt. Also hört, was mir bei dem Sturz wirklich passiert ist: Du weißt, dass mein Pferd nicht einfach so durchgegangen ist. Aber das ist etwas, was wir später besprechen werden.« Sie schaute zu Arnold, der nur nickte und eine auffordernde Geste machte fortzufahren. Christian blickte Hans fragend an, aber der konnte sich offensichtlich auch keinen Reim auf diesen seltsamen Anfang machen.

»Als dieses dumme Tier den Schritt in den Abgrund machte, schien die Zeit sich zu verlangsamen. Der Sturz zu dem Felsvorsprung hinunter hat für mich gefühlt sicher einige Minuten gedauert. Ich hatte Zeit, meine Füße aus den Steigbügeln zu lösen und mich von dem Pferd abzustoßen. Aber vor allem habe ich eins getan: Ich habe nachgedacht. Zuerst war ich sicher, dass ich jetzt gleich sterben würde. Ich habe über mein Leben nachgedacht, über Gesichter und Gefühle aus der Vergangenheit. Mir sind Dinge eingefallen, von denen ich gar nicht mehr wusste, dass sie noch in meinen Erinnerungen sind, zum Beispiel der Geruch von reifen Aprikosen in unserem Garten.«

Sie lächelte traurig und nahm noch einen Schluck Wein.
»Der Baum ist zusammen mit dem Schuppen vor vielen Jahren abgebrannt, da muss ich drei oder vier Jahre alt gewesen sein.«

Lena machte eine weitere Pause und blickte in die Ferne. Die drei Männer versuchten, sie möglichst nicht zu unterbrechen, weder mit einer Geste, noch mit einem Geräusch. Schließlich kehrten Lenas Gedanken wieder zu ihnen zurück.

»Ich habe mein Leben an mir vorbeiziehen sehen und es sehr bedauert, dass ich es so früh verlieren sollte. Doch ich habe auch mit großer Klarheit gesehen, dass es die richtige Entscheidung war, Hans zu heiraten und bei ihm zu bleiben.«

Wieder machte Lena eine Pause und legte zärtlich ihre schmale Hand auf die Hand von Hans. Sie zog sie nicht zurück, als sie weiter sprach.

»Dann bin ich auf diesen Felsen aufgeschlagen und gestorben, so meinte ich. Meine Seele löste sich von meinem Körper und ich sah mich selbst dort liegen, mein Gesicht so weiß wie der Schnee. Eine Gestalt aus Licht und Wärme erschien und sagte mir, dass es noch nicht an der Zeit sei, in die andere Welt zu gehen. Es war, da bin ich mir sehr sicher, Maria Magdalena, die dort zu mir sprach. Sie zeigte mir ein wenig von meiner Zukunft. Ich werde Kinder haben, hat sie mir gezeigt. Viele Kinder, dass es alles eigene sind, glaube ich nicht, aber es waren auch eigene dabei. Ich habe nicht alles verstanden, was sie mir gesagt hat, deshalb musste ich darüber nachdenken.

Aber jetzt weiß ich, wie mein Weg verlaufen wird. Den ersten Teil dieses Weges hat sie mir in klaren Bildern gezeigt. Ich werde nach Rom und dann nach Saint Maximin pilgern und auf dem Heimweg nach Köln ein Kind unter dem Herzen tragen. Der weitere Weg war dann nicht mehr so genau zu sehen. Maria sagte, es hinge von meinen eigenen

Entscheidungen ab, wie sich meine weitere Zukunft gestalte. – Jedenfalls bin ich wieder da. Auch wenn ich vielleicht nicht mehr so ganz die alte Lena bin.«

Sie atmete tief durch.

»Ich glaube, so viel habe ich zusammengenommen in den letzten zwei Wochen nicht geredet.«

Die Männer lachten und die nachdenkliche Stimmung war vergangen.

»Warum Saint Maximin?«, fragte Christian, um kein Schweigen aufkommen zu lassen.

»In der Kirche dort ist Maria Magdalena begraben. Ich hatte keine Zeit mehr, ihr zu danken, denn da seid ihr bei mir aufgetaucht und ich war zu sehr damit beschäftigt weiterzuleben. Das war gar nicht so einfach. Außerdem betet man zu ihr, wenn man sich ein Kind wünscht oder um sich für eine Geburt zu bedanken.«

Sie lächelte die drei Männer schalkhaft an.

»Ich habe immer gedacht, diese ganzen Leute, die Visionen oder so etwas haben, sind Aufschneider und Wichtigtuer. Oder einfach Spinner. Aber jetzt sehe ich das anders. Und hätten wir diese Pilgerreise nicht angetreten, wäre ich jetzt um eine wichtige Erfahrung ärmer.

So, aber jetzt müssen wir über etwas anderes, Weltlicheres sprechen.« Lena sah Arnold ernst an. Der machte einen zerknirschten Gesichtsausdruck.

»Ja, leider habe ich euch etwas verschwiegen. Das war ein großer Fehler, aber ich dachte, es betrifft nur mich. Aber es würde mich interessieren, was du weißt, Lena. Vielleicht fängst du an und danach erzähle ich die ganze Geschichte.«

Lena nickte zustimmend.

»Der Gaul unter mir ist nicht von ganz alleine durchgegangen. Das Tier war ganz ruhig und entspannt und dann habe ich ein Zischen und einen dumpfen Aufprall gespürt. Jemand hat auf uns geschossen und mein Pferd getroffen. Aber ich glaube nicht, dass er mich erwischen wollte. Direkt hinter mir ritt Arnold. Der Schütze hatte es auf dich abgesehen, nicht wahr, Herr Ritter? Er war weiter oben zwischen den Bäumen und hat auf deinen Rücken gezielt, dich aber verfehlt und dann mein Pferd getroffen.« Sie blickte Arnold auffordernd an.

»Sehr gute Schlussfolgerungen ...«

»Danke, ich hatte ja genug Zeit zum Nachdenken.«

»Dann muss ich euch jetzt wohl die ganze Geschichte erzählen. Wie gesagt, es tut mir leid, dass ihr da mit hineingezogen werdet. Eigentlich dachte ich, es ginge nur um mich. Das war natürlich Unsinn. Aber ich mache solche Dinge eigentlich lieber mit mir selbst aus.« Er blickte entschuldigend in die Runde. »Am Tag unserer Abreise von Burg Ehrenberg hat mich der Burgherr zu einem Gespräch gebeten. Er hat mich gewarnt, dass bei meinem Unfall nicht alles mit rechten Dingen zugegangen ist. Denn er hat auch deshalb die Eiszapfen abschlagen lassen, um herauszufinden, woher der Eiszapfen kam, der mich getroffen hat. Seine Leute haben keine Eiszapfen oberhalb der Treppe gefunden, aber etwas weiter an der Überdachung eines Wehrgangs waren mehrere Stücke abgebrochen. Er schloss daraus, dass jemand diesen Eiszapfen mit Absicht auf mich geworfen hat. Natürlich zog er auch in Betracht, dass der Anschlag nicht mir galt oder dass es nur ein Dummer-Jungen-Streich war. Aber es konnte auf keinen Fall ein Unfall sein.« Arnold nahm einen Schluck Wein. »An dem Tag, als Lena in den Abgrund stürzte, einen Augenblick bevor Lenas Pferd durchging, ist etwas an meinem Ohr vorbeigezischt. Ich habe nicht gesehen, was es war, aber ich denke, es war ein Armbrustbolzen. Das Pferd ist in den Inn gefallen, das konnten wir nicht mehr untersuchen. Aber ich habe hier ein wenig nachgeforscht. Und man hat mir bestätigt, dass an diesem Tag ein einzelner Reisender in der Gegenrichtung unterwegs war. Da uns niemand entgegengekommen ist, kann es sich nur um den Angreifer gehandelt haben. Ich denke, es ergibt nicht viel Sinn, weitere Nachforschungen über den Kerl anzustellen, aber ich muss wohl damit rechnen, dass man mich verfolgt.« Arnold blickte in die Runde und zuckte mit den Schultern. »Und dass alle, die mit mir reisen, in Gefahr sind.«

»Hast du eine Idee, wer dich verfolgt?«, fragte Lena.

»Du hast so ein Talent dafür, den Finger in die Wunde zu legen, Lena.« Arnold grinste Lena an. »Das ist auch etwas, was ich euch verschwiegen habe. Es ist mir auch ein wenig peinlich, aber ihr seid mir gute Freunde geworden, also will ich euch heute die ganze Geschichte erzählen.« Er holte tief Luft. »Da war diese hübsche Maid in Gelderland, das ich im Auftrag des Herzogs bereiste. Ich habe mich um sie, ähm, bemüht und sie hat mich erhört. Leider kam ihr Bruder, ein Mann des geldrischen Grafen, zu früh nach Hause und wir haben uns geprügelt. Er hat dabei eine böse Wunde am Schwertarm erhalten und den Arm, so sagte man mir, später deswegen verloren. Gegenüber dem Landdrost von Geldern hat er es so dargestellt, dass ich ihn zu einem Duell gefordert hätte. Das kam dann König Maximilian zu Ohren und der wollte sich gern mit mir darüber, ähm, unterhalten. Um dieser Befragung zuvorzukommen, habe ich mich dann, zugegebenermaßen etwas überstürzt, auf diese Pilgerreise begeben ...«

»... in der Hoffnung, dass in ein, zwei Jahren ein wenig Gras über die Sache gewachsen ist«, ergänzte Lena trocken.

»Außerdem bekommt man Generalabsolution, wenn man es bis nach Jerusalem schafft«, meinte Christian. »Und das zählt immer noch vor einem weltlichen Gericht, auch wenn der König und der Reichstag an einer Trennung der weltlichen von der kirchlichen Gerichtsbarkeit arbeiten, vorausgesetzt man schafft es von Jerusalem auch wieder nach Hause.«

Hans hatte indes seine eigenen Gedanken weiterverfolgt. Er nahm Lenas Hand und hauchte einen Kuss auf den

Handrücken. »Wir bleiben also zusammen?«, flüsterte er. Seine Augen leuchteten, so wie seit langer Zeit nicht mehr.
»Ja.«
Hans lehnte sich zurück, schloss die Augen und legte den Kopf an die hölzerne Wandvertäfelung.
»Heilige Maria Magdalena«, flüsterte er, »ich danke dir.«

Eine Woche später war Lena so weit genesen, dass sie sich in der Lage fühlte weiterzureisen. Sie schlossen sich einer Gruppe von Händlern an, die in Finstermünz Station gemacht hatten. Es war eine kleinere und daher auch übersichtlichere Gruppe, die nun weiter Richtung Süden unterwegs war. Das Wetter spielte auch mit, es gab keinen Neuschnee und meist schien die Sonne. Allerdings wurde es glücklicherweise nicht so warm, dass mit einem höheren Lawinenrisiko gerechnet werden musste, wie die Bergführer einhellig erklärten.

Der Aufstieg nach Nauders war dennoch anstrengend und die Luft deutlich dünner als im Tal. Nach dem Aufstieg durch einen Einschnitt zwischen fast senkrechten Felswänden öffnete sich vor ihnen ein weites Hochtal, das sich nach der Passhöhe ebenso sanft wieder nach Süden hin Richtung Etsch absenkte. Von nun an ging es stetig bergab, zunächst entlang der Etsch bis nach Meran, wo das Tal eine Biegung nach Süden machte. Die Berge wurden immer niedriger und schließlich öffnete sich das Tal der Etsch hinter Rovereto zur Po-Ebene. Am Fuß der Vorberge der Alpen lag Verona.

Verona, Februar 1497

Die Etsch, von ihrem engen Korsett der Bergketten befreit, floss in großen Bögen der Adria entgegen. Die römische Altstadt von Verona lag in einem dieser Bögen, doch die Stadt hatte sich längst auch auf das Nordufer und über die alte römische Stadtmauer hinweg ausgedehnt. Wie überall in Europa hatten die großen Pestwellen die Bevölkerungszahl dezimiert und daher standen insbesondere in den Randbereichen der großen Städte viele Häuser leer und waren dem Verfall preisgegeben.

Obwohl es erst Februar war, brachte die Luft südlich der Alpen schon einen Hauch Frühling mit sich. Erste Blumen blühten an den Wegrändern. Christian gefielen besonders die anmutig schlanken Bäume, die, wie Arnold wusste, Zypressen genannt wurden. An einem sonnigen Vormittag betraten sie die Stadt über die Ponte Scaligeri, die sich in drei kühnen Bögen über die Etsch dem Castell Scaligeri entgegenwölbte.

Auf der Brücke lungerten einige halbwüchsige Jungen herum, die offensichtlich auf Reisende warteten, die einen Führer brauchten. Sie redeten in einer Sprache, die entfernt an Lateinisch erinnerte, sodass Arnold und Christian einige Wortfetzen verstehen konnten. Marco, der größte der Jungs, ein schlaksiger Kerl von vielleicht fünfzehn Jahren, der von den anderen Jungen Massimo gerufen wurde, sprach sie aber zu ihrem Erstaunen in einem fast akzentfreien Ripuarisch an.

»Bongiorno, edle Herren und wohledle Signora! Solltet Ihr einen Führer benötigen, dann wäre ich sicher die richtige Wahl. Für einen Kreuzer zeige ich Euch eine Herberge, in der Ihr übernachten könnt, ohne von Ungeziefer in der Nacht gepeinigt zu werden. Und für zwei weitere Kreuzer wäre ich willens, Euch die Stadt zu zeigen und Euch mit allerlei Anekdoten zu unterhalten.«

»Woher kannst du unsere Sprache?«, fragte Lena erstaunt.

»Nun«, Massimo zögerte, »meine Mama kam einst aus Aachen hierher, weil sie meinen Vater, einen Gewürzhändler, der auf einer Handelsreise in Euer Land gekommen war, kennengelernt hatte.«

»Warum treibt sich der Sohn eines Gewürzhändlers hier mit den Straßenjungen herum?«, fragte Arnold streng.

»Ich muss selber für mein Auskommen sorgen, seit meine Eltern und meine Schwester vor vier Jahren an der Pest gestorben sind. Das Geschäft ging an einen Onkel, der zwar gerne meines Vaters Gewürzlager übernahm, aber kein Interesse an seinem Neffen hatte.«

Für einen Moment sah man den Schmerz in Massimos grünen Augen, er rieb sich kurz über die Augen und fuhr dann mit allen zehn Fingern durch seine strubbeligen roten Haare. Jedoch Augenblicke später hatte er sich wieder gefangen und setzte gleich wieder sein breites Grinsen auf.

»Aber das ist jetzt nicht so wichtig. Braucht Ihr nun einen Führer oder wollt Ihr alleine durch diese für Euch fremde Stadt irren?«

»Für vier Kreuzer zeigst du uns eine Herberge und danach die Stadt und besorgst uns außerdem jemanden, der sich um die Pferde kümmert und auf das Gepäck achtet.«

»Abgemacht!« Massimo grinste und gab einem der anderen Jungen einen Wink. »Pietro hier wird auf Euren Besitz achtgeben. Und wir arbeiten natürlich besser und zuverlässiger, wenn wir nicht hungrig sind.«

Auf dem Weg durch die Stadt kamen sie an einem gewaltigen Rundbau vorbei, der trotz seines Zerfalls immer noch eine imposante Größe hatte. Man konnte erkennen, dass ursprünglich drei Reihen aus Rundbögen der Außenfassade ein geometrisch strenges, aber gleichzeitig zeitlos schönes Aussehen gegeben hatten. Stellenweise war der Bau noch etwa fünfzig Fuß hoch, schätzte Arnold. Massimo erzählte, dass es verschiedene Theorien zur Herkunft des Gebäudes gäbe. Einige Veroneser verträten die Meinung, dass es sich um den Palast des Dietrich von Bern handelte, aber er sei eher der Auffassung, dass das Gebäude ein antikes Theater sei, denn es gäbe, wie er gehört habe, ganz ähnliche Gebäude in Rom und anderen Städten.

In den unteren Arkaden gingen zahlreiche Huren ihrem Gewerbe nach.

»Besser, Ihr geht nicht zu denen«, sagte Massimo leise zu Arnold und Christian. »Wenn Ihr derlei Wünsche habt, dann weiß ich bessere Adressen. Dort findet Ihr Frauen, die auch ganz sicher nicht diese neue französische Krankheit haben.«

Auch Lena hatte die Huren bemerkt.

»Heilige Maria, was sind das für traurige Gestalten«, meinte sie mitleidig. Eine der Frauen hatte sich ihnen genähert, den Umhang vorne geöffnet. Unter schlaffen Brüsten sah man die Rippen durch die blasse Haut stechen. Christian zwang sich, nicht weiter nach unten zu blicken. Arnold griff in seinen Geldbeutel und warf ihr eine Münze zu. In seinem Blick lagen gleichzeitig Mitleid und Ekel.

»Verschwinde!«

Die Hure fing die Münze auf, raffte ihren Umhang über den Brüsten zusammen und versuchte, mit erhobenem Kopf möglichst würdevoll wieder zurück zu ihrem Verschlag zu gehen.

»Hat dir schon mal jemand gesagt, dass du ein wirklich seltsamer Ritter bist?« Lena sah Arnold prüfend an.

»Nein, wieso?«

»Du bist ein Adliger. Hochadel zwar nicht ...«

Arnold schüttelte den Kopf.

»... aber immerhin, sagen wir mal, einflussreicher Landadel. Solche Leute wie du stehen gemeinhin weit über uns normalen Bürgern und noch weiter über denen da.« Sie wies auf die Huren.

»Dennoch scheinst du keinen Unterschied zu machen. Du empfindest Mitgefühl und man hat den Eindruck, dass alle Menschen dir gleich wichtig sind. Ich habe immer geglaubt, dass die Ausbildung zum Ritter, bitte versteh' mich nicht falsch, dich zu einem seelenlosen, unbarmherzigen Kämpfer macht.«

Arnold grinste sie an.

»Ich bin durchaus ein seelenloser, unbarmherziger Kämpfer, wenn es sein muss und es raubt mir nicht den Schlaf, wenn ich auf dem Schlachtfeld überlebt habe, weil ich besser war als meine Feinde. Bist du sicher, dass du mich da richtig einschätzt?«

»Papperlapapp! Was war das denn eben? Du hast dieser Frau Geld gegeben, ohne eine Gegenleistung einzufordern.«

»Du nimmst Findelkinder in deinen Haushalt auf«, ergänzte Hans.

»Und du hattest sogar mal einen dreibeinigen Hund«, fügte Christian hinzu.

»Das gebietet doch die christliche Nächstenliebe. In Wirklichkeit bin ich nur um mein Seelenheil besorgt und möchte nicht so lange im Fegefeuer verbringen.«

»Ach, jetzt kommst ausgerechnet du mir mit christlicher Nächstenliebe!« Lena hatte in gespielter Entrüstung die Hände in die Seiten gestemmt. »Du bist doch der ungläubigste Christ unter uns allen hier.«

»Nein!«, Arnold wurde schlagartig wieder ernst. »Das siehst du jetzt wirklich falsch. Ich bin schon ein guter Christ, aber ich denke oft über diese Dinge nach und was mir nicht gefällt ist, was wir Menschen aus dem Christentum gemacht haben. Der Ablasshandel, diese wollüstigen, verfressenen, prunksüchtigen Pfaffen! Ich glaube, die Kirche ist das große Problem des Christentums.«

Massimo zog Arnold ungeduldig am Ärmel. »Bitte, Herr, könntet Ihr diese Dinge nicht auf offener Straße erörtern? Ihr sprecht zwar nicht unsere Sprache, aber der eine oder andere könnte Euch dennoch verstehen.« Er sah sich gehetzt um. »Wenn Ihr nicht auf dem Scheiterhaufen landen wollt, dann bitte mäßigt Euch.«

»Der Junge hat recht, wir sollten solche Gespräche lieber hinter geschlossenen Türen führen.«

Massimo war erleichtert und schon zeigte sich wieder das breite Grinsen auf seinem Gesicht.

»Kommt! Es ist jetzt nicht mehr weit bis zur Herberge.«

Die Herberge verfügte über Ställe, in denen sie ihre Pferde unterstellen konnten. Christian steckte seinem Wallach noch schnell einen Apfel zu, bevor er ihn verließ. Das hatte er sich angewöhnt, als sie in der Klause Finstermünz festsaßen, zum Dank dafür, dass sein Pferd so umsichtig gewesen und nicht ebenfalls in den Abgrund gestürzt war.

Auf der anderen Seite des Hofs, der einen eigenen Brunnen hatte, erhob sich ein dreistöckiges Steingebäude. Im Erdgeschoss waren eine Gaststube und eine große Küche und im ersten Stockwerk die Gästezimmer. Giovanni, der Wirt, wies ihnen zwei Zimmer zu, die nebeneinanderlagen und stellte ihnen seine Frau Maria vor, die in der Küche werkelte und gleichzeitig einer Schar Kinder Anweisungen gab. Von dem großen Kochtopf über der riesigen offenen Feuerstelle ging ein wunderbarer Geruch nach Fleisch und Kräutern aus. Auf Borden an der Wand stapelten sich Holzbretter und Tonschalen, neben einem steinernen Backofen lagen große Mengen an Fladenbroten auf einem Tisch. Bündel von Kräutern und einige Schinken hingen unter der Decke. Alles in allem ein erfreulicher Anblick, fand Arnold. Auch Massimo schnüffelte anerkennend.

Maria deutete die Blicke der hungrigen Reisenden richtig. »Der Eintopf ist noch nicht fertig«, übersetzte Massimo, »aber Maria könnte uns eine kleine Zwischenmahlzeit mit frischen, warmem Brot, Käse und Schinken anbieten.« Er leckte sich die Lippen. »An Eurer Stelle würde ich mich ein wenig stärken, bevor wir die Stadt erkunden.«

»Das sagst du natürlich ganz selbstlos, ohne jeden Hintergedanken.« Arnold schlug Massimo auf die Schulter, sodass dieser in die Knie ging.

»Aber Herr! Ich würde doch niemals mein leibliches Wohl über das Eurer edlen Herrschaften stellen!« Er versuchte, einen entrüsteten Tonfall anzuschlagen, der aber misslang, weil er gleichzeitig grinsen musste.

Am Nachmittag zeigte Massimo ihnen die Stadt. Er führte sie in das antike Zentrum von Verona, angefangen mit der Stadtbefestigung durch die Scaliger, deren Bauten man an den eigenartigen Zinnen erkennen konnte, die nach oben hin in einen Doppelbogen wie ein Schwalbenschwanz ausliefen. Er zeigte ihnen die Reste der römischen Stadtmauer und die Ponte Pietra, den Hügel San Pietro und den Triumphbogen. Und zum Schluss kamen sie zurück zur Piazza delle Erbe, dem zentralen Platz in Verona mit seinen Patrizierhäusern, der, wie Massimo erklärte, übersetzt Platz der Gewürze hieß. Hier lebten die reichsten Familien Veronas in mehrstöckigen Häusern, die häufig mit Elementen des neuen Baustils versehen waren, der sich im letzten Jahrhundert in Norditalien entwickelt hatte.

Lena und Hans meinten, man könne deutliche Übereinstimmungen zwischen den alten römischen Bauten und dem neuen Renaissance-Stil erkennen. Die meisten Häuser gehörten denn auch Gewürzhändlern, allerdings nicht solchen, die ihre Stände auf dem Marktplatz aufgebaut hatten, sondern Großhändlern, die vom Fernhandel lebten. Massimo erklärte ihnen, dass der Gewürzhandel von Venedig kontrolliert wurde. Verona war eine Stadt im venezianischen Einflussbereich und ein wichtiger Startpunkt für Gewürzlieferungen über die Alpen.

Auf dem Platz waren die Stände lokaler Händler aufgebaut, die allerlei Gewürze für die Küchen in Verona feilboten. Darunter waren natürlich auch die heimischen Kräuter, die recht billig zu erstehen waren, aber auch Pfeffersorten oder Safran, deren Gewicht nahezu in Gold aufgewogen wurde.

Massimo erwies sich als unerschöpfliche Informationsquelle. Arnold hörte genau zu, als Massimo sie an den Ständen entlangführte und allerlei Wissenswertes zu Kräutern und Gewürzen erzählte, denn Wilhelm von Jülich hatte ihm aufgetragen, zu bestimmten Themen Informationen zu sammeln. Dazu gehörten Auskünfte über die militärischen Möglichkeiten ebenso wie über Handelswege und -güter. Insbesondere sollte Arnold herausfinden, wie man an den unvorstellbaren Gewinnen im Gewürzhandel teilhaben könne und die entsprechenden Kontakte knüpfen. In Arnolds Kopf formte sich, zunächst noch sehr vage, eine Idee, in der Massimo, der Waisenjunge aus Verona eine wichtige Rolle spielen würde.

Arnold wurde aus seinen Gedanken gerissen, als sie die Waren an einem Stand eines Pfefferhändlers begutachteten.

»Natürlich kann man Gewürze auch fälschen«, sagte Massimo gerade zu Hans, der auf seiner Handfläche einige schwarze runzlige Pfefferkörner begutachtete. Der Gewürzhändler warf ihm einen säuerlichen Blick zu. »Unter diese schwarzen Pfefferkörner kann man zum Beispiel getrocknete Beeren mischen, die so ähnlich aussehen. Und wenn der Pfeffer oder andere Gewürze gemahlen sind, geht es noch viel einfacher. Safranpulver kann man mit Curcuma vermischen. Oder man mahlt die Stiele und Fruchtkapseln mit oder streckt das Ganze mit Mehl oder gemahlener Holzkohle.«

»Aber wenn das herauskommt ...«

»Dann gibt es allerdings härteste Strafen. Vor einigen Jahren ist sogar mal ein Pfefferhändler verbrannt worden und der Scheiterhaufen bestand aus seinen Pfeffersäcken.«

»Aber das größere Problem ist nicht die gefälschte Ware, sondern die Qualität. Wenn die Gewürze nicht richtig getrocknet wurden oder zu lange in der Sonne lagen oder beim Transport wieder feucht geworden sind und noch mal getrocknet wurden, dann schmeckt und riecht man das. Natürlich muss man sehr viel Erfahrung haben und einen feinen Geruchs- und Geschmackssinn. So wie ich.« Er stellte sich gerade hin, um ein wenig größer zu wirken.

»Dieser Pfeffer hier«, er nahm vorsichtig einige Körner in die Hand, die etwas länglich waren und einen kleinen Stiel hatten, »hat zum Beispiel zu lange in der Sonne gelegen und ist daher etwas ausgeblichen. Durch die Wärme der Sonne geht aber nicht nur die Farbe verloren, sondern auch das Aroma. Den würde ich zum Beispiel nicht mehr kaufen.«

»Der sieht seltsam aus, die Körner sind ja gar nicht rund. Ist das auch eine Fälschung?«, fragte Lena leise.

»Nein, dieser lange Pfeffer kommt aus einer anderen Region. Der normale weiße, rote oder schwarze Pfeffer kommt von der Malabarküste in Indien, aber der lange Pfeffer ist aus Afrika, von der Pfefferküste. Deshalb ist er auch etwas preiswerter, weil er über weniger Zwischenhändler geht.«

Dass Zwischenhändler den Preis erhöhen, war den Händlern Hans und Lena klar. Arnold ließ sich den Sachverhalt jedoch noch einmal genau erklären.

»Nun, der Pfeffer kommt von der Malabarküste und wird mit dem Schiff nach Cairo transportiert. Der Händler muss dem Schiffseigner Geld für den Transport bezahlen und auch seinen Handelsknechten einen Lohn. Dieses Geld will er natürlich wieder zurückhaben und schlägt es deshalb beim Verkauf auf den Preis der Waren. Dann wird der Pfeffer nach Alexandria transportiert und es entstehen wieder Kosten und bei der Überfahrt über das Mittelmeer nach Venedig noch mehr Kosten. Schließlich kostet der Pfeffer hier dreißig mal so viel wie in Indien. Und auf dem Transport nach Nürnberg wird er noch mal doppelt so teuer.«

»Wenn ich also für diesen Scheffel voll Pfeffer hier dreißig Kreuzer bezahlen würde, dann wäre der ursprüngliche Preis nur ein Kreuzer gewesen«, meinte Arnold versonnen. »Und in Nürnberg oder Köln kostete er dann gar sechzig Kreuzer. Man müsste also versuchen, möglichst viele Zwischenhändler zu umgehen.«

»Das geht aber nicht, weil zwischen Venedig und der Malabarküste die Osmanen und die Mamelukken sind, die ordentlich am Pfefferhandel verdienen. Und vergesst nicht die Zölle, die Ihr ja auch so bezahlen müsstet.«

»Ptolemäus behauptet, dass man südlich um Afrika herumfahren kann. Damit hätte man diese Mauren ausgetrickst.«

»Es gab Gerüchte in Köln«, setzte Hans nachdenklich hinzu, »dass dieser Cristoforo Colón und die Portugiesen genau das vorhatten. Aber Colón oder Kolumbus, oder wie dieser Kerl auch heißen mag, hatte keinen Erfolg mit seiner Fahrt nach Westen. Weiß der Himmel, wo Kolumbus da angekommen ist, aber Indien war es sicher nicht. Und jetzt soll ein anderer Seefahrer in der anderen Richtung unterwegs sein. Ein gewisser Vasco da Gama. Er will, wie du gesagt hast, südlich um Afrika herum fahren. Aber ob das alles so stimmt, weiß ich auch nicht.«

»Anstelle der Portugiesen würde ich das auch geheim halten.« Lena roch versonnen an einer Schale mit Lavendelblüten. »Die machen sich gerade viele mächtige Feinde.«

»Vor allem für die Venezianer wäre das eine Katastrophe, schlimmer als der Schwarze Tod.« Arnold nickte Lena zu. »Die Portugiesen könnten dann weiter über das Meer die großen Seehäfen an der Küste beliefern, beispielsweise

Antwerpen oder Hamburg. Wenn ihnen das gelingen würde, wären die Handelsströme plötzlich in der anderen Richtung unterwegs und die Menschen im Norden würden den größten Gewinn einstreichen.« Er blickte in die Ferne.

Hans griff den Gedanken derweil wieder auf.

»Wer zu den Gewinnern in diesem Geschäft gehören möchte, sollte also in der nächsten Zeit das Verhalten der Portugiesen im Auge behalten und einen Fuß in der Türe eines Gewürzhandelshauses haben, irgendwo im Norden oder Westen. Vielleicht am besten in Antwerpen.«

»Wir sollten in den nächsten Tagen mal wieder einen Brief an den Herzog abschicken«, meinte Arnold, an Christian gewandt. Der nickte ihm zu.

»Die Aufzeichnungen, die wir bisher gemacht haben, sollten auch kopiert werden und eine Kopie nach Köln geschickt werden. Das ist inzwischen ganz schön viel Material.«

»Deine Aufgabe für die nächsten Tage«, sagte Arnold. Er klopfte dem jungen Mann auf die Schulter.

»Und wir sollten uns mal wieder auf unsere eigentliche Aufgabe konzentrieren«, meinte Lena. »Schließlich sind wir als Pilger und nicht als Händler unterwegs. Also, Massimo, zeige uns die heiligen Stätten hier in Verona, damit wir etwas für unser Seelenheil tun können.« Sie lächelte Massimo an, der ihr mit seinem breiten Grinsen antwortete.

»Selbstverständlich, edle Dame, ich stehe ganz zu Eurer Verfügung.« Massimo machte einen gekonnten und leicht übertriebenen Diener.

Er hatte sich an den zwanglosen Tonfall der Gespräche schnell angepasst, aber dennoch erkannt, dass diese Pilgerreise besonders für Lena eine überaus ernste Sache war, während der Ritter eher kritisch und ironisch auf die ganzen Heiligengeschichten und Ablässe reagierte. Manchmal fand er, dass Arnold nahezu ketzerische Gedanken hegte und bisweilen auch vertrat, aber er maßte sich nicht an, sich da einzumischen. Schließlich sorgte Arnold dafür, dass er einen vollen Magen und eine sichere Schlafstatt hatte. Dafür genoss er Massimos uneingeschränkte Loyalität.

Sie kauften für das Essen am Abend noch ein Säckchen mit gemischten Pfefferkörnern, wobei sich Arnold auf das Urteil von Massimo verließ, was den Jungen sichtlich stolz machte.

Köln, Februar 1497

Sie beugten sich über das Paket, das am späten Vormittag von einem Boten abgeliefert worden war. Änni hatte den Boten angewiesen, das Paket in die gute Stube im ersten Stock zu tragen. Dort lag es nun und wurde von Änni, Franziska und der Herzogin von Jülich kritisch betrachtet. Herzogin Sybilla war nicht zufällig im Haus derer von Harff aufgetaucht, der Bote hatte am Morgen ein kleineres Päckchen mit Briefen und Aufzeichnungen im Hause des Herzogs von Jülich und Berg abgeliefert und Sybilla hatte ihn in die Sankt-Mauren-Straße begleitet, weil sie wissen wollte, was in dem weitaus größeren Päckchen steckte, das er dort abgeben sollte.

Herzogin Sybilla saß in dem kunstvoll verzierten Stuhl, der normalerweise für den Hausherrn reserviert war. Franziska stand etwas abseits und Änni hatte dem Boten seinen Lohn übergeben. Nun versuchte sie mit viel Mühe, die Knoten der Lederbänder zu öffnen, die das Paket zusammenhielten. Auf der Reise von etwa zweihundert Meilen war das Leder hart geworden, sodass es einige Zeit dauerte, bis die Knoten geöffnet waren. Schließlich legte Änni die Lederriemen beiseite und schlug das schwere Leder des Umschlags auseinander. Darin befanden sich wiederum in Leder eingeschlagene kleinere Päckchen, die sie heraushob und nebeneinander auf den Tisch legte.

»Fangt mit dem kleinen, flachen dort an!« Sybilla wies auf das erste Päckchen. »Wahrscheinlich enthält es die Briefe und Anweisungen an Euch.«

Änni öffnete auch hier die Bänder und den Umschlag. Darin befanden sich mehrere gesiegelte Briefe. Sie betrachtete kurz das Siegel des obersten Briefs und brach es dann auf.

»Warum schreibt der Kerl immer so viel?«, brummte sie ungehalten. »Er weiß doch, dass ich nicht mehr gut sehe.« Aber Franziska sah die Freude über den langen Brief, der erstmals nach der Abreise vor über zwei Monaten ein Lebenszeichen von Arnold und Christian überbrachte.

»Ich ahnte doch, dass ich hier gebraucht werde«, meinte Sybilla lächelnd. »Gebt mir den Brief, ich werde ihn vorlesen. Meine Knochen sind nicht mehr die allerjüngsten, aber Gott sei Dank sind meine Augen noch sehr gut.« Sie glättete das gefaltete Papier und betrachtete mit zusammengezogenen Brauen den Text.

»Also nach den üblichen Grußformeln steht, dass Ihr die Briefe weitergeben sollt, die ansonsten noch in dem Päckchen sind. Die Aufzeichnungen in dem größeren Paket sollen in die schwere Eichentruhe im Gemach von Arnold eingeschlossen werden, nachdem wir kontrolliert haben, ob sie unbeschadet den Transport überstanden haben. Da muss auch noch ein kleineres Päckchen mit Steinen sein, das für Christian ebenfalls in der Eichentruhe aufbewahrt werden soll.« Sybilla griff nach einer länglichen Rolle und drückte sie. »Das enthält anscheinend etwas Hartes.« Sie reichte Änni das Paket, die wieder die Schere zum Einsatz brachte. Dann rollte sie das Leder ab und heraus fielen drei farbige Steine, ein intensiv blauer, ein grüner und ein blutroter.

»Der Junge gefällt mir«, sagte Sybilla mit einem freundlichen Lächeln. »Der denkt weiter, an die Zeit nach der Reise. Ihr sagtet, er sei Schreiber, dann kann er die Steine zur Farbenherstellung verwenden, wenn er wieder hier ist und einen Beruf ausüben will.«

Franziska, die sich bisher abseits gehalten hatte, kam zögernd näher und sah die Herzogin fragend an. Die machte eine einladende Handbewegung. Franziska nahm den blauen Stein vorsichtig in die Hand und betrachtete ihn ungläubig.

»Der ist schön. Wie der Abendhimmel, kurz bevor es ganz dunkel wird.«

»Stimmt.« Sybilla lächelte ihr zu. »Das ist ein Ultramarin, er kommt aus Indien und man kann daraus wunderbare blaue Farbe machen.«

Sybilla blickte wieder auf den Brief. Aus dem feinen Lächeln wurde ein breites Grinsen, das sie jünger wirken ließ.

»Hier steht auch noch eine persönliche Nachricht für dich, Kind. Aber ich fürchte, sie wird dir nicht gefallen. Oder wie sieht es mit deinen Leseübungen aus. Bist du weitergekommen?«

Die Herzogin tätschelte Franziska die Hand. »Hier steht, dass auch für dich ein Brief in dem Päckchen ist.« Sybilla reichte Franziska einen der versiegelten Umschläge. »Aber du musst ihn alleine lesen, wir dürfen dir dabei nicht helfen.«

Franziska zog sich mit dem Brief an das andere Ende der langen Tafel zurück und öffnete vorsichtig das Siegel. Behutsam faltete sie das Papier auseinander. Änni und die Herzogin beobachteten sie gespannt. Franziska starrte auf den Text und ihre Augen füllten sich mit Tränen. Als die erste Träne ihre Wange herunterrann, sprang sie auf und rannte aus dem Raum.

»Die kommt wieder!« Sybilla und Änni wandten sich wieder den Paketen zu.

»Neugier ist eine meiner Schwächen«, meinte Sybilla kurze Zeit später und erhob sich ächzend. »Ich möchte wissen, was in dem Brief steht.« Sie ging zum anderen Ende des Tisches und hob einen kleinen Zettel auf, der bei Franziskas Abgang zu Boden gefallen war.

»Oh, das ist nett. Eine Zeichnung von einem Narren. Dieser Christian hat wirklich Talent. Franziska hat mir eben nicht geantwortet. Kann sie nun lesen oder nicht?«

»Wenn man sie zwingt, kann sie Buchstabe für Buchstabe aneinander reihen, um ein paar Worte zu lesen. Aber das ist ihr meistens zu mühsam. Sie muss es selbst wollen, aber meist will sie eben nicht.«

»Mmh!«, meinte Sybilla. »Man kann so etwas natürlich mit Zwang und Strafe erreichen, aber davon halte ich nichts. Wie soll man die Schönheit des geschriebenen Wortes erkennen, wenn man Lesen und Schreiben mit Gewalt gelernt hat.«

Franziska hatte sich im Hof einen Eimer Wasser aus dem Brunnen hochgezogen. Der kalte Wind zerrte an ihren offenen blonden Haaren, aber sie spürte es nicht. Mit beiden Händen schöpfte sie eiskaltes Wasser aus dem Eimer und wusch sich damit die Tränen vom Gesicht. Die schmerzhaften Nadelstiche des eisigen Wassers auf ihrer Haut brachten sie dazu, wieder einen etwas klareren Kopf zu bekommen. Die Wut in ihr zog sich zu einem kleinen brennenden Ball in ihrem Bauch zusammen. Sie schüttete das restliche Wasser in den Wassertrog für die Hühner.

Franziska wusste, dass sie sich wieder einmal – wie so oft – ungebührlich verhalten hatte. Besonders schlimm war das bei so hohem Besuch, wie dem der Herzogin. Sie würde sich entschuldigen, wenn sie sicher war, dass sie ihrer Stimme wieder mächtig sein würde. Sie spürte die Wut ganz tief in sich vergraben und Angst. Angst, dass Änni oder Arnold sie aufgeben würden. Aber sie konnte nicht lesen!

Diese Würmchen auf dem Papier entzogen sich ihr immer wieder. Und wenn sie es noch so sehr versuchte, es ging einfach nicht. Versuchte sie es dennoch, dann war immer gleich der rote Schleier der Wut vor ihren Augen. Denn dabei wünschte sie sich doch so sehr, dass sie ein gutes Kind sein könnte. Eine Jungfer, die ein nettes und freundliches Wesen hat. Die man gerne an einen jungen Mann aus gutem Hause gibt. Einem Ritter vielleicht! Auch diese Sehnsucht war in ihr, sie zerrte an ihrer Seele, zerrte die rote Wut wieder mit hervor, wenn sie nicht aufpasste.

Franziska stand ganz still an die Steinumrandung des Brunnens gelehnt, aber innerlich fühlte sie sich hin und her gerissen. Wie ein kleines Boot auf stürmischem Meer, das drohte, von der nächsten Welle einfach überspült und in die Tiefe gezogen zu werden. Sie wusste, dass sie in der Nacht davon träumen würde. Einer ihrer bösen Träume, nicht der schlimmste von allen.

Schließlich nahm sie all ihre Kraft zusammen und ging wieder ins Haus. In der Küche trocknete sie mit einem Leinentuch ihr Gesicht, stellte die Holzpantinen ordentlich in die Ecke neben der Tür und erklomm die Stiegen zur guten Stube im ersten Stock. Sie kratzte am Türrahmen um sich anzukündigen, hob den Riegel und öffnete die Tür.

Änni und die Herzogin waren gerade dabei, die Pakete wieder zu schließen. Franziska konzentrierte sich auf die Herzogin, machte einige Schritte auf sie zu und sank in einen tiefen Knicks.

»Verzeiht, edle Dame, dass ich mich eben so ungebührlich verhalten habe.«

»Erhebe dich!«, sagte Sybilla streng. Franziska gehorchte und hob kurz den Blick zum Gesicht der Herzogin. »Ich weiß, dass du es sehr schwer hattest in deinem Leben, aber du musst das in den Griff bekommen. Und ich glaube, dass dir dabei niemand wirklich helfen kann, wenn du dir nicht selbst hilfst.«

»Ich weiß ...«, flüsterte Franziska kleinlaut.

»Dann bring mir deinen Brief.«

Franziska holte den Brief und reichte ihn der Herzogin.

»Wir dürfen dir ja nicht vorlesen, aber von Helfen hat Arnold nichts gesagt.« Sie blickte auf den Text. »Ich will dir aber verraten, dass dieses Wort hier dein Name ist.« Franziska nickte. »Und nun überlege mal, welches Wort wohl vor deinem Namen steht. Du hast keinen Titel und bist nicht verheiratet, also was meinst du, wer oder was du bist?«

»Hm – das müsste dann Jungfer heißen?«

»Genau! Lesen bedeutet mehr, als nur Buchstaben aneinanderzureihen. Wenn man liest, dann weiß man meist schon vorher, was das Wort bedeuten soll, ohne jeden Buchstaben einzeln zu lesen. Man muss dabei auch mitdenken. Wenn du weißt, dass am Anfang meistens steht, wer den Brief an wen und wohin schickt, dann muss man nur noch die Wörter zusammensuchen, die man ohnehin zu lesen erwartet. In diesem ersten Satz stehen also auch die Wörter Harff, Köln und Sankt-Mauren-Straße. Und natürlich, wer dir schreibt, aber das musst du selbst herausfinden. Und jetzt geh und widme dich deinen Aufgaben im Haushalt und versuche erst einmal, nicht mehr über das Lesen und Schreiben und diesen Brief nachzudenken. Aber am Sonntag nach der Messe komme ich wieder her und du zeigst mir, was du herausgefunden hast.«

Mit einer Handbewegung scheuchte sie Franziska davon.

»Danke, Herrin, Ihr habt so viel Geduld mit der Kleinen!«, meinte Änni.

»Das ist auch viel einfacher, wenn man nur mal zu Besuch kommt. Hätte ich sie den ganzen Tag um mich, dann würde mich sicher öfter die Contenance verlassen.«

Mit einer herzlichen Geste nahm Sybilla die Hand von Änni in ihre beiden Hände.

»Liebe Anna van Elsum, bitte sagt nicht Herrin zu mir. Ich denke, über dieses Stadium sollten wir zwei alten Weiber doch lange hinaus sein!«

Änni errötete und senkte den Blick.

»Das schickt sich doch nicht, He ...«, den Rest des Wortes verschluckte sie.

»Doch, wenn ich es anbiete.«

»Aber Ihr seid doch noch jung! Im Gegensatz zu mir.«

»Ich werde im Mai dreißig. Meine Haare sind grau und ich werde sicher keine Kinder mehr bekommen.«

»Nun gut«, brummte Änni, »aber nur unter der Voraussetzung, dass Ihr mich nicht mehr mit diesem Namen ansprecht. Ich bin so lange schon nicht mehr Anna van Elsum, nur noch Änni. Und wenn Ihr meinen Namen kennt, dann ja sicher auch die ganze unschöne Geschichte dazu.«

In stummer Übereinkunft nickte Sybilla ihr zu und erwähnte dieses Thema nicht mehr.

Wie versprochen kam Sybilla am Sonntag nach der Messe zum Haus derer von Harff. Änni schnibbelte Karotten und Zwiebeln und Franziska und Sybilla hatten sich an den Küchentisch gesetzt. Franziska zog den Brief aus dem Umschlag, faltete ihn auseinander und legte das Bild des Narren daneben.

»Nun, Kind, wie ist es dir bei deinen Studien ergangen?«, fragte Sybilla.

»Ich habe alles lesen können.« Franziska versuchte, bescheiden zu klingen, aber das Leuchten in ihren Augen konnte sie nicht hinter ihrer ernsten Miene verbergen.

»Das ist großartig. Wie bist du vorgegangen, um das Problem zu lösen?«

»Ich habe zuerst nach Wörtern gesucht, die ich vielleicht schon erkennen kann und danach habe ich mir die restlichen Wörter mit dieser Hilfe hier zusammenbuchstabiert.« Sie griff in die Tasche ihres Kittels und zog einen weiteren Zettel heraus. »Hier sind Bilder von Dingen und Tieren, die jeweils mit einem Buchstaben des Alphabets beginnen. Wenn ich das Wort weiß, dann kenne ich den Buchstaben. Hier«, sie zeigte auf ein Bildchen, »Maus beginnt mit M.«

»Ein sehr nützliches Hilfsmittel«, meinte die Herzogin. »Woher hast du das?«

»Die Beginen, bei denen ich lesen lernen sollte, haben es mir gegeben. Leider bin ich nicht oft genug hingegangen.«

Sie senkte den Blick. »Aber jetzt habe ich ja auch einen Grund, lesen zu lernen. Schließlich ist der Brief ja nur für mich. Aber ich werde diesem Christian den Hals rumdrehen, wenn ich ihn erwische. Verzeiht, Herrin. Das ist mir so rausgerutscht.«

Sie errötete. Selbst in dem groben Kittel, den sie zur Hausarbeit angezogen hatte, war sie schon eine Schönheit, fand Sybilla. Noch ein, zwei Jahre und die Jungs auf der Straße würden sich die Hälse verrenken, um ihr nachzusehen.

»Ist schon in Ordnung! Schließlich haben sie dich hier zurückgelassen und jetzt schreiben sie dir auch noch Briefe, die du nur selbst lesen darfst. Ein schweres Los!«

Sybilla, Prinzessin von Brandenburg und Herzogin von Jülich, hatte größte Mühe, einen dem Ernst der Lage angemessenen Gesichtsausdruck aufrechtzuerhalten. Das Lachen in ihrer Kehle war nur mit Mühe zurückzudrängen.

Rom, 21. Februar 1497

Sie waren der Römerstraße bis nach Ostiglia gefolgt, wo sie mithilfe einer ebenfalls aus der Römerzeit stammenden Brücke den Po überquerten. Bis nach Bologna brauchten sie zwei Wochen. Zum ersten Mal auf ihrer Reise weilten sie in einer Stadt, in der Unruhen drohten.

Giovanni Bentivoglio, der Signore von Bologna, war ein Gefolgsmann von König Maximilian. Seine Untertanen warfen ihm jedoch Prunksucht vor. Arnold, als Ritter des Herzogs von Jülich ein Verbündeter des deutschen Königs, wurde mit allen Ehren empfangen und konnte sich selbst ein Bild von dem neu im Renaissance-Stil gebauten Palast Bentivoglios machen.

Auf dem Vorplatz des Palasts stellte der Stadtherr eine große Anzahl von Geschützen, von Hakenbüchsen bis zu Kartaunen zur Schau, die wie zufällig auf die Stadt gerichtet waren. Arnold und seine Reisegruppe blieben trotz einer herzlichen Einladung nur so lange wie nötig in Bologna und reisten schnell weiter, obwohl es Arnold gereizt hätte, einige Gelehrte der Universität von Bologna wenigstens für ein paar Tage zu besuchen.

Von Bologna aus überquerten sie das Apennin-Gebirge, dessen höhere Gipfel noch von Schnee bedeckt waren. Auf der anderen Seite der Berge trafen sie auf die alte Römerstraße Via Cassia. Über Florenz ging es weiter nach Rom, das sie in der Kar-Woche erreichten.

Am Mittwoch vor Ostern standen sie in einer großen Gruppe von Pilgern auf dem Monte Mario, der unter Pilgern Mons Gaudii genannt wurde, und blickten auf die Ewige Stadt.

Inzwischen war es Frühling geworden, die Sonne wärmte die Haut, überall blühte es und Vögel zwitscherten in Bäumen und Büschen. Arnolds Reisegruppe war inzwischen auf fünf Personen angewachsen, denn sie hatten Massimo aus Verona einfach mitgenommen. Er diente ihnen als Dolmetscher und Sachverständiger für Kräuter und Gewürze.

Mit einer gewissen Wehmut betrachtete Christian Lena, denn es war von Anfang an klar gewesen, dass sich ihre Wege in Rom trennen würden. Lena und Hans wollten von hier aus über Saint Maximin in der Provence zurück nach Köln reisen und Christian mit Arnold und Massimo nach Jerusalem. Doch zunächst würden sie noch zusammen Ostern in Rom verbringen.

Staunend schauten sie vom Monte Mario hinab auf die Stadt, die unglaublich groß erschien. Arnold konnte von hier aus allein mindestens fünfzig Mauertürme erkennen und mehr als zehn Stadttore. Schon zuvor in der Ebene waren sie im Umkreis von mehreren Tagesreisen immer wieder an Wachtürmen vorbei gekommen, die Rom vor unerwarteten Überfällen schützen sollten. Ein Rom-Pilger, der schon öfter in der Stadt gewesen war, sagte ihnen, dass es im Umkreis von zwanzig lombardischen Meilen mehr als 6000 Wehrtürme und Wachhäuser gebe und die Mauer 361 Türme und 18 Tore habe. Arnold nahm sich vor, diese Angaben zu gegebener Zeit zu überprüfen.

»Na, wenn das jetzt aber nicht die größte Stadt der Welt ist ...«, meinte Christian. Hans grinste ihn an, sagte aber nichts.

Vom Monte Mario herab ritten sie auf der Via Triumphale auf das Pilgertor, die Porta San Peregrini, zu. Unzählige Pilger, zu Fuß oder auf Pferden und Eseln reitend, bewegten sich mit ihnen in Richtung Stadttor.

Das Gasthaus lag in der Nähe der Engelsbrücke, die über den Tiber zum Vatikan führte. Johan Payl, den sie tags zuvor durch einen Boten über ihre baldige Ankunft informiert hatten, wartete schon auf sie. Er saß unter einem Platanenbaum im Hof der Herberge, vor sich auf dem Tisch einen Krug mit Wein und einen mit Wasser. Als sie in den Hof ritten, stand er auf und ging ihnen entgegen. Er war schon älter, sicher um die vierzig Jahre alt, das Haar war licht und grau. Nur noch ein schmaler Haarkranz umgab die glänzende Glatze. Seine buschigen Augenbrauen überschatteten dunkle Augen, die von Lachfältchen umgeben waren.

Er bewegte sich behände, aber etwas steif auf sie zu, die Arme zur Begrüßung ausgestreckt.

»Arnold, mein Junge.«

Arnold sprang vom Pferd, das ein ebenfalls wartender Stallknecht am Zügel nahm und zum Absatteln zum Stall führte.

»Ich habe leider nicht viel Zeit, aber ich wollte es mir nicht nehmen lassen, dich persönlich zu begrüßen. Ich muss zu den Vorbereitungen für die Osterfeierlichkeiten wieder zurück zum Papst. Der Wirt, Andreas Barberer, weiß Bescheid und hat für euch schon Zimmer vorbereitet.«

Er wandte sich an Arnolds Begleiter.

»Willkommen in Rom.«

»Das ist Johan Payl aus Wassenberg, der mal kurz mein Lateinlehrer war und seit Langem mein Freund ist. Es hat ihm nicht gereicht, Dompropst zu werden, er musste sich ins Herz der Kurie begeben, um dort weiter aufzusteigen. Aber trotz dieser seltsamen Ideen, irgendwann einmal Kardinal zu werden, ist er ein netter Kerl geblieben.« Arnold grinste breit. Etwas leiser fügte er hinzu: »Auch wenn es nicht unbedingt hilfreich ist, ein netter Kerl in solch einem Umfeld zu sein.«

Johan nickte zustimmend, sagte aber nichts dazu.

»Wie ist die Lage hier in Rom?«, fragte Arnold.

Johan wollte antworten, wurde aber von Kanonendonner unterbrochen. Massimo blickte sich ängstlich um.

»Drei Schuss Salut für jeden Kardinal, der die Engelsbrücke überquert. Wenn der Papst höchstpersönlich über die Brücke kommt, dann denkst du, das Jüngste Gericht sei angebrochen. Er besteht auf zweihundert Salutschüssen.« Johan schüttelte den Kopf. »Ich weiß, man darf den Papst in seinen Entscheidungen nicht kritisieren, aber hier unter Freunden ... Naja, er regiert wie ein römischer Imperator, gibt Unmengen Geld für Kunstschätze aus. Das lasten ihm die Römer an. Es gibt Unruhen. Die päpstliche Garde hat Verstärkung bekommen. Angeblich sind es jetzt dreitausend spanische Ritter, fünfhundert Bogenschützen und vierhundert Reisige. Allein dieses Heer des Papstes und die Pferde verschlingen Tag für Tag riesige Summen.

Jetzt gibt es Pläne, die alte Basilika abzureißen und eine neue Kathedrale mitsamt entsprechenden Nebengebäuden und einem riesigen zentralen Platz für die ganzen Pilger zu bauen. Ganz modern in dieser neuen Stilrichtung, die sich gegen die gute alte Gotik immer mehr durchsetzt. Das hat auch sein Gutes, es werden unglaublich viele Handwerker beschäftigt. Und natürlich muss man an die Zukunft denken, aber viele einfache Menschen interessiert so etwas nicht. Die wollen jeden Tag einen vollen Magen haben und nicht eine schöne neue Kathedrale zur Verehrung Gottes, die vielleicht erst fertig wird, wenn ihre Enkel geboren werden. Und dann zusätzlich diese ganzen Intrigen und Verleumdungen innerhalb der Kurie. Und Lucretia ...« Johan seufzte.

»Kurz gesagt, der Papst findet sich großartig, die Römer finden ihn größenwahnsinnig. Fast jeden Tag wird jemand verhaftet und bestraft. Das macht die Leute auch nicht ruhiger, im Gegenteil. Also seid vorsichtig, wenn ihr euch durch die Stadt bewegt. Und hütet eure Zungen, wenn jemand mithört. Es könnte auch ein Spitzel der Kurie sein.

Aber jetzt genug davon. Sicher seid ihr durstig.« Johan deutete auf die Becher. »Lasst uns zur Begrüßung einen Schluck trinken und dann muss ich auch wieder los.«

Am Abend waren sie die letzten Gäste im Schankraum. Der Wirt, Andreas Barberer, hatte sich zu ihnen gesetzt, um Nachrichten aus der Heimat zu hören. Dass am Dom zu Köln nun nicht mehr weitergebaut wurde, betrübte ihn sehr. Er hatte ihn siebzehn Jahre zuvor bei einer Wallfahrt besucht und gehofft, dass er in höherem Alter noch einmal zurückkehren könne, um den Baufortschritt zu sehen. Offensichtlich hatte er Vertrauen zu seinen Besuchern gefasst und erzählte ihnen seine Sicht der Dinge.

»Der Rodrigo Borgia, der sich jetzt Papst Alexander VI. nennt, meint, er könne sich alles erlauben. Er bevorzugt seine Kinder und seine Günstlinge über alle Maßen. Besonders die Kinder, die er mit Vanozza de Cattanei gezeugt hat. Bald danach hat er sich eine weitere Mätresse zugelegt, Giulia Farnese. Mit beiden hat er Kinder: Giulia hat eine Tochter, Laura. Und mit Vanozza hat er drei Jungs und ebenfalls eine Tochter, Lucretia. Die ist mit dreizehn verheiratet worden an Giovanni Sforza, aber man munkelt, dass die Ehe aufgelöst werden soll. Sie ist jetzt sechzehn und soll wunderschön sein, aber auch sehr gefährlich. Seinen Söhnen hat er lukrative Ämter verschafft, Cesare ist zum Beispiel ist Bischof von Valencia. Mit zweiundzwanzig, man muss sich das mal vorstellen! Alessandro Farnese, der Bruder von Giulia, ist mit fünfundzwanzig auf wundersame Weise zum Kardinal ernannt worden. Die Leute nennen ihn hinter vorgehaltener Hand *Cardinale Fregnese*, das heißt auf Deutsch, äh ...« Ein Seitenblick ging zu Lena, die ihm aufmunternd zulächelte. »... also es heißt Kardinal Möse.« Er machte eine kurze Pause. »Also, dass ein Papst so ungeniert herumhurt und dann auch noch seine Kinder und Bastarde derart protegiert ... Nein! Da fehlen mir die Worte.«

Er nahm einen großen Schluck Bier, das für Fastenbier eine verdächtige Stärke zu haben schien. Christian lächelte in sich hinein. Dafür, dass dem Wirt die Worte fehlten, hatte er aber eine lange Rede gehalten. Er fing den Blick von Lena auf, deren Gedanken anscheinend eine ähnliche Richtung eingeschlagen hatten. Sie lächelte ihm zu und er grinste zurück.

Wirt Andreas wischte sich den Schaum vom Mund.

»Wenn die Ehe von Lucretia annulliert wird, dann hat sich der Papst einen neuen Feind gemacht. Aber so etwas interessiert ihn nicht.«

Am Mittwoch erkundeten sie die Stadt. Wegen der großen Zahl von Pilgern in der Stadt hatten sie auf ihre Pferde verzichtet und waren zu Fuß unterwegs. Massimo hatte sich schnell mit den Straßenjungs angefreundet und einen Führer zu den verschiedenen Zielen ausgesucht, der ihnen alles zeigen sollte. Alessandro konnte zwar kein Latein, aber über Massimo konnten sie sich problemlos mit ihm verständigen.

Der spillerige Lockenkopf mit den großen haselnussbraunen Augen erklärte ihnen zunächst einmal, dass Rom in alten Zeiten viel größer war, was man an der Stadtmauer noch immer erkennen könne. Heute lebten in Rom etwa fünfzig mal tausend Menschen und weite Teile der Stadt lagen in Trümmern. Die Römer nannten diese Bereiche *disabitato*, während sich um die wichtigen Hauptkirchen kleine Siedlungen gebildet hatten, die man *abitato* nannte. Aber in der alten Zeit des römischen Imperiums soll die Stadt komplett besiedelt gewesen sein. Alessandro sagte, dass damals sicher tausend mal tausend Menschen oder vielleicht sogar noch mehr in Rom gelebt hatten. Daher fanden sich überall im *disabitato* noch alte Ruinen, die als Steinbrüche für neue Häuser genutzt wurden oder von allerlei Gelichter als Wohnraum. Der Junge warnte die Reisenden davor, sich in der Dunkelheit durch diese Gebiete zu bewegen.

Vor der Peterskirche erstanden sie kleine Ringlein, die an einem Lederband um den Hals getragen wurden und mit denen man alle Reliquien berührte. Solche Kontaktreliquien waren sehr wertvoll und unter den Angehörigen, die in der Heimat bleiben mussten, sehr beliebt. Arnold plante, seinen Ring der Gräfin zu übergeben, wenn sie, mit Gottes Hilfe, diese Pilgerreise gesund und munter beenden würden.

Am Vormittag des Gründonnerstags gingen sie mit Johan Payl zum Petersplatz. Unzählige Menschen waren bereits anwesend und es bereitete Mühe, durch die Menschenmassen hindurch zu der breiten Treppe zu gelangen, die zur Petersbasilika hinaufführte. Am Fuß der Treppe standen Schulter an Schulter Soldaten der spanischen Garde, die Hellebarden auf die Menschenmenge gerichtet.

Arnold, Christian und Johan wurden jedoch durchgelassen, nachdem der Hauptmann der Wache den Geleitbrief mit dem Siegel des Papstes gesehen hatte. Der Zugang zum Petersdom und zum Papstpalast neben der Basilika war nur kirchlichen Würdenträgern erlaubt. Am oberen Ende der Treppe öffneten sich drei große bronzene Portale auf einen Innenhof, in dessen Mitte ein Brunnen mit einem riesigen goldenen Pinienzapfen stand. Der Brunnen wurde von einer goldenen Kuppel beschützt, die auf acht roten Porphyrsäulen stand. Das polierte Gold der Kuppel gleißte in der Morgensonne, sodass Christian die Augen abwenden musste.

Die Petersbasilika war ein recht schmuckloser fünfschiffiger Ziegelsteinbau. Kein Vergleich mit dem Dom zu Köln, fand Christian. Überall konnte man den Verfall des über tausend Jahre alten Gebäudes sehen. Christian konnte sich gut vorstellen, dass der Papst lieber eine repräsentativere Hauptkirche der Christenheit haben wollte.

Durch ein silbernes Portal betraten sie die Basilika. Die langen Säulenreihen lenkten den Blick auf das Grab des Petrus am anderen Ende, das ganz aus weißem Marmor bestand. Zwölf Stufen, von je zwei Säulen flankiert, führten hinauf zu einem weißen Altar, unter dem sich das Petrusgrab befinden sollte. Ein goldener Baldachin befand sich über dem Altar. In den äußeren Längsschiffen befanden sich unzählige Kapellen, sodass die eigentliche Basilika im Inneren dreischiffig war. Auch im Inneren der Kathedrale sah man überall ausgebesserte Stellen, Risse in den Wänden, die nur provisorisch repariert waren, und Wasserschäden an den Gewölben und den Mosaiken. Es roch nach Weihrauch und Kerzenwachs.

Durch einen Seiteneingang gingen sie zunächst in den Palast des Papstes. Johan Payl schien sich hier bestens auszukennen, er führte sie sicheren Schritts durch Türen und Gänge. In einem der Gänge kam ihnen eine junge Frau mit ihrem Gefolge entgegen. Unter einem hauchdünnen Schleier konnte man ein ebenmäßiges Gesicht, einen roten Mund und Augen mit einem mutwilligen Glitzern und schön geschwungenen Augenbrauen erkennen. Dann waren die Frauen und ihre Leibwächter schon vorbeigerauscht.

»Lucretia«, flüsterte Johan Payl fast unhörbar.

Sie kamen in einen großen Festsaal des Palasts, in dem der Papst gerade dabei war, zwölf alten Männern die Füße zu waschen. Mithilfe von mehreren Bischöfen, die Wasserfässchen und trockene Tücher trugen und dem Papst halfen, nach der Fußwaschung wieder aufzustehen und sich vor dem nächsten alten Mann wieder auf den Boden zu knien, arbeitete sich Papst Alexander bis zum Ende der Reihe vor. Auf Arnold und seine Begleiter wirkte der Papst alt und gebrechlich, aber er überstand das Ritual, ohne zu zaudern.

Als der Papst fertig war und man ihn zu einem hohen goldenen Sessel geführt hatte, durfte Arnold vortreten und auf Lateinisch seinen Wunsch äußern, ins Heilige Land reisen zu dürfen. Er bat auch um päpstlichen Segen für die Reise durch die Länder der Heiden, den der Papst huldvoll gewährte. Offensichtlich war alles gut vorbereitet, die Geleitbriefe und Segen lagen auf einem Tisch bereit und wurden nur noch gesiegelt und unterschrieben.

Danach gingen sie in die Kapelle des Papstes, in der die dunkle Mette gelesen und gesungen wurde. Die Kapelle war nur spärlich beleuchtet und nach und nach wurden alle Kerzen bis auf eine am Altar gelöscht. Dazu sang ein Chor düstere Choräle. Die Stimmung war bedrückend, fast ein wenig gruselig. Johan Payl machte sie auf verschiedene Personen aufmerksam, beispielsweise die Söhne des Papstes, Cesare und Giovanni. Aber auch Lucretia war anwesend und – allerdings weit von ihr getrennt – ihr Ehemann Giovanni Sforza di Pesaro.

Am Karfreitag gingen sie nach einem kargen Fastenmahl aus ungewürztem Griesbrei zum Colosseum. In der Mitte des gewaltigen Rundbaus aus der Römerzeit führten Kinder und Jugendliche aus reichen Römerfamilien die Passion Jesu Christi auf. Die Stimmung auf den Rängen des Amphitheaters war für einen Trauertag recht gelöst, hier und da wurde gelacht und applaudiert. Danach wollten sie weiter zur Messe in der Peterskirche.

Arnold hatte schon auf dem Hinweg bemerkt, dass Gruppen vorwiegend junger Männer sich nicht in der gleichen Richtung wie die Pilger bewegten, sondern scheinbar ziellos in andere Richtungen vor allem im *disabitato* gingen. Arnolds siebter Sinn als Ritter und Kämpfer war alarmiert, aber er machte die anderen zunächst nicht darauf aufmerksam.

Auf dem Weg zur Engelsbrücke war ihm seine Nervosität anzumerken und steckte auch Christian, Lena und Hans an. Immer wieder lotste Arnold die Gruppe aus dem dichtesten

Gedränge in Seitenstraßen und an den Straßenrand, manchmal hielten sie an und warteten in einem Durchgang zu einem Innenhof. Die Menschenmassen, die sich in Richtung Engelsbrücke und Peterskirche schoben, schienen mit einem Mal bedrohlich, ohne dass Arnold hätte sagen können, woher diese Bedrohung stammen mochte.

Kurz vor der Brücke brachen dann plötzlich aus Nebenstraßen und Gässchen Hunderte Menschen hervor. In Windeseile waren Barrikaden aus Karren, Fässern und Brettern errichtet, und mit Steinen und anderen Wurfgeschossen wurden die Soldaten der spanischen Garde angegriffen, die den Zugang zur Brücke sicherten. Durch Arnolds Umsicht konnten sie sich in dem Innenhof eines Gebäudes in Sicherheit bringen und das schwere Holztor schließen. Währenddessen galoppierten spanische Ritter über die Brücke, von denen etliche in den vorderen Reihen mit bloßen Händen von den Pferden gezogen und mit Knüppeln und Pflastersteinen totgeprügelt wurden.

Doch schnell kehrte sich das Blatt und die Übermacht der Spanier brandete gegen die schlecht bewaffneten Demonstranten, die unter den Hufen der Streitrösser und den Waffen der Ritter zu Boden gingen. Kurz darauf flohen die Römer. Übrig blieben die zerstörten Barrikaden. Verletzte und Tote wurden schnell von der Straße geräumt, viele verschwanden in den umliegenden Häusern, damit sie nicht den Spaniern in die Hände fallen konnten.

Als Arnold und seine Gruppe den sicheren Zufluchtsort wieder verließen, herrschte eine gespenstische Stille. Bedrückt bahnten sie sich ihren Weg zwischen Trümmern und Blutflecken und gingen über die Brücke zur Peterskirche. Aber trotz des herrlichen Wetters wollte keine feierliche Stimmung mehr aufkommen.

Auch den Karsamstag verbrachten sie bei den Feierlichkeiten in der Peterskirche und ebenso den Ostersonntag. In der feierlichen Ostermesse erhielt Arnold die Sakramente aus der Hand des Papstes persönlich.

Am Ostermontag besuchten sie die sieben Hauptkirchen Roms. Dabei bekam man ein gutes Gefühl dafür, wie groß Rom einstmals gewesen war, denn die Kirchen lagen umgeben von kleinen Siedlungen in der Stadt oder vor den Toren, aber zwischen diesen Dörfern in der ehemals gewaltigen Stadt gab es immer wieder weite Bereiche mit Feldern und Gärten und überall mit Gestrüpp überwucherte Ruinen. Von Unruhen war nicht mehr viel zu spüren, aber die Spanier waren überall präsent. Nur hin und wieder traf ein aus dem Hinterhalt geworfener Stein sein Ziel oder aus einer größeren Gruppe drangen Schmährufe gegen den Papst und seine Soldaten, wogegen diese aber mit besonderer Härte vorgingen.

Am Osterdienstag fanden sie sich nach der Sext wieder an der Engelsbrücke ein. Der goldene Engel funkelte auf der runden Kuppel der Engelsburg jenseits des Tibers. Es versprach, ein warmer Tag zu werden.

Zur siebten Stunde öffneten sich die Tore der Engelsburg und auf der Brücke formierte sich eine gewaltige Prozession, in deren Mitte der Papst und sein Sohn Cesare auf wunderschönen weißen Hengsten ritten. Angeführt wurde die Prozession von fünfhundert bewaffneten Bogenschützen, danach kamen vierhundert Reisige. Ihnen folgten vierzig Bischöfe und zwanzig Kardinäle. Nach ihnen wurden acht weiße Hengste und ein weißer Esel in einer langen Reihe geführt, denen Cesare Borgia in goldener Rüstung auf einem weißen Hengst mit grauer Mähne und schließlich der Papst folgten. Den Schluss des Zuges bildeten die Würdenträger Roms mit ihren Familien und danach durfte sich das gemeine Volk einreihen, das wiederum von Berittenen der Päpstlichen Garde auf beiden Seiten flankiert wurde. Sie wohnten der Messe in der Kirche Santa Maria Maggiore bei, die jedoch nicht alles Volk aufnehmen konnte.

Zur elften Stunde schließlich hatte die Prozession die Engelsbrücke wieder erreicht, wo der Papst mit zweihundert Salutschüssen empfangen wurde. Arnold und Christian waren sich einig, dass diese Veranstaltung nicht so sehr eine religiöse, sondern eher eine Machtdemonstration war.

In den Tagen nach Ostern besuchten sie nochmals alle Kirchen und notierten akribisch die Ablässe, die man erlangen und die Heiligen, die man besuchen konnte. Christian führte Listen, die kopiert wurden, um an verschiedene Adressaten verschickt zu werden. Bei ihren Aufzeichnungen waren ihnen schon mehrere Ungereimtheiten aufgefallen, denn immer wieder wurden Heilige an mehreren Stellen verehrt, beispielsweise der Heilige Matthias, von dem es mindestens zwei Skelette geben sollte, eines in Padua und ein zweites in Santa Maria Maggiore. Oder auch die Heilige Maria Magdalena, die sie auf ihrem Weg nach Rom in einer Kirche auf einer kleinen Insel im Lago di Bolsena gefunden hatten, die aber, wie auch Lena beteuerte, gleichzeitig in der Basilika von Saint-Maximin-la-Sainte-Baume ihre letzte Ruhe gefunden haben sollte.

Schließlich waren die Feierlichkeiten vorbei und sie gönnten sich einen Tag Ruhe. Nach dem Gedränge in den Pilgermassen wünschten sich Arnold und Hans ein wenig frische Luft, und so standen sie nach dem Frühstück im Hof der Herberge neben ihren bereits gesattelten Pferden. Nach den anstrengenden Osterfeierlichkeiten wollten sie sich und auch den Pferden etwas Bewegung verschaffen und an diesem herrlichen Frühlingstag einen Ritt um die Mauer herum machen. Christian stand bei ihnen. Er hatte mit Arnold die Aufgaben für den Tag abgesprochen und plante, die Aufzeichnungen zu sichten und zu kopieren, damit sie nach Köln geschickt werden konnten.

»Lena möchte dich gleich noch sprechen«, sagte Hans zu Christian, als er in den Sattel stieg. Christian sah Hans fragend an, aber er konnte seinen Gesichtsausdruck nicht deuten. Er blickte zu Arnold, doch der schien in Gedanken ganz woanders zu sein. Die beiden ritten durch das Tor auf die Straße und das Klappern der Hufe vermischte sich schnell mit den vielfältigen Geräuschen, die von draußen hereinkamen.

Christian konnte sich keinen Grund vorstellen, weshalb Lena ihn sprechen wollte. Sie hatten gemeinsam gefrühstückt und Lena hätte ihn auch da schon ansprechen können. Irritiert wandte er sich ab und betrat das Gasthaus. Über eine ausgetretene Steintreppe neben der Gaststube stieg er in den ersten Stock, wo sich ihre Zimmer befanden. Christian kratzte leise an Lenas Tür, die sich auch sofort öffnete. Im Zimmer war es dunkel und Christian musste sich einen Moment lang orientieren. Durch die geschlossenen Läden vor dem Fenster fielen dünne Lichtstreifen in den Raum, in denen Staubkörnchen tanzten. Lena hatte einen Schritt zurück in den Raum gemacht. Sie trug nur ein dünnes Untergewand und ihre goldenen Haare lagen in Wellen auf ihren Schultern. Christian wollte sich gleich wieder zurückziehen. Anscheinend hatte er Lena gestört.

»Oh, ich komme dann später ...«, setzte er an.

»Nein«, unterbrach ihn Lena. Ihre Stimme hatte einen seltsam angespannten Unterton. »Komm rein und mach die Tür hinter dir zu.« Sie räusperte sich. »Ich will nicht lange drumherum reden. Du weißt, dass ich mir ein Kind wünsche. Aber Hans ...« Sie machte eine Pause, um sich zu sammeln. Dann atmete sie tief durch. »Hans kann das nicht. Aber ich will ein eigenes Kind. Ich möchte spüren, wie es in mir wächst. Und dazu brauche ich jemanden, der mit mir ... Na, du weißt schon.«

Christian spürte, wie seine Knie weich wurden und er feuchte Hände bekam. Mit einem Mal fühlte er sich wie in einem Traum. Er versuchte, etwas zu sagen, aber seine Stimme versagte.

»Wenn du nicht willst«, fuhr Lena fort, »dann ...

Ich meine, vielleicht gefalle ich dir ja auch nicht«, setzte sie hinzu. Plötzlich wirkte sie sehr verletzlich. Und offensichtlich missverstand sie sein Schweigen.

Christian wollte wieder etwas sagen oder einfach einen Schritt auf sie zu machen, aber es ging nicht. Mit einer gewaltigen Anstrengung brachte er seine Hand dazu, die Hand von Lena zu fassen, die sich im Stoff des Unterkleides festhielt.

»Ich hatte gedacht, es ist viel einfacher«, fuhr Lena mit etwas festerer Stimme fort. »Zumindest bei dir. Du bist anders als dein seltsamer Ritter. Arnold – er betrachtet Frauen nicht so wie du. Ihn hätte ich nie, nie fragen wollen.« Sie hatte den Blick gesenkt, aber jetzt blickte sie ihm wieder in die Augen. »Bist du mir jetzt böse?«

Christian schüttelte den Kopf.

Lena nahm seine Hand in ihre kleinen zarten Hände. Sie drehte die Hand herum und hauchte einen Kuss auf die Handfläche. Dann richtete sie sich wieder auf, zögerte einen Moment und drückte seine Hand auf ihre linke Brust.

Christian spürte durch den Stoff die zarte Rundung und Lenas Herzschlag. Für einige Atemzüge konzentrierte er sich nur auf dieses wunderbare Gefühl in seiner Handfläche. In seinem Inneren breitete sich Wärme aus. In der Mitte von Lenas Brust bildete sich indes eine kleine harte Erhebung, die sich durch den Stoff gegen Christians Handfläche drückte.

»Na, anscheinend gefällt es dir doch.« Lena hatte zu ihrer gewohnten Heiterkeit zurückgefunden. Christian verstand plötzlich, dass diese heitere unbeschwerte Art ein Schutz für die andere verletzliche Lena war, die er eben kurz gesehen hatte.

Sie trat einen Schritt zurück und löste die Bänder am Halsausschnitt ihres Gewands, zog den Ausschnitt weit auf und ließ das Gewand über ihre Schultern nach unten gleiten. Dann machte sie einen Schritt rückwärts aus dem Kleiderbündel am Boden heraus auf das Fenster zu. Die dünnen Lichtstreifen, die durch die Läden fielen, zeichneten geschwungene Linien auf ihre Haut.

Sie hatte schmale Schultern und Brüste wie zwei halbe Äpfelchen, weiter unten eine schmale Taille und recht breite Hüften. In der Mitte war ein Dreieck aus gekräuselten Haaren, etwas dunkler als ihre hellblonden Locken. Christian ertappte sich dabei, dass er auf ihre Brüste starrte. Er spürte, wie er rot wurde, und freute sich über das Zwielicht im Raum.

»Du hast noch nicht *ja* gesagt.« Lenas Stimme klang leicht amüsiert. »Aber ich glaube, wenn ich deinen Gesichtsausdruck richtig einschätze, dass du jetzt nicht unbedingt gehen willst.« In ihren grünen Augen funkelte es mutwillig.

»Nein, es ist nur so, dass ich noch nie ...« Christian kam sich vor wie ein Trottel.

»Also bitte, du willst mir jetzt wirklich erklären, dass du nicht weißt, wie es geht?«

»Doch, das schon, in der Theorie, aber ausprobiert habe ich es noch nicht.«

»Das tut mir leid.« Lenas Stimme klang plötzlich ganz sanft. »Damit habe ich nicht gerechnet.« Sie kam wieder auf Christian zu. Sehr nah. Nur eine Handbreit Platz war noch zwischen ihnen. Sie roch nach Orange. Sanft berührte sie seine Wange.

»Unter diesen Voraussetzungen frage ich noch einmal, ob du nicht lieber gehen willst. Ich will nicht, dass du das hier falsch verstehst. Ich biete dir an, ein einziges Mal mit mir zu schlafen. Nicht mehr und nicht weniger. Ich mag dich sehr gern, deshalb habe ich dich ausgewählt, aber ich bin nicht in dich verliebt. Deshalb darfst du dich auch nicht in mich verlieben. So etwas passiert beim ersten Mal aber recht oft. Ich möchte nicht, dass du hinterher traurig bist.«

»Natürlich will ich! Ich kann mir gar nichts Besseres vorstellen.« Christian atmete tief durch. »Du bist so schön, selbst wenn ich deshalb hinterher Höllenqualen aushalten muss, ich könnte jetzt nicht diesen Raum hier verlassen.«

»Das hast du sehr schön gesagt.« In Lenas Stimme klang ein unterdrücktes Lachen mit. »Dann würde ich vorschlagen, dass du dich auch ausziehst, meinst du nicht?«

»Ich, äh, ja …« Hastig begann Christian, Bänder und Knoten zu lösen. Seine Kleidung landete achtlos auf dem Boden. Schließlich stand er ebenso nackt im Raum wie Lena. Etwas peinlich war ihm, dass sein Glied in einer unnatürlich anmutenden Form nach vorne stand. Noch peinlicher war ihm, dass Lena ihn ebenso musterte, wie er eben ihren nackten Körper betrachtet hatte.

»Dieses Gefühl verfliegt ganz schnell.« Sie schien seine Gedanken zu lesen. »Du könntest mich in den Arm nehmen, dann wird's besser.« Dann hielt sie ihn mit einer Hand auf seiner Brust auf. »Aber sei vorsichtig mit diesem Ding da unten, sonst tust du dir weh.« Ein wenig seitlich drückte sie sich an ihn. Christian wusste nicht, wohin mit seinen Händen, stellte dann aber fest, dass Lenas Haut sich sehr weich und warm anfühlte.

Sie zog ihn zum Bett.

»Du legst dich erst einmal neben mich. Du musst mir noch ein klein wenig helfen.« Sie legte sich hin und Christian rückte neben sie. Zaghaft legte er eine Hand auf ihre Brust.

»Leg deine Hand zwischen meine Beine.« Sie spürte seine Überraschung. »Das hat dem gelehrten Herrn wohl noch keiner der Theoretiker verraten. In der Praxis ist immer alles ein bisschen anders.« Sie lachte leise. Beinahe wie eine schnurrende Katze, fand Christian. Auch er musste lächeln und mit einem Mal fiel alle Befangenheit von ihm ab.

»Ja, genau so. Und jetzt such mit dem Finger die kleine Perle, die dort in der Mitte zwischen den Hautfalten unter der Haut liegt.« Sie atmete tiefer und schneller.

»Ja, noch ein bisschen höher. Genau das ist die Stelle.« Ihr Körper wirkte mit einem Mal gespannt wie eine Bogensehne.

»Nimm deine Hand da bloß nicht wieder weg. Auf keinen Fall! Erst wenn ich es dir sage!«

Am nächsten Morgen waren Lena und Hans in aller Frühe und unbemerkt von den anderen abgereist. Christian fühlte eine entsetzliche Leere in sich, er stocherte in seinem Brei herum.

»Es gibt auch noch andere schöne Frauen auf dieser Welt. Such dir eine und vergiss Lena.« Arnolds wenig mitfühlende Worte erbosten Christian über alle Maßen. Er schob den Hirsebrei von sich und erhob sich ohne ein Wort und düsteren Blickes und ging in sein Zimmer, um zu packen.

Venedig, April 1497

Sie erreichten Venedig nach acht Tagen am zehnten April 1497. Zuvor hatten sie sich von Rom aus in Begleitung einer Gruppe von Händlern aus dem Rheinland nach Norden gewandt und waren zunächst durch die südlichen Ausläufer des Apennin-Gebirges gezogen. Bei Fano erreichten sie die Küste der Adria.

Christian verbreitete ausgesprochen schlechte Laune, er war wortkarg und in sich gekehrt und mit Arnold hatte er, seit sie Rom verlassen hatten, kein einziges Wort mehr geredet. Er sah weder das Blau des Meeres, noch nahm er die Schönheit der Landschaft, die Mohnblumen auf den Feldern und die blühenden Mimosen, Mandel- und Zitronenbäume wahr. In seinen düsteren Gedanken ging es um Verlust und Zurückweisung und er wusste selber nicht, warum er Arnold dafür verantwortlich machte.

In der Nähe von Pesaro hatte Arnold schließlich die Nase voll. Er hielt sein Pferd an, als sie auf einem Hügel in der Nähe der Stadt einen grandiosen Ausblick auf das blaugrün schimmernde Meer hatten.

»Christian«, brummte Arnold und stieg vom Pferd.

Christian hielt sein Pferd ebenfalls an. »Was willst du?«

»Steig ab!«

»Du kannst mich mal ...«

»Ich zieh dich zur Not auch aus dem Sattel«, drohte Arnold und griff nach Christians Fuß. Der stieß die Hand beiseite und sprang zu Boden. Arnold packte Christian am Kragen und zog ihn zu sich. Die Gruppe hatte einen Kreis gebildet und die Pferde der beiden wurden beiseite gezogen.

»Schau mich an, wenn ich mit dir rede«, knurrte Arnold. »Und hör mir zu! Lena ist ein schönes junges Weib, aber das

Weib eines anderen. Du kannst jetzt dein ganzes Leben lang darüber grübeln, was gewesen wäre, wenn das nicht so wäre. Oder du reißt dich zusammen und suchst dir in einem der nächsten Städtchen eine nette Badermagd oder wen auch immer und kommst darüber hinweg. Und wenn nicht, entlasse ich dich auf dem Weg nach Venedig aus meinem Dienst und du gehst zurück über die Berge nach Köln. Ist mir eigentlich auch ganz egal. Du *Muuzepuckel!*«

Arnold ließ Christian los und stieß ihn einen Schritt nach hinten.

»Und das Abenteuer mit Lena solltest du in guter Erinnerung halten. Oder war es nicht schön? Hat dein kleiner Freund es nicht geschafft, sie zu vögeln, weil du zu feige warst?«

Christian sprang vor und seine Faust traf Arnold an der Wange.

»Nicht schlecht, Kleiner!« Ein kleines Rinnsal Blut lief über Arnolds Wange. »Wie fühlten sich denn ihre Titten an? Oder hast du dich nicht getraut, sie anzufassen?«

Der zweite Schlag traf Arnold in den Magen. Er krümmte sich ein wenig, grinste und nahm wieder Haltung an.

»War sie zufrieden mit dir, oder konntest du es ihr nicht besorgen?«

»Es ... war ... unbeschreiblich ... schön.« Bei jedem Wort schlug Christian zu, aber Arnold fing die Schläge mit Leichtigkeit ab.

»Hör auf ... sie ... in ... den ... Dreck ... zu ... ziehen.« Einer der Schläge ging durch Arnolds Deckung und riss seine Unterlippe auf.

Als Christian nach einem abgelenkten Schlag zur Seite taumelte, traf ihn Arnolds Rechte mit einem sauber platzierten Schlag in den Solarplexus. Christian fiel um und landete auf dem Rücken im Staub.

Nach einer Weile kam er im Schatten eines Olivenbaums wieder zu sich. Massimo reichte ihm und Arnold etwas zu trinken.

»So, geht's jetzt wieder besser?« Arnold reichte Christian eine Hand und zog ihn hoch.

»Drecksack!« Christian schwankte noch leicht, riss sich aber von Arnold los und ging langsam zu seinem Pferd.

»Sieh dich um, Christian! Dieser Anblick ist einfach unglaublich. Und das Leben geht weiter.«

»Oh«, sagte Martha, die Frau eines Händlers zu ihrem Ehemann, »beeindruckend! So löst man als Ritter also seine Probleme.«

In Chioggia wollten sie ihre Pferde an einen Händler verkaufen, denn von nun an würden sie sich per Schiff weiter nach Alexandria begeben. Christian wollte sich aber nicht von seinem Wallach trennen, denn seit Finstermünz hatte er eine besondere Zuneigung zu dem Pferd entwickelt. Zu seinem Erstaunen unterstützte ihn Arnold, der meinte, dass es sehr schwierig sei, ein Pferd zu finden, mit dem man wirklich gut auskam. So verhandelten sie mit dem Pferdehändler, der sich bereit erklärte, das Tier gewissermaßen als Pensionsgast aufzunehmen. Für das Geld, das er für ein Jahr haben wollte, hätte man sich allerdings auch ein neues Pferd kaufen können.

Sie fuhren mit einem Lastkahn über die Lagune nach Venedig. Christian bewunderte einmal mehr die trotz der überstürzten Abreise guten Vorbereitungen Arnolds. Denn Arnold wusste genau, wohin sie sich wenden sollten und ließ sich von dem Schiffer gleich in den Canal Grande zur Fondaco dei Tedeschi fahren. In dem gewaltigen vierstöckigen Gebäude waren die Handelsniederlassungen der deutschen und niederländischen Händler untergebracht. Arnold fragte, nachdem sie ihre Reisetruhen ausgeladen hatten, nach dem Kontor des Anton Paffendorp aus Köln, und mithilfe einiger Handelsknechte wurden sie und ihr Gepäck nach oben in einen der Seitenflügel gebracht.

Das deutsche Haus war deutlich größer als die meisten Palazzi Venedigs. Es war ein vierflügeliges fast quadratisches Gebäude, das in der Mitte einen ebenfalls quadratischen Innenhof hatte. In den Kontoren wurden Waren aus aller Welt gelagert und für den weiteren Transport umgepackt. Die Handelsknechte wohnten meistens auch in den Kontoren. Arnold und seine Begleiter wurden ehrenvoll empfangen und es fand sich in einem Hinterzimmer des Kontors eine freie Ecke, in der die drei sich auf Strohmatratzen ein Lager bereiten konnten.

Gleich neben der Fondaco, nur wenige Schritte entfernt, spannte sich die Rialto-Brücke über den Kanal. Die Holzkonstruktion stand auf hunderten Eichenpfählen. In der Mitte, an der höchsten Stelle, waren zwei kleine Zugbrücken, die geöffnet werden konnten, um Segelschiffe mit zu hohen Masten durchzulassen. Dies geschah aber eher selten, denn die Segelschiffe in der Lagune rund um Venedig hatten Masten, die man mit wenigen Handgriffen niederlegen konnte. Rechts und links der Brücke waren unzählige kleine Häuschen, in denen Händler den Vorübergehenden ihre Waren anboten.

Die Gegend um die Piazza dei Rialto auf der anderen Seite des Kanals war das Finanzzentrum Venedigs. Dort befanden sich die Niederlassungen der Geldwechsler und -verleiher. Es hatte sich in den vergangenen zweihundert Jahren eingebürgert, Waren nicht mehr in bar zu bezahlen, sondern mit Wechseln, die bei Bedarf in Bargeld ausgezahlt werden konnten, aber meist nur gegeneinander aufgerechnet wurden. Die ursprünglich von den Lombarden erfundene Zahlungsmethode war inzwischen weit verbreitet. Auch Arnold führte einige dieser Wechsel mit sich, die weit sicherer waren als Münzgeld und für Beutelschneider längst nicht so interessant.

So suchten sie am ersten Tag in Venedig die Bank des Jacob Fugger auf und ließen sich eine größere Summe auszahlen, die sie sogleich in das Handelskontor Paffendorps bringen wollten. Mit dem Geld sollten die Anschaffungen bezahlt werden, die für den nächsten Teil der Reise benötigt wurden.

Arnold befestigte den Beutel mit den Silber- und Kupfermünzen am Gürtel unter seinem Umhang und sie begaben sich zielstrebig zur Rialtobrücke. Christian und Massimo hielten die Augen offen, aber auf der Brücke herrschte ein derartiges Gedränge, dass sie voneinander getrennt wurden. Massimo, der eher schmal und wendig war, konnte kurz wieder zu Arnold aufschließen, aber zwischen Christian und den beiden anderen waren einige Schritte Abstand entstanden. Gerade als sich eine Lücke bildete, in die sich Christian drängen wollte, sah er eine Hand mit einem Dolch, die sich Arnold von der linken Seite näherte.

»Vorsicht, Arnold, links von dir!«, brüllte Christian, der aber von einem Lastenträger mit einem Fass auf der Schulter am Weiterkommen gehindert wurde. Christian tauchte unter dem Ellbogen des Mannes durch und versuchte, die Hand abzuwehren, die Arnold den Dolch in die Seite stechen wollte, und erhaschte einen kurzen Blick in ein verzerrtes, bärtiges Gesicht. Allerdings nur für einen Wimpernschlag, denn gleichzeitig hatte Arnold sich halb zur Seite gedreht und dem Angreifer den Dolch aus der Hand geschlagen.

Massimo auf der anderen Seite von Arnold hatte irgendwoher auch ein kleines Messer gezogen und schützte Arnolds Rücken. Der Dolch flog blitzend durch die Luft und traf den Mann mit dem Fass im Gesicht. Der heulte auf, als die scharfe Klinge seine Wange zerschnitt und verlor das Fass, das polternd zwischen den Füßen der Menschen auf der Brücke nach unten rollte und dabei etliche zu Fall brachte.

Unter den Passanten brach Panik aus. Arnold, Christian und Massimo drängten sich eng aneinander an einen Verkaufsstand eines Pastetenbäckers, aber viele Menschen versuchten, sich in Panik aus der Gefahrenzone zu retten. Am höchsten Punkt der Brücke wurde es besonders eng und schon fielen die ersten Menschen über die Brüstung in den Kanal. Weiter unten hatte sich ein ganzer Haufen gestürzter Menschen gebildet. Einige hatten das Bewusstsein verloren, andere schrien in größter Not. Unter dem Wogen der rennenden und ums Überleben kämpfenden Menschen begann die Brücke bedenklich zu schwanken und mit lautem Knall barst einer der Stützbalken, was wiederum zu Schreckensrufen und weiterer Panik führte.

»Was rufen sie?«, brüllte Arnold in Massimos Ohr.

»Die Brücke stürzt ein!« Massimos Augen waren weit aufgerissen. Arnold hielt ihn fest, damit er nicht ebenfalls versuchte, zu fliehen. Immer wieder prallten Menschen gegen sie, aber sie blieben auf den Füßen. Erst als sich die Lage wieder einigermaßen beruhigt hatte, verließen sie vorsichtig die Brücke, vorbei an Verletzten und Toten.

»Der wollte nicht dein Geld«, meinte Christian, als sie in der Sicherheit des deutschen Hauses angekommen waren. »Der Kerl hat versucht, dir den Dolch ins Herz zu stechen.«

»Hätte fast funktioniert«, knurrte Arnold und zog sein Obergewand aus. Ein langer, aber glücklicherweise nicht sehr tiefer Schnitt zog sich über seine Rippen. Blut lief an seiner linken Seite herunter und hatte bereits die Bruche braun verfärbt. Auch andere Menschen hatten sich in die Fondaco dei Tedeschi geflüchtet und schon eilten Handelsknechte mit Verbandmaterial herbei.

Massimo lotste einen der Helfer zu Arnold und hatte irgendwoher einen Krug Rotwein mitsamt einiger Becher besorgt. Der junge Mann, der Arnold gekonnt einen Verband anlegte, erklärte ihnen, dass einige Jahre zuvor die Brücke auf einer Seite komplett zusammengebrochen sei, weil auch da viel zu viele Menschen gleichzeitig den Canal Grande überqueren wollten.

»Schmerzen?«, fragte Christian.

»Mhm, brennt wie Feuer.« Arnold war recht blass. »Aber das kann auch an der Salbe liegen, die unter dem Verband ist.«

»Jedenfalls hätte das ganz schön schief gehen können. So war es ja jetzt eigentlich nur ein tiefer Kratzer.«

»Hast du den Kerl gesehen, Christian?«

»Nur einen ganz kleinen Moment. Aber er kam mir irgendwie bekannt vor.«

»Meinst du, es war wieder der Kerl mit der Armbrust?«

»Weiß ich nicht. Aber irgendwo dort in den Bergen habe ich das Gesicht schon mal gesehen, meine ich.« Christian rieb sich nachdenklich die Stirn. »Jedenfalls glaube ich nicht, dass es Zufall war. Und der Kerl war auch kein Beutelschneider, oder er hat seinen Beruf verfehlt.«

»Also ein gedungener Halsabschneider.«

»Scheiße«, sagte Massimo lapidar.

»Stimmt!« Arnold knuffte Massimos Schulter und verzog schmerzhaft das Gesicht. »Wir sollten ab sofort noch vorsichtiger sein. Der Kerl hat uns gewiss nicht den Gefallen getan, sich auf der Brücke tottrampeln zu lassen. Und dann brauchen wir eine Strategie, wie wir ihn wieder loswerden.«

»Jetzt weiß ich's wieder. Er war einer der Ruderer auf dem Oberländer.«

»Dann werden wir also schon die ganze Zeit verfolgt und jemand versucht, mich oder im Zweifelsfall unsere gesamte Reisegruppe zu töten. Schöne Aussichten sind das!« Arnold stieß einen gotteslästerlichen Fluch aus.

Am Abend des folgenden Tages besuchten sie den Entsendungsgottesdienst der Pilger und Seefahrer, die in Kürze ihre Reise antreten wollten. Die Messe fand in der Marcus-Basilika statt, einer im byzantinischen Stil gebauten Kirche mit fünf kreuzförmig angeordneten Kuppeln. Der Kirchturm, Campanile genannt, stand einige Klafter entfernt auf dem Markusplatz und passte mit seinem strengen Renaissance-Stil so gar nicht zu der prachtvollen Kirche.

Die Marinarii mit ihren prachtvollen Gewändern und ihre Angehörigen sowie etliche Pilger in ihren einfachen Pilgergewändern füllten die riesige Kirche bis zum letzten Platz. Es wurden feierliche Gesänge zu Ehren der Mutter Maria und viele Gebete vor einem eigens errichteten Holzkreuz vorgetragen. Weihrauch sorgte für einen feinen Nebel, durch den die prachtvollen goldenen Mosaike an Säulen und an der Decke in eine geheimnisvolle Atmosphäre gehüllt wurden. Arnold und Christian wurden von der Stimmung angesteckt und beteten inbrünstig um das Gelingen ihrer Pilgerfahrt.

Alle Jahre im Frühsommer schickte die Herrschaft Venedig vierzehn Galeeren zu ihren Handelspartnern und Niederlassungen, je zwei davon fuhren nach Jaffa und zwei nach Alexandria. Begleitet wurden diese durch Kriegsschiffe, die für die Sicherheit sorgen sollten, sowie kleinere Handelsschiffe, die sich ihrerseits in den größeren Geleitzügen sicherer fühlten.

Die Handelsknechte aus dem Kontor Paffendorps hatten den Kontakt zu einem Trutschelman hergestellt, der als Führer und Übersetzer mit ihnen reisen sollte, so lange sie in den Ländern der Heiden unterwegs sein würden. Meister Vincent, ein Spanier aus Granada, beherrschte viele verschiedene Sprachen und Dialekte der Menschen jenseits des Mittelmeeres und kannte die Wege in den heidnischen Ländern.

Nachdem sie ihm ihr Problem geschildert hatten, von einem gedungenen Mörder verfolgt zu werden, hatte Meister Vincent die Idee, nicht wie üblich mit den anderen Pilgern nach Jaffa zu fahren, sondern den Pilgerweg nach Jerusalem aus der anderen Richtung anzutreten und zuerst nach Kairo zu gehen und von dort über den Sinaï ins Heilige Land. Ihre Verfolger sollten glauben, sie seien auf einem der Schiffe nach Jaffa und gleichzeitig würden sie sich heimlich nach Alexandria einschiffen.

Mit Meister Vincent wurde feierlich ein Vertrag geschlossen, der besagte, dass jeden Monat vier venezianische Dukaten sowie Kost und Unterkunft und nach Abschluss der Reise durch die heidnischen Länder ein Bonus von hundert Dukaten zu zahlen sei. Im Gegenzug schwor Meister Vincent, alles dafür zu tun, dass Arnold und seine Begleiter ihre Reise ohne Unbill überstehen würden. Als Vorbereitung besorgten sie sich Geleitbriefe, die vom Dogen Agostino Barbarigo persönlich gesiegelt wurden und etliche Wechsel, die in den Kontoren eines venezianischen Bankhauses in den größeren Städten auf ihrer Reiseroute eingelöst werden konnten. Meister Vincent sorgte auch für die nötigen Einkäufe von Lebensmitteln, Wein, Medikamenten und Kleidung, die für das Klima im Heiligen Land geeignet wären. Er erklärte ihnen, dass sie von nun an nicht als Pilger, sondern als Kaufleute unterwegs sein würden, denn dadurch hätten sie weniger Probleme mit Zöllen und seien in den Ländern der Heiden besser angesehen. Außerdem, erklärte er mit einem Augenzwinkern, würden sie damit für ihre Verfolger unsichtbar, denn sie würden in der Masse der Menschen in Kairo einfach untertauchen.

Einige Tage später besichtigten sie mit großem Aufwand die Schiffe der Flotte, die nach Jaffa fahren sollten. Die Abfahrt eines Teils der nach Alexandria fahrenden Schiffe war für den nächsten Morgen angesetzt und mit Waren des Kontors Paffendorp waren auch ihre Seekisten unauffällig auf eine Karacke aus dem Geleitzug der Alexandria-Flotte gebracht worden. Das gewaltige Kriegsschiff mit zweistöckigem Vorder- und Achterkastell und drei Decks im Rumpf war 174 Fuß lang und 36 Fuß breit. Es beherbergte neben der üblichen Schiffszimmerei auch eine Mühle, einen Backofen, eine Schmiede und eine Steinmetzwerkstatt. Auf dem großen Hauptsegel war der heilige Christophorus, der Namenspatron des Schiffes, aufgemalt.

Der Kapitän des Schiffes, Andrea Loredano, lud sie nach der Begutachtung ihrer Geleitbriefe ein, in der Offiziersmesse mit ihm zu speisen und wies ihnen eine eigene Kajüte zu.

Köln, Mai 1497

»C hristian Schreiber an Jungfer Franziska, im Hause des Arnold von Harff, Sankt-Mauren-Straße, Köln.
Wohledle Jungfer, ich grüße Euch. Ich hoffe, alle sind wohlauf. Dieser Brief erreicht Euch aus Rom, wo wir die Karwoche und die Osterzeit verbracht haben. Hier in Rom setzt der Frühling früher ein als in Köln. Schon blühen hier die Mandelbäume und die Felder sind mit allerlei Blumen bedeckt. In Gärten und Hainen gibt es Olivenbäume und an geschützten Stellen wachsen sogar Zitronen- und Orangenbäume.

In Florenz waren wir in einem Haus, in dem von der Herrschaft etwa dreißig Löwen gehalten wurden. Man sagt, dass die Florentiner ihre alten Rechte und ihr Wappen mit dem Löwen vom Römischen Reich zurückerhalten, wenn sie einen Löwen haben, der hundert Jahre alt ist. Vor einigen Jahren soll es in Florenz einen Löwen gegeben haben, der achtundneunzig Jahre alt wurde. Ein Bild eines Löwen habe ich diesem Brief beigelegt.

Auf dem Weg hierher sind wir zu einem Beginen-Kloster gekommen. Das Kloster liegt in einer schönen kleinen Stadt mit Namen Viterbo, wo auf einer Anhöhe ein großes Schloss des Papstes liegt. Die Frauen dort verkauften uns Heil bringende Gürtel, die Frauen die Wehen und die Geburtsschmerzen erleichtern sollen. Wir erstanden einige, die diesem Päckchen beigelegt sind.

Im Süden von Viterbo liegt ein See, eingeschlossen von einem ringförmigen Gebirge. Die Ebene, in der der See liegt, ist sehr lieblich, aber es riecht dort stark nach faulen Eiern, da an einigen Stellen Schwefeldampf aus den Felsen austritt. Arnold sagt, es rieche ähnlich, wie bei den heißen Quellen in Aachen.

Hier in Rom haben wir viel Ablass und Vergebung der Sünden verdient. Rom war einst die größte Stadt der Christenheit, aber *jetzt liegen zwei Drittel der Stadt brach und die alten Paläste in Trümmern. Rom hat eine gewaltige Stadtmauer, viel größer als die von Köln. Sie hat 361 Türme, alle hundert Fuß einen, und fünfzehn Stadttore. Die Mauer wurde vom römischen Kaiser Marc Aurel vor mehr als tausend Jahren gebaut, die Peterskirche ist ein Palast des Kaisers Konstantin gewesen und etwa ebenso alt.*

Nachdem wir diesen Brief und unsere Aufzeichnungen an Euch abgesendet haben, werden wir uns auf den Weg nach Venedig machen und dann von dort aus mit einem Schiff ins Heilige Land fahren.

Geschrieben am Tag nach Christi Auferstehung, anno domini mcdxcvii.«

Die Gräfin war auch diesmal wieder aufgetaucht, kurz, nachdem das Päckchen mit den Aufzeichnungen angekommen war. Sie saßen im Innenhof des Hauses an der Sankt-Mauren-Straße. Das Osterwetter war nasskalt gewesen, aber jetzt schien endlich einmal die Sonne, obwohl es im Schatten noch recht kühl war.

Franziska hatte den Brief auf ihrem Schoß liegen und setzte Buchstabe für Buchstabe zu Wörtern zusammen. Vor lauter Konzentration drehte sie eine Strähne ihres blonden Haars um die Finger ihrer linken Hand. Langsam, aber zunehmend sicherer las sie der Herzogin den Brief vor. Von dieser wurde sie dann auch für ihre Fortschritte gelobt.

»Ich weiß gar nicht, warum ich mich so gegen das Lesen gewehrt habe«, meinte Franziska kleinlaut.

»Kommt Zeit, kommt Rat, Jungfer Franziska.« Die Herzogin legte ihre Hand über Franziskas. »Das ist im Leben manchmal so. Wenn man etwas überwunden hat, was zuvor als unüberwindlich erschien, dann kann man sich in der Rückschau manchmal gar nicht mehr vorstellen, warum es eigentlich so schwer war.«

»Wir sollten uns mal Gedanken darüber machen, was aus dir einst werden soll. Du bist jetzt im heiratsfähigen Alter und Arnold, der ja gewissermaßen dein Vormund ist, wird wohl noch eine Weile wegbleiben.« Sybilla blickte Franziska prüfend in die Augen.

Tatsächlich hatte Franziska seit der Abreise von Arnold und Christian oft wach gelegen und gegrübelt. Zuerst hatte sie sich vorgestellt, wie es sein würde, selbst auf Reisen zu gehen. Natürlich war sie sich bewusst, dass es für eine Frau unschicklich war, mit ihrem Gatten auf Handelsreise zu fahren. Die gute Ehefrau blieb zu Hause, gebar ein Kind nach dem anderen und wartete gottergeben auf die Rückkehr ihres Mannes. Damit wollte sie sich aber nicht zufriedengeben. Denn es gab ja durchaus Frauen, die ihr eigenes Geschäft führten und unabhängig waren. Aber nur wenige. Daher wollte Franziska die Hoffnung nicht aufgeben. Im Zweifelsfall wollte sie lieber nicht heiraten.

Konnte nicht alles so bleiben, wie es war? Natürlich nicht, und das wusste sie auch. Und es war ihr auch klar, dass eine junge Frau von niederem Stand sich nicht aussuchen konnte, wen sie heiraten würde. Sie konnte von Glück sagen, dass sie im Haushalt von Arnold von Harff aufgenommen worden war. Sollte Arnold irgendwann einen geeigneten Heiratskandidaten für sie finden, dann wäre es dumm von ihr und ausgesprochen respektlos, diesen auszuschlagen. Auch wenn er alt und hässlich wäre.

Aber eine kleine Flamme des Widerspruchs flackerte in ihr. Je mehr sie sich selbst ermahnte, ihr Schicksal zu akzeptieren, desto heller leuchtete das Flämmchen. Was Franziska außerdem zunehmend beunruhigte war das Gefühl, das einige Blicke, die sie neuerdings immer häufiger wahrnahm, in ihr auslöste. Manchmal schauten sie junge Männer sehr seltsam an, wenn sie der Meinung waren, dass Franziska ihre Blicke nicht sah. Dann hatte sie den Drang, ihre Brüste irgendwie zu verstecken, die in letzter Zeit in einem beunruhigenden Maß gewachsen waren und sich seit ein paar Monaten deutlich unter ihren Gewändern abzeichneten. Mit diesem neuen Gefühl der Scham gingen aber gleichzeitig ein Sehnen und eine innere Unruhe einher, für die Franziska keine Erklärung hatte.

Sybilla ließ ihr Zeit zum Nachdenken. Sie war eine gute Beobachterin und Franziska war selten in der Lage, ihre Gedanken und Gefühle zu verbergen. So konnte die Herzogin viel aus ihrem Gesicht ablesen. Mehr als Franziska preisgeben wollte.

»Kann ich nicht einfach hierbleiben und Änni zur Hand gehen? Änni wird auch nicht jünger und ich könnte irgendwann ihre Stelle als Haushälterin übernehmen.« Franziska war selbst nicht überzeugt von dem, was sie da sagte.

»Nein, Kind. Du verkaufst dich unter Wert. Es ist durchaus möglich, dass wir für dich einen stattlichen Ritter aus dem niederen Adel finden. Und wenn du in den nächsten Jahren noch schöner wirst, als du es jetzt bereits bist, wird das ganz sicher kein Problem sein.«

Franziska war überrascht. Bisher war sie noch nicht auf die Idee gekommen, sie sei hübsch oder gar schön. Damit öffneten sich ganz neue Perspektiven, die es zu überdenken galt.

»Und ich bin sicher«, fuhr die Herzogin fort, »dass Arnold für eine ordentliche Mitgift sorgen wird. Du bist jetzt siebzehn Jahre alt, andere junge Frauen haben in dem Alter bereits Kinder.«

Was erzählte die Herzogin da? Sie sollte einen Ritter heiraten und das sei kein Problem, weil sie so schön sei? Dabei wollte Franziska doch gar nicht heiraten. Oder doch? Aber zum Heiraten gehörte auch, Kinder zu gebären. Und zum Kinderkriegen gehörte ... Bäh! Alte dunkle Erinnerungen aus Kindertagen versuchten, an die Oberfläche zu kommen und wurden schnell wieder in ihre Schranken verwiesen. Nie, nie, nie würde sie einem Mann erlauben, sie anzufassen!

Die Herzogin erhob sich.

»Kind, ich habe dir heute genug zum Nachdenken mitgegeben. Ich werde mich jetzt nach Hause begeben, denn ich bin müde. Mach dir aber nicht zu viele Gedanken. Diese Unsicherheit, die du in dir spürst, gehört zum Erwachsenwerden einfach dazu. Und die Zeiten ändern sich, sogar ganz gewaltig. Damit hast du auch mehr Möglichkeiten, als die Frauen aus den Generationen vor uns. Sogar mehr als ich. Aber du musst herausfinden, was du willst, denn sonst werden andere für dich Entscheidungen treffen.«

»Aber das ist alles so schwer, Herrin!«

»Ja, da hast du recht.«

Im Weggehen drehte sich die Herzogin noch einmal um.

»Kind, pass bitte gut auf diese hübschen Zeichnungen auf. Ich möchte, dass Arnold sein Buch damit illustriert. Dann wird es auch von den Frauen der feinen Gesellschaft gerne gelesen.« Sie winkte zum Abschied und gab den Sänftenträgern, die beim Tor herumlungerten, das Zeichen zum Aufbruch.

»… und hör auf, an deinen Haaren zu drehen. Die brechen sonst irgendwann ab«, setzte sie noch hinzu.

Kythera, April 1497

»Ich kann nicht schwimmen!« Christian hielt sich an einem Tischbein fest, nachdem er bei einem besonders starken Stoß ausgerutscht war. Die Wellen schlugen krachend gegen die Bordwand und die San Christoforus neigte sich bedenklich weit zur Seite.

»Was sagst du?«, brüllte Arnold zurück.

»Ich kann nicht schwimmen!«

»Oh heilige Mutter Maria, und darauf kommst du jetzt?«

»Wann denn sonst? Wenn das Schiff untergeht, muss ich doch schwimmen.«

Der Wind heulte in der Takelage und die krachenden Wellen schienen die Bordwände zum Bersten zu bringen. Die Luken waren geschlossen, aber von draußen wäre, gleichwohl es heller Tag war, kein Licht hineingekommen. Dafür schossen immer wieder Sturzbäche von Wasser die Stiegen herunter. Auch in der Kajüte schwappte eine große Pfütze Wasser von einer Wand zur nächsten, je nachdem in welche Richtung sich das Schiff neigte.

Innerhalb kürzester Zeit war am Vormittag eine Gewitterfront aufgezogen und hatte alles Licht des Tages verschluckt. Christian hatte zunächst fasziniert zugesehen und dann mit immer größerer Sorge, während die Matrosen das Schiff auf den Sturm vorbereiteten. Der Kapitän hatte beidrehen lassen und versuchte, einen Hafen auf der Insel, die sie gerade zur Linken passierten, zu erreichen. Arnold hatte, auch im Namen von Christian und Massimo, Hilfe angeboten, aber Kapitän Loredano hatte ihnen nur kühl erklärt, die beste Hilfe sei Beten. Und zwar in ihrer Kajüte. Keiner der Passagiere habe bei Sturm auf Deck etwas verloren.

Nur mit größter Mühe gelang es dem Steuermann, die Riffe an einer Halbinsel zu umschiffen, dann fuhren sie in eine kleine halbrunde Bucht ein. Zwischen den Kaps, die die kleine Bucht von beiden Seiten gegen die Gewalt des Unwetters beschützten, schien das Meer zu kochen. Wellen kamen von allen Seiten und stürzten donnernd auf das Deck des Segelschiffes. Eine Regenwand verschluckte jede Sicht, prasselnd schlugen dicke Regentropfen auf das Deck und vermischten sich mit der Gischt.

Im Schutz des Kaps waren Wind und Wellen schwächer, aber auch hier blitzte und donnerte es ununterbrochen. Dennoch entflohen Arnold, Christian und Massimo der stickigen und engen Kajüte, in der das Wasser inzwischen knöchelhoch stand, um sich ein Bild von der Lage an Bord zu machen.

Ein kleines dreieckiges Segel am Vormast reichte aus, um das Schiff manövrierfähig zu halten. Mehrere Anker wurden zu Wasser gelassen, aber das Schiff trieb weiter unaufhaltsam auf die Klippen zu. Matrosen versuchten, ein zerfetztes Segel zu bergen, was sich aufgrund der Böen, die hier aus allen Richtungen kamen, als sehr schwierig erwies. Fast pausenlos zuckten Blitze über den Himmel und auch hier in der geschützten Bucht waren die Wellen noch sehr hoch.

Aber Christian schaute zurück zur Einfahrt in die Bucht, wo das Meer weiterhin mit apokalyptischer Gewalt tobte. Es war nicht auszumachen, wo das Wasser aufhörte und wo die Wolken begannen. Gischt schoss dreißig, vierzig Fuß in die Höhe und vermischte sich mit dem Regen.

Mitten in diesem Hexenkessel war für einen kleinen Moment, von einem neuerlichen Blitz angestrahlt, ein weißes Segel zu sehen. Christian packte einen vorbeieilenden Matrosen an der Schulter, der sich zunächst unwillig losreißen wollte, dann aber nach heftigem Gestikulieren in die gewiesene Richtung schaute. Auf einem Wellenberg war daraufhin kurz wieder das andere Schiff zu sehen und der

Matrose rannte erstaunlich sicher die schwankende Treppe zum Achterkastell hinauf. Augenblicke später wurden von oben Befehle gebrüllt und beunruhigt beobachteten Arnold und Christian, wie einige der kleineren Geschütze bereit gemacht wurden. Massimo, der einige Fuß weit in die Takelage geklettert war und dort wie ein Äffchen hin und her schaukelte, schien das Wetter großen Spaß zu machen.

»Sind das Piraten?«, fragte er Meister Vincent, den es offensichtlich auch nicht mehr in der Kajüte gehalten hatte. Vincent hatte unter seiner gebräunten Haut die ungesunde Farbe grüner Oliven angenommen.

»Das weiß man erst, wenn sie zu nah sind. Also werden die Geschütze lieber auf Verdacht vorbereitet.« Seine Augen blitzten und er grinste Massimo an. »Bei fremden Schiffen wird zunächst immer davon ausgegangen, dass es sich um Piraten handelt. Und dieses Städtchen dort drüben ist wahrscheinlich eine türkische Siedlung, also sind auch dort Feinde.«

Derweil war das fremde Segelschiff nähergekommen und versuchte offensichtlich, ebenfalls die geschützte Bucht zu erreichen. Doch man konnte sehen, dass es in die falsche Richtung getrieben wurde, zwar weiter in die Bucht hinein, aber auf die Felsen an der Nordseite der Hafenzufahrt zu. Alarmiert schaute sich Christian um, aber die San Christoforus hatte sich nicht mehr weiterbewegt. Offensichtlich hatten die Anker sich am Meeresgrund verfangen. Schon verließen die Matrosen und Soldaten ihre Gefechtspositionen und es wurden Beiboote zu Wasser gelassen, als das deutlich kleinere Schiff von mehreren Brechern immer wieder auf die Felsen an der Steilküste geworfen wurde, zerbrach und innerhalb von wenigen Minuten in den Fluten versank.

Kurz darauf kamen die Ruderboote bei den wogenden Trümmern des Segelboots an und bargen einige Menschen aus dem mit Holzplanken, Kisten und anderen Trümmerteilen übersäten Wasser. Schließlich kehrten die Boote nacheinander wieder zur San Christoforus zurück. Alle packten mit an und halfen, die verletzten und erschöpften Schiffbrüchigen an Bord zu ziehen. In der Offiziersmesse wurde ein behelfsmäßiges Lazarett eingerichtet und Arnold schickte Massimo, seine Tasche mit Medikamenten und anderen Hilfsmitteln zu holen.

In einer Ecke des Raumes saß ein durchnässter Junge von vielleicht vierzehn oder fünfzehn Jahren, der sich den linken Arm hielt und blass, aber ohne die Haltung zu verlieren darauf wartete, behandelt zu werden. Er hatte schwarze kurze Locken und eine dunkle Hautfarbe, unter der jetzt allerdings ein ungesunder Olivton lag. Seine Augen waren braun, aber die Pupillen vom Schmerz fast ganz schwarz. Massimo wies Arnold auf den Jungen hin, unter dessen verkrampften Fingern Blut hervorquoll und schon eine ordentliche Blutlache auf der Bank gebildet hatte.

Arnold setzte sich zu ihm und zückte einen kleinen Dolch. In den Augen des Jungen blitzte einen Moment die Angst auf, aber von dem Mann mit dem Dolch schien keine Gefahr auszugehen. Jedenfalls nicht im Augenblick, denn der *Alaman* wirkte schon kampferprobt und gefährlich. Mit dem Dolch trennte Arnold den zerrissenen Ärmel vom Gewand des Jungen und betrachtete die Wunde.

»Ich brauche frisches Wasser in einer Schüssel und einen sauberen Lappen, um die Wunde zu reinigen.« Während Massimo unterwegs war, um die gewünschten Dinge zu besorgen, fädelte Arnold ein langes Pferdehaar in eine feine Nadel aus Knochen.

»Wie heißt du?«, fragte er den Jungen in verschiedenen Sprachen, die er inzwischen kannte.

»Ich heiße Ibrahim ibn Karim ben Mohammed«, antwortete der Junge in lombardischer Sprache.

»Arnold von Harff. Ich hoffe, du vertraust mir, ich werde deine Wunde nähen müssen.«

»Das hat er schon oft gemacht, denn er ist ein Ritter und ein Heiler«, setzte Massimo hinzu, der eben wiedergekommen war. Heldenverehrung leuchtete in seinem Blick, was Arnold leicht belustigt zur Kenntnis nahm. Ibrahim nickte mit zusammengebissenen Zähnen, denn Arnold hatte begonnen, die Wunde zu reinigen.

»Gib mir einen Becher Rotwein«, sagte Arnold zu Massimo, der ihn leicht irritiert ansah.

»Nicht zum Trinken.« Arnold grinste Massimo an. »Das wird jetzt etwas brennen, aber das Nähen danach ist dann nicht mehr ganz so schlimm«, sagte er zu Ibrahim.

Rhodos, Mai 1497

Fünf Tage mussten sie in dem kleinen Hafen warten, bis der Wind wieder günstiger wehte und die schlimmsten Schäden an der San Christoforus beseitigt waren. Die Einwohner des Küstenstädtchens versorgten sie mit Nahrungsmitteln, waren aber ansonsten abweisend, denn sie gehörten zur Herrschaft der Türken. Daher hatte der Kapitän jeden Landgang verboten, was die Stimmung an Bord nicht eben positiv beeinflusste.

Am sechsten Tag liefen sie aus der Bucht aus und fuhren dreihundert Seemeilen nach Candia. Dort wurden noch einmal Vorräte aufgenommen für die Überfahrt nach Alexandria, denn zwischen Candia und Alexandria sollte kein weiterer Hafen mehr angelaufen werden. Einige der Schiffe des Geleitzuges hatten sich hier eingefunden und nun sollte am zehnten Mai eine Flotte von zwölf Schiffen nach Alexandria aufbrechen. Ibrahims Wunde heilte schnell und ohne Komplikationen. Schon am zweiten Tag auf See konnte Arnold die Fäden ziehen und Ibrahim begann damit, erste vorsichtige Übungen zu machen, damit der Arm seine volle Beweglichkeit wiedererlangte.

Bei günstigem Wind konnte man Alexandria in fünf Tagen erreichen. Doch nachdem sie die Insel Candia umrundet hatten und zwei Tage auf dem offenen Meer waren, kam von Südwesten her ein starker Sturm auf, der sie zwang, in Richtung Nordost beizudrehen. Obwohl nur die nötigsten Segel gesetzt waren, um das Schiff manövrierfähig zu halten, wurden sie weit nach Norden abgetrieben und verloren nach und nach den Sichtkontakt zu den anderen Schiffen.

Nach einer unruhigen Nacht, in der die Angst vor einem Schiffbruch niemanden schlafen ließ, fanden sie sich im

Morgengrauen auf Deck ein. Der oberste Büchsenmeister des Schiffes, ein Deutscher aus Sint Truiden, hatte ihnen erklärt, dass es in den Gewässern zwischen Candia und Rhodos unzählige Untiefen und scharfe Felsen gäbe und so waren sie sehr erleichtert, als der Ausguck im Mastkorb nach einiger Zeit Land meldete und meinte, Rhodos erkannt zu haben.

Zur Sicherheit liefen sie am späten Nachmittag den Hafen von Rhodos an. Arnold war sehr erfreut, denn zu gerne wollte er die Befestigungsanlagen des Johanniter-Ordens besichtigen. Der Kapitän erklärte ihnen, dass der Wind sicher noch zwei Tage anhalten würde und erlaubte ihnen, für diese Zeit von Bord zu gehen.

Die Stadt Rhodos lag an der Nordostspitze der gleichnamigen Insel in Sichtweite der türkischen Küste. Daher war es immer wieder zu Eroberungsversuchen gekommen, zuletzt im Jahr 1480. Damals waren die Türken mit 170 Schiffen und etwa 70.000 Soldaten gekommen, um Rhodos für den Sultan der hohen Pforte, Mehmed II., zu erobern. Dem Großmeister des Johanniter-Ordens gelang es aber, mit nur 7000 Mann, darunter nur 600 Rittern, den Angriff zurückzuschlagen, allerdings wurde die Stadt weitgehend zerstört.

Der Hafen von Rhodos war von zwei Kaimauern geschützt. Auf einer von ihnen standen dreizehn kleine runde Türme, auf denen sich Windmühlen mit je sechs Flügeln befanden. Die Windmühlen erinnerten an einen anderen Eroberungsversuch durch die Genueser, die seitdem nicht mehr in den Orden aufgenommen wurden. Nach den verheerenden Angriffen der Türken und dem schweren Erdbeben im folgenden Jahr waren die Befestigungsanlagen der Stadt verbessert und ausgebaut worden. Der Großmeister des Johanniter-Ordens, Pierre d'Aubusson, hatte rund um die Stadtmauer einen etwa dreißig Fuß tiefen und teilweise hundert Fuß breiten Graben aus dem Felsen schlagen lassen. Mit den Steinen waren die Mauern und Tortürme verstärkt worden und eine weitere Mauer an der Außenseite des Grabens angelegt worden.

Ein deutscher Ritter führte sie zum Palast des Großmeisters, der an der höchsten Stelle der Stadt lag. Die Ritterstraße führte vom Hafentor etwa 600 Fuß weit den Berg hinauf. Der Palast des Großmeisters war angelegt wie eine Burg. Pierre d'Aubusson empfing sie in einem großen Rittersaal. Der hochgewachsene Ritter mit der asketischen Figur trat trotz seines hohen Alters noch sehr jugendlich auf. Sein Blick schien alles zu durchdringen. Eine schmale Nase gab dem Gesicht den Ausdruck eines Raubvogels.

Nach der Begrüßung fragte d'Aubusson Arnold ohne große Umschweife, ob er gekommen sei, um sich der deutschen Zunge des Johanniter-Ordens anzuschließen, was dieser freundlich, aber bestimmt ablehnte. Dennoch wurden sie mit großen Ehren aufgenommen und der Großmeister erteilte Anweisung, sie in der Georgsbastion unterzubringen, die den deutschen Abschnitt der Mauer im Westen der Stadt bewachte.

Am nächsten Vormittag hatten sie in Begleitung eines deutschen Ritters die Stadt erkundet, waren dann aber noch ein Stück an der Küste entlang gewandert. In einer kleinen halbkreisförmigen Bucht kletterte Arnold über die Felsen auf den Strand. Christian, Massimo und Ibrahim folgten ihm vorsichtig. Die vom Sturm aufgepeitschten Wellen wurden durch ein Felsenriff abgeschwächt, sodass das Wasser in der Bucht recht ruhig war.

»So, Jungs! Wer von euch kann schwimmen?«, fragte Arnold. Er blickte die drei nacheinander an. »Nur Massimo?« Er schaute Christian und Ibrahim strafend an. »Ihr fahrt über das Mittelmeer, aber ihr könnt nicht schwimmen? Das halte ich für keine gute Idee.«

»Wenn du bei uns schwimmen gehst, dann wirst du gefressen. Von bösartigen Krokodilen!«, versuchte Ibrahim eine Erklärung. Christian sah ihn beunruhigt an.

Arnold zog die Sandalen aus und nestelte die Bänder des Obergewandes auf. Schließlich stand er nackt, nur in seiner Bruche, vor den Jungen.

»Na los, ausziehen.«

Ein wenig betreten schauten sie zwar, aber sie folgten der Anweisung. Vorsichtig, als wäre das klare Wasser gefährlich, gingen sie ein paar Schritte hinein. Das Wasser war kalt, aber in der windgeschützten Bucht brannte die Sonne auf ihrer Haut. Arnold trat leise hinter Massimo und zog ihm mit einer Hand die Füße weg. Massimo fiel der Länge nach mit dem Gesicht voran ins Wasser, drehte sich herum und spritzte Arnold nass. Dann sprang er wieder auf und griff nach den Füßen von Christian, der nach hinten gegen Arnold fiel. Arnold fing Christian an den Schultern auf und gemeinsam warfen sie ihn ins tiefere Wasser.

»Schluss jetzt, Freunde!«, brach Arnold schließlich die Balgerei im flachen Wasser ab. »Jetzt lernt ihr schwimmen. Geht so weit ins Wasser, bis es euch zur Brust reicht. Dann die Arme ausstrecken und mit den Füßen abstoßen.« Er zeigte ihnen, welche Bewegungen sie mit Armen und Beinen machen sollten. Von Massimo unterstützt brachten sie Christian und Ibrahim das Schwimmen bei.

Nach etwa einer Stunde im Wasser ging das schon recht gut, und als die Haut an Händen und Füßen aufgeweicht war, legten sie sich auf einen flachen Felsen zum Trocknen. Nur Massimo wollte nicht aufhören. Von einem Felsklotz machte er immer wieder Kopfsprünge ins tiefere Wasser.

»Kleiner Angeber«, brummte Arnold gutmütig. »Der läuft gleich mit nasser Hose zurück nach Rhodos.«

Issum, Mai 1497

»Was soll das heißen, ihr habt ihn verloren?« Jan van Issum ging im Rittersaal auf und ab. Er trug halbhohe Lederstiefel, bis zum Knie geschnürte weinrote Beinlinge und eine helle, kurze Tunika, die mit einem breiten Ledergürtel zusammengehalten wurde. Der rechte Ärmel endete unter dem Ellenbogen. Seine ebenfalls weinrote Kappe hatte er auf einen Tisch geworfen.

»Herr, wir können uns das auch nicht erklären. Er hat sich auf ein Segelschiff nach Jaffa eingeschifft und wir haben Plätze auf einem anderen Schiff des Geleitzugs gebucht. Und als wir das nächste Mal einen Hafen anliefen, war von Arnold und seinen Leuten weit und breit nichts zu sehen. Wir haben uns dann diskret erkundigt, aber niemand wusste, wo sie sich aufhalten.«

»Der Mistkerl hat gemerkt, dass ihr ihn verfolgt, und hat eine falsche Fährte gelegt.«

»Ja, Herr, das kann sein. Auf dieser Brücke in Venedig hat einer von ihnen mein Gesicht gesehen. Deshalb mussten wir ja auch so vorsichtig vorgehen.«

»Verdammt!« Der Ritter wollte sich die braunen Haare raufen, was er aber nur mit seiner linken Hand tun konnte, denn der rechte Armstumpf endete unterhalb der Stelle, an der der Ellenbogen sein sollte. Angewidert schaute Jan auf den Rest seines rechten Armes. »Das kann nicht sein, dass dieser Kerl damit einfach so davonkommt. Verdammte Pilgerreise!« Er spuckte das Wort förmlich aus. »Und es ist mir völlig egal, wenn er danach von allen Sünden freigesprochen ist. Dann muss ich eben selbst dafür sorgen, dass er bestraft wird. Selbst wenn der König das nicht mag.« Er trat zum Tisch und nahm einen großen Schluck aus seinem Bierkrug.

»Ich bin jetzt wieder völlig genesen. Abgesehen davon, dass mir ein Stück fehlt. Und dafür will ich Wiedergutmachung!«

In Jans Gesicht konnte man indes die Strapazen noch gut erkennen. Es wirkte sehr schmal und um den Mund herum hatten sich tiefe Falten eingegraben. Er nahm seinen Weg durch den Rittersaal wieder auf.

»Wir müssen herausfinden, welchen Weg er nimmt. Wenn er erst einmal wieder hier ist, können wir nichts mehr tun, aber auf der Reise lauern mannigfache Gefahren. Da kann einem ganz schnell etwas Schlimmes passieren. Und ich würde gerne ein wenig nachhelfen.«

Jan fand, dass seine Leute sich nicht genug Mühe gegeben hatten, Arnold zu finden. Aber er war realistisch genug, sich klarzumachen, dass es schon ziemlich schwierig ist, jemandem ein halbes Jahr zu folgen. Und die Schilderung ihrer Versuche, Arnold zu töten, war schon beeindruckend, wenn auch letztlich erfolglos. Leider konnte er ja nicht selber dabei sein, denn mit dem fehlenden Arm war er zu auffällig. Es hatte ihn schier verrückt gemacht, hier in Issum zurückzubleiben, zur Untätigkeit verdammt.

Bert und Arndt hatten jedenfalls viel Erfindungsreichtum bewiesen. Aber Arnold schien mit dem Teufel im Bunde zu sein, denn immer wieder war er wie zufällig aus den gefährlichsten Situationen unbeschadet herausgekommen.

Nur, wie sollten sie jetzt die Spur wieder aufnehmen? Arnold war aus den Augen seiner Beobachter entschwunden. Es gab so viele Möglichkeiten, so viele Wege führten nach Rom und auch zu anderen Zielen! Hielt Arnold an seinem ursprünglichen Ziel fest und war auf dem Weg nach Jerusalem? Oder war er ganz woanders? Sie mussten wissen, wann er wo zu finden sein würde.

Jan lief im Rittersaal hin und her und bedachte die Situation. Bert und Arndt beobachteten ihn, unterbrachen seinen Gedankengang aber nicht. Dabei hätten sie sich so gerne ausgeruht. Nachdem sie in Ragusa von Bord gegangen und mit einem Fischerboot nach Rimini übergesetzt waren, hatten sie einen Gewaltritt zurück nach Issum gemacht. Sie waren von der Morgendämmerung bis zum Abend geritten und hatten nach vier Wochen schon ihr Ziel erreicht. Und jetzt, nachdem sie ihrem Herrn berichtet hatten, wollten sie eigentlich nur noch schlafen.

»Ich muss weiter nachdenken«, brummte Jan nach einiger Zeit. »Ihr könnt euch zurückziehen. Ich kann jetzt nicht sagen, dass ihr euren Auftrag erfüllt habt, aber ich denke, in Anbetracht der Tatsache, dass dieser Mistkerl mit dem Teufel im Bunde ist, habt ihr das Beste daraus gemacht. Aber wir müssen wissen, wo der Drecksack sich aufhält.«

Er nahm seine Wanderung durch den Rittersaal wieder auf und Bert und Arndt verdrückten sich unauffällig.

Alexandria, Ramadan 902

Letztlich waren sie acht Tage auf Rhodos geblieben, bis der heiße Wüstenwind schließlich eingeschlafen war und sie mit schwellenden Segeln in Richtung Alexandria aufbrechen konnten. Zunächst hatten sie noch in einem Hafen an der Südküste Wasser und Holz aufgenommen, dann waren sie auf das offene Meer hinausgefahren. Der Wind wehte nun gleichmäßig und kräftig aus Nordwest und die San Christoforus brauchte nur sechs Tage für die Überfahrt.

Auf Rhodos hatten sie ihre Schwimmübungen weitergeführt und auch Meister Vincent hatte sich daran beteiligt. Der drahtige kleine Mann schwamm mit reiner Körperkraft, während Massimo sich wie ein Fisch im Wasser bewegte und jedes Wettschwimmen gewann. Arnold grollte ihm deswegen, war aber ein guter Verlierer.

Auf dem Sandstrand der Bucht hatten Vincent und Arnold den Jungs ein paar Tricks im Nahkampf gezeigt und wie man einfache Dinge, wie zum Beispiel einen langen Holzstab, als Waffe einsetzt. Sie waren sich zwar inzwischen sicher, dass sie ihre Verfolger abgeschüttelt hatten, aber man konnte ja nie wissen!

An den Abenden und auf dem Schiff hatte Ibrahim, der sich ihnen angeschlossen hatte, weil sein Diener bei dem Schiffsunglück ums Leben gekommen war, viel von Kairo und den Sitten und Gebräuchen dort erzählt. Er war es auch, der Massimo in einem ruhigen Moment darauf hingewiesen hatte, dass Meister Vincent sicher nicht der sei, für den er sich ausgab. Nie würde es, da war er ganz sicher, einem Spanier erlaubt sein, in Kairo als Übersetzer und Fremdenführer tätig zu sein.

Wie alle fremden Handelsschiffe musste auch die San Christoforus etwa eine Seemeile vor dem Hafen von Alexandria vor Anker gehen. Bald näherten sich Lotsenboote, die an der Bordwand der Segler anlegten. Beamte des Sultans betraten die Schiffe und inspizierten Ladung, Passagiere und Besatzung. Kapitano Loredano hatte schon Listen vorbereiten lassen, die nun genauestens kontrolliert wurden.

Arnold, Christian und Massimo hatten Umhänge im Stil der Einheimischen angelegt, die Vincent noch in Venedig besorgt hatte. Sie wurden über ihre Herkunft und ihre Ziele befragt und gaben, wie sie das vorher abgesprochen hatten, als Beweggrund an, sie seien an Gewürzen und anderen Handelsgütern interessiert und suchten nach Geschäftsbeziehungen. Besondere Aufmerksamkeit schenkten die Beamten der Tatsache, dass Arnold ein Ritter des deutschen Königs Maximilian war und dass sie einen jungen Araber in ihrer Gruppe hatten. Anscheinend bestand die Sorge, dass Ibrahim von dem ungläubigen *Alaman* missioniert worden sei, was dieser aber vehement bestritt. Auch wenn er von diesem anderen Glauben wider Willen fasziniert war, musste das der kleingeistige Beamte ja nicht wissen.

Ibrahim erinnerte sich an die kleine Kapelle auf einer Halbinsel gegenüber des Hafens von Rhodos, die ihn so beeindruckt hatte. Sie war nicht besonders groß oder schön, aber sie diente als Begräbniskapelle der Pilger, die auf dem Weg nach Jerusalem oder auf dem Rückweg verstarben. Für ihn war das ein Zeichen des tiefen Glaubens dieser Christen, wie sie sich selbst nannten, und Ibrahim fand, dass sie mehr Gemeinsamkeiten als Unterschiede mit dem wahren Glauben hatten.

Arnold war verärgert, von einem Ungläubigen als Ungläubiger beschimpft zu werden, auch wenn er sich klarmachte, dass dies aus Sicht eines Muselmanen natürlich nachvollziehbar war. Dennoch, auch wenn er das Christentum recht kritisch sah, dass dieser Araber seinen Glauben so gering schätzte, reizte seinen Widerspruchsgeist. Nur Vincents intensive Warnungen, sich jeder Diskussion über Glauben und Religion in der Öffentlichkeit zu enthalten, führte dazu, dass Arnold zähneknirschend den Mund hielt.

Die Beamten des Sultans kontrollierten auch die persönlichen Gepäckstücke. In Arnolds Seekiste fanden sie einen reichen Vorrat an Arzneien, sodass sie auf der Liste zu den Berufen von Arnold auch *Hakim* notierten. Die Bezeichnung schmeichelte ihm, denn er hätte in Köln gerne Medizin studiert und hatte sich tatsächlich einiges Wissen angeeignet, wie man Krankheiten und Verletzungen behandelte. Da war der Groll über die Bezeichnung *Kafir* schon wieder etwas leichter zu ertragen.

Schließlich wurden die wichtigsten Informationen auf winzige Zettelchen übertragen und an die Beine von Brieftauben gebunden, die freigelassen wurden und über das Meer zum Leuchtturm von Alexandria flogen. Auf ein Signal vom Festland wurde das Schiff freigegeben und durfte in den Hafen einlaufen. Salutschüsse von den Befestigungsanlagen begrüßten sie und auch der Kapitän ließ mit Salutschüssen antworten.

Arnold und seinen Begleitern wurde ein Platz in der Fondaco der Venezianer zugewiesen. Beim Verlassen des Schiffs und auch abends, bevor die Tore der Fondaco verschlossen wurden, kamen Beamte des Hafenmeisters und kontrollierten anhand von Listen die Anwesenheit. Die Stadt durften sie vorerst nicht betreten. Solchermaßen zur Untätigkeit verdammt, waren sie froh, dass sie zwei Tage später von Meister Vincent abgeholt wurden und die Stadt besichtigen konnten. Er hatte die entsprechenden Geleitbriefe besorgt und Zölle gezahlt. Ibrahim, der bei ihnen geblieben war, zeigte ihnen die prächtigen Gärten und die exotischen Früchte, die dort wuchsen. Ibrahim brannte zwar darauf, so schnell wie möglich seine Familie wiederzusehen, aber er wollte Kairo zusammen mit seinen neu gewonnenen Freunden erreichen.

Eine Woche später verließen sie Alexandria und ritten auf Eseln nach Rosetta, einer Stadt am westlichen Hauptarm des Nils. Dort schifften sie sich auf einem der flachen Nilschiffe ein.

Das Nildelta war ein Gewirr aus breiten und schmalen Flussarmen und Bewässerungskanälen. Nach jedem Hochwasser konnte es sein, dass Sandbänke und Inseln sich verlagert hatten oder ganz verschwunden waren. Dafür tauchten dann an anderer Stelle im Fluss neue Inseln auf. Überall waren Felder angelegt, die in höheren Bereichen mit kunstvollen Geräten bewässert wurden. Wo keine Landwirtschaft betrieben wurde, wuchsen dichte Wälder aus Bambus und Zuckerrohr.

Man hatte ihnen gesagt, wenn sie sich am Ufer hinter einem Busch erleichtern wollten, dann sollten sie einen Wächter mit einem langen Stecken mitnehmen. Arnold hatte dies mit einem Lachen abgetan, bis er eines Abends am Ufer stand und den Sonnenuntergang betrachtete, aber nicht auf das Wasser achtete. Vincent jedoch, der die Gefahren kannte, sah die keilförmigen Wellen, die sich auf Arnold zubewegten.

»Arnold, du solltest dich ein wenig vom Wasser entfernen«, meinte er freundlich. Arnold drehte sich daraufhin irritiert zu Vincent um, was in dieser Situation ein Fehler war. Nur aufgrund seiner geschulten Reflexe reagierte er instinktiv auf das plötzliche Rauschen des Wassers in seinem Rücken und machte einen Satz die Uferböschung hinauf. Das Krokodil, das fast ganz aus dem Wasser herausschoss, erwischte daher nur den Saum seines Umhangs. Mit einem dumpfen Geräusch schlugen die Kiefer des Ungeheuers zusammen, aber mit einem kräftigen Ruck konnte sich Arnold gerade noch losreißen, bevor es dem Reptil gelang, ihn in den Fluss zu ziehen. Von da an nahm auch Arnold einen Krokodilwächter mit, wenn er zum Austreten hinter ein Gebüsch verschwand.

Im träge strömenden Wasser des Nils war es möglich, flussaufwärts zu segeln. Das Schiff hatte dazu zwei etwa gleich große dreieckige Lateinersegel. Die Reise verlief gemächlich, denn zu den Gebetszeiten liefen sie eine der Siedlungen an, die wie eine Perlenschnur in regelmäßigen Abständen am Ufer lagen, und die Muslime schlossen sich den Gläubigen an, die in der Moschee ihre Gebete verrichteten. Meister Vincent ging mit von Bord.

Es hatte sich herausgestellt, dass er ein Mameluk war. Auf Arnolds erboste Nachfrage hatte er mit einem Lächeln geantwortet, er habe doch niemals gesagt, er sei ein Christ, sondern lediglich, dass er aus Granada stamme, was natürlich der Wahrheit entspräche. Es war Ramadan, daher ging alles noch ein bisschen langsamer und gemächlicher vonstatten, denn die Moslems durften in diesem Monat nur nach Einbruch der Dunkelheit etwas essen und trinken.

Vincent hatte ihnen erklärt, dass der muslimische Kalender kürzere Monate und Jahre habe, als der christliche und daher die Monate immer ein wenig verschoben seien. So läge der Ramadan im Jahr 1497 etwa elf Tage früher, als im Jahr 1496. Auch sei nach muslimischer Zeitrechnung das Jahr 902 und im September der christlichen Rechnung würde das muslimische Jahr 903 beginnen. Christian fand das unglaublich und er und Arnold malten sich immer neue Folgen aus, wenn der christliche Kalender auch so im Jahr rotieren würde. Besondere Heiterkeit löste die Idee aus, Weihnachten im Sommer zu feiern.

»Andererseits sind die Leute hier nicht so sehr auf die Jahreszeiten angewiesen, wie wir. Hier ist es immer warm und die Tage sind immer gleich lang. Da kann man auch einen Kalender nach dem Mond machen, denn Jahreszeiten als Orientierungshilfe gibt es ja nicht.«

»Mhm«, stimmte Christian zu, »aber das Nilhochwasser kommt dann immer in einem anderen Monat. Danach richtet sich doch der Termin für die Aussaat.«

»Naja, Hochwasser ist zumindest bei uns am Rhein nicht berechenbar, es kommt zwar immer im Frühling, aber an genaue Tage oder Wochen hält es sich nicht.«

»Also ist der Termin für die Aussaat nach dem Hochwasser sowieso nur aufgrund von Beobachtungen des Wasserstands zu bestimmen«, schlussfolgerte Christian, was Ibrahim mit einem beifälligen Nicken bestätigte.

Das Nildelta war eine fruchtbare Landschaft mit unzähligen Wasserläufen. Teils waren sie natürlichen Ursprungs, doch auch der Mensch hatte nach seinen Bedürfnissen das Wasser umgeleitet. Überall gab es Hebewerke, die Wasser auf höher liegende Felder beförderten. Beiderseits des Stroms lagen Felder und Gärten, in denen Dattelpalmen, Zitrusfrüchte und Feigenbäume wuchsen. Auf Inseln im Fluss wogten Zuckerrohr, Bambus und Papyrus.

Am meisten faszinierten Christian aber die riesigen Echsen, die meist träge am Ufer oder im flachen Wasser lagen. Nur manchmal kam Bewegung in die Bestien, wenn ein Beutetier in ihre Nähe kam. Dann konnten die Krokodile mit ihren kurzen Beinen schneller laufen als ein Mensch oder sie schossen aus dem Wasser, um ihre Beute zu Fall zu bringen. Sie beobachteten einen Büffel, der zum Trinken ans Ufer getreten war und von einem Krokodil mit einem gewaltigen Schlag des Schwanzes ins Wasser gerissen wurde. Innerhalb von wenigen Augenblicken war das Tier in dem kochenden braunen Nilwasser verschwunden und tauchte nicht wieder auf.

Aus Respekt vor den Fastengeboten der Moslems aßen sie auch nur nachts oder wenn sie tatsächlich völlig unbeobachtet waren. Als sie sich langsam Kairo näherten, neigte sich der Ramadan dem Ende zu, welches von den Matrosen auf dem Schiff sehnlichst erwartet wurde. Ibrahim hätte das

Fest des Fastenbrechens, das Zuckerfest, gerne bei seiner Familie verbracht und war entsprechend enttäuscht, aber er meinte, die Feierlichkeiten würden dadurch nur ein wenig weiter ausgedehnt, selbst wenn sie erst ein paar Tage später ankämen.

Bei einer kleinen Ortschaft namens Terrana lagen sie zwei Tage, damit die Mannschaft sich an den Feierlichkeiten zum Zuckerfest beteiligen konnte. Arnold und seine Freunde nutzten die Zeit, um die Umgebung zu erkunden. In der Nähe des Städtchens lebten in Höhlen einige Eremiten, so wie dies schon zu biblischen Zeiten gewesen war. Arnold erzählte Ibrahim die Legende von Paulus von Theben, der hier gelebt haben sollte.

Für die restliche Strecke nach Kairo brauchten sie weitere drei Tage.

Kairo, Shawwal 902

Im Hafen von Kairo, der bei der Ortschaft Fustat lag, mussten sie zunächst auf dem Schiff warten, bis Meister Vincent für sie einen Geleitbrief zum Wesir und Oberdolmetscher Tagrî Berdî besorgt hatte. Nur Ibrahim konnte gleich mit Vincent in die Stadt gehen, da er der Sohn eines Kairoer Händlers war. Er verabschiedete sich herzlich und versprach, sich so schnell wie möglich wieder mit ihnen in Verbindung zu setzen.

Nach einigen Stunden war Meister Vincent wieder bei ihnen und wies dem Hafenmeister die entsprechenden Geleitbriefe vor. Er erzählte ihnen, dass er Ibrahim noch zu seinem elterlichen Haus begleitet hatte. Ibrahim war dort wie der verlorene Sohn empfangen worden und sein Vater hatte Vincent den Auftrag gegeben, die edlen Retter seines Sohnes so schnell wie möglich zu ihm zu bringen.

Sie verdingten einige Träger für ihr Gepäck und folgten Vincent, der zur Eile drängte, durch Palmengärten und bewässerte Felder nach Kairo. Durch ein gewaltiges Stadttor, das Bab al-Futuh, betraten sie die Stadt und folgten einer Straße, auf der es vor Menschen nur so wimmelte, zum Haus des Oberdolmetschers. Arnold hätte gerne mehr von der Stadt gesehen, aber Vincent erklärte, dass sie sich erst dann frei und sicher durch die Stadt bewegen dürften, wenn sie beim Sultan vorgesprochen hätten.

Das Haus des Oberdolmetschers lag im Zentrum von Kairo. Auch eine Herberge gehörte zu dem Komplex, in dem Arnold, Christian und Massimo eine kleine Kammer zugewiesen bekamen. Arnold wollte so schnell wie möglich aus dem winzigen Kämmerchen verschwinden, aber Vincent, der kurz bei ihnen auftauchte, riet ihnen, sich mit Nahrungsmitteln für einige Tage zu versorgen und zunächst dort zu bleiben. Er brachte die beunruhigende Nachricht mit, dass ein Heer des Onkels von Sultan An-Nasir Mohammed in der Nähe der Stadt läge und ein Angriff kurz bevorstände. In den Straßen herrschte rege Betriebsamkeit, aber man spürte die Anspannung der Kairoer. Daher versorgten sie sich mit Wasser und haltbaren Nahrungsmitteln und warteten zunächst einmal ab.

Arnold, dem erzwungene Ruhe nicht lag, verbreitete schlechte Laune. Er wollte so gerne diese riesige Stadt erkunden, wenigstens die direkte Umgebung der Herberge, aber Vincent hatte ihm ja dringend davon abgeraten. Im Falle eines Angriffs würden die einzelnen Straßenzüge mit Toren voneinander abgeriegelt, erklärte er. Wer sich nicht in der Nähe seines Wohnhauses aufhalte, wäre dann nicht mehr in der Lage, seine Unterkunft zu erreichen.

Die Aussicht aus einem winzigen Fensterchen zeigte einen kleinen Ausschnitt der Stadt und der Zitadelle Saladins auf einem Vorberg des Djebel al Muqatam. Dort herrschte der Sultan der Mamelukken, An-Nasir Mohammed, der die Herrschaft von seinem im vergangenen Jahr verstorbenen Vater übernommen hatte. Vincent erklärte ihnen, dass schon Sultan Quayitbays Politik umstritten war. Er hatte erkannt, dass man auf die Verwendung von Schusswaffen und Geschützen nicht verzichten könne und hatte eine Einheit seiner Mamelukken zu Arkebusieren ausbilden lassen. Sein Sohn teilte diese Meinung und hatte widerrechtlich die Herrschaft an sich gerissen, denn normalerweise wurde ein neuer Sultan von den Mamelukken bestimmt und das Amt wurde nicht vererbt. An-Nasir Mohammed hatte bereits einen Angriff zurückgeschlagen. Der erst sechzehnjährige Sultan bewies dabei außerordentliches militärisches Geschick. Arnold hoffte, dass er auch in diesem Fall siegreich sein würde, denn er wollte ihn gerne kennenlernen und fürchtete außerdem die Unruhe, die nach dem Tod des

Sultans unweigerlich eintreten würde. Vincent erklärte ihnen außerdem, dass die Bürger von Kairo sich nicht an den Kämpfen beteiligen würden, wodurch sie hier im Haus des Oberdolmetschers zunächst sicher seien.

Diese Einschätzung erwies sich im Nachhinein als falsch.

Köln, Juni 1497

»Die Edlen der Stadt Venedig, die Senteloman, tragen ein langes Gewand bis zum Boden. Die Ärmel sind vorne auf der Hand eng, aber hinten unter dem Ellenbogen hängt wohl eine Elle weit ein Sack herunter. Sie tragen alle einen langen grauen Bart und das Haupthaar ist geschoren. Auf dem Kopf tragen sie ein kleines Käppchen.

Die Frauen haben ihr Antlitz ganz mit Farbe bestrichen, daher sind sie tags schön und nachts hässlich. Sie gehen auf so hohen Trippen, dass sie gestützt werden müssen. An hohen Feiertagen tragen sie unzählige kostbare Kleinodien. Jungfrauen bedecken ihr Gesicht mit einem schwarzen durchsichtigen Schleier.

Ich habe Zeichnungen beigelegt, die das Aussehen genauer beschreiben können, als man es mit Worten vermag.«

Franziska hatte den Text langsam, aber verständlich vorgelesen. Sie reichte der Gräfin die beiden Bildchen, die Christian dem Brief beigelegt hatte, der sie aus Venedig erreicht hatte.

»Hm, sieht etwas seltsam aus, dieses Gewand mit den langen Ärmeln«, brummte die Gräfin.

»Es ist auch noch ein Bild des Dogen von Venedig mit dabei«, sagte Franziska. Sie reichte der Herzogin ein weiteres Zettelchen.

»Also ehrlich, mit dieser Mütze sieht er ja aus wie einer der Zwerge aus dem Siebengebirge!«

Franziska kicherte.

»Wir sollten Arnold wirklich überreden, diese Bilder in seinen Bericht mit aufzunehmen. So wird das Buch, das er schreiben will, auch für die Damen interessant.«

»Es geht aber noch weiter«, meinte Franziska, jetzt wieder ernster.

»*Leider gibt es auch weniger erbauliche Nachrichten. Anscheinend sind wir verfolgt worden und man versuchte, uns ein Leid anzutun. In den Alpen, in einer Schlucht mit einem reißenden Fluss, wäre beinahe Lena Leinweber, eine Pilgerin aus Köln, in die Fluten gestürzt und ertrunken oder erfroren, als ein Schuss aus einer Armbrust, aus dem Hinterhalt abgefeuert, nicht Arnolds Rücken, sondern Lenas Pferd traf. Lena stürzte einen eisigen Abhang hinunter, das Pferd versank in den Fluten. Auch weitere Unfälle und Anschläge gehen womöglich auf das Konto der Verfolger. Wir werden daher sehr vorsichtig sein, und wir wollen Euch warnen und bitten, auch in Köln Vorsicht walten zu lassen, denn wir wissen nicht, ob man es auch auf Arnolds Haushalt abgesehen hat.*«

»Hm, ich glaube eher, dass es direkt gegen Arnold gerichtet ist. Er hat sich ein paar Feinde zu viel gemacht.« Die Gräfin sah Franziska besorgt an. »Aber seid auf alle Fälle besonders vorsichtig. Wenn Arnold es schafft, ihnen zu entwischen, dann müssen sie ja nach Alternativen suchen. Aber lies nur weiter, Kind.«

»*Lena und Hans haben uns in Rom nach dem Osterfest verlassen, um über die Provence zurück nach Köln zu pilgern. Sie sollten irgendwann im September oder Oktober wieder in Köln ankommen. Solltet ihr Kontakt mit ihnen haben, richtet unsere Grüße aus. Leider konnten wir uns nicht angemessen verabschieden, denn ihr Aufbruch war ein wenig überstürzt.*«

Franziska spürte immer noch einen Stich der Eifersucht, wenn sie an Lena Leinweber dachte. Aber die Neugier überwog und sie wollte darauf achten, ob und wann Lena und Hans wieder in Köln erschienen und dann versuchen, Kontakt zu ihnen aufzunehmen. Die letzte Formulierung klang seltsam. Warum mussten Lena und Hans so überstürzt aufbrechen, dass sie sich nicht verabschieden konnten?

Auch die Gräfin verließ sie bald darauf, denn zum Nachmittag hin hatte die drückende Schwüle in der Stadt mehr und mehr zugenommen. Die Luft schien dick wie Sirup zu sein und ließ sich nur schlecht atmen. Nun schoben sich drohend dunkle Wolken vor die Sonne und erste Windböen wirbelten Staub in den Gassen auf. Das reinigende Gewitter wollte sie lieber nicht auf dem Heimweg erleben, meinte die Gräfin und versprach, am kommenden Sonntag nach der Messe wieder vorbeizukommen.

Kairo, Shawwal 902

»Regnet es hier eigentlich nie?«, brummte Arnold. Wieder einmal hatte er am Fenster gestanden und über die Dächer von Kairo zur Zitadelle Saladins geschaut.

Eine Antwort erwartete er nicht von den träge vor sich hindämmernden Jungs, die in der stickigen Luft in dem winzigen Raum keine Luft mehr zum Denken oder Reden hatten. Ein abgedeckter Eimer in einer Ecke des Raumes stank widerlich. Das letzte Fladenbrot war inzwischen steinhart und das restliche Wasser in dem Tonkrug lauwarm und schal. Aber Hunger hatten sie alle nicht mehr, nur der Durst war quälend. Noch einen Tag, und sie würden hier in diesem elenden Loch verrecken, befürchtete Arnold.

Seit drei Tagen mussten sie sich jetzt schon in diesem Kämmerchen verstecken. Meister Vincent hatte ihnen versichert, dass sie im Haus des Oberdolmetschers sicherer seien, als anderswo, sollte es zu einem Angriff auf die Stadt kommen.

Sie hatten festgestellt, dass man am zweiten Tag die Tür von außen verschlossen hatte, sodass sie jetzt Gefangene waren. Nachrichten von außen bekamen sie nicht, aber einmal hatte Arnold den Eindruck, dass auf den Mauern der Zitadelle Kämpfe stattfanden. Hin und wieder hörte man auch Schüsse oder Geschrei in den Straßen. Das Heer des Großen Thodar, oder wie der Onkel des jungen Sultans auch heißen mochte, war also vermutlich angekommen und lagerte nun wahrscheinlich dort im Süden der Stadt. Wenn sie über die Berge gekommen waren, dann wurden sie an dieser Stelle nicht durch eine Stadtmauer gehindert, in die Stadt vorzudringen, denn der große Saladin hatte es versäumt, seine Stadtmauer bis in den Osten und Süden weiterbauen zu lassen.

Schließlich, am Abend des dritten Tages erklangen laute Geräusche im Haus des Oberdolmetschers und nach einiger Zeit hörte man schnelle Schritte und gebrüllte Befehle im Gang vor der immer noch verschlossenen Tür. Arnold zog Christian und Massimo von der Tür fort an die Rückwand mit dem Fenster, als unter heftigen Schlägen das Holz um das Schloss herum barst.

»Keinen Widerstand leisten«, konnte Arnold gerade noch sagen, da stürmten wütende und bewaffnete Mamelukken die kleine Kammer. Erleichtert sah Arnold, dass sie in der Enge des Raumes ihre Säbel nicht einsetzten, aber sie schlugen mit schweren Knüppeln auf sie ein. Hastig wurden sie gefesselt und auf die Straße gezerrt, wo schon weitere Männer zusammengetrieben worden waren. Arnold sah auch den Oberdolmetscher unter ihnen, der aus einer Platzwunde am Kopf blutete. Kisten und Säcke wurden aus dem Haus getragen und es klang, als würde drinnen alles, was man nicht mitnehmen konnte, kurz und klein geschlagen. Schließlich wurden sie unter weiteren Tritten und Schlägen durch die Stadt getrieben, während sich die Dämmerung auf die Dächer und Kuppeln herabsenkte.

Arnold, dessen linkes Auge von einem Schlag mit dem Knüppel völlig zugeschwollen war und der wegen des Staubs, der aufgewirbelt wurde, auch mit dem anderen Auge wenig sehen konnte, schien es, dass sie ein Stadttor erreichten und durch ein Tor in einer dicken Wand und dann über Treppen nach unten in einen Gang gebracht wurden. Rechts und links gab es Türen aus dicken Holzbohlen und schließlich wurden sie durch eine der Türen gestoßen und an der Rückwand des Raums mit je einem Fuß durch einen Eisenring gefesselt, der mit einer kurzen Kette an der Wand befestigt war. Niemand machte sich die Mühe, die Fesseln an den Händen zu lösen. Auch Licht hielten ihre Wächter nicht für nötig.

Ein blasser Lichtstrahl drang unter der Tür durch und Arnold, dessen rechtes Auge sich inzwischen an die Dunkelheit gewöhnt hatte, erkannte im Dunkeln einige Gestalten an den Wänden. Links von ihm waren Christian und Massimo angekettet, rechts zwei weitere Gestalten, die er für Kaufleute aus Genua hielt, die mit ihnen angekommen waren. Der eine, der Arnold näher war, hatte sich beim Anlegen der Fußfessel gewehrt und war mit einem gewaltigen Schlag auf den Kopf niedergestreckt worden. Ihm hatten die Wärter zusätzlich noch ein Halseisen angelegt, aber das wäre nicht nötig gewesen, denn der Mann bewegte sich seither nicht mehr. Arnold war sich nicht einmal sicher, ob der Mann noch atmete. Bei Massimo und Christian war er allerdings sicher, dass sie noch lebten. Christian atmete gleichmäßig und von Massimo hörte man manchmal ein gequältes Keuchen und Zähneklappern.

Arnold musste sich mehrmals räuspern, um seinen trockenen Mund dazu zu bringen, Töne zu bilden. Nach einer kurzen Bestandsaufnahme war er der Meinung, lediglich schmerzhafte Prellungen, aber keine Knochenbrüche zu haben. Sorge machte ihm lediglich sein linkes Auge, aber auch dieses schien noch heil zu sein und lediglich völlig verquollen durch einen Schlag auf die Augenbraue. Jetzt wollte er wissen, wie es seinen Begleitern ging. Er hatte höllische Kopfschmerzen und Durst. Was hätte er dafür gegeben, jetzt einen Schluck Wasser zu bekommen.

»Christian, kannst du mich hören?«, krächzte er.

Christian gab ähnlich krächzende Geräusche von sich, aber immerhin antwortete er, dachte Arnold erleichtert.

»Tut alles weh, diese Sauhunde wissen genau, wo sie treffen müssen. Verdammte Scheiße!« Christian hustete trocken.

»Irgendwas ernsthaft kaputt?«, fragte Arnold zurück.
»Glaub ich nicht.«
»Gut, bei mir auch nicht. Was ist mit Massimo?«
»Der kann nicht sprechen, aber er ist bei Bewusstsein.«
»Wird er es überleben?« Arnold spähte hinüber in die Dunkelheit, sah aber nur Massimos Füße.
»Er nickt. Macht so eine Handbewegung, als ob er einen Schlag auf den Kehlkopf bekommen hat.«
»Hm, das ist sehr unangenehm.« Arnold kannte das Gefühl.
»Rechts von dir sind noch mehr angekettet«, meinte Christian.
»Benedetto Batista aus Genua«, kam es von ganz rechts. »Und mein Begleiter Giancarlo, aber der kann nicht für sich sprechen. Ich bin nicht mal sicher, ob er noch lebt.«
»Arnold von Harff aus Köln. Habt ihr schon versucht, euch zu bewegen? Ich wüsste gern, wie lang diese Kette ist.«
»Mach du mal, ich glaube, ich schlafe erst mal ein Weilchen und versuche es morgen mit dem Bewegen«, kam es launisch von links.

Arnold meinte ein leichtes Lächeln aus Christians Stimme herauszuhören, sodass er nicht allzu besorgt war. Vorsichtig machte er einige Versuche, seine verkrampften Muskeln in Nacken, Armen und Beinen zu lockern und richtete sich dann an der Wand auf. Zunächst musste er sich an die Mauer lehnen und suchte mit den Fingern nach Ritzen im Mauerwerk, um sich festzuhalten. Es dauerte einen Moment, dann legte sich der Schwindelanfall.

Die Kette reichte etwa bis zur Mitte des kleinen Raumes, aber nicht bis zur Tür des Kerkers. Nach rechts und links kam er jeweils bis zum nächsten Ring in der Wand, sodass er Christian und Giancarlo erreichen konnte. Auch Benedetto hatte es geschafft, sich kriechend bis zu Giancarlo vorzuarbeiten. Gemeinsam untersuchten sie den Bewusstlosen. Arnold ertastete einen schwachen Herzschlag und eine gewaltige Beule links des Scheitels an Giancarlos Kopf. Er kannte solche Verletzungen und befürchtete, dass unter der Beule der Schädelknochen gebrochen war.

In der Mitte des Raumes, gerade noch erreichbar mit der kurzen Kette, hatte Arnold einen Krug mit Wasser und einen Korb mit trockenem Brot gefunden. Er versuchte, Giancarlo etwas Wasser einzuflößen, was aber nicht gelang. Danach reichte er den Krug weiter mit der Ermahnung, möglichst wenig zu trinken, denn man wisse schließlich nicht, wie lange es dauern würde, bis sie neues Wasser bekamen.

Arnold riss einen Streifen Stoff vom Saum seines langen Gewandes ab und wusch Giancarlo damit vorsichtig das Gesicht. Mehr konnte er für den Mann aus Genua nicht tun. Er spürte, dass Giancarlo sterben würde.

Trotz der Schmerzen von zahlreichen blauen Flecken und Prellungen schlief Arnold irgendwann auf dem harten Boden ein.

Am nächsten Morgen war Giancarlo tot. Wortlos nahmen die Wächter Hals- und Fußeisen ab und trugen ihn aus dem Verlies. Sie stellten einen neuen Krug mit Wasser und einen Korb mit einigermaßen frischem Fladenbrot in den Raum und verschlossen die Tür wieder.

Gemeinsam mit Benedetto sprachen sie Gebete für Giancarlo und teilten danach das karge Frühstück. Durch ein winziges Fenster hoch oben in der Mauer fiel ein wenig Licht in den Raum. Massimo hatte noch immer Probleme mit dem Schlucken und konnte auch nur flüstern. Aber ansonsten ging es ihnen wesentlich besser als dem bedauernswerten Giancarlo.

Benedetto in seiner Ecke überließen die drei anderen seiner Trauer. Er hatte ihnen erklärt, dass er mit Giancarlo zusammen schon seit einigen Jahren unterwegs gewesen war. Danach war er in dumpfes Brüten versunken und konnte nur durch beharrliches Zureden dazu gebracht werden, überhaupt ein wenig Wasser zu trinken.

Drei Tage lang passierte nichts. Sie wurden mit Brot und Wasser ausreichend versorgt, aber nicht zur Befragung oder gar Folter abgeholt. Dennoch war Arnold immer in höchster Alarmstimmung, wenn sich die Tür öffnete. Aber die Wächter kamen nie in Reichweite, noch sagten sie etwas zu ihnen.

Um sich die Zeit zu verkürzen, hatten sie angefangen, sich gegenseitig Geschichten zu erzählen. Massimo, der am zweiten Tag wieder leidlich sprechen konnte, hatte angefangen, ihnen systematisch die Qualitätskriterien und Herkunftsländer der verschiedenen Gewürze zu beschreiben. Er kannte auch die Zusammenstellung verschiedener Gewürzmischungen. Christian und Arnold, die ja als Gewürzhändler auftraten, versuchten, alles auswendig zu lernen.

Benedetto steuerte dann und wann ein paar Informationen bei, denn er war unter anderem auch im Gewürzhandel tätig und hatte einmal sogar die Malabar-Küste Indiens besucht. Besonders mit den zu erzielenden Preisen in verschiedenen Gegenden kannte er sich gut aus. Meist jedoch verhielt er sich ruhig und brütete vor sich hin.

Immer wieder fragte Massimo danach, wie lange sie noch in dem Kerker bleiben müssten. Er hatte offensichtlich recht schnell das Zeitgefühl verloren. Arnold antwortete ihm, dass Meister Vincent sie sicher bald hier herausholen würde. Er sagte es mit mehr Sicherheit in der Stimme, als er selbst verspürte. Arnold sorgte auch dafür, dass sie trotz der Ketten Übungen machten, um beweglich zu bleiben.

Die Schwellung um Arnolds Auge herum hatte sich so weit gebessert, dass er es einen Spaltbreit öffnen konnte. Zu seiner grenzenlosen Erleichterung war das Auge selbst nicht verletzt worden.

Am Nachmittag des dritten Tages öffnete sich wieder einmal die Kerkertür und mit den beiden Wächtern trat eine dritte Person ein. Es dauerte eine kleine Weile, bis Arnold ihren Dolmetscher Meister Vincent erkannte. Ein paar arabische Befehle an die Wächter und schon wurden ihnen die schweren Ketten abgenommen.

»*Maschallah!* Endlich habe ich euch gefunden!« Vincent de Granada drückte ihnen die Hände und forderte sie dann auf, ihm zu folgen.

»Ich hoffe, ihr könnt laufen«, meinte er. Arnold und die anderen bejahten dies. Steif und mit schmerzenden Gelenken erklommen sie die Treppe in die Freiheit eines gleißend hellen und heißen Nachmittags. Auf der Straße mussten sie sich erst einmal an die Mauer des gewaltigen Stadttores lehnen. Nach drei Tagen in dem kühlen Kerker traf sie die Hitze des Tages wie eine glühende Faust.

Vincent ließ ihnen Zeit. Dann führte er sie zu einem *Hamam*, in dem sie zunächst badeten und dann massiert wurden. Die Masseure behandelten die inzwischen gelb verfärbten blauen Flecken und auch die zahlreichen Wanzenbisse und Flohstiche mit Salben und Ölen. Vincent hatte währenddessen saubere Kleidung für alle besorgt. Schließlich traten sie mit einem wesentlich besseren Gefühl wieder auf die Straße, über die sich jetzt die kurze Abenddämmerung senkte.

Benedetto verabschiedete sich von ihnen und sagte, er wolle so schnell wie möglich in die Handelsniederlassung der Genueser zurückkehren und dann Kairo verlassen. Vincent pfiff einen der Straßenjungen herbei, der Benedetto als Führer durch das Straßengewirr dienen sollte, dann brachte er Arnold, Christian und Massimo zu einem Gästehaus, das nur wenige Straßen entfernt lag. Dort sollten sie die Nacht verbringen und am nächsten Morgen würde er sie wieder abholen und zum Sultan bringen, der die Gefechte unbeschadet überstanden und die Angreifer davongejagt hatte.

Weil die Tore bald geschlossen wurden, konnte Vincent ihnen nur einen kurzen Überblick über die Ereignisse geben, dann eilte er davon. Als Mameluk hatte er natürlich die entsprechenden Passierscheine, die ihm auch geschlossene Tore öffneten, aber er hatte keine Lust, an jeder Straßenecke aufgehalten zu werden, wie er sagte.

Offensichtlich hatte er beim Verlassen des Gästehauses noch dafür gesorgt, dass man ihnen etwas zu essen in ihr Zimmer brachte. Heißhungrig machten sie sich darüber her und fielen alsbald in einen erholsamen Schlaf.

Am nächsten Morgen, nach einem schnellen Frühstück, war Vincent auch schon wieder bei ihnen und sie verließen das Gästehaus. Vincent bezahlte für sie, was Arnold unangenehm war. Arnold legte Vincent die Hand auf die Schulter.

»Danke, Meister Vincent«, sagte er. »Ich dachte schon, wir würden in diesem Kerker vergessen. Aber Ihr seid ein Ehrenmann, der trotz des Durcheinanders während der Kämpfe nach uns gesucht hat.«

»Herr«, sagte Vincent mit einem feinen Lächeln, »ich bin vielleicht ein abgefallener Christ, was in Euren Augen sicher schlimmer ist, als von Geburt an ein Heide zu sein, aber mit meiner Religion habe ich nicht gleichzeitig meine Ehre aufgegeben. Im Gegenteil, Ihr werdet feststellen, dass es auch unter den Mamelukken ehrenhafte Männer gibt.«

Arnold fühlte sich ertappt, hatte er doch tatsächlich in den dunklen Stunden im Kerker oft darüber nachgedacht, ob man Vincent trauen konnte.

»Ich bin durch meinen Eid an Euch gebunden, bis Ihr den Herrschaftsbereich des Sultans wieder verlasst. Sollte es nötig werden, würde ich Euer Leben mit meinem verteidigen«, sagte Vincent. Arnold verspürte Bedauern darüber, dass er im Kerker an Vincent gezweifelt hatte, der sich doch schon öfter in bedenklichen Situationen als unschätzbare Hilfe erwiesen hatte.

»Vielleicht ergibt sich irgendwann einmal eine Möglichkeit, das alles wiedergutzumachen.«

»Ihr habt gute Chancen, euer Gepäck, zumindest teilweise wiederzuerlangen«, meinte Vincent. »Wenn ich es richtig verstanden habe, wurden alle geplünderten Truhen und Gepäckstücke zum Sultan gebracht. Ich bin sicher, dass ihr mir bald die ausgelegte Summe zurückerstatten könnt.«

»Ich meinte jetzt nicht das Geld«, sagte Arnold. »Das werdet Ihr natürlich zurückerhalten. Aber was wirklich zählt, sind andere Dinge, Freundschaft zum Beispiel.«

»Ihr habt recht, Herr!« Vincent verbeugte sich.

Die Sonne war so schnell aufgegangen, wie sie am Abend zuvor hinter dem Horizont versunken war. Eine Dämmerung hatte es so gut wie gar nicht gegeben. Jetzt stand sie schon hoch am Himmel und sie freuten sich über die langen Übergewänder, *Burnus* genannt, die eine weite Kapuze zum Schutz vor der Sonne hatten.

Zunächst folgten sie der Hauptstraße, die vom Bab al-Futuh in der nördlichen Stadtmauer bis in den Süden der Stadt zur Moschee des Ibn Tulun führte. Dann bogen sie aber nach links ab und gingen auf den Vorberg des Djebel al-Moquatam zu, auf dem die Zitadelle des Saladin thronte. Durch ein Tor in der Mauer des Saladin, das Bab al-Wezir, verließen sie die Stadt und umrundeten die Zitadelle, denn zur Stadt hin waren die Hänge zu steil. Man betrat die Zitadelle durch das von der Stadt abgewandte Tor Bab al-Moquatam.

Auf dem Weg hatte Vincent ihnen erklärt, dass Saladin die Kurzform von Salah ad-Din sei, was nicht der eigentliche Name des Sultans gewesen sei.

»Salah ad-Din bedeutet ‚Heil der Religion' und ist gewissermaßen ein Titel oder Beiname. Der eigentliche Name des großen Saladin war Yussuf ibn Ayyub ad-Dawini, also Yussuf, Sohn Hiobs aus Dwin. Als Sultan wurde er al-Malik an-Nasir genannt, was ‚siegreicher Herrscher' bedeutet.«

Der innere Bereich der Zitadelle war durch mehrere Tore gesichert. Sie durchquerten die gesamte Anlage, bis sie zum eigentlichen Palast des Sultans kamen, der gleich neben einer prächtigen Moschee lag. Von hier aus hatte man einen großartigen Blick auf Kairo, den sie aber nicht genießen konnten, denn sie mussten ihre ungeteilte Aufmerksamkeit dem jungen Sultan schenken.

Als sie den mit Mosaiken geschmückten Raum betreten durften, mussten sie den Blick gesenkt halten und gingen auf den Sultan zu, der auf einem Thron am anderen Ende des Raumes saß. In etwa zehn Schritt Entfernung knieten sie nieder und berührten mit der Stirn den Boden, bis sie Vincents leise gemurmelten Anweisungen entnahmen, dass sie sich wieder erheben durften. Der Sultan ließ sie nähertreten und sie durften sich auf einen Diwan aus Teppichen zu Füßen des Sultans niederlassen. Arnold sah sich verstohlen um und bewunderte die schlanken Säulen, die Mosaike und die Schriftbänder mit kunstvoll verschlungenen arabischen Schriftzeichen.

Man sah dem Sultan sein jugendliches Alter an. Der Bartwuchs war noch recht spärlich, aber das Gesicht hatte bereits männliche Züge angenommen. Er trug einen Turban und dezente, aber kostbare Gewänder. Ebenso wie Arnold musterte er die Besucher. Der Blick war neugierig und scharf, aber nicht unfreundlich. Dann wandte er sich an Vincent und der übersetzte ihnen die Fragen des Sultans.

»Sultan an-Nasir Mohammed möchte wissen, für welchen Herrscher oder König ihr diese Aufzeichnungen macht. Er befürchtet, dass ihr für den Frankenkönig Karl spioniert, der die Absicht hat, einen Kreuzzug durchzuführen.« Der Sultan machte eine Handbewegung und ein Diener brachte einen niedrigen Tisch, auf dem die Aufzeichnungen lagen, die sie über die Reise hierher gemacht hatten. Oben auf dem Stapel lag eine Zeichnung eines Mamelukken, mit Krummsäbel und Schlagstock, die Christian in Alexandria angefertigt hatte. Der Sultan griff nach dem Papier und zeigte es Arnold.

»Bitte erkläre dem Sultan, dass der Frankenkönig unser gemeinsamer Feind ist. Sag ihm, dass ich ein Mann des deutschen Königs Maximilian bin und dass mein Herzog Wilhelm von Jülich zurzeit gegen Karl kämpft.« Arnold versuchte, beim Reden einen möglichst ehrlichen Gesichtsausdruck aufzusetzen. Er sprach zwar zu dem Dolmetscher, schaute aber dabei unverwandt den Sultan an.

»Sag ihm weiterhin, dass ich nicht über die Pläne des Frankenkönigs informiert bin. Aber ich glaube nicht, dass er vorhat, über das Mittelmeer zu kommen. Er hat im vergangenen Jahr weite Gebiete von Norditalien eingenommen und die müssen jetzt erst einmal gesichert werden. Und auch auf dem Weg hierher haben wir nichts über einen geplanten Kreuzzug gehört. Wir haben auch die Johanniter auf Rhodos besucht, die schon genügend Probleme mit den Türken haben.«

Der Sultan hörte die Übersetzung, sah aber dabei Arnold an. Schließlich lächelte er und redete lange auf Vincent ein. Arnold hatte nur die ersten Worte verstanden, *Salam aleikum*, was wie er wusste ‚Friede sei mit euch' heißt.

»Der Sultan sagt, dass er euch glaubt. Er hat euch unter seinen Schutz gestellt und weist dir ein Haus in Kairo zu, in dem ihr wohnen könnt, solange ihr wollt. Er möchte in den nächsten Tagen weitere Gespräche mit dir führen. Die Unterlagen blieben so lange hier, sie sollen übersetzt werden, aber euer restliches Gepäck könnt ihr mitnehmen.«

Vincent wies auf eine lange Reihe von Truhen und Bündeln, die an der Wand aufgereiht waren. Mit einer Handbewegung entließ der Sultan sie und sie durften ihre Gepäckstücke identifizieren. Ein Schreiber eilte herbei und fertigte Geleitbriefe für Arnold und seine Begleiter an, sodass sie sich frei in der Stadt bewegen konnten. Träger kamen und trugen die beiden Truhen und mehrere Bündel davon, zu ihrer neuen Unterkunft, wie Vincent sagte.

Köln, Juni 1497

Franziska sah sich verstohlen um. Mit einem Instinkt aus Kindertagen, den sie als Straßenkind erworben hatte, spürte sie seit einiger Zeit, dass sie verfolgt wurde. Auf der Straße waren verschiedene Personen zu sehen, ein Handwerker, der einen rumpelnden Schürreskarren vor sich herschob, zwei Straßenjungen, eine ältere Matrone und ein magerer Straßenköter. Ihr Verfolger hingegen war unsichtbar, aber sie war sicher, dass er da war. Es kribbelte in ihrem Nacken und sie beschleunigte ihre Schritte.

Änni hatte sie am frühen Morgen losgeschickt, um einen Lachs auf dem Fischmarkt zu holen. Auf dem Rückweg hatte sich dann dieses ungute Gefühl eingestellt. Jetzt haderte sie mit sich selbst, dass sie alleine losgegangen war, obwohl sie das nicht sollte. Aber was sollte am helllichten Tag schon passieren?

Sie blickte sich wieder um, aber jetzt war die Straße bis auf den Straßenköter leer. Die Sonne hatte es noch nicht geschafft, bis zum Grund der Straße hinab zu scheinen. Zwischen den Gebäuden und in den Eingängen lauerten noch die Schatten der Dämmerung. In diesen Schatten verborgen, da war sie ganz sicher, wartete ihr Verfolger.

Auf der einen Seite des Weges war jetzt eine Mauer, hinter der ein Wingert des Clarissenstifts lag. Fünfzig Schritte vor ihr trat plötzlich ein Mann aus einem Hauseingang. Franziska wollte umkehren, aber auch hinter ihr, in weniger als dreißig Schritten Entfernung hatte sich jetzt ihr Verfolger sehen lassen. Er ging mit raschem Schritt auf sie zu.

Franziska wusste, dass in der Mauer ein altes Holztor war, das meistens nicht verriegelt war. Sie rannte die wenigen Schritte zum Tor, das tatsächlich nur angelehnt war.

Wenn man durch die Reihen der Weinstöcke bis zur anderen Seite lief, dann war dort wieder ein Tor und danach waren es nur noch wenige Schritte zum Haus Arnolds. Um die Hände frei zu haben, hatte sie hinter der Mauer den Korb zur Seite geworfen und war wieder losgerannt. Nach wenigen Schritten jedoch verfing sich ihr Fuß in einem Seil, das quer zwischen den Reihen der Reben gespannt war. Im Fallen dachte sie noch, dass sie in eine böse Falle geraten sei, dann schlug sie mit dem Kopf auf einen Stein und um sie wurde es dunkel.

Sie erwachte mit einem seltsamen Gefühl im Gesicht. Das Atmen fiel ihr schwer und erst nach einiger Zeit erkannte sie, dass sie geknebelt war. Sie versuchte, die Augen zu öffnen, aber das gelang ihr genauso wenig, wie die Hände zu bewegen. Ihr Geist wurde langsam klarer und sie geriet zunehmend in Panik. Auch ihre Füße waren gefesselt, die Augen verbunden. Aber sie spürte, dass jemand bei ihr war.

Und dann kamen die Hände. Sie berührten ihre Brüste, strichen über ihre Hüften. Als sich eine Hand auf das Dreieck zwischen ihren Beinen legte, begann sie zu schreien. Ihre Schreie wurden zwar durch den Knebel fast unhörbar gemacht, aber sie konnte nicht anders. Namenlose Panik wallte in ihr hoch, schreckliche Erinnerungen an ihre Zeit als Straßenkind. Sie bäumte sich auf und versuchte zu treten. Schmerzhaft schlug sie mit dem Kopf auf den harten Boden.

Und dann war es plötzlich vorbei. Anscheinend war eine weitere Person hinzugekommen, die die erste daran gehindert hatte, sie weiter zu berühren. Franziska weinte lautlos und hoffte, die zweite Person würde nicht wieder weggehen.

Die beiden Männer schienen leise miteinander zu streiten. Franziska hatte sich langsam wieder beruhigt und versuchte, möglichst viel von dem Gespräch mitzubekommen, aber die beiden hatten sich ein Stück von ihr entfernt. Dann kamen Schritte auf sie zu und jemand griff unter ihre Arme und zog sie ein Stück nach hinten, lehnte sie an eine harte Ziegelwand und nahm ihr die Augenbinde ab.

Mit einem schnellen Blick erfasste sie die Situation. Sie befand sich in einem kleinen steinernen Gewölbe, das von zwei Säulen getragen wurde. Offensichtlich war es schon sehr alt, wahrscheinlich noch aus der Römerzeit. Am anderen Ende des Raumes war eine Treppe nach oben zu erkennen, dort schimmerte auch ein wenig Tageslicht, das allerdings grünlich wirkte, so als ob es durch Büsche oder Bäume dringen würde. Der Kerl, der ihr die Binde abgenommen hatte, hockte vor ihr, der andere hielt sich ein wenig abseits.

»Wenn du uns die richtigen Antworten gibst, dann bist du ganz schnell wieder frei«, meinte er freundlich. »Wenn nicht, dann lasse ich dich mal eine Weile mit meinem Kumpel alleine.« Franziska spürte, wie sie die Beine zusammenpresste. Der Kerl bemerkte ihre Angst ebenfalls und grinste dreckig. Franziska hätte ihm am liebsten das Gesicht zerkratzt, aber sie war ja gefesselt. Mehr noch als über ihn ärgerte sie sich aber über sich selbst, dass sie diesen schmierigen Halsabschneidern in die Finger geraten war und es dann nicht einmal schaffte, ihre Gefühle so zu verbergen, dass dieser Drecksack das nicht ausnutzen konnte.

»Wir wollen ganz einfach Folgendes von dir wissen: Wohin ist Arnold von Harff von Venedig aus weitergereist?«

Franziska schüttelte den Kopf. Reden konnte sie ja nicht.

»Natürlich wirst du jetzt sagen, dass du das nicht weißt.« Die Stimme des Kerls war freundlich, fast einschmeichelnd. »Denk genau darüber nach, was du uns sagen wirst, wenn wir zurückkommen. Du hast noch etwas Bedenkzeit.« Er stand auf, drehte sich um und gab seinem Kumpan einen Wink.

Der kam mit einem schmierigen Grinsen näher und überprüfte ihre Fesseln. Mit einem weiteren Strick band er ihre Arme zusätzlich an einem Ring fest, der neben ihr am

Boden befestigt war. Danach ließ er fast zärtlich ihre langen blonden Haare durch seine schmutzigen Finger laufen, um sie dann zum Abschied brutal in die Brust zu kneifen, aber diesmal hatte Franziska damit gerechnet und verzog erst schmerzlich das Gesicht, als der Kerl ebenfalls das Kellergewölbe verlassen hatte.

Glücklicherweise hatten sie vergessen, ihre Augen wieder zu verbinden. Dadurch konnte sie erkennen, wie das Tageslicht sich veränderte. Leises Glockenläuten sagte ihr außerdem, wie lange sie schon hier war und wie viel Uhr es war. Es war ihr gelungen, den Knebel ein wenig mit der Zunge zur Seite zu schieben, sodass sie besser Luft bekam. Ihr Mund war trocken und sie hatte Durst. Und Hunger, aber das war lange nicht so schlimm. Außerdem schmerzte ihr Kopf, aber sie hatte nur eine Beule an der Schläfe, keine Gehirnerschütterung.

Lange hatte sie darüber nachgedacht, was sie den Männern sagen sollte. Letzte Woche war ein Brief angekommen, nur eine kurze Nachricht und ein Bild von zwei kämpfenden Seeungeheuern. Sie seien jetzt doch nicht nach Jerusalem gereist, sondern auf dem Weg nach Kairo, hatte Arnold ihnen mitgeteilt. Das war die Information, die sie den Kerlen ganz sicher nicht geben durfte.

Nach Stunden, es war jetzt schon später Nachmittag, kamen die beiden Männer zurück. Mit ihnen kam diesmal noch ein dritter Mann, der sich irgendwie seltsam bewegte. Als er näherkam, sah Franziska, dass er wesentlich besser gekleidet war und nur einen Arm hatte.

Der Mann, der schon zuvor mit ihr gesprochen hatte, hockte sich zu ihr und nahm ihr den Knebel ab. Sie konnte nicht anders und atmete einmal tief durch.

»Besser, Kleine?« Der Kerl war wieder so betont freundlich. »Hast du darüber nachgedacht, was du uns sagen willst?«

Franziska wollte antworten, aber ihre Kehle war so trocken, dass sie keinen Ton herausbrachte.

»Du hast sicher Durst.« Wieder dieser freundliche Ton. »Bert!«, sagte er zu dem zweiten Mann, der ihm einen Krug brachte. »Hier, trink einen Schluck, aber vorsichtig.« Er hielt ihr den Krug an den Mund.

Gierig trank sie einen Schluck, dann noch einen. Erst danach bemerkte sie unter dem verdünnten Wein noch einen anderen, bitteren Geschmack.

»Verdammte Dreckskerle!« Sie spuckte dem Kerl ins Gesicht und bekam als Antwort eine schmerzhafte Ohrfeige.

»Wir müssen nur einen Moment warten. Dann bekommen wir schon die richtigen Antworten.«

Wieder hätte sie ihm das fiese Grinsen am liebsten aus dem Gesicht gekratzt. Wütend zerrte sie an den Fesseln. Aber es half nichts. Lediglich der Schmerz, den sie sich dadurch selbst zufügte, brachte sie wieder zu sich. Was hatten diese miesen Dreckskerle in den Wein getan? Vielleicht Bilsenkraut?

Hilflos beobachtete Franziska an sich selbst, wie die Droge zu wirken anfing. Ihre Augen konnten auf einmal nicht mehr scharf sehen und in ihren Ohren dröhnte es seltsam, wenn jemand mit ihr sprach. Der Einarmige stellte jetzt Fragen und sie hatte den Drang, diese auch zu beantworten. Sie hörte sich selbst sagen, dass Arnold nach Kairo reisen wollte, aber dass sie das nicht verraten dürfe. Ihre Stimme klang seltsam und die Worte undeutlich, aber sie beantwortete alle Fragen. Gleichzeitig wusste sie, dass das irgendwie falsch war. Aber sie konnte nicht aufhören zu reden. Schließlich war aus ihren Antworten aber nichts mehr zu entnehmen, denn sie sprach inzwischen zu undeutlich. Kurz bevor sie einschlief, hörte sie noch die Stimme des Einarmigen.

»Lasst sie ihren Rausch ausschlafen und morgen früh befragt ihr sie noch einmal. Danach könnt ihr mit ihr machen, was ihr wollt. Und dann tötet sie und sorgt dafür, dass niemand sie findet.«

Franziska verlor die Kontrolle über ihre Blase und spürte noch, wie sich unter ihr eine warme Pfütze bildete. Ihr letzter Gedanke war, dass sie nie wieder aufwachen wollte. Dann wurde sie bewusstlos.

Doch irgendwann wachte sie wieder auf, obwohl sie sich dagegen wehrte und noch einige Zeit in einer Art Dämmerschlaf verharrte. Aber die Gedanken drängten sich gnadenlos in ihr Bewusstsein und sie musste der unangenehmen Wahrheit ins Auge sehen, dass sie doch noch nicht gestorben war. Schade, die Droge war wohl nicht hoch genug dosiert gewesen. Also würde ihr Ende nicht ein gnädiges Einschlafen, sondern ein Ende der bittersten Art werden, mit unerträglicher Demütigung und Schmerz. Das Einzige, was sie tun konnte, war, ihre wahren Gefühle zu verbergen, damit sie den Mördern nicht auch noch die Genugtuung geben würde, sie weinen oder betteln zu sehen.

Sie machte eine leichte Bewegung, um sich in eine etwas weniger schmerzhafte Position zu bringen. Dann erschrak sie beinahe zu Tode, als eine Hand sich auf ihre Schulter legte.

»Endlich bist du wach!«, wisperte eine Stimme neben ihr. Und dann, eindringlich: »Sei leise!« Die Hand legte sich leicht auf ihren Mund, der seltsamerweise nicht mehr geknebelt war. Sie hatte sich bei der ersten Berührung angespannt, aber jetzt atmete sie einmal tief durch und nickte. Mit Mühe drehte sie ihren Kopf, denn die Muskeln im Nacken waren schrecklich verspannt.

Eine kleine Person, gekleidet in einfache Jungenkleidung aus Hosen und einem Hemd, kniete neben ihr. Doch auch wenn dieses dreckige Wesen Jungenkleidung trug und kurze braune strubbelige Locken hatte, hatte Franziska den Eindruck, dass es sich um ein Mädchen handelte. Die Gesichtszüge um Mund und Augen herum wirkten ein wenig zu weich für einen Jungen. Dunkelbraune Augen blickten besorgt in ihre blauen und dann zum Treppenabgang, durch den ein wenig blaues Dämmerlicht fiel. War es Abend oder war schon der nächste Tag angebrochen?

»Der Tag bricht an. Sie kommen jetzt sicher bald zurück. Und dann müssen wir hier weg sein!« Wieder dieser eindringliche Ton. »Ich habe die ganze Nacht versucht, dich wach zu kriegen, aber du hast geschlafen wie eine Tote. Meinst du, dass du laufen kannst?«

Erst jetzt bemerkte Franziska, dass die Fesseln verschwunden waren. Sie richtete sich auf, um gleich darauf wieder auf Händen und Knien zu landen, denn ihr wurde schwarz vor Augen. Das Mädchen hielt sie an der Schulter fest und verhinderte, dass sie mit dem Kopf auf dem staubigen Boden aufschlug.

»Ganz langsam hochkommen. Ich stütze dich.«

Schließlich hatte sie es geschafft, mithilfe des Mädchens auf die Beine zu kommen, die aber immer wieder einknicken wollten. Schwer stützte sie sich auf die kleine Person neben ihr.

»Tut mir leid, es geht nicht!«, flüsterte sie mit Panik in der Stimme. *Ruhig bleiben, ganz ruhig!*, dachte sie und atmete tief durch. Sie durfte jetzt nicht aufgeben, so kurz vor ihrer Rettung.

»Wir kommen so ganz sicher nicht diese Treppe hoch.« Ihre Stimme klang jetzt schon etwas fester.

»Müssen wir auch nicht. Zum Glück! Da oben hält einer von denen Wache. Es gibt einen anderen Ausgang, da hinten in der Ecke.«

Es waren nur wenige Schritte, aber Franziska war schweißgebadet, als sie in der Raumecke ankamen. Hier war an der Wand der Boden eingebrochen und es wurde ein runder Gewölbebogen sichtbar.

»Hier kommst du nur durch, wenn du so schmal bist wie wir. Die Kerle werden Augen machen, wenn sie merken, dass du einfach verschwunden bist. Am besten gehst du mit den Füßen zuerst da durch.« Sie setzte sich auf den Boden und ließ sich in das Loch hinab. »Unten landest du auf einem Haufen Steine, also pass auf, dass du nicht mit den Füßen umknickst. Aber ich helfe dir ja.« Ihre Hände waren noch einen Moment zu sehen und dann war sie in dem dunklen Loch verschwunden.

»Komm jetzt!«, wisperte es von unten, als auf der Treppe hinter ihr knirschende Schritte zu hören waren. Franziska setzte sich an den Rand des Loches und hielt sich an der Mauer fest. Einen kleinen Moment dachte sie, dass sie mit der Hüfte in dem engen Durchlass hängen bleiben würde, doch von unten packten Hände nach ihren Knöcheln und zogen sie hinab. Mit der Wange schrammte sie schmerzhaft über eine Steinkante und dann saß sie unten auf einem Haufen aus Steinen in einem schmalen Gang.

»Kopf einziehen, du bist größer als ich. Und leg eine Hand auf meine Schulter. Hier unten ist es stockfinster und ich habe kein Licht.«

Langsam bewegten sie sich fort von dem Loch und ihren Peinigern. Stimmen schallten herunter bis zu ihnen, aber Franziska verstand nicht, was sie sagten. Mit einer Hand auf der knochigen Schulter des Mädchens und einer, die an der Wand entlang fuhr, gingen sie langsam weiter, jeden Schritt vorsichtig ertastend.

»Hier kommt gleich wieder eine Stelle, wo die Decke runtergekommen ist. Da liegen ein paar dicke Steine im Weg. Und danach ist es etwas nass.«

»Dann lass uns hier eine kleine Pause machen«, flüsterte Franziska. Ihr war schwindelig und die Dunkelheit machte ihr Angst. Trotz der feuchten Kälte schwitzte sie und ihre Knie zitterten. Sie spürte, wie das Mädchen sich zu ihr herumdrehte und sie in den Arm nahm. Sie war kleiner, legte ihren Kopf an Franziskas Schulter. Franziska legte die Arme um die magere kleine Person und eine Welle der Erleichterung durchlief sie.

Einige Augenblicke standen sie einfach nur da und Franziska spürte, wie ihr die Tränen kamen. Das Mädchen streckte sich ein wenig und küsste ihre tränenfeuchten Wangen. Franziska fand das seltsam, ließ es aber geschehen. Irgendwie, fand sie, war es richtig so.

Als sie sich ein wenig beruhigt hatte, begann sie, wieder klarer zu denken.

»Ich weiß nicht einmal deinen Namen!«, sagte sie leise in die strubbeligen Haare.

»Niemand weiß meinen Namen.«

»Jetzt erzähl mir nicht, dass du ein Junge bist.«

Das Mädchen löste sich ein wenig von ihr und kicherte.

»Deinem Arnold konnte ich zumindest zeitweise etwas vormachen, aber du hast meine Verkleidung sofort durchschaut. Nein, ich bin kein Junge, obwohl ich schon immer als Junge gelebt habe. Aber langsam kann ich diese Dinger hier nicht mehr verstecken.« Sie atmete tief durch. »Ich heiße Maria. Wenn du magst, dann kannst du Ria zu mir sagen. Das klingt nicht so heilig.«

»Ich bin Franziska, aber das weißt du sicher schon. Aber meine Freunde sagen Franzi zu mir.« Sie tastete nach Maria und legte ihr eine Hand an die Wange. Dann beugte sie sich vor und gab ihr einen Kuss auf die Stirn.

»Danke, Ria!«, flüsterte sie und schon wieder kamen ihr die Tränen.

Kairo, Shawwal 902

Das Haus lag im Viertel der orthodoxen Christen, östlich der al-Muizz-Straße. Der Straßenzug konnte nachts an beiden Enden mit Toren abgeriegelt werden. Nach Sonnenuntergang waren die Tore geschlossen und bewacht und man konnte nur mit einer guten Begründung oder einem entsprechenden Geleitbrief hinein oder heraus. Vincent hatte ihnen erklärt, dass das Viertel auch Menschen anderer Herkunft beherbergte, vor allem aber solche aus dem Norden. Und einige Häuser waren von jüdischen Familien bewohnt. Wie in Kairo üblich, gab es in jedem Straßenzug die Geschäfte zur Grundversorgung, sodass im Falle eines Angriffs, wenn die Tore längere Zeit geschlossen bleiben mussten, dennoch niemand Hunger leiden musste.

Zwei junge Mamelukken-Krieger standen als Wachen vor der Tür des Hauses, die offen stand, denn von einem Karren wurden Kisten und Haushaltsgegenstände in das Haus geschafft. Ein wenig entfernt, unter einer Palme, standen einige Kinder und betrachteten das geschäftige Treiben. Sicher würde sich in Windeseile herumsprechen, dass neue Bewohner eingezogen waren. Das, so dachte Arnold, war in Kairo sicher nicht anders als in Düren.

Das Gebäude war um einen quadratischen, kleinen Innenhof angeordnet. Der größte Teil des Innnenhofs war mit terrakottafarbenen Fliesen ausgelegt, aber in der Mitte wuchs in einem Beet ein kleiner Olivenbaum. Schlanke Säulen mit zwiebelförmigen Bögen stützten das Obergeschoss, sodass um den Innenhof ein überdachter Wandelgang entstand, ähnlich dem Kreuzgang eines Klosters. An der Stirnseite befand sich die Küche, im rechten Flügel die repräsentativen Räume, in die auch Besucher gelangen konnten und im Obergeschoss die Räume der Familie, *Harem* genannt. Im linken Flügel und auf der Straßenseite gab es Lagerräume für Lebensmittel und Handelswaren, Gesinderäume und einen kleinen Stall.

Die große Halle, der Raum für offizielle Empfänge oder geschäftliche Verhandlungen, ging über zwei Stockwerke und die hohe Decke war mit fantastischen Mosaiken geschmückt, in denen die Farben Gold und Blau dominierten. Allerdings gab es keine Bilder, wie man das aus den Burgen und Schlössern im Norden kannte, sondern nur komplizierte geometrische Ornamente und kunstvoll verschlungene arabische Schriftzeichen. Silberne Leuchter erhellten das Ganze und ließen die Mosaiksteinchen funkeln. Die Dächer waren flach, mit einer hüfthohen Brüstung umgeben und konnten an lauen Abenden genutzt werden, um sich von der Hitze des Tages zu erholen und ein wenig Wind vom Nil her zu spüren. Manche Menschen schliefen auch hier oben, so erklärte es ihnen Vincent, wenn es in den Räumen zu stickig war.

Der Sultan hatte seine Leute angewiesen, das Haus verschwenderisch auszustatten und so fanden Arnold, Christian und Massimo fertig vorbereitete Schlafräume vor. In einem Nebenraum, der ein Fenster zum Innenhof hatte, fand Christian sogar einen echten Schreibtisch. Daneben waren ihre Kisten mit Aufzeichnungen und Schreibmaterial aufgestellt. Es fehlten allerdings die Textblätter, lediglich die Bilder hatte man ihnen gelassen und frische Bögen Papier. Auch eine Börse, in der sich deutlich mehr Geld befand, als vor ihrer Gefangennahme, lag in einer der Kisten.

Arnold schickte Massimo los, um Einkäufe zu machen. Einen arabischen Diener lehnten sie vorerst ab, denn sie wollten lieber keinen Fremden im Haus haben. Garküchen waren auch in Kairo überall zu finden, sodass sie sich um ihre Verpflegung keine Sorgen machen mussten. Massimo schleppte nach kurzer Zeit zwei große Körbe mit Nahrungsmitteln herbei, und nachdem die Arbeiter verschwunden waren, wurde erst einmal gegessen.

Sie hatten sich die Mühe gemacht, die Getränke und das Essen auf eins der Dächer zu tragen, denn sie wünschten sich ein wenig frische Luft, die eine leichte Brise vom Fluss her brachte. Von hier oben konnte man die schnell herabsinkende Sonne beobachten, die in einer orangenen Glut hinter den niedrigen Bergen versank. Danach zeigten sich schnell die ersten Sterne und nach kurzer Zeit war das Firmament mit unzähligen funkelnden Sternen übersät.

»Es gibt hier in der Nähe alles, was man so braucht«, erklärte er zwischen zwei Bissen. »Das Einzige, was man nicht kaufen kann, sind Wein und Schweinefleisch.« Er goss etwas Scherbet aus einem porösen Tonkrug in einen Becher. »Diese Wasserkrüge sind absichtlich nicht glasiert, denn wenn die Feuchtigkeit durch die Wand dringt und verdunstet, dann bleibt der Inhalt kühler.«

Am nächsten Morgen war Vincent schon recht früh bei ihnen aufgetaucht und hatte vorgeschlagen, ihnen in der Kühle des Morgens ein wenig von der Stadt zu zeigen. Er führte sie zum südlichen Stadttor, dem Bab al-Zuweyla, das inzwischen allerdings mitten in der Stadt lag. Das Stadttor bestand aus zwei gewaltigen Rundtürmen, sicher hundert Fuß im Durchmesser und hundertfünfzig Fuß hoch.

Vincent erklärte, als sie nach kurzer Verhandlung mit den Torwächtern oben auf dem Stadttor angekommen waren, dass Kairo aus drei alten Städten zusammengewachsen war. Die eigentliche Stadt, in der sie sich jetzt befanden, war etwa rechteckig und von einer Mauer umschlossen. Im Südosten lag auf einem Hügel der Palast des Sultans, von Saladin vor fünfhundert Jahren erbaut. Das alte Kairo hatte sich bis zum Sultanspalast und nach Südwesten bis zu einer Stadt namens Babylon ausgedehnt. Außerdem war sie mit der im Nordwesten liegenden Hafenstadt Fustat zusammengewachsen. Zwischen dem alten Kairo und Fustat gab es einen allerdings deutlich dünner besiedelten Bereich, Bulaq genannt, in dem Gärten und Palmenhaine zu finden waren.

Saladin hatte damit begonnen, die nördliche Stadtmauer bis nach Fustat fortzusetzen und von der östlichen Mauer eine Verlängerung bis zum Palast zu bauen, aber kurz vor dem Djebel al-Moquatam brach die Mauer ab und auch um den südlichen Teil der Stadt herum gab es keine Mauer. Nur der Aquädukt, der die Oberstadt mit Wasser versorgte, konnte als Schutzwall gegen eventuell aus dem Süden angreifende Krieger genutzt werden. Aufgrund dessen hatten alle Nebenstraßen eigene Tore, die nachts zu den Hauptstraßen hin geschlossen wurden, was es Angreifern fast unmöglich machte, die Stadt zu erobern und zu plündern.

Mitten durch die Altstadt verlief vom Bab al-Futuh im Norden bis zum Bab al-Zuweila im Süden die al-Muizz-Straße, die sich dann nach Süden, etwa eine deutsche Meile weit, bis zur Ibn-Tulun-Moschee fortsetzte. Etwa in der Mitte zwischen den beiden Toren hatte sich aus einer alten Karawanserei ein gewaltiger *Suq* entwickelt, in dessen überdachten Gassen man alles kaufen konnte, was über die Grundversorgung hinausging. Der Khan al-Khalili war auch in mehreren Tagen nicht komplett zu erfassen, hatte eigene Tore und war gewissermaßen eine Stadt in der Stadt.

Aber zunächst genossen sie den Ausblick über die Stadt. Überall wuchsen über den Flachdächern der Wohnhäuser die Minarette der Moscheen und die Kuppeln von Grabmälern hervor, deren Anblick Arnold an riesige Bienenkörbe erinnerte. Alles war mit glänzenden Fliesen bedeckt, die entweder in leuchtenden Farben, meist blau oder türkis, oder mit verschlungenen schwarzen Schriftzeichen bedeckt waren. Alles glitzerte in der Sonne, die allmählich dafür sorgte, dass es warm wurde.

Außerhalb der Stadt, am Hang der flachen Berge, die das Niltal begrenzten, befand sich eine gigantische Nekropole, die nördlich des Sultanspalasts begann und sich dann etwa zwei deutsche Meilen nach Norden hin ausbreitete. Auch dort erhoben sich die kunstvoll erbauten Grabmale der reicheren und einflussreicheren Einwohner, über allem weithin sichtbar das Grabmal des Quaitbay, der der Vater des heutigen Sultans war.

»*Maschallah*, ist es nicht die herrlichste und größte Stadt der Welt?«, fragte Vincent sie mit Stolz in der Stimme.

»Ganz sicher!«, meinte Arnold und gab Christian unauffällig einen Stoß gegen den Ellenbogen, woraufhin der seinen Einwand herunterschluckte.

»Ich möchte lernen, so zu schreiben«, meinte er stattdessen und sein Gesicht nahm einen verträumten Ausdruck an.

»Das ist schwer. Diese Spruchbänder an den Moscheen, Häusern und Grabmälern bestehen ja nicht aus normalen Buchstaben, sondern sind künstlerisch verschlungene Kalligrafie. Manchmal sind die Buchstaben so verändert, dass man nur mit Mühe erahnen kann, was die Zeichen bedeuten sollen. Du müsstest dann zuerst die normale arabische Schrift lernen und danach bei einem Kalligrafen in die Lehre gehen. Das allein kann schon mal mehrere Jahre dauern.«

»Dann fange ich eben mit dem normalen Alphabet an«, meinte Christian. Wenn Vincent meinte, das sei zu schwer für ihn, stachelte es erst recht seinen Willen an, diese Schrift zu erlernen.

»Das Alphabet heißt hier übrigens *Abdschad* nach den ersten vier Buchstaben: *Alif, Bā, Dschīm* und *Dāl*. Damit hast du heute schon deine erste Lektion gelernt«, meinte Vincent freundlich. »Ich wünsche dir viel Erfolg bei deinen Studien. Und frag' mich, wenn du Schwierigkeiten hast.«

Am Nachmittag wurde Arnold zum Sultan gerufen. Vincent ging zum Übersetzen mit ihm und Christian und Massimo blieben in der Kühle des Hauses zurück. Da sie bisher keine Bediensteten eingestellt hatten, hörten sie das Klopfen an der Tür nur durch Zufall. Ein älterer Mann stand vor der

Tür, durch seinen langen Bart und die Schläfenlocken als Jude erkennbar, bat gestenreich und freundlich darum, eingelassen zu werden. Christian wusste nicht, wie lange er bereits draußen vor der Tür gestanden hatte und bat ihn herein. Massimo holte Becher und einen Krug mit kühlem Wasser, in das er etwas Orangensaft und einen Zweig Minze gab.

Der Jude, der sich als Rabbi Salomo ben Levi vorstellte, erklärte daraufhin mit vielen Gesten und einem Kauderwelsch aus wenigen deutschen, französischen, arabischen und jiddischen Worten sein Begehr. Schließlich meinte Massimo, ihn verstanden zu haben.

»Er möchte dich als Lehrer für seine Tochter einstellen, wenn ich das richtig verstanden habe. Natürlich gegen ein gutes Gehalt. Die Tochter soll Deutsch und Französisch lernen, weil sie mit einem Kaufmannssohn aus Koblenz verheiratet werden soll.«

»Hm, verstehe ich auch so«, setzte Christian hinzu. »Die Tochter heißt Lilith und der Kaufmann aus Deutschland ist schon ein paar Mal hier gewesen und hat auch seinen Sohn mitgebracht, der sich für die kleine Lilith interessiert hat. Jetzt ist sie im heiratsfähigen Alter und über den Winter werden die deutschen Händler wieder hier erwartet und nehmen Lilith dann mit nach Deutschland.«

Salomo ben Levi schaute lächelnd vom einen zum anderen. Er hatte erkannt, dass Christian nicht abgeneigt war, auf das Angebot einzugehen.

Aber Christian beschäftigte noch eine andere Idee.

»Ich will kein Geld«, er machte eine passende Handbewegung, »sondern dass Lilith mir als Gegenleistung Arabisch beibringt.« Wieder unterstrich er seine Aussage mit Gesten und Handbewegungen. »Schreiben *arabijja*.«

Salomo ben Levi dachte einen Moment darüber nach.

»Du Lilith lernen Deutsch und Lilith dich lernen *Arabijja*.« Er klatschte in die Hände. »Bonne idee!« Der Rabbi bestand allerdings darauf, dass Christian in sein Haus käme, um Lilith zu unterrichten, alles andere sei nicht schicklich.

Nach weiteren Verhandlungen der Einzelheiten holte Christian seine Schreibutensilien und folgte dem Rabbi zu dessen Haus. Das kam ihm sehr gelegen, denn sonst hätte er Massimo beim Aufräumen des Stalls helfen oder seine Aufzeichnungen durchsehen müssen. Zu beiden Dingen hatte er überhaupt keine Lust.

Das Haus des Rabbis war wesentlich kleiner und verwinkelter als Arnolds Haus. Beim Betreten des Hauses berührte Salomo ben Levi etwas, das sich in einer Nische neben der Haustür befand und murmelte einen hebräischen Spruch, den Christian für eine Art Segensspruch hielt. Dann ergriff er Christians Hände und sagte etwas, das sich wie eine Grußformel anhörte, gewissermaßen eine feierliche Einladung in sein Heim, wie Christian vermutete.

Lilith war vielleicht fünfzehn oder sechzehn, die langen schwarzen Haare waren zu einer kunstvollen Frisur geflochten. Schwarze Augenbrauen und sehr rote Lippen betonten ihre helle Haut und ließen ihre smaragdgrünen Augen leuchten. Sie trug ein dunkles ärmelloses Kleid und auch ihr Haar war unbedeckt, schließlich war sie ja hier zu Hause. Sie holte für ihren Besucher etwas zu trinken und wenn sie sich bewegte, konnte man sehen, dass sie ein wenig pummelig war. Auch ihre Brüste zeichneten sich deutlich unter dem Kleid ab. In ein oder zwei Jahren, wenn ihr Gesicht die kindlichen Züge verloren haben würde ... Christian verbat sich selbst, diesen Gedanken weiter zu verfolgen.

Die nächsten zwei Stunden waren dann auch harte Arbeit. Lilith hatte, als ihr Vater ihr den Wunsch von Christian erklärt hatte, strahlend gelächelt, aber seitdem hatte sich zwischen den Augenbrauen über der Nase eine Falte der Konzentration gebildet. Lilith war eine intelligente junge Frau, die alles ganz genau wissen wollte und anscheinend nie mit sich selbst zufrieden war. In der zweiten Stunde, als

Lilith ihm das arabische Alphabet erklärte und aufschrieb, war es Christian, der vor Konzentration Kopfschmerzen bekam.

Nach zwei Stunden erhob er sich mühsam von dem Tisch, an dem sie im Innenhof unter der Aufsicht der Familie gelernt hatten. Sie vereinbarten, dass sie sich an jedem Tag, an dem das möglich war, zum Lernen treffen wollten, nur der Sabbat war ausgenommen, denn dort durften Juden weder arbeiten noch lernen, außer es handelte sich um erbauliche religiöse Schriften.

Köln, Juni 1497

Sie waren auf einem Trümmergrundstück aus dem Abwasserkanal wieder ans Tageslicht gekommen. Franziska war übel und sie hatte furchtbaren Durst. Außerdem war ihr immer noch ein wenig schwindlig, sodass sie sich auf Ria stützen musste. Zwischen Brombeerranken und über Steinhaufen gelangten sie zu einer schmalen Gasse, die irgendwo in der Nähe des Berlichs war, wie Franziska vermutete. Eine Gegend, in die sich eine junge Frau normalerweise nicht begab, aber glücklicherweise nicht weit entfernt von Arnolds Haus.

Es war früher Morgen und noch nicht viel los auf den Straßen. Daher versuchten sie, möglichst schnell, aber unauffällig in Richtung von Sankt Gereon zu gehen. Es konnte ja sein, dass ihre Verfolger sie suchen würden. Ria schien alle versteckten Durchgänge und Gässchen zu kennen und zog Franziska so schnell wie möglich hinter sich her. Franziska war so sehr mit Gehen beschäftigt, dass ihr zum Nachdenken keine Kraft blieb. Aber Ria schien die Situation unter Kontrolle zu haben und so überließ sie dem jüngeren Mädchen die Führung. Je näher sie Arnolds Haus in der Sankt-Mauren-Straße kamen, desto vorsichtiger wurden sie, denn nur hier hatten die Entführer eine Chance, sie wieder einzufangen.

Indes mussten sie sich darüber keine Sorgen machen. Auf der Straße stand Änni, mit einem Besenstiel bewaffnet und äußerst kämpferisch. Sie hatte, wie die gesamten Bediensteten des Hauses und einige Männer der Leibgarde der Gräfin den ganzen gestrigen Tag nach Franziska gesucht und auch in der Nacht nur wenig geschlafen.

Am frühen Morgen war Änni ein seltsamer Kerl aufgefallen, der anscheinend das Haus beobachtete. Änni hatte zwei und zwei zusammengezählt und sich dann mit besagtem Besenstiel bewaffnet auf den Feigling gestürzt, der sich nicht zum Kampf stellte, sondern sein Heil in der Flucht suchte. Seitdem bewachte Änni höchstpersönlich die Straße, auch nachdem die Gräfin nach einer kurzen Nachtruhe wieder aufgetaucht war und ihr zwei ihrer Männer auf die Straße geschickt hatte, um sie abzulösen.

Die beiden dösten in der Toreinfahrt, waren aber sofort wieder hellwach, als Änni ihren Knüttel beiseite warf und mit einem Male losrannte. Schnell schlossen die beiden Soldaten zu der alten Haushälterin auf und umringten zwei abgerissene Gestalten, die sich an einer Hauswand entlang schleppten. Franziska versuchte einen Moment lang verzweifelt, sich zu wehren, aber dann erkannte auch sie, dass sie endlich in Sicherheit waren. Einer der Soldaten nahm sie auf die Arme und trug sie ins Haus. Ria zog es vor, die letzten Schritte zu laufen.

Änni hatte schon am frühen Morgen im Küchenkamin auf der Glut des vergangenen Tages ein Feuer entfacht und den großen Kupferkessel darüber gehängt und mit frischem Wasser aus dem Brunnen gefüllt. Gero schleppte nun mithilfe des Stalljungen den großen Waschbottich in die Küche und holte weitere Eimer mit Wasser. Franziska, die immer noch unter dem Einfluss der Droge stand, ließ alles willenlos mit sich geschehen und wurde, nachdem die Männer die Küche verlassen hatten, entkleidet und in den Waschzuber gesteckt.

Ria hockte auf einer Ecke der Küchenbank und staunte. Weder hatte sie in ihrem Leben bisher einen Waschzuber gesehen, noch solche Luxusgüter wie ein Stück Seife besessen. Und außerdem hatte sie noch nie eine nackte Frau gesehen und musterte daher verstohlen Franziska, die jetzt im Raum stand, abgetrocknet und in saubere Kleider gesteckt wurde. Auch ohne eine Vergleichsmöglichkeit hatte sie festgestellt, dass ihre neue Freundin eine Schönheit war. Sie war groß und schlank, die ausgekämmten langen goldenen Haare fielen bis über ihre festen runden Brüste fast bis zur Hüfte, zwischen den langen Beinen leuchtete ein goldenes Dreieck. Dazu kamen kornblumenblaue Augen mit langen Wimpern und ein sinnlicher roter Mund. Die Nase machte an ihrer Spitze einen kecken Bogen nach oben, rechts und links von ihr gab es einige goldene Sommersprossen.

Im Geiste machte Ria eine Bestandsaufnahme bei sich selbst und kam sich hässlich und unscheinbar neben Franziska vor. Ihre dunkelbraunen Haare waren wesentlich kürzer und leicht gelockt, sodass sie ohne ein festgezogenes Tuch oder eine ähnliche Kopfbedeckung immer in alle Richtungen abstanden. Ihre Beine waren zwar auch lang, aber irgendwie knochig an den Knien und auch der Hüftknochen und die Rippen malten sich unter der Haut ab. Ihr Vater hatte sie einmal mit einem knochigen Karrengaul verglichen, ein Bild, das Ria seitdem nicht mehr losgeworden war.

Nur ihre Brüste hatten in der letzten Zeit angefangen zu wachsen, aber auch hier gefiel ihr das Ergebnis nicht. Während Franzis Brüste unten eine perfekte Rundung aufwiesen und sich in der Mitte beinahe berührten, waren ihre viel zu weit entfernt und standen irgendwie spitz nach vorne ab. Gleichwohl waren sie inzwischen zu groß, um sie mit einer festen Bandage flach zu drücken und dann mit den entsprechenden Kleidern als Straßenjunge durchzugehen. Sie hatte es zwar weiterhin versucht, aber es tat weh und war dennoch zu auffällig.

In Selbstbetrachtung und auch in einem gewissen Selbstmitleid versunken, überhörte Ria die an sie gerichteten Worte. Erst als Änni einen Schritt auf sie zumachte, fuhr sie aus dem Tagtraum hoch. Dennoch dauerte es einen Moment, bis die Worte ihr Bewusstsein erreichten.

»He, du. Bist du eingeschlafen? Ich sagte, ich bringe Franziska jetzt zu Bett und du kannst dich schon mal ausziehen und in den Zuber setzen. Das Wasser ist noch warm und ich bin gleich wieder bei dir, um deinen Rücken zu schrubben.«

Ännis Stimme war nicht unfreundlich, aber bestimmt. Schnell flocht sie Franziskas lange blonde Haare zu einem einfachen Zopf, dann schob sie die weiterhin seltsam willenlose Franziska aus der Küche und Ria war allein. Mit einem flauen Gefühl in der Magengegend stand sie auf und ging zum Badezuber. Sie tauchte eine Hand in das Wasser, das lauwarm und nicht mehr ganz sauber war, aber sicher besser als das Wasser in einem der Bäche oder dem Rhein. Und es roch so gut! Schnell zog sie sich aus, in der Hoffnung, dass niemand hereinkäme, stieg in den Zuber und versuchte, möglichst tief im Wasser zu verschwinden.

Kurz darauf kam Änni wieder zurück, auf dem Arm einen Stapel Kleidungsstücke. Zunächst schrubbte sie Ria den Rücken, dann wusch sie ihre Haare mit einer Lavendelseife und kämmte sie mit einem groben Kamm feucht durch.

»Du hast ja kaum Läuse«, stellte Änni überrascht fest. Sie hatte sich schon ihre eigenen Gedanken zu dem Mädchen gemacht, das Franziska gerettet und nach Hause gebracht hatte. Das Mädchen sprach recht verständlich und ohne den harten kölschen Dialekt der Straßenkinder und war reinlicher, als sie erwartet hätte. Sie brannte darauf, mehr zu erfahren, obwohl Neugier eine Sünde war. Naja, dann hätte sie eben am kommenden Sonntag noch etwas zu beichten.

»Ich habe meine Haare neulich noch mit Rainfarnwasser gewaschen. Davon sterben die Läuse.«

»Oh, damit solltest du aber vorsichtig sein. Rainfarn ist auch für Menschen giftig. Wenn du mal Kinder haben willst, dann solltest du davon die Finger lassen. Ich halte Lavendel für besser. Lavendelöl ist zwar nicht so stark, aber dafür riecht man hinterher so gut. Wenn du dich auch zwischen den Zehen gewaschen hast, kannst du wieder aus dem Wasser steigen.«

Das war der Moment, vor dem Ria die größte Angst hatte. Noch nie hatte sie sich nackt vor einem anderen Menschen gezeigt. Aber Änni hatte schon geahnt, dass das Mädchen sich schämen würde und stand sofort mit einem großen Leinentuch hinter ihr, das Ria komplett einhüllte.

»Trockne dich ab und dann wollen wir sehen, was wir Passendes zum Anziehen finden.«

»Sollte ich jetzt nicht besser gehen?«, fragte Ria kleinlaut.

»Nichts da! Das Einzige, was Franzi gesagt hat, bevor sie einschlief, war, dass ich dafür sorgen sollte, dass du noch da bist, wenn sie aufwacht.«

»Aber, Herrin, ich gehöre nicht hierher ...«

»Ich denke, du gehörst irgendwie schon zu uns, wo du doch Franziska das Leben gerettet hast, wenn ich das eben richtig verstanden habe. Also, anziehen und dann vielleicht ein kleines Frühstück, was meinst du? Und wenn Franziska wieder wach und ansprechbar ist, dann entscheiden wir, wohin du gehörst.«

Änni hatte wieder einen Tonfall, der Widerrede nicht zuließ. Außerdem war die Aussicht auf ein Frühstück zu verlockend. Ria hatte am vergangenen Tag keine Zeit gehabt, etwas zu essen, aber jetzt meldete sich der Hunger mit aller Macht.

»Diese Kleidungsstücke sind von Franziska, die war auch mal so spillerig wie du. Es ist nichts Besonderes«, meinte Änni entschuldigend, »aber für's Erste wird es gehen.«

Ria sah das ganz anders, sie hatte noch nie solch feine Kleider besessen und fühlte sich in dem Unterkleid und dem Obergewand aus ungebleichtem Leinen ein wenig verkleidet. Immer wieder betrachtete sie die feine Stickerei am Ärmel, wenn sie gerade nicht mit Essen beschäftigt war. Änni hatte süßes Weißbrot und Butter und einen großen Krug Milch auf den Tisch gestellt und dazu frische Kirschen und die ersten reifen Pflaumen. Leicht belustigt betrachtete sie, wie Ria zugriff.

Am Nachmittag war die Herzogin wieder zu Besuch gekommen. Sie hatte sich am frühen Morgen verabschiedet, als klar war, dass es Franziska gut ging. Aber auch sie frönte dem Laster der Neugier und so war sie wieder aufgetaucht, um die weitere Entwicklung nicht zu verpassen. Ria versuchte, den Knicks zu imitieren, den Franzi zur Begrüßung der Herzogin machte. Franziska war kurz zuvor, blass, aber bei klarem Verstand, wieder in der Küche aufgetaucht und Änni hatte allen eine frische Hühnerbrühe serviert, ihr Allheilmittel gegen alle Arten von Unbill, von Schnupfen bis Blitzschlag oder Entführung. Auch die Herzogin nahm gern einen Teller Hühnerbrühe an. Sie liebte einfache Gerichte, vorausgesetzt, Änni hatte sie zubereitet.

Franziska war ausgesprochen niedergeschlagen. Zwar erinnerte sie sich nur schwach, aber sie hatte den Verdacht, dass sie den Kerlen alles verraten hatte, was sie über Arnolds Pläne wusste. Sie war den Tränen nahe, als sie überlegte, dass ihretwegen Arnold ein Leid geschehen könnte. Schließlich sprach die Herzogin ein Machtwort.

»Kind, es hat doch keinen Sinn, sich jetzt solche Vorwürfe zu machen. Was sollen diese Mistkerle denn mit deinen Informationen machen? Kairo ist, soweit ich gehört habe, viel größer als Köln, vielleicht sogar die größte Stadt der Welt. Wie sollen sie Arnold und seine Begleiter denn da finden? Und es lauern auf dem Weg jede Menge Gefahren, Arnold muss sowieso vorsichtig sein.

Ich würde an deren Stelle jetzt nicht nach Kairo reisen, sondern mich irgendwo auf die Lauer legen, wo Arnold auf jeden Fall auftauchen muss, zum Beispiel in Jerusalem oder Venedig. Da können wir allerdings auch tätig werden und Nachrichten für Arnold hinterlegen lassen, zum Beispiel im Kontor von Anton Pfaffendorp in Venedig.

Aber das Wichtigste ist, dass wir jetzt wissen, wer der Angreifer ist, denn bei dem einarmigen Ritter, den du kurz gesehen hast, kann es sich nur um Jan van Issum handeln. Der hat einen großen Fehler gemacht, indem er dich nicht direkt getötet hat, denn jetzt kann mein Mann etwas unternehmen.« Die Herzogin legte tröstend eine Hand auf Franziskas Schulter.

»Schau mich mal an. Sie haben dich schlecht behandelt, aber nicht entehrt oder verletzt, bis auf ein paar blaue Flecken auf der Haut und auf deiner Seele. Aber das wird verheilen.«

Franziska versuchte ein kleines Lächeln.

»Siehst du, so ist es schon besser. Und wir sollten nicht vergessen, dass du jetzt eine neue Verbündete dazugewonnen hast, von der du bislang nicht einmal wusstest, dass es sie gibt.« Damit wandte sie sich Ria zu.

»Nun, Kind, ich denke, es wird Zeit für deine Geschichte!«

Kairo, Shawwal 902

Zum Sonnenuntergang waren sie am Haus des Gewürzhändlers Karim ibn Mohammed angekommen. Der Gewürzhändler empfing sie persönlich im Innenhof. Ein Brunnen plätscherte in der Mitte des mit wundervollen goldblauen Mosaiken ausgelegten Hofs, der von Säulenarkaden umschlossen war. Er führte sie in einen Raum, der mit mehreren Lagen Teppichen ausgelegt war. An einem niedrigen Tisch wurde zunächst Tee gereicht. Eine schlanke junge Frau, die Karim als seine jüngste Tochter vorstellte, und ein schmales dunkelhäutiges Mädchen bedienten die Gäste. Ibrahim begrüßte sie breit grinsend und stellte ihnen seine Mutter und eine ältere Schwester vor.

Karim war sehr stolz auf die chinesischen Teetassen, die so fein waren wie die Schalen von Muscheln. Sie standen auf einem goldenen Tablett, das die dunkelhäutige Sklavin zu den Gästen trug. Einen Augenblick konnte Christian in ihr Gesicht sehen. Ihre Augen wirkten unnatürlich geweitet, die Gesichtszüge versteinert. Er konnte in dem schwachen Licht und bei ihrer dunklen Hautfarbe nicht viel erkennen, aber er war sicher, dass die Sklavin entweder Schmerzen oder Angst hatte.

Als sie einen Schritt zur Seite machte, blieb sie mit ihrem Fuß an einer Teppichkante hängen. Die Teetassen flogen vom Tablett und leerten ihren heißen Inhalt über Christians Schoß aus. Die Dienerin taumelte gegen seine Schulter. Christian stieß das Mädchen beiseite und ergriff ein Glas Scherbet vom Tisch. Er schüttete das kalte Getränk auf den kochend heißen Fleck auf seinem Oberschenkel. Das Ganze passierte in einem einzigen Augenblick, so schnell, dass der heiße Tee die Haut nicht verbrennen konnte. Das hoffte er jedenfalls.

Karims Tochter reagierte besonnen und brachte Christian eine Schüssel mit Wasser und Tücher, um sich den klebrigen Zuckersaft von den Beinen zu wischen. Dann wurde er in einen Nebenraum geführt, wo er einen frischen Umhang anziehen konnte, den Ibrahim geholt hatte. Er betrachtete die gerötete Stelle an seinem Bein, die zwar heiß war, aber nicht mehr wehtat. So wie es aussah, würde er keine Brandblasen bekommen.

Als er den Raum wieder betrat, waren die Aufräumarbeiten gerade beendet. Zwei Diener legten eben den nassen Teppich beiseite und der Hausherr stand mit einem bulligen Mann neben einem kleinen Bündel Mensch auf dem Boden. Die dunkelhäutige Sklavin hatte sich ganz winzig zusammengerollt. Sie lag auf den Knien und hatte ihre Stirn auf den Boden gedrückt. Ihre Arme waren um den Kopf geschlungen.

Karim kam auf Christian zu und entschuldigte sich noch einmal gesten- und wortreich für seine ungeschickte Dienerin. Während der Übersetzer noch seine Worte weitergab, ging er wieder zurück zu dem Häuflein Elend. Christian wusste, dass einfache Hausklaven keine Rechte hatten, aber er konnte nicht umhin, auch solche Wesen als Menschen anzusehen. Er empfand Mitleid mit dem Mädchen.

Er war sich darüber im Klaren, dass er nun einen Bruch der Gastfreundschaft begehen würde, indem er den Gastgeber kritisierte. Aber er konnte nicht anders.

Er packte Ibrahim am Arm und zog ihn zum Übersetzen mit zu der kleinen Personengruppe. Arnold, der vom Tisch aus die Szene beobachtet hatte, stand auf und war ganz schnell hinter Christian.

»Halt dich da raus«, flüsterte er von hinten in Christians Ohr.

»Ich bin alt genug, um eigene Entscheidungen zu treffen!«, zischte Christian zurück.

Arnold zuckte mit den Schultern und blieb mit einigen Schritten Abstand stehen. Christian ging zu Karim, der aufgebracht auf den massigen Diener einredete.

»Was sagt er?«, fragte Christian Ibrahim. Aber Karim antwortete zur Überraschung der Gäste selbst.

»Sie ist unfähig, dumm und unbrauchbar für mich. Sie kann nicht reden. Und macht viel kaputt. Sie hat Fleck gemacht auf dein Bein und auf Gastfreundschaft. Ich also sage meinem Diener, er sie töten soll. Oder verkaufen. Ich will sie nicht mehr haben.«

»Herr, ich kenne mich mit den Sitten hier nicht so gut aus, also habt ein Nachsehen mit mir. Ist es möglich, für sie zu bitten? Sie ist noch ein Kind. Und es war ja keine Absicht. Nur ein falscher Schritt.«

»Meine Entscheidung feststeht. Ich will sie nicht mehr.« Karim dachte nach. Dann erhellte ein Lächeln sein Gesicht. »Aber habe ich gute Idee. Ich will sie nicht mehr haben, aber wenn wir sie jagen weg oder schlagen mit Peitsche, wird sie sterben. Freilassen geht auch nicht, das ist nur für gute Dienste. Aber diese Dienerin ist dumm, kann nicht tanzen und nicht reden. Du willst ihr helfen, also schenke ich sie dir. Du gut aufpassen über sie.«

Christian wollte abwehren, besann sich dann aber.

»Ah, du nicht willst Sklavin. Aber gibt es doch auch in Christenland. Wo ist dein Problem?« Karim grinste jetzt breit. Ihm schien die Situation insgeheim großen Spaß zu machen. »Du hast den Schaden, nun du kriegst – wie sagt man? – Unschädigung. Wenn du sie nicht willst und du kommst nach Christenland, lass sie frei! Ist gute Tat, Sklaven freilassen, sagt *Qur'an*.« Er klopfte Christian auf die Schulter und lachte.

Dann gab er dem Diener einen Wink und der zerrte das Mädchen grob aus dem Raum. Christian schaute ihnen hinterher und fing einen Blick aus großen leuchtenden Augen auf, den sie über die Schulter zurückwarf. Anscheinend hatte sie verstanden, worum es ging. Ibrahim knuffte Christian in die Seite, anscheinend sehr erleichtert, dass die Szene ein gutes Ende genommen hatte.

»Sei vorsichtig mit der Sklavin, die ist gar nicht so einfältig, wie sie immer tut und wie mein Vater glaubt«, raunte er Christian ins Ohr. »Aber es geht sowieso nicht, dass ihr drei Männer ohne Dienerschaft in diesem großen Haus lebt.«

»Woher könnt Ihr so gut unsere Sprache?«, fragte Arnold ihren Gastgeber während des Essens. Die Speisen des Hauptgangs wurden gerade abgeräumt und Platten und Schüsseln mit Süßigkeiten und Gebäck nahmen ihre Stelle ein.

»In jungen Jahren ich hatte die Idee, Theologie zu studieren. Ich wollte lernen kennen die anderen Religionen. So ich habe studiert hier in Kairo an der al-Azhar-Universität, dann in Pisa und in Freiburg und Köln. Nicht sehr lange, aber dort habe ich gelernt ein wenig eure Sprache. Ist sehr schön grün in euer Land *Alamanija*, aber im Winter ist kalt. Ich habe überlegt, ob ich meine Tochter soll mit dir verheiraten.« Er tätschelte seiner Tochter die Hand, die anscheinend nichts von ihrer Unterhaltung verstand und freundlich und ein wenig dümmlich lächelte. »Aber ich denke, sie würde in kaltem und dunklem Winter traurig werden und sterben.«

Arnold, der die Luft angehalten hatte, atmete verstohlen tief ein. Dann pries er in schönsten Worten die Anmut von Akilah und drückte sein tiefstes Bedauern aus, dass er aus Sorge um die Gesundheit seiner Zukünftigen doch lieber auf eine Maid aus nördlichen Gefilden zurückgreifen würde. Insgeheim dachte er, dass die schöne Akilah sicher nicht ihrem Namen gerecht würde, denn besonders schlau schien sie nicht zu sein. Im Gegenteil, wenn man ihr tief in die Augen schaute, schien sich dahinter recht wenig abzuspielen. Auch verschwieg Arnold, dass er nicht bereit wäre, zum Islam zu konvertieren, wenngleich er schon mit diesem Gedanken gespielt hatte.

Danach wandte sich das Gespräch unverfänglicheren Themen und so ganz nebenbei auch geschäftlichen Dingen zu. Schließlich kam man überein, zu einem guten Preis Pfeffer und andere Gewürze bei Karim zu kaufen, die dann nach Venedig verschifft werden sollten. Die Verträge und die exakten Preise wollten sie bei Tag besprechen.

»So habe ich zwar keine Ehefrau erhalten, aber du eine Sklavin«, meinte Arnold auf dem Weg zu ihrem Haus. Zwei riesige Kerle mit Fackeln begleiteten sie und schützten sie vor nächtlichen Übergriffen. Der *maiordomus* des Gewürzhändlers hatte Christian zum Abschied einen Strick in die Hand gedrückt, der um den Hals der Sklavin gelegt war. Angewidert schaute er auf das Ende des Stricks in seiner Hand. Er fühlte sich elend, so als würde er einen Hund hinter sich herzerren, aber er traute sich nicht, den Strick von ihrem Hals zu lösen, solange die beiden Diener Karims bei ihnen waren.

Nach Zahlung eines angemessenen Betrags öffnete sich das Tor, das den Straßenzug mit ihrem Haus schützte. Die Begleiter blieben zurück, und als sich das Tor hinter ihnen geschlossen hatte, nahm Christian dem Mädchen den Strick ab. Der Torwächter dachte sich seinen Teil, sagte aber nichts.

Im Gegensatz dazu gab Arnold doch einen Kommentar ab.

»Hast du keine Angst, dass sie fortläuft?«

»Warum sollte sie?«, fragte Christian zurück. »Du hast doch gehört, was passiert, wenn sie hier allein durch die Stadt läuft.«

»Nun gut! Aber glaube nicht, dass ich für sie bezahle. Das ist ganz allein deine Sache.«

»Nichts anderes habe ich von Euch erwartet, edler Ritter«, gab Christian launisch zurück. Mit großen Augen schaute die Sklavin die beiden an.

Massimo öffnete schlaftrunken die Tür, war aber gleich wieder hellwach, als er den Neuankömmling bemerkte. Er besaß jedoch inzwischen genug Selbstbeherrschung, um nicht sofort mit seinen Fragen herauszuplatzen. Sorgfältig verriegelte er die Eingangstür wieder und wies ihnen mit einer Laterne den Weg durch das dunkle Haus.

Die Nacht war kühl, aber angenehm mild und so setzten sie sich auf eine Bank im Innenhof. Massimo goss aus einem Krug mit Minze und etwas Rohrzucker vermischtes kaltes Brunnenwasser in einfache Tonbecher. Das Sklavenmädchen hatte sich neben der Bank auf den Boden gekniet und schien auf Anweisungen zu warten. Auf einen Wink Arnolds brachte Massimo ihr auch einen Becher. Ihr Gesicht zeigte fassungsloses Erstaunen. Arnold hob seinen Becher.

»Auf einen erfolgreichen Abend«, sagte er und hob seinen Becher. Massimo und Christian taten es ihm gleich. Sie tranken einen Schluck. Das Mädchen folgte zögernd ihrem Vorbild.

»Wein wäre mir lieber als dieses Zuckerwasser.«

»Oder ein kühles Bier«, meinte Christian.

»Du kannst ihr gleich zeigen, wo sie schlafen kann«, wies Arnold Massimo an. Der nickte. »Und sei behutsam mit ihr. Ich glaube nicht, dass sie bisher ein gutes Leben hatte.«

»Herr, ich bin doch ein *gentiloman*. Selbstverständlich werde ich ausgesucht höflich zu ihr sein.« Er kniete sich vor die Dienerin und ergriff vorsichtig eine ihrer Hände.

»*Ma'asmuki?*«, fragte er.

»Vergiss es, sie kann nicht ...«, setzte Arnold an.

»Samira.« Es war nur ganz leise.

»... anscheinend kann sie doch reden.« Arnold schüttelte verwundert den Kopf. Er beugte sich zu dem Mädchen und hielt die Hand an sein Ohr.

»Samira.« Das kleine Stimmchen klang schon etwas fester.

»*Kem anti mina omrije?* Oder so ähnlich.« Christian hatte in seinem spärlichen Wortschatz gesucht, war sich aber nicht sicher, ob seine Frage wirklich Sinn ergeben hatte.

»Was sollte das jetzt heißen?«, fragte Arnold.

»*Wie alt bist du?* Aber ich bin nicht sicher, ob man es verstehen konnte.«

»*Arbata aschara.*« Samira hob die Hände, wohl um zu zeigen, dass sie nicht sicher war.

»Na, anscheinend konnte man es doch verstehen«, meinte Arnold. »Was bedeutet es?«

»Vierzehn«, übersetzte Christian.

»Oh, ich hätte gedacht, sie ist jünger, vielleicht neun oder zehn.«

Samira schüttelte den Kopf.

»Vielleicht haben sie ihr nicht genug zu essen gegeben. Dann entwickelt sich der Körper nicht so schnell. Besonders wenn er im Wachstum ist. Damit kann man zum Beispiel auch die Größe von Hunden beeinflussen.« Arnold kannte sich mit solchen Dingen aus.

»Also du meinst, wenn wir sie gut füttern, dann wird sie das aufholen?«, fragte Christian.

»Vielleicht sollten wir sie fragen, ob sie Hunger hat. Bist du schon einmal auf diese Idee gekommen?« Arnold ärgerte sich über sich selbst. Samira nickte heftig.

Irgendetwas an dieser Situation kam Christian seltsam vor. Wahrscheinlich arbeiteten seine Gedanken etwas langsamer, es war ja auch schon spät in der Nacht. Aber nachdem er den flüchtigen Gedanken einen Moment gejagt hatte, schien er irgendwo in seinem Gehirn einzurasten.

»Arnold!«

»Hm?« Auch der Ritter wirkte nicht mehr taufrisch.
»Die versteht uns!«
»Wer?«
»Samira.«
»Wer ist ...? Was?« Arnold schüttelte den Kopf.
»Samira, du verstehst uns?« Wieder Kopfnicken. Arnold verfolgte das Gespräch zurück. Auch bei ihm fügten sich Gedanken zu einem Mosaik zusammen. »Und du hast Hunger? Sie haben dich hungern lassen?« Heftiges Kopfnicken. Christian drehte sich zu Massimo um, aber der war schon losgerannt. Nach ein paar Augenblicken kam er mit einem Holzbrett zurück, auf dem Gebäck und gefüllte Fladenbrote lagen. Genug für eine kleine Armee, dachte Christian und lächelte.

Samira aß. Arnold, Christian und Massimo schauten ihr zu. Sie kaute bedächtig und machte dabei ein ernsthaftes Gesicht. Währenddessen liefen Tränen über ihre Wangen. Um zu verbergen, wie gerührt er war, nahm sich Christian auch ein kleines Stück Brot. Gewissermaßen um sich ein wenig abzulenken. Arnold und Massimo taten es ihm gleich.

Schließlich war sie satt. Zum ersten Mal in ihrem Leben, so kam es ihr vor. Sie trocknete sich das tränennasse Gesicht mit dem Saum ihres Umhangs, kniete vor Christian nieder und nahm seine Hand. Sie führte seine Hand zuerst an die Stirn und drückte dann einen Kuss auf die Fingerspitzen. Christian war das unangenehm, aber er ließ es geschehen.

»*Schukran!* Danke, *sajd!*«
»Bitte nenn mich nicht Herr. Ich bin Christian.«
»Danke, Herr Christian.«
»Samira!«
»Danke, Christian.«

Offensichtlich äußerst belustigt schaltete sich Arnold ein: »Woher kannst du unsere Sprache?«

»Der dicke Karim versucht hat, seiner Tochter beizubringen Sprache. Aber Akilah zu dumm dazu. Habe ich immer zugehört. Das ist alles.«

»Das ist alles? Beeindruckend!«

»Ich schlau. Nicht hohl wie Wasserkürbis. In mein Land ich bin Prinzessin.«

»Möchtest du zurück? In dein Land?«, fragte Christian leise. Er hatte keine Ahnung, wie man das bewerkstelligen sollte. Aber er machte gerade die für ihn völlig neue Erfahrung, für einen anderen Menschen verantwortlich zu sein. Und mit der Verantwortung ging einher, das Beste für den anderen tun zu wollen.

»Nein, alles kaputt. Familie weg, vielleicht tot. Ich nicht wissen.«

»Wie lange bist du schon hier in Kahira?«

»Dreimal Nilgroßwasser.«

»Du meinst Hochwasser.«

»Hm!«

»Also seit sie etwa zehn oder elf war«, rechnete Massimo aus.

»Hm!« Samira fielen die Augen zu.

»Wir reden morgen weiter.« Auch Arnold spürte mit einem Mal, wie müde er war. Er blickte herab auf das schmale Menschenkind.

»Ich mach das schon.« Massimo nahm Samira behutsam auf die Arme. »Wenn ihr mir die Türen aufhaltet, bringe ich sie nach oben.«

Sie gingen zu Bett, aber Christian fand in dieser Nacht keinen Schlaf.

Köln, Juni 1497

»Mein Vater war der Anführer einer Diebesbande, die in den Katakomben lebte.« Ria machte eine kleine Pause und sah Franziska an, wie sie auf diese Eröffnung reagierte.

»Hm, hab mir so was schon gedacht«, brummte die Herzogin. »Nur weiter, wir sind nicht sehr überrascht.«

»Weil es für ein Mädchen gefährlicher als für einen Jungen ist, hat mein Vater mich immer als Jungen ausgegeben und ich habe entsprechende Kleidung getragen. Er hat mich für Beobachtungen und Botendienste eingesetzt, aber die schlimmen Sachen durfte ich nicht mitmachen. Eines Nachts versteckten sich zwei Männer in unserem Revier, in einer alten Grabkammer. Das passierte schon mal und meistens hatten diese Männer Glück, wenn sie ein paar Tage später lebendig wieder an die Oberfläche kamen. Mein Vater schickte zwei von seinen Jungs in die Grabkammer, als die Männer eingeschlafen waren, aber die beiden wurden überwältigt und gefangen genommen.«

»Das waren Arnold und Christian in dieser Grabkammer«, warf Änni ein. Ria nickte.

»Arnold bot an, die beiden herauszugeben und außerdem wollte er gegen eine gute Bezahlung am nächsten Morgen so nah wie möglich zum Dom gebracht werden. Das war dann meine Aufgabe, aber ich sollte sie nicht zum Dom, sondern in einen Hinterhalt locken. Arnold hat das irgendwie gespürt, und als ich abhauen und sie den anderen überlassen wollte, da hat er mich geschnappt. Ich hatte ein Messer am Hals und die andere Hand lag auf meiner Brust. Er sagte laut, dass ich ein Mädchen bin und hat damit meine ganze Tarnung zerstört. Mein Vater geriet aus dem Konzept und ließ mich die beiden tatsächlich zum Dom führen. Danach wurde es für mich schwieriger und natürlich auch für meinen Vater. Die Jungs wurden zudringlich, einer hat bei meinem Vater tatsächlich um meine Hand angehalten. Mein Vater hat ihn fast erschlagen.«

Sie blickte vom Tisch auf und sah den anderen ängstlich in die Gesichter. Franziska lächelte ihr aufmunternd zu.

»Keine Angst, erzähl weiter.«

»Ich war wirklich mordssauer auf Arnold. Ich malte mir aus, dass ich ihm in der Nacht ein Messer ins Herz ramme. Also bin ich ihnen gefolgt, das kann ich sehr gut, keiner hat mich gesehen. Ich habe ihn bis zu diesem Haus hier verfolgt, habe unauffällig Erkundigungen über seine Bewohner eingezogen und mitbekommen, dass Arnold und Christian ein paar Tage später nach Rom aufgebrochen sind. Ich habe dich gesehen, Franzi, und dann habe ich herausgefunden, wie du in Arnolds Haushalt gekommen bist. Irgendwann war die Wut verraucht und ich spürte ein anderes Gefühl. Ich ...« Sie stockte und wurde rot, atmete tief durch. »Ich wollte so sein wie du, ein Mädchen von der Straße, das eine Märchenprinzessin geworden ist, mit einem edlen Ritter als Ziehvater. Ich musste dich immer wieder sehen und habe euch deshalb beobachtet. Und ich habe nachgeforscht, wo du hergekommen bist. Ich habe das Armenhaus gefunden, aus dem du irgendwann weggelaufen bist, und den Hurenwirt.«

Ria hatte angefangen zu zittern. Sie wusste, dass sie jetzt die entscheidenden Dinge sagen würde, aber sie hatte Angst davor. Franziska bemerkte ihre verkrampften Hände, rückte ganz nah zu ihr und nahm sie in den Arm. Ihre andere Hand legte sie auf die Hände von Ria.

»Bitte, erzähl weiter!«, bat sie leise.

»Deine Mutter ...«, setzte Ria an, aber sie konnte ihre Stimme nicht kontrollieren. Mehrfach musste sie sich räuspern und schließlich schob ihr Änni einen Becher mit Wasser herüber. Dankbar nahm Ria einen Schluck.

»Deine Mutter war noch sehr jung. Etwa sechzehn oder siebzehn. Sie stammte aus einer adligen Familie, Landadel, nichts Besonderes. Dummerweise hatte sie sich mit dem Sohn eines Junkers oder Verwalters eingelassen und war schwanger. Deshalb hat man sie verstoßen, oder sie glaubte das jedenfalls. Sie hatte einen starken Willen, es so zu machen, wie sie es wollte. Mit etwas Geld und Schmuck schaffte sie es bis nach Köln, wo sie im Spital zum Heiligen Geist dich zur Welt brachte. Kurz darauf verließ sie das Spital wieder. Was sie eigentlich vorhatte, weiß ich nicht, aber nach ein paar Tagen legte sie dich in einem Körbchen vor Sankt Machabäern ab und wartete wohl noch, bis man dich entdeckte. Dann ging sie – es war früher Morgen – durch die Stadt zum Rhein hinunter. Dort wurden gerade die Tore geöffnet.«

Ria nahm noch einen Schluck Wasser. Das Zittern hatte sich verstärkt und Tränen schimmerten in ihren Augen. Sie machte sich ein bisschen von Franziska los, damit sie ihr in die Augen sehen konnte.

»Sie folgte dem Rheinuferweg ein Stück flussaufwärts und dann, an einer flachen Stelle, ging sie ins Wasser.«

Franziska hatte so etwas schon befürchtet, aber die Gewissheit war dennoch ein Schock. Sie weinte leise, blickte aber durch ihre Tränen immer noch Ria an, der ebenfalls Tränen über die Wangen liefen.

»Warum?«, fragte Franzi schließlich leise.

»Sie sah keinen Ausweg mehr. Das Geld war aufgebraucht und nach der Geburt war alles um sie herum dunkel geworden. Sie wollte einfach nicht mehr.«

Änni und die Herzogin ließen die beiden eine Weile trauern. Schließlich durchbrach die Herzogin die Stille.

»Das war aber noch nicht das Ende der Geschichte«, sagte sie leise. Franziska blickte verdutzt, in Rias Blick erschien etwas Entschlossenes. Ihre Augen funkelten wütend und die Augenbrauen zogen sich über der Nase verärgert zusammen.

»Doch, das ist das Ende. Mehr habe ich nicht zu sagen.« Traurig, aber bestimmt klang sie dabei. Aber das Zittern war wieder da.

»Hast du das gesehen?«, fragte die Herzogin.

»Hm. Ich weiß, was du meinst, Sybilla«, antwortete Änni nachdenklich.

»Wenn du noch etwas weißt, dann erzähl es uns«, flüsterte Franzi.

Wieder bekam Ria diesen stählernen Blick und schüttelte den Kopf. Den Mund hatte sie fest zusammengepresst, so als sollte kein einziges Wort über ihre Lippen kommen.

»Bitte!« Es lag etwas Flehendes in Franzis Stimme, dem sich Ria nicht entziehen konnte. Trotzdem widersprach sie.

»Ich sollte jetzt besser gehen!« Sie blickte zur Herzogin. Niemand antwortete ihr. »Ehrlich, das kann ich nicht!« Jetzt klang sie wie ein kleines Kind. »Franzi, bitte, sei mir nicht böse!«

Franziska schüttelte nur den Kopf. Ria sackte in sich zusammen, der entschlossene Ausdruck in ihrem Gesicht war purer Angst gewichen. Aber sie holte tief Luft und redete weiter.

»Ich habe dich geliebt, vom ersten Augenblick an.« Ria sah Franzi wieder in die Augen. »Ich dachte schon, mit mir stimmt etwas nicht, weißt du, wie diese Frauen, die andere Frauen lieben.« Sie atmete tief durch. Es klang wie ein Seufzer der Erleichterung, dass sie jetzt weiterreden konnte. »Du gingst mir einfach nicht mehr aus dem Kopf. Dauernd musste ich an dich denken.«

»Eines Abends erzählte ich meinem Vater von meinen Beobachtungen. Alles, was ich über den Haushalt von Arnold herausgefunden hatte. Und dann hat er mir eine Geschichte erzählt, die er mir schon lange vorenthalten hatte, nämlich wie er meine Mutter kennengelernt hatte. Der Schmerz über ihren Tod hatte ihn lange davon abgehalten, aber er war der Meinung, dass es jetzt an der Zeit wäre, es mir zu erzählen.« Sie begann wieder zu zittern.

»Bist du wirklich sicher, dass du das hören willst?«, fragte Ria vorsichtig.

»Erzähl es endlich, die Wahrheit ist immer besser als Ungewissheit und was wir dann daraus machen, sehen wir später.«

»Also das ist die Geschichte, die Vater mir erzählte: Eines Tages war er schon früh am Rhein unterwegs. Für Diebe ist es unglaublich wichtig, alles zu beobachten und alle Wege zu kennen. Und die Menschen natürlich einschätzen zu können. Er sah eine junge Frau, das Gesicht traurig und schön zugleich. Sie schien nicht zu dieser Welt zu gehören, er glaubte zuerst sogar, dass er eine Heiligenerscheinung hatte. Dann ging sie plötzlich, nur wenige Schritte von ihm entfernt vom Weg ab und ins Wasser. Nach ein paar Schritten verlor sie den Boden unter den Füßen und versank in den Fluten des Rheins.

Mein Vater war ein guter Schwimmer. Er hat in jungen Jahren Fässer als Schwimmer über den Rhein transportiert. Er sprang ihr hinterher, holte sie ein und zog sie aus dem Wasser. Sie wehrte sich nicht, sie lebte zwar, aber ihr Geist weilte nicht auf dieser Welt. Er brachte sie zu meiner Großmutter, die ein kleines Häuschen in der Buschgasse hatte. Dort pflegte meine Großmutter sie und Vater besuchte sie immer wieder. Nach ein paar Monaten hatte sich die Traurigkeit ein wenig gelegt und Vater verliebte sich in sie. Zwei Jahre später war sie wieder schwanger, aber immer wieder hatte sie schlimme Anfälle von Traurigkeit.«

Ria schaute noch einmal fast flehend zu Franziska. Sie holte tief Luft. Angst schlich sich in ihren Blick, aber auch wieder diese Entschlossenheit, etwas Stählernes.

»Sie starb bei meiner Geburt.«

Kairo, Schawwal 902

Christian hatte die Erfahrung gemacht, dass es immer leichter wurde, eine neue Sprache zu lernen, wenn man schon mehrere Sprachen beherrschte. Aber jetzt verließ ihn die Geduld. Er musste aufpassen, seinen Ärger nicht an Lilith auszulassen, denn sie konnte ja nichts dafür.

»Das kann doch nicht wahr sein. Wieso verändert sich im Akkusativ der Wortstamm denn derartig. Ich kann in diesem Satz das Wort *al ibn* gar nicht mehr erkennen, nur weil du es in den Akkusativ gesetzt hast.«

»Ja, das ist wirklich schwierig. Man bekommt irgendwann ein Gefühl dafür, hoffe ich. Ich werde Vater fragen, ob er eine Regel kennt, die es etwas leichter macht.«

Insgeheim ärgerte er sich auch über sich selbst, wie er sich in einem unangenehmen Moment der Selbsterkenntnis eingestehen musste. Lilith lernte ungleich schneller die deutsche Sprache, als er mit seinen Arabischlektionen vorankam. Die Schriftzeichen hatte er noch mit Bravour gemeistert, schneller, als er befürchtet hatte, aber diese seltsame Grammatik brachte ihn schier zur Verzweiflung.

»Ich habe auch keine Lust mehr«, meinte Lilith und lehnte sich zurück.

»Dieses Wetter macht mich fertig. Meinst du, dass es vielleicht mal regnen könnte?« Christian blickte zum Himmel, der sich gräulichbraun verfärbt hatte.

»Das ist kein Gewitter, das ist ein Sandsturm. Wenn der uns richtig trifft, solltest du schnell nach Hause gehen und alle Fenster und Türen schließen. Dann muss man hinterher nicht so viel wegkehren.« Sie blickte Christian an. »Erzähl mir so lange noch etwas von deinem Land. Gibt es dort auch

Sandstürme. Und dieser Fluss, der Rhein, hat er auch manchmal Hochwasser?«

Christian grinste. »Wir brauchen kein Hochwasser um unsere Felder zu bewässern, der Herrgott gibt uns genug Regen, damit die Feldfrüchte wachsen können. Und der Rhein hat schon Hochwasser, aber nicht immer gleich viel. Meistens gibt es zweimal im Jahr Hochwasser, im Frühling und im Herbst oder Winter. Auch die kleineren Flüsse haben manchmal Hochwasser, wenn es viel regnet oder der Schnee schmilzt.«

»Gibt es viele Flüsse bei euch? Hier sind es ja nur der Nil und seine Seitenarme und Kanäle.«

»Ja, das ganze Land ist voller Bäche und Flüsse. Der Rhein ist nur der größte von allen. Es gibt auch kleinere wie die Maas, die Rur oder die Erft, nach der übrigens Arnolds Familie benannt ist. Von Harff bedeutet: von der Erft. Das Schloss derer von Harff liegt wohl gleich an diesem Flüsschen.«

Windböen verfingen sich in dem kleinen Innenhof von ben Levis Haus und brachten roten Staub mit, der sich auf ihren Unterlagen ablagerte. Christian half Lilith noch, Papiere, Tisch und Stühle nach drinnen zu tragen und brach dann schnell auf.

Auch Arnold war angesichts des drohenden Sandsturms früher nach Hause gekommen. Er hatte eigentlich eine Audienz beim Sultan, der aber wegen der Vorbereitungen für den Sturm auch nicht die Ruhe hatte, mit Arnold zu reden.

Arnold erzählte, der Sultan sei sehr interessiert an den Machtverhältnissen im Norden, insbesondere der Frankenkönig Karl beschäftigte ihn, der im vergangenen Jahr wegen seiner Feldzüge in Norditalien zu Besorgnis in der arabischen Welt geführt hatte. Sultan an-Nasir Mohammad befürchtete, dass Karl nach Italien vielleicht einen neuen Kreuzzug beginnen wollte.

Arnold versuchte nach Kräften, ihm diese Sorge auszureden, denn nach seinen Informationen hatte sich Karl finanziell völlig vorausgabt und war nun nicht einmal mehr in der Lage, die Gebiete in Norditalien langfristig zu sichern.

Sie kontrollierten alle Fenster und Türen und dichteten Schlitze mit Tüchern ab, aber es gab immer wieder Stellen, an denen der rote Staub ins Haus eindrang. Draußen heulte der Wind durch die Straßenzüge und im Innenhof hatten sich in den Ecken bereits knöchelhohe Haufen aus feinstem Sand angesammelt.

»Großer Gott, was ist, wenn dir so etwas draußen in der Wüste passiert?«

Samira, die mit Tüchern aus der Küche nach oben eilen wollte, hielt kurz an.

»Ist wie Wasser, du atmest ein, geht in ...« Sie zeigte auf ihre Brust, weil sie das passende Wort nicht kannte.

»Die Lunge«, half Arnold ihr. »Das muss ja schrecklich sein!«

Samira nickte und lief wieder los.

»Die scheint daran sogar noch Spaß zu haben«, meinte Christian.

»Ich glaube, Samira hat neuerdings an allem Spaß, seit sie nicht mehr bei Karim sein muss.« Arnold schaute ihr hinterher und lächelte. Dann wurde er aber wieder ernst. »Die meisten Menschen glauben ja, dass die dunkle Hautfarbe darauf hinweist, dass Schwarzafrikaner so etwas wie Affen sind oder zumindest nah verwandt. Und daraus leiten sie eine Überlegenheit der Weißen ab. Aber wenn ich mir Samira so ansehe, dann erkenne ich abgesehen von der Hautfarbe keinen Unterschied zu einem weißen Mädchen von vierzehn Jahren, das alles wissen will. Sie würde sich gut mit Franziska verstehen.«

Christian wusste, dass Arnold immer alles hinterfragte und sich seine eigene Meinung nicht von anderen Menschen diktieren ließ. Schnell hatte er diese Einstellung übernommen, auch wenn es viel leichter war, an Althergebrachtem festzuhalten. Es war nicht leicht, richtig und falsch zu unterscheiden, wenn man nur seine eigene Beobachtungsgabe und seine eigenen Gedanken als Anhaltspunkte hatte. Und dabei machte man notgedrungen auch Fehler, was Christian immer besonders zu schaffen machte. Aber seit seine heile Welt aus den Fugen geraten war, war er gezwungen, auch geistig neue Wege gehen. Dabei waren Arnolds kritische, manchmal sogar ketzerische Sichtweisen eine große Hilfe. So beantwortete er sowohl Liliths als auch Samiras Fragen so gut er konnte, denn auch er sah nicht ein, dass Mädchen dumm seien und nicht lesen und schreiben lernen könnten.

»Was machen wir mit Samira, wenn wir hier abreisen?« Arnold lenkte Christians Gedanken in eine andere Richtung. Das war etwas, das auch Christian schon schlaflose Nächte bereitet hatte.

»Kannst du dir vorstellen, was passiert, wenn du in Düren oder Erkelenz mit einem schwarzen Mädchen auftauchst?«

»Die werden sie ansehen, wie etwas schrecklich Seltsames, so als würdest du ein Krokodil am Halsband durch die Straßen ziehen.« Christian machte ein ernstes Gesicht. Keiner hatte gemerkt, dass Massimo und Samira auf der Treppe die letzten Worte mitgehört hatten.

»Wahrscheinlich werden sie denken, die Haut wäre eingefärbt, so wie wir uns als Jungs die Gesichter mit Holzkohle eingerieben haben, um im Dunkeln die kleineren Geschwister zu erschrecken«, setzte Arnold hinzu.

Plötzlich standen Samira und Massimo vor ihnen. Samira war tränenüberströmt, es tropfte von ihrem Kinn auf den Boden. Massimo hielt ihre Hand, schwankte irgendwo zwischen Hilflosigkeit und Trotz.

»Ihr könnt sie doch nicht einfach hier zurücklassen!« Auch in Massimos Augen schimmerte es verdächtig.

»Das haben wir auch überhaupt nicht gesagt.« Arnold hockte sich vor Samira, nahm ihre freie Hand in seine.

»Samira, kannst du dich erinnern, wie das war, als du den ersten Weißen gesehen hast?«

Sie nickte. »Ich wollte hingehen und an der weißen Farbe kratzen. Mutter hat mich davon abgehalten.«

»Siehst du, und jetzt stell dir vor, du kommst in eine Stadt voller weißer Leute, die noch nie einen Menschen mit schwarzer Haut gesehen und auch noch nie von so etwas gehört haben. Was meinst du, wie du dich fühlst, wenn alle an deiner Haut kratzen wollen.«

Samira dachte nach. Angestrengt.

»Ist nicht nett«, meinte sie dann, »aber ich halte das aus!«

»Wenn sie nicht zu sehr kratzen...«, setzte sie noch hinzu. Sie lächelte unter Tränen und reckte das Kinn nach oben. »Bin schließlich eine Prinzessin!«

Sie hob den Rocksaum und wischte sich die Tränen ab.

»Gut, wenn das soweit geklärt ist, dann fangen wir mit der ersten Lektion deiner Erziehung an. Prinzessinnen wischen sich nicht mit dem Kleid das Gesicht ab, denn dann sind sie unten rum nackt.«

Arnold gab Samira einen Kuss auf die Stirn und erhob sich wieder. Samira hielt ihn an der Hand zurück.

»Was tun sie denn, wenn sie sich dreckig gemacht haben oder weinen?«

»Prinzessinnen machen sich nicht dreckig und sie weinen nicht.«

»Und wenn doch?«

»Dann haben sie ein Tüchlein im Ärmel, mit dem sie sich das Gesicht abtupfen können.« Arnold zog ein imaginäres Tüchlein aus dem Ärmel und tupfte mit abgespreiztem kleinem Finger geziert auf seinem Gesicht herum. Samira kicherte.

»Wo bekomme ich so ein Tüchlein?«, wollte sie wissen.

»Sicher irgendwo auf einem Markt. Aber Prinzessinnen machen solche Tüchlein selbst. Sie tun eigentlich den ganzen Tag nichts anders als nähen und sticken und solche Sachen.«

»Du solltest diesen Prinzessinnen-Unsinn nicht noch bestärken«, meinte Christian missmutig. Arnold hatte ein Gefühl dafür, wie man mit Kindern umging. Christian spürte einen kleinen Stich der Eifersucht, denn ihm gelang das nicht, hatte er doch fast sein ganzes Leben im Kloster verbracht. Lachen oder lustige Geschichten erzählen musste er erst mühsam lernen.

»Ach, das mit der Prinzessin ist nur so eine Rolle, in die sich kleine Mädchen gerne hereinwünschen. Samira weiß das auch, aber die Vorstellung ist es, die ihr Spaß macht.«

Samira, die einen besonderen Sinn für Stimmungen hatte, ging nun zu Christian und schaute zu ihm hoch.

»Ich glaube, Prinzessin sein eigentlich ist langweilig und anstrengend. Immer rumsitzen und blabla mit anderen Prinzessinnen machen.«

Am nächsten Tag hatte sie jedoch etwas Stoff, Nadel und Faden aufgetrieben und nähte um zwei kleine Tüchlein einen ganz ordentlichen Saum mit fast gleichmäßigen Stichen. Es ging langsam und sie hatte beim Nähen die Zunge zwischen den Zähnen, aber weder Arnold noch Christian wiesen sie darauf hin.

Köln, Juni 1497

»Du bist meine Schwester!« Franziska hörte selbst, wie ungläubig dieser Satz klang.

»Ich habe eine Schwester.« So war die Betonung schon besser, sicherer, nicht so fragend.

Ria war erstarrt, keine Regung war auf ihrem Gesicht zu sehen. Sie versuchte, niemanden anzusehen, versteckte sich gewissermaßen in sich selbst. Bis Franzi sie in den Arm nahm und ihr fast die Luft abdrückte, so fest hielt sie Ria. Sie küsste ihre kleine Schwester auf die Stirn, legte dann ihren Kopf auf Rias Schulter und begann hemmungslos zu weinen. Auch Ria liefen die Tränen über die Wangen. Mit einer Hand strich sie über Franzis Rücken, die Finger der anderen Hand waren unter dem Tisch mit Franzis Fingern verflochten.

Schließlich versiegten die Tränen. Wortlos reichte die Herzogin ihr ein Tüchlein über den Tisch.

»Ich weiß, Prinzessinnen heulen nicht.« Franzi schniefte wenig vornehm. »Aber ich konnte nicht anders.«

Wieder sah sie Ria an, strich ihr zärtlich über die Wange.

»Schwester ...« Je häufiger man es aussprach, desto normaler klang es.

»Bevor diese Gefühlsduselei überhaupt kein Ende mehr nimmt, habe ich wohl noch eine Frage«, mischte sich jetzt die Herzogin ein, nicht unfreundlich, aber bestimmt. »Sag, Kind, kannst du irgendetwas von dieser abenteuerlichen Geschichte beweisen? Das ist ja alles schon viele Jahre her.«

»Nein, aber vielleicht könnte man jemanden finden, der die Geschichte bestätigen kann. Aber Großmutter ist nicht lange nach meiner Mutter gestorben und Vater starb im Frühjahr an der Ruhr, so wie fast alle seine Leute.«

»Mist, verdammter!« Die Herzogin fluchte ebenfalls nicht prinzessinnenhaft.

»Gibt es nicht irgendwas, was du noch von deiner Mutter hast, einen Brief oder ein Schmuckstück«, fragte Franziska.

»Sag Änni, ist oben in der Truhe noch das Tuch, das meine Mutter mir in den Korb gelegt hat?«

»Ich denke schon, geh du nachsehen, deine Beine sind jünger als meine.«

Franziska stand auf und sauste die Stiegen hoch, nahm mit jedem Schritt zwei Treppenstufen. Gleich darauf war sie wieder unten. Sie zeigte Ria ein etwas verschossenes Tuch mit einem eingestickten Monogramm in einer Ecke.

Jetzt sprang Ria auf und eilte zur Küchentür.

»Ich bin so schnell wie möglich wieder da!«, rief sie im Hinausstürzen, dann war sie weg.

»Was war denn das jetzt?«, brummte die Herzogin. Änni zuckte mit den Schultern.

In der Küche hingen die drei Frauen ihren Gedanken nach, ein Gespräch kam nicht mehr in Gang. Die Glocken von Sankt Gereon läuteten. Nach fünf Viertelstundenschlägen glaubte Franzi nicht mehr, dass sie Ria wiedersehen würden. Was auch immer ihre neu gefundene Schwester so erschreckt hatte, sie würden es nicht erfahren.

Auch die Herzogin schien sich innerlich zum Aufbruch zu rüsten, als Schritte im Toreingang zu hören waren und Ria wieder zur Küchentür hereinpolterte. Franzi kamen vor Erleichterung schon wieder die Tränen.

Schwer atmend stützte sich Ria auf den Tisch. Beine und Kleidersaum waren schmutzig, aber sie strahlte über das ganze Gesicht. Dann griff sie in einen Beutel und zog ein Stück Stoff heraus, das beim Auseinanderfalten als Hemd erkennbar wurde.

»Hier! Das gehörte Mutter.« Sie zeigte auf ein eingesticktes Monogramm auf einem der Träger.

»Das ist eindeutig das gleiche Monogramm, wie auf deinem Tuch, Franzi.« Die Herzogin hatte beide Stücke nebeneinander auf den Tisch gelegt und glatt gestrichen. »Kein Zweifel! Sogar der Stoff scheint derselbe zu sein.«

»Woher hast du das denn jetzt geholt?«, wandte sich Änni an Ria.

»Das Haus meiner Großmutter gehört jetzt mir, seit Vater tot ist. Noch hat sich niemand getraut, es zu plündern. Es ist ja auch nicht überall bekannt, dass er gestorben ist.« Sie machte mit einem Mal einen verlorenen Eindruck. Franziska spürte ihre Trauer.

»Wir sind jetzt deine Familie.«

Kairo, Dhu al-Quidah 902

Die Vorbereitungen auf die Haddsch, die große Pilgerfahrt, begannen im Vormonat des Pilgermonats Dhu al-Hijjah. Die große Pilgerkarawane, die das goldene Tuch, die Kiswa, nach Mekka bringen würde, sollte am zehnten Tag des Monats beginnen. Die Pilger würden in dreißig Tagen in Mekka eintreffen und dann das Opferfest, das höchste Fest der Araber, in Mekka verbringen.

Arnold wollte auch gerne nach Mekka reisen, aber man hatte ihm dringend davon abgeraten. Zu anderen Zeiten sei es eher möglich, obwohl ein Christ sich den heiligen Stätten nur auf Sichtweite nähern durfte, aber zur Zeit der Haddsch wäre es viel zu gefährlich. Zusätzlich zu den Pilgern aus Kairo kämen noch einmal so viele aus Damaskus und kleinere Gruppen aus anderen Richtungen, zum Beispiel aus Indien oder noch weiter östlich. Insgesamt würden etwa hundert- bis hundertzwanzigtausend Moslems in jedem Jahr nach Mekka reisen, um wenigstens einmal im Leben die Kaaba, den großen schwarzen Steinquader im Zentrum der großen Moschee berührt zu haben und sich danach Hadschi nennen zu dürfen. Die Haddsch war eine der fünf Säulen des Islam, also ähnlich grundlegend wichtig, wie die christlichen Sakramente, fand Arnold.

So nahm Arnold kurzerhand ein Angebot eines indischen Gesandten und Kaufmanns an, der eines Tages beim Sultan vorgesprochen hatte. Der Inder, ein Christ, plante mit seinem gesamten Hausstand und weiteren Begleitern zum Katharinenkloster zu pilgern, nachdem er seine Geschäfte in Kairo abgeschlossen hatte und dann von dort aus wieder nach Indien zurückzukehren. Er hatte Arnold angeboten, ihn mit nach Indien zu nehmen, aber Arnold wollte zum

Opferfest wieder in Kairo sein und danach das Nilhochwasser beobachten, das zu Beginn des neuen muslimischen Jahres, im September christlicher Zeitrechnung, einsetzen sollte. Sie schlossen sich einer Handelskarawane an, deren Ziel die kleine Hafenstadt at-Tur am Roten Meer war. Arnold schätzte, dass die Karawane etwa fünfhundert Mann stark war, davon gehörten etwa hundert Menschen zum Gefolge des Inders und vierhundert waren Händler oder Handelsknechte. Dazu kamen dann noch die Kameltreiber, die für etwa tausend Kamele zuständig waren.

Kurz nach der Abreise der großen Karawane nach Mekka machte sich eine deutlich kleinere Karawane auf den Weg zum Katharinenkloster. Zunächst ging es noch am Rand des Niltals entlang, aber dann folgte die Karawane dem Wadi Tumilat und dem dort verlaufenden Kanal von Bubastis. Für sich und seine Begleiter hatte er jeweils ein Kamel mit einem Führer gebucht, der zu Beginn der Reise und bei der Ankunft je einen Sherifi erhalten sollte. Allerdings hatte man Arnold geraten, großzügiger zu sein und außerdem das Essen mit den mukari zu teilen.

Nachdem sie den großen Bittersee passiert hatten, sollte es sechs Tagesreisen durch die Wüste zur Hafenstadt at-Tur am Roten Meer gehen. Die Kamelführer achteten darauf, dass alle Wasserschläuche gefüllt waren, denn ab sofort gab es nur noch wenige Wasserstellen und es war nie sicher, ob sie genügend Wasser enthalten würden.

Sie saßen in Kisten, die auf der einen Seite der Kamele befestigt waren, als Gegengewicht trugen die Kamele auf der anderen Seite Gepäck, Nahrungsmittel und Wasser. Die Kameltreiber saßen entweder auf den Schultern der Kamele oder liefen neben ihnen her. Die Kamele gingen in einer gemächlichen Gangart, aber mit ausgreifenden Schritten, was einen wiegenden Gang erzeugte.

Am Ende des ersten Tages fühlte sich Arnold leicht seekrank. Vielen anderen schien es aber nicht besser zu gehen, einige waren nach dem Absteigen nicht in der Lage, auch nur wenige Schritte zu gehen. Samira und Massimo jedoch sprangen, nachdem sie so lange zur Untätigkeit gezwungen waren, auf dem Lagerplatz herum und versorgten Arnold und Christian mit Essen und Wasser.

Die Sonne brannte unbarmherzig auf sie herab; es war so heiß, dass Christian zeitweise glaubte, die Luft nicht mehr atmen zu können. Es fühlte sich an, als ob man über einem Feuer stand und versuchte, den heißen Rauch einzuatmen. Daher hatte Christian auch keinen Blick für seine Umgebung, in der mal Felsen und Steine, mal Sand dominierten.

Die Wüste erstrahlte in den abenteuerlichsten Farben, manchmal war sie grau oder weiß, aber oft gelb, orange oder rot. Lagen die Felsen frei, so zogen sich immer wieder breite Adern aus verschiedenen Mineralien durch den Stein, manchmal glänzte es metallisch, mal waren es bunte oder leuchtend weiße Kristalle.

Schon am ersten Tag in der Wüste hatten ein älterer Handelsgeselle und eine junge Frau aus dem Gefolge des Inders in ihren Transportkisten einen Hitzschlag bekommen und waren gestorben. Schon vor der Abreise hatten die mukari ihnen erklärt, dass man gegen die Hitze viel trinken müsse, mindestens einen Wasserschlauch pro Tag. Das Wasser schmeckte schon nach einem halben Tag nach Leder und war fast zu heiß zum Trinken, aber Christian zwang sich dazu, immer wieder einen Schluck zu nehmen. Lediglich die Kamele würden ohne Wasser bis nach at-Tur kommen, doch auch von ihnen war schon eines im Wüstensand niedergesunken und nicht wieder aufgestanden.

Sie ließen die Toten ohne Begräbnis am Wegesrand zurück, es war zu gefährlich, längere Zeit zu verweilen, denn dann war die ganze Gruppe in Gefahr. Immer wieder passierten sie Gerippe von Kamelen oder Menschen, und Christian fand es besonders grauenhaft, wenn die Toten noch nicht so lange dort lagen, dass nur noch die Knochen zu sehen waren. Dann kreisten Raubvögel, Krähen oder Geier über dem Weg oder in der Dunkelheit hörte man Hyänen.

Zwei Tage sollten sie ohne frisches Wasser auskommen, erst am Abend des zweiten Tages würden sie eine Wasserstelle erreichen. Am Morgen des zweiten Tages hatte Massimo rote Augen und leichtes Fieber. Er sagte aber, es gehe ihm gut und Arnold schärfte ihm nochmals ein, dass er viel trinken müsse. Am Vormittag hatte Christian seinem Kameltreiber immer wieder mitgeteilt, dass er nach Massimo sehen wollte. Massimo war immer ansprechbar und hatte auf Christians Anweisung hin etwas getrunken. Doch am Mittag, bei einer kurzen Rast im Schatten eines hohen Felsens war er nicht mehr in der Lage, aufzustehen. Er fieberte und konnte seine Augen nicht mehr öffnen, sie waren verklebt und voller Sand. Einer der Kameltreiber trat zu Arnold. Samira kam hinzu, um zu übersetzen.

»Herr, wir sollten ihn hier sterben lassen. Wenn wir ihn in die Sonne legen, dauert es nur ein paar Minuten.«

»Ich will nicht, dass er stirbt«, kommentierte hingegen Samira.

Dann sprach sie in rasend schnellem Arabisch auf den Führer ein, der ebenso schnell antwortete und immer wieder den Kopf schüttelte. Schließlich hatte Samira, die Hände in die Seiten gestemmt und mit Tränen in den Augen, den Kameltreiber anscheinend umgestimmt. Mit ein paar unfreundlichen Worten wandte er sich ab.

»Was habt ihr besprochen?«, fragte Christian.

»Ich werde bei ihm im Korb mitreiten und ihn pflegen. Wenn ich es bis heute Abend schaffe, dass es ihm besser geht, dann darf er weiter mitreisen. Ich bekomme aber nur sein und mein Wasser, kein zusätzliches. Wenn ich zu viel Wasser verbrauche, dann muss ich mit ihm sterben.« Sie sah Christian mit einer Mischung aus Wut und Verzweiflung an. »Ich lasse ihn nicht einfach sterben. Dann sterben wir lieber zusammen.«

»Ist schon gut, Samira.« Arnold legte ihr die Hand auf die Schulter. »Ich habe auch noch ein wenig Wasser als Reserve. Wenn es hart auf hart kommt, dann kannst du von mir noch etwas bekommen.« Arnold konnte sich anscheinend auch nicht damit abfinden, Massimo einfach sterbend liegen zu lassen.

»Ich brauche nicht so viel Wasser, ich komme selber aus einem sehr heißen Land.« Sie nahm ihren Wasserschlauch und kniete neben Massimo nieder. Ein kleines Tüchlein wurde mit Wasser benetzt und sie wusch ihm das Gesicht. Dann versuchte sie, ihm einen Schluck Wasser einzuflößen, aber er hustete nur und spuckte es wieder aus.

»Langsamer, in ganz kleinen Schlückchen«, meinte Arnold, der sich neben sie gehockt hatte.

Vorsichtiger versuchte Samira es noch einmal.

»Er schluckt, glaube ich.«

»Versuche es immer wieder mit ein paar Tropfen«, meinte Arnold. »Und vergiss nicht, auch selber etwas zu trinken.«

Die Kameltreiber gaben das Signal zum Aufbruch und Christian und Arnold halfen Samira, zusammen mit Massimo in einen der Tragekörbe zu steigen. Sie banden Massimo zur Sicherheit fest und versuchten, eine Art Sonnenschutz über ihm anzubringen. Widerwillig half ihnen der Kameltreiber und brummte etwas.

»Was sagt er?«, fragte Christian.

»Es meint, ihr wärt zu nachsichtig mit mir, man sollte mich besser auspeitschen«, antwortete Samira trotzig.

Köln, Juli 1497

»C*hristian Schreiber an Jungfer Franziska im Hause des Arnold von Harff, Sankt-Mauren-Straße, Köln.*

Hier in Alexandria beginnt das Reich des Sultans der Mamelukken. Das sind wilde Krieger, die einen anderen Glauben haben. Ihr Gott heißt Allah und der Gründer des Glaubens heißt Mohammed. Da er etwa sechshundert Jahre nach unserem Herrn Jesus Christus gelebt hat, haben sie auch eine andere Zeitrechnung, hier hat man jetzt das Jahr 902 und in unserem September beginnt das Jahr 903 nach muslimischer Zeitrechnung. Das ist schwierig, denn wir müssen jetzt selber die Tage zählen, damit wir wissen, wann die wichtigen Feiertage der Heiligen sind. Die Kirchen dieser Moslems heißen Moschee. Sie haben Türme, aber ohne Glocken, sodass zur Gebetszeit ein Mann hinaufsteigen muss, der mit lauter Stimme die Menschen zum Gebet ruft.

Die Mamelukken sind alle als Sklaven auf den Krieg vorbereitet worden. Wer sich gut geschickt hat, der wird irgendwann von seinem Herrn freigelassen. Daher kann man hier in Alexandria auf dem Markt auch Menschen kaufen. Ein Sklave kostet, je nach Alter und Gesundheitszustand zwischen fünfzehn und dreißig Goldstücke, die etwa einem Dukaten entsprechen. Das ist weniger, als man für ein gutes Pferd oder ein Kamel bezahlen muss. Es kommen Sklaven aus dem Norden und auch aus Afrika auf den Markt. Manche sind blond und habe blaue Augen, sie erzielen die besten Preise. Auch Tiere kann man kaufen. Ich sah, wie jemand einen jungen Leopard kaufte, für einen Dukaten. Ein Leopard ist ein schrecklich anzusehendes Tier. Es hat einen Kopf und einen Hals wie ein Löwe und rötliche Haare und schwarze Flecken über seinem ganzen Körper. Auch riesige Vögel, Strauße genannt, kann man dort kaufen. Sie legen Eier, die so groß sind wie ein *menschlicher Kopf, und können wegen ihrer Größe nicht fliegen. Ich habe Euch Bilder dieser Tiere beigelegt.*

Als wir über das Meer fuhren, fand glücklicherweise in weiterer Entfernung ein Kampf zwischen zwei Seeungeheuern statt. Es wurde uns gesagt, das eine wäre ein Meerdrachen, Leviathan genannt, und das andere wäre ein Walfisch. So hat der Leviathan vier Füße mit Klauen wie ein Greif, auch große breite Flossen wie Flügel, mit denen er wohl einen weiten Sprung aus dem Wasser tun kann. Auch hat er einen dicken Schwanz, mit dem er ganz gewaltig schlägt. An dem großen fürchterlichen Walfisch nahmen wir wahr, dass er mehr als drei Tonnen Wasser in sich aufgesaugt hat, die er es auf einmal gegen den Meerdrachen ausblies, um ihn zu blenden.«

Franziska betrachtete die Bilder, die Christian beigelegt hatte. Besonders die beiden kämpfenden Seeungeheuer faszinierten sie. Wie gerne wäre sie mit Arnold und Christian gereist und hätte diese Wesen mit eigenen Augen gesehen. Dann reichte sie die Bilder an Maria weiter, die neben ihr auf der Bank in der Küche saß.

Der Brief war mit einem Päckchen angekommen, das neben genauen Anweisungen auch Proben von verschiedenen Gewürzen, einige Steine zur Farbherstellung und vor allem Listen mit Orten, Entfernungen, Heiligen, Reliquien und Ablässen enthalten hatte.

»Was will Christian mit den bunten Steinen?« Ria hatte ein Lederbeutelchen geöffnet und einige farbige Steine auf dem Tisch ausgebreitet.

»Wenn man Tusche zum Schreiben braucht, kann man sie mit Ruß schwarz machen, aber für die farbigen Sachen«, Franziska zeigte auf das Bild des Leviathans, »werden farbige Steine zermahlen.«

»Manche von den Steinen sind sehr teuer. Wahrscheinlich bekommt Christian sie dort, wo er jetzt ist, billiger als hier bei uns. Weißt du, er ist in einem Kloster ausgebildet worden und kennt sich mit so etwas aus. Er ist es außerdem schuld, dass ich Lesen gelernt habe, denn er hat mir schon die ganze Zeit solche Briefe geschickt, aber niemand durfte mir helfen. Ich musste sie ganz allein lesen.«

Franziska lächelte versonnen bei dem Gedanken, wie störrisch sie sich anfangs angestellt hatte, wenn es um das Lesen und Schreiben ging.

»Oh bitte, liebe Franzi, zeig mir, wie das geht! Für mich sind das alles nur komische Kringel, Striche und Punkte auf diesen Blättern.

Und sag«, setzte Ria hinzu, »ist das alles, was in dem Brief stand? Hast du noch mehr davon? Darf ich sie sehen?«

»Nein, ja und ja!«, antwortete Franzi lachend. »Kleine Schwester, ich glaube bei diesem Feuereifer wirst du sehr schnell lernen.« Schneller als ich, setzte sie in Gedanken hinzu. »Am Sonntag nach dem Kirchgang werden wir etwas Zeit für Müßiggang haben, da bekommst du deine erste Lektion. Und diesen Brief lesen wir jetzt gemeinsam zu Ende.«

»Die arabischen Männer dürfen mehrere Frauen haben, aber nur, wenn sie ihre Frauen auch bezahlen können. Deshalb gibt es so etwas nur in reichen Haushalten. Der Mann muss jeder Frau pro Tag drei Silberstücke geben, die sie für sich selbst ausgeben darf. Hat er also drei Frauen, dann sind das neun Silberstücke am Tag, also siebenundzwanzig in drei Tagen, das entspricht dann etwa einem Golddukaten. Also kosten ihn die drei Frauen in einem Monat etwa zehn Golddukaten und in einem Jahr hundertzwanzig. Zusätzlich müssen sie jeder Frau ein schwarzes Dienstmädchen zur Verfügung stellen. Kann oder will ein Mann diese Abgabe an seine Frau nicht mehr zahlen, dann kann die Frau vor Gericht gehen und die Abgabe einklagen. Der Mann wird ausgepeitscht und die Frau kann sich auf ihren eigenen Wunsch hin von ihm trennen.

Alexandria liegt am Rande eines großen Deltas, in dem der Fluss Nil, in viele Flussarme aufgeteilt, ins Meer fließt. Dort wo sich die Nilarme voneinander trennen, ist eine große Stadt, al-

Quahir oder von uns Kairo genannt. Dort lebt der Sultan über dieses ganze große Land, der einem König in unseren Gefilden entspricht. Diesen wollen wir als Nächstes aufsuchen.

Wir senden Euch und dem gesamten Hausstand unsere herzlichsten Grüße. Geschrieben von Christian Schreiber, zwei Tage nach Himmelfahrt, anno domini mcdxcvii.«

At-Tur, Sinai, Dhu al-Quidah 902

Am Abend ging es Massimo etwas besser. Er konnte, wenn auch krächzend, kurze Antworten geben und schlief bald im Schatten einer Felswand ein. Samira war erschöpft, aber guter Dinge. Sichtlich stolz hörte sie sich das Lob von Arnold und Christian an. Dann hockte sie sich neben Massimo und bewachte seinen Schlaf. Auch auf der restlichen Strecke reiste Samira zusammen mit Massimo, unter den missbilligenden Blicken des mukari, der aber infolge eines großzügigen Trinkgeldes keine Einwände mehr erhob.

Sie erreichten die kleine Hafenstadt at-Tur nach sechs Tagen in der Wüste. Unterwegs hatten sie zweimal Wasser gefunden, an einer Wasserstelle so viel, dass es auch für die Kamele gereicht hatte. Einer der Kameltreiber hatte gesagt, es gebe viel Wasser in der Wüste, aber unter dem vielen Sand sei es nicht erreichbar. Dies könne man auch an den unzähligen trockenen Flussläufen erkennen, durch die sie geritten waren. Wenn es einmal regnen würde, dann würde das Wasser einfach im Sand versickern, aber irgendwo da unten müsse es ja sein. Daher gebe es Wasserstellen und Oasen, bei denen immer Wasser aus dem Boden käme, ganz gleich, wie viel man davon abschöpfte.

Sollte es aber einmal in der Wüste regnen, manchmal auch weit entfernt in den Bergen, dann würden sich die trockenen Flussläufe, Wadi genannt, plötzlich mit Wasser füllen, das alles mitrisse, Sand und Felsen würden mit dem Wasser vermischt, tosend und dröhnend durch die Wadis schießen und alle Menschen und Tiere mitreißen und töten, die sich gerade in einem solchen Tal befanden.

Bei at-Tur endete ein lang gestreckter, mehrere Tagesreisen langer Höhenzug, der die Küstenebene zum Meer hin abschloss. Hohe Klippen ragten hier fast senkrecht aus dem Wasser und endeten dann. Südlich davon versank ein letztes Felsenband im Wasser und bildete eine natürliche Mole, die eine halbrunde Bucht vor Wind und Wellen schützte. Sie kamen im Gasthaus einer Karawanserei unter und freuten sich sehr darauf, endlich wieder einmal in einem Gebäude zu schlafen und nicht auf dem Sand oder Kies der Wüste. Von hier aus würde sich eine wesentlich kleinere Karawane in zwei Tagen aufmachen, um zum Kloster der Heiligen Katharina auf dem Berg Sinai, dem Mosesberg zu pilgern.

Der alte Mann lehnte an einem knorrigen Olivenbaum und schlief. Die Haut in seinem Gesicht und auf seinen Händen war genauso zerfurcht wie die Rinde des Baums. Eine Ameise krabbelte über sein Gesicht und Christian hatte den Eindruck, der Alte sei gerade gestorben. Doch dann hob sich langsam, ganz langsam der Brustkorb. Er öffnete die Augen und ein Lächeln grub weitere Falten in sein uraltes Gesicht. Ein Auge war ganz weiß, aber mit dem anderen konnte er anscheinend noch etwas erkennen.

»Ah, Besucher!« Die Stimme des Alten klang rau und dünn.

»Von weit her ...« Samira übersetzte für sie, doch Christian verstand inzwischen recht gut, wenn es um einfache Redewendungen ging.

»Aus dem Frankenland?«

Christian nickte.

Mühsam rappelte der Alte sich auf.

»Alle hier nennen mich Methusalem, weil ich so alt bin.«

Nachdenklich rieb er sich die Stirn.

»Manchmal komme ich mit dem Zählen durcheinander, aber es müssten jetzt sechsundsiebzig Jahre sein.«

Er ging zwischen den Hütten hindurch zum Strand, ohne sich darum zu kümmern, ob ihm die anderen folgten.

»Natürlich wollt ihr meine Geschichte über die Schiffe hören. Stimmt's?« Methusalem blickte der Reihe nach in ihre Gesichter. Arnold und Christian nickten. Massimo, der immer noch nicht ganz bei Kräften war, war beim Gepäck in der Karawanserei geblieben.

»Nun, gib mir zuvor einen Schluck zu trinken.« Er deutete auf den Flaschenkürbis, den Christian am Gürtel festgebunden hatte.

»Ich war noch ein kleiner Junge, vielleicht acht oder neun Jahre alt. Wir hatten den Fischern geholfen, ihre Netze einzuholen und zu sortieren. Auf einmal, ihr müsst wissen, ich hatte damals die besten Augen und musste deshalb immer das Meer beobachten, sah ich am Horizont die Mastspitzen von mehreren Schiffen.« Er wies in Richtung des Meers und schaute über das funkelnde Wasser. Man hatte den Eindruck, er könne das Bild von damals wieder sehen. Unwillkürlich suchte Christian den Horizont nach Schiffen ab.

»Nach und nach war der komplette Horizont mit Masten und Segeln bedeckt. Und dann kamen die Schiffe selbst in Sichtweite. Es waren vierzehn, manche so groß wie eine ganze Stadt. Glaubt mir. Die größten hatten bis zu zwanzig Masten. In der Mitte standen die Masten in Zweierreihe nebeneinander. An jedem Mast waren übereinander fünf, manchmal sechs viereckige Segel und die höchsten Masten waren 300 Fuß hoch. Die Segel waren bunt bemalt. Drachen und Schriftzeichen in Rot und Gold.

Der Kommandant ließ sich von einem Beiboot an Land bringen, das immer noch größer war, als diese Nussschalen, die hier heutzutage noch unterwegs sind. Er hieß Zèng Hé und war sieben Fuß groß, ein richtiger Riese. Sein arabischer Name war Hadschi Mahmud, denn er ist bei einer seiner Reisen auch nach Mekka gereist. Seine Leute waren mit Lederpanzern geschützt und bewaffnet, aber sie kamen nicht, um zu erobern, sondern um zu handeln. Sie waren auf der Suche nach einem Hafen, der groß genug für ihre Schiffe war, aber hier in der Gegend gab es so etwas nicht.

Einige Männer sind mit auf das Schiff des Kommandeurs gefahren, um sich alles anzusehen und Handelsverträge zu machen. Als sie zurückkamen, haben sie erzählt, dass bis zu tausend Männer auf diesen Schiffen sind, insgesamt waren es also etwa zehnmal tausend. Auf einigen Schiffen hatten sie Felder angelegt, um die Leute zu versorgen. Nach einiger Zeit sind sie nach Süden abgedreht. Sie kamen nie wieder. Ich weiß auch nicht, warum. Aber auch von anderen Küstenabschnitten haben wir nie wieder gehört, dass sie zurückgekommen sind. Die alten Leute haben erzählt, dass sie wohl schon vorher dagewesen waren, aber das war die einzige Reise, die ich miterlebt habe und anscheinend ihre letzte.«

Die lange Rede hatte ihn ermüdet. Dankbar nahm er für seine Erzählung einige Münzen in Empfang und schlurfte wieder zurück zu seinem Olivenbaum.

Arnold stand noch lange am Saum des Wassers und schaute auf das Meer hinaus. Wie gerne wäre er nach Indien oder noch weiter gefahren, auf den Spuren von Marco Polo, aber dazu fehlte ihnen die Zeit. Er konnte sich jetzt schon das Donnerwetter des Herzogs vorstellen. Vielleicht sollte er einfach in Kairo bleiben und überhaupt nicht mehr zurückgehen, aber andererseits wurde die Sehnsucht nach grünen Wäldern und satten Wiesen immer unerträglicher.

Zunächst mussten sie die Küstenebene durchqueren, dann ging es in die Berge, die die Südspitze der Halbinsel Sinai bedeckten. Meist folgten sie Tälern, in denen die Spuren von Flüssen deutlich zu erkennen waren. Doch führten auch hier die trockenen Flussbetten kein Wasser, nur manchmal deuteten Büsche und Bäume auf Wasser in der Tiefe. Wo das Wasser für die Menschen erreichbar war, hatten sich kleine

Ansiedlungen gebildet, aber im Großen und Ganzen war das Land unbesiedelt.

Am zweiten Tag wurde die Karawane, die jetzt nur noch aus etwa siebzig Personen und doppelt so vielen Kamelen bestand, in einem weiten Hochtal von einer wilden Horde von Beduinen überfallen. Im Nu waren sie eingekreist von mit Speeren und Bögen bewaffneten Reitern, die auf mageren, aber sehr gut gepflegten und wendigen kleinen Pferden saßen. Die Kameltreiber verteidigten halbherzig ihre Auftraggeber, wohl um den Schein zu wahren, wie Arnold später meinte. Letztlich ging es darum, die Reisenden gehörig zu erschrecken und ihnen dann ein entsprechend hohes Wegegeld abzupressen. Nach wenigen Minuten war der Spuk vorbei und die Beduinen verschwanden in einer Wolke aus Staub in einem Seitental.

Arnold hatte an diesem Nachmittag ausgesprochen schlechte Laune. Er hatte den Eindruck, dass man ihm hier mit Unterstützung oder zumindest Duldung der Kameltreiber etwas vorgespielt hatte.

Am zweiten Tag übernachteten sie in einem Beduinenlager in einem Hochtal am Fuß des Djebel Musa. Hier würden die Kamele zurückbleiben, denn das letzte Stück des Aufstiegs wäre zu steil für sie. Gepäck und Waren wurden am nächsten Morgen in aller Frühe auf Esel geladen, die Pilger mussten den Rest des Weges zu Fuß zurücklegen.

Anfangs begrüßten Arnold und seine Begleiter die körperliche Betätigung, aber dann kam die Sonne über die Gipfel der Berge und es wurde trotz eines stetigen Windes recht warm. An den besonders steilen Stellen waren Stufen in die Felsen gehauen worden. Arnold schätzte, dass sie etwa tausend Stufen bis zum Kloster erklommen hatten und es etwa zweitausend Fuß über dem Beduinenlager im Tal lag.

Das Katharinenkloster lag am Ende eines schmalen Hochtals, von hohen schroffen Gipfeln umgeben. Der Höchste von ihnen, der nochmals etwa zweitausend Fuß über dem Kloster aufragte, war der Mosesberg oder Djebel Musa. Das Kloster, so wusste Arnold, war an der Stelle erbaut worden, an der der brennende Dornbusch gestanden hatte. Oben auf dem Berg hatte Moses die zehn Gebote erhalten, dort war eine kleine Basilika und auch eine Moschee, denn auch die Muslime verehrten Moses als großen Propheten.

Das Kloster war von einer dicken und hohen Mauer umschlossen, die höher war als die meisten Gebäude des Klosters. Es gab nur drei schmale Türen, kein Tor wie bei einer Burg. Sie wurden vom Abt des Klosters herzlich empfangen und mit großer Freude wurden die Lebensmittel angenommen, die die Pilger mitgebracht hatten. Es lebten insgesamt nur noch acht Mönche im Katharinenkloster, das zu seinen besseren Zeiten an die zweihundert Mönche beherbergt hatte, aufgrund der finanziellen Unterstützung von König Ludwig von Frankreich, der jährlich zweitausend Dukaten schickte, eine Tradition, die sein Nachfolger Karl nicht weitergeführt hatte. Die Mönche gehörten zum griechisch-orthodoxen Orden des Sankt Basilius.

Der Abt wies ihnen Gästezimmer zu, in denen sie sich von dem anstrengenden Aufstieg erholen konnten. Am nächsten Morgen, so bot er an, würden seine Mönche eine feierliche Prozession zu Ehren des hohen Besuchs durchführen. Dabei sollten sie zu den Gebeinen der heiligen Katharina und zu den anderen heiligen Orten geführt werden.

Am nächsten Morgen formierte sich also eine kleine Prozession auf dem zentralen Platz des Klosters. Die Mönche gingen an der Spitze der Prozession, psalmodierend und Weihrauchfässchen schwenkend. Danach folgten der indische Gesandte und Arnold und danach alle Begleiter. Auch Massimo und Samira hatten sich der Prozession angeschlossen. Samira, die vor solchen unbekannten rituellen Handlungen Angst hatte, hielt verstohlen Massimos rechte Hand. Trotzdem schaute sie sich neugierig um, als sie die zwölf Stufen zum Hauptportal der Kirche erklommen hatten und das Innere betraten.

Zwölf Säulen stützten das Dach der kleinen Kirche, der Boden war mit bunten Mosaiken ausgelegt, die Bilder von Heiligen und natürlich auch der heiligen Katharina zeigten. Anschließend an die Seitenschiffe und im Rund hinter dem Hochaltar gab es noch einige Kapellchen. Zunächst wurde nach griechisch-orthodoxem Ritus, der Arnold und Christian fremd und dennoch vertraut vorkam, eine Messe gelesen, dann formierte sich die Prozession wieder und der Abt führte sie zunächst zu einem Bogen, der rechts neben dem Hochaltar in die Wand eingelassen war. Dort stand auf einem Podest ein kleiner Sarkophag, etwa in der Größe eines vielleicht dreijährigen Kindes. Feierlich öffnete der Abt den Deckel und zeigte ihnen den Schädel der heiligen Katharina und einige Knochen. Sie durften die Knochen anfassen oder auch küssen und berührten sie mit Ringen oder Rosenkränzen, auf das etwas von ihrem Heiltum auf diese Gegenstände überginge.

Rechts von der Mauernische führte eine Tür zu einer Kapelle, die dem Heiligen Johannes dem Täufer und vierzig weiteren Heiligen geweiht war. Danach führte der Abt sie wieder an der Heiligen Katharina vorbei in eine weitere Kapelle, die sich direkt hinter dem Hochaltar befand. Diese Kapelle durfte man nur barfüßig und barhäuptig betreten, denn hier stand einst der brennende Dornbusch, aus dem Gott zu Moses gesprochen und ihm befohlen hatte, seine Schuhe auszuziehen. Dort, so sagte der Abt, erhalte man, wenn man in Andacht hinein- und wieder hinausginge, vollständigen Ablass und Vergebung aller Sünden und Schuld.

Sie gingen dann auch noch in die anderen sechs Kapellchen, in denen sie jeweils sieben Jahre Ablass erringen konnten. Schließlich war die Prozession beendet und sie traten wieder in die grelle Sonne hinaus.

Gegenüber dem Hauptportal der Kirche befand sich eine Moschee, die vor rund vierhundert Jahren gebaut worden war. Arnold fand es unglaublich, dass sich in einem christlichen Kloster eine Moschee befinden konnte, aber der Abt versicherte ihm, dass auch die Moslems diesen Ort verehrten und daher auf ihre Art hier auch beten wollten. Und er fügte hinzu, dass seitdem die Spannungen, was das Kloster anging, deutlich gemildert worden seien.

Beim Essen zupfte Samira Arnold vorsichtig am Arm. Seitdem sie gesehen hatte, mit welcher Ehrerbietung die Mönche Arnold behandelt hatten, hatte sie wieder angefangen, ihn recht förmlich anzusprechen.

»Herr, warum tut ihr so etwas?«, fragte sie vorsichtig.

»Was genau meinst du?« Arnold wandte sich ihr freundlich zu. Er hatte bemerkt, dass Samira seit der Prozession sehr nachdenklich war.

»Nun«, sie suchte nach den passenden Worten, »pilgern und so. Knochen küssen. Ich verstehe nicht.«

»Wir glauben, dass die Knochen von Menschen, die für unseren Glauben gestorben sind, immer noch etwas von ihrer Heiligkeit enthalten, die ein ganz kleines Bisschen auf uns übergehen kann. Außerdem fühlen wir uns ihnen näher, wenn wir zu den Knochen direkt beten. Das ist so, als gingest du zum Grab eines Menschen, der dir im Leben nah war, dem Grab deiner Mutter zum Beispiel.«

Samira dachte nach. »Das Grab meiner Mutter würde ich gerne mal besuchen. Ich glaube, ich verstehe, was Ihr meint.« Arnold ließ ihr Zeit. »Wenn ich also Christin wäre, dann wären diese Heiligen und – hmm – Mertüren ...«

»Märtyrer.« Arnold sprach das Wort deutlich aus.

»Ja, also diese Heiligen und Märtyrer wären dann ein bisschen so wie meine Eltern.«

»… oder gute Freunde«, setzte Christian hinzu.

»Hm!« Samira dachte wieder nach. »Ich weiß nicht, was ich bin. Kommt meine Seele dann in die *Dschehenna*, wenn ich sterbe?«

»Ja, so stellen wir uns das vor«, antwortete Arnold vorsichtig.

»Aber, wenn ich Christin bin, dann kann meine Seele ins Paradies kommen?«

»Wenn du ein gottesfürchtiges Leben gelebt hast und keine Sünden begangen hast.«

»Habe ich denn überhaupt eine Seele, wenn ich schwarze Haut habe?«, fragte sie kleinlaut. »Leute in Ägypten sagen, Schwarze haben keine Seele. Leute sagen, Schwarze sind Tiere, keine Menschen. Ist nicht schlimm, Schwarze töten, weil sie sind ja nur Tiere.«

Arnold legte Samira eine Hand auf die Schulter. Er beugte sich zu ihr herunter und schaute ihr fest in die Augen. Mit aller Überzeugungskraft, die er in seine Stimme legen konnte, sagte er: »Natürlich hast du eine Seele, Samira.«

»Also bin ich ein Mensch?«

»Na klar!«

»Was ich muss tun, um Christin zu werden?«

»Du müsstest dich taufen lassen.«

»Ah, das kenne ich. So mit Wasser auf Kopf!«

»Genau.«

»Und wenn ich Christin bin, kann ich irgendwann auch Christen heiraten.«

»Mhm, das auch.«

»Gut. Dann machen wir das so.« Samiras Augen blitzten.

»Hast du das Samira gegenüber nicht ein bisschen einfach dargestellt?«, fragte Christian am Abend, als Massimo und Samira eingeschlafen waren.

»Was meinst du, was ich ihr hätte sagen sollen?«

»Zum Beispiel, dass es mit dem Heiraten nicht so einfach ist. Dass es noch andere Voraussetzungen gibt. Standesunterschiede und so.« Christian wusste selber nicht so genau, worauf er hinauswollte.

»Du denkst zu weit im Voraus. Was in ein paar Jahren ist, wenn sie alt genug ist zum Heiraten, das wissen wir doch noch gar nicht. Aber Samira ist pragmatisch. Sie denkt Schritt für Schritt. Und der erste Schritt, wenn sie mit uns gehen will, ist, unsere Religion anzunehmen.« Arnold dachte einen Moment nach. »Dabei glaube ich nicht einmal, dass sie es macht, um uns einen Gefallen zu tun. Sie wird sich aus Überzeugung taufen lassen, wart's nur ab. Sie ist auf der Suche nach ihrem Platz auf dieser Welt und wir können ihr dabei vielleicht ein wenig helfen.«

»Jedenfalls kann ich mir vorstellen, wen sie im Blick hatte, als sie von Heiraten gesprochen hat.« Christian schmunzelte.

»Mhm, Massimo.« Arnold musste ebenfalls lächeln. »Es gibt etwas, das nennt man Seelenverwandtschaft. Ich habe so etwas schon einmal erlebt. Das war ein Paar, die hatten schon zusammen mit Holzpferdchen gespielt und später zusammen Äpfel und Nüsse beim Nachbarn geklaut. Natürlich haben sie dann auch gemeinsam den Hintern voll bekommen. Niemand wäre in der Lage gewesen, sie zu trennen und schließlich musste man sie verheiraten, als sie alt genug waren.«

»Was ist aus ihnen geworden?«

»Sie hatten ein paar Jahre voller Liebe. Allerdings bekamen sie keine Kinder, was sie als eine Art Ausgleich dafür ansahen, so glücklich miteinander sein zu dürfen. Bei einem Ausbruch der Cholera in Köln sind sie gemeinsam gestorben, am gleichen Tag, mit nur wenigen Stunden Abstand. Auf dem Kirchhof von Sankt Gereon sind sie zusammen beerdigt, nebeneinander.«

Christian spürte, wie sich die Härchen auf Armen und Nacken aufrichteten.

»… seitdem glaube ich an die große Liebe«, setzte Arnold nachdenklich hinzu. Und dann, ganz leise: »… und weiß, dass sie mir noch nicht begegnet ist.« Arnold atmete tief ein.

»So, und jetzt ist Schluss mit den trüben Gedanken. Morgen steigen wir auf diesen Berg und daher brauchen wir jetzt unseren Schlaf. Was Massimo und Samira angeht, da haben wir ja noch ein bisschen Zeit, obwohl ich ähnlich ungeduldig bin wie du. Ich hätte da schon so ein paar Ideen.«

Köln, Juli 1497

Aus der Übungsstunde von Franziska und Maria am Sonntag wurde nichts, denn nach dem Kirchgang hatte die Herzogin Sybilla angekündigt, im Hause Arnold von Harffs vorbeizukommen. Sie wollte einige ernste Dinge besprechen, hatte sie mitteilen lassen.

So herrschte gespannte Aufmerksamkeit, als die Herzogin die Küche betrat. Auf Wunsch der Herzogin hatten sie nicht die Stube im ersten Stock, sondern die wesentlich gemütlichere Küche hergerichtet. Schalen mit Rosinenwecken und frischen Kirschen standen auf dem einfachen Holztisch.

Die Herzogin kam auch sofort zur Sache.

»Mein Gemahl und ich haben überlegt, wie wir mit dem Überfall auf Franziska umgehen sollten. Seitdem halten ja zwei Männer des Herzogs Wache hier bei Euch und auch ich bin jetzt immer mit wenigstens zwei Leibwächtern unterwegs.« Sie nahm sich einen süßen Wecken und ließ ihre Worte ein wenig auf ihre Zuhörer wirken, während sie in das Brötchen biss und genussvoll das Gesicht verzog.

»Es wäre uns lieber, wenn ihr irgendwo wäret, wo wir euch besser beschützen können.« Wieder biss sie von ihrem Wecken ab.

»Ein anderer Gedanke, aber ich werde die einzelnen Fäden gleich zusammenführen: Immer wieder kommen Briefe und Waren an, die bis zur Ankunft von Arnold gesammelt werden müssen. Diese haben einen erheblichen Wert, was zum Beispiel die Steine und die Gewürze angeht. Vom ideellen Wert der Unterlagen und Informationen, die Arnold bereits gesammelt hat, ganz zu schweigen. Ich glaube nicht, dass Arnold noch eine Originalschrift mit allen Informationen hat, dafür ist es zu viel, als dass man es einfach mit sich herumtragen kann. Es stehen doch hier schon zwei Truhen allein mit Papieren. Das kann er nicht alles noch einmal transportieren. Wir hier sind also dafür verantwortlich, auf die gesammelten Informationen achtzugeben.«

Wieder biss sie von dem frischen Rosinenwecken ab.

»Ein dritter Gedankengang: Wenn Arnold und dieser junge Schreiber, äh, Christian – so Gott will – gesund und unversehrt heimkehren sollten, dann brauchen sie einen Ort, wo sie ungestört und vor allem schnell dieses Buch schreiben können, das Arnold vorschwebt. Es werden sicher auch dann noch Vorwürfe wegen des Bruchs des Landfriedens aufkommen und er muss beweisen, dass er tatsächlich all diese Ablässe errungen hat und dies nun auch vor einem weltlichen Gericht verteidigen. Wenn er, sagen wir mal, eine Weile untertaucht, bevor er seinen Status als Pilger wieder aufgibt, dann wäre er der weltlichen Gerichtsbarkeit noch eine Zeit lang entzogen und könnte gleichzeitig, was man dann als Teil der Pilgerfahrt ansehen könnte, den Bericht über seine Reise verfassen. Zum Schluss pilgert er dann noch nach Köln zu den Heiligen Drei Königen und hat den fertigen Bericht schon in der Tasche.«

Sie nahm sich einen Löffel Honig für den letzten Zipfel ihres Rosinenweckchens.

»So, jetzt führe ich alle drei Gedankenfäden zusammen. Ich sehe, ihr habt euch schon eure eigenen Gedanken dazu gemacht.« Sie schaute Änni, Franziska und Maria der Reihe nach an. »Ihr und Arnold braucht einen Ort, an dem ihr sicher seid und auch alle Unterlagen und alle anderen Dinge, die Arnold schickt oder mitbringt. An diesem Ort muss zudem genug Platz sein, eine kleine Schreibstube mit Buchbinderwerkstatt einzurichten. Der Ort sollte zudem gut versteckt sein und vielleicht auch so, dass nicht jeder Einlass begehren kann. Kurzum, wir dachten an Burg Wilhelmstein, die liegt im Wald, nicht so wie zum Beispiel die Burg in

Alsdorf oder Düren und es ist nicht weit nach Heinsberg oder Aachen.«

Erwartungsvoll schaute sie in die Gesichter, in denen sich Interesse und Verständnis, aber auch Zurückhaltung abzeichnete. Nur Ria schien restlos begeistert, sie strahlte bei dem Gedanken, einmal wie ein Burgfräulein auf einer Burg zu leben.

»Denkt darüber nach, in Ruhe. Wir wollen euch zu nichts zwingen und wir wissen natürlich auch nicht, was Arnold davon hält. Aber hier in Köln seid ihr so auf dem Präsentierteller. Was könnte hier alles passieren, eine neuerliche Entführung, Brandstiftung oder Einbruch. Natürlich können wir dieses Haus schützen, aber ihr wollt doch auch nicht dadurch auffallen, dass jeden Tag bewaffnete Wachleute vor dem Haus stehen oder im Garten Wache halten.«

Wieder machte sie eine Pause und schaute auf die Schale mit den Weckchen. Dann schüttelte sie jedoch den Kopf und wandte sich wieder den Gesprächspartnerinnen zu.

»Wegen der dauernden Streitigkeiten mit Geldern hat mein Gemahl die Burg und einige andere Grenzfesten in letzter Zeit wieder ordentlich instand setzen lassen. Der Palas wurde modernisiert, größere Fenster eingebaut und Gläser eingesetzt. Wenn ihr mir euer Placet gebt, dann werden wir den zweiten Stock des Palas ganz für euch herrichten. Da gibt es einen Raum an der Südwestecke, schön hell mit Fenstern nach Süden und Westen. Dort würden wir eine Werkstatt einrichten und auch schon einmal die nötigen Materialien und Werkzeuge beschaffen.

Änni, würdest du mir zwei oder drei von diesen Wecken einpacken. Wilhelm kommt gleich heim, er hatte einen Termin beim Erzbischof und bis zum Abend ist es noch lang.«

»Nehmt sie ruhig alle mit, Sybilla«, meinte Änni freundlich.

»Das kann ich nicht machen, Ihr habt hier ein paar hungrige junge Maiden, die nur darauf warten, dass ich euer wohnliches Heim verlasse, um sich über die Weckchen herzumachen.«

Lächelnd verabschiedete sie sich von den Mädchen, die sich sehr bemühten, nicht zu den Wecken zu schielen, die auf dem Tisch übrig geblieben waren.

Djebel Musa, Sinai, Dhu al-Quidah 902

Christian hatte schon lange aufgehört, die Stufen zu zählen. Seine Beinmuskeln schmerzten und in der dünnen Luft fiel das Atmen zunehmend schwer. Auch Samira und Massimo, die zu Beginn des Aufstiegs noch vorausgelaufen waren, hatten an Elan deutlich eingebüßt. Einer der Mönche, der einigermaßen Latein sprach, hatte ihnen gesagt, es seien insgesamt bis zur Spitze des Berges siebentausend Stufen. Der Inder und sein Gefolge hatten daraufhin auf den Aufstieg verzichtet.

Nach etwa tausendzweihundert Stufen kamen sie zu einem kleinen Plateau, an dessen Rand unter einem leicht überhängenden Felsen eine kleine Quelle entsprang. Das Quellwasser lief in ein kleines Becken und der Mönch sagte, daraus könne man ohne Bedenken trinken. Die Aussicht war hier schon unglaublich, auch wenn sie noch nicht auf dem Gipfel angekommen waren. Die Luft war so klar, dass die Gipfel in der Umgebung zum Greifen nah schienen und man konnte sogar zwischen den Bergen das Meer und die Küstenlinie erahnen, die ja mindestens zweieinhalb Tagesreisen entfernt waren.

Nachdem alle sich an dem fast süßlich schmeckenden Quellwasser gelabt und ihre schmerzenden Muskeln massiert hatten, trat Samira auf Christian zu, der an einen Felsen gelehnt saß. Zuvor hatte sie einen Blick mit dem jüngeren der beiden Mönche getauscht, der leicht genickt hatte und ihr zulächelte.

Samira musste sich räuspern, dann gelang es ihr, das Wort an Christian zu richten.

»Herr, ich bitte Euch um Erlaubnis, mich hier an diesem Ort taufen zu lassen.« Christian schaute erstaunt auf und kam mühsam auf die Füße. Angemessen würdevoll schaute er hinab in die hoffnungsvoll zu ihm aufschauenden Augen in dem dunklen Gesicht. Dann schaute er hinüber zu dem Mönch, der zu ihnen getreten war und Samira eine Hand auf die Schulter legte.

»Wie kommst du auf die Idee, dass ich dir verbieten oder erlauben kann, dich taufen zu lassen?«

»Ich bin dein Besitz. Alles, was ich tue, darf ich nur mit deiner Erlaubnis.«

»Liebe Samira, das ist doch Unsinn. Wenn du aus freien Stücken den christlichen Glauben annehmen willst, dann ist das ganz allein deine Sache. Da hat niemand dir hereinzureden, nur dein eigenes Gewissen hat damit etwas zu tun.«

Er nahm sich vor, das Thema Besitz zunächst zu umgehen, darauf würde er später noch einmal kommen müssen.

»Also darf ich?«

»Ja natürlich, ich freue mich sehr, dass du diesen Schritt machen willst.«

»Danke!« Samira strahlte ihn an.

Der Mönch wies sie an, sich neben die Quelle zu knien. Er murmelte leise und für die anderen unverständlich ein Gebet.

»Ego te baptoi«, sagte er dann und schöpfte mit den Händen Wasser aus der Quelle, »in nomine Patri«, er goss das Wasser über Samiras Kopf, »et Filii«, ein zweiter Schwall Wasser, »et Spiritu Sancti«, dem ein drittes Mal ein Schwall Wasser folgte.

»Amen!«

Dann erklärte der Mönch etwas auf Lateinisch.

Christian übersetzte für Samira: »Er sagt, dass er dich nicht auf einen heidnischen Namen taufen kann, du brauchst einen christlichen Namen.«

»Hm, wie wäre es mit Katharina? Ist das ein guter Name?«

»Ich denke, das wäre ein sehr guter Name, wo wir doch hier der Heiligen Katharina so nah sind.«

»Außerdem klingt es gut zusammen«, warf Arnold ein. »Samira Katharina.«

Der Mönch legte Samira die Hände auf den Kopf und murmelte ein Gebet auf Griechisch, das mit dem Namen Katharina endete. Danach folgten weitere Gebete und schließlich das Paternoster, das Samira auch schon mitsprechen konnte. Offensichtlich hatte sie sich gut auf ihre Taufe vorbereitet.

Zum Schluss hob der Mönch Samira vom Boden auf. Er küsste sie auf beide Wangen, was, wie Christian annahm, nicht unbedingt zum orthodoxen Ritus einer Taufe gehörte. Dann wandte er sich auf Latein wieder an Christian, der ebenso antwortete.

»Was hat er gesagt?«, fragte Samira.

»Er sagte, es sei ihm eine große Ehre, eine so ungewöhnliche junge Frau in die Heilige Mutter Kirche aufnehmen zu dürfen.«

»Danke«, meinte Samira verlegen und Christian glaubte, unter ihrer dunklen Haut zusätzlich einen Hauch von Röte wahrzunehmen.

Nach dem Aufstieg zum Gipfel des Djebel Musa, der nur noch vom Katharinenberg überragt wurde, übernachteten sie in einem Hochtal in den Gebäuden eines kleinen, aufgegebenen Klosters. Die Schatten zwischen den Berggipfeln waren bereits tiefblau, als sie bei dem alten Kloster ankamen. In dem Hochtal befand sich ein Garten des Katharinenklosters, den die Mönche ihnen aber erst am kommenden Morgen zeigen wollten. Jetzt waren alle zu erschöpft, um noch weiterzugehen.

Christian schrieb noch im Schein einer Öllampe einige Informationen zu den Stationen des Aufstiegs auf. Samira sah ihm dabei zu, aber sie störte ihn nicht. Erst als Christian den Bambusgriffel weggeräumt hatte, sprach Samira ihn an.

»Danke!« Ihre Augen schimmerten feucht.

»Wofür denn jetzt schon wieder?«, fragte Christian leise zurück.

»Für alles. Weißt du, jetzt bin ich getauft. Wenn ich morgen irgendwo hier in den Bergen einen falschen Schritt mache und abstürze, dann komme ich in den Himmel. Und wenn mich dort ein Engel fragt, wo ich herkomme und was mir passiert ist, dann sage ich ihm, dass du meine Seele und mein Leben gerettet hast und ich am schönsten Tag in meinem Leben gestorben bin und die allerschönsten Tage meines Lebens ...«

Ihre Augen liefen über und sie konnte nicht weiterreden. Leise weinte sie, um ihre Eltern und Geschwister, die sie nie wiedersehen würde und gleichzeitig vor Glück, dass sie aus der Sklaverei befreit worden war und sie sich bei Menschen befand, die sie wie ihresgleichen behandelten und sie ernst nahmen.

Christian konnte nicht anders, er rückte zur Wand und zog Samira in seinen Arm, auch wenn er wusste, dass das nicht schicklich war. Sie legte ihren Kopf an seine Schulter und weinte sich in den Schlaf. Auch Christian schlief irgendwann im Sitzen ein. Es war zwar unbequem, aber er wollte Samira auf keinen Fall aufwecken.

Köln, August 1497

Wie zur Bestätigung von Herzogin Sybillas Befürchtungen war einige Tage nach dem Gespräch eine weitere Lieferung angekommen, diesmal aus Kairo. Zunächst war zwar wieder ein Bote mit Briefen und Unterlagen, eingeschlagen in einen Umschlag aus Leder, vorstellig geworden, er teilte ihnen jedoch mit, dass noch eine weitere, größere Lieferung auf einem Oberländer nach Köln unterwegs sei, die in etwa einer Woche eintreffen sollte.

So gingen sie täglich zum Rhein und hielten Ausschau nach dem genannten Schiff, das schließlich nach acht Tagen am Oberländer Ufer anlegte. Die Lieferung war in drei große Kisten verpackt, die Gero zusammen mit Franziska und einem Zollbeamten noch auf dem Schiff kontrollierte. Der Zollbeamte schätzte den Verkaufswert der Waren in den ersten beiden Kisten auf etwa 120 Gulden, eine für Franziska und Gero unvorstellbare Summe. Die letzte Kiste enthielt ein Sammelsurium aus Steinen für die Farbherstellung und Beutelchen mit winzigen Reliquien, dazu weitere Unterlagen, die Franziska in Ruhe durchsehen wollte. Großes Erstaunen erregte eine Holzkiste, in der sich, in Tücher eingeschlagen, ein riesiges Ei befand. Beim Öffnen einer weiteren Holzschatulle entfuhr Franziska ein Schrei, denn in ihr befand sich ein etwa ellenlanges Ungeheuer, einem kleinen Drachen oder Lindwurm gleich, das zum Glück präpariert und getrocknet war und nicht, wie sie auf den ersten Blick gedacht hatte, noch lebendig.

Nach längeren Verhandlungen über eine angemessene Zollabgabe für die letzte Kiste durfte Gero die Kisten auf einen Handkarren laden, nachdem Franziska zwei Wachsoldaten des Herzogs von Jülich herbeigeholt hatte, die in einer Taverne in der Nähe der Marspforte gewartet hatten. Der Straßenjunge, den Franziska schon als Boten in die Taverne geschickt hatte, wurde jetzt noch einmal losgeschickt, um ihre Ankunft in der Sankt-Mauren-Straße anzukündigen. Zwei weitere Jungs wurden angeheuert, um Gero beim Schieben des doch sehr schweren Schürreskarren zu helfen. Besonders auf dem ersten Teil des Wegs, vom Rheinhafen bis zur Hohen Straße, ging es ordentlich bergauf.

Die Herzogin, die durch ihr weitverzweigtes Netz an Informanten schon wieder völlig im Bilde war, kam kurz nach der Lieferung im Hause von Harff an und ließ sich interessiert den Inhalt der Truhen zeigen.

»Wie ich gesagt habe, es kommen im Laufe der Zeit immer mehr und immer wertvollere Dinge hier an. Wir machen es wie besprochen und ihr sortiert die Sachen und in zwei Tagen kommen unsere Leute, bringen die Handelsgüter in ein bewachtes Lagerhaus hier in Köln und alles andere geht mit nach Heinsberg und später dann auf Burg Wilhelmstein.«

Sie hatten abgesprochen, dass zur Verschleierung der Abreise verschiedene Transporte mit unterschiedlichen Zielen unterwegs sein sollten. Der Herzog von Jülich schickte immer wieder Waren und Unterlagen zwischen seinen verschiedenen Residenzen hin und her. Bei einer Sendung war nun eine Truhe, wasserdicht ausgekleidet und gut verschlossen, die über Jülich und Düren nach Bardenberg zur Burg Wilhelmstein gebracht wurde. Die neuen Unterlagen sollten nach Heinsberg geschickt werden, später dann von dort auf die Burg. Beide Lieferungen sollten etwa zeitgleich mit Franziska und Änni eintreffen, die eine Reise zu den Heilquellen in Aachen antreten und dann von dort unauffällig zur Burg weiterreisen würden. Maria sollte, als Junge verkleidet, einen Tag vor Franziska abreisen, damit man die beiden nicht in Verbindung brachte. Die Herzogin hatte nämlich Sorge, dass eines der Straßenkinder, die überall herumlungerten und auf Informationen und kleine Aufträge warteten, Maria erkennen würde. Erst in der Nähe von Kerpen sollte Maria daher wieder zur Reisegruppe von Änni und Franziska stoßen.

Im Hause von Harff würde dieweil Godart, der Onkel von Arnold, einziehen, der auf seine alten Tage, wie er sagte, gerne in Köln leben würde und ohnehin eine passende Unterkunft suchte. Godart würde auch die kommenden Lieferungen, Briefe und Unterlagen diskret an die richtigen Orte weiterleiten.

Dem letzten Boten hatten sie für den Rückweg Schreiben mit genauen Anweisungen und der Schilderung der Ereignisse in Köln mitgegeben, die im Kontor des Anton Paffendorp in Venedig hinterlegt werden sollten, denn sie gingen davon aus, dass Arnold früher oder später dort wieder auftauchen würde.

Franziska war sehr stolz darauf, dass die Herzogin ihr den Auftrag gegeben hatte, die neuesten Entwicklungen aufzuschreiben. Maria hatte sie allerdings in den Schilderungen nicht erwähnt, denn Franziska hatte nach mehreren Versuchen festgestellt, dass es Dinge gibt, die man nicht in einem Brief schreiben kann. Die Herzogin hatte beim Lesen von Franziskas Text fein gelächelt, aber nichts dazu gesagt. Dennoch wusste Franziska ganz genau, dass die Herzogin sehr genau bemerkt hatte, welche Details sie verschwiegen hatte.

»Ich muss schon sagen, damit kann man sich deutlich besser bewegen.« Maria schaute an sich herab auf die Hosen, die sie nun wieder trug und grinste schief. Dann zog sie eine Gugel über ihre Haare, die sie für ihre Verkleidung als Junge immer ganz kurz gehalten hatte und die in der Zeit im Haushalt Arnolds noch nicht so sehr gewachsen waren. Sorgfältig wurden die braunen Locken unter die Kopfbedeckung geschoben. In dem braunen, weiten Kittel und den langen

Hosen sah Maria immer noch fast wie ein Junge aus. Schließlich trat sie an die kalte Feuerstelle und nahm etwas Asche heraus, die sie auf den Handrücken und den Wangen verteilte. Franziska begutachtete das Ergebnis und nickte zufrieden. Sie legte ihrer kleinen Schwester die Hände auf beide Schultern und küsste sie auf die Stirn.
»Gut siehst du aus, Brüderchen.«
»Und jetzt sieh zu, dass du fortkommst«, brummelte Änni.
Im Tordurchgang wartete schon seit einiger Zeit ein Pferdefuhrwerk und Änni wurde langsam nervös. Ihr behagte diese ganze Heimlichtuerei sowieso nicht. Außerdem hatte sie Angst davor, auf ihre alten Tage noch mal umzuziehen, und dann auch noch auf eine zugige Burg. Sie machte sich im Gegensatz zu Franziska und Maria Sorgen, dass das Leben auf einer Burg, fernab von größeren Siedlungen, mühsam und langweilig sein würde.
Maria schien der Abschied schwerzufallen. Sie räusperte sich, als wolle sie etwas sagen, ließ es dann aber und verließ beinahe fluchtartig die Küche, nachdem sie Franziska noch einmal tief in die Augen geschaut hatte.
Rumpelnd setzte sich wenige Augenblicke später das Fuhrwerk in Bewegung und bog nach rechts auf die Sankt-Mauren-Straße ein. Franziska wusste, dass sie dann nach rechts auf die Zeughausstraße abbiegen würden und die Stadt durch die Friesenpforte verlassen würden. Vor der Stadt warteten Ritter des Herzogs von Jülich und würden den Karren bis nach Brauweiler eskortieren. Im Gästehaus der Abtei würde dann aus dem Bauernjungen ein Knappe, der mit einem Ritter und einem weiteren Knappen weiter nach Kerpen reiten würde. Dieser Umstand machte Maria am meisten Angst, denn sie war noch nie auf einem Pferd geritten. Franziska hatte sie anvertraut, dass sie Angst vor diesen riesigen Höllenviechern hatte. Aber Franziska war

sich ganz sicher, dass niemand sonst bemerken würde, dass sie sich fürchtete.

Franziska und Änni hingegen warteten noch einen halben Tag und gingen am frühen Nachmittag zum Haus des Herzogs von Jülich, das auf der Hohe Straße gegenüber der Salomonsgasse lag. Sie trugen nur leichte Straßenkleidung, wie sie für einen Besuch im Hause des Herzogs angemessen war. Umhänge und Hauben tauschten sie dort mit zwei Dienerinnen der Herzogin, die in der Abenddämmerung zum Hause von Harff zurückgingen und dort auch über Nacht blieben.

Am Abend schlüpften einige Straßenkinder durch die Hintertür auf das Anwesen des Herzogs von Jülich und begaben sich in die Küche, in der die Herzogin und Franziska schon warteten.

»Nun, was habt ihr herausgefunden?«, begann die Herzogin das Gespräch.

Ein kleiner spilleriger Kerl meldete sich als Erster zu Wort. Man merkte, dass er sich bemühte, seinen kölschen Dialekt möglichst zu unterdrücken, was ihm zu einer drollig würdevollen Ausdrucksweise verhalf.

»Dä Pferdekarren is nich jroß beachtet worden. Ävver et wör ja auch nur so ene Lumpenkerl op de andere Straßensick. Deä kunt, äh, konnte sich ja nit teilen. Ich bin hingerher bis nach dem Tor und dann noch en Stück vor de Mauer un han de Portz beobachtet, ävver da is niemand hingerher jekommen.«

»Danke, Tünn. Und wie ging es am Haus weiter?« Die Herzogin sprach ein etwa achtjähriges Mädchen an, das ein Gesicht wie eine kleine gewitzte Maus hatte.

»Dä Kerl hat die beiden Frauen bis hier verfolgt un sisch dann auf die Lauer jelegt. Ävver dan is dä Vollidiot – entschuldijen se, Frau Hochwohljeboren – also dä Beobachter janz brav widder hinger die beiden Frauen her zurück nach de Mohrenstroß jelaufen. Isch hab dat natürlisch sofort jemerkt, dat et jetz angere Frauen waren, ävver dä Döskopp nich!«

»Danke Lis. Und was ist mit euch?« Es waren noch drei andere, kleinere Kinder anwesend, für die ebenfalls Lis antwortete.

»Et Zöf hier«, sie zeigte auf ein kleines Mädchen, »war hinger dem Hof von Haus Harff, ävver da wor nix ze sin, äh, zu sehen. Jan war als Bote bei mir un dat kleine Ännche hat die Mohrenstraße weiter bewacht, als se alle weg waren. Da is ävver auch nix jewesen.«

»Aber ihr habt den ganzen Tag Wache gehalten. Sicher habt ihr jetzt Hunger.«

Alle fünf nickten. Die Herzogin deutete auf einen Stapel Steingutschalen, die mitten auf dem Tisch standen. Daneben lagen Holzlöffel.

»Nehmt euch eine Schale und einen Löffel.«

Wieder war es Lis, die die Initiative übernahm und Schalen und Löffel an die Kinder verteilte.

Ännchen bekam zuerst von Franziska einen Schlag von der dicken Gemüsebrühe mit Hühnchen, die in einem großen Kupfertopf über dem Herdfeuer köchelte. Sofort tauchte sie den Hölzlöffel in die Brühe, bekam aber einen Klaps von Lis auf den Hinterkopf.

»Warte, bis alle wat haben!«, flüsterte Lis.

Als alle versorgt waren, schauten sie erwartungsvoll zu Lis.

»Danke, Herrin. Wir helfen immer wieder gern«, sagte sie, an die Herzogin gewandt. »Jetzt dürft ihr essen.« Was ihre Begleiter sich nicht zweimal sagen ließen. Franziska legte noch Brotscheiben dazu und dann sahen die Herzogin und sie den Straßenkindern beim Essen zu.

»So, die Dämmerung ist sehr weit fortgeschritten«, meinte die Herzogin, nachdem alle noch einmal Nachschlag bekommen hatten. »Ab mit euch, nach Hause.« Vier Kinder stoben davon, nachdem sie sich nochmals bedankt hatten, nur Lis war unentschlossen an der Tür stehen geblieben.

»Ich...«, setzte sie an, als die Herzogin sie fragend ansah.

»Kind, wenn du noch einen Moment Zeit hast, dann setz dich noch mal hin.«

Lis kam wieder zum Tisch und setzte sich auf die Stuhlkante. Die Hände hielt sie im Schoß verschränkt.

»Wie geht es dir denn im Moment?«, fragte die Herzogin vorsichtig. »Ich meine, du hast mir vor ein paar Wochen erzählt, dass deine Mutter gestorben ist. Wo bist du untergekommen?«

»Ännchen und Zöf, äh, Sofie sind meine Kusinen. Dort lebe ich jetz, mein Vater is abjehauen, als Mama tot war. Ävver der Vadder, äh Vater, von den Kleinen is auch nich besser. Dä säuft und schlägt die Kinder.«

»... und von deiner Familie ist sonst keiner mehr da?«

»Bin ganz allein.« Man konnte die Antwort kaum verstehen, so leise redete Lis.

»Hm. Ich weiß, das geht jetzt ein bisschen schnell, aber könntest du morgen früh vom Sonnenaufgang an am Hahnentor die Augen aufhalten?«

»Sischer, edle Dame!« Lis lächelte erfreut.

»Und solltest du«, die Herzogin machte eine Pause und suchte nach den richtigen Worten, »solltest du der Meinung sein, dass du von Köln erst einmal die Nase voll hast und ein Bündel mit deinen Habseligkeiten mit dir führen, dann kannst du auf die Kutsche des Herzogs aufsteigen, die dort gleich nach Öffnung des Tores vorbeikommen wird.« Lis bekam große Augen.

»Die Leute in der Kutsche fahren zuerst nach Aachen und dann auf eine Burg. Weißt du, was das ist, eine Burg?«

Lis nickte.

»Du kannst mitfahren, wenn du das denn willst!«

»Für immer?«

»Nun, ich denke, wir machen eine Probezeit von einem halben Jahr aus. Aber so, wie ich dich einschätze, wirst du dich schon schicken. Ich würde sagen, dass du zuerst Änni in der Küche helfen solltest«, die Herzogin nickte Franziska zu, »und dann sehen wir weiter, was aus dir werden soll.«

Bevor Lis auf die Idee kam, vor der Herzogin auf die Knie zu fallen, scheuchte sie das kleine Straßenkind davon.

»Ich hoffe, die Kleine wird heute Nacht ein wenig Schlaf finden.« Die Herzogin nahm einen Schluck verdünnten Wein. »... und wir auch.«

Djebel Katharina, Sinai, Dhu al-Quidah 902

Nach einer kalten und unruhigen Nacht waren sie froh, die Sonne über den Berggipfeln aufgehen zu sehen. Einige Felsen waren mit Raureif bedeckt. Nach einem kargen Mahl aus getrockneten Früchten und altbackenem Brot zeigten die Mönche ihnen den Garten, der sich in der Nähe des verfallenen Klosters befand.

Arnold war fasziniert von dem Bewässerungssystem, in dem Wasser aus dem nahen Brunnen gezielt zu einzelnen Bäumen oder Pflanzenreihen geleitet werden konnte. Schmale Kanäle, die an Abzweigungen mit Steinplatten versperrt werden konnten, durchzogen den gesamten Garten, in dem Oliven- und Maulbeerbäume sowie verschiedene Palmen wuchsen. Massimo und Samira hatten großen Spaß daran, das Wasser zu den verschiedenen Pflanzen umzuleiten, indem sie mit Brettern und Steinplatten Sperren in die Bewässerungskanäle einsetzten oder entfernten, damit das Wasser an seinen Bestimmungsort gelangte. Arnold und Christian wechselten sich dabei ab, Eimer aus dem Brunnen hochzuhaspeln und in den Beginn des Kanalsystems zu schütten. Dabei wurde ihnen warm und sie belohnten sich schließlich mit reifen Feigen von einem der Feigenbäume.

Danach begannen sie auf der südwestlichen Talseite den Aufstieg zum Gipfel des Katharinenberges, der noch etwas höher war als der Djebel Musa. Der Mosesberg lag in ihrem Rücken und auf der anderen Seite befand sich das Katharinenkloster. Obwohl es bald recht warm wurde, war die Temperatur durch den stetig wehenden Wind erträglich. Auch hier waren, wie am Mosesberg, Stufen in den Fels gehauen und manchmal gab es kleine Kapellchen oder Wegkreuze, an denen sie eine Rast einlegten.

Gegen Mittag erreichten sie den Gipfel. Während Massimo sich die zitternden Beinmuskeln massierte, standen Arnold und Christian am Rand des kleinen Felsplateaus und schauten in die Ferne. Das Land breitete sich unter ihnen aus wie eine besonders detailreich gezeichnete Landkarte. Man konnte tief unten die feinen Linien der Wege sehen. Nur geschützt in den Bergtälern wuchsen hier und da Bäume und Sträucher, ansonsten trat das Gerippe der Erde hier unbedeckt zutage. Gebogene Gesteinsschichten, scharfe Grate, gewaltige Felsen in unterschiedlichen Farben, von einer ungeheuerlichen Macht schien die Landschaft zerbrochen und aufgeworfen worden zu sein.

Zwischen den Berggipfeln hatte man stellenweise einen Blick auf das Rote Meer. Christian, der die besten Augen hatte, meinte, in der Ferne an der Küste das Hafenstädchen erkennen zu können, das der Ausgangspunkt ihrer Reise in die Berge gewesen war.

Massimo und Samira standen Hand in Hand auf einem Felsvorsprung. Wie tief der Abgrund vor ihnen war, konnte man in der klaren Luft nicht gut abschätzen. Obwohl sie nicht sehr laut redeten, trug der Wind ihre Stimmen zu Arnold und Christian, die in ihren Beuteln nach Vorräten für eine Mahlzeit kramten. Sie befanden sich ein wenig tiefer als die beiden, an einer Stelle, an der ein kleines Plateau mit einer halbrunden Felsstufe war.

»Manchmal träume ich, dass ich fliegen kann, wie ein Vogel«, meinte Massimo nachdenklich. »Hier oben kommt es mir so vor, als könnte ich einfach meine Flügel ausbreiten, so wie in meinem Traum.«

»Sei vorsichtig«, rief Arnold von ihrem Rastplatz aus. »Manch einer hat schon wegen eines solchen Gedankens einen Schritt in den Abgrund getan.«

Massimo hatte nicht zugehört, aber Samira.

»Ich passe auf dich auf«, sagte sie und umfasste Massimos Taille. Massimo tauchte aus seinem Tagtraum auf und schaute sie irritiert an. Dann legte er vorsichtig einen Arm um ihre Schulter.

Christian machte Arnold auf die beiden aufmerksam.

»Hm«, brummte der, »sie haben beide keine Familie und keine Heimat mehr. Natürlich trösten sie sich gegenseitig.«

Christian schüttelte den Kopf. »Ich denke, das ist mehr. Jedenfalls würde es mich nicht wundern, wenn Samira einen Plan hätte. Diese Sache mit der Taufe hat sie doch nicht aus purer Überzeugung gemacht. Warum hat sie nach den anderen Sakramenten gefragt?«

»Es sind schon Leute aus wesentlich schlechteren Gründen zum Christentum konvertiert. Und in Sachen Überzeugung bin zumindest ich kein leuchtendes Vorbild.«

»Ich glaube, je mehr man sieht, desto kritischer wird man. Diese Zustände beim Papst in Rom oder im Kleinen auch in meinem Kloster ...«

»Ich weiß, was du meinst. Aber ich mache mir keine großen Sorgen um mein Seelenheil, denn ich glaube, dass man durch diese kritische Einstellung kein schlechterer Christ wird, sondern sich umso häufiger mit seinem Glauben wirklich auseinandersetzt.«

Das war eine Sichtweise, die Christian neu war. Er nahm sich vor, diesen neuen Gedankengang in Ruhe von allen Seiten zu betrachten. Arnolds Überlegungen waren inzwischen aber schon weiter gegangen.

»Jetzt hat dieser Cristoforo Colón oder Kolumbus, oder wie auch immer er heißt, endgültig bewiesen, dass die Erde eine Kugel ist, aber die heilige Mutter Kirche will es immer noch nicht wahrhaben. Einfach lächerlich! Muss erst einer ein Fluggerät bauen und den Papst mit in die Lüfte nehmen, so hoch, dass er's sehen kann?«

Christian grinste bei dieser Vorstellung. Sie hatte in Rom Skizzen von einem Mann namens Leonardo gesehen, der aus Vinci kam, aber zu dieser Zeit leider nicht in Rom weilte. Der hatte sich ganz erstaunliche Dinge ausgedacht, zum Beispiel Fluggeräte, die wie große Vogelschwingen aussahen. Die Vorstellung, den Papst mit so einem Gerät in die Lüfte zu erheben, war absurd, aber lustig.

»Dieses ganze System ist träge und verknöchert. Alte Männer, die meistens zu ängstlich für eine Erneuerung sind, weil sie sich zu sehr um ihre eigenen Pfründe sorgen, regieren die Kirche. Ich kann verstehen, dass es da Unmut gibt. Die Bauernaufstände in Süddeutschland oder in Limburg oder auch die Hussitenkriege sind die ersten Vorboten dieser Veränderungen, die einfach eintreten müssen, weil es so nicht mehr weitergeht. Was dieser Reform der Kirche noch fehlt, ist meiner Ansicht nach einer, der die Menschen überzeugen kann und der nicht einfach mit einer Mistgabel loszieht, um Priester abzustechen.« Er schaute auf die Mahlzeit, die er auf dem Felsen neben sich ausgebreitet hatte. »Man kann zu diesem Thema endlose Diskussionen führen, aber jetzt sollten wir diese beiden Turteltäubchen dort oben füttern und uns ein wenig ausruhen.«

Sie riefen Massimo und Samira und auch die beiden Mönche zu sich, die ein wenig abseits gesessen hatten und sich in ihrer eigenen Sprache unterhalten hatten.

Es war zu spät für einen Abstieg ins Tal und so hatten sie ein wenig tiefer am Hang in einer Höhle ein Nachtlager aufgeschlagen. Zuvor hatten die Mönche sie noch zu einer Vertiefung im Felsen geführt, die mit etwas Fantasie wie der Abdruck eines Menschen aussah. Der Sage nach hatte einer der ersten Äbte des Klosters dort die Gebeine der Heiligen Katharina gefunden, die dreihundert Jahre dort gelegen hatten, bewacht von Engeln. Ehrfürchtig hatte Samira die Felsen berührt, an denen die Engel gestanden hatten, um auf Katharina aufzupassen.

Die Mönche hatten am Morgen im Garten einige trockene Äste eingesammelt und buken nun auf heißen Steinen kleine dünne Brotfladen. Dazu gab es einen harten, aromatischen Käse. Nachdem das Feuer aus war und Massimo und Christian bereits schliefen, kramte Arnold in seinem Bündel und holte ein kleines rundes Gerät aus Messing hervor. Leise stand er auf und tastete sich im Schein einer kleinen Öllampe durch den Höhleneingang auf den Vorsprung vor der Höhle. Hier war es erstaunlich hell, obwohl es schon seit einiger Zeit Nacht geworden war, denn der fast volle Mond übergoss die Landschaft mit einem bläulichen Licht. Außerdem funkelten am Firmament unzählige Sterne. Arnold orientierte sich und suchte das Sternbild des kleinen Bären und den Polarstern. Als er das Astrolabium vor sein Gesicht hob, um den Stern anzupeilen, sprach ihn von hinten plötzlich Samira an. Arnold zuckte zusammen, denn er hatte nicht gehört, dass sie hinter ihm hergeschlichen war.

»Erklärst du mir, wie dieses Dings da funktioniert?«

»Das Dings heißt Astrolabium und man kann damit den Winkel eines Sterns messen.«

»Also erklärst du mir, wie dieses Astrodings funktioniert?«

»Hm, aber nicht im Dunkeln. Lass mich gerade mal meine Messung machen und dann erkläre ich dir lieber ein paar Sternbilder.«

Arnold peilte den Stern an und stellte die Messskalen des Astrolabiums richtig ein. Dann legte er es vorsichtig beiseite, denn er brauchte ein wenig mehr Licht, um die Werte abzulesen. Er nahm Samiras Hand und zog sie zu einem Felsen, an den man sich bequem anlehnen konnte, um in den Sternenhimmel zu schauen.

»Den großen und den kleinen Bären kennst du schon?« Samira nickte. »Und zwischen den beiden schlängelt sich der Drache. Der Kopf des Drachen besteht aus diesen vier Sternen über dem kleinen Bären, die wie eine Raute angeordnet sind. Und der Körper geht dann einmal links um den kleinen Bären herum, macht einen Bogen nach rechts zwischen den beiden Bären durch und dann wieder nach links und endet unter dem großen Bären.«

»Sag mal, bist du eigentlich nicht müde?«, fragte Arnold einige Zeit später.

»Wenn ich was lernen kann, bin ich nicht müde.«

»Aber ich.« Ächzend erhob er sich. »Genug für heute.«

Er legte Samira eine Hand auf die Schulter. »Aber erinnere mich daran, dass ich dir bei Tageslicht mal das Astrodings erkläre.«

»Na klar.« Arnold spürte, dass Samira noch einem Gedanken nachhing. »Ich glaube«, sagte sie dann nachdenklich, »mein Vater war so wie du. Warum hast du keine eigenen Kinder, denen du alles erklären kannst?«

Darauf wusste Arnold keine Antwort. Er drückte Samiras Schulter und fühlte sich mit einem Mal furchtbar alt.

Elsdorfer Bürgewald, August 1497

»Ich muss mal«, meinte Franziska. »Können wir hier irgendwo anhalten?« Franziska hatte durch die Unruhe bei ihrem Aufbruch in Brauweiler versäumt, den Abort aufzusuchen und inzwischen drückte jedes Schaukeln der Kutsche schmerzhaft auf ihre Blase. Natürlich lauerten in den großen Wäldern Gefahren, aber sie meinte, es nicht mehr bis Jülich aushalten zu können. So hielt der Kutscher an einer Stelle am Rande des Waldes an, an der die Bäume nicht so nah an die alte Römerstraße heranreichten.

»Ich halte das nicht mehr aus!« Franziska riss die Kutschentür auf und eilte zum nahen Waldrand.

»Warte, ich komme mit«, sagte Maria und drängte ebenfalls aus der Kutsche.

»Aber geht nicht zu tief in den Wald«, rief Änni ihnen hinterher.

Die Reiter, die als Geleitschutz die Kutsche der Herzogin begleiteten, hatten sich zwischen Kutsche und Waldrand postiert, den Blick zum Wald gerichtet und die Hand auf dem Schwertgriff. Sollten irgendwelche Strauchdiebe die Gunst nutzen und aus dem Wald heraus die Kutsche angreifen, wäre die Anwesenheit der vier Ritter mit ihren Knappen sicher sehr beruhigend. Aber Franziska gefiel der Gedanke nicht, dass sie ihr beim Pinkeln zusehen würden und so drangen die beiden Mädchen ein wenig tiefer in den Wald ein, als es vernünftig war.

Schon nach wenigen Schritten in den Wald hinein hatte sich die Luft völlig verändert. Draußen auf der Straße mit den frei gehaltenen Seitenrändern war die Luft stickig und warm, hier unter den dichten Bäumen hingegen war es kühl und roch aromatisch nach Laub. Nach dem grellen Sonnenschein war es unter den Bäumen richtig dunkel. Sie folgten einem Wildwechsel, der einen schmalen Pfad im dichten Unterholz bildete. Nach wenigen Schritten machte der Weg eine Biegung und die helle Stelle hinter ihnen verschwand. Hier war Franziska sicher, dass die Ritter sie nicht mehr sehen würden. Sie zog ihr Kleid und den Unterrock bis zum Kinn und hockte sich an den Rand des Pfades. Maria folgte ihrem Beispiel.

»Mit Frauenkleidern ist das Pinkeln echt einfacher. Aber dafür können Jungs es im Stehen.« Maria grinste. »Ich dachte, sonst muss ich dann in einer Meile auch ...«

»Pst, sei mal leise«, unterbrach Franziska sie.

Sie lauschten auf die Geräusche hinter sich. Franziska hätte sich gerne umgesehen, aber es lief immer noch und tat weh.

Da war es wieder, ein leises Rascheln und ein seltsamer Ton, den sie nicht einschätzen konnte. Die Härchen auf ihren Armen stellten sich auf. Das Geräusch hatte fast menschlich geklungen. So wie ein Gähnen oder das Jammern eines kleinen Kindes im Schlaf.

Maria war zuerst fertig und stand mit Schwung auf. Hinter ihnen befand sich ein Gebüsch, überwachsen mit Geißblattranken und Brombeeren. Glücklicherweise konnte von dort kein Angriff kommen. Doch dann hörte sie das Geräusch wieder, ein leises Jammern oder Weinen. Franziska stand jetzt neben Maria und hielt ihren Arm.

»Das kam irgendwie von ganz unten.«

»Da ist ein Durchschlupf, wie Kaninchen ihn machen«, meinte Franziska, die sich in Wäldern besser auskannte, als Maria.

»Aber Kaninchen haben doch keine Stimme.«

»Komm, lass uns gehen!« Maria fand es zunehmend unheimlich im Dämmerlicht.

»Nein, das klang irgendwie traurig.« Franzika stieg über einen Baumstamm und beugte sich herunter zu dem Loch im Dickicht.

»Irgendwas ist da. Ruf Fredegar oder Johann. Ich brauche einen Mann mit einem Messer.«

Maria lief die wenigen Schritte bis zum Waldrand.

»Fredegar, Johann, könnt ihr uns helfen?«, hörte sie Franziska gedämpft durch das Unterholz rufen.

Mit gezogenen Dolchen waren die beiden Knappen innerhalb weniger Atemzüge bei ihr, dicht gefolgt von Maria. Einer der Ritter hatte sein Pferd an einen Baum gebunden und drang ebenfalls in den Wald vor.

»Seid ihr in Gefahr?«, fragte der Ritter, der, wenn Franziska sich richtig erinnerte, Roland hieß.

»Dem Herrn sei Dank! Aber was soll der ganze Aufwand? Warum kommt ihr nicht einfach wieder zurück zur Kutsche? Es ist ohnehin schon gefährlich, mitten im Wald anzuhalten.«

»Wenn Ihr einen Moment den Mund halten könntet, edler Herr, dann würdet Ihr hören, dass hier ein Wesen in Not in diesem Busch steckt.« Da war es dann wieder, das leise Jammern, von dem Franziska inzwischen der Meinung war, dass es von einem Hund oder Fuchs stammen müsste.

Roland brummte, stellte sich auf den Pfad und sicherte ihn zum Wald hin ab.

»Fredegar, könntest du mit deinem Dolch hier dieses Dickicht ein wenig wegschneiden, aber vorsichtig.«

»Na klar, edles Fräulein.« Verliebt grinste er Franziska an und bückte sich dann zu dem Loch. Mit dem Dolch erweiterte er die Öffnung und kniete dann nieder.

»Schaut nur!«

Franziska beugte sich über den Rücken des Knappen und blickte auf das, was Fredegar freigelegt hatte. Ein kleines Köpfchen mit schwarzen Knopfaugen schaute zu ihr auf. Das braune Fell hatte die Farbe eines Fuchses, aber von der kleinen Pelznase zog sich eine schmale weiße Blässe zwischen den Augen bis zur Stirn hoch. Offensichtlich war es ein kleiner Hund, der hier festsaß, denn von seinem Körper war noch nichts zu sehen. Vorsichtig schnitt Fredegar die Brombeerranken ab, in denen sich das lange Fell des Hundes verfangen hatte. Schließlich hatte er den kleinen Hundekörper freigelegt. Zitternd und mit Kletten und Blut verklebt lag der kleine Hund schließlich vor ihnen, offensichtlich zu schwach zum Aufstehen.

»Bitte gib ihn mir!« Franziska griff an Fredegar vorbei und übernahm den kleinen braunweißen Hund, den er ihr anreichte.

Als sie wieder auf den Pfad trat, hatte Roland seine missbilligende Haltung aufgegeben und trat neugierig näher. Fachmännisch untersuchte er den kleinen Hund, der sich ängstlich in Franziskas Arm kuschelte.

»Die kleine Hündin ist unterernährt und braucht dringend Wasser, aber sie ist nicht krank, sondern nur sehr erschöpft. Ihr solltet sie mitnehmen, hier im Wald wird sie sterben.«

»Sicher ist sie jemandem davongelaufen.«

»Hm, solche Hunde sind als Begleithunde für feine Damen gezüchtet worden. Sie können in der Natur nicht überleben, denn es sind eben keine Jagdhunde. Aber auch kleine Hunde müssen mal, na, Ihr wisst schon. Und dabei ist einer Dame auf der Durchreise vielleicht einer verloren gegangen. Meistens haben sie ja auch gleich mehrere davon. Der hier ist noch sehr jung, ein Jahr vielleicht. Da haben auch so kleine Hunde manchmal Flausen im Kopf. Vielleicht hat er sich zu weit in den Wald hineingewagt, weil er etwas zu übermütig war.«

Roland grinste sie an. Auch er spürte beim Blick der dunklen Knopfaugen eine beschützende Regung.

»Nehmt die Kleine mit. Auf der Burg werdet Ihr Zeit haben, den kleinen Hund zu erziehen. Und jetzt lasst uns endlich aus diesem Wald verschwinden.«

Der kleine Hund durfte auf dem Polster zwischen Franziska und Maria liegen, nachdem er getränkt worden war und ein wenig Wurst gefressen hatte. Roland hatte ihnen noch den Hinweis gegeben, zunächst nur ausreichend Wasser, aber wenig Futter zu geben.

Franziska und Maria vertrieben sich die Zeit damit, das verfilzte Fell des kleinen Hundes zu entwirren und von Kletten und Brombeerdornen zu befreien. Franziska hatte am Waldrand die trockene Blüte einer Kardendistel abgebrochen, mit der sie dann vorsichtig das Fell auskämmten. Der kleine Hund war dabei vor Erschöpfung eingeschlafen.

Katharinenkloster, Dhu al-Quidah 902

Nach vier Tagen waren sie sicher ins Kloster zurückgekehrt. Die Mönche erzählten von Übergriffen der wandernden Beduinenstämme, die bisweilen auch den Garten plünderten, aber davon waren sie verschont geblieben.

Der indische Edelmann plante, am folgenden Tag wieder nach at-Tur aufzubrechen. Von dort wollten er und sein Gefolge mit einem Schiff nach Indien zurückkehren. Arnold plante, in der anderen Richtung ebenfalls mit einem Küstensegler zu reisen, denn er wollte nicht noch einmal tagelang durch die Wüste reiten.

Christian hatte bei ihrem Ritt durch die Berge immer wieder farbige Kieselsteine aufgesammelt. Er hatte türkisgrüne Kiesel und auch blutrote in seinen Taschen und hatte am Ufer des Roten Meeres außerdem Korallen in verschiedenen Orangetönen eingesammelt. Er brannte darauf, in Kairo die entsprechenden Zutaten zu kaufen und einen Mörser, um auszuprobieren, ob man aus den Steinen Farben herstellen könnte. Die restlichen Steine würde er in ein Paket packen und einem Händler übergeben, der die Waren nach Köln bringen würde. Sie hatten im Handelshaus der deutschen und fränkischen Händler entsprechende Kontakte geknüpft, um Waren und Briefe nach Köln schicken zu können.

Außerdem befand sich in seinem Bündel ein angefangener Brief an Franziska. Den Wortlaut kannte er inzwischen auswendig. Immer wenn er an den Brief dachte, durchfuhr ihn ein Stich von Heimweh, zusammen mit einem Gefühl der Sehnsucht, über das er lieber nicht so genau nachdachte. Er versuchte, sich den fragenden Blick ihrer blauen Augen ins Gedächtnis zu rufen, damit ihr Bild in seiner Erinnerung nicht verblasste. Mehr und mehr belastete ihn der Gedanke, Nachrichten versenden zu können, aber keine Nachrichten zu erhalten. Gewissermaßen gingen seine Briefe ins Nichts. Er wusste nicht einmal, ob Franziska oder Änni noch lebten.

Am nächsten Morgen verabschiedeten sie sich von den Mönchen des Klosters und ihrem Abt. Zuvor hatten diese noch eine Messe gelesen, die mit Segenswünschen für die Rückreise geendet hatte. In der Kühle des Morgens, der bald der brütenden Hitze weichen würde, ritten sie auf Maultieren ins Tal hinab. Dort warteten ihre Kameltreiber mit den Kamelen.

Bardenberg, September 1497

Gut drei Wochen nach ihrer Abreise aus Köln erreichten sie den kleinen Weiler Bardenberg. Sie hatten einige Tage in Jülich in der Residenz des Herzogs verbracht und waren dann weiter nach Aachen zu den Heilquellen gefahren. Nun waren sie am Ziel ihrer Reise.

Der Kutscher hatte an einem großen, aus braunen Bruchsteinen erbauten Gutshof angehalten, um die Pferde zu tränken. Änni und Franziska vertraten sich ein wenig die Beine und der kleine Hund tollte um sie herum und jagte ein paar aufgeregt schnatternde Enten, die es vorzogen, sich in der Mitte eines kleinen Teichs in Sicherheit zu bringen.

Franziska rief den übermütigen Hund zurück.

»Komm schon her, du kleiner Kobold!«

Der kleine braunweiße Hund rannte mit heraushängender Zunge und vom Wind abstehenden Ohren auf sie zu und es sah aus, als wollte er gleich anfangen zu fliegen. Zu kurz vor Franziska bremste er ab und knallte mit dem letzten Schwung gegen Franziskas Beine.

»Au! Hey, sei vorsichtig, Kleine!«

»Du solltest ihr einen Namen geben«, brummte Änni, deren Gelenke nach der Kutschfahrt schmerzten, was ihre Laune nicht besonders positiv beeinflusste.

Maria trat zu ihnen und kraulte den kleinen Hund hinter den Ohren. Sie hatte dem Kutscher mit den Pferden geholfen. Nach anfänglicher Angst vor den großen Tieren hatte sie jetzt alle Scheu verloren und war von ihnen zunehmend fasziniert. Die Pferde schienen auch fast immer sofort Vertrauen zu ihr zu haben.

»Änni hat recht. Du solltest dem Hund einen Namen geben. Wie soll er wissen, ob du ihn meinst, wenn du immer was anderes zu ihm sagst? Kobold, Süße, Kleine, Mistvieh ... Der arme Hund muss doch ganz verwirrt sein!« Freundschaftlich legte sie ihrer Schwester einen Arm um die Taille. »Schließlich ist der kleine Hund jetzt wieder gesund und du willst ihn doch nicht wieder abgeben.

Los, sag schon, wie soll die Kleine denn nun heißen?«

»Hm, ich denke auch schon seit einer Weile darüber nach. Am Anfang, als wir nicht wussten, ob sie lebt oder stirbt, war es ja egal, aber jetzt ...«

Franziska schaute den kleinen Hund nachdenklich an. Der legte sein Köpfchen schief, sodass eins der Schlappohren sich aufstellte.

»Kobold!«, schlug Maria vor. »Guck doch mal, wie frech sie dich anlächelt.«

»Nicht schlecht, aber ich glaube, das ist mir nicht freundlich genug.«

»Wie wär's dann mit Fee? Die sind ja auch nicht immer nur freundlich, sondern haben es meistens faustdick hinter den Ohren. Und die Kleine sieht doch auch immer aus, als könnte sie kein Wässerchen trüben.«

»Das gefällt mir, aber es ist zu kurz. Wenn du sie rufst, brauchst du mindestens zwei Silben, sonst klingt es irgendwie dumm.« Franziska runzelte die Stirn. »Wir haben sie im Wald gefunden. Dort leben doch auch die Feen aus den alten Sagen. Waldfee! Das klingt doch schon richtig gut.«

Sie hockte sich vor den kleinen Hund und legte ihm eine Hand auf den Rücken. »Bist du mit Waldfee einverstanden?«, fragte sie die kleine Pelznase.

»Wäff!«, sagte Waldfee.

»Alberner Name«, grummelte Änni. Franziska und Maria grinsten sich an.

»Lass uns lieber in dem Gasthaus dort drüben einkehren. Sicher bekommen wir dort eine Kleinigkeit zu essen.«

Der Gasthof gegenüber machte einen ordentlichen Eindruck. Die Wände waren frisch gekalkt und die schwere Holztür stand einladend offen. Zwei der Ritter aus ihrem Geleitschutz schlossen sich ihnen an. Der kleine Hund jedoch sollte draußen bei Lis bleiben, was ihm offensichtlich nicht gefiel. Er schickte Franziska einen herzerweichend traurigen Blick hinterher.

»Ich bin doch gleich wieder da«, meinte Franziska.

Nach einer kleinen Zwischenmahlzeit aus frischem, noch warmem Brot und Schmalz machten sie sich dann auf die letzte Etappe ihrer Reise. Bardenberg lag auf einem Hügel am Rande des Tals des Flüsschens Wurm. Zunächst ging es durch Obstwiesen und Felder, doch nach einer Viertelmeile neigte sich der Weg steil nach unten. Die Talflanken waren bewaldet und der Weg führte zwischen knorrigen Eichen hindurch. Es ging jedoch nicht ganz bis zur Talsohle hinab, denn die Burg lag gut hundertfünfzig Fuß über der Flussaue auf einem Felssporn, der weit in das Tal hineinragte und den Fluss in eine Kurve zwang.

Burg Wilhelmstein war einst von Graf Wilhelm IV. von Jülich erbaut worden. Als Ministerialenburg war sie zweigeteilt. Die Vorburg besaß östlich zum Dorf hin ein Tor mit Zugbrücke. Das Tor war flankiert durch einen runden Turm im Norden und einen vorspringenden eckigen Turm im Süden, von dem aus man im Falle eines Angriffs die Feinde von der Seite beschießen konnte. In der Nordostecke der Vorburg lag das Wohnhaus des Vogts. Daran schlossen sich in einer Reihe einige Wirtschaftsgebäude an, denn die Nordmauer verlief hier gerade. Die südliche Mauer jedoch schlug einen weiten Halbkreis.

An der Stelle, wo sich die Kernburg an die Vorburg anschloss, fiel das Gelände steil ab. Über den etwa zwanzig Fuß tiefen Graben führte eine weitere Zugbrücke in die Kernburg. Zwischen Kernburg und Vorburg erhob sich links neben der kleinen Zugbrücke ein riesiger rechteckiger Bergfried. Er war aus braunen Bruchsteinen erbaut. Franziska zählte fünf Stockwerke. Dahinter, von der Vorburg aus nicht zu sehen, befand sich ein dreistöckiger Palas mit der Ritterhalle im Erdgeschoss und den Räumen des Herzogs im ersten Stock. Auf der Nordseite lag das Küchengebäude und weitere Gebäude mit Gesinde- und Lagerräumen. In der Mitte der nahezu quadratischen Kernburg befand sich ein Brunnen, der nach Angaben des Vogts über zweihundert Fuß tief sein sollte.

In der Vorburg war der Wohnsitz der Familie des Burgvogts, der neben seinem Amt als Verwalter der Burg vom Herzog noch weitere Ämter übertragen bekommen hatte. So durfte er in kleineren Rechtsstreitigkeiten Recht sprechen und beaufsichtigte als sogenannter Kohlschreiber den Bergbau.

Cornelius Sevenich begrüßte die Neuankömmlinge daher gleich, nachdem sie das Tor der Vorburg passiert hatten. Er ließ Becher mit Wein bringen und hieß sie auf der Burg in seinem Namen und im Namen des Herzogs willkommen. Währenddessen wurden bereits Gepäckstücke von der Kutsche gehoben und in die Kernburg geschafft, denn die Zugbrücke zwischen der Vorburg und der Kernburg war zu schmal für Kutschen oder Fuhrwerke.

Gleich nach der Ankunft der hohen Gäste hatte der Vogt den Befehl gegeben, das Tor ab sofort geschlossen zu halten. Tagsüber sollte wenigstens das Fallgatter heruntergelassen sein und die kleine Mannpforte im Gatter immer bewacht, bei Anbruch der Dämmerung sollte dann auch die Zugbrücke hochgezogen werden.

Kairo, Muharram 903

Sie saßen im Innenhof des Hauses von Rabbi Salomo und brüteten über ihren Aufzeichnungen. Nach der Rückkehr nach Kairo hatte Christian seine Arabischstudien wieder aufgenommen. Er hatte Lilith eines der wenigen Minnegedichte aufgeschrieben, an das er sich erinnern konnte, und brütete selbst über Konjugationstabellen und Beispielsätzen in Arabisch. Es war drückend heiß und der Himmel hatte einen grauen Farbton angenommen.

»Ich bekomme Kopfschmerzen«, brummte Christian.

»Bei diesem Wetter muss man besonders viel trinken.« Lilith stand auf und ging in die Küche. Sie kam mit einem Tonkrug und zwei Bechern zurück und goss ein.

»Ich mag nicht mehr, ich kann mich heute einfach nicht konzentrieren.« Christian lehnte den Kopf an die Wand und streckte die Beine aus.

»Ich auch nicht.« Sie seufzte. »Mein Gatte wird bald eintreffen. Er hat einen Boten geschickt. Dann werde ich heiraten. Und weggehen, ins Frankenland. Immerzu muss ich darüber nachdenken.« Sie machte eine Pause. »Ich habe Angst.« Sie sah ihn traurig an.

Christian konnte nicht anders. Er legte seine Hand auf die ihre. Bisher hatten sie trotz aller Nähe beim Lernen immer aufgepasst, sich nicht zu berühren.

Liliths Hand war kühl, trotz der drückenden Wärme dieses Sommertags. Sie schaute in seine Augen. Angstvoll und irgendwie flehend. Was konnte er schon tun, um ihr die Angst zu nehmen?

Sie schluckte, setzte an zu reden, aber es kamen keine Worte über ihre Lippen. Rote Lippen in einem blassen Gesicht.

Sie atmete tief durch.

»Was passiert, wenn ich in der Hochzeitsnacht nicht alles richtig mache? Oder wenn es weh tut.« Sie machte wieder eine Pause. »Aron hat bestimmt auf seinen Reisen schon mal ... du weißt schon.«

Für Christians Geschmack ging das Gespräch in eine entschieden zu gefährliche Richtung.

»Wie ist das, wenn Mann und Weib zusammen sind. Meine Schwester hat mal versucht, mir zu erklären, was da passiert. Ich finde es widerlich. Man zieht sich nackt aus. Wie peinlich.«

Wieder blickte sie Hilfe suchend zu Christian. Der versuchte, das Gespräch wieder in ein etwas ruhigeres Fahrwasser zu bringen.

»Wie ist denn dein Aron so? Du hast ihn doch schon gesehen.«

»Oh, er ist sehr höflich und nett zu mir gewesen. Und er hat mir Geschenke geschickt. Er ist groß und kräftig. Seine Augen sind braun und seine Haare etwas lockig und schwarz. Aber ich habe nichts gefühlt, als ich ihn gesehen habe. Keine Anziehung oder Zuneigung.«

»Nun, das muss nichts heißen. So etwas kommt oft erst später, wenn man sich besser kennengelernt hat.«

»So wie bei uns, da könnte ich mir schon vorstellen ...«

»Mist, Lilith! Das darfst du nicht einmal denken!«

»Ist aber so. Was soll ich denn machen?«

»Du darfst dich nicht in mich verlieben. Du heiratest bald. Das geht einfach nicht.« Christians Stimme war leise, aber eindringlich.

»Ich weiß, aber kannst du mir nicht wenigstens zeigen, wie das ist. Nur um mir die Angst zu nehmen, weißt du?«

Christians Hände waren jetzt auch kalt.

»Die Gelegenheit ist günstig. Mutter und Lea sind einkaufen und werden noch eine Weile weg sein und Vater ist in seinem Kontor und sitzt über seinen Registerbüchern. Dabei will er nicht gestört werden und das dauert immer sehr lange.«

Wieder blickte sie ihn so verloren an.

»Bitte, hilf mir!«

Christian konnte einfach nicht anders. Er beugte sich zu ihr herüber und küsste sie. Sehr vorsichtig. Sie hielt die Luft an.

»Du sagst mir sofort, wenn ich aufhören soll«, flüsterte er in ihre Halsbeuge. Sie nickte. Er griff unter ihren Umhang, legte seine Hand auf ihr Knie und ließ sie langsam nach oben wandern. Schließlich war sie auf dem Hügel zwischen ihren Beinen angekommen. Lilith öffnete leicht ihre Schenkel und er tastete nach der kleinen Perle zwischen ihren Schamlippen. Sie schloss die Augen und atmete schneller.

»Soll ich weitermachen?«

Sie nickte nur. Reden konnte sie im Moment einfach nicht. Sie hatte den Kopf nach hinten an die Wand gelehnt und die Augen geschlossen. Christian betrachtete ihr Gesicht, während sein Finger zwischen ihren Beinen kleine Kreise machte. Aber er konnte nicht verhindern, dass sich ein anderes Bild über Liliths Gesicht legte. Sommersprossen und blaue Augen – er musste sich sehr konzentrieren, um wieder das Gesicht des Mädchens vor sich wahrzunehmen.

In der Nacht fand er lange keinen Schlaf. Er lag auf einer Decke auf dem Dach von Arnolds Haus und musste sich über einige Dinge klar werden. Eine Sache war relativ einfach zu klären gewesen. Er war nicht verliebt in Lilith. Er mochte sie und hatte nicht widerstehen können, ihre nackte Haut zu berühren, aber das war eine einmalige Sache und würde nicht wieder vorkommen. Glücklicherweise hatte niemand etwas bemerkt. Er wollte die Gastfreundschaft im Hause des Rabbi nicht hintergehen, aber er stand dazu, dass er seiner Freundin ein wenig die Angst genommen hatte. Und er war sehr erleichtert, dass er sich nicht vor Arnold oder Rabbi Salomo rechtfertigen musste. Außerdem war ja fast nichts passiert. Lilith war immer noch Jungfrau und konnte somit auch nicht schwanger sein. Aber sie wusste jetzt, wie es sich anfühlen konnte und das war wichtig.

Was allerdings das Gesicht von Franziska immer wieder in seinen Gedanken und in seiner Erinnerung anrichtete, das verstand er einfach nicht. Er konnte sich doch nicht in den paar Tagen in Köln, von denen er sicher die halbe Zeit im Krankenbett verbracht hatte, in ein völlig fremdes Mädchen, faktisch die Tochter eines Ritters, verliebt haben. Sie war vom Stand her weit über ihm, es war völlig undenkbar, ihr den Hof zu machen. Er musste sich das aus dem Kopf schlagen. Aber wie er es auch drehte und wendete, er wurde diesen Blick aus ihren blauen Augen einfach nicht mehr los.

Christian drehte sich auf den Rücken und schaute in den Sternenhimmel. Der nachmittägliche Dunst hatte sich aufgelöst und die Sterne schienen zum Greifen nah. Eine Sternschnuppe durchquerte das helle Band der Milchstraße.

Er versuchte, sich das Gesicht von Lena Leinweber vorzustellen. Nach dem Abenteuer in ihrem Bett hatte er geglaubt, in sie verliebt zu sein. Daher war ihre Abreise für ihn ein Schock gewesen. Er hatte sich gedemütigt und verlassen gefühlt. Doch jetzt, mit einigen Monaten Abstand wusste er, dass Lena ein ähnliches Verhältnis zu ihm hatte, wie er zu Lilith. Er hatte inzwischen erkannt, dass Lena ihm nichts vorgemacht hatte. Also würde er es genauso machen und Lilith ganz klar sagen, dass er nicht in sie verliebt sei, damit sie sich keine falschen Hoffnungen machte und sich ganz auf ihren Gemahl konzentrieren konnte. Gleich am kommenden Tag würden sie ein klärendes Gespräch führen. Im Gegensatz zu Franziskas Gesicht verblasste das Gesicht von Lena in seiner Erinnerung mehr und mehr.

Christian erwachte im Morgengrauen durch die Rufe des Ausrufers, der durch die Straßen von Kairo eilte und den Bürgern den Wasserstand des Nils mitteilte. Er konnte inzwischen genug Arabisch, um die Zahlenangaben zu verstehen. Von gestern auf heute war das Wasser etwa um einen halben Spann angestiegen. Das Nilhochwasser würde also demnächst kommen.

Ganz Kairo bereitete sich nach der Hadsch jetzt auf die Wassermassen vor, die über Kanäle bis in die Stadt eindringen und Teiche und Wasserspeicher füllen würden. Danach würden in den noch feuchten Schlamm verschiedene Feldfrüchte ausgesät. Der Schlamm war sehr fruchtbar und in Verbindung mit dem warmen Wetter auch im Winter ermöglichte er zwei, manchmal sogar drei Ernten, bis es im Sommer zu heiß und zu trocken wurde.

Christian freute sich auf das gewaltige Naturschauspiel, aber er sehnte den Dezember herbei, denn der Plan war, Weihnachten in Jerusalem zu verbringen. Arnold wurde zwar vom Mamelukken-Sultan immer wieder aufgefordert, für immer in Kairo zu bleiben, aber es gab nun einen festen Termin für die Abreise. Christian war erleichtert, er hatte befürchtet, dass Arnold dem Werben des Sultans nachgeben würde. Doch an dem Beschluss änderten nicht einmal die Tänzerinnen etwas, die immer wieder abends in Arnolds Haus kamen und die meist auch über Nacht blieben.

Christian hatte Arnolds Angebot dankend abgelehnt, eine der Frauen mit in seine Schlafkammer zu nehmen. Im Gegensatz zu Arnold, der eine umfangreiche Reiseapotheke mit sich führte, machte er sich außerdem mehr Sorgen um die Gerüchte über eine neue Krankheit, die angeblich durch den Beischlaf übertragen werden konnte. Wegen ihres ersten Auftretens in Marseille wurde sie Franzosenkrankheit genannt. Inzwischen hatte sie sich im ganzen Mittelmeerraum ausgebreitet und traf auffällig oft Prostituierte und ihre Freier. Möglicherweise kannte Arnold ein Gegenmittel, aber ihm war das Risiko zu groß. Sicher war auch sein langjähriger Aufenthalt im Kloster hilfreich, dem Verlangen zu widerstehen.

Burg Wilhelmstein, September 1497

Sie hatten sich im zweiten Stockwerk des Palas eingerichtet. Das Leben auf der Burg verlief recht ungezwungen, denn es lebten nur eine Handvoll Menschen auf der Burg. Neben einer Wachmannschaft von etwa zwanzig Soldaten, von denen einige Frau und Kinder hatten, gab es nur noch ein paar Bedienstete des Herzogs und die Familie des Vogts. So musste jeder überall mit anpacken, ob beim Ausmisten oder beim Kochen. Dennoch blieb, nachdem alle Arbeiten des Tages erledigt waren, noch genug Zeit für andere Aufgaben.

Franziska hatte es übernommen, Maria und Lis Lesen und Schreiben beizubringen. Ein Sohn des Burgvogts unterwies alle drei im Rechnen. Zusätzlich verbrachten Änni und Franziska Stunden in dem Raum in der Südwestecke des Palas, der als Schreibstube eingerichtet worden war und in dem die Briefe, Unterlagen und die Proben von Gewürzen und anderen Handelsartikeln aufbewahrt wurden. Sie hatten beschlossen, die Sendungen durchzusehen und die Gewürze, die manchmal in Beuteln aus Leder oder Leinen eingepackt waren, in Gefäße aus Steingut umzulagern. Damit wollten sie das Aroma schützen und Feuchtigkeit und Mäuse fernhalten. Bei einem Töpfer hatte Franziska daher größere und kleinere Steinguttöpfe bestellt. Sie waren mit Holzdeckeln verschlossen und wurden zusätzlich mit einem gewachsten Tuch bedeckt. Auf den Regalen standen schon einige gefüllte Behälter, alle fein säuberlich mit Schildern versehen, die auf Inhalt und Herkunft verwiesen.

Auch Christians Farbsteinesammlung war inzwischen auf eine beachtliche Größe angewachsen. Franziska hatte eine Truhe besorgt, in der die Steine gelagert wurden. Auch hier hatte sie jedes Beutelchen mit einem Schild versehen, damit man später noch wusste, woher sie stammten und was sie gekostet hatten.

Christian hatte jeder Sendung Tabellen mit Preisen für seine Steine und die Beutel mit Farbpigmenten beigelegt. Zusätzlich gab es auch Tabellen mit Währungsumrechnungen und Preisen für gängige Lebensmittel und Weine. Dazu kamen die astronomischen Aufzeichnungen Arnolds und endlose Listen von Kirchen, Heiligen, Ablässen und anderen Informationen, die für Pilger wichtig waren. Alles hatten sie gesichtet, in Inventarlisten festgehalten und dann in lederne Mappen gelegt, die sie in einer schweren eisenbeschlagenen Holztruhe aufbewahrten.

Franziskas besonderer Schatz aber waren die Briefe, die direkt an sie adressiert waren. Auch hierfür hatte sie eine Ledermappe angeschafft, die in einem verschlossenen Kästchen in ihrer Kammer lag. Fast jeden Abend nahm sie sie heraus, um sich die Bilder anzusehen, die Christian gezeichnet hatte und um in den Briefen zu lesen. Die Schilderungen der Städte und Menschen, der Kuriositäten und bemerkenswerten Geschichten und Legenden faszinierten sie und lösten in ihr eine fast schmerzhafte Sehnsucht aus. Manchmal ging sie mit Tränen in den Augen ins Bett und verfluchte die Tatsache, dass sie eine Frau war und deshalb nicht einfach so auf Reisen gehen konnte.

Dennoch konnte sie nicht aufhören, Christians Briefe zu lesen. In Gedanken spielte sie Gespräche mit ihm durch, in denen sie ihm manchmal wilde Vorwürfe entgegenwarf, weil er sie alleingelassen hatte und mit Arnold fortgegangen war. Manchmal aber bettelte sie, er möge endlich zurückkommen und sie mitnehmen, ihr die Welt zeigen. In Wirklichkeit, nicht nur in Bildchen und Briefen.

Seit sie auf der Burg waren, fühlte sich Franziska noch verlassener als zuvor in Köln. Deshalb durfte der kleine braunweiße Hund auch nachts zu ihr in die Kammer, sehr zum Ärger von Änni. Manchmal stahl sich Waldfee dann in der Nacht in Franziskas Bett, ganz vorsichtig und leise. Einmal war sie von Marias Lachen geweckt worden, die den Schlafraum mit ihr teilte, denn der kleine Hund hatte sich bis zu ihrem Kopfkissen hochgearbeitet und Franziska erwachte mit einem haarigen Hundeohr im Mund.

Manchmal beneidete Franziska ihre Halbschwester. Maria entdeckte die Welt mit einer Leichtigkeit, die ihr nicht gegeben war. Sie war immer fröhlich und konnte über alles, was sie entdeckte, staunen und lachen. Franziska wusste, dass alle Jungs und die Knappen der Ritter Maria hinterherschauten und sie war sicher, dass der eine oder andere schwer in Maria verliebt war. Inwieweit sich Maria ihrer Wirkung auf ihre Umgebung bewusst war, das konnte sie indes nicht sagen.

Selbstkritisch wusste sie aber, dass sie selbst auf andere Menschen eher zurückhaltend und oft auch mürrisch wirkte. Naja, es sollte auch keiner kommen und um sie werben. Sie war zwar im heiratsfähigen Alter oder eigentlich schon darüber hinaus, aber nicht gewillt, irgendeinem Kerl schöne Augen zu machen. Daher behandelte sie Johann, den Sohn des Burgvogts, auch oft unfreundlicher als er es verdient hätte, denn sie hatte den Eindruck, dass er über Gebühr oft ihre Nähe suchte und wollte ihm keinerlei Hoffnungen machen. Auch Ännis regelmäßige Ermahnungen, sie sei langsam zu alt, um verheiratet zu werden und andere Mädchen hätten in ihrem Alter schon das erste Kind, überging Franziska. Allein der Gedanke, einem Mann zu erlauben, sie zu berühren, löste Ängste aus, mit denen sie sich lieber nicht beschäftigen wollte und die sie nach Diskussionen mit Änni dann regelmäßig nachts in ihren Albträumen heimsuchten.

Franziska wusste, dass ihre kleine Schwester auch mit diesem Thema keine Probleme hatte. Allerdings hatte sie Maria schon öfter ermahnt, nicht zu leichtfertig an die ganze

Sache heranzugehen, aber wie es ihre Art war, hatte Maria sie ausgelacht. Und ihre Erwiderung, sie habe ihr gesamtes bisheriges Leben als Junge auf den Straßen und in den Katakomben von Köln verbracht und würde sich ganz sicher nicht von einem Stallburschen schwängern lassen, hatte Franziska den Wind aus den Segeln genommen. Allerdings hatte Franziska sie mit ebendiesem Stallburschen im Stroh erwischt.

»Aber wir haben uns nur geküsst, nichts weiter«, hatte Maria behauptet. Franziska zweifelte daran, denn eine Hand des Kerls steckte in Marias Ausschnitt und lag zweifelsohne auf ihrer Brust. Aber Franziska wusste bereits, dass es schwer war, mit Maria zu diskutieren. Und böse sein konnte man ihr schon gar nicht.

Maria liebte es, die Burg zu erkunden. Sie war sicher, wenn sie nur lange genug suchen würde, dann könnte sie sämtliche Geheimnisse des alten Gemäuers herausfinden. Ganz bestimmt musste eine solche Burg doch über Geheimgänge und verdeckte Ausfallpforten verfügen. Einen geheimen Ausgang, der in einer Mauerecke zwischen Bergfried und Südmauer lag, hatte sie bereits in der ersten Woche entdeckt. Vielleicht, weil sie auch in Köln sämtliche Durchschlüpfe und etliche Geheimgänge kannte, wusste sie auch, wo solche in der Burg versteckt sein könnten. Sie war geradezu besessen von der Idee, dass es einen Gang zur Talsohle geben müsse.

Cornelius Sevenich hatte ihr alles erzählt, was er über die Burg wusste, sichtlich angetan von ihrer Begeisterung für das alte Gemäuer. Von ihm hatte sie erfahren, dass der Brunnen im Burghof bis hinunter zum Grundwasser der Talaue reichte. Aber gab es auch eine Möglichkeit, in den Brunnen hinein zu kommen?

Immer wenn sie Zeit hatte, suchte Maria die Kellergewölbe und Treppenschächte nach Unregelmäßigkeiten im

Mauerwerk oder losen Steinen ab. Ihr Lieblingsplatz war jedoch das Dach des Bergfrieds. Von dort hatte man einen Ausblick über das Tal und die Burganlage. Jetzt im Herbst leuchteten die Buchen und Eichen in rot, orange und golden. Maria wusste, dass sich bald die letzten grünen Blätter verfärben würden, und genoss die wärmenden Sonnenstrahlen.

Auch an einem kühlen Spätherbsttag Ende September stand sie wieder oben auf dem Bergfried und betrachtete die Männer, die von hier oben klein wie Spielzeugsoldaten wirkten. Die Wache hatte das Fallgatter im Tor hochgezogen und einen Bauern mit seinem Ochsenkarren in die Vorburg einfahren lassen, der Fässer mit Äpfeln und Birnen brachte. Vom Dorf her näherten sich zwei Reiter der Burg und wurden nach einem kurzen Gespräch mit einem Wachsoldaten ebenfalls eingelassen.

Aus dem Wohnhaus des Burgvogts trat Cornelius Sevenich und sprach kurz mit den beiden Reitern. Einer griff in sein Wams und überreichte Cornelius einen Brief. Dann ritten sie auf den Bergfried zu, saßen ab und führten ihre Pferde über die zweite Zugbrücke in die Kernburg. Maria verließ ihren Beobachtungsposten und rannte die Treppe im Turm herunter, um mitzuhören, was die Reiter zu sagen hatten.

Einer der Männer hatte derweil einen Eimer Wasser aus dem Brunnen emporgezogen und tränkte die Pferde. Der andere kramte in seinen Satteltaschen und zog zwei schwere, in Wachstuch eingeschlagene Pakete hervor. Lis kam aus der Küche, etwas langsamer gefolgt von Änni, deren Gelenke heute wieder besonders schmerzten. Auch ein Wachsoldat, der auf der Westmauer Wache hatte, und der Stallbursche waren näher gekommen, hielten aber respektvoll Abstand.

Lis stellte die beiden Becher und den Krug auf den Brunnenrand und schenkte verdünnten Würzwein in die

Becher. Sie reichte die Becher den Kurieren, knickste und trat wieder zurück zum Brunnenrand.

»Willkommen auf Burg Wilhelmstein«, sagte Änni. »Werdet ihr hierbleiben? Dann übergebt eure Pferde dem Stallburschen und kommt für eine Mahlzeit in die Küche.«

»Nein, Herrin«, sagte der jüngere der Kuriere. »Wir müssen heute noch nach Heinsberg weiter. Unsere Botschaften sind nicht lang, wir sollen nur diese Päckchen abgeben, in denen genaue Anweisungen und Briefe zu finden sind. Ich weiß nicht mal, was drin steht.«

»Es wird Regen geben, also jebt uns, wenn et keine Umstände macht, etwas ze essen mit«, setzte der Ältere in einem breiten kölschen Dialekt hinzu. Er griff wiederum in sein Wams und holte aus einer Innentasche einen versiegelten Brief hervor. Franziska erkannte das Siegel des Herzogs von Jülich.

»Et steht alles janz jenau hier drin, ävver isch weiß auch, wat drin steht.« Er stellte sich etwas gerader hin und holte tief Luft. »Wilhelm der Vierte, Herzog von Jülich und Berg undsoweiter teilt Euch mit, dass Seine hochwohljeborene Tochter Maria samt Hofstaat und Wachmannschaft im Laufe des kommenden Monats hier eintreffen wird und mindestens über Weihnachten hier bleiben wird. Alles Weitere steht wie jesacht hier in diesem Brief.«

Er übergab den Brief an Änni und schaute traurig in seinen Becher. »Jibt et hier eijentlich kein Bier?«

Der Bequemlichkeit halber hatten sie sich angewöhnt, das Abendmahl in der Küche einzunehmen. Das sparte Zeit und bei schlechtem Wetter mussten die Speisen nicht erst noch über den Burghof getragen werden. An dem großen Tisch aus Eichenholz saßen sie dicht beieinander auf langen Holzbänken. Das Essen, ein Eintopf aus Rüben und Karotten mit Schweinefleisch, war inzwischen abgeräumt und Lis hatte den Tisch mit einem Lappen sauber gewischt. Auch

Tom, der Stallbursche, hatte es geschafft, von Änni zum Abendessen in die Küche eingeladen zu werden. Allerdings erst, nachdem er Arme, Hals und Gesicht mit warmem Wasser und Seife geschrubbt hatte. Jetzt beugte er sich ein wenig vor, denn Änni hatte den Brief hervorgeholt, den der Bote heute überbracht hatte. Für Franziskas Geschmack drängte er sich dabei deutlich zu nah an Maria, die wie zufällig neben ihm saß. Stirnrunzelnd blickte sie ihre Schwester an, die frech zurückgrinste.

Änni rückte die Kerze etwas näher und erbrach das Siegel. Sie faltete das Papier auseinander und blickte auf die Schriftzeichen im Inneren. Dann kniff sie die Augen zusammen und schüttelte den Kopf.

»Kind, lies du doch bitte vor.« Änni schob den Brief über den Tisch zu Franziska. Franziska lächelte ihr zu und zog den Halter mit der Kerze etwas näher.

»*Wilhelm der Vierte, Herzog von Jülich und Berg an Anna Maria van Elsum auf Burg Wilhelmstein. Ich sende Euch meine herzlichsten Grüße und hoffe, Ihr und alle, die zu Euch gehören, sind wohlauf. Weiterhin hege ich die Hoffnung, dass Euch Eure* »*Verbannung*« *auf die Burg nicht zu sehr zur Last fallen mag, denn ich weiß, dass alte Gemäuer schmerzenden Gelenken nicht zuträglich sind. Daher haben Wir, meine edle Gemahlin und ich, beinahe ein schlechtes Gewissen, Euch zusätzliche Arbeit und Verantwortung zu übertragen. Aber die unruhigen Zeiten haben Uns zu diesem Schritte bewogen, denn die Friedensverhandlungen stehen schon seit geraumer Zeit auf der Stelle still und Wir sind gezwungen, immer wieder lange Reisen auf Uns zu nehmen. Weiterhin erwägen Wir, um den Friedensprozess zu beschleunigen, im Frühjahr gegen Geldern mobil zu machen. Dabei würde unsere geliebte Tochter Maria von Jülich unnötig in Gefahr geraten und manchmal vielleicht auch ein wenig stören. Daher bitten Wir Euch, Maria in Euren Haushalt auf der Burg auf unbestimmte Zeit, aber sicher mindestens über das Christfest hinaus, bei Euch aufzunehmen. Maria untersteht dabei Eurem Befehl, ebenso wie alle Bediensteten. Maria wird voraussichtlich zwei Wochen nach diesem Brief bei Euch eintreffen. Ihr seid befugt, Maria in Unserem Sinne zu erziehen und ihr gegenüber auch unangenehme Strafen zu verhängen. Sollte sie Euch gegenüber ihre höhere Herkunft ins Spiel bringen, dann sperrt sie für eine Nacht ins Verlies. Ihr seid außerdem befugt, zusätzliches Personal einzustellen oder auch zu entlassen. Zur Deckung der entstehenden Kosten wird eine Truhe mit Geld bei den Gepäckstücken sein, deren Schlüssel Euch der Kommandeur der Wache übergeben wird. Die Wache verstärkt die Mannschaft der Burg, sie verfügt über eigene finanzielle Mittel. Burgvogt Cornelius Sevenich ist bereits über alles informiert. Sollte es Uns irgendwie möglich sein, werden Wir versuchen, das Weihnachtsfest bei Euch und Unserer Tochter zu verbringen. Wir grüßen Euch herzlichst und wünschen Euch allzeit gute Gesundheit und Gottes Segen.*

Geschrieben am 22. September Anno mcdxcvii.«

Franziska schob den Brief beiseite und schaute die anderen am Tisch fragend an. Ihr Blick blieb bei Änni hängen.

»Der Herzog meint wohl, dass wir uns hier langweilen. Also ich für meinen Teil kann gut auf des Herzogs Tochter verzichten«, brummte diese. »Drei hübsche Jungfrauen in einem Haushalt und außen herum jede Menge Soldaten und deren Knappen. Und Stallburschen, die ihre Finger nicht bei sich halten können.«

Änni blickte zu Tom, der daraufhin ein wenig verschämt von Maria abrückte. Änni erhob sich schwerfällig und blieb auf die Tischplatte gestützt stehen.

»Ich gehe ins Bett und überlasse dem Jungvolk das Aufräumen der Küche. Allerdings werfe ich vorher noch eigenhändig diesen Pferdeknecht hinaus, der muss noch mal nach den Viechern schauen.«

Franziska wusste, dass die Schmerzen in den Gelenken Änni unleidlich und müde machten. Sie konnte sich vorstellen, dass nach einem langen Tag die schmerzenden Gelenke etwas Wärme brauchen konnten.

Tom erwartete Maria an der Linde im Burghof. Während Franziska die Tür der Küche verriegelte, berührte Maria sie kurz an der Schulter.

»Bis gleich«, flüsterte sie.

Franziska fuhr herum und hielt sie am Ellbogen fest.

»Mach nicht zu lange, Schwester. Und leg dich bloß nicht zu ihm ins Stroh. Du bist doch noch Jungfrau, oder?«

»Er hat sehr zärtliche Hände. Aber mehr als Anfassen habe ich ihm noch nicht erlaubt.«

»Noch nicht«, brummte Franziska. Sie wusste, dass man ihrer Schwester in dieser Hinsicht keine Vorschriften machen konnte.

Maria drückte ihr einen Kuss auf die Wange und lief hinüber zu Tom.

Bedrückt ging Franziska hinüber zum Palas. Sie bewunderte Marias unbekümmerte Art und machte sich gleichzeitig Sorgen um sie. Dabei war ihr klar, dass Maria früher in den Straßen Kölns täglich großen Gefahren ausgesetzt war und daher auch stark genug war, sich gegen Übergriffe zu wehren.

Kairo, Muharram 903

Mit dem neuen Jahr des arabischen Kalenders war der Nil stark angestiegen. Das war gut so, denn ein schnelles Ansteigen sprach dafür, dass das Hochwasser eine ordentliche Höhe erreichen konnte. Man hatte Arnold und Christian erklärt, dass der Höchststand des Nilhochwassers nach etwa fünfzig bis siebzig Tagen nach der Sommersonnenwende erreicht würde, aber von Jahr zu Jahr stark schwankte, zwischen acht und vierzehn Ellen über dem Tiefststand im Juni.

Für die Bauern und damit für das Angebot an Nahrungsmitteln war der Wasserstand entscheidend. Zu niedriges Wasser bedeutete, dass Flächen nicht bebaut werden konnten oder mühsam von Hand bewässert werden mussten, zu hohes Wasser zerstörte die Deiche, die die Felder einrahmten und trugen den fruchtbaren Schlamm wieder fort, der für einen guten Ertrag der Parzellen nötig war.

Im Juli war das Wasser des Nils zunächst grünlich geworden und drei Wochen später dann rotbraun. Anfangs war der Nil einen oder zwei Fingerbreit angestiegen, Anfang des neuen Jahres dann zwischen einem halben und einem ganzen Spann. Danach stieg das Wasser dann wieder langsamer, bis in der dritten Woche des Muharram der Höchststand erreicht war.

Die Bauern öffneten die Deiche um ihre Felder und ließen das braune Wasser des Flusses ein. Dann wurden die Deiche für zwei bis vier Wochen geschlossen, damit sich der Schlamm absetzen konnte. Das restliche Wasser wurde wieder in den Nil oder in Wasserreservoirs geleitet. Auch in der Stadt gab es solche Reservoirs und unzählige Zisternen, in die bei Hochwasser frisches Wasser eingefüllt wurde.

Schließlich wurde in den frischen Schlamm schnell die Saat eingebracht.

Arnold und Christian hatten das Angebot von zwei Mamelukken gern angenommen, auf eine der Pyramiden südlich der Stadt zu steigen, um von dort oben einen Überblick über das Hochwasser zu bekommen. Die Mamelukken, ein Deutscher und ein Franke, hatten Pferde besorgt und waren am frühen Morgen, noch vor Sonnenaufgang, zu Arnolds Haus gekommen, gleich nachdem die Tore geöffnet worden waren. Massimo und Samira sollten das Haus bewachen, aber sie hatten so lange gebettelt, bis sie mitgehen konnten. Sie ritten auf zwei Eseln und sollten sich um die Packtaschen und die Wasserschläuche kümmern.

Sie folgten der großen Hauptstraße, die als Fortsetzung der al-Muizz-Straße in der Altstadt von Kairo vom Bab al-Zuweila aus in den Süden führte. Es ging durch das Viertel der Schwarzen, vorbei an der Ibn-Tulun-Moschee nach Babylon, einem der drei antiken Siedlungskerne von Kairo. Hier besichtigten sie eine Kirche der georgischen Christen und nahmen im Schatten der Kirchenmauer ein kleines Frühstück zu sich.

Otto und Jean-Pierre, wie die beiden Mamelukken mit ihren früheren Namen hießen, erzählten viele Geschichten aus Kairo und über ihre Kämpfe für den Sultan. Sie genossen es, sich noch einmal in ihren Muttersprachen unterhalten zu können. Zunächst waren sie ein wenig irritiert darüber, dass Arnold auch auf Fragen von Samira antwortete. Mit der Zeit aber tauten sie auf und berichteten im Laufe des Tages auch über die Schwierigkeiten in der Führungselite der Mamelukken, die der junge Sultan gerade noch unter Kontrolle bekommen hatte. Allerdings glaubten die beiden nicht mehr daran, dass der Streit zwischen dem jungen Sultan und seinem Onkel ein gutes Ende nehmen würde.

Arnold berichtete im Gegenzug von seinen Gesprächen mit dem Sultan, in denen es um die Politik der beiden

Herrscher Frankreichs und Deutschlands ging. Arnold hatte versucht, dem Sultan klar zu machen, dass von den großen Reichen im Norden zurzeit keine Kreuzzüge zu erwarten seien. Er schilderte die Rivalität der beiden Herrscher und ihre gegenseitige Bündnispolitik. Otto und Jean-Pierre waren besonders angetan von der Geschichte der geraubten Braut, die zunächst dem einen König versprochen war und dann den anderen geheiratet hatte.

Arnold hatte auch die Gerüchte um die äußerst geringen finanziellen Mittel von Karl von Frankreich an den Sultan weitergegeben. Er war der Meinung, der junge Herrscher sollte sich auf die Probleme im Inneren konzentrieren und nicht noch einen Einfall der Franzosen befürchten.

In einem Punkt gab er dem Sultan aber uneingeschränkt recht: Gegen eine Armee aus dem Norden hätten die Mamelukken nicht die geringste Chance. Obwohl sie hervorragende Nahkämpfer waren und einen Feind auch ohne jede Waffe innerhalb von wenigen Augenblicken töten konnten, hätten sie den Gewehren und Geschützen der Deutschen oder Franzosen nichts entgegenzusetzen. Die Mamelukken würden im Kampf nicht nah genug herankommen, um ihre Bögen, Armbrüste und Schwerter einzusetzen. Auch wenn es den Elitesoldaten der Mamelukken als ausgesprochen feige erschien, einen Feind aus der Entfernung einfach abzuknallen, so waren Arnold und der Sultan der Meinung, dass zur Ausbildung und Ausrüstung der Krieger auch Schusswaffen gehören sollten. Auch die Piraten auf dem Mittelmeer waren mit leichten Kanonen und Hakenbüchsen ausgerüstet, was natürlich für Kairo kein Problem war, aber sehr wohl für die Hafenstädte.

»Sollte der Sultan diese Pläne weiterführen, dann wird er sich noch mehr Feinde im eigenen Lager machen«, meinte Otto nachdenklich. »Ich sehe schwarz, dass das noch lange gut geht.«

In der Nähe von Alt-Babylon gab es einen hochwassersicheren Hafen mit einer hohen Kaimauer. Von dort setzten sie nach Gizeh auf der linken Seite des Nils über. Zunächst ging es über Wege, die wegen des Hochwassers auf Dämmen verliefen, dann stieg das Gelände deutlich an.

Schon von Weitem waren die Pyramiden ein beeindruckender Anblick, jetzt aus der Nähe waren sie einfach gigantisch. Es ging vorbei an einem riesigen Wesen aus Stein mit einem menschlichen Kopf und dem Körper eines Löwen, das, wie die Mamelukken erklärten, Sphinx genannt wurde. Die Sphinx blickte aus steinernen Augen auf das Niltal, so als würde sie die Pyramiden bewachen.

Samira fürchtete sich, als sie an ihr vorbei ritten.

Es gab zusätzlich zu den drei gut sichtbaren Pyramiden noch einige kleinere, die etwa so groß wie ein großes Wohnhaus waren, dazu Reste von Gebäuden, Palästen und Straßen. Daher war Arnold auch nicht der Meinung, dass es sich bei den Cassa Pharaonis um Getreidespeicher handelte. Er bevorzugte die Theorie, dass diese Gebäude Teil eines riesigen Palastkomplexes waren, der die Gräber der Pharaonen beherbergte. Die Pyramiden waren von ihnen offensichtlich für die Ewigkeit gebaut worden.

Arnold hatte eine lange Bambusstange mitgebracht, die an der Seite des Packesels angebracht war. Damit wollte er die Pyramide ausmessen. Der Stab war so lang, dass Arnold die Spitze gerade so mit seiner ausgestreckten Hand erreichen konnte, wenn der Stab senkrecht auf dem Boden stand. Mit diesem Stab maß er nun die Basis der Pyramide aus, indem er ihn immer wieder dort anlegte, wo sich im Sand die Spitze eingedrückt hatte.

Otto und Jean-Pierre blieben mit Christian und Samira im Schatten an der Nordseite zurück, während Massimo neben Arnold herlief und beim Zählen half. Nach einiger Zeit, Samira hatte auf der untersten Steinstufe etwas zu essen und zu trinken bereitgestellt, kamen sie aus der anderen Richtung zurück. Arnolds Augen leuchteten.

»Es sind auf jeder Seite genau hundert Ruten, also achthundert Fuß«, rief er schon von Weitem. »Und es sieht ja so aus, als wäre oben in der Spitze ein rechter Winkel. Die Seitenneigung habe ich bestimmt, das sind fünfundvierzig Grad und die Kanten haben etwas mehr als einundfünfzig Grad. Auch wenn man das nicht so ganz genau sehen kann, weil die Kanten ja nicht mehr da sind.« Er deutete auf die zweite Pyramide. »Wenn sie eine glatte Außenseite hatte, wie die da drüben noch an der Spitze, dann war es eine perfekte rechtwinklige Pyramide. Ich wette, die Seiten sind auch noch genau nach den Himmelsrichtungen ausgerichtet. Man müsste noch mal in der Nacht herkommen und mit dem Astrolabium genau den Polarstern anpeilen.«

»Sie sind genau nach den Himmelsrichtungen ausgerichtet«, bestätigte Otto. »Diese Seite hier verläuft exakt von West nach Ost.« Er klopfte mit der Hand auf den Stein. »Und man sagt, dass die Spitzen früher vergoldet waren«, setzte er nachdenklich hinzu.

»Das hat bestimmt sehr schön ausgesehen«, meinte Samira. »Und sehr – hm – eindrücklich?«

»Beeindruckend«, schlug Christian vor.

»Ja genau!« Samira strahlte ihn an.

»Die Menschen dieser Zeit glaubten, die Erbauer seien Götter.« Otto schüttelte den Kopf. »Das ist natürlich falsch, kein Mensch kann ein Gott sein, aber man kann es sich fast vorstellen, wenn man diese gewaltigen Bauten sieht.«

Nach einem mühsamen Aufstieg von einer riesigen Steinstufe zur nächsten, standen sie nach über einer Stunde auf der Spitze der Pyramide und genossen die Aussicht. Im Norden, auf der anderen Seite des Nils, konnten sie in der flimmernden Luft Kairo erkennen; besonders die Zitadelle Saladins, die ja südlich der Altstadt von Kairo lag, war gut zu erkennen. Das grüne Band des Nils zog sich an den Pyramiden vorbei nach Süden; ein schmaler Streifen nur, in dem sich das Leben konzentrierte und rechts und links davon Sand und Steine in grau und hellbraun, so weit das Auge reichte. Auf dem Nil konnte man die weißen Segel von Schiffen sehen, die von hier oben aus wie Spielzeuge wirkten.

»Man kommt sich sehr klein vor, hier oben«, sprach Samira aus, was alle dachten. »Aber es ist so schön.« Sie ging zu Christian und nahm seine Hand in ihre Hände. »Danke!« Dann blickte sie wieder auf den Fluss. Sie sah deshalb weder den nachdenklichen Blick Christians noch die Eifersucht in Massimos Augen.

Burg Wilhelmstein, Oktober 1497

»Christian Schreiber an Jungfer Franziska im Hause von Harff, Sankt-Mauren-Straße, Köln.

Der Khan al-Khalili ist ein riesiger Markt, so groß wie ein ganzes Stadtviertel. Die Ausmaße sind etwa so groß wie die Hälfte von Köln, in einem Rechteck vom Dom zu Sankt Gereon, dann zu Sankt Aposteln und von dort zu Maria im Kapitol und wieder zurück zum Dom. Das zumindest schätzt Arnold. Es ist nicht möglich, an einem Tag durch alle Gassen und in alle Läden zu gehen. Überall in den Straßen von Kairo gibt es Bäcker und Garküchen für den täglichen Bedarf, aber nur dort bekommt man alle anderen Waren. Man kann dort Waffen kaufen und Schmuck, Gewürze, von denen ich noch nie gehört habe, seltsame Geräte, zum Beispiel um die Zeit zu vermessen. Auch allerlei Tiere und sogar Menschen kann man dort kaufen.

Die verkauften Menschen werden zu Dienern oder Soldaten. Sie müssen allezeit tun, was ihr Herr ihnen sagt. Tun sie das nicht, darf der Herr sie schlagen oder sogar töten. Ich habe von einem Kaufmann eine solche Sklavin geschenkt bekommen. Er wollte sie nicht mehr haben und ich weiß nun nicht, was ich mit ihr machen soll. Es ist für sie zu gefährlich, sie einfach freizulassen.

Kairo und das ganze Land werden vom Sultan der Mamelukken beherrscht. Das sind abgefallene Christen, die zum Islam konvertiert sind und erst als Sklaven und später dann als freie Männer Soldaten des Sultans sind. Einen Mamelukken erkennt man an folgender Gestalt: Er trägt ein weißes, enges Leinengewand bis auf seine Füße. Wegen des heißen Sandes geht er auf zwei hölzernen Trippen. Er trägt einen hohen roten Hut, wohl drei Spann hoch. Wenn Mamelukken auf die Straße gehen, dann tragen sie einen großen Knüppel in der Hand und einen krummen Säbel an der Seite. Wo ein Christ, Jude oder Heide ihnen auf der Straße zu nahe tritt, schlagen sie ihn zu Boden. So gewährt ein jeder ihnen auf der Straße den Vortritt. Wenn einer der Mamelukken stirbt, so nimmt der Sultan all sein Gut und seinen Nachlass, und wenn er zehn Kinder hätte, so erbten diese nicht. Die Kinder können selbst niemals zur Herrschaft kommen, denn sie sind geborene Heiden und keine abgefallenen Christen.

Die Frauen der Heiden gehen mit einem weißen Gewand gekleidet auf die Straße. Dabei haben sie alle schwarze Netze vor ihrem Angesicht, sodass man sie nicht erkennen kann. Selbst wenn sie auf der Straße ihrem Mann begegneten, würde er sie nicht erkennen, daher werden sie von ihren Männern sehr streng bewacht. Sie haben eine hohe Kopfbedeckung von der Gestalt eines Kelchs, der ganz mit Tüchern und Schmuck umwunden ist. Ich habe eine Zeichnung beigelegt, die zeigt, wie sie auf die Straße gehen oder auch reiten.

Ich bin überzeugt, dass es mehr Volk in dieser Stadt gibt, als in den zwei Bischofssitzen Köln und Trier zusammen. Allein 30000 Leute gibt es, die täglich Wasser vom Nil hertragen, damit alles Volk in Kairo zu trinken hat. Dazu 24000 Köche und 30000 Bäcker mit ihren Familien. Dazu 16000 Mamelukken, von denen jeder mindestens einen Knecht hat, manche aber auch 30 oder 40 und viele von den obersten Herren haben gar 200 oder 300 Knechte. Dann gibt es in dieser Stadt noch 30000 gezählte Haushalte von Christen und mehr als 10000 von Juden. Auch gibt es 36000 Moscheen, von denen eine jede drei Pfaffen von ihrer Religion hat. Also insgesamt sicher hundert mal tausend Menschen, die Sklaven nicht einmal mit eingerechnet. Und das, obwohl vor Jahren ein Drittel der Bevölkerung bei einer Pestepidemie gestorben ist.

Wir planen, das Katharinenkloster auf dem Berg Sinai zu besuchen. Dazu muss man zweihundert Meilen durch die Wüste reiten. Die Wüste kann aus Stein oder Sand bestehen, aber es gibt darin weder Dorf noch Stadt, weder Haus noch Hof, weder Acker noch Garten, weder Baum noch Gras, nur unfruchtbares sandiges Erdreich, von der großen Hitze der Sonne verbrannt. Mir graut ein wenig vor der Reise, denn viele Reisende verschmachten in der *großen Hitze, aber es haben sich sicher zwanzig mal tausend Pilger auf eine noch weitere Reise durch die Wüste aufgemacht. Sie wollen nach Mekka pilgern, um dort ihrem Gott Allah zu huldigen. Das ist für sie eine religiöse Vorschrift. Auch wenn wir die Leute hier Ungläubige nennen, sind sie auf ihre Weise sehr gläubig, sie beten fünfmal am Tag und verbeugen sich dabei bis zum Boden, so weit, dass ihre Stirn den Boden berührt. Daher triffst du überall in Kairo und in anderen Städten auf Moscheen, das sind ihre Kirchen. Diese haben hohe schlanke Türme, auf denen ein Ausrufer zur Gebetszeit die Gläubigen zum Gebet ruft, aber sie haben keine Glocken. Manche Moscheen sind klein und unscheinbar, vor allem in den kleineren Dörfern, aber in Kairo gibt es prächtige Moscheen, mit goldenen Dächern und glänzenden Keramikfliesen in Blau, Grün und Weiß. Sie sind überall, außen und innen, mit Versen aus ihrem heiligen Buch, dem Qu-ran, beschrieben, in überaus schöner Kalligrafie.*

Ich entbiete Euch, edle Jungfer, unsere herzlichsten Wünsche, möge der Herr alle Zeit mit Euch sein. Geschrieben am Johannistag im Jahre des Herrn mcdxcvii.«

Gedankenverloren zeichnete Maria von Jülich mit ihrem Zeigefinger die Linien der arabischen Kalligrafie nach, die dem Brief beigelegen hatte. Nach der Aufregung bei der Ankunft der kleinen Tochter von Wilhelm von Jülich und Berg und dem Gewimmel von Dienstboten, das jetzt in der Burg herrschte, wollten sich Franziska und ihre Schwester, die jetzt alle wieder Ria nannten, damit man sie besser von Maria unterscheiden konnte, eine kleine Auszeit nehmen. Nach dem einfachen Frühstück waren sie in die Schreibstube geschlichen, aber Maria hatte es geschafft, ihnen zu folgen. Höflich, aber bestimmt, hatte sie darauf bestanden, dass die Schwestern sie mit einbezogen, und war sich offensichtlich keiner Schuld bewusst.

Ria betrachtete die Zeichnung, die eine arabische Frau mit Schleier zeigte.

»Das ist sicher nicht sehr angenehm, in dieser Hitze so herumzulaufen, aber es hat auch seine Vorteile, wenn man nicht erkannt werden kann.«

»Es gibt doch dort überall diese Badestuben«, nahm Franziska den Gedanken auf. »Dorthin können die Männer ihnen ja nicht folgen. Wenn sie vorne hinein und an einem Seitenausgang wieder hinaus gehen, merkt das keiner.«

»Wenn ich ein Dieb wäre, würde ich mir so etwas auch überziehen«, meinte Ria. »Du machst ein paar Schritte in eine Menschenansammlung und niemand erkennt dich mehr.«

Maria von Jülich hatte ihren eigenen Gedanken nachgehangen.

»Meint ihr, dass ich irgendwann auch mal eine solche Reise machen werde? Ich meine, als adlige Dame habe ich doch andere Möglichkeiten, oder?«

»Du bist Johann von Cleve versprochen. Als dein Ehemann wird er entscheiden, wohin er reisen will und ob er dich mitnimmt.«

»Aber wenn ich ihn nett überrede, nimmt er mich bestimmt mit.« Maria versuchte einen kecken Augenaufschlag.

»Vielleicht zu einer Pilgerfahrt?«, schlug Franziska vor. »Wie diese Lena Leinweber.« Sie konnte nicht verhindern, dass sich in ihre Stimme ein harter Unterton schlich.

»Von den Leinwebers haben wir auch nichts mehr gehört«, meinte Ria versonnen. »Ob es ihnen gut geht?«

Franziska war hin und her gerissen. Einerseits wünschte sie sich, alles über Lenas Pilgerreise zu erfahren und andererseits war sie rasend eifersüchtig.

»Wir sollten einen Brief nach Köln schicken und nachfragen. Vielleicht können die Spione der Gräfin etwas herausfinden.«

»Ich soll meiner Mutter sowieso noch einen Brief schreiben und ihr mitteilen, ob hier alles in Ordnung ist. Da kann ich sie ja auch gleich nach Lena Leinweber fragen.«

Maria von Jülich hatte ein unglaubliches Gespür dafür, Geheimnisse und unausgesprochene Dinge zu erspüren. Neugierig schaute sie Franziska an und überlegte, wie sie nach der Ablehnung fragen konnte, die sie bei Franzis wenigen Worten über Lena herausgehört hatte.

Die sechsjährige Tochter des Herzogs war vor einer Woche nach Wilhelmstein gekommen und seither war es mit der Ruhe auf der Burg vorbei. Wie es sich gehörte, hatte sie Räume des Herzogs im ersten Stock des Palas bezogen. Personal und persönliche Dienerinnen übernahmen die Arbeiten, Änni war in der Küche eigentlich überflüssig geworden und Franziska und Ria hatten gezwungenermaßen die Rolle der Gesellschafterinnen für Maria übernommen. Das konnte bisweilen recht mühsam sein, aber Franziska hatte Maria die Briefe und Bilder von Christian gezeigt, die ja auch ihre Mutter schon so interessant fand. Maria konnte sich stundenlang ausmalen, wie es wäre, eine Reise zu machen oder einen Prinzen zu heiraten.

Kairo, Safar 903

Christian vermisste Lilith. Seit zwei Monaten schon war sie fort. Er war sich darüber im Klaren, dass es schwierig geworden wäre, hätte er noch länger Kontakt mit der Tochter des Rabbis gehabt. Außerdem wusste er ganz genau, dass er Lilith zwar zugetan war, aber sich eine gemeinsame Zukunft nicht vorstellen konnte. Dennoch dachte er gerne und mit Wehmut an ihre gemeinsamen Unterrichtsstunden zurück. Sie war so unkompliziert neugierig auf alles, was er zu erzählen hatte, dazu humorvoll und intelligent. Er hoffte, dass sie es in ihrer neuen Heimat und mit dem ihr fast unbekannten Ehemann gut haben würde.

Ein Krachen aus der Küche und ein verärgerter Aufschrei von Samira rissen ihn aus seinen trüben Gedanken. Er erhob sich von seinem Diwan und sah nach. In der Küche stand Samira mit in die Seiten gestemmten Armen vor einer am Boden zerbrochenen Schüssel mit Mehl. Auf der anderen Seite der Scherben stand mit gesträubtem Fell eine magere sandgraue Katze und fauchte Samira an. Ein wenig abseits, mit einem Besen in der Hand, stand Massimo und grinste breit.

»Worüber du lachst? Über Katze oder über mich?«, fauchte Samira.

»Mir scheint, es gibt zwei Katzen in diesem Raum«, meinte Christian von der Tür aus.

»Bin ich keine Katze, bin ich Prinzessin!« Wenn Samira sich aufregte, vergaß sie immer noch die Grammatik. Wütend fuhr sie sich mit den Händen durch die schwarzen Locken, die nur von einem breiten Stoffband zusammengehalten wurden. Da sie vorher mit Mehl hantiert hatte, verteilte sie weißen Staub auf Haaren und Gesicht.

»Los!«, wies sie Massimo an. »Vertreibe dieses Misthaufenvieh aus Küche.«

»Mistvieh, ohne Haufen«, meinte Christian.

»Also du vertreibst Mistvieh ohne Haufen aus Küche.«

Als sie das Chaos in der Küche beseitigten, kam Arnold nach Hause. Schon von der Eingangstür her hatte er das Gelächter aus der Küche gehört. Er war nach der Reise zum Katharinenberg immer öfter zum jungen Sultan gerufen worden. Auch heute kam er aus dem Palast des Saladin. Die Schatten im Innenhof wurden länger, bald würde die Sonne untergehen.

Beim Abendmahl berichtete er, der junge Sultan habe ihn gefragt, wie er es anstellen müsse, dass Arnold in Kairo bleibt. Doch Arnold hatte ihm freundlich, aber bestimmt mitgeteilt, dass er an alte Gelübde gebunden sei und deshalb zu seinem Dienstherren, dem Herzog von Jülich zurückkehren müsse. Da die Gelegenheit günstig war, hatte Arnold ihm von der geplanten Weiterreise nach Jerusalem berichtet und um Geleitbriefe und die Begleitung des Dolmetschers Vincent de Granada gebeten.

Der Sultan hatte bedauernd zugestimmt, jedoch nicht ohne Arnold die schönsten Tänzerinnen anzubieten, um ihn doch noch von seinem Vorhaben abzubringen.

Der Sultan hatte mit Arnold einen Zeitplan entwickelt und ihm Hilfe bei der Klärung verschiedener Fragen zugesagt. So wollte Arnold in der restlichen Zeit in Kairo herausfinden, welche Wegeverbindungen es in Afrika gab und ob es möglich sei, die Nilquellen zu erreichen, die nach Ptolemäus in den Mondbergen liegen sollten. Dazu wollten sie die Ptolemäische Weltkarte mit der des al-Idrisi und den Reiseberichten von Ibn Battuta vergleichen. Außerdem wollte Arnold mehr über die Handelsbeziehungen in den Osten, nach Indien und darüber hinaus erfahren.

Arnold erzählte außerdem, dass der Sultan den gesamten Hausstand für den Tag nach dem Freitagsgebet, also dem

Samstag nach christlicher Diktion, zu sich in den Palast bestellt hatte. Die Tatsache, dass der Sultan erstaunlich gut über seine Begleiter informiert war, verschwieg er indes. Darüber würde er in einem ruhigen Augenblick mit Christian reden, wenn die Kinder im Bett waren. Insbesondere hatte der Sultan seinen Unmut darüber geäußert, dass Samira zum Christentum konvertiert war, aber Arnold konnte ihm anscheinend überzeugend klarmachen, dass er nicht missionarisch auf Samira eingewirkt hatte. Aber auch das schien der Sultan schon zu wissen.

Oft genug hatte Arnold den Eindruck, dass der junge Mann trotz seines fast noch jugendlichen Alters ein erstaunliches Einfühlungsvermögen besaß und schon bevor er eine Frage stellte, die Antwort kannte. Offensichtlich wollte er oft nur die Reaktionen seines Gegenübers studieren, selbst wenn er die Antwort schon wusste. Arnold hielt den Sultan für einen überaus intelligenten Menschen, den man auf keinen Fall unterschätzen durfte.

Am nächsten Morgen hatten sie einen Termin bei einem Händler für Waren aus dem fernen Osten, der am Rande des verzweigten Labyrinths des Khan al-Khalili wohnte und dort auch seine Lager und Verkaufsräume betrieb. Meister Rawad ibn Mustafa begrüßte sie freundlich in seinen Verkaufsräumen, er war schon am Vortag von einem Boten des Sultans über den Besuch informiert worden. Er erklärte, dass er Waren von der Malabar-Küste in Indien über das Meer nach Kairo holte und von hier aus weiter nach Venedig und Marseille verschickte. Dann zeigte er ihnen seine Waren.

Er handelte vorwiegend mit Tee und den passenden chinesischen Tassen. Besonders die feinen, federleichten Trinkgefäße hatten es Arnold und Christian angetan. Wenn man sie gegen das Licht hielt, waren sie fast durchsichtig und bei einigen zeigte sich ein feines Reiskorn-Muster. Noch nie hatten Arnold und Christian so feine Gefäße gesehen. Christian vermutete, dass es sich um eine Art weißes Glas handelte, aber Meister Rawad zeigte ihnen die Bruchkante eines zerbrochenen Tellers, der bei Weitem nicht die Schärfe einer Glasscherbe hatte, sondern eher an sehr feines Steingut erinnerte.

»Der Überzug ist meiner Ansicht nach wirklich Glas, aber das Innere ist etwas anderes, wie eine sehr feine Töpferware. Keiner kennt die Herstellungsweise, auch Marco Polo hat nicht herausgefunden, wie man es macht. Die Italiener glauben, dass man es aus Porzellanschnecken herstellt, die im Meer leben und nennen es deshalb Porzellan«, erklärte er. »Ich gebe zu, die Ähnlichkeit ist groß, aber wie man aus der Schnecke eine Tasse machen soll, kann ich mir nicht vorstellen.« Er griff in eine Schublade und holte eine ovale Schale heraus.

Arnold nahm sie in die Hand und betrachtete die glänzende Oberfläche. Das Material war fast weiß, mit braunen Punkten. An der Unterseite hatte die Porzellanschnecke eine längliche, gezahnte Öffnung.

»Das Tier kann sich ganz nach innen zurückziehen, aber wenn es sich sicher fühlt, kommt es heraus und umschließt das komplette Gehäuse.«

Samira war bei dem Gespräch unruhig von einem Fuß auf den anderen getreten. Jetzt hielt sie es nicht mehr aus und zupfte an Arnolds Ärmel.

»Darf ich Frage stellen, *sajid*?«

»Eine Frage«, brummte Arnold.

»Darf ich eine Frage stellen?«

»Ja, aber du hast ja bereits eine Frage gestellt!«

Samira schaute ihn verwirrt an. »Nein, wieso …?«

»Nun, du hast gefragt, ob du eine Frage stellen darfst.«

Samira verdrehte die Augen.

»Darf ich noch eine Frage stellen?«

»Nur zu!«

»Ihr wisst, Massimo bringt mir Sprache von Menschen in seiner Heimat bei. Und dort heißt porcella kleines Mädchenschwein.«

»Du meinst ein weibliches Ferkel«, half Massimo nach.

»Sag ich doch!« Samira war zunehmend genervt von den dauernden Unterbrechungen.

»Also dann kleines weibliches Ferkel.« Sie blickte zwischen Arnold und Rawad hin und her. »Ist Tier in glänzendem Haus wie Schwein? Warum sind schöne, feine Tassen nach dreckigem Schwein benannt? Ich nicht verstehe!«

»Eure Sklavin hat scharfsinnige Ideen«, brummte der Teehändler. Man konnte an seinem Gesicht verschiedenste Gefühlsregungen zwischen Missbilligung und Interesse feststellen. »Sklaven sollten nicht solche Gedanken haben und auch nicht ungefragt mit freien Männern reden.«

»Nun, bei uns ist das anders«, antwortete Arnold freundlich. »Ich schätze es, wenn jemand einen freien und ungebundenen Geist hat. Und im Übrigen plane ich, sie als Tochter anzunehmen.« Die letzte Bemerkung brachte ihm einen überraschten Blick von Samira ein.

»Dann werde ich Eurer zukünftigen Tochter eine Antwort geben, denn auch ich habe mich schon gefragt, wie dieses feine weiße Material an den Namen eines Schweins kommt.« Rawad nahm Arnold das Schneckenhaus wieder aus der Hand. »Ich denke jedoch, dass die Antwort für die Tochter eines Ritters nicht unbedingt geeignet ist.«

»Ach, ich habe schon viel gehört!« Samira machte eine wegwerfende Handbewegung.

Wieder zeigte sich leichter Unmut im Gesicht von Meister Rawad. Aber offensichtlich brannte er darauf, seine Geschichte weiterzuerzählen.

»Wenn man sich die Schale von unten ansieht, dann hat sie in der Mitte einen Schlitz und rechts und links davon zwei halbrunde Bäckchen. Nun, woran erinnert Euch das?«

Er hielt das Schneckenhaus hoch, sodass es alle sehen konnten. Hinter Samiras Rücken begann Massimo, zu kichern.

»Seht Ihr, der junge Mann dort hat schon eine Idee!« Rawad lächelte Massimo an. »Für das, was Frauen zwischen ihren Beinen haben, werden immer schon besondere Namen verwendet, also warum nicht Schweinchen?« Er machte eine Pause, um das Gesagte besser wirken zu lassen. »Und wenn man dann noch überlegt, dass porcella und portella sich nur in einem Buchstaben unterscheiden, dann schließt sich doch irgendwie der Kreis, oder?«

»Portella?« Samira schaute sich fragend zu Massimo um. »Kleine Tür?« Massimo nickte mit roten Ohren.

»Das gibt es auch im Fränkischen und im Deutschen, Pforte der Liebe oder ähnliche Formulierungen«, setzte Arnold hinzu.

»Also zwischen Beine von Frau ist portella, dann wird daraus lustige Wort porcella, Haus von Schnecke sieht aus wie porcella von Frau und bekommt davon den Namen und Porzellan sieht aus wie Schnecke«, fasste Samira zusammen.

Rawad nickte ihr zu und wandte sich dann an Arnold. »Überlegt Euch das mit der Tochter. Wenn Frauen zu scharfsinnig werden, dann gibt es nur Ärger!« Er grinste Samira an, um ihr zu zeigen, dass die harten Worte nicht ernst gemeint waren.

Sie kauften bei Meister Rawad eine Kiste mit Tee, in den vorsichtig ein halbes Dutzend chinesische Tassen verpackt wurden. Die Kiste wurde mit Versandpapieren versehen und an einen venezianischen Händler geliefert, der dafür sorgen sollte, dass sie nach Köln transportiert würde.

Auf dem Rückweg fanden sie einen Händler, der allerlei Tand verkaufte, um beispielsweise Kleidung damit zu verschönern. Bei ihm stießen sie neben unzähligen bunten Muscheln und Schneckenhäusern auf die Schalen der Porzellanschnecke, von denen sie vier schöne Exemplare kauften.

Am frühen Morgen nach dem Freitagsgebet machten sie sich auf den Weg zum Palast des Saladin, eskortiert von vier Mamelukken-Kriegern, die unmittelbar nach dem Öffnen der Tore vor ihrem Haus aufgetaucht waren. Die Sonne hatte sich eben über die Hügelkette am Rande des Niltals erhoben und die Minarette und Kuppeln glänzten in Gold und Blau. Bald würden die Sonnenstrahlen auch in die Straßen fallen, aber noch war es kühl.

Die vier Mamelukken hatten sie in die Mitte genommen und es kam Arnold so vor, als wären sie verhaftet. Allerdings ließ nichts auf eine Verärgerung des jungen Sultans schließen, lediglich seine Ablehnung, sich in die Dienste des Sultans zu begeben, könnte diesem übel aufgestoßen sein. Arnold war allerdings der Meinung, dass er sich mit der Berufung auf alte Eide, die erst aufgelöst werden müssten, bevor er sich in ein neues Abhängigkeitsverhältnis begab, gut aus der Affäre gezogen habe. So verwarf er diesen Gedanken wieder und hoffte, dass die grimmigen Mienen ihrer Wachmannschaft lediglich potenzielle Angreifer abschrecken sollten.

Sie gingen aus ihrer Gasse auf die al-Muizz-Straße und verließen die Altstadt durch das Bab al-Zuweyla. Im Viertel der Schwarzen, al-Mansurija, wandten sie sich nach Osten und verließen die Stadt endgültig durch das Bab al-Wezir. Der Boden stieg jetzt deutlich an, links erstreckte sich am Hang die Nekropole von Kairo mit dem unübersehbaren Grab des alten Sultans, rechts auf dem Djebel Moqquatam lag der riesige Komplex des Saladin-Palasts, etwa hundert Fuß über ihnen. In einem langen Halbkreis umrundeten sie den Hügel und traten durch das erste Tor.

Offensichtlich wurden sie erwartet, denn die Wächter ließen sie mit einem Nicken passieren. Sie durchschritten

Mauerring um Mauerring, zwischen denen sich Gestüte, Mannschaftsunterkünfte, Speichergebäude, Küchen und andere Anlagen befanden und betraten schließlich den inneren Bereich des Palasts, mit den Unterkünften des Sultans und der Moschee, deren vier Minarette sich hoch in den blauen Himmel erhoben.

Der junge Sultan erwartete sie in einem seiner Privatgemächer. Er saß im Schneidersitz auf einem Diwan aus edlen Teppichen und blickte in einen Garten. Dabei hörte er konzentriert einem Berater zu, der hinter ihm stand und sich zu seinem Ohr hinabgebeugt hatte. Nach einer angemessenen Wartezeit, die sie kniend mit dem Blick zum Boden gerichtet verbracht hatten, erhob sich der Sultan, nachdem er den Berater mit einer Handbewegung entlassen hatte. Er begrüßte sie der Reihe nach und auch für Samira und Massimo hatte er ein paar persönliche Worte.

»Ich habe mich ja schon fast damit abgefunden, dass Ihr nicht hier in meinen Diensten bleiben wollt«, eröffnete der Sultan das Gespräch. »Auch, wenn Ihr schöne Worte und gute Gründe angeführt habt, die mein Gemüt besänftigen sollten, will ich doch noch einen Vorstoß wagen und Euch zeigen, was Ihr hier verpassen würdet, solltet Ihr Euch abwenden und Eurer Wege gehen.«

Der Sultan machte eine Pause, um das Gesagte wirken zu lassen. Dabei beobachtete er genau die Gesichter.

»Doch in meinem Herzen spüre ich, dass Ihr bereits in Gedanken auf dem Weg seid, fort von hier, zu neuen Ufern oder vielleicht auch zurück nach Hause.«

Wieder machte er eine Pause, diesmal schaute er jedoch aus dem Fenster, über den Garten und die Festungsmauer hinaus in die Ferne. Dann gab er sich einen Ruck und drehte sich wieder zu Arnold uns seinen Gefährten um.

»Dennoch werde ich an meinem ursprünglichen Vorhaben festhalten und Euch einige Dinge zeigen und Euren Rat einholen, auch den des Sohnes des Gewürzhändlers und seiner schönen Begleiterin, die sich bedauerlicherweise vom wahren Glauben abgewandt hat, um einst diesen jungen Mann hier heiraten zu können.«

Während Massimo aufgrund der unausgesprochenen Drohung den Blick senkte, schaute Samira dem Sultan in die Augen, ganz bewusst jede Regung unterdrückend. Schließlich lächelte der Sultan und blickte wieder zu Massimo.

»In dieser zarten Person steckt der Kampfgeist einer Löwin. Ich wünsche dir viel Erfolg dabei, ihn zu bändigen.

Aber lassen wir das und widmen uns wieder dem Hier und Jetzt. Vor vier Jahren brach ein Mann im Auftrag des spanischen Herrscherhauses auf, um einen Weg gen Westen nach Indien zu finden. Das geschah auch aus dem Antrieb heraus, die Kontrolle über die Warenströme zu erlangen, die seit Jahrhunderten von der Hohen Pforte und von uns hier in Kahira dominiert wurden. Wenn es gelänge, die Waren am östlichen Mittelmeer vorbei zu transportieren, dann könnte man die Gewinne ganz für sich behalten. Damit sind wir nicht einverstanden und beobachten daher ganz genau, was dieser Cristóbal Colón, oder wie der Kerl auch immer heißt, gefunden hat. Ich persönlich glaube nicht, dass Colón oder Kolumbus in Indien war und es gibt ja auch Berichte darüber, dass es dort noch einige sehr große Inseln geben soll. Auch Zèng Hé hat uns von großen Inseln zwischen seinem Reich und Afrika erzählt und er ging sogar so weit, dass es sich dabei um einen ganzen unbekannten Kontinent handeln könne.«

Wieder machte der Sultan eine Pause und blickte in die Ferne.

»Jedenfalls ist es den Agenten der Mamelukken gelungen, übrigens ebenso wie denen der Hohen Pforte, an Proben einiger Waren zu gelangen.«

Stolz blickte der Sultan Arnold an und dieser erwiderte den Blick mit einer Geste der Bewunderung.

Auf einen Wink des Sultans hin brachten Diener einen kleinen Tisch und ein mit Intarsien verziertes Holzkästchen. Der Sultan öffnete den Deckel und hob mit einem goldenen Löffel einige unscheinbare Kügelchen aus dem Kästchen. Schon beim Öffnen des Kästchens hatte sich ein seltsamer Geruch im Raum ausgebreitet.

»Kolumbus hat dort, wo er war, keinen Pfeffer gefunden, aber das hier«, sagte der Sultan. »Hier ist die gute Nase unseres jungen Freundes hier gefragt, aber streckt alle die Hand aus.« Er gab mit dem Löffel jedem ein paar der braunen Kügelchen auf die Hand.

»Es riecht nach Nelken, aber nicht so stark«, meinte Massimo. Er steckte ein Kügelchen in den Mund und atmete durch die Nase, dann biss er das Kügelchen auf. Der Sultan und die anderen beobachteten ihn dabei.

»Es schmeckt schon irgendwie scharf, aber auch nach Nelken, wie eine Mischung aus Nelken und Pfeffer in einer Frucht.«

»Sehr gut, junger Mann! Die Spanier nennen es Piment oder Nelkenpfeffer.

Aber jetzt wird es schwieriger, denn hier fehlt uns jeder Vergleich mit einer bekannten Frucht«, setzte der Sultan hinzu.

Wieder gab er dem Diener ein Zeichen und ein anderes Kästchen wurde auf den Tisch gestellt. Er öffnete den Deckel eigenhändig und grinste seine Besucher jungenhaft an. Wieder verbreitete sich ein eigenartiger Duft, fruchtig und süß und zugleich von einem unbekannten Aroma. Der Sultan griff in das Kästchen und holte ein längliches schwarzes Stäbchen heraus und legte es auf den Tisch. Es war weich und schrumpelig, wie eine vertrocknete Schote, aber es waren keine Bohnen in der Schote sichtbar. Nachdem alle es ausgiebig betrachtet hatten und sich von seinem Duft nahezu berauscht fühlten, übernahm der Sultan von einem bereits bereitstehenden Diener ein Brettchen und ein Messer.

Er schnitt die schwarze Schote der Länge nach auf und kratzte dann mit einem kleinen goldenen Löffel das klebrige braune Mark aus der Schote.

»Die Spanier nennen es vainilja, was aber nur so viel bedeutet wie kleine Schote«, erklärte er. »Auf den Inseln, die Kolumbus besuchte, wurde nur damit gehandelt, er hat nicht herausgefunden, wo dieses Gewürz herkommt oder wie es angebaut wird. Wenn man es in Milch oder Wasser aufkocht, entfaltet sich der Geruch und man kann es gut zum Würzen von Süßspeisen oder süßen Getränken verwenden. Leider haben wir nur eine sehr kleine Menge der Schoten in unseren Besitz bringen können.«

Er gab einem Diener ein Zeichen und der räumte alles vorsichtig wieder weg.

»Manche Malvenblüten riechen so«, meinte Massimo, »aber sie bilden keine Früchte, die so aussehen.«

»Wenn Kolumbus bei seinen nächsten Fahrten die Herkunft dieser Früchte herausfindet, dann braucht er nicht mehr nach Pfeffer zu suchen. Dieses Gewürz würde noch höhere Preise erzielen«, setzte Arnold hinzu. Er war überrascht, wie gut der Sultan über Kolumbus informiert war, aber er würde sich eher die Zunge abbeißen, als dies dem jungen Mann gegenüber zu äußern.

»Nun kommen wir«, sagte der Sultan, »zu einem einfacheren Fall.« Wieder erschien ein Diener, diesmal mit einem Tablett, auf dem eine Schale mit braunen Bohnen und ein Mörser standen.

»Dies hier sind xocolatl-Bohnen. Sie sind den kahve-Bohnen ähnlich und werden auch genauso verarbeitet.« Er legte zwei der braunen Bohnen in den Mörser und der Diener begann, sie zu zerreiben. Wieder breitete sich ein angenehmer Geruch aus.

»Der Geschmack ist ähnlich bitter wie kahve, aber das Aroma ist wahrhaft göttlich. Und bei den Einwohnern der

Inseln im Westen wird das Getränk auch als Göttertrank bezeichnet.«

»Man könnte vielleicht gegen den bitteren Geschmack Zucker oder Dattelsirup dazugeben«, meinte Samira vorsichtig.

»Und ich glaube, vainilja und xocolatl schmecken gemeinsam besonders gut«, setzte Massimo hinzu.

Man sah dem Sultan an, wie stolz er auf seine nächsten Worte war.

»Ja, genau das haben wir auch getan. Und ihr seid die Ersten – außer mir –, die es probieren dürfen.« Die Augen des jungen Sultans leuchteten, als eine Dienerin jetzt ein Tablett mit chinesischen Teetässchen brachte, in denen eine dicke braune Flüssigkeit war. Er gab seinen Gästen ein Zeichen, dass sich jeder eine Tasse nehmen sollte.

Die nächsten Minuten vergingen in andächtigem Schweigen. In winzigen Schlückchen nahmen sie das süße und unglaublich aromatische Getränk zu sich. Der junge Sultan beobachtete sie dabei ganz genau. Er hatte ja schon gewusst, welch überwältigendes Geschmackserlebnis sie haben würden.

Massimo hatte den Kopf zur Seite geneigt und atmete langsam durch die Nase, während er einige Tropfen des Getränks im Mund hin und her bewegte. Auch Samira genoss mit geschlossenen Augen; Tränen hingen an ihren Wimpern und hatten feuchte Spuren auf ihren Wangen hinterlassen. Christian war aufgestanden und einige Schritte auf das Fenster zugegangen, er blickte in den Himmel, indes ohne irgendetwas zu sehen. Nur Arnold betrachtete ebenso wie der Sultan die Reaktion der anderen. Dabei nahm er immer wieder einen Schluck des süßen Getränks zu sich und verzog genießerisch das Gesicht.

Schließlich war der letzte Tropfen aus den Tassen geholt und die träumerische Stimmung verflog. Christian kam wieder zu dem Diwan zurück, auf dem er zuvor gesessen hatte und ließ sich mit einem Seufzen darauf nieder.

»Zum Glück seid Ihr mein Freund und nicht mein Gegner«, meinte der Sultan an Arnold gewandt. »Wäret Ihr mein Gegner, dann hätte ich Angst vor Euch.«

»Und ich vor Euch – und das meine ich als Kompliment«, erwiderte Arnold leise. Er stand auf und machte eine elegante Verbeugung vor dem mächtigsten Mann in Arabien, der trotz seiner Jugend über ein solch großes militärisches und diplomatisches Geschick verfügte. Dann nutzte er die Gunst der Stunde, um den Sultan noch einmal um die Geleitbriefe zu bitten, ohne die eine Weiterreise nicht möglich war.

»Sie liegen schon seit Wochen fertig in einer Truhe, aber ich hatte die Hoffnung, Euch doch noch umstimmen zu können. Ihr werdet alles in Eurem Haus finden, wenn Ihr heute Abend nach Hause kommt.«

Tatsächlich fanden sie in der wertvollen Truhe neben den Geleitbriefen auch noch Säckchen mit xocolatl-Bohnen und Nelkenpfeffer sowie andere wertvolle Gewürze und einen großen Klumpen Weihrauch von hoher Qualität, wie Massimo bestätigte, der sich inzwischen zusätzlich zu seinem Wissen über Pfeffer und Gewürze auch noch intensiv auf den Basaren mit anderen Handelswaren beschäftigt hatte. Weihrauch war im Moment sein Lieblingsthema, denn im Gegensatz zu Pfeffer oder anderen Gewürzen war er wesentlich einfacher zu transportieren und verdarb nicht so schnell. Und wenn man das nötige Fachwissen hatte, konnte man billigen von edlem Weihrauch unterscheiden und war in der Lage, enorme Gewinne zu erzielen.

Zusätzlich hatte der Sultan dafür gesorgt, dass feinste Speisen bereitstanden, und hatte ihnen drei Tänzerinnen und zwei Musiker geschickt.

»Was soll das alles?«, fragte Christian irritiert.

»Hast du noch nicht gemerkt, dass junger Sultan alles tut, um den Herrn hier zu halten?«, fragte Samira zurück.

»Aber er hat uns doch die Geleitbriefe geschickt.«

»Na klar! Er lässt uns frei und zeigt uns gleich danach, auf was wir verzichten, wenn wir gehen ins Frankenland zurück.«

»Aber Arnold würde sich nie auf ein Dasein als Sklave einlassen«, meinte Massimo.

»Nein, natürlich nicht. Aber deshalb will er vielleicht auch nicht so gerne zurück zu seinem Herrn in Jülich. Ich glaube, wenn er könnte, würde er mit diesem Senjor Kolumbus nach Westindien fahren, oder wohin auch immer.« Triumphierend blickte sie in die betretenen Gesichter der beiden, die offensichtlich nichts mehr darauf erwidern konnten.

Arnold, der etwas abseits saß und vorgab, den Tänzerinnen zuzusehen, hatte die leise Unterhaltung sehr wohl mitbekommen. Aber er tat so, als wäre er von der Darbietung völlig eingenommen.

An diesem Abend nahm er eine der Tänzerinnen mit in seine Kammer. Christian hingegen verzichtete, trotz der gekränkten Blicke der beiden anderen.

Die Vorbereitungen zur Abreise nahmen einige Wochen in Anspruch. Der Sultan hatte Arnold mitteilen lassen, dass am ersten Tag des Monats Rabi al-awwal eine Söldnertruppe in Richtung Damaskus aufbrechen würde, unter deren Schutz sie durch die Wüste nach Gazera gelangen würden. Für die Weiterreise nach Al-Quds, wie die Araber Jerusalem nannten, waren sie dann wieder auf sich allein gestellt. Wie weit in diesen unruhigen Zeiten die Geleitbriefe des Sultans reichen würden, wusste Arnold nicht. Aber auf jeden Fall würde ihr Trutschelman Vincent seinen ursprünglich in Venedig geschlossenen Vertrag einhalten und sie bis zur

Grenze des Mamelukken-Reichs nördlich von Jerusalem geleiten.

Über finanzielle Dinge musste man sich indes keine Sorgen machen, denn der Verkauf von Haushaltsgegenständen und die Honorare aus Arnolds Tätigkeit als Hakim hatten ihre Beutel gut gefüllt. Arnold hatte zwar nie Geld für seine ärztlichen Behandlungen verlangt, aber viele Besucher hatten darauf bestanden, Untersuchungen und Arzneien zu bezahlen oder sie hatten sich mit mehr oder weniger wertvollen Gegenständen bei Arnold für die Hilfe bedankt. Als sich herumsprach, dass der Hakim aus dem Norden abreisen würde, hatte sich der Andrang der Hilfesuchenden noch einmal verstärkt.

Von der Familie des Gewürzhändlers Karim ibn Mohammed verabschiedeten sie sich ausführlich. Karim hatte die Idee, im kommenden Jahr eine Lieferung von Gewürzen nach Köln zu schicken. Ibrahim sollte die Fahrt begleiten und beaufsichtigen. Er sprach inzwischen gut genug Deutsch und war entsprechend stolz. Arnold und Christian hatten Karim die Wegeverbindungen nach Köln aufgezeichnet und genau erklärt, wofür dieser sich mit dem Versprechen einer Lieferung von Pfeffer zu besonders guten Konditionen bedankte.

Jan van Issum lief unruhig in seinem Zimmer in der Herberge auf und ab, während Arndt berichtete. Nach drei Wochen Suche, an der er sich nicht beteiligen konnte, weil er mit seinem einen Arm zu auffällig wäre, lagen seine Nerven blank. Er wollte endlich etwas tun, hatte die Hoffnung aber aufgegeben, Arnold nach so langer Zeit noch zu finden. Sicher war er ihnen schon wieder, wie damals in Venedig, entwischt und hielt sich längst ganz woanders auf.

»Es gibt da einen deutschen Arzt in der Altstadt im griechischen Viertel. Er ist ein Berater des jungen Sultans und handelt mit Gewürzen. Das könnte Arnold sein«, berichtete Arndt. »Er löst gerade seinen Haushalt auf und es heißt, dass er zum Beginn des nächsten Monats abreisen will. In Richtung Jerusalem, das würde auch passen.«

»Warum sollte Arnold sich so lange hier in Kairo aufgehalten haben? Wir haben fünf Monate für die Suche gebraucht und er ist immer noch hier?«

Arndt wusste darauf auch keine Antwort und zuckte deshalb nur mit den Schultern. »Morgen wird ihn einer unserer arabischen Informanten aufsuchen. Er hat eine üble Verletzung am Bein, die nicht heilen will und somit einen guten Grund, den deutschen Hakim aufzusuchen.«

Also wieder warten, dachte Jan, setzte sich auf eine steinerne Bank an der Wand, nur um gleich wieder aufzustehen und seine Wanderung wieder aufzunehmen.

Kairo, Rabi al-Awwal 903

Sie verließen Kairo am ersten Tag des neuen Monats. Arnold hatte ausgerechnet, dass es sich um den 2. November der christlichen Zeitrechnung handeln müsse. Damit würden sie Jerusalem hoffentlich noch vor Weihnachten erreichen. Der Weg von Kairo nach Gazera sollte etwa zehn Tage dauern, dabei würden sie etwa sechs Tage durch die Wüste Alhyset reisen.

Den etwa viertausend Soldaten des Sultans hatten sich rund dreitausend Händler und andere Reisende der monatlichen Karawane ins Heilige Land angeschlossen. Arnold und seine Begleiter durften als Freunde des Sultans an der Spitze des Zuges reiten, wo noch nicht so viel Staub in der Luft war. Konrad von Basel, der auch an dem Feldzug teilnahm, sorgte dafür, dass sie bevorzugt behandelt wurden und daher war es für Jan van Issum und seine Leute ein Leichtes, sich von ihnen fernzuhalten. Jan war es lieber, dass jeden Tag der Wüstensand zwischen seinen Zähnen knirschte, als dass er noch länger in dieser Herberge in Kairo eingesperrt sein musste. Sie gaben sich als Pilger aus, was zwar dazu führte, dass sie schlechter behandelt wurden und höhere Abgaben zahlen mussten, aber dafür waren sie in der großen Gruppe fast gleich gekleideter Menschen nahezu unsichtbar. Arnold, hatte Jan erfahren, behauptete, dass er Gewürzhändler im Auftrag des Kölner Handelshauses Pfaffendorp sei. Jan nahm sich vor, diese Lüge zu gegebener Zeit gegen Arnold zu verwenden.

Die Soldaten des Sultans hatten außerhalb der Stadtmauern von Gazera gelagert und waren am Vortag gen Osten gezogen. Die meisten Reisenden hatten in einer Karawanserei

Quartier bezogen, während Arnold dank der Geleitbriefe des Sultans für sich und seine Begleiter zwei Zimmer in einer etwas besseren Herberge nehmen konnte. Vincent war am Morgen mit Christian zur Karawanserei außerhalb der Stadt gegangen, um nach Mitreisenden zu suchen, die auch nach Jerusalem wollten, als es an der Tür des Zimmers klopfte.

Das Geräusch klang laut und ungeduldig. Arnold, der gerade dabei war, sich einen langen Umhang anzuziehen, winkte Massimo und Samira in eine Ecke des Raums, die von der Tür aus nicht einzusehen war, und ging dann langsam zur Tür. Wieder klopfte jemand, diesmal noch lauter und fordernder. Arnold schob den Riegel zurück und sofort riss ihm jemand von außen den Türgriff aus den Händen.

Auf dem Flur standen vier Männer, der händeringende Herbergswirt und drei Mamelukken. Der Vordere fragte etwas auf Arabisch, von dem Arnold nur seinen eigenen Namen verstand, erwartete aber anscheinend keine Antwort, denn sofort drängten sich seine beiden Männer an ihm vorbei, bewaffnet mit den üblichen Knüppeln und Hand- und Fußeisen.

Sie drängten Arnold mit dem Gesicht zur Wand und zwangen seine Arme nach hinten. Als die Verschlüsse der Handschellen einrasteten, sprang Samira einen der Soldaten von hinten an, um ihn daran zu hindern. Der Soldat, der mit einer Hand weiterhin die Kette der Handfesseln festhielt, wischte mit dem Handrücken der anderen Hand das Mädchen beiseite, fast so, wie man eine lästige Fliege verscheucht. Die Hand des Soldaten traf Samira mitten im Gesicht, sie schleuderte herum und schlug der Länge nach hin.

Als Arnold versuchte, den Kopf zu drehen, um sich nach ihr umzusehen, bekam er einen heftigen Schlag auf den Hinterkopf, sodass er mit der Stirn gegen die Wand schlug. Innerhalb von wenigen Augenblicken war er an Händen und Füßen gefesselt und die Soldaten zerrten ihn aus dem Zimmer.

Er erhaschte einen flüchtigen Blick auf Samira, die ihn so mutig verteidigen wollte. Sie lag auf dem Boden, Kopf und Arme seltsam verdreht. Neben ihr kniete Massimo, die Augen in dem grauen Gesicht weit aufgerissen. Anscheinend traute er sich nicht, seine Freundin auch nur zu berühren.

»Dreh sie ganz vorsichtig um ...«, rief Arnold ihm vom Flur aus zu, was ihm einen Schlag auf den Mund einbrachte. Seine Oberlippe platzte auf und er spürte Blut im Mund. Dann polterten sie die hölzerne Stiege hinunter und im Gebäude war es plötzlich totenstill.

Christian hatte auf ihrer Reise einen besonderen Sinn entwickelt, der sich meldete, als sie sich der Herberge näherten. Er hätte nicht beschreiben können, woran er merkte, dass etwas nicht stimmte. Vielleicht war es zu still oder es waren weniger Menschen auf der Straße. Jedenfalls hielt er Vincent zurück, der ohne etwas zu bemerken auf die Herberge zuging.

»Hier stimmt irgendwas nicht«, sagte er.

Sofort änderte sich die Haltung Vincents. Er lockerte unauffällig den Dolch, den er am Unterarm unter dem weiten Arm seines Umhangs befestigt hatte, und blickte sich prüfend um.

»Keine augenblickliche Gefahr«, raunte Vincent, sodass es nur Christian hören konnte. Offensichtlich hatte er keinen Augenblick an Christians Warnung gezweifelt.

Vorsichtig betraten sie den Hof der Herberge. Auch hier war alles still. Am Fuß der Treppe stießen sie auf den Herbergswirt, der kein Wort herausbrachte. Leise, aber schnell liefen sie die Treppe hinauf und betraten Arnolds Zimmer.

Mit einem Blick erfasste Christian die Situation. Massimo saß auf dem Boden, den Kopf von Samira auf seinen Beinen.

Sein Gesicht war kreidebleich, er hatte die Augen geschlossen und weinte. Eine seiner Hände streichelte ihr Gesicht, die andere lag auf einer ihrer Hände.

»Hilf mir, sie vorsichtig aufs Bett zu legen«, sagte Vincent leise zu Christian.

»Nein«, flüsterte Massimo.

Vincent griff nach einem Krug mit Wasser und schüttete Massimo einen Schwall davon ins Gesicht. Massimo zuckte zusammen, öffnete aber die Augen. Vincent kniete sich neben ihn und legte eine Hand auf seine Schulter.

»Gib sie uns, nur für einen Augenblick«, sagte er freundlich zu Massimo, der Samiras Hand tatsächlich losließ.

Christian packte Samiras Beine, Vincent versuchte, gleichzeitig Schultern und Kopf anzuheben und zu stützen.

»Sie ist tot«, krächzte Massimo. Er sprang auf und rannte aus dem Raum. Man hörte, wie er sich draußen übergab.

Burg Wilhelmstein, November 1497

Die Herbststürme hatten eingesetzt. Der Wind heulte in den hohen Bäumen um die Burg herum und riss das restliche Herbstlaub von den Ästen. Windböen fuhren in die Kamine und ließen die brennenden Holzscheite flackern oder wirbelten Asche auf. Tiefhängende Wolken segelten mit rasender Geschwindigkeit von Westen heran. Wenn man auf der Spitze des Bergfrieds stand, meinte man, sie mit den Fingerspitzen berühren zu können. Meistens allerdings regnete es, manchmal vermischten sich Regen und nasser Schnee oder es hagelte, sodass sogar Ria nur in den seltenen Augenblicken, in denen die Sonne durch die dunklen Wolken blinzelte, auf ihren Beobachtungsposten auf dem Bergfried stieg.

Die Wintervorräte waren eingelagert und in der Küche begannen schon die Planungen für die Adventszeit und das Weihnachtsfest. Da Maria von Jülich genügend Personal mitgebracht hatte, blieben für sie, Franziska und Ria nur die Lese-, Schreib- und Rechenübungen, um sich die Zeit zu vertreiben. Zu Franziskas heimlicher Beruhigung hatte sich Ria von dem Stallburschen Tom distanziert, der anscheinend mehr gefordert hatte, als Ria zu geben bereit war.

An einem Abend Ende November kam der Burgvogt nach dem Abendmahl noch einmal in den Rittersaal. Der leichte Regen war in Schnee umgeschlagen und hatte alles mit einer dünnen weißen Decke überzogen. Er traf auf Franziska und Änni, die noch am Kamin saßen und einen Becher heißen Würzwein tranken. Franziska ließ den Stickrahmen sinken und lächelte Cornelius Sevenich zu, der auf ihre Aufforderung hin näher trat. Er hielt seine Kappe mit beiden Händen und machte einen leicht verlegenen Eindruck.

»Herrin, entschuldigt die späte Störung«, begann Cornelius, »aber vorne im Torbogen befindet sich ein Bettler-Paar, ein junger Mann und eine Frau. Sie baten um Einlass, den ich ihnen natürlich nicht gewährt habe. Ich hätte sie gleich abweisen wollen und zum Hof der alten Agnes oben am Hang geschickt, aber die Frau fragte sehr beharrlich, ob es sich bei dieser Burg um den Besitz des Herzogs von Jülich handele. Man verstand nicht viel von dem, was sie faselte, aber ich hörte den Namen Arnold von Harff heraus und dachte, bevor ich sie wegschicke frage ich lieber bei Euch nach.«

»Hat die Frau oder der Mann einen Namen genannt?«, fragte Franziska.

»Nein, ich ... Aber der Mann sagte einmal Lena zu ihr.«

»Wartet, ich hole nur einen Umhang und komme mit Euch.« Franziska legte den Stickrahmen erleichtert beiseite.

»Ich warte lieber hier auf dich«, brummte Änni, deren Gelenke bei dem nasskalten Wetter wieder unangenehm schmerzten.

»Was meinst du, wer das ist?«, fragte sie, als Franziska kurz darauf wieder die Treppe herunter kam, jetzt gekleidet mit Pelzstiefeln und einem schweren Winterumhang.

»Wahrscheinlich nur irgendwelches Bettelvolk, aber wenn die Frau Lena heißt, könnte es sich doch um die Leinwebers handeln.«

Sie verließen den Palas und gingen über die kleine Zugbrücke in die Vorburg. Auf den vom Schnee glatten Pflastersteinen reichte Cornelius Franziska den Arm, trotzdem kamen sie nur langsam voran.

»Eure Schwester macht meinem Sohn schöne Augen«, brummte Cornelius.

»Oder vielleicht ist es auch umgekehrt.« Cornelius hörte an Franziskas Stimme, dass sie lächelte.

»Naja, es gäbe Schlimmeres!«

»Beleidigt nicht meine Schwester, Burgvogt!«

»Nein, nein!« Cornelius war stehen geblieben. »So meinte ich es doch nicht.«

»Schon gut.« Franziska verkniff sich das Lachen, wurde dann aber wieder ernst. »Sie ist ein hübsches Mädchen und sie wird mal eine schöne Frau. Aber sie braucht jemanden, der ihr gewachsen ist. Sie fühlt sich zu Jan hingezogen, weil er ihr etwas entgegenzusetzen hat, nicht weil er so unverschämt gut aussieht.«

Maria hatte sich in der Zwischenzeit von einem knochigen Ackergaul, wie sie sich selbst bezeichnet hatte, zu einer hübschen jungen Frau entwickelt, mit Rundungen an den richtigen Stellen und einem hübschen Dekolleté, in dem sich der Blick manches jungen Mannes verlor. Franziska wusste, dass Maria dem einen oder anderen von ihnen in aller Diskretion auch schon einmal intimere Einblicke gewährt hatte. Gleichwohl testete sie nur ihre Wirkung auf das andere Geschlecht, wirklich verliebt hatte sie sich noch nie, soweit Franziska dies beurteilen konnte.

Schweigend setzten sie ihren Weg zum Burgtor fort. Cornelius beorderte zwei Männer aus der Wachstube, ihnen zu folgen. Dann trat er an den Riegel der Mannpforte und öffnete ihn eigenhändig.

»Normalerweise würde ich der Dame den Vortritt lassen«, brummte er, »aber in diesem Fall gehe lieber ich voran.«

Einer der Soldaten leuchtete mit einer Fackel in den dunklen Torbogen, den das letzte Licht der Dämmerung nicht mehr erhellen konnte. Franziska trat hinter ihnen durch die schmale Tür.

Zunächst schienen dort in der trockenen Ecke des Torbogens nur einige Bündel Kleider zu liegen, doch als Cornelius unsanft an einem der Bündel rüttelte, öffneten sich zwei Augen. Grüne Augen in einem schmalen Gesicht. Die

Lippen der jungen Frau bewegten sich, aber kein Ton kam aus ihrem Mund. Franziska drehte sich zu dem zweiten Wachsoldaten um, der in der Tür stehen geblieben war.

»Holt etwas zu trinken, besser warm als kalt.«

In wenigen Augenblicken war der Wachsoldat wieder da, mit einem Steingutbecher, aus dem es dampfte.

Er gab ihn an Franziska weiter, die sich neben die junge Frau hockte und ihr den Becher vorsichtig an die aufgesprungenen Lippen hielt. Eine eiskalte Hand kam aus dem Kleiderbündel und legte sich um Franziskas Handgelenk.

»Danke«, krächzte die junge Frau mühsam. Ihre Lippen verzogen sich zu einem gespenstischen Lächeln.

»Wer seid Ihr?« Franziska musste diese Frage stellen und fürchtete gleichzeitig die Antwort. Sie erinnerte sich an die schöne junge blonde Frau, die sich vor einem Jahr mit Arnold und Christian zusammen auf eine Pilgerreise begeben hatte. Das Häuflein Elend hier im Torhaus hatte keine Ähnlichkeit mit der Lena aus ihren Erinnerungen. Ein ganzes Jahr lang hatte sie Lena abgrundtief gehasst, aber jetzt verspürte sie nur Mitleid.

»Lena ...« Sie schloss die Augen. »... und Hans Leinweber.« Die kalte Hand ließ sie wieder los und legte sich auf ihren Bauch.

»Ich ... bin schwanger ...«, setzte Lena mit letzter Kraft hinzu.

Durch den Tumult, der jetzt im Torhaus ausbrach, wurden weitere Personen darauf aufmerksam, dass etwas vor sich ging. Franziska gab mit klarer Stimme Anweisungen. Jan, der vor dem Haus des Vogts stand und eine Laterne in der Hand hielt, erhielt die Anweisung, zur Küche zu laufen und warmes Wasser für einen Badezuber bereiten zu lassen.

Karsil von Bredenbend, der junge Kommandant der Wache, nahm Lena behutsam auf die Arme und trug sie vorsichtig zur Hauptburg; zwei seiner Männer hoben Hans auf, der sich bisher nicht gerührt hatte. In der Küche der

Burg angekommen, stand dort schon ein großer Holzzuber bereit. Lis hatte an der Glut im Herd einige kleine Zweige entzündet und legte größere Holzscheite bereit, während Tom Eimer um Eimer Wasser aus dem Brunnen im Hof hochholte und in den großen Kupfertopf über dem Herdfeuer schüttete.

Karsil setzte Lena vorsichtig auf eine Bank an der Wand ab und wollte sich eilig verabschieden.

»Wenn noch etwas sein sollte, Herrin, dann lasst es mich wissen. Auch mitten in der Nacht.« Er bemerkte die zweideutige Aussage, errötete und wollte die Flucht ergreifen.

»Moment!«, hielt Franziska ihn auf. »Kennt Ihr eine Hebamme, die man jetzt noch zur Burg holen könnte?«

»Grit, die Tochter der Bäuerin Agnes oben auf der Höhe, die kennt sich mit solchen Sachen aus. Ich kümmere mich sofort darum.«

»Sagt ihr, es geht nur um eine Untersuchung, nicht um eine Geburt.«

»Mach ich!«, sagte Karsil schon von draußen und schloss die Tür.

Franziska und Ria, die sich auf die Suche nach ihrer Schwester machte, nachdem sie Maria von Jülich ins Bett gebracht hatte, hatten Lena inzwischen vorsichtig ausgezogen und notdürftig gewaschen, während sie darauf warteten, dass Lis das Wasser für den Badezuber warm machte.

Mitleidig schaute Franziska auf die junge Frau, die sie bisher so darum beneidet hatte, mit Arnold zusammen auf eine Pilgerreise gehen zu dürfen. Offensichtlich konnte solch eine Reise auch schnell zum Tod führen. Viel länger hätte Lena nicht mehr weitergelebt; sie war so abgemagert, dass über und unter den kaum noch vorhandenen Brüsten die Rippen unter der Haut zu sehen waren. Der dicke Schwangerschaftsbauch schien irgendwie nicht zu dem mageren Körper zu gehören. Knie und Ellbogen wirkten an den dürren Armen und Beinen viel zu groß und ihr Gesicht hatte große Ähnlichkeit mit einem Totenkopf. Hans sah ähnlich aus, er war nicht mehr aufgewacht, seit die Soldaten ihn neben dem Herdfeuer auf ein paar Decken gelegt hatten. Ria hatte auch ihm das Gesicht gewaschen und dabei festgestellt, dass er hohes Fieber hatte. Da er aber ruhig schlief, hatten sie beschlossen, sich erst einmal um Lena zu kümmern.

Als Grit nach etwa einer halben Stunde auftauchte, hatten sie Lena gerade in den Badezuber gehoben und wuschen ihr den Rücken.

»Sagt Bescheid, wenn Ihr wieder nach Hause gebracht werden wollt«, sagte Karsil durch den offenen Türspalt und schloss dann schnell die Tür.

Grit blieb zunächst in der Mitte des Raumes stehen und sah sich bedächtig um. Sie legte ihre große Tasche auf den Tisch und erst dann wandte sie sich an Franziska.

»Ihr habt ja schon gute Vorkehrungen getroffen«, sagte sie. »Aber wer ist der Mann da neben dem Herdfeuer?«

»Er ist ihr Ehemann, aber er ist seit einer Stunde nicht mehr bei Bewusstsein.«

»Na gut, den sehe ich mir später an. Normalerweise dulde ich keine Männer, wenn ich eine Schwangere untersuche.« Sie legte den Umhang ab und schob die Ärmel ihres Kleides bis über die Ellenbogen hoch. Aus ihrer Tasche nahm sie ein Kästchen, in dem ein Stück Seife war. Dann trat sie an den Spülstein und wusch sich gründlich Hände und Arme mit der Seife. Sie nahm den erstaunten Blick von Ria wahr und lächelte.

»Arabische Ärzte haben herausgefunden, dass weniger Krankheiten übertragen werden, wenn sich die Ärzte vor jeder Untersuchung die Hände waschen. Also halte ich es genauso«, erklärte sie. Sie trat an den Badezuber und sah auf Lena herab.

»Gute Mutter Maria, sie ist ja nur noch Haut und Knochen.«

Lena öffnete die Augen. Ihre Hände lagen schützend auf ihrem Bauch. Als Grit sich zu ihr herabbeugte, griff Lena nach ihrer Hand.

»Sie hat sich seit Tagen nicht mehr bewegt«, flüsterte sie. Grit sah Tränen in ihren Augen.

»Du bist eine starke Frau und deine Tochter sicher auch. Wir werden gleich nach ihr sehen, aber zuerst untersuche ich dich. Meinst du, du kannst einen Moment stehen?«

Lena nickte. Mit vereinten Kräften halfen sie ihr aus dem Badezuber und hüllten sie in trockene Leinentücher. Vorsichtig tastete Grit den mageren Körper ab und betrachtete die Augen und schaute in ihren Mund.

»Hast du Hunger?«

»Ich weiß nicht mehr, wie es war, keinen Hunger zu haben.« Lena versuchte ein tapferes kleines Lächeln.

»Gebt ihr vorsichtig zu essen, Grießbrei, Brot, Gemüsebrühe, Hühnchen. Und sie muss viel trinken, aber seid vorsichtig mit Alkohol. Würzwein nur, wenn er schon länger auf dem Feuer war und sonst dünnes Bier oder Wasser, wenn der Brunnen sauber ist.« Die Anweisungen galten Franziska.

»Wenn dir beim Essen schlecht wird oder du Bauchschmerzen bekommst, dann mach eine Pause. Du brauchst viel Kraft, eine Durchfallerkrankung kann dich töten, also sei vorsichtig«, sagte Grit, jetzt wieder an Lena gewandt.

»So, die Mutter ist trotz allem gesund. Jetzt schauen wir mal nach deiner Tochter.«

Sie ließ Lena auf der Bank an der Wand Platz nehmen und zog sich einen Hocker heran. Dann kramte sie in ihrer Tasche und holte ein Töpfchen mit Holzdeckel heraus. Sie löste den Lederriemen, der den Deckel auf dem Topf hielt, und griff hinein. Die Paste, die sie herausholte, roch nach Tannen und Honig. Sie knetete die Creme und verteilte sie dann auf dem

Bauch von Lena. Vorsichtig massierte sie die gespannte Haut und versuchte, die kleine Person darunter zu erspüren.

Plötzlich zuckte Lena zusammen.

»Da war was, eine kleine Bewegung!« Sie schloss die Augen, aus denen nun Tränen quollen. Ihr Gesicht zeigte höchste Konzentration.

»Sie hat geschlafen, vielleicht wollte sie dich auch nicht stören. Sie ist sicher ebenso schwach wie du, aber sie lebt noch.«

Franziska merkte, dass sie die Luft angehalten hatte, und atmete tief ein. Angespannt drehte sie eine ihrer blonden Haarsträhnen um den Finger.

Grit holte einen weiteren Topf mit einer weniger wohlriechenden Paste aus ihrem Beutel. Sie verteilte die Paste auf den Fingern ihrer rechten Hand und rückte nah an Lena heran.

»Setz dich mal ganz nach vorne auf die Kante der Bank. Ja genau so und jetzt lehne dich nach hinten an die Wand und entspann dich. Ich muss dich zwischen den Beinen berühren, also erschrick nicht.«

Lena lächelte tapfer und nickte.

Die Hebamme drückte ihre Knie auseinander und cremte Lenas Scham vorsichtig ein. Dann tastete sie mit den Fingern nach dem Muttermund. Lena konnte nicht verhindern, dass sie zusammenzuckte, als das kleine Wesen in ihrem Bauch den Druck bemerkte und kräftig von innen dagegen drückte.

Nach wenigen Augenblicken war die Prozedur vorbei.

»Ich lass dir das Töpfchen mit dieser Creme hier und jeden Tag, nachdem du dich unten herum gründlich gewaschen hast, nimmst du ein wenig davon und schmierst dich gründlich ein, vor allem den Damm. Das soll verhindern, dass der Damm bei der Geburt einreißt.«

Ria schauderte. Grit lächelte ihr zu.

»Deshalb dürfen bei Geburten nur Frauen helfen, die selber schon Kinder haben. Jungfern bekommen sonst zu viel Angst.«

»Ich habe vor nichts Angst!«, brummte Ria.

»Und warum kneifst du dann deine Beine so fest zusammen?«

Sofort nahm Ria eine betont entspannte Haltung ein. Franziska und Grit mussten lachen und schließlich stimmte auch Ria mit ein.

Die Untersuchung von Hans war weniger erfreulich. Während Ria Lena beim Ankleiden half, schauten Grit und Franziska nach Hans, der immer noch wie ein Toter neben dem Herdfeuer lag.

Auf der anderen Seite des Herdfeuers hatte Lis derweil einen kleinen Topf mit Wasser auf ein Dreibein gestellt und schnibbelte nun Gemüse in das kochende Wasser, in das sie schon ein Stück Räucherspeck gegeben hatte. Auf dem Tisch standen Brot, Schinken und Schmalz bereit und Lena machte sich verschämt darüber her. Sie wusste, in ihrem Zustand konnte sie Hans nicht helfen und doch kam sie sich vor, als würde sie ihn im Stich lassen. Auf der anderen Seite waren sie seit Wochen nicht mehr in Sicherheit und heute konnte sie zum ersten Mal in Ruhe essen, ohne die Angst, überfallen, ausgeraubt oder geschändet zu werden. Über diesen Gedanken fielen ihr die Augen zu und mit dem Brot in der Hand schlief sie vor Erschöpfung am Tisch ein.

Sie hatten Hans inzwischen komplett ausgezogen und die Kleidung an Lis übergeben, die sie später im Herdfeuer verbrennen sollte. Obwohl sie ihn gleich mit mehreren Decken zugedeckt hatten, klapperten Hans im Schlaf die Zähne. Seine Haut war von einer unnatürlich bleichen Farbe und glühte vor Fieber. Auf seinem Rücken waren Striemen zu sehen, von denen einige zu rosafarbenen Streifen verheilt waren, andere jedoch aufgebrochen waren und eiterten.

Vorsichtig reinigte Grit die entzündeten Stellen, wobei Hans immer wieder zusammenzuckte, aber glücklicherweise nicht aus seiner Ohnmacht erwachte. Danach holte sie eine Salbe aus ihrer Tasche und schmierte sie auf die Wunden.

»Bis jetzt sind sie nur entzündet, aber nicht wirklich brandig«, erklärte sie. »Ich hoffe, wir kriegen das wieder hin. Wenn er die nächsten beiden Tage überlebt und ihr ihm etwas zu essen und zu trinken eingeflößt bekommt, dann hat er ganz gute Chancen. Bekommt er eine Blutvergiftung, wird er sterben, so schwach wie er jetzt schon ist.«

Sie verbanden ihn und hüllten ihn in ein leichtes Untergewand. Dabei erwachte er und sah sich verwirrt um. Grit nutzte den kurzen Augenblick, um ihm zu sagen, dass es Mutter und Kind gut ging und sie schafften es auch noch, ihm einige Schlucke der Gemüsebrühe einzuflößen, die Lis gekocht hatte. Danach wurde er mithilfe einiger Soldaten der Wache vorsichtig in den Wohnbereich im Palas gebracht, wo inzwischen eine kleine Kammer für die beiden hergerichtet worden war.

»Mit Lena muss ich noch kurz sprechen, dann kommt sie nach«, sagte Grit zu Hans, war sich aber nicht sicher, ob er das noch gehört hatte.

Sie weckten Lena und gaben ihr auch von der Gemüsebrühe.

»Gleich darfst du zu Hans und dann erst mal schlafen, aber jetzt musst du mir noch eine Frage beantworten«, sagte Grit.

Lena nickte. Man sah ihr an, dass sie nur mit Mühe ihre Augen offen halten konnte.

»Kannst du sagen, wann du das Kind empfangen hast? Also seit wann deine Blutung ausgeblieben ist? Dann können wir in etwa abschätzen, wann das Kind zur Welt kommen will.«

»Das war in Rom, am ersten April«, antwortete Lena schläfrig.

»Da blieb zum ersten Mal die Blutung aus?«, fragte Grit zurück.

Lena schüttelte den Kopf. »Da habe ich empfangen.« Sie sah in verwirrte Gesichter. »Es war nur ein einziges Mal, dass wir ...«

»Du willst mir erklären, dass ein jung verheiratetes Paar nur einmal miteinander schläft. Was ist das, ein Gelübde oder so?«

»Nein«, Lena schien fast wie im Traum zu antworten. »Hans kann doch nicht. Wir haben es versucht, aber als klar wurde, dass er mit mir kein Kind zeugen würde, habe ich eben einen anderen Mann gefunden. Maria Magdalena ist mir erschienen und hat mir den Weg gezeigt.«

»Weißt du, wer es war?« Grit versuchte, ihre Verwirrung nicht zu deutlich zu zeigen.

»Sicher doch«, murmelte Lena, inzwischen fast unverständlich. »Ich nehm' doch nicht irgendwen. Hab' ihn selbst ausgesucht ... und verführt ... war ganz einfach.«

»Wer war es?« Grit beugte sich vor, um Lena besser verstehen zu können.

»Christian, netter Junge, der Begleiter von Arnold von Harff.« Lena fielen endgültig die Augen zu.

Franziska und Ria schauten sich betroffen an. Sie brachten Lena zu Bett und begleiteten Grit zum Tor, von wo aus der Hauptmann der Wache sie nach Hause geleitete. Auch auf dem Rückweg zu ihrer Schlafkammer redeten sie nicht miteinander. Jede hing ihren eigenen Gedanken nach, die noch zu frisch waren, um ausgesprochen zu werden.

Gazera, Rabi al-Awwal 903

»Wer bluten kann, der lebt auch noch«, begrüßte Vincent Massimo recht unfreundlich, als dieser wieder in das Herbergszimmer zurückkam. »Wenn deine Liebste im Dreck liegt und stirbt, dann nützt es gar nichts, wenn du wegrennst und sie dort liegen lässt. Und sei es nur, dass du ihr den letzten Dienst erweist und es ihr leichter machst, die Grenze zu überschreiten.«

Er ging zu Massimo, der sich am Türrahmen festhielt, und legte ihm einen Arm um die Schultern. Ruppig schüttelte er ihn ein wenig, um ihn aus seinem tranceartigen Zustand herauszuholen.

»Hast du mich gehört, Junge?«, fragte er jetzt ein wenig freundlicher. »Sie lebt noch. Also benimm dich endlich wie ein Mann. Du bist sechzehn und damit alt genug. Also hilf uns gefälligst, sie zu versorgen.«

»Sie lebt?« Massimo kam sich vor, als würde er aus tiefem Wasser emportauchen.

»Ja, und jetzt lauf und besorge frisches Wasser, etwas Wein und Verbände.« Wie der Blitz war Massimo aus der Tür. »Und sorg dafür, dass die Schweinerei da draußen weggemacht wird«, rief Vincent ihm noch hinterher. »Und brich dir auf der Treppe nicht die Beine«, sagte er mehr zu sich selbst, denn Massimo hörte ihn schon längst nicht mehr.

Christian suchte derweil in Arnolds Reiseapotheke und fand eine blutstillende und heilungsfördernde Kräutermischung, die sie in ein wenig Wein einweichten und auf die Kopfwunde auftrugen und diese dann mit weißen Leinenstreifen verbanden.

»Ich kann nicht sagen, ob der Schädelknochen darunter gebrochen ist, aber er ist glücklicherweise nicht eingedrückt.« Vincent hatte anscheinend auch einige medizinische Erfahrungen. »Ich kenne solche Verletzungen. Das größte Problem ist immer, den Ohnmächtigen genügend Wasser einzuflößen, denn sonst verdursten sie, bevor ihr Geist wieder aus der Tiefe emporgestiegen ist.

Das wird deine Aufgabe sein«, fuhr Vincent, an Massimo gewandt, fort. »Du wirst hier bei ihr sein und ihr tröpfchenweise Wasser geben, während wir nach Arnold suchen.« Er riss einen Streifen von einer Leinenbinde ab und gab ihn Massimo. »Tauche den in eine Schale mit Wasser und lass es langsam in ihren Mund tropfen. Wenn sie wach wird, was ich aber nicht glaube, dann kann sie auch vorsichtig an einem Becher trinken, aber essen darf sie auf gar keinen Fall etwas. Wenn sie sich übergibt, dann dreh sie auf die Seite und sorge dafür, dass sie frei atmen kann.«

Vincent gab Christian einen Wink und sie verließen die Stube.

»Der Junge braucht jetzt eine Aufgabe, um sein schlechtes Gewissen zu überwinden«, sagte er zu Christian, als sie im Hof der Herberge standen. »Ich nehme mir jetzt diese jämmerliche Kreatur von Herbergswirt vor, der es zulässt, dass einer seiner Gäste in seinem Haus verhaftet wird. Kommst du mit, oder willst du lieber hier draußen warten?«

Sie brauchten zwei Tage, um Arnold zu finden und zu ihm vorgelassen zu werden. Er befand sich in einem als Gefängnis genutzten Mauerturm von Gazera. Natürlich mussten sie den Hauptmann der Wache dazu mit einer ordentlichen Summe bestechen. Vincent und Christian hatten Essen und Getränke in ihren Gewändern versteckt, denn sie hofften, Arnold unauffällig etwas zustecken zu können.

Arnold saß an der Wand einer winzigen Zelle im ersten Stock des Mauerturmes. Die Zelle hatte er für sich allein und sie hatte ein winziges Fenster, durch das man ein kleines Stückchen Himmel sehen konnte. Er war mit einem scherenartigen Gerät gefesselt, das am oberen Ende ein Halseisen, in der Mitte zwei Eisenschellen für die Handgelenke und unten zwei weitere für die Füße hatte. Trotz der quälenden Körperhaltung war er anscheinend unversehrt und recht guter Dinge.

Glücklicherweise waren Christian und Vincent nicht durchsucht worden.

»Sie haben mich losgemacht, damit ich essen und trinken konnte und meine Notdurft konnte ich auch verrichten, aber alles mit einem Krummsäbel am Hals.«

»Der Kommandant sagt, wenn du zum wahren Glauben konvertierst, kannst du dir die Bedingungen wesentlich erleichtern.« Um Vincents Augen bildeten sich kleine Lachfältchen.

»Es ist ganz einfach, du musst nur Ashadu alla ilaha ill Allah, Muhammad rassoul illah! sagen. Überleg es dir!«

Arnold knurrte unwillig. »Ich habe schon darauf gewartet, dass man mich zum Konvertieren zwingen will.«

»Keiner zwingt dich! Es ist auch nur dann richtig, wenn du es freiwillig tust. Du könntest hinterher immer sagen, es sei unter Folter gewesen und daher nichtig. Aber das weiß der Kommandant auch. Er wollte uns ja nur klarmachen, dass es Erleichterungen geben kann. Ich habe ihm schon gesagt, dass du nicht dem christlichen Glauben abschwören würdest, und habe ihm angeboten, dass du auf Mohammed und den Koran schwören, dich nicht gegen seine Soldaten zur Wehr setzen und nicht ausbrechen würdest. Aber er will lieber Geld sehen.«

»Was wird mir denn vorgeworfen?«

»Irgendeine wilde Geschichte, dass du dich Frauen des wahren Glaubens unsittlich genähert hättest und dass du in Wirklichkeit ein Pilger und kein Händler wärest und daher nicht die richtigen Abgaben und Zölle gezahlt hättest.«

»Wer sagt denn so was?«

Massimo saß neben Samira auf dem Bett. Er kam sich sehr einsam vor und ihn quälte sein schlechtes Gewissen. Immerhin hatte er Samira keinen Augenblick unbeobachtet gelassen. Inzwischen sah er die unglaublich langsamen Atemzüge und hatte eine Stelle an ihrem Hals gefunden, an der er den schwachen Puls fühlen konnte. Immer wieder kontrollierte er ängstlich, ob sie noch lebte. Immer wieder verscheuchte er Fliegen von ihrem Gesicht und kühlte es mit einem feuchten Lappen. Immer wieder sprach er sie leise an und bat sie, wieder aufzuwachen.

Zärtlich betrachtete er ihr schmales Gesicht. Anders als bei vielen Menschen aus Afrika war ihre Nase gerade und recht lang, eher fränkisch als afrikanisch. Ihre Haut war nicht wirklich schwarz, sondern sehr dunkelbraun und im Sonnenlicht hatte sie einen rotbraunen Ton. Im Moment lag aber trotz der dunklen Färbung ein beunruhigender Grauton auf ihrem Gesicht. Auch die vollen Lippen hatten ihre Farbe fast ganz verloren.

Wieder nahm er das feuchte Leintuch und wischte über ihre Stirn. Die schmalen Zöpfchen, die dicht an der Kopfhaut lagen, lösten sich langsam auf. Massimo wusste nicht, wie man sie flocht. Sollte Samira doch wieder aus der Ohnmacht erwachen, dann würde er es sich zeigen lassen. Er wünschte sich so sehr, noch einmal den Blick ihrer goldbraunen Augen zu sehen. Löwenaugen, hatte sie gesagt, und er fand, dass das auch gut zu ihr passte.

Massimo hatte während seiner Wache viel Zeit, über sich und alles andere nachzudenken. Er wusste, dass viele Menschen aus dem Norden und auch die Mamelukken Leute mit schwarzer Haut nicht für richtige Menschen hielten, sondern eher so etwas wie schlaue Affen. Nach reiflicher Überlegung war er zu dem Schluss gekommen, dass dies zumindest auf Samira nicht zutraf. Er war von ihrer schnellen Auffassungsgabe und ihrem Lernwillen oft überrascht. Ja, er hatte sogar öfter den Eindruck, auch wenn er es vor sich selbst nicht gern zugab, dass sie ihn in manchen Dingen übertraf; zumindest im Erlernen von Sprachen musste er das eingestehen. Sie wollte immer alles genau wissen, manchmal wurde sie richtig nervig, weil sie wieder und wieder nachfragte, bis sie etwas wirklich verstanden hatte, oder bis ihm keine Erklärungen mehr einfielen.

Er betrachtete seine eigene Haut, die nach dem Sommer in Kairo einen dunklen Braunton angenommen hatte. Aber er fand Samiras Farbton weiterhin schöner, deutlich schöner als das blasse Weiß, das Leute im Norden im Winter bekamen. So etwas konnte doch niemand schön finden!

An sich selbst hatte er in letzter Zeit Veränderungen festgestellt. Früher hatte er Mädchen immer für langweilig und blöd gehalten. In letzter Zeit sah er das aber beunruhigend anders. Er interessierte sich neuerdings für die Körperformen unter den Gewändern und hatte bei den Tänzerinnen, die der Sultan in Arnolds Haus geschickt hatte, seltsame Regungen in seiner Bruche verspürt.

Auch an Samira hatte er Veränderungen bemerkt, oder lag es daran, dass er eine andere Wahrnehmung bekommen hatte? Sie bewegte sich irgendwie anders und sie hatte Brüste bekommen, noch klein wie Äpfelchen. Aber besonders ihre Lippen faszinierten ihn. Er wäre nie auf die Idee gekommen, den hilflosen Zustand auszunutzen, aber ein Kuss auf die Lippen war doch sicher kein Problem. Vorsichtig beugte er sich vor und berührte ihre kalten Lippen mit seinen. Und dann, weil er sowieso schon so nah war, gab er ihr noch einen Kuss auf die Stirn.

»Ich liebe dich, kleine Samira«, flüsterte er in ihr Ohr, obwohl er sich dabei reichlich albern vorkam. »Und eines Tages werde ich dich heiraten. Wenn du nur wieder gesund wirst.«

Burg Wilhelmstein, Dezember 1497

»Wir müssen reden«, sagte Lena, als sie nach einer Untersuchung der Hebamme auf dem Bett saß.

»Lass mich nur schnell meine Sachen zusammenpacken und dann seid ihr ungestört«, sagte Grit und packte Cremes und Seife wieder in ihre große Tasche.

»Nein, liebste Grit, ich möchte dich als Vermittlerin dabeihaben, damit mir diese Kratzbürste nicht an den Hals geht.« Sie wies mit dem Kopf auf Franziska.

»Ich will aber nicht mit dir reden«, sagte Franziska betont freundlich.

»Oh, interessanter Anfang eines Gesprächs«, meinte Grit und suchte den Blick von Hans, der auf der anderen Bettseite lag, noch zu schwach zum Gehen, aber im Moment zumindest hellwach. Er grinste, sagte aber nichts.

»Na gut, dann lasst mich den Schiedsrichter machen«, sagte Grit. »Franziska, warum willst du nicht mit ihr reden? Weißt du denn, worum es geht?«

»Alles ist in bester Ordnung! Lena geht's gut, Hans wird gesund, was wollt ihr also?«

»Ich will gar nichts, aber Lena hat anscheinend ein Problem«, meinte Grit und wandte sich der jungen Frau zu.

»Ich kann es gar nicht in Worte fassen«, meinte Lena nachdenklich. »Franziska ist immer freundlich und hilfsbereit ...«

»Siehst du«, unterbrach sie Franziska.

»... aber gleichzeitig scheint da irgendwas zu sein, worüber sie furchtbar böse ist.«

»Ach lasst mich doch in Ruhe«, fuhr Franziska auf. »Ich will darüber nicht reden!«

»Jetzt haben wir dich, Schätzchen!« Grit unterdrückte mit Mühe ein Kichern. »Worüber willst du nicht reden?«

Franziska stand von dem Hocker auf, den sie sich gerade erst herüber gezogen hatte und ging zum Fenster. Ausnahmsweise schien einmal die Sonne. Sie drehte Lena und Grit den Rücken zu, damit diese ihre Tränen nicht sehen konnten. Eine Weile lang sagte niemand etwas.

»Ich würde dich so gerne hassen«, sagte Franziska schließlich leise. »Schon damals in Köln habe ich dich dafür gehasst, dass du mitfahren durftest und ich nicht. Und Christian hat er auch mitgenommen, aber der ist doch höchstens zwei Jahre älter als ich.« Sie machte wieder eine lange Pause. »Und jetzt tauchst du ausgerechnet hier auf und ich bin so neidisch! Obwohl du zweimal auf deiner Reise dem Tod ins Auge gesehen hast, würde ich jederzeit mit dir tauschen.«

»Aber vor allem, weil ich mit Christian geschlafen habe und sein Kind unter dem Herzen trage«, setzte Lena leise, fast ein wenig vorsichtig hinzu.

Wieder dachte Franziska darüber nach. »Ja, verdammt! Das ist das Schlimmste von allem. So schlimm, dass ich es überhaupt nicht aussprechen wollte, nicht mal darüber nachdenken.«

»Franziska«, sagte Lena leise, »ich gehöre zu Hans, er ist der Mann, den ich liebe. Christian ist nett, deshalb habe ich ihn als Vater unseres Kindes ausgesucht. Aber ich nehme ihn dir nicht weg.«

»Ich will ihn doch gar nicht. Ich hasse ihn. Und dich auch! Aber es geht nicht. Niemand kann dir böse sein. Ach verdammt!«

Franziska wusste, dass sie jetzt schon zum zweiten Mal fluchte, aber es war ihr egal. Dann würde sie eben beichten und Buße tun.

»Natürlich liebst du Christian, mach dir doch nichts vor!«, meinte Lena. »Das wird sicher lustig, sollte der irgendwann mal hier auftauchen.«

»Ich kratz ihm zur Begrüßung die Augen aus!«

»Nun, wenn ich jemanden noch stärker liebe, als ich ihn hassen kann, dann ist das doch eine gute Voraussetzung für eine lange, glückliche Ehe«, meinte Grit lachend.

Franziska drehte sich um, schwankte einen kleinen Augenblick und flog dann Lena in die Arme. Dort angekommen heulte sie wie ein Schlosshund. Der kleine Hund Waldfee, der bislang unbemerkt Hans die Füße gewärmt hatte, wühlte sich aus den Decken, legte den Kopf in den Nacken und heulte mit.

Am zweiten Advent kündigten Senkwehen an, dass das kleine Mädchen sich darauf vorbereitete, das Licht der Welt zu erblicken. Grit war sehr zufrieden mit dem Gesundheitszustand von Lena, die tatsächlich in den Wochen seit ihrer Ankunft auf Burg Wilhelmstein wieder deutlich zugenommen hatte.

»Nun, ich denke, dass diese Brüste jetzt bereit sind, Milch zu geben, wenn das Kleine sie braucht«, sagte sie nachdenklich bei einer Untersuchung. »Die Senkwehen sind noch keine richtigen Wehen, das kann durchaus noch eine Woche oder zehn Tage dauern.«

»Vielleicht wird es ja ein Christkind«, meinte Ria und machte ein nachdenkliches Gesicht. »Woher wisst ihr eigentlich alle so genau, dass es ein Mädchen wird.«

»Oh, man weiß es natürlich nie ganz genau, aber wenn die Mutter so sicher ist, dann spürt sie auch etwas.« Grit betrachtete Lena noch einmal ganz genau. »Und manchmal kann man es auch sehen, weil die Mutter sich in der Schwangerschaft verändert.«

»Und was siehst du?«, fragte Ria nach.

»Bei Lena würde ich sagen, obwohl ich sie ja vorher nie gesehen habe, dass sie etwas weichere Formen bekommen hat. Das kann damit zusammenhängen, dass sie ein Mädchen unter dem Herzen trägt. Bei Jungs werden die Formen manchmal eher etwas kantiger.«

»Hm, ich glaube ich weiß, was du meinst.«

»Sag mal«, setzte Grit in scherzhaftem Ton hinzu, »wenn dich das alles so interessiert, warum gehst du nicht bei mir in die Lehre und wirst auch Hebamme?«

Ria antwortete nicht auf dieses zwar lustig gesagte, aber durchaus ernst gemeinte Angebot. Aber sie nahm sich vor, es auch nicht zu vergessen und zu gegebener Zeit darauf zurückzukommen.

Das kleine Mädchen kam schließlich am 21. Dezember zur Welt, nachdem am vierten Advent die richtigen Wehen eingesetzt hatten und sich seither mehr und mehr verstärkt hatten. Die Geburt verlief ohne Komplikationen, aber wie bei Erstgebärenden häufig, war es eine langwierige Tortur für Mutter und Kind. Dennoch wurde die Kleine am Heiligen Abend vor der eigentlichen Christmesse in der kleinen romanischen Pfarrkirche St. Peter und Paul in Bardenberg auf den Namen Lucia getauft.

Die Herzogin und der Herzog kamen erst am zweiten Weihnachtsfeiertag auf die Burg, nachdem ihre Tochter die Hoffnung bereits aufgegeben hatte. Sie konnten wegen der anhaltenden Spannungen mit dem Herzogtum Geldern auch nur wenige Tage bleiben und als das neue Jahr 1498 begann, reisten sie auch bald wieder ab.

Der Herzog war mürrisch, immer wieder sprach er davon, dass er Arnold an seiner Seite zu sehen wünsche und im Frühling gegen Geldern mobil machen würde. Dass Arnold sich immer noch im Lande der Mauren befand, machte seine Laune auch nicht besser.

Gazera, Rabi al-Awwal 903

Massimo war neben Samira eingeschlafen, aber er hielt ihre Hand, um nur ja jede Regung mitzubekommen. Seit gestern hatte sie sich im Schlaf bewegt, auch manchmal im Traum geredet. Atmung und Puls waren wieder stärker geworden, was Vincent für ein sehr gutes Zeichen hielt. Als Samira den Mund bewegte, war Massimo daher sofort wieder hellwach. Er griff nach der Schale mit dem feuchten Tuch und ließ ein wenig Wasser über ihre Lippen rinnen.

»Mein Kopf«, flüsterte Samira, ohne die Augen zu öffnen. Massimo war nicht sicher, ob sie im Traum redete oder tatsächlich wach geworden war.

»Mein Kopf ist so groß wie Wassermelone.« Sie öffnete die Augen, um sie sofort wieder zusammenzukneifen. »Licht tut weh. Los, sag mir, dass mein Kopf nicht so groß ist.«

Massimo konnte vor Erleichterung nicht reden, was Samira völlig falsch verstand.

»Was ist mit Kopf? Ist er kaputt?«, fragte sie ängstlich.

»Nein, alles ist gut!« Massimo hatte seine Stimme nicht ganz unter Kontrolle, aber er konnte wieder sprechen. »Du hast eine Verletzung am Kopf, wo du auf den Steinboden geschlagen bist. Aber sonst ist alles in Ordnung. Du hast drei Tage geschlafen.«

»Oh, das ist lang.« Samira versuchte noch einmal vorsichtig, die Augen zu öffnen. Löwenaugen, dachte Massimo. Sie suchte Massimos Blick.

»Du hast mir Kuss gegeben, auf Stirn und auf Mund«, sagte sie langsam. Massimo spürte, dass er rot wurde. Aber bevor er sich entschuldigen konnte, ging ein vorsichtiges Lächeln über Samiras Gesicht.

»Bitte mach das noch mal, wenn Kopf wieder normal groß ist.« Sie schloss die Augen und schlief sofort wieder ein. Aber Massimo meinte, das feine Lächeln immer noch zu sehen.

Vincent und Christian waren in den vergangenen Tagen immer wieder mal kurz vorbei gekommen, um nach Massimo und Samira zu schauen oder über ihre Fortschritte zu berichten. Sie hatten gegen eine ordentliche Summe für Arnold weitere Hafterleichterungen erreicht, aber für die Strafe, die Arnold zahlen sollte, reichte ihr Bargeld bei Weitem nicht aus. Vincent sollte sich daher mit Wechselbriefen der Fugger-Bank nach Jaffa aufmachen, um dort bei einem jüdischen Bankhaus das nötige Geld einzutauschen.

Christian versorgte derweil Arnold und versuchte herauszufinden, wer ihn in diese missliche Lage gebracht hatte. Sie hatten den Verdacht, dass es Jan van Issum gelungen war, sie trotz aller Tarnung zu finden, und Christian hatte in der Karawanserei nachgeforscht und herausgefunden, dass sich tatsächlich ein einarmiger Mann bei einer Gruppe von Pilgern befunden hatte. Doch es kam durchaus häufig vor, dass Menschen nach einem Unfall, den sie überlebt hatten, eine Pilgerreise antraten. So gab es immer wieder verkrüppelte Pilger in den Gruppen.

Leider war der Einarmige mit einer Pilgergruppe gleich am nächsten Tag nach Jerusalem aufgebrochen. Sie hatten kurz erwogen, Christian hinterher zu schicken, aber diese Idee dann schließlich doch verworfen. Die eigentliche Anzeige hatte ein jüdischer Kaufmann aus Gazera gemacht, aber der kannte Arnold nicht wirklich und hatte ihn nur im Auftrag für jemand anderen bei den Wachen angeklagt.

Vincent brauchte sechs Tage nach Jaffa und wieder zurück. Für den Rückweg hatte er zwei Araber mit Kamelen angeheuert, die ihm beim Bewachen der Geldkatze mit den venezianischen Golddukaten helfen sollten. Einen der

Männer schickte er nach Beendigung der Reise zurück, den anderen stellte er als Leibwächter ein. Der Mann bewachte fortan die Tür des Herbergszimmers.

Schließlich dauerte es drei Wochen, um Arnold aus der Gefangenschaft zu befreien. Müde und abgemagert, mit aufgescheuertem Nacken und wunden Hand- und Fußgelenken und dazu völlig verdreckt, hatte Arnold nach dem Besuch eines Hamam, wo er gebadet hatte und seine Verletzungen behandeln ließ, darauf bestanden, dass sie gleich am nächsten Tag abreisten.

Während der langen Wartezeit hatte Christian erneut Unterlagen und Briefe vorbereitet, die sie einem deutschen Händler aus Koblenz übergaben, der sich in den nächsten Tagen von Jaffa aus nach Marseille einschiffen wollte. Auch Samiras Kopfverletzung war verheilt und die Schwindelanfälle und Kopfschmerzen waren vergangen.

In Hebron besichtigten sie die Machpela-Moschee. Die gewaltige rechteckige Anlage aus hellem Sandstein wurde im Inneren fast ganz durch eine ehemalige Kreuzfahrer-Kirche ausgefüllt. Sie lag auf einer Anhöhe mitten in Hebron und von außen sah man nur glatte, sicher hundert Fuß hohe Steinwände mit winzigen, schmucklosen Eingangspforten. Die Mauren hatten, nachdem sie Hebron von den Kreuzfahrern zurückerobert hatten, auf zwei Ecken der rechteckigen Anlage Türme errichtet, die als Minarette dienten und so das Kreuzfahrerkloster in eine Moschee umgewidmet.

Obwohl für Christen und Juden der Eintritt verboten war, konnte Vincent eine Ausnahme erwirken, denn im Gegensatz zum Kommandanten der Stadtwache von Gazera war man hier gebührend beeindruckt von den Geleitbriefen des Sultans von Kairo. Eine goldene Münze aus Venedig trug allerdings auch dazu bei, die Wächter zu überzeugen.

So wurden sie am Nachmittag in die Machpela eingelassen und besichtigten die Schreine der Patriarchen. Im Inneren war die Moschee deutlich prachtvoller ausgestattet. Bunte Mosaike und Marmorböden leuchteten im Licht der zahllosen Öllampen. Schließlich, am Ende ihrer Führung, wurden sie zu einer Treppe geleitet, die sich rechts von der Eingangstür befand. Über die Treppe gelangte man in einen schmalen Gang, der zu drei Höhlen führte. In der dritten Höhle befanden sich sechs Sarkophage, in denen sich über Jahrhunderte die Gebeine der Patriarchen und ihrer Frauen befunden hatten. Die Höhle befand sich unter dem Altarraum der Kirche. Über ein kleines Loch im Boden der Kirche konnte ein Öllämpchen herabgelassen werden. Es wurde zwar heller, aber die Luft zum Atmen wurde dadurch nicht verbessert.

Bevor sie sich schnell wieder auf den Rückweg machten, konnte Vincent auf einem der Sarkophage den Schriftzug Abraham entziffern und Arnold berührte alle Deckel der Sarkophage mit dem kleinen Eisenring, den er einst in Rom gekauft hatte.

Endlich wieder am Ende der Treppe angekommen, fiel Christian die schwere Steinplatte auf, die an der Wand lehnte und ihrer Größe nach den Weg in die Unterwelt versperren konnte. Christian schauderte und freute sich umso mehr über das Licht der untergehenden Sonne, als sie die Machpela wieder verließen.

Von Hebron nach Bethlehem führte der Weg an einer alten römischen Wasserleitung entlang, die Jerusalem zu biblischer Zeit mit Süßwasser versorgt hatte, wie ihnen ein einheimischer Führer erklärte.

In Bethlehem übernachteten sie im Katharinenkloster, das zur Geburtskirche gehörte. Zwei Franziskanermönche des Sionsklosters in Jerusalem hielten den Klosterbetrieb notdürftig aufrecht und boten ihren Gästen an, am Morgen mit ihnen eine Prozession zu den heiligen Stätten zu machen und ihnen diese zu erklären.

Yussuf, der riesige Leibwächter, den Vincent in Gazera eingestellt hatte, bewachte das Gepäck, sodass auch Massimo und Samira an der Prozession teilnehmen konnten.

Samira war begeistert von den Geschichten aus der Bibel, die die Mönche und Arnold erzählten und denen man hier ganz nah sein konnte. Gleichzeitig konnte sie sich kritische Fragen nicht verkneifen, obwohl Arnold sie ermahnt hatte, solche erst zu stellen, wenn sie wieder in ihrem Quartier waren.

»Wie kann der Stern von Bethlehem ein Loch in die Decke dieser Kapelle gemacht haben, wenn man die Kirche erst später über dem Stall erbaut hat?«

»Samira, wir besprechen das, wenn wir ungestört und ungehört reden können. Und wenn du dein loses Mundwerk nicht halten kannst, bleibst du demnächst wieder beim Gepäck«, brummte Arnold.

Überdeutlich klappte Samira ihren Mund zu und schaffte es tatsächlich, bei der Besichtigung der Grotten unter der Katharinenkirche kein einziges Wort oder gar einen Kommentar von sich zu geben. Erst als sie wieder draußen in der Sonne standen und die beiden Franziskaner sich wieder in die Kirche zurückgezogen hatten, machte Samira den Mund wieder auf.

»Darf ich jetzt eine Frage stellen, Herr?«, fragte sie in demütigem Ton.

»Nun, solange wir auf den versprochenen Führer warten, ja«, meinte Arnold. Sie setzten sich auf einen Mauervorsprung in den Schatten der Kirche.

»Wie kann das sein, dass alle diese Orte so nah beieinanderliegen?«, fragte Samira. »Die Stelle, an der Christus geboren wurde, wo der Stern den Heiligen Drei Königen den Weg zeigte, die Krippe, die Stelle, wo die drei Könige sich vorbereiteten, die Gruft der unschuldigen Kindlein und noch andere Sachen. Und all das nur ein paar Schritte voneinander entfernt?«

»Und die Sache mit dem Loch im Dach der Kapelle, die noch gar nicht an der Stelle gestanden haben kann, als Christus geboren wurde«, ergänzte Arnold, der träge an der Wand lehnte und die Augen geschlossen hatte. »Natürlich hatten die Heiligen Drei Könige auch keinen Altar zur Verfügung, als sie im Stall dem Kindlein geopfert haben und der Herr Jesus ist auch nicht auf einem Altar beschnitten worden.«

Arnold setzte sich gerade hin und schaute Samira prüfend an.

»Ist es falsch, solche Dinge zu fragen?« Eingeschüchtert schaute Samira zu dem Ritter auf.

»Nach den Lehren der Kirche ist es sogar falsch, solche Dinge nur zu denken. Und sollten deine Worte an die falschen Ohren gelangen, dann kann es dir passieren, dass du ganz schnell als Ketzer auf dem Scheiterhaufen landest.«

»Was ist das, Scheiterhaufen?«

»Du wirst lebendig verbrannt«, erklärte Christian. Massimo ergriff Samiras Hand.

»Natürlich kann dir niemand vorschreiben, was du denkst. Das musst du mit dir und deinem Gewissen ausmachen. Aber was du sagst und wem du es sagst, kann über Leben und Tod entscheiden.«

»Nun, Herr, du hast mir aber immer noch keine Erklärung gegeben, warum das alles in dieser Kirche ist«, meinte Samira mit listigem Blick. »Auch wenn es gefährlich ist.«

»Du gibst nie auf, oder?«, fragte Arnold und sprach dann weiter, ohne eine Antwort auf seine Frage zu erwarten. »Wahrscheinlich ist es noch nicht einmal die erste Kirche, die über dem Stall von Bethlehem errichtet wurde. Da wurden Altäre gebaut und dann später verschoben und Räume verändert. So sammeln sich an einigen heiligen Orten gleich mehrere andere heilige Stätten an. Die Geschichte der Geburt Jesu hat sich hier gewissermaßen verdichtet. Und solche Dinge wie das Loch in der Decke, das sind Symbole, die an bestimmte Gegebenheiten erinnern sollen. Häufig ist es so, dass man es einfach glauben muss, ohne zu viel darüber nachzudenken.«

Jerusalem, Dezember 1497

Bei ihrem Streifzug durch die Umgebung von Bethlehem waren sie so weit nach Norden gelangt, dass sie den Berg Zion erreichten, der südwestlich des Tempelberges lag. Da sie schon einmal hier waren, sprach Arnold bei dem Abt der Franziskaner vor und fragte nach einer Unterkunft für die kommenden Wochen. Der Abt nahm sie gerne ins Gästehaus des Klosters auf und wies ihnen einige schöne Kammern zu.

Christian und Vincent gingen mit Samira und Massimo nach Bethlehem zurück, um aus der Herberge ihr Gepäck abzuholen. Arnold sollte beim Abt Gregorius de Triest warten und einem deutschen Bruder aus Sankt Vith vorgestellt werden. Bruder Godefrid war etwas älter als Arnold, vielleicht dreißig Jahre alt und hatte anstelle einer Tonsur eine ausgeprägte Glatze. Das runde Gesicht strahlte vor Freude über den Besuch aus der Heimat. Der Abt stellte Bruder Godefrid tagsüber von allen Pflichten frei, damit er Arnold und seiner Reisegesellschaft als Führer zu den unzähligen Pilgerzielen in Jerusalem dienen konnte.

Zunächst schlenderten sie auf die nördliche Umfassungsmauer des Klosters und warfen einen Blick auf Jerusalem.

»Wir schauen jetzt von Südwesten aus auf die Stadt. Die Altstadt schmiegt sich westlich an den Tempelberg, der von hohen Mauern umgeben ist. Nach Osten hin fällt der Tempelberg steil ab ins Kidrontal und auf der anderen Seite des Tals ist der Garten Gethsemane und der Ölberg. Der Berg Zion aus der Bibel liegt innerhalb der Stadtmauer, im armenischen Viertel, der heutige Zionsberg ist gewissermaßen nur ein Ausläufer davon. Südlich des Zionsberges verläuft das Hinnom-Tal nach Osten und trifft auf das Kidrontal, das von Norden nach Süden verläuft. Wo sie sich treffen, befindet sich unterhalb des Tempelberges ein länglicher Hügel, auf dem sich die eigentliche Davidsstadt befunden haben soll. Es gibt aber auch Leute, die sagen, die Davidsstadt habe sich hier auf dem Monte Zion befunden, schließlich liegt David ja auch hier begraben.«

Bruder Godefrid machte eine Pause, um Luft zu holen. »Entschuldigung«, sagte er dann, »wenn ich mein Wissen vorführen darf, übertreibe ich manchmal ein wenig.«

Arnold nutzte die Pause, um eine Frage zu stellen: »Was ist mit der Wasserversorgung von Jerusalem?«

»Deshalb glaube ich ja, dass die Davidsstadt auf dem Hügel dort drüben war, denn dann war sie direkt über der einzigen Quelle hier in der Gegend erbaut, die sich am Fuße des Hügels im Kidrontal befindet. Von dort aus und von Flüssen in der weiteren Umgebung muss das Wasser in die Stadt gebracht werden. Schon vor König Davids Zeit hat man einen Schacht gegraben, der unter dem Tempelberg hindurch bis zur Gihon-Quelle führt, aber der Aufstieg in die Stadt hat hunderte Treppenstufen. Deshalb gibt es schon immer unter Häusern und Plätzen Zisternen, die im Winter mit Regenwasser gefüllt werden, aber es regnet hier nur etwa drei Monate lang und dann muss das Wasser für neun Monate reichen.«

Offensichtlich war Bruder Godefrid eine sprudelnde Informationsquelle. Arnold freute sich auf die Zeit in der heiligsten Stadt der Christenheit.

»Die Stadt ist in etwa rechteckig«, fuhr Bruder Godefrid fort. »Sie ist von Norden nach Süden und von Westen nach Osten in vier Viertel geteilt, wobei das muslimische Viertel im Nordosten etwas größer ist, denn es zieht sich im Norden noch um den Tempelberg herum. Im Nordwesten liegt das Viertel der lateinischen Christen mit der Grabeskirche, im Südwesten das Viertel der orthodoxen Christen und das jüdische Viertel ist dann im Südosten. Es gibt aber in jedem Viertel auch Heiligtümer der anderen Religionen, sodass von allen eine große Rücksichtnahme erwartet wird.

Ihr habt einen Dragoman, der Mameluk ist?«

Bruder Godefrid wandte sich von der Stadt ab und schaute Arnold fragend an. Der nickte zur Bestätigung.

»Wenn er sich zusammen mit mir zum Armareyo begibt, das ist der oberste Regent der Stadt Jerusalem, den der Sultan entsandt hat, dann können wir versuchen, einen Farman zu bekommen, der Euch erlaubt, auch die wichtigen Heiligtümer der anderen Religionen zu besichtigen.

Ein Farman ist eine Art Passierschein«, erklärte Godefrid auf Arnolds erstaunte Nachfrage. »Aber auch die Geleitbriefe des Sultans werden Farman genannt.

Das kostet natürlich eine ordentliche Summe, in der Regel etwa zehn Dukaten«, setzte er noch hinzu.

Danach kümmerten sie sich darum, dass das Gepäck in ihren Zimmern im Gästehaus untergebracht wurde, denn Vincent und die anderen waren aus Bethlehem zurückgekehrt.

Einige Tage später bat Abt Gregorius Christian nach der Frühmesse zu sich in seine privaten Räume.

»Mein Sohn«, begann er freundlich, »ist es richtig, dass das schwarze Mädchen als Sklavin in deinen Besitz gelangt ist?«

Christian nickte.

»Aber du weißt doch sicher, dass ein guter Christenmensch keine anderen Menschen in seinem Besitz haben sollte? Ich weiß, dass viele hellhäutige Menschen glauben, Afrikaner mit ihrer schwarzen Haut seien keine richtigen Menschen, aber ich sehe das nicht so.«

»Ich sehe das auch nicht so und es ist ihre freie Entscheidung, uns zu folgen. Wir haben sie nie als Sklavin behandelt.«

»Aber wie soll sie freie Entscheidungen treffen, wenn sie faktisch doch nicht frei ist? Verlasse dich auf die Einschätzung eines alten Mannes. Für sie wird es einen großen Unterschied machen, wenn du sie offiziell frei gelassen hast.«

»Danke, Herr! Ich habe mir darüber noch keine großen Gedanken gemacht«, bekannte Christian reumütig.

»Manchmal schiebt man solche Sachen auch vor sich her, weil es unangenehm ist oder man keine Lösung weiß. Aber wenn ich an deiner Stelle wäre, würde ich ein Schreiben aufsetzen, eine Art Urkunde, die das Kind offiziell in die Freiheit entlässt. Benenne mich und den Ritter als Zeugen. Ich bin sicher, du findest die richtigen Worte.«

»Danke, ehrwürdiger Abt«, sagte Christian.

»Bruder Gregorius reicht völlig, wir legen hier keinen Wert auf Titel. Wir sind hier, um den Menschen zu dienen, nicht um sie einzuschüchtern.«

»Danke, Bruder Gregorius.«

»Und überlegt euch, du und der Ritter, was danach mit ihr passieren soll«, meinte Gregorius, der Christian zur Tür begleitete. »Du gibst sie frei, aber das nimmt dir nicht die Verantwortung. Ihr habt sie – aus guten Gründen – mitgenommen, aber jetzt braucht sie eine neue Lebensperspektive. Wenn du sie freilässt, steht sie ja gewissermaßen vor dem Nichts, denn sie kann nicht in ihr altes Leben zurück und sie weiß nicht, was in Zukunft auf sie zukommt.«

Nach der Frühmesse blieben sie nach dem Auszug der Mönche in der Kirche. Samira schaute von einem zum anderen, aber niemand sagte etwas. Sie hatte schon zuvor eine gewisse Anspannung wahrgenommen, aber das war nur ein unklares Gefühl. Konkrete Anhaltspunkte hatte sie keine. Nun aber betrat der Abt Gregorius die Klosterkirche wieder und trat auf sie zu.

»Komm, mein Kind«, sagte er freundlich und führte sie durch den Mittelgang zum Altar. Hinter ihr gingen Arnold und Christian und Massimo folgte mit großen Augen und Angst im Blick. Samira wurde kalt. Ein Teil ihrer Wahrnehmung suchte nach Fluchtmöglichkeiten, während sie äußerlich ruhig zu den Stufen vor dem Altar schritt. Ein schneller Seitenblick zu Abt Gregorius beruhigte sie ein wenig.

»Keine Sorge, wir tun dir nichts.« Der Abt hatte Samiras innere Unruhe offensichtlich bemerkt. Er ließ Samira auf der obersten Stufe niederknien und stellte sich mit Arnold und Christian vor den Altar. Christian holte eine Rolle aus Papier hervor und entrollte sie.

»Samira«, sagte Christian und musste sich räuspern.

»Samira, du wurdest mir von dem Kaufmann Karim in Kairo geschenkt, bist also so lange meine Sklavin, bis ich dich freigebe. Dieser weise Mann hier, Abt Gregorius, hat mir erklärt, dass es ein großer Unterschied ist, ob du aus freien Stücken mit uns unterwegs bist oder weil du an mich gebunden bist. Daher gebe ich dich hier und heute frei. Du kannst gehen oder bleiben, wie es dir gefällt. Diese Urkunde hier bescheinigt, dass du von heute an keine Sklavin mehr bist. Arnold von Harff und Abt Gregorius von Triest sind meine Zeugen. Bewahre die Urkunde gut auf, sie kann dir zum Beispiel dabei helfen, freie Bürgerin einer Stadt zu werden.«

»Aber was soll ich denn jetzt tun?«, fragte Samira, deren Stimme fast versagte.

»Steh auf«, sagte Christian und legte beide Hände auf Samiras Schultern. »Und höre, welche Vorschläge wir für dich haben.« Er küsste Samira auf beide Wangen.

»Samira«, übernahm nun Arnold, »du weißt, dass Massimo und Christian in meinen Diensten stehen und mit mir nach Heinsberg im Herzogtum Jülich gehen wollen. Ich biete dir an, ebenfalls in meine Dienste zu treten, bis wir nach Heinsberg oder Köln zurückkehren. Weiterhin biete ich dir an, dich als Tochter anzunehmen und in meinen Haushalt aufzunehmen, wenn du das denn willst. Wenn du alt genug zum Heiraten bist, werde ich für eine angemessene Aussteuer sorgen und mich beim Herzog von Jülich für dich einsetzen. Oder es wäre möglich, als freie Reichsbürgerin in eine der freien Städte zu ziehen. Aber das musst du jetzt noch nicht entscheiden. Für uns wäre nur wichtig, in den nächsten Tagen zu erfahren, ob du bei uns bleiben willst oder andere Pläne hast.«

Samiras anfängliches Unbehagen hatte sich in ein Gefühl ungläubiger Freude verwandelt, vermischt mit fassungsloser Verunsicherung. Vor ihrem inneren Auge öffneten sich riesige Türen, hinter denen goldenes Licht leuchtete, doch sie zögerte, hindurchzugehen.

»Darf ich darüber nachdenken?«

»Ja, natürlich«, sagte der Abt. Er machte eine Bewegung mit der Hand in Richtung Kirchenportal.

Ruckartig drehte Samira sich um, fasste den verdutzten Massimo bei der Hand und schaffte es noch, die drei Stufen vor dem Altar gemessenen Schritts hinunterzusteigen. Doch dann rannte sie los, dem Licht der Morgensonne entgegen und zog Massimo hinter sich her.

Samira entschied sich erwartungsgemäß dazu, bei Arnolds Reisegruppe zu bleiben.

Einige Tage später wurde Arnold in der Grabeskirche zum Ritter des Heiligen Grabes geschlagen. Samira genoss das Schauspiel, doch Arnold fand, dass dabei ein bisschen zu dick aufgetragen worden sei.

»Also ehrlich, eine goldene Rüstung und ein goldenes Schwert! Das ist doch wirklich übertrieben«, meinte er, als sie abends wieder allein in ihrer Kammer waren. Dennoch war er stolz darauf, hier den Ritterschlag erhalten zu haben, auch wenn dieser eigentlich keine Bedeutung mehr hatte. Seine Mutter hätte sich sehr darüber gefreut, wenn sie den

Tag noch erlebt hätte, an dem er die Familientradition fortführte.

Sie besichtigten die heiligen Stätten in Jerusalem und schrieben wieder alle Ablässe und Heiligen auf, die man in Jerusalem besuchen konnte. Besonders die Grabeskirche hatte es Arnold angetan, in der sich viele für die Passion Christi wichtige Orte befanden.

Arnold ließ sich alles von Bruder Godefrid zeigen, allerdings ohne seine kritische Einstellung aufzugeben. So ermittelte er, dass die Entfernung vom Berg Golgotha zum Grab Christi nur etwa zweihundert Fuß betrug und nicht siebenhundert, wie in der Bibel angegeben. Der Berg Golgotha kam ihm auch sehr klein vor, doch Godefrid erklärte ihm, dass große Teile des Berges und des Hügels mit der Grabkammer abgetragen worden seien, um den Kirchengebäuden Platz zu machen.

Die Löcher für die drei Kreuze hatten außerdem einen zu geringen Abstand, sodass nicht alle drei Gekreuzigten in die gleiche Richtung schauen konnten. Zusammen mit Godefrid entwickelten sie die Theorie, dass das Kreuz Christi größer als die beiden anderen war und sich der gute und der böse Schächer unter Jesu Armen an kleineren Kreuzen befanden und ihm mit den Gesichtern zugewandt waren.

Samira indes bedauerte, dass sie nicht in den Tempel Salomos mitgehen durfte, denn sie hätte gern den Nabel der Welt gesehen, einen runden Stein mit einem Loch in der Mitte, der sich exakt am Mittelpunkt der Erde befinden sollte. Später, in ihrer Unterkunft im Sionskloster versuchte Arnold zu erklären, dass eine Kugel keinen Mittelpunkt auf ihrer Oberfläche haben kann, sondern nur in ihrem Inneren.

Mit dem Astrolabium hatte er bei Nacht den Himmelspol anvisiert und festgestellt, dass Jerusalem sich nicht auf einer besonderen Position auf der Erdoberfläche befindet. Er und Christian hatten daraufhin beschlossen, dass der Mittelpunkt der Erde sich auf den Ort bezieht, von dem Gottes

Schöpfung ausgegangen ist. Damit einher ging die Frage nach dem Paradies und der Schöpfung der ersten Menschen. Sollte sich das Paradies nicht am Ausgangspunkt der Schöpfung befunden haben? Bei den Quellen von Nil, Euphrat, Tigris und Effraim konnte sich das Paradies nicht befinden, denn sie hatten ja schon herausgefunden, dass der Nil in Afrika entsprang, Tausende Meilen von den Quellen der anderen drei Flüsse entfernt.

Burg Wilhelmstein, Februar 1498

»Gott sei Dank, sie sind endlich auf dem Heimweg«, entfuhr es Franziska, als sie den Brief überflogen hatte, der von einem Boten aus Jülich überbracht worden war.

»Spann uns nicht auf die Folter und lies endlich«, meinte Ria und griff nach dem Papier.

»Nichts da, es ist an mich gerichtet, also lese ich auch vor.« Franziska brachte den Brief in Sicherheit.

»Hört auf zu streiten!«, sagte Lena von der Bank am Herdfeuer. Sie hatte sich zum Stillen der kleinen Lucia dorthin zurückgezogen. Franziska und Ria saßen am Tisch beim Fenster, durch das eine blasse Wintersonne hineinfiel.

»Christian Schreiber an Jungfer Franziska im Hause des Arnold von Harff, Sankt-Mauren-Straße, Köln.

Wir beabsichtigen, zu Weihnachten in Jerusalem zu sein und dort das Christfest zu feiern. Allerdings will uns der Sultan von Kairo nicht gehen lassen und es wäre gefährlich, ohne seine Einwilligung und Geleitbriefe durch sein Land zu ziehen. Der Sultan versucht uns auf verschiedene Weise davon zu überzeugen, hier zu bleiben, aber wir wollen lieber wieder heimkehren. Dennoch sind wir zuversichtlich, dass er uns gehen lassen wird. Jetzt im Winter ist eine bessere Reisezeit, denn wir müssen durch eine große Wüste ziehen und im Sommer ist es dort unerträglich heiß. In dieser Jahreszeit ist es hier so warm wie in Köln im Sommer, aber die Nächte sind sehr kalt.

Wir haben unseren Hausstand aufgelöst und einige Dinge in zwei großen Kisten einem Händler übergeben. Sie werden aber unabhängig von diesem Schreiben transportiert und wohl erst später bei Euch ankommen.

Bitte versucht herauszufinden, ob Hans und Lena Leinweber wieder wohlbehalten in Köln angekommen sind. Sie müssten eigentlich im Oktober oder November spätestens wieder zurück in Köln sein. Richtet ihnen unsere herzlichsten Grüße aus, wenn Ihr sie sprecht.
Auch Euch entbieten wir unsere herzlichsten Grüße. Wir hoffen, es geht Euch gut.
Geschrieben Anno Domini mcdxcvii.«

»Und hier ist noch ein Zusatz unter dem Brief«, meinte Franziska.

»*Abreise in drei Tagen mit einer Armee des Sultans von Kairo. Er hat uns die Geleitbriefe ausgestellt und uns freigestellt zu gehen. Vorher hat er allerdings noch einmal alles aufgeboten, um uns hier in Kairo zu halten und uns kostbare Geschenke gemacht. Ein wenig davon ist in dem Päckchen, das hoffentlich mit dem Brief zusammen bei Euch angekommen ist.*«

Franziska hatte bisher nur die äußere Lederhülle des Päckchens geöffnet und den Brief hervorgezogen. Jetzt schnürte sie die Lederbänder der inneren Hülle auf und öffnete den Umschlag. Sofort verbreiteten sich unglaubliche Aromen in der Burgküche, obwohl der eigentliche Inhalt noch zusätzlich in Lederbeuteln verpackt war.
«Hier ist wieder ein Zettel«, murmelte Franziska.

»*Nimm eine von den langen Stangen und schneide sie längs auf. Kratze das schwarze Innere heraus und gib es in einen Mörser. Dann nimm vier von den braunen Bohnen und gib sie auch in den Mörser. Hast du Zucker, dann gib davon auch etwas in den Mörser und verreibe alles zu einer feinen Paste. Die gibst du zu warmer Milch oder Rahm und rührst lange gut durch. Warte eine Weile und hebe dann die Fettschicht an der Oberfläche ab. Den Rest kannst du trinken. Die Gewürze kommen aus den neuen*

Ländern im Westen des großen Meeres. Die Menschen dort nennen den Trank «Göttertrank». Es sind die wertvollsten Gewürze der Welt. Sie heißen Vanilija und Cocoa.«

»Das machen wir am Sonntag, nach der Messe«, schlug Ria vor.

»Gute Idee«, meinte Franziska, »da haben wir Zeit für den Göttertrank. Schade, dass Maria von Jülich nicht mehr da ist, sie hätte ihre helle Freude daran.« Sie nahm die Beutelchen mit den kostbaren Gewürzen aus der Lederhülle. »Was machen wir mit denen? Am besten wohl in einen festen Topf aus Steingut mit einem gut schließenden Deckel, denke ich.«

Ria hatte währenddessen die Lederhüllen zusammengelegt, aber zwischen den beiden Lagen befand sich noch etwas anderes. Sie zog ein weiteres Blatt Papier hervor.

»Oh, das wäre was für die kleine Maria.« Sie zeigte Franziska das Papier, auf dem ein schreckliches Ungeheuer abgebildet war. Es hatte ein langes Maul mit schrecklichen Zähnen und einer roten langen Zunge, einen länglichen grünen Körper und einen sehr langen Schwanz. An kurzen Beinen waren Füße mit langen Krallen zu sehen. Das Ungeheuer befand sich halb im Wasser und halb an Land.

»Diesmal lese ich vor, was auf dem Papier steht«, sagte Ria.

»An den Ufern des Nils sieht man auf dem heißen Sand riesige Wasserschlangen liegen, etwa um die 15 Fuß lang, die Cocrodile genannt werden. Sie haben die Gestalt einer Eidechse oder eines Lindwurms mit vier kurzen Füßen, einem sehr großen Maul und einem schrecklichen Gesicht. Ihre Haut ist sehr hart und mit groben, dicken Schuppen überdeckt, sodass man sie mit einer Armbrust nicht verletzen kann. Auch sind sie oben auf dem Rücken wohl drei Spannen breit und haben einen sehr groben langen Schwanz.

In diesem Schwanz haben sie eine sehr große Kraft, sodass sie Esel, Maultiere, Kamele oder Büffel, die im Nil trinken wollen, unter Wasser in die Beine fallen und so stark mit dem Schwanz gegen das Tier schlagen, dass sie es im Wasser zu Fall bringen, wo sie es dann verzehren. Das habe ich selbst beobachtet mit einem großen Büffel, den wir in das Wasser niederschlagen sahen und danach nicht wieder zu Gesicht bekamen.

Die Schiffsleute fangen viele von ihnen, die vom rechten Strom abgekommen sind, auf dem Land und die Häute werden getrocknet und in unseren Ländern in Verkauf gebracht. Man sagt, dass es die Haut eines Lindwurms ist, was gelogen ist, so wie uns in Rom in der Kirche Ad Mariam de Porticu eine solche Haut, an Ketten von der Decke hängend, gezeigt wurde mit der Behauptung, es wäre die Haut eines Lindwurms, was ich da noch geglaubt habe.«

»Wir müssen mal in der großen Kiste mit den Messingbeschlägen nachsehen. Da ist doch so ein kleines getrocknetes Tier mit dabei gewesen. Vielleicht ist das so ein Kokro … Kroko … Dings«, meinte Franziska. »Wie heißen die noch mal?«

»Cocrodil«, sagte Lena von der Bank am Herdfeuer. Sie richtete ihre Kleidung, nachdem Lucia an ihrer Brust satt und zufrieden eingeschlafen war.

Antiochia, März 1498

Sie waren von Jerusalem aus am Toten Meer und dem See Genezareth entlang nach Damaskus gezogen und hatten sich dort einer Gruppe von venezianischen Händlern angeschlossen, die über den Landweg nach Venedig zurückkehren wollten und nicht per Schiff von Beirut aus. Arnold war das sehr recht, denn er versuchte nach der Kerkerhaft in Gazera weiterhin, den Spähern des Jan van Issum zu entgehen, indem er ungewöhnliche Wege nahm und seine Verkleidungen wechselte. Jetzt würden sie in der Art der Venezianer reisen, und nicht mehr als Pilger auftreten.

»Hier endet der Einflussbereich meines Sultans«, sagte Meister Vincent und man hörte das Bedauern in seiner Stimme. »Ich werde nicht mit über die Grenze ins Reich des Kaisers von Konstantinopel kommen, denn die Agenten der Hohen Pforte würden mich sofort festnehmen lassen.«

»Damit hast du deinen Auftrag erfüllt und mich und meine Begleiter unbeschadet durch das Reich des Sultans von Kairo geleitet.«

Auch Arnold war anzumerken, dass ihn die Situation nicht kalt ließ.

»Wir alle verdanken dir unser Leben, mehr als einmal hast du durch Vorausschau und weise Planung verhindert, dass uns Unbill widerfuhr. Das kann man mit Geld nicht bezahlen, und auch wenn du die im Vertrag vereinbarte Summe erhältst, dann stehen wir immer noch bis ans Ende unseres Lebens in deiner Schuld. Sollte es sich jemals ergeben, dass du von dort weggehen musst oder einen ruhigen

Ort für dein Alter suchst, so komm nach Jülich und wir werden dort alles für uns Mögliche tun, um dir zu helfen.«

Arnold legte Vincent beide Hände auf die Schultern.

»Mein Freund, pass auf dich auf. Ich spüre, dass dem Mamelukken-Sultanat stürmische Zeiten bevorstehen.« Und mit einem Grinsen setzte er hinzu: »Auch, wenn du dem wahren Glauben abgeschworen hast, bist du doch ein aufrechter, guter Mensch. Wir werden für dich beten.«

»Danke.« In Vincents Augen schimmerten Tränen. Daher drehte er sich weg und ließ den Blick über die Hügellandschaft zum Fluss schweifen. Er atmete tief ein, um sich wieder zu fassen.

»Eine letzte Sache muss ich noch erledigen, bevor ich euch über die Grenze ins Osmanenreich schicke.«

Vincent drehte sich zu Samira um, die ein wenig abseits bei Massimo stand. Wieder holte er tief Luft, als bräuchte er besonders viel Mut für das, was er jetzt sagen wollte.

»Liebes Kind«, sagte er und ergriff Samiras Hände. »Ich möchte mich von Herzen bei dir entschuldigen.«

»Warum, es gibt nichts, was ich Euch vorwerfen könnte?« Samira blickte verwirrt zu Arnold, der mit den Schultern zuckte.

»Doch, ich werfe mir selbst etwas vor. Ich war der Meinung, dass Menschen aus Afrika mit dunkler Hautfarbe minderwertig sind, zu keinen Entscheidungen fähig, dumm und faul. Ich war der Meinung, dass schwarze Menschen wie du nur als Sklaven brauchbar sind und weiße Menschen aufgrund ihrer Hautfarbe über den anderen stehen.«

»Davon habe ich aber nie etwas gemerkt«, versuchte Samira zu beschwichtigen.

»Davon wird es aber nicht besser! Die innere Einstellung zählt, nicht der ausgesprochene Gedanke. Als du in Gazera aus dieser Ohnmacht wieder aufgewacht bist, habe ich mich gefreut und dabei gemerkt, wie wichtig du mir geworden bist. Es ist gut, dass ich dich kennengelernt habe.« Er gab Samiras Hände wieder frei.

»Ich wünsche dir und diesem rothaarigen Bengel hier ein gutes Leben. Vielleicht sieht man sich ja irgendwann einmal wieder.« Er knuffte Massimos Schulter und wandte sich dann ab.

»Und jetzt geht endlich über diese Grenze, bevor ein alter Mann wie ich sentimental wird.« Verstohlen wischte er sich mit dem Handrücken über die Augen.

Konstantinopel, April 1498

Nach vier Wochen erreichten sie Konstantinopel auf guten Wegen durch das Bergland der Türkei. Am letzten Tag setzten sie nördlich von Bursa über das Marmarameer und wurden nach Galata gebracht, wo sie in der venezianischen Handelsniederlassung unterkamen. Konstantinopel lag auf einer etwa dreieckigen Halbinsel, im Süden, Westen und Norden von Wasser umschlossen. Die Stadt kontrollierte das südliche Ende des Bosporus, eines schmalen Meeresarms, der das Marmarameer und damit das Mittelmeer mit dem Schwarzen Meer verband. Nördlich zweigte ein schmaler, aber etwa eine Meile langer Meeresarm ab, der Goldenes Horn genannt wurde. An dessen Nordufer lag der Ort Galata mit einem Karmeliterkloster und der Handelsniederlassung der Venezianer. Das Goldene Horn, aber auch die Häfen Konstantinopels und die Uferbereiche des Bosporus lagen voller Schiffe, darunter eine große Zahl von osmanischen Kriegsschiffen.

Drei Tage warteten sie untätig in der Handelsniederlassung der Venezianer, bis endlich der Sultan einen deutschen Ritter schickte, der sich als Frank Kassan aus der Steiermark vorstellte. Er überbrachte den Befehl, dass Arnold sich sofort beim Sultan einzufinden habe. Arnold befürchtete, dass er gefangen genommen werden sollte, auch wenn Ritter Frank beteuerte, dem sei nicht so. Der Sultan wolle lediglich einige Fragen stellen und Arnold solle sie so gut und ehrlich wie möglich beantworten. Doch Arnold war davon nicht überzeugt. Er wusste, wie schnell man etwas Falsches sagen und im Kerker landen konnte.

Mit einer Barke setzten sie über das Goldene Horn und eilten zum Palast des Sultans. Frank erklärte Arnold im

Laufen, wie er sich im Angesicht des Sultans zu verhalten habe und schnell erreichten sie eine Pforte des Palastes. Erst an der Tür zum Audienzsaal wurden sie aufgehalten. Aber einige Augenblicke später öffnete sich die Pforte und Arnold und Frank betraten den hellen, säulengetragenen Raum.

»Der in der Mitte mit den kostbarsten Kleidern ist der Sultan«, raunte Frank. »Es sind dreißig Schritte, alle zehn Schritte fallen wir zu Boden.« Arnold nickte nur. Im Geiste zählte er die Schritte mit.

Nach zehn, zwanzig und dreißig Schritten knieten sie nieder und berührten mit der Stirn den Boden, zählten langsam bis zehn und standen wieder auf. So kamen sie etwa sieben Schritte vor dem Herrscher der Türken zum Stehen. Der Sultan führte zunächst sein Gespräch mit einem seiner Berater zu Ende und wandte sich ihnen dann zu.

Bayazid II., der Sultan des Osmanischen Reichs, war etwa fünfzig Jahre alt. Auf den ersten Blick ließen ihn die weichen Gesichtszüge und fleischigen Hände weichlich erscheinen, aber als er den Blick auf Arnold richtete, war jedes Anzeichen von Schwäche verschwunden. Von Frank Kassan wusste er, dass Bayazid ein hervorragender Bogenschütze war und es war auch bekannt, dass er seinen Bruder Cem und dessen Sohn hatte hinrichten lassen, weil Cem sich immer wieder gegen den Sultan aufgelehnt hatte. Bayazid hatte einen langen grauen Bart und war in wertvolle rotgoldene Brokatstoffe gekleidet.

Der Sultan blickte Arnold lange an, bevor er das Wort an ihn richtete, das Frank ins Deutsche übersetzte.

»Welchem Herrn dient Ihr, Ritter Arnold von Harff?«

»Ich stehe in Diensten des Herzogs von Jülich, Wilhelm von Jülich und Berg, der mich beauftragt hat, Genaueres über die Handelswege und Gewinne verschiedener Handelsgüter im Mittelmeerraum herauszufinden.«

Arnold hatte angesichts des Ausdrucks in den Augen des Sultans beschlossen, so nah wie möglich bei der Wahrheit zu bleiben. Die nächsten Worte des Sultans bestätigten seine Vorsicht.

»Damit verbindet Ihr die Lüge, die Ihr bei der Einreise in mein Reich erzählt habt, auf geschickte Weise mit der Wahrheit, die meine Beobachter über Euch herausgefunden haben.« In den Augenwinkeln des Sultans schienen sich Lachfältchen zu bilden. »Ihr seid in Wahrheit ein Ritter des Herzogs und damit des Königs Maximilian, vor etwa achtzehn Monaten zu einer Pilgerreise aufgebrochen. Zeitweise gebt Ihr Euch jedoch auch als Händler verschiedenster Herkunft aus, möglicherweise um sicherer zu reisen, vielleicht aber auch als Tarnung.«

Bayazid sah Arnold freundlich an, aber offensichtlich beobachtete er ganz genau jede Regung in Arnolds Gesicht. Dieser wusste nicht, ob seine Gesichtszüge dem Sultan etwas über seine Gedanken preisgegeben hatten. Er wusste auch nicht, was er auf die unausgesprochene Frage des Sultans antworten sollte.

Der Sultan wartete einige Atemzüge lang, während Arnold merkte, dass ihm Schweißtropfen über den Rücken liefen.

»Ich tendiere zur zweiten Version, zumal mir meine Beobachter erklärt haben, dass man normalerweise nicht ohne Not im Dezember über die Alpen geht. War Eure Abreise aus Köln nicht ein wenig überstürzt?«, fragte der Sultan, allerdings wusste er auch hier schon die Antwort und redete daher gleich weiter. »In Tarsus wurde ein anderer Mann festgenommen, der auch wie Ihr mal als Pilger und mal in anderen Verkleidungen reist. Er kommt aus einem Ort nur wenige Meilen von Eurer Heimat entfernt und stellte zu viele Fragen. Kann es sein, dass er Eure Reisegruppe verfolgt?«

Diesmal antwortete Arnold und blieb ganz bei der Wahrheit.

»Wenn es sich bei diesem Mann um einen einarmigen handelt, der sich Jan nennt, dann verfolgt er uns tatsächlich.«

Der Sultan nickte zustimmend.

»Er wurde verhört und hat etwas von einer Schwester erzählt, die ihre Unschuld an einen Ritter aus feindlichem Lager verloren hat. Der Stadtkommandant hat ihn laufen lassen, nachdem er ein großzügiges Lösegeld gezahlt hatte, denn er hatte offensichtlich nichts im Sinn, was Uns und der Hohen Pforte geschadet hätte.«

Diesmal konnte man Arnolds Enttäuschung deutlich an seinem Gesichtsausdruck erkennen.

»Macht Euch jedoch keine Sorgen, ohne finanzielle Mittel und nach der Befragung im Kerker wird er seine normale Reisegeschwindigkeit so schnell nicht wieder aufnehmen können.«

Wieder machte der Sultan eine Pause und musterte Arnold genau. Seine nächsten Worte wählte er mit Bedacht und redete sehr leise weiter.

»Solltet Ihr jedoch vielleicht willens sein, in Unsere Dienste zu treten, dann würde sich die Sachlage ändern und er wäre eine Bedrohung für einen Unserer Männer. Wir könnten ihn dann unauffällig verschwinden lassen und er wäre keine Gefahr mehr für Euch.« Der Sultan legte den Kopf ein wenig schräg.

Auch Arnold formulierte seine Antwort besonders vorsichtig.

»Herr, ich diene dem Herzog von Jülich und bin durch Eide an ihn gebunden, die mich zwingen, zu ihm zurückzukehren. So sehr mir Euer Angebot schmeichelt, leider muss ich es zurückweisen. Nachdem die Eide erfüllt sind, werde ich jedoch gerne zurückkehren und in Eure Dienste treten, sollte ich nach einer neuen Aufgabe suchen.«

»Nun, ich habe diese Antwort erwartet und lasse Euch – wenn auch ungern – ziehen, aber es gibt ja auch noch die

Möglichkeit, einem weiteren Herrn zu dienen, auch wenn man die Bänder zu dem ersten Herren nicht durchtrennt. Ein Mann kann vorgeblich der eine Mann sein und unbemerkt ein zweiter.«

»Ich werde darüber nachdenken, Herr.«

Nach Fragen zur allgemeinen politischen und sozialen Lage im Norden und zu den Herrschern, die Arnold kannte, insbesondere nach den möglichen Vorbereitungen eines neuen Kreuzzuges durch Karl von Frankreich erhielt Arnold einen Farman, der ihm freies Geleit und Zugang zu allen Besitztümern des Sultans erlaubte.

Zufrieden vom Ausgang des Gesprächs kehrte Arnold mit Frank Kassan wieder zur Unterkunft am nördlichen Ufer des Goldenen Horns zurück, wo er schon ungeduldig erwartet wurde.

Samira konnte ihre Ungeduld wie so oft kaum zügeln und stürzte sich auf Arnold, gerade als der seinen Umhang abgelegt und sich auf einem Diwan aus Teppichen niedergelassen hatte.

»Herr, hat er uns erlaubt, weiterzuziehen? Wie sieht der Palast aus? Hatte der Sultan kostbare Gewänder an? Müssen wir hier bleiben?«

Arnold schloss die Augen. »Wenn wir aus dir eine Prinzessin machen wollen, müssen wir dich zuerst einmal knebeln«, brummte er.

Samira zog sich in eine Ecke des Raumes zurück und setzte sich im Schneidersitz an die Wand. Mit Daumen und Zeigefinger der rechten Hand hielt sie sich den Mund zu. Arnold öffnete die Augen wieder und zog eine Augenbraue hoch.

»Siehst du, ich sage nichts mehr«, sagte sie undeutlich, weil sie nur durch einen Mundwinkel sprechen konnte.

»Doch, du sagst mir, dass du nichts sagst.«

»Aber ...«

»Nein!« Arnold versuchte, ein besonders grimmiges Gesicht zu machen. »Solange du mir immer reinredest, kann ich ja nicht erzählen, wie es mir ergangen ist.« Er berichtete vom Verlauf des Gesprächs und beantwortete auch Fragen von Frank, der besonders an dem Verfolger interessiert war.

Schließlich war alles gesagt.

»Hier in der Nähe soll es eine alte Kirche geben, in der der Sultan allerlei exotische Tiere hält. Du darfst mitkommen«, sagte er zu Samira, »aber nur, wenn du dein loses Mundwerk im Zaum hältst. Du redest nur, wenn ich es dir erlaube. Wenn du es nicht schaffst, wirst du mit Massimo hierher zurückgeschickt und für den Rest des Tages geknebelt. Hast du das verstanden?«

»Ja, Herr!«, antwortete Samira kleinlaut.

»Und willst du mitkommen und dich an diese Regel halten?«

»Ja, Herr, versprochen!« Sie machte sich ganz klein, aber ihre Augen leuchteten vor Vorfreude.

Burg Wilhelmstein, April 1498

Ein Ochsenkarren rumpelte durch den Torbogen der Vorburg. Hinter dem Kutscher war eine kuppelförmige Plane über die Ladefläche gespannt. Ein Reiter hatte den Hauptmann der Wache begrüßt und war dann weiter zur Hauptburg geritten, um mitzuteilen, dass eine größere Lieferung aus Venedig angekommen sei. Die anderen Reiter, Ritter des Herzogs von Jülich, geleiteten das Fuhrwerk bis zur zweiten Zugbrücke und überwachten dann das Abladen von mehreren großen messingbeschlagenen Holztruhen.

Die Truhen waren von Köln über Jülich nach Bardenberg gekommen. Ein kleinerer Teil der Lieferung war in Jülich abgeladen worden. Stallknechte trugen die Kisten, vier große und eine kleinere, die mit fremdartigen Mustern und Schriftzeichen reichlich verziert war, in den Raum im zweiten Stock des Palas, der als Bibliothek genutzt wurde.

Der Anführer der Ritter, der sich als Johann von Palandt vorgestellt hatte, war den Truhen bis in die Bibliothek gefolgt. Wohlwollend betrachtete er die beiden Jungfern, die sich ähnlich sahen, aber gleichzeitig so unterschiedlich waren.

»Ich soll die Schlüssel für die Truhen an Jungfer Franziska übergeben«, sagte er mit einer angenehm tiefen Stimme. Franziska betrachtete das offene Lächeln in dem glatt rasierten Gesicht und spürte, wie sie errötete.

»Das bin ich«, sagte sie.

Sie trat einen Schritt vor und streckte die Hand aus. Wider Erwarten überreichte der Ritter ihr aber nicht das Lederbeutelchen, sondern kniete vor ihr nieder und ergriff mit der freien Hand die rechte Hand von Franziska. Ehe sie die

Hand wegziehen konnte, hauchte er einen Kuss auf die Fingerspitzen.

»Herr Ritter, Ihr vergesst Euch«, sagte Franziska streng, musste aber gleichzeitig über den anbetungsvollen Gesichtsausdruck des Ritters lächeln. Ohne groß darüber nachzudenken, beugte sie sich vor und gab ihm einen federleichten Kuss auf die Stirn.

»Bitte erhebt Euch, Herr Johann von Palandt«, bat sie.

Der Ritter kam wieder auf die Füße und sie roch Leder und Rauch. Er hielt immer noch ihre Hand. Seine Hände waren vom Reiten und den Kampfübungen hart, aber auch sehr gepflegt, wie Franziska wohlwollend bemerkte.

»Bitte erlaubt mir, wiederzukommen und um Euch zu werben.« Johann blickte Franziska tief in die blauen Augen. Offensichtlich war es ihm nicht möglich, diesem Blick zu widerstehen.

»Vielleicht übergebt Ihr jetzt den Beutel mit den Schlüsseln«, mischte sich daher Maria ein. Das unterdrückte Lachen in der Stimme schienen weder Franziska noch der Ritter wahrzunehmen. Sie stupste Franziska vorsichtig am Ellbogen an, was diese in die Wirklichkeit zurückholte. Der Blickkontakt riss ab, als Franziska ihren Blick züchtig zu Boden senkte.

»Wir werden sehen, was die Zukunft für uns bereithält«, sagte sie auf Johanns Bitte, was weder ein Ja noch ein Nein bedeuten konnte. Sie merkte selbst, dass ihre Antwort eher unfreundlich klang, und legte das Beutelchen mit den Schlüsseln auf eine der Truhen. Dann löste sie ein blaues Stoffband aus ihren Haaren und reichte es dem Ritter.

»So Gott will, werden wir uns eines Tages wiedersehen. Nehmt dies als Zeichen meiner Wertschätzung.«

Der Ritter wollte erneut auf die Knie fallen, aber Ria kam ihm zuvor.

»Herr Ritter, die Pflicht ruft«, fuhr sie dazwischen und diesmal musste sie das Lachen mit großer Kraftanstrengung unterdrücken. »Ihr habt uns doch schon erklärt, dass Ihr heute noch nach Heinsberg und morgen weiter nach Moers müsst. Das ist ein weiter Weg und Ihr solltet Euch nicht aufhalten lassen.«

»Jawohl!« Der Ritter nahm Haltung an. Mit einem letzten Blick in Franziskas Augen, das blaue Band fest in seiner rechten Hand, verließ er den Raum.

»Oh heilige Mutter Maria, was war das denn?« Lachend zog sich Ria auf eine der Bänke in der Fensternische zurück. Franziska stand immer noch mitten im Raum und blickte auf die geschlossene Tür. Nur ganz allmählich schien sie ihre Umgebung wieder wahrzunehmen. Langsam drehte sie sich zu Ria um.

»Warum lachst du?«, fragte sie irritiert. »Ist das gerade wirklich passiert oder habe ich geträumt?«

»Soll ich rüberkommen und dich kneifen?«, bot ihre Schwester hilfsbereit an.

»Neinnein, ist schon gut.« Sie setzte sich auf eine der Holztruhen und schaute aus dem Fenster.

Lis hatte den Auftrag bekommen, mit einer Schar Gänse auf die Weide an der Nordseite der Burg zu gehen. Sie lehnte an einem Baum und beobachtete träge die grauen Vögel, die die ersten Blättchen des Scharbockskrauts mit ihren Schnäbeln abzupften. Die Sonne schien und wärmte auch schon. Ein Haselstrauch hatte die ersten kleinen Blätter aus den Knospen befreit.

»Na, meine Süße, ist dir nicht langweilig?« Sie zuckte zusammen und drehte sich zu der Stimme um.

»Mensch, Bert, hast du mich erschreckt«, sagte sie verärgert.

Bertram von Kirchrath war einer der Wachsoldaten. Er war ihr gegenüber immer besonders aufmerksam und steckte ihr hin und wieder einen Apfel zu oder sagte ihr nette Dinge.

»Was machst du hier draußen?«

»Ich soll die Burgmauer auf Schäden durch den Frost im Winter überprüfen. Aber viel lieber bin ich hier bei dir.« Er legte einen Arm um ihre schmalen Schultern.

Das hatte er noch nie getan, aber es fühlte sich irgendwie gut an. Deshalb legte sie den Kopf an seine Schulter. Alle auf der Burg waren nett zu ihr, aber niemand war so nett wie Bert. Sie genoss seine Aufmerksamkeit und hatte daher auch nichts dagegen, dass er ihr einen Kuss auf die Haare gab.

»Wie ist denn die Stimmung bei den edlen Damen? Glauben die immer noch, dass dieser Arnold irgendwann zurückkommen wird?«, fragte Bert beiläufig. Mit seiner freien Hand strich er leicht über ihren Hals.

»Darüber dürfen wir doch nicht reden.« Lis legte den Kopf ein wenig zur Seite, damit er besser an ihren Hals kam. Seine Berührung löste ein warmes Gefühl aus, das bis zu ihren Zehenspitzen lief.

»Ach, komm schon, ist doch unter Freunden.« Er griff in eine Tasche und reichte ihr einen Apfel vom Vorjahr. Er war schrumpelig, aber süß. Bert wartete, bis sie den Apfel gegessen hatte. Er hatte wieder angefangen, ihre Halsbeuge zu streicheln.

»Er ist unterwegs irgendwo gestorben, oder?«

»Nein, natürlich nicht!« Sie hatte die Augen geschlossen und genoss die Berührung.

»Aber er kann doch nicht seit anderthalb Jahren unterwegs sein und ist immer noch nicht in der Nähe.«

»Doch, er ist ja auch schon wieder auf dem Heimweg. Er ist auf dem Weg nach Kontant ... äh ... irgendwas mit K jedenfalls.«

»Konstantinopel?« Bert versuchte, möglichst unbeteiligt zu klingen. Die Kleine sollte bloß nicht merken, dass er an der Antwort interessiert war.

»Ja, so heißt es wohl. Aber er wird dann noch zu dieser Kirche am anderen Ende der Welt gehen.«

»Santiago ...«

»Genau! Aber danach kommt er bestimmt zurück.«

Seine raue Hand streichelte weiterhin ihre Halsbeuge, aber jetzt hatte er angefangen, weitere Kreise von ihrer Schulter bis zu dem Grübchen zwischen den Schlüsselbeinen zu ziehen. Lis genoss die Wärme und das angenehme Gefühl auf der Haut. Sie schnurrte wie ein kleines Kätzchen.

»Sag mal, diese Ria, ist sie eine Verwandte von Franziska oder Arnold?«

»Mhm, sie ist eine Halbschwester von Franzi, aber der Vater war ein Unterweltkönig in Köln. Mit Arnold sind sie beide nicht verwandt, aber er hat Jungfer Franziska als Tochter angenommen, weil er ja noch keine eigene Familie hat.«

Trotz der wohligen Wärme, die sich auf ihrer Haut ausgebreitet hatte, wurde sie wieder misstrauisch.

»Warum fragst du das alles?«

»Ach, nur so aus Neugierde. Nichts weiter.«

Seine Hand war inzwischen tiefer in ihren Halsausschnitt gewandert. Unter dem einfachen Leinenkittel war sie nackt. Als seine Finger über eine ihrer Brustwarzen strichen, zuckte sie zusammen. Wenn sie im Sommer am Rhein ins kühle Wasser gestiegen waren, hatten die Jungs sie immer als Brett mit Erbsen aufgezogen, weil sie so dünn war. Aber inzwischen hatten sich unter ihren Erbsen kleine runde Hügel gebildet, wie sie eines Tages erstaunt festgestellt hatte. Bert legte seine Hand auf eine dieser kleinen Rundungen, was Lis jetzt doch zu weit ging.

»Lass das«, sagte sie und versuchte, sich mit einer Drehung aus dem Arm von Bert zu winden.

»Ach komm schon, sei nicht zickig. Bisher hat es dir doch auch gefallen.« Er verstärkte seinen Griff um ihre Schulter und quetschte schmerzhaft ihre kleine Brust zusammen.

»Au, das tut weh!«

»Dann wollen wir doch mal sehen, ob dir das hier gefällt«, knurrte Bert. Er drehte sie an den Schultern zu sich herum und zerriss dabei den Leinenkittel, den sie trug. Dann packte er sie unter den Armen, hob sie vom Boden hoch und warf sie auf den Rücken. Der Aufprall raubte ihr den Atem und sie sah glitzernde Sterne. Doch zuvor hatte sie einen Blick in sein Gesicht erhascht, das sich von dem netten Bert, der er eben noch gewesen war, in eine teuflische Fratze verwandelt hatte. Mit der einen Hand hielt er ihre Hände fest und kniete gleichzeitig auf ihren Oberschenkeln. Weil sie sich wehrte, schlug er mit der Faust in ihr Gesicht, woraufhin sie das Bewusstsein verlor. Leider nicht lange genug, denn als sie wieder wach wurde, lag er auf ihr und zwischen ihren Beinen war ein brennender Schmerz.

Doch dann hörte sie Stimmen auf dem Weg vom Tal hoch zur Burg. Sie wollte um Hilfe rufen, doch sofort lag Berts Hand auf ihrem Mund. Leise fluchend zog er sich aus ihr zurück und ließ sie los. Doch ehe sie auch nur Luft für einen Hilferuf holen konnte, schlug er mit einem dicken Ast auf ihren Kopf und sie versank endgültig in der Dunkelheit.

Als sie wieder erwachte, schlug sie um sich, um die Hände abzuwehren, die sie berührten. Auch diesmal wurden ihre Handgelenke festgehalten. Doch es waren nicht Berts Hände und sie lag auch nicht mehr auf dem Waldboden, wie sie langsam durch den dunklen Nebel der Panik feststellte. Es dauerte eine Weile, bis ihr klar wurde, dass sie in einem Bett lag, einem richtigen Bett mit einer Strohmatratze und weißen Laken. Alles an ihr tat weh, zwischen ihren Beinen war ein pochender Schmerz, das Atmen fiel ihr unglaublich schwer und von ihrem Kopf gingen Druckwellen aus, die durch den ganzen Körper liefen. Wenn sie die Augen öffnete oder auch nur kleinste Bewegungen machte, wurde ihr schwindelig.

Erst nach und nach erkannte sie, dass immer wieder jemand einen feuchten Lappen auf ihrer Stirn austauschte. Einmal wurde sie vorsichtig aufgerichtet und man gab ihr etwas zu trinken.

Draußen vor den Fenstern wurde es dunkel und später dann wieder hell. Jetzt tat das Sonnenlicht nicht mehr so weh in den Augen und sie versuchte, sich umzusehen. Mit einem Auge erblickte sie die Jungfer Ria, die an ihrem Bett saß. Das andere Auge war anscheinend so stark zugeschwollen, dass es sich nicht öffnen ließ. Vorsichtig berührte sie mit der Hand ihr Gesicht. Es tat weh.

»Das wird schon wieder«, sagte Ria. »Du hast einen Schlag auf den Kopf bekommen, aber dem Auge ist nichts passiert.«

Lis konnte sich immer noch nicht erinnern, wie sie hierhergekommen war. Doch dann brach die Erinnerung fast wie ein körperlicher Schlag über sie herein. Innerhalb weniger Augenblicke waren die Schmerzen, die Scham, die Angst und der Verrat, den sie an Franziska und ihrer Schwester begangen hatte, wieder da. Sie griff nach der Hand von Ria und richtete ihren flackernden Blick auf ihr Gesicht. Ihr trauriger, flehender Gesichtsausdruck rührte Ria.

»Mäuschen, es wird doch alles wieder gut. Der Dreckskerl hat versucht, dich umzubringen, aber es ist ihm nicht gelungen.«

»Nein, nichts wird wieder gut.« Lis schüttelte den Kopf, zuckte vor Schmerzen zusammen und ließ Rias Hand wieder los. Nach ein paar tiefen Atemzügen redete sie leise weiter.

»Er hat mich ausgehorcht und ich habe ihm alles gesagt, was er über Euch wissen wollte. Ich habe Euch verraten, obwohl wir doch nichts sagen sollten, zu keinem.«

»Nun, er hat dir wehgetan und du hast ihm gesagt, was er wissen wollte. Das kann jedem passieren.«

»So war es aber nicht. Er war zuerst sehr nett und ich habe über Euch geredet. Erst als er alles wusste, hat er ...«

»Er hat versucht, dir Gewalt anzutun.« In Rias Stimme hatte sich ein harter Unterton eingeschlichen.

Lis nahm ihn sehr wohl wahr und bezog ihn auf sich, was ihre Verzweiflung noch steigerte. Sie würde in die Hölle kommen, denn sie hasste den Pastor der kleinen Kirche in Bardenberg, der jeden Samstag zur Burg kam, um in der Kapelle den Burgbewohnern die Beichte abzunehmen. Ihm hatte sie einmal von ihren unzüchtigen Gedanken erzählt und war von seiner Reaktion so angewidert, dass sie sich danach nicht mehr zur Beichte gemeldet hatte. Sie wusste ganz genau, dass sie ihm nichts über sie und Bert würde erzählen können.

Es war Nacht, dunkle Wolken waren von Westen her aufgezogen und launige Windböen als erste Vorboten des drohenden Unwetters klapperten mit den Fensterläden. Franziska, die sich erboten hatte, ihre Schwester bei der Nachtwache bei der kleinen Lis abzulösen, erwachte und spürte einen Moment lang dem Geräusch nach, das sie aus dem Schlaf gerissen hatte. Wahrscheinlich war es ein nicht gut befestigter Laden gewesen, der vom Wind zugeschlagen worden war.

Sie wollte nachsehen, ob Lis auch aufgewacht war, wusste aber sofort, dass sie allein im Raum war. Dennoch schälte sie sich aus der warmen Decke, die sie um ihre Schultern gelegt hatte, und ging die drei Schritte zum Bett herüber. Im flackernden Licht einer Stundenkerze sah sie, dass das Bett leer war, und legte die Hand in die Kuhle, die Lis' kleiner Körper in der Strohmatratze hinterlassen hatte. Sie spürte die Körperwärme, also konnte Lis noch nicht lange weg sein. Wahrscheinlich war sie auf dem Weg zum Aborterker am Ende des Ganges, aber Franziska wollte lieber nachsehen, ob die Kleine vielleicht Hilfe bräuchte.

Kurz blitzte Ärger auf, dass Lis sie nicht geweckt hatte, damit sie ihr helfen konnte. Sie nahm die Kerze vom Tisch und tappte auf nackten Füßen den Gang entlang, erwartend, dass sie Lis hier irgendwo treffen würde. Die kleine Holztür zum Abort stand offen, aber hier war Lis auch nicht. Nun doch alarmiert, eilte sie zurück zu der Kammer, die sie normalerweise mit ihrer Schwester teilte, öffnete die Tür und rüttelte Ria, die noch fest schlief, an der Schulter.

»Was is'n los?«

»Lis ist weg. Du suchst hier und gehst dann nach unten, ich suche oben.«

Franziska wartete nicht auf eine Antwort, sondern verließ den Raum sofort wieder, um ohne große Hoffnung in der Bibliothek nachzusehen. Vielleicht hatte Lis ja auf dem Rückweg den richtigen Raum nicht wiedergefunden.

Schwer atmend erreichte Lis den Treppenabsatz. Ihr Unterleib brannte wie Feuer und das Atmen fiel ihr schwer, denn sie hatte grüne und blaue Blutergüsse an den Rippen. Starke Kopfschmerzen schickten Wellen heißen, roten Schmerzes durch den ganzen Körper. Aber am schlimmsten waren die Teufel, die in der Nacht gekommen waren und sie seitdem quälten. Verräter, Verräter riefen sie unablässig und stachen mit ihren spitzen Speeren in ihr Herz und ihren Kopf. Sie wusste, dass sie eine schwere Sünde begehen und sich wahrscheinlich den Teufeln vollkommen ausliefern würde, aber sie wollte dem Schmerz und der Scham hier und jetzt endgültig ein Ende bereiten. Im Moment war ihr aber so schwindlig, dass sie sich am Ende des Handlaufs festhalten musste, um nicht rücklings wieder die Turmtreppe herunter zu fallen.

Dann atmete sie tief durch und wankte die paar Schritte zu den Zinnen. Windböen spielten mit ihrem offenen Haar und erste dicke Regentropfen trafen sie, doch sie konnten die fiebrig heiße Haut nicht kühlen. Sie zog sich mit beiden

Händen an einer der Zinnen hoch und stellte sich in eine der Schießscharten. Beim Blick nach unten wurde ihr übel. Waren dort unten Bäume oder wurden die Burgmauern von Wasser umspült?

In Gedanken schickte sie eine letzte Bitte um Vergebung an Franziska und Ria, die sie über alles liebte. Ihr letzter Liebesdienst sollte es sein, die beiden Jungfern von ihrer nichtswürdigen Anwesenheit zu befreien. Sie breitete die Arme aus, als wollte sie fliegen und ließ sich nach vorne in den Abgrund fallen.

Venedig, Mai 1498

Sie reisten aus Konstantiopel ab, sobald der Sultan ihnen die entsprechenden Geleitbriefe ausgestellt hatte. Arnold hatte es eilig, denn er fürchtete, dass Jan ihn wieder einholen würde. Tags zuvor hatte der Sultan, der Arnold zu einem Wettkampf im Bogenschießen eingeladen hatte, erklärt, dass er Jan van Issum zwar aufhalten, aber ihn ansonsten nicht daran hindern würde, sein Reich zu durchqueren.

Zwischen den Befestigungsmauern war ein Schießstand aufgebaut worden, auf dem in unterschiedlichen Entfernungen runde Strohscheiben als Ziele standen. Arnold hatte sich, wie er fand, gut geschlagen, aber der Sultan war trotz seines hohen Alters der überragende Krieger mit Pfeil und Bogen. Am Ende des Wettschießens hatte der Sultan noch einmal versucht, Arnold als Ritter anzuwerben. Auf Arnolds bedauernde Antwort hatte er erklärt, ihnen für den nächsten Morgen die entsprechenden Geleitbriefe bis zur Grenze seines Reiches auszustellen.

Frank Kassan sollte Arnolds Reisegruppe begleiten und – wie Arnold mutmaßte – auch überwachen.

Über den Landweg reisten sie nach Üsküb und dann über gut erhaltene Römerstraßen durch die Berge des Balkans. Sie hielten sich nie lange auf und übernachteten oft unter freiem Himmel, um im ersten Morgengrauen schon wieder auf ihren kleinen Pferden nach Norden zu reiten. Das Wetter war meist warm und sonnig, nur manchmal mussten sie in eine Herberge einkehren, weil es regnete.

Bei Pola verabschiedete sich Frank Kassan und sie ritten in wenigen Tagen weiter bis zur Küste, wo sie in Parenzo die

Pferde verkauften und eine Passage auf einem venezianischen Handelsschiff buchten.

Arnold hatte Frank Kassan gebeten, auf der Rückreise in verschiedenen Herbergen zu erzählen, dass der Ritter Arnold von Harff vorhabe, zum ungarischen König zu reisen, um ihm seine Aufwartung zu machen. Frank hatte versprochen, das entsprechende Gerücht zu verbreiten und ihnen so vielleicht den Rücken freizuhalten.

Sie erreichten Venedig nach etwa drei Wochen. Mit einer Gondel ließen sie sich vom Hafen aus über den Canal Grande zur Rialtobrücke fahren, an der die Fondaco dei Tedeschi lag. Ihr Gepäck trugen sie selbst zur Kölner Handelsniederlassung, wo sie überschwänglich begrüßt wurden. Offensichtlich hatte man hier nicht mehr mit ihrer Rückkehr aus den heidnischen Ländern gerechnet, obwohl im vergangenen Jahr eine Sendung mit Ziel Köln über die Handelswege des August Paffendorp gesendet worden war.

Der Leiter der Handelsniederlassung überreichte ihnen ein Bündel mit Briefen, die, wie er sagte, schon seit einiger Zeit bei ihnen lagerten. Auf den Umschlägen war vermerkt, wann die Briefe in Venedig angekommen waren. Der älteste Brief lag demnach schon seit September 1497 im Kontor Paffendorp, dann waren weitere Briefe im November und im Frühjahr angekommen.

Arnold nahm die Briefe mit in die kleine Kammer, die gerade genug Platz bot für vier Matratzen und ihr Gepäck. Christian sortierte an einem kleinen Tisch in der Ecke seine Unterlagen, Massimo und Samira hatten die Bündel aufgeschnürt und alle Kleidungsstücke daraufhin untersucht, ob sie ausgebessert oder gewaschen werden mussten. Auf einer Matratze lagen die Stücke, für die nach Ansicht Samiras Ersatz beschafft werden musste.

Als Arnold den Raum betrat, bemerkte er, wie Massimo zärtlich über Samiras Wange strich. Er tat so, als habe er das nicht gesehen und legte die Briefe zu den Unterlagen auf den

Tisch zu Christian, der von seinen eigenen Unterlagen aufblickte. Erst dann drehte er sich zu Massimo und Samira um. Christian setzte sich auf eine der Matratzen und bot Arnold den einzigen Stuhl im Raum an, auf dem er selbst bisher gesessen hatte.

Arnold zog den Stuhl in die Mitte und setzte sich.

»Wir haben Post bekommen, die hier gelagert hat, in der Hoffnung, dass wir über Venedig heimkehren würden. Der Vorsteher des Kontors deutet an, dass es zu Hause Schwierigkeiten gegeben hat. Ich denke, bevor wir uns um andere Dinge kümmern, sollten wir die Briefe lesen.«

In stummem Einverständnis langte Christian auf den Tisch und reichte Arnold das Bündel Briefe, die mit einer Kordel zusammengehalten wurden.

»Aber zunächst habe ich noch eine andere Nachricht, von der ich allerdings noch nicht weiß, was das für uns bedeuten wird.« Er blickte der Reihe nach seine ungleichen Begleiter an. »Ich habe eben erfahren, das Karl von Frankreich plötzlich gestorben ist. Sein Nachfolger wird sein Bruder Ludwig, der auch Karls Ehefrau Anne de Bretagne erben wird.«

Er löste die Kordel, die die Briefe zusammenhielt.

»Ein Brief hat das herzögliche Siegel und ist im Februar hier angekommen, die anderen drei sind in einer mir unbekannten Schrift. Sie sind im September, November und März hier angekommen. Ich würde sagen, wir lesen sie in der richtigen Reihenfolge.« Er zeigte Massimo und Samira den Brief mit dem großen Siegel des Herzogs und öffnete dann das Siegelwachs des ersten Briefs, das das Wappen der Familie von Harff trug. Schnell überflog er den Wortlaut des Briefs. Samira studierte seine Miene und kam zu dem Ergebnis, dass sowohl erfreuliche als auch besorgniserregende Nachrichten zu lesen waren. Ungeduldig klopfte sie mit dem Brief des Herzogs auf Arnolds Knie. Der nahm den Brief zurück und las endlich den ersten Brief vor.

»Jungfer Franziska von Harff, im Hause von Harff, Sankt-Mauren-Straße in Köln, am Tage nach dem Jakobstag Anno Domini mcdxcvii an Arnold von Harff, Kontor Paffendorp, Venedig.«

»Daher kenne ich die Schrift nicht, die kleine Franziska hat endlich schreiben gelernt«, sagte Arnold und an Samira gewandt: »Der Jakobstag ist der fünfundzwanzigste Tag des Monats Juli.
Und zum ersten Mal verwendet sie unseren Familiennamen«, setzte er nachdenklich hinzu.

»Wir haben leider keine guten Nachrichten für Euch: Im Juni des Jahres 1497 wurde ich von Unbekannten in einen Keller verschleppt und betäubt. Ich fürchte, ich habe ihnen verraten, wo Ihr Euch befindet und so Verfolger auf Eure Spur gesetzt. Ich bin nur knapp dem Tode entronnen, denn ich hatte Hilfe von unerwarteter Seite. Doch über dieses Detail werde ich jetzt nicht schreiben, sondern Ihr erfahrt davon, wenn Ihr nach Hause zurückkehrt. Nur so viel sei jetzt verraten: Unsere kleine Familie hat Zuwachs bekommen und ich hoffe, Ihr seid mit meiner Entscheidung einverstanden. Seit meiner unverhofften Rettung unmittelbar bevor mir die Häscher den Tod bringen wollten, stehen wir unter der Bewachung von Männern des Herzogs. Die Herzogin ist aber der Meinung, dass wir hier nicht sicher sind.

Ich hoffe, dass Euch diese Warnung bald erreicht, damit Ihr auf der Hut seid. Einer der Männer, den ich nur ganz kurz gesehen habe, hatte nur einen Arm. Ich vermute, es handelt sich um Jan van Issum. Die Herzogin glaubt das auch.

Die Herzogin kümmert sich um uns, wann immer sie Zeit hat. Sie hat auch meine Lese- und Schreibübungen überwacht und gefördert, sodass ich jetzt in der Lage bin, selbst Briefe zu schreiben und zu lesen.

Änni entbietet Euch Grüße. Es geht ihr gut, aber wegen der Gicht in den Händen kann sie nicht mehr schreiben und auch sonst nur noch wenige Arbeiten verrichten.

Möge der Herr über alle Eure Wege seine segnende Hand halten und Euch wohlbehalten zu uns zurück bringen.
Geschrieben in Köln, Sankt-Mauren-Straße von Franziska von Harff.«

Arnold legte den Brief auf den kleinen Schreibtisch und rieb sich mit beiden Händen über das Gesicht.

»Wir müssen diesen Jan loswerden und endlich nach Hause zurück«, sagte er nachdenklich. »Aber das dritte große Pilgerziel muss ich unbedingt noch erreichen. Wie weit ist es von hier nach Santiago, was meinst du?« Er drehte sich zu Christian herum, der Franziskas Brief in die Hand genommen hatte und gedankenverloren mit dem Zeigefinger über die Zeilen strich.

»Hm?« Christian schien aus einem Traum zu erwachen. »Nach Santiago? Drei Monate für den Hinweg und dann zwei nach Köln, wenn es schnell geht.«

»Gut, dann brauchen wir dafür achtzehn Wochen insgesamt. Der Sommer kommt, die Reisebedingungen sind gut, das sollte gehen«, meinte Arnold. »Lesen wir den zweiten Brief!«

»Franziska von Harff an Arnold von Harff, Burg Wilhelmstein bei Bardenberg, Anno Domini mcdxcvii, idus octobri.
Im September sind wir heimlich aus Köln verschwunden und von Soldaten der Herzogin nach Bardenberg an der westlichen Grenze des Herzogtums gebracht worden. Dort leben wir jetzt auf Burg Wilhelmstein, weil die Herzogin und der Herzog meinen, uns dort sicherer bewachen zu können. Dennoch sind wir sehr vorsichtig und reden mit niemandem über Eure Reise. Die Sendungen und Briefe, die in Köln angekommen sind, wurden auch hierher gebracht und sind in der Bibliothek der Burg sicher verwahrt.
Wir werden hier bleiben, bis Ihr zurückkehrt, also könnt Ihr auch alle weiteren Briefe direkt nach hier oder nach Jülich schicken,

sodass sie uns schneller erreichen. Die Herzogin ist der Meinung, dass Reisende hier nicht so auffällig sind wie in Köln oder Heinsberg, und rät Euch, möglichst unauffällig zurückzukehren, um die Gerüchte nicht noch weiter anzufachen, die über Eure Reise kursieren. Anscheinend versucht jemand, Euch auch mit übler Nachrede zu schaden und es geht das Gerücht, dass Ihr auf Eurer Reise bereits im Mittelmeer bei einem Sturm den Tod gefunden habt. Doch ist inzwischen eine Sendung aus Alexandria angekommen, sodass wir zumindest wissen, dass es Euch gut geht. Aber die Ungewissheit ist dennoch nur schwer zu ertragen. Bitte kommt schnell und sicher zu uns zurück.

Wir beten jeden Tag für eine sichere Heimkehr, möge die Jungfrau Maria Euch behüten.«

Arnold schaute sich im Raum um. »Wie schnell können wir hier unsere Angelegenheiten regeln und abreisen?«

»Mehr als ein, zwei Tage brauchen wir nicht«, meinte Christian nachdenklich. Auch er spürte eine zunehmende Rastlosigkeit und wollte so schnell wie möglich wieder unterwegs sein.

Er fragte sich, warum er zu diesen Leuten zurückkehren wollte, die er nur wenige Tage kennengelernt hatte. Das ernüchternde Ergebnis seiner Überlegungen war, dass er sonst, außer Arnold, Massimo und Samira niemanden mehr hatte, seit er die Sicherheit der Klostermauern verlassen musste. Er nahm sich vor, eines Tages nach dem Haus seiner Familie in der Eifel zu suchen.

Derweil hatte Arnold den dritten Brief geöffnet.

»Der Herzog schreibt über allerlei strategische Dinge, die ich jetzt nicht vorlesen muss, aber auch er fordert uns auf, endlich nach Hause zurückzukommen. Wörtlich schreibt er:

Es war nie die Rede davon, dass du länger als ein Jahr auf Pilgerfahrt gehen solltest. Uns wurde zugetragen, du würdest in Erwägung ziehen, bei dem Sultan von Kairo zu bleiben und ein Ungläubiger zu werden. Wir verbieten dir hiermit diesen Unsinn und erwarten, dass du auf dem schnellsten Weg nach Hause kommst, sobald dieser Brief dich erreicht hat.«

Arnold machte eine Pause und schaute, wie seine Begleiter die Nachrichten aufnahmen. Dann nahm er den letzten Brief zur Hand.

»Wieder in der Schrift von Franziska«, sagte er und erbrach das Siegel. Auch diesmal überflog er den Inhalt, bevor er ansetzte, den Brief vorzulesen. Seine Gesichtszüge gaben diesmal seine Gefühle nicht preis.

»Nun, der letzte Brief hat es wirklich in sich.«

»Franziska von Harff an Arnold von Harff, Kontor Paffendorp, Venedig.

Meine herzlichsten Grüße kommen vereint mit der großen Sorge, dass Ihr immer noch in den Ländern der Ungläubigen unterwegs seid und also noch nicht den Heimweg angetreten habt. Leider muss ich Euch mitteilen, dass sich die Gesundheit von Anna van Elsum im Winter nicht gebessert hat. Sie vergeht immer mehr und scheint nur noch für den Augenblick zu leben, an dem sie Euch wiedersehen darf. Wir wissen nicht, wie lange sie noch durchhält und hoffen auf den Frühling, der etwas Wärme in die dicken Mauern der Burg bringen wird.

Kurz vor dem Christfeste kamen auf Gottes wundersamen Wegen Hans und Lena Leinweber zu uns ans Burgtor. Beide waren fast verhungert und so geschwächt, dass sie in die Burg getragen werden mussten. Während Lena sich schnell erholt hat und am vierten Advent ein kleines Mädchen geboren hat, ist der Zustand von Hans immer noch kritisch. Er ist zu schwach zum Aufstehen und wird, falls er wieder gesund werden sollte, erst einmal lernen müssen zu laufen. Wie gesagt, wir hoffen auf den Frühling.

Seit dem Weihnachtsfest haben wir die große Ehre, die Tochter des Herzogs beherbergen zu dürfen. Sie ist reizend, intelligent und sehr anstrengend. Wir wissen noch nicht genau, wann sie wieder abreisen wird, wahrscheinlich bleibt sie bis Karneval oder möglicherweise sogar bis Ostern bei uns. Auch der Herzog und seine Frau haben es geschafft, zu Weihnachten kurz bei uns und ihrer einzigen Tochter vorbeizukommen und das Christfest mit uns zu feiern. Sie sagen, wir können hierbleiben, bis Ihr – hoffentlich bald – heimkehrt. Ob und wann Hans und Lena mit ihrer Tochter wieder abreisen, wissen wir nicht, erst muss Hans wieder vollständig bei Kräften sein. Ich hoffe, dass es in Ordnung ist, dass sie um der Freundschaft willen so lange in unserem Haushalt bleiben können, bis sie wieder in der Lage sind, sich selbst um ihren Unterhalt zu kümmern.

Wir beten jeden Tag dafür, dass die Heilige Mutter Maria ihre segnenden Hände über Euch hält und erwarten voller Ungeduld Eure Heimkehr.

Geschrieben am Dreikönigstag Anno Domini mcdxcviii auf Burg Wilhelmstein zu Bardenberg von Franziska von Harff.«

Arnold erhob sich schwerfällig. Der Brief fiel von seinen Knien zu Boden.

»Ich muss hier raus, brauche frische Luft.« Ohne die anderen eines Blickes zu würdigen, verließ er die kleine Kammer.

Zwei Tage später gingen sie in Chioggia an Land und suchten den Pferdehändler auf, der Christians Pferd aufgenommen hatte. Christian war besorgt, denn es war jetzt bereits über dreizehn Monate her, dass sie das Tier dort gelassen hatten. Nie hätte er geglaubt, dass sie so lange brauchen würden, um hierher zurückzukehren. Der Pferdehändler, für den Pferde offensichtlich nicht nur ein Handelsgut, sondern auch eine Herzensangelegenheit waren, hatte Christians Wallach noch nicht weiterverkauft, sondern sich gut um ihn gekümmert. Er betrieb selber eine kleine Zucht und erklärte ihnen, dass es Tiere gab, die er nur in höchster Not verkaufen würde, weil sie ihm so ans Herz gewachsen waren. Trotzdem ließ er sich von Christian eine kräftige Nachzahlung geben, denn er erklärte, nur von Tierliebe könne man auch nicht leben.

Während Christian seinen Wallach mit schrumpligen Äpfeln fütterte, begutachtete Arnold die anderen zum Verkauf stehenden Tiere und wählte dann drei Pferde und passende Sättel für sich, Samira und Massimo aus.

Christian war sicher, dass das Pferd ihn wiedererkannt hatte. Nachdem die Äpfel ausgegangen waren, hatte das Tier angefangen, mit seinen weichen Lippen an seiner Schulter und seinem Ohr zu knibbeln.

Burg Wilhelmstein, April 1498

»NEIN!« Franziska hatte mit einem Blick die Absicht von Lis erkannt, die wie ein kleines weißes Gespenst auf der Turmkrone des Bergfrieds stand. Ohne darauf zu achten, dass sie sich ihre nackten Füße an den Steinplatten aufriss, rannte sie die letzten Schritte zu der kleinen Gestalt zwischen den Zinnen, die die Arme ausgebreitet hatte und langsam nach vorne kippte.

Im letzten Moment gelang es ihr, weit hinausgreifend, einen Arm um die Taille von Lis zu schlingen, während sie sich mit der anderen Hand und den Knien an den Mauersteinen festhielt. Dennoch befürchtete sie für einen Augenblick, dass das Gewicht des kleinen Mädchens sie mit hinaus über die Brüstung ziehen würde.

Dann war es geschafft und sie zerrte die kleine Gestalt wieder zurück auf den Steinboden des Turms, wo sie, die kleine Lis fest umschlungen, keuchend zusammensank.

So fand sie der Hauptmann der Wache, der von Ria alarmiert mit ihr die Steinstufen des Bergfrieds hinauf gehastet war. Da Franziska die Kleine nicht wieder loslassen wollte, hob der Soldat die beiden zusammen auf und trug sie hinunter in das Krankenzimmer im Palas. Dort legten sie die beiden in das Bett, das Lis vor nicht allzu langer Zeit verlassen hatte und Ria zog sich einen Stuhl hinzu, denn auch sie wollte die Kleine in dieser Nacht nicht mehr allein lassen.

Das Gewitter hatte die Burg erreicht und tobte um Palas und Bergfried.

Am Morgen darauf zeugten nur noch die Pfützen auf dem Hof von dem nächtlichen Gewitter. Die Sonne schien und wärmte die Steine der Burgmauern. Lis' Fieber war ein wenig gesunken und hatte die nächtlichen Teufel verschwinden lassen. Ria hatte früh ihren unbequemen Schlafplatz verlassen und nach Grit, der Hebamme geschickt, um Lis untersuchen zu lassen. Auch Franziska hatte sich inzwischen angezogen, ließ die Kleine aber keinen Augenblick aus den Augen. Lis hatte die Augen geöffnet, aber der vom Fieber glasige Blick schien nichts aufzunehmen. Die Untersuchung von Grit ließ sie ohne Regung über sich ergehen, nur als die Hebamme sie vorsichtig mit einer Salbe zwischen den Beinen einstrich, zuckten ihre Finger, die in der Hand von Franziska lagen.

»Ihr hättet mich lieber gleich vorgestern oder gestern rufen sollen«, sagte Grit vorwurfsvoll. »Dann hätte sie vielleicht gar kein Fieber bekommen. Ich gebe ihr jetzt einen Trank aus Birkenrinde und Schlafmohn. Die Birkenrinde soll das Fieber weiter senken und der Mohn wird sie einen ganzen Tag schlafen lassen, sodass ihr sie nicht ununterbrochen bewachen müsst. Sollte sie morgen nicht wieder ansprechbar sein, dann komme ich wieder.

Oder besser noch«, setzte sie hinzu, »ich komme morgen früh sowieso und schaue nach ihr, und wenn sie wieder klarer denken kann, dann reden wir gemeinsam mit ihr und überlegen, wie wir verhindern können, dass sie ihren Plan doch noch in die Tat umsetzt.«

Franziska war erleichtert, dass Grit ihnen helfen würde, und half ihr, die Kleine ein wenig aufzurichten, damit sie den Trank zu sich nehmen konnte.

»So, und jetzt sehen wir uns mal deine Knie und die abgerissenen Fingernägel an«, sagte Grit, nachdem Lis eingeschlafen war. »Solche Wunden sind an sich nicht schlimm, aber sie entzünden sich gerne.«

Das freundliche Frühlingswetter hielt auch am nächsten Morgen an und Ria hatte in der Krankenstube die Fenster weit geöffnet, als Grit eintraf. Lis döste in ihrem Bett, nachdem Franziska sie gewaschen hatte. Obwohl es ihr besser ging, wirkte sie bedrückt, nahezu unbeteiligt.

Grit setzte sich zu ihr ans Bett und untersuchte sie vorsichtig.

»Alles soweit in Ordnung«, beruhigte sie die Schwestern. »Und Mäuschen«, fragte sie dann Lis, »kannst du dich an die vorvergangene Nacht erinnern, als du versucht hast, vom Bergfried zu springen?«

Lis machte große ängstliche Augen und schüttelte vorsichtig den Kopf.

»Du hast etwas von Teufeln gesagt.«

Die Augen wurden noch größer.

»Werden die Teufel wiederkommen?«, wisperte sie dann leise.

»Nein, mein Schatz«, sagte Grit freundlich. »Aber was wollten die Teufel denn von dir?«

»Ich habe meine ...«, ihr Blick suchte Franziska. »Ich habe die Jungfern verraten, weil ich so dumm war. Die Teufel, sie wollten, dass ich dafür Sühne tue. Sie sagten, ich sei nicht wert, weiterzuleben, weiter bei Franziska und Ria, die ich doch so sehr liebe.«

»Aber warum meinst du denn, dass du Schuld auf dich geladen hast?« Franziska hatte sich neben Grit gesetzt und eine der kalten Hände ergriffen, die sich unruhig auf der Bettdecke hin und her bewegten.

»Ich habe ihm doch verraten, was ich über Euch weiß«, sagte Lis. »Und nur, weil er so nett war. Und dann hat er ... er hat mir weh getan.«

»Aber das hat er doch nur getan, weil wir dich aus Köln mitgenommen haben und du jetzt für uns arbeitest. Wir sind schuld, weil wir nicht gut genug auf dich aufgepasst haben. Woher solltest du denn wissen, dass Bert so ein Schuft ist?«

Daraufhin sagte Lis nichts mehr, aber in ihren Augen bildeten sich Tränen, die schließlich überliefen. Franziska blieb an ihrem Bett sitzen, streichelte ihr Haar und hielt die kleine kalte Hand fest, bis Lis sich schließlich in den Schlaf geweint hatte.

Grit jedoch stand auf und packte Ria am Arm und zog sie mit sich auf den Gang.

»Dass sie jetzt weint, halte ich für ein sehr gutes Zeichen. Es löst die Spannung und zeigt mir, dass sie verstanden hat. Redet morgen noch mal mit ihr und seid besonders aufmerksam zu ihr«, meinte Grit. »Aber ich glaube, die Gefahr, dass sie sich noch mal von den Zinnen zu stürzen versucht, ist gebannt.

Ach!«, sagte Grit, schon im Weggehen. »Was ist eigentlich aus diesem Schuft geworden?«

»Bert von Kirchrath, oder wie immer der hieß? Ist auf und davon, spurlos.«

»Drecksack!«

»Du sagst es. Wenn ich den noch mal in die Finger kriege, kratze ich ihm eigenhändig die Augen aus.«

Das gute warme Wetter hatte Hans' Lebensgeister neu erweckt und inzwischen arbeitete er jeden Tag daran, wieder zu Kräften zu kommen und laufen zu lernen. Die Treppe im Bergfried war seine bevorzugte Trainingsstätte, denn wenn er es geschafft hatte, sie bis zur Turmkrone zu ersteigen, dann war die Belohnung eine grandiose Aussicht über das Tal.

Hans und Lena hatten auch wieder angefangen, Pläne zu machen und sich darüber mit Franziska und Ria unterhalten.

»Wir können natürlich zu unserer Familie zurückkehren«, meinte Lena eines Abends vor dem Kamin. »Aber wir sind völlig mittellos und wären auf ihre Almosen angewiesen. Da unsere Familien mit meiner Heirat aber nicht einverstanden waren, wollen wir jetzt nicht wie Bettler vor ihnen stehen, noch dazu mit einem kleinen Kind.«

»Das war alles ganz anders geplant«, setzte Hans hinzu. »Wir wollten auf der Reise Kontakte knüpfen und uns danach als Händler versuchen, aber bis auf unser nacktes Leben haben wir alles verloren.«

»Aber diese Kontakte, von denen du sprichst, die gibt es doch noch?«, fragte Ria. »Und dann fehlt doch nur noch Startkapital«, setzte sie fröhlich hinzu.

»Wir haben schon viel zu lange auf Kosten von Arnold gelebt«, meinte Hans düster. »Und wir konnten ihn nicht einmal fragen, ob ihm das recht ist«, ergänzte Lena, die mit dem Fuß eine kleine Wiege bewegte, in der ihre Tochter lag.

»Nun, wie wäre es, wenn ihr dann ausnahmsweise mal Geld von mir annehmen würdet?«, wollte Ria wissen und amüsierte sich königlich, weil alle sie verdutzt ansahen.

Nach einer kleinen Pause erklärte sie: »Mein Vater war, wie ihr vielleicht wisst, ein gefürchteter Unterweltanführer in Köln. Aber meine Großmutter wollte mit seinen Geschäften nichts zu tun haben. Sie hatte ein kleines Haus in der Südstadt in der Nähe des Severinstors. Mein Vater hat sie mit Geld versorgt, mehr als sie ausgeben konnte oder wollte. Sie hat darauf bestanden, dass es kein Geld war, an dem Blut klebte, also könnt ihr es ohne Bedenken annehmen. Die Herzogin hat versprochen, auf mein Haus aufzupassen und die kleinen Freunde von Lis sehen auch nach dem Rechten. Also gehe ich mal davon aus, dass das Geld noch da ist. Nur ich weiß, wo es versteckt ist, aber ich werde es euch sagen, wenn wir einen entsprechenden Vertrag gemacht haben. Wenn ihr euch mit eurem Gewürzhandel in Köln einen Namen gemacht habt und ein größeres Haus braucht, gebt ihr mir Geld und Haus zurück, natürlich mit einem gewissen Zins für mich.«

Breit grinsend schaute sie in die Runde. Die Gesichter ihrer Zuhörer spiegelten Gefühle zwischen Unglauben und Verwirrung. Lena hatte sich als Erste gefasst.

»Warum sagst du Gewürzhandel?«, fragte sie.

»Nun, wenn ich diese ganzen Lieferungen und Aufzeichnungen von Arnold richtig verstehe, setzen er und der Herzog auf Gewürzhandel. Das ist ja auch viel besser zu transportieren als Tuchrollen. Ihr würdet also doppelt profitieren, einerseits durch die Kontakte Arnolds und andererseits als Hoflieferant des Herzogs.«

»Du bist ein verdammt schlaues Kind, Schwesterherz!« Aus Franziskas Augen sprach unverhohlene Bewunderung.

»Stimmt, hab' ich von meinem Vater!«

Toulouse, Juni 1498

Von schlechtem Wetter und Pestausbrüchen verschont, hatten sie die Poebene durchquert und die Alpen im Südwesten überquert, denn Arnold wollte nicht über Genua reisen. In Verona blieben sie nur eine Nacht, sodass Massimo Samira die Stadt seiner Kindheit nicht zeigen konnte. Doch er nahm sich vor, eines Tages mit Samira wieder nach Verona zu gehen, sei es auch nur, um ihr sein Elternhaus zu zeigen und vielleicht ein paar Freunde von früher zu treffen.

Nur auf dem Mont Cenis lag noch Schnee, von dem Samira ganz begeistert war. Der Aufstieg war mithilfe einheimischer Führer zu Pferde gerade noch zu schaffen, aber die Rückseite des Passes war noch steiler als der Aufstieg. Zu Samiras großem Entzücken, das sich auch auf die anderen Mitreisenden übertrug, wurden sie daher auf große Schlitten gesetzt und rasten in einer halsbrecherischen Fahrt mit großer Geschwindigkeit zu Tal, wo sie auf ihre Pferde warten mussten, die vorsichtig und frei von Gepäck und Reitern vom Berg herabgeführt wurden.

Nach dem Pass am Mont Cenis waren sie durch das Tal der Isère zur Rhône herabgestiegen. Bei Donzere und Pont Saint Esprit überquerten sie die beiden Rhône-Arme, die hier eine große Insel umschlossen.

Arnold wirkte rastlos und verschlossen. Wo es sich ergab, übernachteten sie in Gasthöfen, aber oft genug ritten sie bis in die Dämmerung und übernachteten abseits der Straßen und Wege, nur durch Olivenbäume oder Pinien geschützt. Anfangs hielten Arnold, Christian und Massimo im Wechsel Wache, später übernahm auch Samira ein Viertel der Nacht, weil sie sich nicht ausgeschlossen fühlen wollte. Natürlich erfragten sie weiterhin, welchen Heiligen die Kirchen in den

Orten, durch die sie kamen, geweiht waren, aber nur in den wenigsten Siedlungen verweilten sie länger als einen Tag.

In Nîmes besichtigten sie einen in der Stadt gelegenen Rundbau, wie sie ihn ähnlich auch schon in Verona und Rom gesehen hatten. Aber anders als diese Amphitheater war das Gebäude in Nîmes innen mit kleinen Häusern bebaut und die Eingänge waren mit Holztoren gesichert, sodass es eine Stadt in der Stadt bildete. Arnold schätzte, dass in dem Rundbau etwa 60 Familien lebten.

Über die gewaltige Festungsstadt Carcassonne ging es weiter nach Toulouse. Sie besichtigten die Gräber der Heiligen in der Kirche Sankt Saturnius, in der sechs Apostel begraben waren. Arnold bat darum, dass ihm das Grab des heiligen Jakob geöffnet wurde, aber der Priester, der sie durch die Kirche führte, lehnte dies kategorisch ab. Draußen vor der Kirche erklärte Arnold Samira, der heilige Jakob läge ebenfalls in Santiago.

Die Kirche verwahrte auch einen großen Edelstein, den Kaiser Karl der Große auf seinem Harnisch getragen hatte und das Horn Olifant seines Ritters Roland, in das dieser kurz vor seinem Tod bei der Schlacht von Roncesvalles zum letzten Mal geblasen hatte, um das Heer Karls des Großen zu Hilfe zu rufen. Das Horn war aus Elfenbein, aus einem ganzen Stoßzahn eines Elefanten gefertigt und war von silbernen Schellen umschlossen.

Arnold erklärte, dass im Rolandslied die Heldentaten Rolands beschrieben wurden. Er habe in höchster Not das Horn geblasen, so laut, dass es in allen Tälern der Pyrenäen zu hören gewesen sei, aber das Haupteer Karls sei zu weit weg gewesen, um Roland noch helfen zu können. Gleichwohl habe Karl das Signalhorn Rolands gehört und auch gleich gewusst, dass damit sein letzter Paladin von ihm gegangen sei. Im Sterben habe Roland versucht, mit seinem Schwert Durendal das Horn zu zerschlagen und dann das Schwert so weit von sich geschleudert, damit es die Feinde nicht erobern konnten, dass es noch heute im Felsen von Rocamadur stecken würde, aus dem es niemand herausziehen könne.

Samira spürte, wie eine Gänsehaut von ihrem Nacken bis zu den Fersen hinunterlief, obwohl es eigentlich recht warm war.

Aufgrund des Rolandsliedes wollten sie die Pyrenäen nicht auf dem kürzesten Weg nach Burgos überqueren, sondern sich etwas weiter westlich halten, sodass sie über den Pass von Roncesvalles nach Spanien gelangen würden.

Köln, Juli 1498

Sie hatten Köln südlich umrundet und die Stadt über die Bonner Straße und das Severinstor betreten. Hinter Sankt Severin lag ein rechteckiger Platz mit einer großen Eiche in der Mitte, von dem nach Osten die Drankgasse, nach Norden die Achterstraße und schräg nach Nordosten in der gegenüberliegenden Ecke die Buschgasse abging. Dort hatte in einem kleinen Häuschen die Großmutter von Ria gewohnt.

Die Herzogin hatte dafür gesorgt, dass jemand auf das Haus aufpasste, damit es nicht geplündert oder von jemand anderem in Besitz genommen wurde. Vor ihrer Abreise hatte Ria daher mit der Herzogin Kontakt aufgenommen und ihr mitgeteilt, dass das Haus wahrscheinlich ab dem Sommer wieder gebraucht würde. So waren sie nicht überrascht, dass vor dem kleinen Fachwerkhäuschen eine junge Frau die Straße mit einem Reisigbesen kehrte. Das Tor zum Hof stand zur Hälfte offen und auch die Fensterläden waren einladend geöffnet.

Ria stieg von ihrem Pferd und betrachtete einen Moment lang das kleine Häuschen, in dem sie ihre Kindheit verbracht hatte. Es war ein eigenartiges Gefühl, nach knapp einem Jahr auf einer Burg die Stadt wieder zu betreten, gleichzeitig fremd und vertraut. Die Stadt hatte einen anderen Geruch und eine andere Geräuschkulisse als eine Burg mitten im Wald.

Sie vermisste Franziska, die auf Wilhelmstein zurückgeblieben war, weil die Herzogin ihr verboten hatte, sich wieder in Gefahr zu bringen. Auch Ria wollte sie nur ungern wieder nach Köln gehen lassen und hatte daher darauf bestanden, dass Ria, Lena und Hans von zwei vertrauenswürdigen Männern ihrer eigenen Wache begleitet wurden, die auch dafür sorgen würden, dass Ria nach spätestens zwei Wochen wieder sicher nach Bardenberg zurückgeleitet wurde.

Während Ria auf die junge Frau zuging, verabschiedeten sich die beiden Soldaten und machten sich auf den Weg zum Haus des Herzogs, um sich beim dortigen Kommandanten der Wache zurückzumelden. Lena und Hans hielten sich mit der kleinen Lucia ein wenig abseits, als ein junger Mann aus dem Hoftor trat und auf sie zukam. Er hinkte ganz leicht auf dem rechten Bein.

»Ich bin Heinrich Mahr und dort«, er zeigte auf die junge Frau mit dem Besen, »ist Gertraud. Aber alle nennen uns Hein und Traudi. Die Herzogin hat mich beauftragt, dieses Haus hier zu bewachen und in Ordnung zu halten, zusammen mit Traudi, die sich um die Küche und den Haushalt kümmern sollte. Vorher war ich bei der Wache des Herzogs, aber in einem Trainingskampf wurde ein Muskel in meinem rechten Bein verletzt und seitdem bin ich für den Kampf nicht mehr geeignet. Vielleicht, so meinte die Herzogin, könnte ich in die Dienste des neuen Besitzers dieses Hauses wechseln.« Hein schaute hoffnungsvoll in Hans' Augen.

»Nun, wir werden sehen«, antwortete der und fand selbst, dass es unfreundlich klang. Hilfe suchend griff er nach Lenas Arm.

»Zeigt uns doch erst einmal das Haus, und heute Abend beim Essen werden wir Pläne schmieden.«

Lena übergab Lucia an Hans und schüttelte Hein die Hand. Auf dessen Gesicht zeigte sich ein erleichtertes Lächeln.

Traudi und Hein öffneten das Hoftor jetzt weit und ließen die kleine Reisegruppe mit Pferden und Packeseln in den kleinen Hof zwischen dem Wohngebäude auf der Linken und dem Stall auf der rechten Seite. Ria blieb ein wenig im

Hintergrund und überließ es Lena und Hans, ihr neues Haus in Besitz zu nehmen.

»Da wird der Stall aber voll«, meinte Traudi mit Blick auf die drei Pferde und zwei Packesel.

Hein trat auf die Gasse und pfiff scharf auf zwei Fingern. Augenblicke später sausten zwei kleine Gestalten, ein kleiner Junge und seine vielleicht ein Jahr jüngere Schwester, in den Hof.

»Das sind Tim und seine Schwester Tina, die immer gerne für kleine Dienste bereitstehen. Sie haben eure Ankunft schon beobachtet.« Er wandte sich jetzt direkt an die beiden. »Könnt ihr beim Abladen und Tragen des Gepäcks helfen und dann die Tiere in den Stall bringen und versorgen?«

»Was gibt's dafür?«, fragte Tim zurück.

»Erbsensuppe aus frischen Erbsen, eine große Schale für jeden.«

»Mit Wurst drin?«

»… und ein süßes Weckchen?«, fragten Tim und Tina gleichzeitig.

»Wurst ist drin und ein süßes Weckchen gibt's hinterher, mit Honig von der Nachbarin.«

Ria trat näher und begrüßte die beiden Kinder, sie kannte sie noch aus ihrer Zeit in Köln.

»Oh, du bist wieder da.« Tim schaute sie mit großen Augen an, als sei sie von den Toten wiederauferstanden. Ohne ein weiteres Wort, aber mit vorsichtigen Blicken über die Schulter, machten sich Tim und Tina an die Arbeit.

Unter der Küche im Hinterzimmer des Erdgeschosses befand sich ein Keller aus großen hellen Steinblöcken. Auch der Boden war mit hellen Steinplatten ausgelegt, im Gegensatz zu dem Häuschen darüber, das aus Feldbrandziegeln und Fachwerk bestand. Die Küche war rechteckig und zur Straßenseite hin etwa zur Hälfte mit einem Tonnengewölbe versehen. Nach hinten bildeten die Eichenbohlen des

Küchenbodens die Decke. An der Seite gab es eine Falltür; eine schmale Stiege führte von dort in den Keller.

Ria hatte alle in diesen Kellerraum geführt. Mit einem Messer lockerte sie eine Bodenplatte in einer der Ecken des Raumes, nachdem Hein dort zuvor einige Holzkisten beiseite geräumt hatte. Mithilfe von Hein hob sie die zwei Fuß lange Platte schließlich an und stellte sie an die Wand. Darunter befand sich ein weiterer Stein, in den eine halbrunde Rinne geschlagen war. In dieser Rinne lagen zwei Lederbeutel. Ria hob sie heraus und gab sie an Hans und Lena weiter. Sie schlossen das Versteck wieder und trugen ihre Beute nach oben in die vordere Kammer, in der ein großer Tisch und Stühle standen.

Dort öffneten sie die Beutel. Der größere enthielt viele verschiedene Kupfermünzen, der leichtere Beutel etliche Gold- und Silberstücke. Einige Münzen konnten sie identifizieren, andere kannten sie nicht.

»Ich werde morgen in die Judengasse gehen und das hier in Rheinische Gulden wechseln. Aber ich denke, als Startkapital ist es genug, oder?«, meinte Ria in die Runde. Lenas grüne Augen leuchteten. Sie griff über den Tisch und legte eine Hand auf Rias Unterarm.

»Du kennst uns doch erst seit ein paar Monaten. Warum hilfst du uns?«

»Nun, darüber habe ich auch lange nachgedacht«, meinte Ria. Sie strich sich nachdenklich die braunen Locken hinter die Ohren.

»Also erstens mag ich euch«, zählte sie dann auf. »Ich habe ein Herz für Leute, die sich nicht einfach damit zufriedengeben, was das Schicksal für sie vorgesehen hat. Ich finde, ihr habt eine Chance verdient. Zweitens glaube ich, dass ihr dort auf der Burg auf Dauer unzufrieden geworden wärt. Ein weiterer untätiger Winter wäre nicht gut für Hans gewesen. Er braucht jetzt eine Aufgabe. Drittens habe ich mir schon eine ganze Weile Sorgen gemacht, weil das Haus im Prinzip leer stand. Ich wusste ja nicht, wie gut Hein und Traudi hier alles in Ordnung gehalten haben. Und viertens glaube ich, dass Franziska, die ihrerseits nie etwas darüber gesagt hätte, erst einmal ihren Frieden mit Christian machen muss, bevor sie es erträgt, dass du und Lucia in ihrer Nähe seid.«

Mit Rücksicht auf Hein und Traudi sprach sie nicht aus, dass Lucia nicht das Kind von Hans, sondern von Christian war. Lena nickte nachdenklich.

»Ja, da könntest du recht haben – in allen Punkten. Trotzdem, ich danke dir von ganzem Herzen!« Sie kam um den Tisch herum, stellte sich auf die Zehenspitzen und gab Ria einen Kuss auf die Stirn. »Ich verstehe, dass du zu deiner Schwester zurückwillst, aber du bist hier jederzeit willkommen. Bleib, so lange du willst.«

»Hm, ich glaube nicht, dass es für euer Geschäft zuträglich ist, wenn ihr mit mir gesehen werdet«, meinte Ria lächelnd. Sie dachte an die Reaktion von Tim.

»Oder man bringt uns gerade deswegen einen gewissen Respekt entgegen.«

Pass von Somport, Pyrenäen, Juli 1498

»Diese Warterei macht mich wahnsinnig!« Jan van Issum wollte sich mit beiden Händen die Haare raufen, aber nur die linke erreichte seinen Kopf. Angewidert schaute er auf den Armstumpf, der von seinem rechten Arm übrig geblieben war.

»Sie müssen doch hier lang kommen. Wir haben sie in Toulouse überholt. Und jetzt warten wir schon seit einer Woche.«

Sie standen vor dem Pilgerhospiz Santa Christina und blickten auf die hohen Berggipfel ringsum. Einen echten Plan für den Fall, dass sie Arnold hier treffen würden, hatten sie nicht, das würde sich erst aus der Situation ergeben. Aber hier in den Bergen wäre es sicher einfacher, einen Hinterhalt zu legen oder jemand über eine Klippe in den Abgrund zu stoßen. Jan malte sich seine Rache immer wieder in neuen Variationen aus.

»Wir können hier nicht länger bleiben, ohne dass man misstrauisch wird.«

»Wir könnten Rodrigo wieder in Richtung Toulouse schicken, um Ausschau zu halten«, meinte Arndt, dem man ansehen konnte, dass er des Wartens ebenso müde war. »Er kennt sich in den Bergen aus und könnte sie umgehen, wenn er auf sie trifft. Das ist allemal besser, als hier untätig zu warten. Oder wir reiten alle zurück und lassen es darauf ankommen, ihnen zu begegnen. Mir wäre das auch egal.«

»Verdammt, ich glaube, der Kerl ist mit dem Teufel im Bunde«, sagte Jan – nicht zum ersten Mal.

Schließlich einigten sie sich darauf, Rodrigo vorzuschicken und ihm in einer Tagesreise Abstand zu folgen. Wieder in Toulouse angekommen, war ihnen Arnold und seine

Reisegruppe nicht begegnet. Jan war außer sich vor Wut. Schon wieder hatte er Arnold aus den Augen verloren und er konnte sich nicht erklären, warum.

Pass von Roncesvalles, Pyrenäen, Juli 1498

Der Pass von Roncesvalles war der mittlere der drei Übergänge über die Pyrenäen und wurde normalerweise von Pilgern aus Frankreich und Deutschland genutzt. Der östlich gelegene Pass von Somport dagegen gehörte zur südlicheren Route der Pilger aus Italien. Arnold plante, auf dem Rückweg nahe der Küste zu bleiben. Dort gab es bei Irun einen Weg über niedrigere Vorberge des großen Gebirges zwischen Spanien und Frankreich. Von dort wollten sie über Bordeaux und Paris zurück nach Aachen reiten.

Aber zunächst wollte er den Ort der Schlacht von Roncesvalles mit eigenen Augen sehen und das von Karl errichtete Mahnmal für seine gefallenen Paladine. Roland, der letzte und größte der Paladine hatte hier ein einziges Mal seinen Olifant ertönen lassen, was für Karl, der den Ruf des Olifanten von Ferne gehört hatte, bedeutete, dass Roland in höchster Lebensgefahr war.

Die Schlacht hatte nicht direkt auf dem Ibañeta-Pass stattgefunden, sondern weiter unten in einem engen Talabschnitt, der Karls Heer gezwungen hatte, sich in einer langen Reihe weit auseinanderzuziehen. Die baskischen Angreifer ließen das Hauptheer passieren und griffen dann die von Roland befehligte Nachhut an und drängten sie in ein Seitental ab. Bevor Karl ihnen mit der Hauptstreitmacht zu Hilfe eilen konnte, war die Nachhut bis auf den letzten Mann vernichtet und die Basken wieder in den Bergen verschwunden.

Die Passhöhe lag im Nebel. In einer kleinen Kapelle läuteten daher Mönche ununterbrochen die Glocke, um Pilgern den Weg zu weisen. Sie übernachteten in der Pilgerherberge in Roncesvalles und machten sich am frühen Morgen auf den Weg nach Pamplona, das etwa zwei Tagesreisen entfernt am Fuße der Pyrenäen lag.

Am Fuß einer Stele, die angeblich von Karl dem Großen in Gedenken an die gefallenen Krieger aufgerichtet worden war, legten sie kleine, aus Zweigen und Gras geformte Kreuze nieder.

Burg Wilhelmstein, August 1498

Franziska vermisste Ria. Sie wartete jetzt schon seit zwei Wochen darauf, dass ihre Schwester aus Köln zurückkehren würde. Glücklicherweise war der kleine Hund bei ihr geblieben, und auch Lis, die nach dem Überfall mehr und mehr die Nähe von Franziska gesucht hatte, vertrieb ihr die Langeweile. Über ihr Verhältnis zu Lena und Hans hatte sie lange nachgedacht, war aber letztlich zu keinem befriedigenden Ergebnis gekommen.

Glücklicherweise war am Vormittag ein Bote aus Heinsberg angekommen, der einen Brief von Christian und Unterlagen mitgebracht hatte. Dadurch konnte sich ihr Geist mit etwas anderem als mit dauerndem Grübeln beschäftigen. Der Bote hatte auch erzählt, dass es zurzeit nicht gut war, durch das Jülicher Land zu reisen, denn der Herzog würde in der Nähe von Bedburg in aller Stille ein großes Heer zusammenziehen.

Mithilfe von Lis hatte sie in der Bibliothek den großen Stuhl mit den Armlehnen an das Schreibpult gestellt und dort den Brief und die Unterlagen ausgebreitet, nachdem sie den Boten angewiesen hatte, sich vor dem Rückweg nach Heinsberg noch in der Küche mit einem Eintopf und frischem Brot zu stärken. Sie öffnete den Brief und las ihn Lis vor, die sich in eine Fensternische in die Sonne gesetzt hatte. Der kleine braunweiße Hund lag zusammengerollt auf ihrem Schoß.

»Christian Schreiber an Franziska von Harff auf Burg Wilhelmstein bei Aachen, Herzogtum Jülich.
Wir haben eure Post erhalten, als wir im Mai wieder nach Venedig gekommen sind. Die Nachrichten sind beunruhigend,

daher werden wir so schnell wie möglich wieder zu Euch zurückkommen. Allerdings muss Arnold sein Gelübde erfüllen, neben Rom und Jerusalem auch noch das dritte große Pilgerziel, Santiago de Compostela zu erreichen. Die Reise zum Fegefeuer des heiligen Patrick in Irland wird er allerdings nicht mehr antreten, wir werden von Santiago aus auf dem schnellsten Wege nach Aachen zurückkehren.

Seid weiterhin auf der Hut und rechnet mit Angriffen, so wie auch wir vorsichtig sein werden.

Eine kleinere Sache haben wir hier in der Lombardei zu Ende gebracht, denn wir hatten geschworen, der Heiligen Maria zu huldigen, wenn wir wieder auf festem Boden im christlichen Abendland sein würden. So haben wir das Heiligtum der Maria de Monteortone aufgesucht und uns dort mit einer großzügigen Spende für das Hospital dafür bedankt, dass wir auf dem Meer aus Seenot gerettet wurden und sicher wieder an Land gelangt sind. In Santa Maria de Monteortone in der Nähe von Padua gibt es ein Hospital, in dem Lahme und Kranke behandelt werden, die alle Tage in heißen Quellen in der Nähe baden, in der Hoffnung auf Heilung. Das haben wir auch getan und Arnold hat sogar von dem Wasser getrunken. Er sagt, dass man damit eine bessere Purgation erreicht, als wenn man eine ganze Apotheke zu sich genommen hätte.

Nachdem wir die Alpen im Westen überquert haben, über Berge, auf denen auch im Sommer Schnee liegt, trafen wir in Grenoble auf einen Händler aus Koblenz, der sich bereit erklärt hat, diesen Brief und die Unterlagen, die ihm beiliegen, mitzunehmen und von Koblenz aus zu Euch zu schicken.

Auch wenn Arnold nichts dazu sagt, glaube ich, dass er sich große Sorgen um Anna von Elsum macht. Sagt ihr, dass wir bald wieder da sind, und haltet im Oktober nach uns Ausschau. Wir werden die letzten Wegstrecken ohne große Aufenthalte zurücklegen.

Geschrieben am zwölften Tag des Juni im Jahre des Herrn 1498 zu Grenoble. Möge der Herr seine schützende Hand über Euch halten.«

Franziska schaute Lis an.
»Kein Wort zu niemandem außerhalb dieses Raumes«, sagte sie streng.
»Nein, Herrin, den Fehler mach' ich nicht noch mal!«
»Dann geh und sieh nach Änni. Überrede sie, sich draußen in die Sonne zu setzen und sorge dafür, dass sie etwas trinkt.«
Lis sauste zur Tür, gefolgt von dem kleinen braunweißen Hund Waldfee. Franziska wollte allein sein, aber das hatte sie Lis nicht sagen wollen. Sie saß am Schreibtisch und schaute in den blauen Himmel vor dem Fenster, ohne ihn zu sehen.
Nachdem Lis es geschafft hatte, Änni nach draußen und sie dort mit einer Decke umhüllt in die Sonne zu setzen, saß sie neben der alten Frau, der kleine Hund hatte sich zwischen sie auf die Bank gequetscht und Ännis Hand kraulte ihn an den Ohren.
Plötzlich hob sich das Köpfchen mit den Schlappohren und der Hund fing an, leise zu vibrieren. Eine dicke Ratte lief über den Brunnenrand, suchte offensichtlich an der Außenwand eine günstige Stelle und sprang dann auf den Burghof. Flink sauste sie in Richtung Bergfried. Darauf hatte der kleine Hund nur gewartet, schoss aus der liegenden Position von der Bank und nahm die Verfolgung auf. Die Ratte beschleunigte und verschwand im Treppenturm des Bergfrieds, dicht gefolgt von Waldfee.
»Nun, worauf wartest du noch? Hinterher! Vielleicht braucht der Hund Hilfe.«
Ein kurzer Seitenblick und Lis rannte dem Hund hinterher. Am Fuß der Treppe zögerte sie einen Moment, aber dann hörte sie ein Bellen von unten her und nahm die Treppe

in den Keller. Am Treppenabsatz im ersten Kellergeschoss hatte der Hund die Ratte eingeholt. Sie saß in einer Ecke und hatte sich drohend aufgerichtet. Der kleine Hund hielt zwei Schritte Abstand und knurrte jetzt vernehmlich. Auch er hatte gelernt, dass Ratten scharfe Krallen und spitze Zähne hatten und Waldfee wusste genau, dass ihre empfindlichste Stelle die Nase war. Vorsichtig schob sie sich näher heran, das Fell im Nacken gesträubt. Lis beobachtete das Ganze von der vorletzten Treppenstufe aus.

Plötzlich stieß sich die Ratte von der Wand ab und Waldfee machte einen Satz auf sie zu, bereit zum Kampf. Doch die Ratte machte sich klein und lief wie der Blitz zwischen den Beinen des verdutzten Hundes durch und verschwand in einer Mauerritze. Der Hund schnappte noch nach ihrem Schwanz und bellte dann verärgert die Wand an. Mit den Vorderpfoten kratzte sie an der Öffnung in der Wand und es bröselte etwas Mörtel zu Boden.

Man musste sich sehr tief herunterbeugen, um in die schmale Mauerritze zu spähen, in der die Ratte verschwunden war.

»Hinter dieser Mauer ist doch kein Raum, oder?«, fragte Lis den Hund. Der legte den Kopf schief und stellte ein Ohr auf, aber er antwortete nicht.

»Hm!« Vorsichtig streckte sie die Hand in den schmalen Schlitz. Falls die Ratte noch dort drin war, würde sie wahrscheinlich beißen. Stattdessen nahm sie einen kühlen Luftzug wahr. Also war hinter der Wand wohl doch ein weiterer Raum. Lis spürte etwas, das sich kälter anfühlte, als die Mauersteine, ein Metallstab oder ein Griff. Sie schob ihre Hand langsam noch ein wenig weiter in die Spalte und griff nach dem Stab. Sie zog daran. In der Wand oberhalb ihres Kopfes ertönte ein lautes Klick und es rieselte etwas Mörtel auf ihren Kopf.

Schnell löste sie sich von der Wand und machte zwei Schritte rückwärts, der kleine Hund stand neben ihr und knurrte. Nichts passierte. Zögernd trat sie wieder näher und versuchte herauszufinden, wo sich der Mörtel zwischen den Steinen gelöst hatte und fand einen feinen Riss, der sich vom Boden bis auf Brusthöhe hinzog. Der oberste Stein stand ein wenig aus der Wand. Mit etwas Mühe konnte man ihn mit beiden Händen packen und an ihm ziehen.

Wieder machte Lis einen Satz nach hinten, als ein Teil der Wand auf sie zukam und mit einem scharrenden Geräusch zur Seite schwang. Hinter der Öffnung war es dunkel, nur von ferne waren Geräusche zu hören, die Lis aber nicht einordnen konnte. Kalte, leicht modrig riechende Luft wehte ihr entgegen.

Sie packte nochmals den Stein und drückte die Wand mit viel Mühe wieder zurück. Wieder ertönte ein klickendes Geräusch. Dann schob sie mit den Händen die herausgebrochenen Mörtelstückchen zusammen und verstopfte damit den Spalt, durch den die Ratte geflohen war.

Erkelenz, 21. August 1498

»Hast du auch was gehört?«, fragte Daem van Mennekrath.

»Nö, was denn?« Johann van Sittard wirkte verschlafen, als er näher herankam. Daem spähte zwischen den Zinnen des Zwingers auf die Bellinghover Straße hinab. Es war dunkel, nur am östlichen Horizont kündete ein blassblauer Streifen vom Sonnenaufgang, der sich aber noch Zeit lassen würde. Hinter ihnen ragte dunkel die Torburg des Bellinghover Tors in den nahezu schwarzen Himmel. Sterne funkelten am Firmament, aber der Mond war bereits untergegangen.

»Irgendwie klang es metallisch, so wie eine Speerspitze auf Stein«, flüsterte Daem.

»Wo denn, draußen auf der Straße?« Auch Johann flüsterte.

Er stellte sich hinter Daem, so als wollte er ihm über die Schulter sehen. Dann legte er die linke Hand auf Daems Schulter und trieb mit der rechten den Dolch, den er schon seit geraumer Zeit in der Hand hatte, unter dem linken Schulterblatt in Daems Herz. Die linke Hand fuhr über seinen Mund, während er mit der rechten unter Daems Arm hindurchfasste und ihn langsam zu Boden gleiten ließ. Daem gab im Todeskampf keinen Laut von sich.

Johann verspürte ein leises Bedauern, denn Daem war immer ein guter Kamerad gewesen, doch er verdrängte das Gefühl sofort wieder. Er vergewisserte sich, dass Daem tot war und zog den Dolch aus seinem Rücken. Dann trat er selber an die Zinnen und schaute nach unten. Auch er konnte nichts sehen, aber er wusste, dass dort unten Soldaten des Herzogs waren.

Er griff in seinen Beutel, zog einen Kieselstein heraus und warf ihn von der Mauer in den Wassergraben. Dann eilte er über den Wehrgang zu der Leiter, die nach unten führte, und stieg vorsichtig und ohne ein Geräusch zu machen in den Zwinger hinab. Dort hob er den massiven Eichenholzriegel aus seinen Halterungen und öffnete einen Flügel des äußeren Stadttors. Davor lag der zweite Wassergraben, der von einer klappbaren Brücke überspannt wurde. Er ließ die Brücke herab, deren Mechanismus er am Vortag noch mit Schmalz eingeschmiert hatte, damit es nicht quietschte, ebenso wie die Angeln des Stadttores. Rasch lösten sich einige dunkle Schatten von einem Schuppen, der auf der anderen Seite des Wassergrabens stand und zu einem kleinen Bauernhof gehörte. Sie kamen leise zu Johann und folgten ihm in den Zwinger.

»Drei Wachen sind in der Wachstube des Tors«, flüsterte Johann dem Anführer des kleinen Stoßtrupps zu. »Ich werde sie herauslocken, indem ich behaupte, dass es in Bellinghoven brennt.«

Er führte sie zu der Leiter und sie stiegen leise herauf. Offensichtlich hatte noch keine der Wachen bemerkt, dass ein Angriff bevorstand. Die Angreifer stellten sich mit gezogenen Schwertern auf dem Wehrgang auf und Johann schlüpfte durch die schmale Mannpforte ins Innere des Bellinghover Tores. Ein kurzer Gang führte in die Wachstube.

Eigentlich durfte er seinen Posten nicht verlassen, wenn er nicht abgelöst wurde. Der Hauptmann der Wache sah deshalb verärgert auf, als Johann die Stube betrat. Der ließ ihn aber nicht zu Wort kommen.

»Es brennt«, sagte er aufgeregt. »Von Bellinghoven her ist Feuerschein zu sehen.«

Der Hauptmann und die beiden anderen Wachen, die an der Wand gesessen und gedöst hatten, sprangen auf und drängten durch den schmalen Gang nach draußen. Auf dem

Wehrgang wurden sie schon erwartet und in wenigen Augenblicken niedergemacht. Sie hatten nach dem hellen Fackelschein in der Stube draußen in der Dunkelheit keine Chance, ihre Angreifer auch nur zu sehen, als sie schon von den Schwertern getroffen wurden.

Immer noch waren nur leise Geräusche zu hören. Johann folgte seinen Kameraden und stieß mit einem der Angreifer zusammen. Auch er war durch das helle Licht in der Turmkammer zunächst geblendet.

Der Mann, mit dem er zusammengestoßen war, hatte ihm einen heftigen Schlag in den Magen verpasst, so schmerzhaft, dass ihm schwindelig wurde. Er blickte an sich herunter und erkannte eine Schwertklinge, die in seinem Bauch steckte. Im Todeskampf packte er die Klinge mit beiden Händen und versuchte, sie heraus zu ziehen. Dabei machte er einen Schritt nach hinten und fiel über das Geländer in den Zwinger hinab. Er landete mit dem Gesicht nach unten auf den Pflastersteinen und trieb die Klinge durch seinen Körper. Ehe er den Schmerz des Aufpralls spüren konnte, war er tot.

»Idiot«, zischte der Anführer des Stoßtrupps den Soldaten an, der Johann getötet hatte. »Das war unser Mann.«

Er stieß ihn beiseite und betrat die Torburg. Im Raum neben der Wachstube fand er die Winde für das Fallgatter und dort führte auch eine Treppe nach unten. Sie zogen das Fallgatter so weit hoch, dass Fußsoldaten darunter hindurch kamen, und öffneten dann das innere Stadttor. Immer noch war ihr Eindringen nicht bemerkt worden.

Godart van Rossum, der Anführer der kleinen Einheit des Herzogs von Jülich, schickte den Jungen, der sein Schwert verloren hatte, durch das Tor zurück hinter den Bauernhof vor dem Wassergraben, um die dort wartenden Soldaten herbeizuholen.

Man hörte kein lautes Wort, weder Rufe noch Waffenklirren, als die Soldaten des Herzogs wenige Augenblicke später am Tor eintrafen. Geflüsterte Befehle wurden weitergegeben, dann teilten sich die Soldaten in mehrere Gruppen auf. Zwei Gruppen sollten die Stadtmauer in nördlicher und südlicher Richtung besetzen und geldrische Soldaten möglichst gefangen nehmen, wenn sie sich nicht wehren würden. Eine Fußtruppe, die größte Gruppe, machte sich über die Bellinghover Straße auf den Weg zum Marktplatz. Dort verteilten sich die Soldaten in der Stadt in Richtung der anderen drei Stadttore und der Burg, die hier in Erkelenz ein Teil der Stadtmauer war und auch zur Stadtseite hin durch Wassergraben und Zugbrücke gut zu verteidigen war.

Die Soldaten hatten den Auftrag, die Stadt zu sichern und zu verhindern, dass Verteidiger von der Burg aus gegen den Einmarsch vorgehen würden. Einzelne Soldaten der Söldnertruppe setzten sich jedoch ab und fingen an, Häuser in der Nähe des Bellinghover Tores zu plündern, sodass sich Godart van Rossum, der sich bei der Truppe vor der Burg befand, gezwungen sah, einen Teil seiner Jülicher zum Schutz der Erkelenzer Bevölkerung durch die Straßen zu schicken. Sie sollten die Plünderungen möglichst verhindern und kurzen Prozess mit den Plünderern machen.

Wilhelm saß in seiner prächtigsten Rüstung auf seinem Schlachtross. Auch das Zaumzeug des Pferdes war mit Metallplatten versehen und trug die Farben und Wappen des Hauses von Jülich und Berg. Rechts neben ihm ritt ein Ritter, der die Standarte des Herzogs in seinen linken Steigbügel gestellt hatte. Der junge Mann war unerfahren und nervös, was sich auf das tänzelnde Pferd übertrug. Wilhelm bedauerte wieder einmal das Fehlen von Arnold, der eigentlich den Platz an seiner Seite hätte einnehmen sollen. Ihnen folgten der siegreiche Kommandeur Godart van Rossum und die Befehlshaber der einzelnen Truppenteile.

In der Nacht waren sie von Bedburg nach Bellinghoven gezogen, einem unbefestigten Vorort etwa eine halbe Meile vor Erkelenz. Die Bellinghovener hatten sich in den Bauernhäusern verbarrikadiert, damit sie sich um die Tiere kümmern konnten, falls das Heer des Herzogs davon absehen würde, die Höfe zu plündern oder in Brand zu stecken. Herzog Wilhelm hatte seine Soldaten unter Strafandrohung zur Zurückhaltung aufgefordert. Er wollte nicht, dass seine neuen Untertanen gleich gegen ihn aufgebracht waren.

Wilhelm war immer noch nicht sicher, ob die Eroberung von Erkelenz der richtige Weg war. Er wollte ein Zeichen setzen, um die festgefahrenen Friedensverhandlungen wieder in Schwung zu bringen. Zu gerne hätte er sich mit Arnold beraten, der in ihren Beratungen immer die Stimme der Vernunft vertrat.

Aber jetzt war keine Zeit für Zweifel und er drängte den Gedanken an Arnold beiseite. Die Zukunft würde zeigen, wie der neue König von Frankreich auf seinen Vorstoß reagieren würde. Und vielleicht waren die Berichte, dass Arnold auf dem Heimweg sei, tatsächlich richtig. Dann wäre er vielleicht zu den weiteren Verhandlungen wieder an seiner Seite.

Zur vierten Tagesstunde gab es im Inneren von Erkelenz keine Gegenwehr mehr. Die Tore waren eingenommen, die meisten geldrischen Soldaten waren über die Wassergräben geflohen und der Kommandant der Burg hatte sich ergeben und wartete nun im Kerker der Burg auf Wilhelms Entscheidung, was aus ihm werden sollte.

Die Bellinghover Straße lag still und ausgestorben da, Fenster und Türen der zwei- und dreigeschossigen Handwerkerhäuser zu beiden Seiten der Straße waren verriegelt, die Läden geschlossen. Einige der Backstein- und Fachwerkbauten hatten durch die Plünderungen Schäden erlitten, aber es war kein Feuer ausgebrochen und es gab nichts, was man nicht recht schnell hätte reparieren können.

Sie ritten die Bellinghover Straße entlang, zwischen den dicht an dicht stehenden Häusern der Handwerker und Händler hindurch, auf der normalerweise reges Treiben herrschen mochte. Jetzt jedoch war es totenstill. Nur hier und da konnte man durch einen halb offenen Fensterladen das Gesicht eines Beobachters sehen.

Nach etwa siebzig Schritten öffnete sich die Straße auf den Marktplatz. Gegenüber lag die für ein so kleines Städtchen wie Erkelenz recht große Kirche Sankt Lambertus, die abwechselnd aus roten Backsteinen und hellem Sandstein erbaut war, was ihr ein rot-weißes Streifenmuster verlieh. Davor stand das ebenfalls aus roten Backsteinen gebaute Rathaus, dessen Untergeschoss aus säulengetragenen Arkaden bestand. Im Obergeschoss befand sich der Ratssaal hinter hohen Fenstern mit Butzenscheiben. Alles zeugte vom Reichtum der kleinen Stadt.

Vor dem Rathaus befand sich ein Brunnen, der mit einer Statue des geldrischen Löwen verziert war. Davor erwartete den Herzog eine kleine Delegation, vermutlich Würdenträger aus Erkelenz. Ein Mann trat vor und stellte sich als Bürgermeister Leonard von Schwanenberg vor. Neben ihm stand ein junger Mann, den der Bürgermeister als Martin Buix vorstellte, den Stadtschreiber, der bei Bedarf Schriftstücke und Verträge aufsetzen konnte. Unterstützt wurde er vom zweiten Bürgermeister und einigen Schöffen und Ratsherren, die sich hinter ihm, mit dem Rücken zum Rathaus aufgebaut hatten.

»Im Namen des Königs Maximilian von Habsburg nehme ich diese Stadt und das Kirchspiel in meinen Besitz auf«, sagte der Herzog und ließ sich von einem Knappen vom Pferd helfen.

»Herr«, sagte der Bürgermeister, »auch wenn Maximilian von Habsburg der rechtmäßige Landesherr sein mag, hängen die Menschen hier doch sehr an Karl von Geldern.«

»Ab sofort heißt er Karl von Egmond und einen anderen Namen möchte ich hier nicht mehr hören«. Herzog Wilhelm klang freundlich, aber bestimmt. Leonard von Schwanenberg wagte nicht, ihm noch einmal zu widersprechen.

»Damit meine neuen Untertanen es zu schätzen wissen, dass sie ab sofort zum Herzogtum Jülich gehören, habe ich vor, ihnen die absolute Bewegungsfreiheit und Handelsfreiheit zu gewähren. Letztlich geht es doch immer nur ums Geld, nicht wahr?«

»Nun, natürlich war der Handel etwas eingeschränkt, wegen unserer Insellage im Feindes ... ähm ... Herzogtum Jülich.«

Leonard schien im Geiste schon zu rechnen, welche Vorteile freier Handel bringen würde. Die nächsten Worte des Herzogs rissen ihn aber jäh aus seinen Träumen.

»Da wir die Stadt nicht geplündert haben, erlege ich ihr allerdings eine Schatzung von fünftausend Goldgulden auf.«

»Herr, wo sollen wir denn so viel Geld herholen?« Leonard war kreidebleich geworden und auch seine Begleiter machten entsetzte Gesichter.

»Erkelenz ist eine reiche Stadt und unter meiner Herrschaft wird es noch reicher werden. Wie viele Familien leben in Erkelenz?«

»Rund dreihundertfünfzig ...«, meinte der Bürgermeister.

»Und sicher auch noch mal hundertfünfzig im Kirchspiel außerhalb der Mauern. Gehen wir also von fünfhundert Familien aus, dann sind es pro Haushalt nur noch zehn Gulden«, rechnete Wilhelm vor.

»Natürlich jeder nach seinen Möglichkeiten«, überlegte Leonard und blickte hinüber zu seinem Schreiber.

»Man müsste eine Liste machen, mit der Haushaltsgröße und dem Einkommen, eine Art Sondersteuer«, meldete Martin Buix sich zu Wort.

»Lasst uns das später genauer bereden, oben in unserer guten Stube im Rathaus«, meinte Leonard. »Ihr wollt sicher zunächst einmal Quartier hier in Erkelenz beziehen. Ich empfehle das Gasthaus an der Brückstraße.« Er wies nach links.

»In der Tat würde ich gern diese Rüstung ausziehen, sie drückt auf die Schultern und aufs Gemüt.«

Leonard überließ es dem Stadtschreiber, Wilhelm den Weg zu weisen und eilte mit Schöffen und Ratsherren ins Rathaus, um sich auf die Verhandlungen mit Wilhelm vorzubereiten.

Schon in den frühen Morgenstunden, noch bevor Erkelenz endgültig eingenommen war, hatte Wilhelm einen Boten nach Aachen geschickt, um den Propst des Marienstifts, dem Erkelenz angehörte, zu informieren und zu den Gesprächen und anschließenden Verträgen und Schwüren nach Erkelenz zu holen.

Am 22. August gegen Abend traf der Propst ein und man legte ihm die von Martin Buix vorbereitete Urkunde vor. Bürgermeister, Rat und Schöffen gelobten dem Herzog als ihrem neuen Landesherrn ihre Treue. Der Propst als Vertreter des Grundherrn war mit allem einverstanden, denn an der Stellung des Marienstifts wurde in dem Vertrag der Stadt mit Wilhelm nichts geändert und von Aachen aus lag das Herzogtum Jülich näher als das Gelderland.

Man hatte sich darauf geeinigt, die fünftausend Goldgulden in zwei Raten zu Weihnachten und Ostern zu zahlen. Außerdem erhielt der Herzog einhundertvierzehn Goldgulden für verschiedene Rechte und Privilegien, wie zum Beispiel das Marktrecht. Dafür entschädigte der Herzog die geplünderten Haushalte, sofern das Diebesgut nicht aufgefunden und zurückgegeben worden war.

Die detaillierte Ausarbeitung der Verträge und die Aufsicht darüber, dass sie auch eingehalten wurden, hätte der Herzog gerne Arnold von Harff überlassen, aber der war immer noch nicht zurückgekehrt. Er nahm sich vor, nach seiner Rückkehr nach Jülich Boten auszusenden, die Arnold finden und zurückbeordern sollten, notfalls auch mit der Androhung von Sanktionen.

Santiago de Compostela, August 1498

»Nein, Herr! Wir werden auch für Euch nicht den Sarkophag öffnen, nicht vor und auch nicht nach der Messe.« Der Priester der Jakobskirche in Santiago de Compostela war freundlich, aber bestimmt.

»Wir wüssten aber zu gerne, ob der Heilige Jakob mit oder ohne sein Haupt hier liegt. Natürlich würden wir eine großzügige Spende ...«

Der Priester schnitt Arnold das Wort mit einer ungeduldigen Handbewegung ab.

»Herr, wenn Ihr nicht gefestigt genug seid in Eurem Glauben, dann ist das nicht unser Problem, sondern das Eurer unsterblichen Seele.« Er kam ein wenig näher und senkte die Stimme, damit andere Pilger den Fortgang des Gesprächs nicht mithören konnten. »Ich gebe Euch einen Rat, gewissermaßen unter Freunden: Geht in die Messe, danach meinetwegen auch noch zur Beichte, dann verlasst Ihr diese Kirche, kauft draußen noch Pilgerzeichen und spätestens morgen früh reist Ihr wieder ab. Sollte ich Euch morgen noch hier sehen oder solltet Ihr weiter Eure ketzerischen Gedanken verfolgen, dann werde ich dafür sorgen, dass Ihr festgenommen werdet.«

Arnold schien ein Aber auf der Zunge zu liegen, doch er besann sich und nickte nur.

»Wir werden Euren Rat beherzigen«, antwortete Christian an seiner Stelle.

»Hört auf Euren jungen Begleiter«, sagte der Priester und wandte sich ab.

Sie hatten die letzten Meilen wie die meisten anderen Pilger zu Fuß zurückgelegt, aber die Maultiere mitgeführt und bei einem Mietstall in der Nähe des Pilgertores untergestellt. Denn Arnold wollte noch zum Ende der Welt reiten, das nur zwei Tagesreisen westlich von Santiago lag und nicht direkt wieder zurück in Richtung Frankreich. So konnten sie am kommenden Morgen in aller Frühe die Stadt verlassen und machten sich auf den Weg nach Finisterre, dem Ende der westlichen Welt.

Finisterre, August 1498

Arnold blickte auf das weite blaue Meer hinaus. Niemand sagte etwas. Nur das Rauschen von Wind und Wellen war zu hören und ab und zu der Schrei einer Möwe. Wie man wusste, seit Kolumbus in Richtung Westen gesegelt war, lagen dort hinter dem Horizont weitere Länder. Finisterre lag auf einer felsigen Halbinsel, nur an wenigen Stellen gab es Strände, meist tobten die Wellen des Atlantischen Ozeans gegen Felsen an, unermüdlich, Tag für Tag, Jahr für Jahr.

Schließlich drehte sich Arnold zu den anderen um.

»Ich habe das Gefühl, als hätte ich euch um die ganze Welt geschleppt. Aber jetzt ist es genug, wir kehren jetzt nach Hause zurück. Mir ist klar, dass es nicht euer Zuhause ist, sondern meines, aber ich biete euch an, es zu eurem neuen Zuhause werden zu lassen, als Ausgleich für die Treue, die ihr mir in den letzten Jahren erwiesen habt. Kommt mit mir ins Herzogtum Jülich und wir werden sehen, was ich für euch tun kann. Solltet ihr andere Pläne haben, dann lasst es mich wissen.«

Sahagún, August 1498

Sie hatten in den Pilgerherbergen in dem kleinen Städtchen Sahagún keinen Platz mehr bekommen und mussten daher im Freien übernachten. Zur Sicherheit hatten sie sich einer größeren Pilgergruppe angeschlossen, überwiegend aus Franzosen, aber auch aus einigen deutschen Pilgern bestehend. Sie lagerten etwa eine halbe Meile östlich von Sahagún in einer Senke neben einem Olivenhain.

Arnold, der einzige Ritter in der Gruppe, hatte darauf bestanden, für die Nacht einen Wachdienst zu organisieren, aber die meisten Pilger sahen keine Gefahr. Wer sollte schon eine Gruppe von armen Pilgern überfallen?

Arnold fand, dass es dafür immer einen Grund gab, aber er konnte sich nicht durchsetzen. So erklärten sich lediglich zwei in die Jahre gekommene ehemalige Soldaten des Herzogs von Geldern und natürlich Arnold, Christian und Massimo dazu bereit, nachts die Umgebung im Auge zu behalten.

Arnold war auf dem Weg zu seiner Beobachtungsposition am Rand des Olivenhains. Er hatte die zweite Wache gezogen und sollte von Mitternacht bis zu dritten Stunde des neuen Tages einen der Zugänge zu dem kleinen Talkessel im Auge behalten. Die beiden Soldaten, Pieter Zeilmaakers und Jakob Blijlevens, wollten sich die Wache auf der anderen Seite an einem kleinen trockenen Bachlauf teilen.

Eine Zikade gab ein schnarrendes Geräusch von sich. Vielleicht war sie im Schlaf gestört worden oder versuchte, ihre alte und zu klein gewordene Haut abzuschütteln. Arnold schaute in die Richtung, aus der das Geräusch kam. Die schmale Sichel des Mondes und die Sterne spendeten ein wenig Licht. Hatte er dort eine Bewegung zwischen den Bäumen gesehen?

Er verschmolz mit dem Stamm des Olivenbaums und spähte angestrengt zwischen den knorrigen Stämmen der Bäume hindurch. Diesmal war er sicher, einen Menschen gesehen zu haben. Dann entdeckte er wenige Schritte von dem ersten einen weiteren Schatten und gleich darauf noch einen.

Vorsichtig zog er sich zurück, immer in der Nähe der Bäume, und hoffte, dass er nicht von den Angreifern entdeckt würde. Am Rande des Lagers kamen ihm Pieter und Jakob entgegen.

»Godverdomme!«, fluchte Pieter leise. »Ten mindste dreißig Mann kommen das Bachtal rauf.«

»Und ein paar stecken hinter den Felsen am Hang«, ergänzte Jakob.

»Im Olivenhain sind auch welche«, flüsterte Arnold. »Wir wecken die anderen, aber ganz leise.«

Natürlich ging das Wecken nicht ohne Geräusche von sich, ein älterer Pilger fluchte, eine Frau jammerte leise und ein Kind begann zu weinen.

Doch bevor die Angreifer bei ihnen waren, hatten sie es geschafft, dass alle dicht beieinanderstanden und die Männer einen Kreis um Frauen und Kinder bildeten, die Pilgerstöcke oder andere Knüppel drohend erhoben. Gegen bewaffnete Gegner war es eine hilflose Geste der Verzweiflung, fand Massimo.

Zwei Knechte, die bei den Maultieren geblieben waren, versuchten trotz der deutlichen Überzahl, sich zu wehren und wurden brutal niedergeschlagen.

Aus dem Ring der Angreifer, die die Pilger inzwischen eingekreist hatten, erhob sich eine Stimme.

»Ergebt ihr euch oder wollt ihr lieber kämpfen?«

Arnold blickte in die Runde. Jakob schüttelte den Kopf.

»Pas de chance!«, meinte Gisbert, ein Adliger aus dem Burgund, leise.

»Wir ergeben uns! Aber bedenkt, dass ihr Pilger vor Euch habt.« Arnold ließ seinen Pilgerstab zu Boden fallen.

Ein rosafarbenes Licht im Osten kündete vom nahen Sonnenaufgang, als die letzten Räuber das Lager wieder verlassen hatten. Einer der beiden Knechte, die bei den Maultieren niedergeschlagen worden waren, war nicht wieder aufgestanden. Ansonsten waren sie systematisch durchsucht worden, Geldbeutel und eingenähte Münzen waren ihnen genommen worden sowie das eine oder andere Schmuckstück. Schon vor den Durchsuchungen von Kleidung und Gepäck hatten die Räuber die Maultiere durch das trockene Bachtal fortgebracht. Einige Frauen beschwerten sich über unsittliche Berührungen bei der Durchsuchung, aber glücklicherweise war keiner Gewalt angetan worden.

»Wäre Vincent bei uns gewesen, hätte ich vielleicht versucht zu kämpfen«, sagte Arnold nachdenklich, mehr zu sich selbst, als dass er einen der anderen angesprochen hätte.

»Wer ist Vincent?« Jakob Blijlevens schaute fragend zu Arnold.

»Er war unser Führer in den heidnischen Landen, ein Mameluk«, erklärte Arnold. »Mamelukken sind in der Lage, ohne jede Waffe einen Ritter mit Schwert und Dolch in den Händen anzugreifen und in wenigen Augenblicken zu besiegen. Sie benutzen nur ihre Hände und Füße als Waffen. Gibst du einem Mamelukken einen langen Holzstab in die Hand, greift er damit alleine ein ganzes Söldnerheer an. Und Vincent war einer der Besten.«

»Herr, Ihr erzählt mir Märchen«, brummte Jakob.

»Nein, wir haben es ausprobiert! Das habe ich nicht erfunden.«

Jakob schüttelte zweifelnd den Kopf. »Diese Kampfmaschine würde ich gerne mal kennenlernen. Wo ist er?«

»Vermutlich nach Kairo zurückgekehrt«, meinte Arnold.

Pieter hatte sich bislang nicht am Gespräch beteiligt. »Gegen englische Bogenschützen oder Schusswaffen hätten aber auch Mamelukken keine Chance«, meinte er jetzt nachdenklich.

»Stimmt«, meinte Arnold, »sie werden bald genauso überflüssig sein, wie Ritter.«

»Vielleicht wenden wir uns weltlicheren Dingen zu und machen eine Bestandsaufnahme«, brachte Christian das Gespräch auf ein anderes Thema. »Wir sollten herausfinden, was von unserem Gepäck noch da ist und wie viele Münzen uns geblieben sind.«

»Also ich habe noch ein Goldstück.« Samira sprach etwas undeutlich, dann fasste sie in ihren Mund und zog ein großes Goldstück heraus. Massimo starrte sie fassungslos an. Auch Arnold schüttelte den Kopf.

»Das war doch viel zu gefährlich!«

Samira grinste breit und zeigte ihre weißen Zähne. »Ach was, wer schaut denn schon in den Mund?«

»Kein Goldstück der Welt ist es wert, sich in Gefahr zu bringen«, meinte Massimo leise. Samira schmiegte sich an ihn.

»Die Münzen in meinem Ärmel haben sie nicht gefunden. Die sind aber nicht so viel wert, wie das Goldstück von Samira.«

Christian ging hinüber zu ihrer Lagerstelle, wo er Decken und Kleidungsstücke aufhob. Dann sah er sich suchend um und hob einen Stein vom Boden auf. Die anderen traten zu ihm und er hielt ihnen lächelnd auf der Handfläche einen leuchtend roten Karneol entgegen. In der anderen Hand hielt er ein Bündel Papiere.

»Mein Beutel ist weg, aber den Stein hier haben sie wohl im Dunkeln nicht mehr gesehen. Aber vor allem die Papiere sind noch da.«

»Dann kommen wir spätestens in Burgos wieder zu Bargeld«, meinte Arnold. »Ob wir allerdings hier in der Gegend neue Reittiere finden, wage ich zu bezweifeln.«

Einige Pilger wollten nach dem Überfall zurück zur nächsten Pilgerherberge gehen und dort Hilfe erbitten, der größere Teil beschloss, den Weg zu Fuß fortzusetzen, so schnell wie möglich fort von diesem unwirtlichen Ort.

Burgos, August 1498

»Wir müssen nur den Pilgerweg im Auge behalten, dann sollten wir sie irgendwann sehen.«
Jan hatte die Eigenart entwickelt, den Armstumpf mit der linken Hand zu massieren. Arndt vermutete, dass er immer noch Schmerzen hatte, so wie auch eine alte Narbe immer wieder schmerzen konnte.

Es hatte sich eine Routine bei der Beobachtung der Pilger eingestellt, die von Santiago zurück in Richtung Frankreich reisten. Während einer von ihnen von einer Anhöhe vor der Stadt den camion frances beobachtete, klapperte der zweite die Pilgerherbergen ab und der dritte sorgte für Nahrung und Getränke. Gegen Mittag wurde der Beobachtungsposten getauscht.

Sie hielten Ausschau nach einer kleinen Gruppe von vier bis sechs Personen auf Mauleseln, bei denen sich ein rothaariger Mann und eine dunkelhäutige Frau befanden. Daher sahen sie nicht die sechs Fußgänger, die sich wie viele andere am Straßenrand entlang schleppten, die Gesichter gegen den allgegenwärtigen Staub mit Tüchern umwunden, die Gewänder vom Straßenstaub einfarbig grau.

Es war ihnen nach dem Überfall nicht gelungen, für die Münzen, die ihnen geblieben waren, neue Reittiere zu finden. Das lag nicht einmal am Preis, denn allein für Samiras Goldmünze hätten sie mindestens zwei Maultiere kaufen können, wenn es denn welche gegeben hätte. Den Kauf eines altersschwachen grauen Esels hatte Arnold mit der Begründung abgelehnt, er wolle das Tier nicht nach Burgos tragen.

In Burgos würde Arnold einen Wechsel der Fugger-Bank einlösen und sie würden dort hoffentlich ihre Pferde zurückbekommen, die sie auf der Reise nach Santiago hier untergebracht hatten. Arnold befürchtete aber, dass sie die Tiere trotz der horrenden Preise für das Unterstellen entweder überhaupt nicht oder in einem schlechten Zustand zurückbekommen würden. Er hatte inzwischen von den Spaniern ein sehr schlechtes Bild und regte sich immer wieder über ungerechtfertigte Zölle oder das schlechte Essen in den noch schlechteren Pilgerherbergen auf.

Sie betraten die Stadt am frühen Vormittag und saßen wider Erwarten schon gegen Mittag auf ihren Pferden, denen der sechswöchige Aufenthalt in dem Mietstall offensichtlich gutgetan hatte. Der Besitzer des Stalls, ein ehemaliger spanischer Ritter, hatte offensichtlich ein wesentlich besseres Verhältnis zu Tieren, als die meisten seiner Landsleute.

Deutlich besser gelaunt als ihre Reiter verließen sie Burgos, um möglichst schnell nach Hause zu kommen. Allerdings ritten sie nicht nach Roncesvalles zurück, sondern hielten sich Richtung Norden, um in der Nähe der Küste die Pyrenäen zu überqueren und dann nach Bordeaux weiterzureisen.

Jan stellte erst fünf Tage später fest, dass eine Gruppe von sechs Pilgern mit einer schönen schwarzen Frau in Burgos ihre Pferde abgeholt und noch am gleichen Tag weitergereist war. Er konnte sich nicht erklären, wie Arnold ihm diesmal ein Schnippchen schlagen konnte, und machte sich erneut an die Verfolgung. Der Besitzer des Mietstalls hatte Jan gesagt, dass die Reisegruppe, die die Pferde abgeholt hatte, nach Bordeaux wollte.

Château de Chesnay, Bretagne, September 1498

»Ich muss mal.« Samira hatte Massimo an der Schulter berührt und in sein Ohr geflüstert. Im Dunkeln, insbesondere im Wald, war es Samira lieber, wenn sie von Massimo begleitet wurde. Ein wenig Mondlicht beleuchtete die kleine Lichtung, auf der sie Rast gemacht hatten, von der Feuerstelle stieg ein zarter Rauchfaden auf, aber jenseits des Waldrandes war es sofort stockfinster.

Massimo gab Samira eine Hand und leitete sie zwischen ein paar Büsche. Dort hockte sie sich, von der Lichtung aus nicht mehr zu sehen, hin und erleichterte sich.

Als sie die Lichtung wieder betreten wollten, hielt Massimo sie am Arm zurück und legte die Hand dann kurz auf ihren Mund. Sie zogen sich ein wenig in das Unterholz zurück.

»Da ist was«, flüsterte Massimo mit dem Mund an ihrem Ohr.

»Was?«, flüsterte sie fast lautlos zurück.

»Weiß nicht, Mondlicht auf einer Waffe vielleicht.«

Plötzlich brachen mehrere Männer mit gezogenen Schwertern aus dem Wald auf der anderen Seite der Lichtung und umstellten Arnold und Christian, die zwar sofort wach waren, aber gleich, ohne eine Chance sich zu wehren, ein Schwert an der Kehle spürten. Blitzschnell wurden die beiden gefesselt und mit ihren eigenen Decken zu Bündeln verschnürt. Gleichzeitig durchsuchten weitere Männer das Lager und fanden die Decken von Massimo und Samira.

»Los, wir müssen hier weg!« In Samiras Stimme klang Panik. »Wenn sie uns finden, werden sie uns töten.« Sie hielt Massimos Hand ganz fest und zog ihn in den Wald. Ohne das Licht des Mondes war es hier fast vollständig dunkel und so tasteten sie sich mit ausgestreckten Armen vorsichtig durch das Dickicht.

Weit genug vom Lager entfernt, versteckten sie sich zur Sicherheit in einem Graben, der mit trockenem Laub gefüllt war. Sie horchten auf Geräusche von Verfolgern, aber es war nichts zu hören. Langsam entspannte sich Samira wieder.

Massimo atmete tief durch. Er griff nach Samiras Schultern und zog sie in seinen Arm.

»Warum meinst du, dass sie uns getötet hätten? Vielleicht hätten sie uns ja auch mitgenommen.«

»Aber was ist mit den Wachen bei den Pferden? Hast du irgendwas von denen gehört? Wenn sie die vorher überwältigt hätten, das wäre doch zu gefährlich gewesen. Also haben sie sie getötet.«

Massimo zog sie fester an sich heran. Er murmelte einen italienischen Fluch, den sie nicht verstand.

»Wenn es hell wird, gehen wir zurück zum Lager und sehen nach, was aus den Wachen und den Pferden geworden ist.«

»Hm, gut, aber in welche Richtung müssen wir gehen?«

Sie fanden das Lager im späten Morgengrauen wieder. Zunächst waren sie auf Gefühl dem Sonnenaufgang entgegen gegangen, als sich ein erstes blasses Blau am Himmel zeigte.

Vorsichtig betraten sie die Lichtung, denn es bestand ja die Gefahr, dass die Räuber eine Wache dagelassen hatten, für den Fall, dass sie wiederkamen. Anscheinend hatte man sie aber nicht für wichtig genug gehalten, um weiterhin nach ihnen zu suchen. Sie fanden lediglich ihre Schlafdecke, die jemand achtlos in die Büsche geworfen hatte. Das Feuer in der Feuerstelle war ausgetreten, von den angebundenen Pferden fand sich nur noch ein Lederriemen, der sich an einer Brombeerranke verfangen hatte.

Dort wo die Wachen gelagert hatten, die sie in Bordeaux angeheuert hatten, zeugte lediglich plattgelegenes Gras davon, dass jemand hier gewesen war. In einem der Abdrücke im Gras fand Samira einen dunkleren Fleck. Sie berührte ihn leicht mit dem Zeigefinger, zog ihn aber sofort wieder zurück und roch daran.

»Blut«, sagte sie tonlos.

»Hm!« Massimo beugte sich über den Fleck am Boden. »Das ist aber nicht viel. Wenn hier ein Mensch verblutet wäre, dann müsste es deutlich mehr sein. Vielleicht haben sie die Wachen nur festgehalten und dann später fortgejagt. Ich kann mir schon vorstellen, dass die keine Lust haben, uns in einer aussichtslosen Situation zu verteidigen. Die werden auf dem schnellsten Weg nach Bordeaux zurückrennen und unterwegs Meldung machen, dass eine Pilgergruppe überfallen worden ist.

Und außerdem«, setzte er noch hinzu, »ist es nicht ganz einfach, vier Tote mit sich herumzuschleppen oder sie irgendwo verschwinden zu lassen.«

Glücklicherweise hatten die Räuber nicht versucht, ihre Spuren zu verwischen und so war es für Samira und Massimo recht einfach, den Abdrücken der Pferdehufe zu folgen. Die Angreifer waren nicht auf den Hauptweg durch den Wald zurückgekehrt, sondern folgten schmaleren Pfaden und Wildwechseln in Richtung Osten. Schließlich kamen sie an den Waldrand. Der Pfad mündete auf eine Wiese, in etwa hundert Schritt Entfernung sahen sie einen breiteren Weg. Man konnte erkennen, dass die Pferde nach links auf diesen Weg eingebogen waren.

»Wir bleiben im Wald und halten uns auch in diese Richtung. Ich will hier nicht von irgendwem gesehen werden«, meinte Massimo.

Samira drückte zur Bestätigung seine Hand.

Sie gingen zurück in den Wald, wo nach einigen Schritten ein fast unsichtbarer Wildwechsel den Weg querte. Massimo half Samira durch die Brombeerranken und verschloss die Lücke hinter ihnen mit Farn und Dornenranken, sodass man den schmalen Pfad vom Weg aus nicht mehr sehen konnte.

Zum ersten Mal, seit sie überfallen worden waren, lächelte Samira. Er zog sie kurz in die Arme und küsste sie vorsichtig auf die Stirn.

Der schmale Wildpfad führte in Kurven durch Senken und um Baumgruppen herum, aber immer ging es etwa in Richtung Norden. Nach einer Viertelmeile, so schätzte Massimo, trafen sie auf einen Bachlauf. Das Gelände hatte sich etwas abgesenkt und der Bach hatte sich zusätzlich in den sandigen Boden eingeschnitten.

»Solche Bäche fließen doch irgendwann aus dem Wald heraus«, meinte Samira. »Sollen wir ihm nicht folgen und mal schauen, was sich dort befindet, wo der Wald endet?«

Sie rutschten die Böschung hinab und zogen ihre Schuhe aus. Das Bachbett bestand aus Sand und kleinen runden Kieselsteinen. Wie durch einen grünen Tunnel führte der Bach sie durch den Wald und mündete schließlich in einen kleinen See. Sie duckten sich unter den tiefhängenden Ästen einer Trauerweide hindurch und sahen sich einer gewaltigen Burg gegenüber, die auf einer Insel in dem See lag, der von dem Bachlauf mit Wasser gespeist wurde.

Vorsichtig bewegten sie sich am Ufer entlang, so lange Bäume und Gebüsch ihnen Deckung boten und betrachteten die gewaltige Anlage. Insgesamt hatte sie fünf dicke Türme, die Mauern dazwischen waren sicher fünfzig, vielleicht sogar sechzig Fuß hoch. Eine uneinnehmbare Festung, so wollte es Massimo erscheinen.

Auf der anderen Seite der Burg, wo der See eher zu einem Wassergraben wurde, lag eine geteilte Zugbrücke auf schweren Holzwiderlagern. Anscheinend konnte man eine schmalere Zugbrücke, die zu einer Mannpforte führte, auch einzeln herablassen, ohne die große Zugbrücke für Reiter oder Fuhrwerke, die sich direkt daneben befand, jedes Mal herunterzukurbeln. Im Moment jedoch lagen beide Brücken über dem Graben.

Samira machte Massimo auf einige Pferde aufmerksam, die auf einer Weide auf der anderen Seite des Weges grasten.

»Der da mit dem weißen Fleck am Hintern, das ist doch deiner, oder?« Massimo starrte angestrengt in die Richtung, die Samira ihm gezeigt hatte. Schließlich fluchte er leise auf Italienisch. Madonna mia hörte Samira aus seinem Gemurmel heraus.

»Wie kommen wir da rein?«, flüsterte Massimo. »Wir können ja nicht einfach über die Brücke spazieren und darum bitten, mit den Gefangenen zu sprechen.«

Sie kehrten vorsichtig zurück zu der Stelle, an der das Bächlein in den See mündete. Samira wies auf eine Stelle am Fuß des mächtigen runden Turmes, der direkt gegenüber der Einmündung lag.

»Wir kommen heute Nacht zurück und sehen uns das da mal genauer an«, sagte sie. Genau über der Wasserlinie konnte man einen kleinen gemauerten Bogen sehen und unter Wasser schien eine Öffnung in der Mauer zu sein, zwar schmal, aber nicht zu eng für Samira.

»Da pass ich nicht durch«, meinte Massimo.

»Aber ich«, sagte Samira breit grinsend. Sie strahlte ihn an, mehr Zuversicht verbreitend, als sie selbst empfand.

»Das lass ich aber nicht zu!«

»Wir werden sehen!«

Sie folgten dem Bach gegen die Strömung etwa eine Viertelstunde lang in den Wald. Die Bäume standen hier so dicht, dass es einfacher war, durch das Wasser zu waten. Kurz nach der Stelle, an der sie aus dem Wald gekommen waren, floss der Bach über eine flache Steinstufe, vor der sich ein kleiner Teich gebildet hatte. Auf einer Seite hatte der Teich ein sandiges Ufer und oberhalb eine Böschung, an deren Oberkante einige alte knorrige Eichen mit ihren Wurzeln ein

Dach gebildet hatten, das eine flache Mulde wie einen Baldachin überspannte.

»Der perfekte Lagerplatz«, meinte Massimo, legte ihr Bündel dort ab und rollte die Decke aus. »Ich suche noch trockenes Laub und wir haben es hier schön warm.«

»Nur nichts zu essen«, meinte Samira. Sie fragte sich, wie lange sie durchhalten würden, wenn sie nicht irgendwann zu einem Bauernhof gingen und etwas Essbares erbettelten oder stahlen.

»Hier gibt's immer wieder an etwas helleren Stellen Brombeeren«, meinte Massimo. »Ich geh mal auf die Suche und du könntest die Kuhle da oben mit Laub polstern.«

Nach einiger Zeit kam Massimo mit einem großen Pestwurz-Blatt zurück, in dem er ein paar Hände voll Beeren mitbrachte. Sie setzten sich an einen sonnigen Fleck und teilten die Beeren.

»Wir können nichts tun, bis die Sonne untergeht. Vielleicht schlafen wir noch ein wenig, die letzte Nacht war kurz und die kommende wird es wohl auch sein.«

Sie legten sich in die jetzt gut mit trockenem Laub ausgepolsterte Senke, Samira mit dem Rücken zu Massimo und sie lächelte sich in den Schlaf, als sie spürte, wie er seine Hand nach einiger Zeit vorsichtig von ihrer Hüfte auf den Hügel legte, den ihre rechte Brust unter dem Gewand bildete.

In der Abenddämmerung machten sie sich wieder auf den Weg zur Burg. Unter der Weide angekommen, gab es nur eine kleine Diskussion, denn Massimo wollte Samira nicht weglassen. Doch der Mond schien und Samira war der Meinung, dass seine helle Haut viel zu auffällig sei. Also zog sie sich bis auf die Bruche aus und glitt ins Wasser, bemüht, möglichst keine Wellen zu verursachen. Massimo musste zugeben, dass sie schon nach einigen Schwimmzügen nicht mehr zu sehen war.

Er rief sich das Bild seiner schönen halb nackten Freundin wieder ins Gedächtnis zurück, wie sie ihm einen Kuss gegeben hatte, bevor sie ins Wasser stieg. Panik stieg in ihm auf, denn es war klar, dass sie sich in Lebensgefahr brachte. Er wollte sie nicht verlieren und es machte ihn wahnsinnig, dass er ihr nicht einmal helfen konnte.

Samira hatte nach einigen vorsichtigen Schwimmzügen den Turm erreicht. Das Wasser war kühl, aber erträglich. Hin und wieder streiften ihre Füße Wasserpflanzen, aber ansonsten war das Schwimmen kein Problem. Also gab es hier keine angespitzten Pfähle oder andere Sperren unter Wasser.

Sie fand den kleinen Steinbogen an der Wasserlinie und ertastete darunter eine Öffnung. Massimo hielt es für unwahrscheinlich, dass der Tunnel zu einem Brunnen führte, denn das Wasser im See war nicht gut genug, um es zu trinken. Er vermutete, dass es sich eher um einen Abfluss handelte.

Samira hatte Angst, in völliger Dunkelheit durch einen Kanal zu tauchen und am Ende vielleicht von einem Gitter aufgehalten zu werden. Doch als sie zunächst mit Händen und Füßen die schmale Öffnung ertastete, spürte sie, dass der Gang nach oben ging, sodass sie hineintauchen und gleich mit dem Kopf wieder über der Wasseroberfläche sein würde.

Sie holte tief Luft, schloss die Augen und tauchte ein wenig unter. Dann zog sie sich mit den Armen in die Öffnung. Sie bekam rechts und links Steine zu fassen und zog sich in den Gang hoch. Einen kurzen Moment der Angst hatte sie, als sie mit der Hüfte stecken blieb, aber die von Algen bedeckten Steine ließen sie schließlich, nachdem sie panisch mit den Beinen gezappelt hatte, wieder los. Nach einem kurzen Augenblick, der sich wie ein ganzes Leben angefühlt hatte, durchbrach ihr Kopf die Wasseroberfläche und sie machte einen tiefen, ängstlichen Atemzug, der wie ein Schluchzen klang. Mit Händen und Füßen schob sie sich in dem Gang nach oben und erreichte schließlich das Ende, das mit einer Platte aus Holzbohlen abgesperrt war, ähnlich eines Fassdeckels.

Das Holz war nass, aber nicht morsch. Unter dem Rand des Türchens floss sehr kaltes Wasser in den Gang. Vorsichtig drückte sie gegen das Holz und merkte, dass es auf einer Seite nachgab. Sie stieß sich mit den Füßen ab und drückte beide Hände gegen die Absperrung. Kurz davor, von der Angst in dem stockdunklen Gang überwältigt zu werden und wieder zurück in den See zu rutschen, gab die kleine Tür nach und klappte zur Seite auf. Mit einem dumpfen Geräusch schlug sie gegen die Wand.

Eiskalte Luft strömte über sie wie Wasser den Gang hinunter. Ein winziger Lichtfleck Mondlicht fiel durch ein kleines Fensterchen hoch oben unter der Decke in den Keller. Der Boden und die Wände glitzerten, seltsame weiße Blöcke waren an der Wand aufgestapelt und von der Decke hingen Fleischstücke, ganze Hälften von Rindern und Schweinen und andere undefinierbare Teile.

Samira wurde übel und sie wusste, dass sie so schnell wie möglich aus der eisigen Kälte des Eiskellers verschwinden musste. An der Wand führte eine schmale, aber stabile Stiege nach oben. Dort war wieder eine Falltür. Sie rief sich den Fluchtweg noch einmal vor Augen und überlegte, wie schnell sie den Zugang zum Tunnel erreichen könnte. Dann hob sie die Falltür vorsichtig an.

Der Raum über dem Eiskeller war ebenfalls recht kühl, wahrscheinlich ein Kellerraum. Natürlich war niemand da, denn warum sollten in einer Burg nachts die Vorräte bewacht werden.

Samira zitterte vor Kälte und Angst. Hier ließen kleine Schießscharten etwas mehr Mondlicht in den runden Raum fallen. An den Wänden stapelten sich weitere Vorräte. Die Kammer hatte zwei Ausgänge, einen größeren, der über zwei Steinstufen zu erreichen war und einen kleineren, ebenerdigen. Samira entschied sich für den kleineren, der nach links führte. Ein niedriger Gang, etwa zehn Fuß lang und aus Ziegelsteinen gemauert, führte zu einer Holztür, die sie vorsichtig öffnete. Ein weiterer Kellerraum erstreckte sich vor ihr, so niedrig, dass sie aufpassen musste, sich nicht den Kopf zu stoßen. Eine Säulenreihe in der Mitte stützte die Decke ab. Hier lagerten Fässer und Baumaterialien. Die Tür am Ende war von außen verriegelt.

Sie tastete nach etwas, das sie in den schmalen Schlitz zwischen Mauerwerk und Holz schieben konnte, um die Falle des Riegels anzuheben. Wenn die Tür ein richtiges Schloss gehabt hätte, wäre ihr Weg hier zu Ende gewesen und es wäre ihr noch die andere Tür im Vorratskeller geblieben.

Schließlich gab der Riegel nach und sie stand unversehens im Freien, an einem Treppenabgang neben dem nächsten Turm, der hoch zum Burghof führte.

Samira kroch die Stufen hinauf und verschaffte sich einen Überblick über die Anlage. Gegenüber lag in einem hellen Fleck Mondlicht ein Brunnen und dahinter das Tor, dicht flankiert von zwei gewaltigen Türmen. Links befand sich ein weiterer, etwas schmalerer Turm. An den Turm mit dem Eiskeller war ein dreistöckiges Wohngebäude angebaut, daneben ein kleinerer Steinbau, wahrscheinlich die Küche. Das Wohngebäude besaß außen einen offensichtlich später angebauten halb offenen Treppenturm. Auch an den anderen Burgmauern waren Gebäude angelehnt, die sie aber für Ställe und ähnliches hielt.

Sie entschied, zunächst den Turm zu ihrer Linken zu untersuchen. Auch hier half ihr das Holzstäbchen, das sie mitgenommen hatte, die Tür zu entriegeln. Ein schmaler Gang endete an einer Wendeltreppe. Kerker sind unten, dachte sie und tastete sich vorsichtig in die Tiefe. Nach zwei Umdrehungen endete die Treppe an einem massiven Metallgitter. Ein dickes Schloss, gegen das sie mit ihrem Holzstäbchen nichts ausrichten konnte, verschloss den Kerker.

Dass es sich um einen solchen handelte, da war Samira ganz sicher. Der Gestank, der aus dem kleinen Raum hinter dem Gitter drang, war atemberaubend. Samira hielt sich an den Gitterstäben fest. Sie zitterte vor Angst und Kälte und wünschte sich einen warmen Umhang.

Wenn jetzt jemand die Treppe herunter kam, wäre jeder Fluchtversuch hoffnungslos. Und sie war fast nackt! Was würde passieren, wenn sie jetzt den Wachen in die Hände fallen würde?

Im Dunkel waren Atemzüge zu hören. Sie hoffte, dass sie nicht ihren eigenen Atem hörte. Was wäre, wenn hinter dem Gitter nicht Arnold und Christian, sondern andere Gefangene eingesperrt waren?

Sie bekam weiche Knie und musste sich auf die unterste Treppenstufe setzen, als sie Christians Stimme aus dem Kerker hörte.

»Arnold, ich glaube, da ist jemand am Gitter!«, flüsterte er. »He, wach auf, da ist jemand, ich bin ganz sicher.«

Samira konnte nicht antworten, so erleichtert war sie.

»Hallo, ist da jemand?« Auch Arnold flüsterte.

»Ich bin's, Samira.« Sie spürte, wie ihr die Tränen kamen. Ketten rasselten, dann umfasste eine Hand das Gitter und dann ihre Hand.

»Du bist ja eisig kalt«, sagte Arnold.

»Ich musste schwimmen, um hier rein zu kommen.«

»Das ist großartig, aber viel zu gefährlich.«

»Egal, wir holen euch hier raus. Wie geht es euch?«

»Im Moment ganz gut. Die sind sich wohl nicht einig, was sie mit uns machen sollen. Der Herr der Burg, Armand de Chesnay, ist, glaube ich, ganz vernünftig und will nicht, dass hier auf seiner Burg jemand einfach so hingerichtet wird. Aber Jan van Issum ist hier und den treibt der blanke Hass.«

»Aber sie haben euch nichts getan?«

»Nein, wir sind grün und blau vom Transport hierher, aber im Vergleich zu dem Kerker unter uns geht es uns hier oben noch richtig gut.«

»Warum?«, fragte Samira.

»Da müssten wir im Stehen schlafen, weil das Wasser knöcheltief ist.« Trotz der fast aussichtslosen Situation schien Arnold sich zu amüsieren.

Eine raue Hand kam zwischen den Gitterstäben durch, berührte kurz ihre Wange und legte sich dann auf ihre Schulter.

»Großer Gott, Kind, du bist ja nackt.«

»Wie sollte ich denn mit Kleidern schwimmen?«

»Aber das ist doch viel zu gefährlich und viel zu kalt. Du kannst nichts für uns tun, also bring dich in Sicherheit. Warum ist Massimo nicht bei dir?«

»Der hätte nicht durch den Tunnel gepasst und seine weiße Haut ist zu auffällig.«

»Tunnel?«, fragte jetzt Christian aus der Dunkelheit.

»Erklär ich später.«

»Los, verschwinde jetzt hier und sieh zu, dass du dir nicht den Tod holst«, sagte Arnold bestimmt. »Das ist ein Befehl! Verschwindet hier und schlagt euch zum Herzog durch. Ihr seid großartig, aber das hier ist zwei Nummern zu groß für euch.«

»Nein, ich komme morgen Nacht wieder«, meinte Samira trotzig.

»Kommt nicht infrage!«

»Wir werden sehen.« Sie hauchte einen Kuss auf die Fingerspitzen und verschwand, ehe Arnold ihr noch weiter zusetzen konnte.

Auf dem Weg zum Eiskeller warf sie noch einmal einen Blick auf den Burghof, um sich alles besser einzuprägen. Plötzlich kam eine kleine weiße Gestalt aus dem Wohngebäude und trat langsam in den Lichtfleck, den der Mond in den Burghof warf. Eine Weile blickte sie nach oben, lächelte dem Mond zu und hatte die Arme ausgebreitet, als wolle sie das Licht des Mondes umarmen. Dann drehte sie sich langsam um und ging auf den Brunnen zu.

Samira hatte vergessen, zu atmen. Sie beobachtete, wie das kleine Mädchen auf den Brunnenrand kletterte und die Beine in den Brunnenschacht baumeln ließ. Dann ringelte sie sich auf dem Brunnenrand zusammen und schien wieder einzuschlafen.

Samira war hin- und hergerissen. Wenn sie aus dem Schatten trat, würde jeder sie sehen können. Sie wollte zurück zu Massimo, weg aus dieser Burg. Aber anscheinend hatte niemand das kleine Mädchen bemerkt, auch nicht die Wachen auf den Burgzinnen. Sie konnte sie dort doch nicht liegen lassen.

Schnell huschte sie durch den Lichtflecken, den das Mondlicht auf den Burghof zeichnete, zum Brunnen. Sie legte einen Arm um das Mädchen, damit es nicht in den Brunnen fiel, wenn sie es jetzt aufweckte. Ihre nackten Füße machten kein Geräusch auf den Steinen des Burghofs.

»Hey, du kannst hier nicht bleiben.« Sie überlegte kurz, wie man das auf Französisch sagte. »Tu ne reste pas ici.«

»Maman?« Das kleine Mädchen zuckte zusammen.

»Nein, aber ich bringe dich zu ihr.«

»Wer bist du?«, fragte die Kleine, viel zu laut, wie Samira fand. »Die schwarze Madonna?«

Samira konnte mit der Frage nichts anfangen.

»Komm hier weg, es ist zu gefährlich, c'est dangereux!«

Sie nahm die Kleine bei der Hand und führte sie zum Wohngebäude herüber. Es war ihr unangenehm, dass sie bis auf eine kurze Hose nackt war.

An der Tür blieb die Kleine stehen, mit einer Hand auf dem Griff.

»Danke, geh jetzt, man darf dich hier nicht sehen«, sagte sie leise.

»Findest du den Weg denn jetzt?«

»Na klar, ich wohne doch hier!«

Samira drehte sich um und rannte, so schnell das in der Dunkelheit ging, zum Eiskeller zurück, voller Angst, entdeckt zu werden.

»Mir ist so kalt!« Samira versuchte vergeblich, das Zittern und Zähneklappern zu unterdrücken. »Seit ich in diesem Eiskeller war, ist mir nicht mehr warm geworden.«

»Komm' schon her, ich wärme dich.« Massimo hatte ihre Decke schon auf dem trockenen Laub ausgebreitet und zog gerade die nassen Kleider aus. »Aber komm bloß nicht darauf, mit den nassen Sachen ins Bett zu kommen, sonst sind wir morgen beide krank.«

Samira zögerte einen Moment und legte dann das nasse Gewand und das Untergewand ab und hängte sie über einen niedrigen Ast. Dann schlüpfte sie auch aus ihrer Bruche, die ebenfalls noch nicht getrocknet war.

Als sie sich zu Massimo umdrehte, lag der schon auf der Decke, als heller Schemen im blassen Sternenlicht gerade noch zu erkennen und hielt mit dem rechten Arm die Decke für sie beide auf.

Sie trat näher und ahnte mehr, als dass sie es sehen konnte, dass Massimo sie bewundernd ansah. Den gleichen Blick hatte sie auch schon gesehen, als er ihr aus dem Wasser des Burggrabens geholfen hatte. Sie wusste, dass sie Massimo große Selbstbeherrschung abverlangte, wenn sich jetzt nackt an ihn kuschelte, aber es ging einfach nicht anders. Bislang hatten sie zwar oft nah beieinander gesessen oder gelegen, aber noch nie nackt.

Sie legte sich seitlich neben ihn, kuschelte sich in seinen Arm und ließ sich von ihm zudecken. An ihrer Hüfte spürte sie, dass sie ihn erregte. Nach einiger Zeit hatte das Zittern aufgehört und Massimo glaubte, dass sie eingeschlafen sei.

»Liebster«, murmelte es da leise an seiner Schulter, »findest du nicht auch, dass es an der Zeit ist, dass wir das tun, was alle verliebten Paare tun, wenn sie nachts allein sind?«
»Aber ...«
»Kein Aber! Jetzt ist der richtige Zeitpunkt, ich bin absolut sicher. Und wenn du noch länger warten musst, wirst du verrückt, sei ehrlich.«
Sie unterband jede weitere Diskussion, indem sie sich mit dem ganzen Körper auf ihn schob. Dann zog sie die Beine an, sodass sie auf ihm saß. Sie hob ihr Becken etwas an, griff beherzt zwischen ihre Beine, um ihn in die richtige Position zu bringen und nahm ihn in sich auf.

Im frühen Morgengrauen, als die ersten Vögel erwachten, liebten sie sich noch einmal, diesmal langsam und zärtlich.
Samira wunderte sich über sich selbst, wie selbstverständlich sie seine Berührungen empfand. Er erkundete ihren nackten Körper und löste in ihrer Mitte schließlich eine Gefühlsexplosion aus, die sie nie für möglich gehalten hätte.
Als sie schwer atmend wieder zu sich kam, wurde ihr klar, dass in diesem unglaublichen Augenblick ein Bogenschütze oder ein wildes Tier ihrem Leben ein Ende hätte setzen können, ohne dass sie es auch nur bemerkt hätte.
Fast bedauernd erhob sie sich aus ihrem gemeinsamen Bett und ging die paar Schritte die Böschung hinunter zu dem kleinen Teich. Sie watete ein Stück ins Wasser und kniete sich hin, um sich zwischen den Beinen zu waschen. An einer sonnigen Stelle am Ufer wuchs eine olivgrüne Pflanze mit blass fliederfarbenen Blüten. Samira riss einige Blätter ab, zerrieb sie mit den Händen und massierte den Saft in die Kopfhaut. Dann schöpfte sie mit beiden Händen Wasser über ihren Kopf und wusch sich die Haare. Massimo sah ihr dabei bewundernd zu und spürte, dass er schon wieder erregt war.

Erst als sie sich lächelnd wieder zu Massimo umdrehte, bemerkte sie den alten graubärtigen Mann, der einige Schritte entfernt auf einer Baumwurzel saß und sie freundlich ansah. Auch Massimo bemerkte jetzt den Eindringling und wühlte sich schnell aus ihrem Bett unter den Baumwurzeln.

Samira ging, nackt und nass, ein paar Schritte aus dem Teich heraus auf den alten Mann zu, den Kopf leicht zur Seite geneigt. Sie war sich nicht sicher, ob sie einen echten Menschen sah oder ob sie träumte.

Massimo sprang in seine Bruche, band sie hastig zu und ging dann mit der Decke zu seiner nackten Geliebten. Er legte die Decke um ihre Schultern und bedeckte damit ihre Blöße. Besitzergreifend legte er einen Arm um ihre Schultern und sah den Alten herausfordernd an.

Der Alte hatte welliges graues Haar, das für einen Mann viel zu lang war. Der lange Bart war fast weiß und unter buschigen Augenbrauen schimmerten blaugrüne Augen. Alles, was man von seiner Haut sah, war runzlig und wettergegerbt. Er trug ein langes helles Gewand, das am Halsausschnitt und am Saum mit einer breiten Borte besetzt war, auf die seltsame Linienmuster und Spiralen aufgestickt waren.

»Ich werde dir deine schöne junge Frau schon nicht wegnehmen.« Die Stimme des Alten klang jünger als erwartet. Er sprach Französisch mit einer seltsamen Klangfarbe. Massimo verstand ihn gut und übersetzte, wenn Samira nicht alles verstanden hatte.

Der Alte erhob sich in einer fließenden Bewegung, die auch nicht zu seinem Alter zu passen schien, und kam zwei Schritte näher. Zart strich er mit dem Zeigefinger über Samiras Wange. »Aber es ist gut, wenn du auf sie aufpasst«, meinte er, an Massimo gewandt, »denn sie ist eine der schönsten Frauen, die ich jemals gesehen habe.«

Er drehte sich um und ging die Böschung hinauf. »Ihr könnt mich Pierre nennen, denn meinen bretonischen Namen können nur Einheimische aussprechen. Ich dachte, ich lade euch zum Frühstück ein, wenn ihr gerade nichts Besseres vorhabt.«

So wie er es sagte, fiel Samira und Massimo auf, wie hungrig sie waren. Schnell verständigten sie sich mit einem Blick, dass sie auf das Angebot eingehen würden.

»Aber vorsichtig«, flüsterte Massimo, als sie sich anzogen.

Hand in Hand folgten sie dem alten Mann, der behände und immer mindestens zwanzig Schritte vor ihnen durch den Wald ging, auf Pfaden, die nicht einmal den Namen Wildwechsel verdient hatten.

»Woher wusstest du, wie das geht mit Mann und Frau?«, fragte Massimo etwas kurzatmig, denn es war schwierig, dem Fremden durch den dichten Wald zu folgen.

»Liebster, ich war Sklavin! Meinst du, dass irgendjemand Skrupel gehabt hätte, sein Bedürfnis an einer Sklavin zu befriedigen?« Ihre Stimme klang hart.

Massimo drückte ihre Hand ein wenig fester.

»Ich hatte nur Glück, dass ich noch so klein und dürr war. Aber irgendwann wäre der Tag gekommen. Und natürlich darfst du als Sklavin nicht heulen, auch wenn es wehtut. Deshalb haben uns die älteren Mädchen darauf vorbereitet, damit wir wussten, was uns erwartet.«

»Habe ich dir wehgetan?«

»Nein, Schatz! Und wenn, dann habe ich es nicht mitbekommen, weil es so unglaublich schön war.«

Eines Tages würde sie ihm mehr davon erzählen, wie es war, als Sklavin in dauernder Angst zu leben und nachts dafür zu beten, hässlich und flachbrüstig zu werden. Und von den Mädchen, die sich, wenn sie die Gelegenheit hatten, morgens ein paar Tropfen Öl zwischen die Beine schmierten, aus Angst, dass man ihnen wieder weh tun würde.

In der Sonne des milden Spätsommertages war es leicht, die dunklen Wolken in ihren Gedanken zu vertreiben und sie konzentrierte sich wieder ganz auf ihren Geliebten und die gemeinsam verbrachte Nacht.

Sie erreichten einen etwas breiteren Pfad, dem sie folgten. Rechts des Pfades lag in gerader Linie eine Reihe von Felsbrocken, knorrige Eichenbäume überspannten den Weg und hielten mit ihren Wurzeln die Steine fest. Der Weg führte leicht bergan und schließlich erreichten sie eine kleine Senke, in der, von gewaltigen Steinbrocken eingefasst, eine Quelle einen kleinen Teich bildete. Ein schmales Bächlein verließ das Rund der Steine in westlicher Richtung. Gegenüber der Quelle stand aufgerichtet der größte Felsbrocken. Auf seiner glatten Oberfläche, die offensichtlich von Moos und Flechten frei gehalten wurde, fanden sich ähnliche Linienmuster, wie auf dem Gewand des alten Mannes, der hier auf sie gewartet hatte.

Pierre deutete auf den großen Stein. »Diese Steine stehen schon seit Jahrtausenden hier. Die Bretonen nennen sie in ihrer Sprache Menhir. Nehmt einen Schluck aus der heiligen Quelle, deren Hüter ich bin. Man sagt, dass das Wasser der Quelle Weisheit und Erkenntnis bringt.«

Samira beugte sich über das Wasser und trank einen Schluck aus der Hand. Dann sah sie im Wasser ihr Gesicht. Sie mochte ihre dunkle Hautfarbe eigentlich nie so richtig, aber als sie sich jetzt ansah, versuchte sie, sich mit den Augen Massimos zu sehen, der sie ja offensichtlich schön fand. Sie drehte sich zu ihm um und hauchte ihm einen Kuss auf die Wange.

»Danke«, sagte sie.

»Wofür?« Massimo machte ein irritiertes Gesicht.

»Für alles, dafür, dass du mich liebst, dafür, dass du mich schön findest, dafür, dass du da bist.«

»Wenn ihr mit eurem Geturtel fertig seid, könnte ich mir ein Frühstück vorstellen«, brummte Pierre und umrundete den Menhir.

Auf der anderen Seite ging der Weg weiter und wieder lag dort eine Reihe Steine, die, wie man jetzt sehen konnte, wie ein Lichtstrahl von dem Menhir ausging. Massimo vermutete, dass es noch mehr solcher Linien geben würde.

Am Ende des Weges traten sie zwischen zwei mannshohen Steinen auf eine kleine Lichtung. Der Weg führte an einem kleinen Häuschen vorbei und verschwand im Grün des Waldes. Hinter dem Häuschen, das mit Reet gedeckt war, befand sich ein großer Garten, den eine Weißdornhecke vor den Tieren des Waldes schützte.

»Ich habe gestern frisches Brot gebacken, als ich von eurer Ankunft erfahren habe.«

»Habt Ihr uns beobachtet?«, fragte Samira.

»Nein, Kind. Der Wald hat es mir gesagt.«

Samira machte ein ungläubiges Gesicht.

»Nun, was ich sagen wollte, ist, dass es bei mir frisches Brot, Milch, Butter, Honig und Eier gibt, aber kein Fleisch von warmblütigen Tieren.« Pierre lächelte verschmitzt. »Aber ich denke, ich werde euch schon satt bekommen.«

Nach dem ausführlichen Frühstück erzählten sie ihre Geschichte und berichteten Pierre von ihren Plänen zur Befreiung von Arnold und Christian.

Am Ende des Gesprächs machte Pierre ein nachdenkliches Gesicht.

»Du sagst, dass dieser Jan dahintersteckt.« Er schaute Samira fragend an. Sie nickte zustimmend.

»Dann sind es also alte Rechnungen, die hier abgegolten werden. Dinge, mit denen ihr nichts zu tun habt. Warum sind sie es wert, von euch gerettet zu werden?« Er hob mahnend die Hand, als Samira und Massimo gleichzeitig antworten wollten. »Wartet! Ich will nur auf eine einzige Sache hinweisen: Wenn ihr heute Nacht euer Leben verliert bei dem Versuch, die beiden zu retten, dann solltet ihr vorher genau wissen, dass es das auch wirklich wert war. Denkt darüber bitte einen Moment nach.«

Samira griff nach Massimos Hand und die beiden schauten sich eine Weile tief in die Augen.

»Sie haben mich aus Verona mitgenommen und bieten mir ein neues Leben«, sagte Massimo.

»... und mich haben sie aus der Sklaverei in Kairo mitgenommen und bieten mir auch ein neues Leben«, ergänzte Samira. »Und durch sie habe ich Massimo kennengelernt und wir sind, seit heute Nacht ... na du weißt schon.«

»War nicht zu übersehen«, brummte Pierre. »Ich denke, dass man auch in einer solchen Situation nach vorne blicken sollte. Also gehen wir davon aus, dass ihr es irgendwie schafft, die beiden zu befreien und lebendig von hier weg zu kommen. Ich bin in dieser Hinsicht immer sehr optimistisch.«

Er stand auf, ging in einen Schuppen hinter seiner Hütte und kam mit einem Bündel Metallhaken zurück, die er Samira überreichte.

»Damit sollte man jedes einfache Schloss aufbekommen. Reibe auf jeden Fall den Rost mit Sand ab und nimm ein wenig Fett mit, um die Schlösser ein wenig leichtgängiger zu machen.«

Er zeigte ihr an dem Schloss an seiner Tür, die wohl schon seit Jahren nicht mehr abgeschlossen worden war, wie man den richtigen Schlüssel auswählte, ein wenig Schmalz auf den Bart strich und dann im Schloss die Falle ertastete und umdrehte. Massimo kam sich dabei ein wenig überflüssig vor, aber schließlich war es Samira, die sich heute in Gefahr bringen würde.

Nachdem Samira eine Weile geübt hatte und die Handgriffe auch mit geschlossenen Augen beherrschte, brach Pierre die Übungen ab, weil er meinte, besser vorbereiten könne man sich in dieser Situation nicht. Er ging zu Massimo, der auf einer Bank an der Hauswand saß.

»Du musst heute Nacht gut ausgeschlafen sein, denn ich vermute, dass auch du noch in das Geschehen mit einbezogen wirst. Also schlaf eine Weile.«

Er berührte mit den Fingerspitzen der rechten Hand kurz Massimos Stirn, der daraufhin die Augen schloss und sich an die von der Sonne gewärmte Wand lehnte. Samira sah, wie sich sein Körper fast augenblicklich entspannte.

Alarmiert wollte Samira einen Schritt zurückweichen, aber Pierre hatte ihr Handgelenk umfasst.

»Keine Sorge, ich bin ein alter Mann und nicht in der Lage, dir etwas anzutun«, sagte er. Samira glaubte ihm kein Wort, aber sie entspannte sich ein wenig, als sie sein verschmitztes Lächeln sah.

»Ich möchte dir nur ein paar Dinge sagen, die große Jungs nicht unbedingt wissen müssen und auch nicht wissen wollen. Komm mit!« Er führte sie in den Garten, an dessen hinterem Ende kleine Beete mit Kräutern angelegt waren. »Siehst du, ich glaube, dass es in der jetzigen Situation für dich nicht gut wäre, schwanger zu werden und ich werde dir jetzt erklären, was du tun kannst, um das zu verhindern. Und dieses Wissen wird dir auch helfen, wenn du eines Tages die Entscheidung triffst, deinem geliebten Mann Kinder zu schenken.«

Eine Stunde lang erklärte ihr Pierre, wie welche Kräuter in der richtigen Dosierung angewendet würden. Samira, die anfangs unter ihrer dunklen Haut errötet war und sich darüber freute, dass man das nicht sehen konnte, hörte sich alles genau an und nahm sich vor, Christian zu bitten, die Namen der Pflanzen und ihre Wirkungen so bald wie möglich aufzuschreiben. Natürlich nur unter der Voraussetzung, dass sie die kommende Nacht überleben würden.

Sie gingen durch den Garten zurück zu Massimo.

»Wie lange würde er schlafen, wenn Ihr ihn nicht aufwecken würdet?«, fragte Samira leise.

»Oh, nun, er würde sehr lange schlafen und irgendwann zu Stein werden.« Pierre grinste sie an und wirkte plötzlich viel jünger.

»Das stimmt doch nicht, oder doch?« Samira war nicht ganz sicher, dass Pierre einen Scherz gemacht hatte.

»Nein, natürlich stimmt das nicht. Spätestens morgen früh würde er von alleine wieder aufwachen.«

Pierre weckte Massimo mit einem Klaps auf die Schulter und packte ihnen einen Korb mit Essen für eine Abendmahlzeit. Er ermahnte Samira noch mehrmals, vorsichtig zu sein, als er sie zurück zu ihrem Versteck am Bachlauf begleitete. Zum Abschied legte er den beiden je eine Hand auf den Kopf und schloss die Augen.

»Ich habe die große Hoffnung, dass ihr die kommende Nacht überleben werdet. Aber werdet trotzdem nicht unvorsichtig.«

Zurück an ihrem Teich im Wald liebten sie sich noch einmal, diesmal mit der Verzweiflung von Menschen, die nicht wussten, ob sie das Tageslicht des nächsten Tages wiedersehen würden. Dann dösten sie in ihrer Kuhle im warmen Laub und warteten auf die Dämmerung.

»Armand!« Jeanette de Chesnay stürmte in den Rittersaal und riss ihren Mann und Jan van Issum aus einer offensichtlich unerfreulichen Diskussion. Schlecht gelaunt wandte sich Armand seiner Frau zu.

»Isabelle ist heute Nacht wieder geschlafwandelt!« Mit schnellen Schritten kam sie durch den Raum auf ihn zu.

»Binde dieses Kindermädchen an die große Linde vor der Burg und lass sie auspeitschen«, knurrte ihr Mann und drehte sich wieder zu Jan um.

»Hör mir zu, Mann!« Jeanette griff seinen Ellbogen und drehte ihn zu sich zurück. Bei einem Blick in ihre Augen wusste er, dass es gefährlich werden würde, wenn er ihr jetzt nicht genügend Aufmerksamkeit schenkte.

»Sie ist aufgewacht und lag auf der Brunneneinfassung.« Jetzt begriff Armand, dass es wirklich ernst wurde. Jeanette war sehr blass.

»Sie sagt, dass sie gerettet wurde. Sie sagt, die schwarze Madonna hätte sie festgehalten, damit sie nicht in den Brunnen fällt, und ihr auf den Boden zurück geholfen.«

»Sie wird noch geträumt haben oder hat sich das eingebildet«, versuchte Armand zu erklären.

»Hör mir doch zu!« Jeanette hatte ihren Mann jetzt an beiden Oberarmen gepackt. »Die schwarze Madonna! Was wäre, wenn eine schwarze Frau heute Nacht in der Burg gewesen wäre? Hat der da«, sie deutete unfreundlich auf Jan, »nicht gesagt, dass es noch zwei Begleiter gab, die sie aber nicht gefunden haben, einen rothaarigen jungen Mann und eine schwarze Frau?« Triumphierend sah sie ihn an, als sich Verblüffung in seinem Gesicht abzeichnete.

»Aber«, sagte er, »wie ist sie hereingekommen?«

»Das werden wir herausfinden, spätestens heute Nacht. Sie hat die Gefangenen ja noch nicht befreit, also wird sie wohl wiederkommen.«

»Ich kann den Gedanken nicht ertragen, dass dir dort drinnen etwas passieren könnte.« Massimo hielt Samiras linke Hand mit beiden Händen fest und schien nicht loslassen zu wollen.

»Komm schon, hilf mir diese rutschige Böschung runter, sonst klatsche ich da unten ins Wasser und alle Wachen auf der Burg hören uns.«

Mit der rechten Hand griff er nach den herunterhängenden Zweigen der großen Weide an der Mündung des Baches, die andere umklammerte weiterhin Samiras Hand. Die ließ sich vorsichtig die Böschung hinab ins Wasser. Sie trug diesmal ein dünnes Untergewand, das sie wahrscheinlich nicht am Schwimmen hindern würde. Den Saum hatten sie mit der Bruche verknotet, sodass sie ihre Beine frei hatte. Für die Schlüssel und den kleinen Schmalztopf hatte Pierre ihnen einen kleinen Lederbeutel mitgegeben, den sie mit einem Lederriemen an ihrer Seite befestigt hatte.

Samira schauderte, als das kalte Wasser ihren Bauchnabel berührte.

»Du kannst mich jetzt loslassen, ich habe wieder festen Boden unter den Füßen.«

Massimo zögerte einen Augenblick und gab dann ihre Hand frei. Es war ein schreckliches Gefühl; für einen Moment meinte er, dass er sie niemals wiedersehen, sie nie wieder in den Armen halten würde. Für einen Moment kamen Bilder in ihm hoch, wie sie verblutet, erschlagen auf dem Pflaster des Burghofs lag. Er musste sich schütteln, um die Visionen zu vertreiben.

»Alles in Ordnung bei dir?« Samiras Augen leuchteten im schwachen Mondlicht unnatürlich weiß.

»Nichts ist in Ordnung, aber es geht ja nicht anders!«

»Ich liebe dich«, hauchte sie, glitt ganz ins Wasser und schwamm auf die Burg zu, die sich wie ein gewaltiger schwarzer Felsen aus dem Wasser erhob.

»Ich liebe dich auch!« Er wusste nicht, ob sie schon zu weit weg war, um ihn noch hören zu können.

Unentdeckt zwängte sie sich in den Eiskeller und schlich durch den Vorratskeller zum Gefängnisturm. Ein schneller Blick über den menschenleeren Burghof zeigte nur, dass im Gegensatz zu gestern jetzt eine Fackel am Tor brannte, aber ihr Licht reichte nicht bis zu ihr. Sie fand die Tür zur Treppe verschlossen, aber sie hatte bereits im Keller den Beutel geöffnet und brauchte mit ihren Schlüsseln nur wenige Versuche, bis sie die Tür öffnen konnte. Sie zog die schwere

Holztür hinter sich zu und tastete sich in völliger Dunkelheit nach unten. In die Wand der engen Wendeltreppe war einst ein schmaler Handlauf eingemeißelt worden, der von vielen Händen im Laufe der Jahrhunderte glatt geschliffen worden war. Auch die Treppenstufen waren von unzähligen Füßen ausgetreten.

Das Schloss am Gitter zum Kerker von Arnold und Christian war kein Problem, obwohl sie sich in der absoluten Dunkelheit nur mit ihrem Tastsinn orientieren konnte. Schwieriger wurde es mit den Fußfesseln, deren Schlösser kleiner waren, aber auch hier hatte sie nach einigen Fehlversuchen Erfolg. Es folgten die Handfesseln, aber inzwischen zitterten ihre Hände, denn sie hatte das Gefühl, dass ihnen die Zeit davonlief.

Christian, der ihr beruhigend zuredete, war zuerst befreit, aber das zweite Schloss an Arnolds rechter Hand ließ sich auch mit Christians Hilfe nicht öffnen, sodass sie beschlossen, zuerst die Burg zu verlassen. Arnold wickelte sich die kurze Kette um das Handgelenk, damit sie nicht klirrte und hielt die offene Schelle mit der Hand fest.

»Rechts an der Wand ist ein Handlauf, an dem man sich festhalten kann«, flüsterte Samira.

»Moment, bevor wir jetzt da hinaufgehen und ich keine Zeit mehr habe, etwas zu sagen«, meinte Arnold und hielt Samira an der Schulter zurück. »Auch wenn wir entdeckt werden sollten, danke, mein Kind. Danke für alles!«

Er drückte sie mit dem freien linken Arm an sich und gab ihr einen Kuss auf die Stirn. Christians Hand berührte sie an der Wange, aber er sagte nichts.

Weil Samira die Anlage besser kannte, ging sie voran. Leise Schritte und Atemgeräusche sagten ihr, dass Arnold und Christian ihr dichtauf folgten. An der Tür angekommen spürte sie, dass etwas nicht stimmte. Das Licht unter dem Türspalt war zu hell. Vorsichtig drückte sie die schwere Tür einen winzigen Spaltbreit auf und stolperte dann nach vorne, als das schwere Türblatt von außen aufgerissen wurde.

Hände packten ihre Oberarme und rissen sie nach vorne. Mehrere Schritte weit flog sie auf den Burghof und stürzte dann zu Boden. Hinter ihr griffen mehrere Männer ins Dunkel der Treppe und zerrten Arnold und Christian ans Licht. Samira hatte sich auf dem Pflaster des Burghofs hingesetzt und versuchte einen klaren Blick zu bekommen. Durch den Aufprall war sie noch etwas benommen und konnte sich nur mit Mühe orientieren.

Neben ihr stand ein junger Ritter, das Schwert gezogen und auf ihre Kehle gerichtet. Die Spitze zitterte leicht. Samira versuchte, ein wenig von ihm abzurücken. Der Burghof war jetzt hell erleuchtet, überall steckten brennende Fackeln in Ringen an den Mauern. Ein lockerer Ring aus etwa zwanzig Soldaten hatte sie eingekreist, Christian stand mit dem Rücken an der Wand des Kerkerturms, von zwei Schwertern rechts und links bedroht, nur Arnold kämpfte noch mit seinen Angreifern.

Einem hatte er die mit der Kette beschwerte Rechte gegen den Hals geschlagen, er lag röchelnd auf dem Boden. Die Schläge des anderen parierte er mit der schweren Metallkette, die er zwischen der linken Hand und dem rechten Handgelenk gespannt hielt. Arnold machte einen Ausfallschritt, ließ das freie Ende der Kette los und vollführte eine Drehung von seinem Angreifer weg. Der versuchte wieder näher zu kommen, als die Handschelle auf seinen Hinterkopf zuflog. Als er sich duckte, trat Arnold ihm die Beine weg. Das Schwert fiel klirrend zu Boden, aber noch ehe es ruhig lag, hatte Arnold es mit seinem linken Fuß hochgeschleudert und mit der linken Hand am Griff aufgefangen. Mit der Kette am rechten Handgelenk und dem Schwert in der Linken machte er den Eindruck eines antiken Gladiators. So traute sich keiner der Soldaten an ihn heran. Der gestürzte Kämpfer kroch, so schnell er konnte, von Arnold weg.

Durch den Ring der Soldaten traten jetzt zwei Männer in leichten Rüstungen. Den einen erkannte Arnold, nicht nur daran, dass ihm der Schwertarm fehlte. Jan trug sein Schwert auf der rechten Seite, damit er es mit links aus der Scheide ziehen konnte. Hass zeichnete sich in seinem Gesicht ab.

»Nach so langer Zeit sehen wir uns endlich wieder«, sagte Jan in Arnolds Richtung. »Jetzt sollst du endlich das bekommen, was du verdient hast. Aber vorher wirst du zusehen, wie deine schöne Sklavin und dein Freund dort sterben.« Er hatte bei seinen Worten das Schwert gezogen und deutete damit auf Christian. Dann ging er auf Samira zu, die mit einer fließenden Bewegung auf die Füße kam.

»Wenn du mich schon töten willst, dann musst du mir dabei in die Augen sehen.«

Jan trat näher und die Spitze seines Schwerts bohrte sich unter ihrer linken Brust schmerzhaft in ihre Seite. Sie sah aber nicht mehr Jans Augen und sie spürte nicht den Schmerz, denn vor ihrem inneren Auge hatte sie das Bild ihres Geliebten herbeigerufen. Massimo, dachte sie voller Trauer, als ein heller Kinderschrei sie wieder in die Gegenwart zurückholte.

»NEIN!«

Samira hob den Kopf und spürte den Schmerz wieder. Blut lief unter ihrem Gewand herab. Oben am Treppenturm, der an das Wohngebäude angebaut war, beugte sich eine kleine Gestalt über die Brüstung.

»Vater, er darf die Schwarze Madonna nicht töten!« Dann rannte sie die Treppen herunter.

Jan verstärkte den Druck auf die Schwertspitze, knirschend fuhr der Stahl über eine Rippe und löste in Samiras Brustkorb höllische Schmerzen aus.

Massimo hielt es nicht mehr aus. Es kam ihm vor, als würde er schon seit Stunden darauf warten, dass Samira zurückkehrte, zu ihm zurück. Er hatte jegliches Zeitgefühl verloren.

Plötzlich sah er auf einem der Wehrgänge eine Person mit einer Fackel entlanglaufen. Von ferne schien er Rufe zu hören. Er ließ sich ins Wasser gleiten und schwamm auf den Zugang zum Abwassertunnel zu. Kurz vor der Mauer tauchte er und ertastete mit geschlossenen Augen die Wände des Tunnels. Von Samira wusste er, dass er nur etwa eine halbe Körperlänge in das Loch hinein musste, um auf der anderen Seite atmen zu können. Aber der Durchgang war zu eng.

In Panik, weil er spürte, dass er stecken blieb, krallte er sich an den unregelmäßigen Steinen fest und zog eine Schulter hoch. Der Stoff seines Gewands riss an der Schulter ein und die rauen Steine schabten die Haut von seiner Schulter. Mit einem letzten Kraftakt zog er sich so weit nach oben, dass sein Mund über die Wasseroberfläche kam. Jetzt konnte er auch seine Füße einsetzen, um sich durch den engen Gang zu schieben und schließlich kam er keuchend im Eiskeller an.

Die Klappe zum Gang hatte Samira offen gelassen. Es war eisig kalt und durch ein winziges Fensterchen hoch oben fiel ein einzelner Strahl des Mondlichts. Er wusste von Samiras Erklärungen, wo sich die Treppe befand und tastete sich vorsichtig nach oben. Durch die geschlossene Tür zum Burghof konnte er Stimmen hören, aber er verstand nicht, was sie riefen. Vorsichtig drückte er sich an die Wand und öffnete die Tür einen Spalt weit. Seine Schulter schmerzte, es fühlte sich warm und klebrig an.

Er blickte seitlich auf das Wohngebäude mit dem Treppenturm. Auf der Treppe lief eine kleine Gestalt, ein blondes Mädchen im Nachthemd, so schnell es konnte nach unten. Zwei Frauen folgten ihr, aber die Kleine war schneller.

»Vater, tu endlich was, er bringt sie um!«, rief Isabelle und rannte auf nackten Füßen und im Nachthemd die letzten Stufen der Freitreppe herunter. Sie drängte sich durch den Ring der Soldaten und warf sich seitlich gegen Jan, der von dem Angriff völlig überrascht wurde. Er hatte sich nur auf Arnold und Samira konzentriert, denn hätte sich Arnold in Bewegung gesetzt, dann hätte er der Schwertspitze einen letzten kräftigen Stoß gegeben und sie in das Herz der jungen Frau gestoßen.

Der Anprall der kleinen Isabelle führte dazu, dass er einen Schritt zur Seite machen musste, um das Gleichgewicht zu halten. Die Schwertspitze rutschte von Samiras Rippe ab und der Druck auf ihren Brustkorb hörte auf. Sie hob die linke Hand und berührte ihre blutende Seite. Verständnislos blickte sie auf das helle rote Blut, das über ihre Finger rann.

Isabelle schlug mit ihren kleinen Fäusten auf Jans Oberkörper ein und drängte ihn weiter zur Seite. Schließlich gab sich auch Armand de Chesnay einen Ruck, drängte sich durch die Soldaten und stellte sich neben seine Tochter.

»Es reicht jetzt, Jan van Issum. Vor den Augen meiner Tochter wird hier kein weiteres Blut mehr vergossen.«

Isabelle drehte sich zu Samira um, sie hatte das Interesse an Jan verloren. Samiras Knie gaben nach, sie kippte nach vorne, doch Isabelle fing sie auf und ließ sie mit erstaunlicher Kraft vorsichtig zu Boden gleiten.

Jan hatte sich indessen losgerissen und stürmte mit erhobenem Schwert auf Arnold zu. Der erwartete gelassen den Angriff und schleuderte die Kette gegen Jans Schwertarm, während er gleichzeitig eine Drehung machte, um der Klinge zu entgehen. Die Kette wickelte sich um die Klinge und mit einem kräftigen Ruck riss Arnold Jan das Schwert aus der Hand. Er setzte ihm seine eigene Klinge an die Kehle.

»Der Burgherr hat recht, es reicht! Mir reicht es schon lange. Ich habe vor drei Jahren einen Fehler gemacht, durch den du deinen Arm verloren hast. Das tut mir leid und ich bin bereit, mich bei dir zu entschuldigen. Drei Jahre deines Lebens bist du zum Rächer geworden, drei verlorene Jahre waren das. Armand de Chesnay, wäret Ihr bereit, für meine Leute zu sorgen und sie mit Mitteln auszustatten, die sie sicher nach Hause kommen lassen?«

Er blickte zum Burgherrn, der verständnislos nickte. Dann nahm er das Schwert von Jans Kehle und kniete vor ihm nieder.

»Jan van Issum, ich entschuldige mich bei dir. Für all die Demütigungen, die dir durch mich widerfahren sind. Wenn du jetzt weiterhin der Meinung bist, dass ich sterben muss, dann tu, was du nicht lassen kannst. Ich will einfach nicht nach Hause kommen und jeden Moment damit rechnen müssen, dass hinter dem nächsten Baum oder hinter der nächsten Biegung des Wegs deine Meuchelmörder stecken. Du hast meiner Familie genug angetan. Töte mich, aber lass meine Familie und meine Freunde ihr Leben leben.«

Er packte das Schwert an der Klinge und hielt Jan das Heft hin. Dieser ergriff das Schwert und hob es über seinen Kopf.

Massimo hatte sich indessen unbemerkt an der Mauer entlang zu einem der Soldaten geschlichen, der eine Lanze in der Hand hielt. Alles in ihm sehnte sich danach, zu Samira zu rennen und sie in die Arme zu nehmen. Doch er zwang sich, die Szene zwischen Arnold und Jan zu beobachten. Würde Jan ausholen, so war jedenfalls der Plan, würde er dem Soldaten die Lanze entreißen und sie in Jans Richtung werfen. Ob der Plan gut war, wusste er nicht, aber es war der Einzige, der ihm einfiel. Doch Jan hob die Klinge hoch und ließ sie hinter seinem Rücken zu Boden fallen.

»Ich erwarte eine Entschuldigung, vor meinem und vor deinem Herzog«, sagte Jan mit rauer Stimme. Dann holte er mit dem linken Fuß aus und trat Arnold in den Bauch. Mit hölzernen Schritten stieg er über den sich am Boden krümmenden Mann und ging zur Freitreppe. Auf der fünften Stufe hielt er noch einmal an und wandte sich an Armand.

»Macht mit ihm, was Ihr wollt. Ich ziehe mich in mein Gemach zurück. Ich muss nachdenken. Morgen früh reise ich ab und bitte, ich wünsche keine Verabschiedung!«

Er warf den beiden Frauen, die alles vom Treppenabsatz aus beobachtet hatten, einen Seitenblick zu und stieg die Treppe hinauf, ohne sich noch einmal umzusehen.

Massimo nahm Anlauf und warf sich zwischen den Soldaten hindurch. Mit drei großen Schritten war er bei Samira, die auf dem Rücken lag. Das kleine Mädchen kniete neben ihr und hielt ihre Hand. Sie machte einen sehr gefassten Eindruck. Die Soldaten wollten sich auf Massimo stürzen, aber ein knapper Befehl Armands hielt sie davon ab. Er fiel neben ihr auf die Knie und umfasste mit beiden Händen ihr Gesicht. Es fühlte sich kalt an, aber nicht tot.

Samira öffnete die Augen. Massimo spürte ein unglaubliches Glücksgefühl in sich aufsteigen.

»Endlich bist du da«, sagte sie. »Jetzt wird alles gut.«

»Sie wird nicht sterben«, flüsterte das kleine Mädchen und lächelte ihn an. »Aber bring sie in mein Zimmer, die Wunde muss versorgt werden.«

Massimo nahm Samira auf die Arme. Sie schien nichts zu wiegen. Er spürte ihre Wärme und hätte heulen können vor Glück.

Armand gab den Soldaten den Befehl, sich wieder in ihre Unterkünfte zurückzuziehen. Arnold und Christian kamen langsam näher, denn Arnold stützte sich schwer auf seinen Schreiber und Freund. Die kleine Isabelle zog Samira und Massimo hinter sich her, die Treppe hinauf und vorbei an ihrer verdutzten Mutter und dem Kindermädchen. Massimo sah nicht die Treppenstufen, sein Blick war gefangen in Samiras Löwenaugen. Erst als er sie auf Isabelles Bett legte, schloss sie die Augen erschöpft wieder.

Sie waren einige Tage auf Château de Chesnay geblieben, bis Samiras Wunde verheilt war. Bevor sie abreisten, hatte

Massimo ein kleines Fässchen Rotwein und die Schlüssel, die Pierre ihnen gegeben hatte, den Bachlauf hinauf zu dem kleinen Teich getragen, an dem sie Pierre zuerst begegnet waren.

Samira hatte aus einer Eingebung heraus Isabelle gefragt, ob sie mitgehen wollte. Es war ein warmer Spätsommertag und sie wateten ohne Schuhe durch den Bach.

Der Alte erwartete sie breit lächelnd. Er saß wieder, wie beim ersten Mal, auf derselben Baumwurzel. Nachdem sie sich begrüßt hatten und Samira und Massimo genau erzählt hatten, was sich ereignet hatte, wandte sich Pierre der kleinen Isabelle zu.

»Nun, mein Kind, was ist dein Problem? Ihr habt doch eine Frage, die ich Euch beantworten soll.«

Isabelle war jedoch zu eingeschüchtert von der Erscheinung des Alten. So legte Samira einen Arm um ihre Schultern und antwortete an ihrer Stelle.

»Sie läuft nachts schlafend durch das Schloss und hat sich dabei schon mehr als einmal in Gefahr gebracht. Als ich zum ersten Mal in das Château eingedrungen bin, lag sie auf der Umrandung des Brunnens und hätte hineinfallen können. Wir haben uns Gedanken gemacht, woran das liegen könnte. Aber wir haben nur herausgefunden, dass es häufiger in hellen Mondnächten passiert.«

Isabelle nickte, fasste sich Mut und sagte mit ihrer hellen Kinderstimme: »Manchmal ist es wie Musik, ein lang gezogener Ton, der sich langsam verändert, und manchmal ist es wie das Murmeln von vielen Stimmen.«

Samira schaute sie überrascht an. »Davon hast du mir noch nichts erzählt.«

»Nein.« Isabelle lächelte entschuldigend. »Aber hier im Wald klingt es auch nicht so seltsam.«

»Das ist wahr«, stimmte Pierre zu. «Hier im Wald ist vieles anders. Dinge, die du dir da draußen überhaupt nicht vorstellen kannst, sind hier im Wald im Bereich des Möglichen.

Komm her, mein Kind!«, sagte er zu Isabelle und schaute ihr dabei in die Augen.

Zögernd machte Isabelle drei Schritte auf Pierre zu. Der legte die linke Hand auf ihre schmale Schulter und berührte mit den Fingerspitzen der rechten ihre Stirn. Isabelle schloss die Augen. Sie hatte keine Angst mehr vor dem seltsamen grauen Mann.

»Hm, gut so. Lass die Augen geschlossen und sag mir, in welcher Richtung der große Stein steht, dessen Kraftlinien bis hierher reichen.«

Auf Isabelles Stirn erschien eine Falte der Konzentration zwischen den Augenbrauen. Dann öffnete sie die Augen und strahlte Pierre an.

»Der große Stein steht in dieser Richtung.« Sie wies mit der rechten Hand in Richtung Wald. »Aber die Kraftlinie ist hier nicht zu Ende. Sie geht in dieser Richtung«, sie deutete mit der linken Hand den Bachlauf entlang, »zum Château weiter.« Sie machte ein paar Schritte zur Seite und stellte sich wie ein Wegweiser auf eine imaginäre Linie.

»Hier ist die Kraft am stärksten zu spüren.«

Samira stellte sich neben sie, genau auf die Linie, die sie ihnen zeigte. »Ich spüre nichts«, meinte sie bedauernd.

»Doch«, meinte Pierre, »auch du spürst die Kraft, aber nicht so stark wie die kleine Isabelle. Und nachts, insbesondere wenn der Mond in der richtigen Position zu den Kraftlinien steht, wird es noch mal stärker. Was meinst du denn, warum ihr zwei ausgerechnet hier zum ersten Mal...«

Er brach ab und schaute zu Isabelle, die die Andeutung offensichtlich nicht verstanden hatte und einen etwas verwirrten Eindruck machte.

Pierre kam zu Isabelle herüber, nahm sie bei den Schultern und ging in die Hocke, um ihr genau in die Augen sehen zu können.

»Wenn du wieder im Château bist, dann finde doch mal heraus, ob dein Bett vielleicht auch von solch einer Linie getroffen wird. Ich bin fast sicher, dass es so sein wird. Lass das Bett umstellen, sodass es weder von der Kraft des Steins noch vom Mondlicht getroffen werden kann, oder zieh gleich in ein anderes Zimmer. Aber sag keinem, warum du das tust oder was du spürst, was andere nicht spüren können. Auch nicht dem Pastor! Wenn sie dich fragen, warum du ein anderes Zimmer willst, dann erfinde eine Notlüge, zum Beispiel, dass dir das Zimmer unheimlich ist. Das wäre ja auch nicht ganz falsch, nur nicht genau ausgedrückt.«

Isabelle presste die Lippen zusammen, so als wollte sie jetzt schon damit anfangen, nichts zu sagen. Pierre erhob sich schwerfällig, es knackte in seinen Knien.

»… und eines Tages, wenn der richtige Zeitpunkt gekommen ist oder du Hilfe brauchst, folgst du den Kraftlinien in den Wald und kommst zu dem großen Menhír und dort werden wir uns wiedersehen.«

Auf dem Rückweg meinte Massimo nachdenklich: »Wer ist er oder was?«

»Pierre?«, fragte Samira zurück.

»Mhm!«, nickte Massimo. »Er scheint alles zu wissen, kann in die Zukunft sehen und spürt diese komischen Kräfte. Ist schon ein bisschen seltsam, der Alte.«

»Nun, ich vermute«, sagte Samira nach einer Pause, »er ist so etwas wie ein Wächter oder Priester dieses Felsbrockens im Wald. Er wohnt ja auch gleich dort.«

»Ich glaube, er ist ein Druide«, meldete sich Isabelle zu Wort. »Das sind Priester einer sehr alten Religion, die von den Christen nicht so gern gesehen wird. Deshalb verbergen sie sich in Wäldern. Es gibt hier überall seltsame Steine oder ganze Anlagen, von denen nur noch ganz wenige wissen, wozu sie dienen. Die meisten sind zerstört oder man hat Kreuze in sie geschlagen, damit sie christlich werden. Die

Leute hier halten sie immer noch für heilig und es gibt manche seltsamen Rituale.«

»Das heißt, wenn du nichts sagst, über das, was du heute erlebt hast, dann schützt du nicht nur dich selbst, sondern auch den Alten aus dem Wald und sein Felsheiligtum.«

»Ja. Aber irgendwann muss ich herausfinden, was dieser Felsen im Wald von mir will.«

»Oder du gehst weg von hier und bringst dich vor ihm in Sicherheit«, meinte Samira.

»Würdest du das tun?«, fragte Isabelle und es schwang eine gewisse Enttäuschung in ihrer Stimme mit.

»Nein, jedenfalls nicht, ohne vorher herausgefunden zu haben, was mit mir los ist.«

»Na siehst du.« Isabelle war mitten im Bach stehen geblieben und stemmte sie Hände in die Seiten. »Wenn ich groß bin, bin ich mindestens so mutig wie du«, erklärte sie streng, musste dann aber grinsen.

Samira beugte sich nach unten und spritzte Isabelle mit einer Handvoll Wasser nass. Lachend liefen sie durch den Bachlauf bis zum Château zurück.

Sie ritten, mit der Sonne im Rücken, über einen Hügel. In der Ferne konnte man den Mont Saint Michel erahnen, einen pyramidenförmig aus dem Meer ragenden Felsen, auf dessen Spitze sich die Kirche eines Klosters befand. Samira machte, wie immer, wenn sie nachdachte, ein ernstes, konzentriertes Gesicht. Massimo, der neben ihr ritt, wartete geduldig ab, denn er wusste, dass sich meistens eine Frage in ihrem hübschen Kopf bildete, wenn sie so aussah.

»Sag mal, man kann doch sagen ich habe dich lieb und ich liebe dich. Und man kann sagen ich habe dich gern.« Sie machte eine Pause und sah Massimo fragend an.

»Na klar, das ist alles richtig, aber ich hoffe doch sehr, dass du mich liebst und nicht nur gern hast.« Massimo grinste sie an.

Christian hatte sich etwas zurückfallen lassen. Er mochte Samiras scharfsinnige Überlegungen.

Samira machte eine wedelnde Handbewegung mit der freien Hand. »Lenk jetzt nicht ab, sonst kommen meine Gedanken durcheinander.« Sie runzelte angestrengt die Stirn. »Also man kann sagen ich hab dich gern, aber nicht ich gerne dich.«

»Nö, stimmt! Das ist mir noch nicht aufgefallen.« Massimo schaute seine Freundin bewundernd an. »Das Wort muss wohl noch erfunden werden.«

»Andererseits kann man sagen ich möchte gerne etwas essen«, setzte Christian jetzt hinzu, »aber nicht ich möchte lieb etwas essen.«

»Das ist so kompliziert und unlogisch«, beschwerte sich Samira.

Massimo griff zu ihr herüber und drückte ihre Hand.

»Ich liebe dich«, sagte er leise, aber Christian hörte es dennoch.

»Ich dich doch auch«, antwortete Samira noch leiser, »aber für mich müsste noch ein besseres Wort erfunden werden.«

Christian gab seinem Pferd ein Zeichen mit den Knien und sie schlossen wieder zu Arnold auf, der, in eigene Gedanken versunken, von der Diskussion nichts mitbekommen hatte.

Sie lagerten im Windschatten einer Düne am Strand der Bucht von Saint Michel. Der gewaltige Felsen, auf dem ein Kloster zu Ehren des Heiligen Michael erbaut war, ragte etwa eine halbe Meile entfernt aus dem Meer. Ihre Pferde hatten sie bei einem Bauern in der Nähe abgegeben, der einen Mietstall betrieb. In der Nähe warteten noch weitere Pilgergruppen darauf, dass der Meeresgrund bei Ebbe betretbar wurde.

Obwohl Arnold nach der Gefangennahme noch rastloser geworden war, hatten sie beschlossen, einen Tag und eine Nacht auf dem Mont Saint Michel zu verbringen und dem Heiligen Michael und allen anderen Heiligen für ihre Rettung aus der misslichen Lage zu danken. Danach jedoch sollte der schnellste Weg nach Jülich eingeschlagen werden. Seine Pläne, vielleicht auch noch nach Irland zu Saint Patricks Fegefeuer zu pilgern, hatte er aufgegeben, zumindest für den Augenblick.

Samira kam mit nackten Füßen durch den Sand zu ihnen zurück.

»Es ist so, das Wasser weicht zurück, du kannst da stehen und zusehen, wie es weniger wird.«

»Hab ich dir doch erklärt«, brummte Arnold. »Der Unterschied zwischen Ebbe und Flut ist hier enorm groß, an manchen Tagen bis zu vierzig Fuß.«

»Ja, aber es ist was anderes, wenn man es mit eigenen Augen sieht.« Sie ließ sich neben Massimo in den weichen Sand fallen. »Und ich kann mir immer noch nicht vorstellen, dass ich in ein paar Stunden da rüber laufen kann, wo jetzt noch so viel Wasser ist.«

»Was ich dich die ganze Zeit fragen wollte«, wandte sich Christian nachdenklich an Arnold, »woher wusstest du, dass Jan dich nicht töten würde, in dieser Nacht in der Burg?«

»Wusste ich gar nicht. Es war nur so eine Idee, die mir in diesem Moment richtig erschien. Das hätte genauso gut schiefgehen können.«

»Der war doch völlig außer sich.«

»Sicher! Und er hatte Jahre Zeit, sich da hineinzusteigern. Aber was hätte es ihm gebracht, mich zu töten? Nur noch mehr Ärger, schließlich gab es ja genug Zeugen. So, wie jetzt der Status quo ist, kann er ein neues Leben anfangen. Hätte er mich getötet, wäre er dafür auf die eine oder andere Art zur Verantwortung gezogen worden. Ich habe ihm seine

Ehre wiedergegeben, indem ich vor ihm kapituliert habe und dadurch konnte er sich an seine Ritterehre erinnern.

Aber keine Sorge«, setzte Arnold noch hinzu, »ich habe das nicht für ihn getan, sondern für uns alle. Diese unselige Fehde dauerte schon so lange und überschattete alles, was wir erlebt haben. So wollte ich nicht nach Hause zurückkehren.«

Dem hatte niemand etwas hinzuzufügen und so schauten sie auf das Meer hinaus, das nach und nach eine lange, gebogene Sandbank freigab, die das Festland mit dem Mont Saint Michel verband, wenn auch nur für kurze Zeit.

Paris, Oktober 1498

Auf Befehl des neuen Königs von Frankreich warteten sie in der Sainte Chapelle im Untergeschoss auf das Ende der Messe. Ganz bewusst hatten sie Pilgerkleidung angezogen, um Ludwig von Frankreich ganz klar zu machen, dass sie nicht in einer diplomatischen Mission, sondern als Pilger und damit als Privatpersonen durch sein Reich reisten. Zwischen all den prächtig gekleideten Würdenträgern und Bittstellern fühlten sie sich in ihrer einfachen braunen Kleidung ein wenig fehl am Platze.

Nach dem Ende der Messe wurden sie durch einen Ritter des Königs ins Obergeschoss der Hofkirche geführt. Große bunte Glasfenster zwischen schlankem gotischem Strebwerk ließen buntes Licht in die Kapelle fallen. Ludwig, der Cousin von König Karl, der nach dessen plötzlichem Unfalltod erst im Mai zum König gekrönt worden war, stand inmitten einer großen Menge seiner Berater und Hofdamen. Diese traten beiseite, als die Pilgergruppe vor den König geführt wurde.

Arnold und Christian in der ersten Reihe und Samira und Massimo hinter ihnen knieten vor dem König von Frankreich nieder. Sie hatten ihre Pilgerhüte abgenommen und hielten die Köpfe gesenkt. Ludwig machte ein paar Schritte auf sie zu und erlaubte ihnen, sich zu erheben. Sein Gesicht war ausdruckslos und blaugraue Augen über einer markanten Nase musterten sie prüfend.

»Arnold von Harff aus dem Herzogtum Jülich, ein Ritter des Herzogs und damit Verbündeter des Königs Maximilian von Habsburg.« Ludwig war offenbar gut vorbereitet. »Eigentlich sind wir Feinde, zumal Euer Herzog gerade das

Herzogtum Geldern angegriffen hat und Euer König vorhat, es ihm gleichzutun.«

Arnold hatte schon damit gerechnet, dass es Ärger geben würde. Aber die nächsten Worte des Königs beruhigten ihn ein wenig.

»Aber ich denke nicht in solchen Kategorien. Allerdings hoffe ich, dass Ihr bei den Friedensverhandlungen, die ich baldmöglichst wieder aufnehmen werde, eine wichtige Rolle spielen werdet, vielleicht sogar als Vermittler zwischen Uns und Eurem Herzog?«

Arnold fragte sich, was Ludwig wohl in ihm sehen mochte.

»Natürlich«, fuhr Ludwig fort, »sind uns die erstaunlichen Vorgänge auf Château de Chesnay in der Bretagne zugetragen worden.«

Er warf einen Blick zu einer jungen Frau hinüber, die mit ihren Hofdamen ein wenig abseits stand, jetzt aber näher kam. Der König streckte die Hand nach ihr aus.

»Darf ich vorstellen, Anne de Bretagne, meine zukünftige Frau, die pikanterweise auch schon die Frau Eures Königs war, bevor sie ihm von meinem Cousin weggenommen wurde.«

»Wir warten noch auf den Dispens des Papstes, damit wir heiraten können«, ergänzte Anne freimütig. Dann näherte sie sich der Pilgergruppe, nachdem sie kurz Ludwigs Fingerspitzen berührt hatte.

»Wie ich sehe, habt Ihr auch eine Frau in Eurer Reisegruppe«, sagte Anne und ergriff Samiras Hand, die einen kleinen Augenblick den Impuls hatte, ihre Hand zurückzuziehen. »Ich werde sie Euch für eine kleine Weile entführen, damit Ihr unter Männern Eure Geschäfte besprechen könnt. So etwas interessiert mich sowieso nicht.« Man konnte bei ihren letzten Worten hören, dass das nicht stimmte.

Ehe jemand etwas dagegen sagen konnte, nahmen die Hofdamen Samira in die Mitte und folgten Anne aus der Kirche in Richtung Palast.

Nachdem Arnold und der König sich noch eine Weile unterhalten hatten und Arnold zugesagt hatte, Ludwig bei seinen Friedensbestrebungen zu unterstützen, kehrten sie ohne Samira in ihre Unterkunft zurück. Massimo war außer sich vor Sorge, obwohl er wusste, dass Samira nichts passieren konnte.

Anne hatte sich bei Samira untergehakt. Die ehemalige und zukünftige Königin von Frankreich war deutlich kleiner als Samira und hinkte leicht. Das schmale Gesicht mit den dünnen Lippen und der langen spitzen Nase wäre unscheinbar und langweilig gewesen, hätten ihre Augen nicht eine ungeheure Vitalität und Lebensfreude ausgestrahlt. Bei belanglosen Plaudereien schritten sie durch den weitläufigen Palast, bis sie Annes Zimmer erreichten.

»Ich bewohne zurzeit natürlich nicht die Gemächer der Königin, sondern Gästezimmer für hochrangige Besucher«, sagte Anne, als eine Wache die Tür hinter ihnen schloss. »Hier sind wir sicher und können über alles reden. Meine Hofdamen und ich haben alles kontrolliert. Es gibt keine Zwischenräume in den Wänden oder Gucklöcher und die Räume rechts und links gehören meinen Hofdamen.«

Sie wies Samira einen Sessel am Feuer zu und setzte sich ihr gegenüber.

»Holt mir das braune und grüne Kleid mit der Goldstickerei und dem rechteckigen Ausschnitt und ein Unterkleid, das im Dekolleté ein wenig Spitze sehen lässt.«

Samira fühlte sich unbehaglich und die Worte der Herzogin der Bretagne steigerten ihre Unruhe.

»Du musst mir alles über eure Reise erzählen. Ganz besonders die Episode in Château de Chesnay. Wir haben hier nur Gerüchte gehört und Dinge, die von Mund zu Ohr immer weiter ausgeschmückt worden sind. Während meine Damen dir angemessene Kleidung heraussuchen, kannst du ja schon mal anfangen.«

»Stimmt es, dass Ihr nackt wart«, mischte sich eine junge Hofdame von vielleicht zwölf Jahren ein. »Ich meine, wart Ihr nackt, als Ihr in das Château eingedrungen seid?«

»Liebe Renée, es ist ungebührlich, bei einem Gespräch ohne Aufforderung das Wort zu ergreifen«, schalt Anne das blonde Mädchen in strengem Ton. Renée errötete und zog sich mit gesenktem Kopf einige Schritte zurück.

»Aber das ist tatsächlich das Detail, das hier am heftigsten diskutiert wurde. Nun, warst du nackt?«, fragte nun auch Anne.

Eine der Hofdamen kicherte. Samira hatte den Eindruck, dass alle ein wenig näher rückten und eine gespannte Aufmerksamkeit im Raum herrschte.

»Naja, das ist schwer zu erklären«, sagte Samira, um Zeit zu gewinnen.

»Erklären kannst du hinterher, wir wollen erst mal nur die puren Fakten wissen.«

»Ich hatte eine einfache Bruche aus Leinen an, aber sonst nichts«, sagte Samira und spürte, dass sie auch rot wurde, was natürlich niemand sehen konnte.

»Ich könnte schwören, dass deine Haut gerade noch ein wenig dunkler geworden ist. Bitte, wir wollen dich nicht quälen, wir sind sehr stolz darauf, wie mutig du bist.« Anne beugte sich zu ihr und ergriff wieder ihre Hand.

»Als ich das erste Mal durch diesen Tunnel in die Burg geschwommen bin, wusste ich ja nicht, ob ich durchpassen würde und hatte Angst, dass ich irgendwo hängen bleibe. Beim zweiten Mal hatte ich ein einfaches dünnes Unterkleid an. Es war wirklich eklig in diesem Gang und mit nackter Haut über schmierige stinkende Algen zu rutschen ...«

Einige der Hofdamen schüttelten sich.

Inzwischen standen zwei der Hofdamen im Hintergrund mit Kleid und Unterkleid bereit.

»Aber bevor du die ganze Geschichte erzählst, zieh doch bitte erst einmal diese Kleider an. Dann können wir gleich begutachten, welches Schauspiel den Soldaten auf Château de Chesnay entgangen ist, als du beim ersten Mal unerkannt aus dem Château entkommen bist.«

Anne sprang auf, ohne Samiras Hand loszulassen und zog sie von ihrem Sessel in die Mitte des Raumes. Dort halfen ihr Renée und eine weitere Hofdame aus den einfachen Pilgergewändern und dann in das helle Unterkleid mit weitem, rundem Ausschnitt und in die dunkle Robe mit rechteckigem Ausschnitt, die an Brust und Säumen mit goldenen Fäden bestickt war.

»Ich bin beeindruckt«, sagte Anne fast ehrfürchtig. »Hast du dich schon einmal in einem Spiegel gesehen?« Sie gab Renée einen Wink und die eilte in einen Nebenraum und kam gleich mit einem großen Spiegel aus poliertem Silber zurück. Sie stellte sich vor Samira und hielt den Spiegel in ihre Richtung. Die hielt die Luft an, als sie sich im Spiegel erblickte.

»Das bin ich?« Samiras Stimme klang ein wenig dünn.

»Ja! Das bist du!« Anne stellte sich dicht neben Samira, damit sie auch in den Spiegel sehen konnte. »Eine stolze Königin aus dem fernen Afrika.

… und viel schöner als ich«, setzte Anne leise hinzu.

Samira spürte dem Tonfall nach, konnte aber nicht sagen, ob sie Bedauern in Annes Stimme gehört hatte oder einfach nur Bewunderung. Impulsiv nahm sie die kleine Herzogin in den Arm.

»Danke, das sieht wirklich schön aus.« Samira bedauerte, dass sie bald wieder ihre Pilgerkleidung anziehen musste.

»Ich schenke es dir«, sagte Anne und lächelte Samira an.

»Nein, Majestät, das kann ich doch nicht annehmen.«

»Vielleicht kann ich dich ja überreden, als Hofdame bei mir zu bleiben.«

Samira drehte sich zu Anne und ging in die Knie, wie sie es von den anderen Hofdamen gesehen hatte. Sie ergriff beide Hände der kleinen Herzogin.

»Herrin, ich weiß, welch ein hochherziges Angebot ich ausschlage, aber ich kann nicht hierbleiben. Massimo und ich, wir haben andere Pläne. Ich kann ihn nicht einfach allein lassen.«

»Dieser Rotschopf, sicher ein Nachkomme Barbarossas.«

Samira nickte. Anne beugte sich über sie, küsste sie auf die Stirn und zog sie hoch.

»Ich habe deinen Blick gesehen, eben in der Kapelle, als ich dich von ihm weggeholt habe. Du liebst ihn.«

»Vom ersten Augenblick an und mehr als mein eigenes Leben«, meinte Samira leise.

»Hm, Liebe ist eine schwierige Geschichte. Ich habe Karl auch geliebt«, sagte sie traurig. »… und unsere Kinder.«

Samira wusste von Arnold, dass Karl und Anne sechs Kinder gehabt hatten, die jedoch alle im frühesten Kindesalter gestorben waren. Vor zehn Jahren hatte Anne zudem ihre Eltern und vor einem halben Jahr ihren Mann verloren. Jetzt, mit einundzwanzig Jahren, stand sie kurz davor, erneut zu heiraten.

Doch bevor die Stimmung im Raum in Trübsal umschlagen konnte, lenkte Anne sie auf andere Themen.

»Nun, wenn du nicht meine Hofdame werden willst, dann musst du mich aber besuchen kommen. Du ziehst das schöne Kleid an und wir werden behaupten, dass du eine Königstochter aus Nubien bist. Wie alt bist du eigentlich?«

»Etwa sechzehn, glaube ich. Wenn du eine Sklavin bist, sind Geburtstage nicht wirklich wichtig.«

Anne zog Samira wieder zum Kamin und sie nahmen in den Sesseln Platz. Mit wenigen Worten orderte sie bei den Hofdamen Wein und Süßigkeiten.

»Erzähl uns mehr über das Château und natürlich über den Mann, den du liebst. Bist du tatsächlich auf dem Berg Sinai getauft worden? Und ist euer Schiff auf dem Meer in einen Sturm geraten? Ich habe so viele Fragen. Kannst du nicht wenigstens ein paar Tage hierbleiben?«

Als es vor den Fenstern dämmrig wurde, beschloss Anne, dass Samiras Reisegruppe aus der Herberge geholt und im Palast untergebracht werden sollte.

Nachdem Samira viel von ihrer Pilgerreise erzählt hatte, ging es später eher um Lebensplanung und die Zukunft. Samira erzählte Anne, dass sie mit Massimo zusammen im Gewürzhandel Fuß fassen wollte, vielleicht in Köln, vielleicht auch in Norditalien. Samira hatte befürchtet, dass Anne ihr gram sei, weil sie das Angebot abgelehnt hatte, als Hofdame am französischen Hof zu bleiben, aber Anne war offensichtlich keineswegs verärgert, sondern versuchte nun einen Plan zu entwickeln, der es Samira ermöglichen würde, sie oft zu besuchen.

»Meinst du, dein Massimo könnte diese Gewürzmischung auch hier in Paris herstellen, dieses syrische Baharat, wie ihr es nennt?«

»Ich weiß nicht, ob die Zutaten hier zu bekommen sind, aber ja, wahrscheinlich schon«, meinte Samira nachdenklich. Sie fragte sich, was Anne mit der Frage bezwecken mochte.

»Ich würde das gerne mal probieren. Vielleicht kann er morgen in der Küche nachsehen, ob sie alle Zutaten haben. Ansonsten gibt es natürlich mehrere königliche Hoflieferanten, bei denen man nachfragen kann.«

Am Abend wurden Arnold, Christian und Massimo, nachdem sie eine eigene Zimmerflucht im Palast zugewiesen bekommen hatten, vor die Herzogin der Bretagne geführt. Sie waren von dem gemütlichen Frauenzimmer in ein repräsentativeres Empfangszimmer umgezogen und Anne hatte in einem prächtigen Sessel Platz genommen. Rechts hatte sie Samira und links eine weitere Hofdame postiert. Die anderen Hofdamen und Diener mit Tabletts, auf denen sich Speisen und Getränke befanden, hielten sich im Hintergrund. Das Kerzenlicht in dem dunkel getäfelten Raum wirkte gedämpft.

Auf ein Zeichen der Herzogin öffnete sich die Tür und Arnold betrat den Raum, hinter ihm Christian und Massimo. Arnold schaute sich suchend um und steuerte dann auf den thronartigen Sessel zu, aus dem sich Anne nun erhob. Der Sessel stand auf einem niedrigen Podest, sodass Anne einen Spann größer wirkte, als sie wirklich war. Arnold überblickte schnell das ganze Arrangement und unterdrückte den erstaunten Gesichtsausdruck, als er Samira in der prächtigen Robe neben Anne sah. Anne lächelte ihm zu und nickte zustimmend. Sie hatte den kurzen Blick der Überraschung gesehen.

Samira hatte indessen nur Augen für Massimo, der hinter Arnold ging und aufgrund des flackernden Kerzenscheins nicht gleich alles sehen konnte. Er machte einen mühsam unterdrückten, höchst alarmierten Eindruck und sah sich hektisch um, allerdings bewegte er sich langsam und besonnen.

Es dauerte eine Weile, bis er erkannte, dass die schöne Frau an der rechten Seite der Herzogin seine Samira war. Im Gegensatz zu Arnold gelang es ihm nicht, seinen Gesichtsausdruck zu verbergen, was unter den wartenden Hofdamen zu Heiterkeit führte.

Anne warf einen schnellen Seitenblick auf Samira, die ihren Freund strahlend anlächelte, und wandte sich dann wieder Arnold zu. Sie trat an den Rand des kleinen Podests und reichte ihm die Hand. Arnold verbeugte sich tief und führte ihre Hand an seine Stirn.

Anne begrüßte zuerst Arnold und dann Christian. Dann stieg sie von dem Podest und ging zu Massimo. Sie ergriff seine rechte Hand mit ihrer Linken und schaute ihm in die Augen. Er blickte auf sie herab, verwirrt und beunruhigt.

»Nun, dies ist also der junge Mann, für den meine wundervolle Samira mich so schnell wieder verlassen will.« Sie streckte ihre freie Hand nach Samira aus, die sich ein paar Schritte auf Anne zubewegte und die Hand ergriff. »Vielleicht sollte ich ihn für ein, zwei Jahre in den Kerker werfen lassen, damit du bei mir bleiben kannst.«

Massimos Gesicht verlor jede Farbe, seine Hand zuckte in Annes Hand zurück, aber sie hielt ihn eisern fest.

»Tja, Majestät«, meinte Samira breit grinsend, »unter diesen Umständen könnte es sein, dass Ihr nicht viel Freude an mir haben würdet.«

»Ich könnte dir drohen, dass ich ihn ein wenig foltern lasse, wenn du meinen Willen nicht erfüllst.«

Samira kicherte. Massimo verstand die Welt nicht mehr.

»Ich glaube, wir erlösen den Armen«, meinte Anne. »Der glaubt mir jedes Wort!« Sie führte die Hände der beiden zusammen und umfasste sie mit ihren Händen. Massimos Hand war eiskalt.

»Gib ihm schnell einen Kuss, bevor er uns noch umfällt«, meinte Anne lachend und wandte sich wieder Arnold zu.

Samira zog Massimo an sich und küsste ihn auf den Mund, was mit Applaus von den Hofdamen begrüßt wurde. Massimo hielt sich an Samira fest. Er hatte tatsächlich weiche Knie bekommen.

»Ihr habt mir einen riesigen Schrecken eingejagt«, flüsterte Massimo in ihr Ohr. Samira legte als Antwort den Kopf an seine Schulter.

»Du siehst wunderschön aus!«, setzte er ebenso leise hinzu.

Am nächsten Morgen wurde Massimo zum Koch der Herzogin in eine riesige Küche geleitet. Er begutachtete die Gewürzvorräte, die in einer eigenen Speisekammer verschlossen aufbewahrt wurden. Was noch fehlte, besorgte er bei einem Gewürzhändler in der Nähe des Palasts. Dann machte er sich unter dem strengen Blick des Kochs an die Arbeit, röstete und mörserte die verschiedenen Zutaten und präsentierte der Herzogin schließlich am Nachmittag drei Varianten seiner Gewürzmischung. Den Koch hatte er gebeten, Streifen von Hähnchen und Fisch anzubraten und Hirsebrei und Reis zu kochen, aber nur mit etwas Salz zu würzen. Der Koch war entsetzt, solche ungewürzten Speisen herauszugeben, aber Massimo hatte ihm erklärt, dass die Speisen erst am Tisch gewürzt werden sollten. Daraufhin hatte der Koch eingelenkt, aber betont, dass nicht er für die faden Speisen zuständig sei.

Vier große abgedeckte Steinguttöpfe standen vor Anne auf dem Tisch. Daneben eine Sauciere mit einer Soße aus eingekochtem Hühnerfond und Rahm. In drei Schalen standen Massimos Gewürzmischungen vor der Herzogin, auch diese waren abgedeckt, damit sich der Geruch nicht vermischte.

»Welches zuerst?« Anne schaute zu Massimo, der neben dem Tisch stand und ein konzentriertes Gesicht machte.

»Das Mittlere ist besonders mild. Damit würde ich anfangen. Das Linke ist mit Fenchel und Ingwer, das passt besonders gut zu Fisch und das Rechte ist das Schärfste, das solltet Ihr zum Schluss probieren.«

Anne nahm die erste Schale mit Gewürz, öffnete den Deckel und roch daran. Samira, die neben ihr stand, legte ein Stück Fisch und einen Streifen Huhn auf einen Teller, dazu je einen Löffel Reis und Hirsebrei. Mit einem goldenen Löffelchen gab Anne Baharat auf die verschiedenen Speisen auf ihrem Teller und probierte vorsichtig. Sie kaute bedächtig und schloss dabei die Augen. So probierte sie, ohne dass man ihr Mienenspiel deuten konnte, alle drei Gewürzvariationen. Dann lehnte sie sich in ihrem Stuhl zurück und schaute zu Massimo und Samira.

»Das war wirklich außergewöhnlich«, sagte sie nach einer kleinen Pause. »Ganz hervorragend!« Jetzt endlich zeigte ihr Gesicht eine Regung. Sie strahlte Massimo an.

»Du hast nicht zu viel versprochen«, lobte sie Samira. Die Hofdamen applaudierten.

»Meine Lieben«, wandte sie sich jetzt an die Hofdamen, »bitte probiert auch davon. Ich denke, daran könnte ich mich gewöhnen. Aber seid vorsichtig mit der dritten Variante, die ist höllisch scharf.«

Während sich die Hofdamen über die Gewürze und Probierstückchen hermachten, ging Anne mit Samira und Massimo in eine Ecke, von der aus Arnold und Christian das Schauspiel beobachtet hatten.

»Natürlich kenne ich solche exotischen Gewürzmischungen«, sagte Anne. »Aber normalerweise finde ich sie ein wenig dumpf und muffig. Das, was du hier gezaubert hast, war aber viel frischer. Wirklich ausgesprochen gut! Würdest du meinem Koch das Rezept verraten?«

»Majestät, es ist nicht nur das Rezept«, begann Massimo, wurde aber von Anne unterbrochen.

»Nenn' mich Anne, wir sind hier unter uns«, brummte sie barsch.

»Anne«, Massimo wurde rot, »das Rezept allein ist es nicht, es hängt auch von den richtigen Zutaten ab. Die Qualität ist nicht immer gleich, und wenn die Zutaten zu alt sind oder schlecht gelagert, verlieren sie das Aroma.«

»Er müsste seine Nase hierlassen«, setzte Samira hinzu.

»Naja, ohne den Rest von ihm würde das wohl nicht viel nützen«, meinte Anne. Sie lächelte Samira verschwörerisch zu.

»Du willst mir also sagen, dass deine überragende Erfahrung dabei hilft, gute Gewürze zu finden?«, fragte Anne.

»Ich ... ähm ... Ja!« Massimos ohnehin schon rote Gesichtsfarbe wurde noch ein wenig dunkler.

»Keine falsche Bescheidenheit, bitte. Du meinst also, dass mein Koch diese Gewürzmischung wahrscheinlich nicht zubereiten kann.«

Massimo wand sich, ihm war es unangenehm, sich so in den Vordergrund zu spielen. »Ja, schon«, sagte er.

»Könnte er es lernen?«

»Sicher, er ist ein guter Koch. Aber es braucht viel Erfahrung, die ich auf den Märkten in aller Herren Länder gemacht habe. Und außerdem meint Euer Koch, dass ein gutes Gericht mit großen Mengen Pfeffer gewürzt sein muss. Ich persönlich esse lieber nicht so scharf, aber dafür mit mehr Aroma. Immer nur Pfeffer ist zwar teuer, aber langweilig.«

»Zeige ihm bitte trotzdem, wie du dieses Baharat gemacht hast und ich werde ihm schon klarmachen, was ich von ihm erwarte.«

Zwischen Annes Augenbrauen bildete sich eine steile Falte. Offensichtlich rechnete sie mit Ärger.

Am Abend bat die Herzogin der Bretagne nur Samira und Massimo zu sich. Die Hofdamen waren schon in ihre Unterkünfte geschickt worden und nur Renée wartete Anne auf. Sie saß vor dem Feuer in einem der kleinen Sessel, vor sich einen Beistelltisch mit einem Krug mit Rotwein und mehreren Glaspokalen. Daneben lag eine Mappe mit Schriftstücken.

Anne bat Samira und Massimo, Platz zu nehmen und Renée schüttete Wein in die Pokale, sorgsam darauf bedacht, nicht über der Schriftmappe einzuschenken.

»Ihr könnt euch nicht vorstellen, wie ärgerlich diese Warterei auf eine Botschaft des Papstes ist. Jetzt will er, dass gewissermaßen als Gegenleistung einer seiner Söhne eine französische Prinzessin heiratet. Als wenn die irgendwo auf den Bäumen wachsen würden!«

Sie nahm einen Schluck Wein. Trotz ihrer Verärgerung nahm sie sich einen Moment Zeit, dem Aroma des Weins nachzuspüren.

»Das einzig Gute an der ganzen Geschichte«, fuhr sie fort, »ist, dass ich endlich mal nicht schwanger bin. Zum ersten Mal seit sieben Jahren sitze ich hier ohne dicken Bauch.« Anne blickte in die Ferne, aber nur für einen Moment, dann kam ihr Blick wieder in die Gegenwart zurück.

Samira rechnete im Kopf zurück. Anne war einundzwanzig, also war sie, seit sie vierzehn war, fast dauernd schwanger gewesen. Insgesamt hatte sie Karl sechs Kinder geboren, die aber alle vor ihrem Vater gestorben waren. Daher war Anne nun gezwungen, den Nachfolger von Karl, seinen Cousin Ludwig XII. zu heiraten, um sich und die Bretagne zu schützen.

»Aber nun zu euch. Samira, du willst selbst bestimmen, welchen Mann du heiratest und verzichtest daher auf die Möglichkeit, in meine Dienste zu treten und vielleicht einmal einen französischen Adligen zu heiraten. Für eine ehemalige Sklavin aus Ägypten wäre das ein wirklich großer Aufstieg, bedenke das!«

Anne hatte eine Art, messerscharf eine Situation zu beschreiben, hatte Samira bemerkt. Sie blickte zu Massimo, der ein unglückliches Gesicht machte.

»Vielleicht ist das ja der Grund«, begann Samira bedächtig, »dass ich mir mein weiteres Leben von niemandem mehr vorschreiben lassen will. Ich bin mit der Gewissheit aufgewachsen, dass ich nie im Leben meine eigenen Entscheidungen treffen würde und jetzt hat man mir diese Möglichkeiten gegeben. Daher will ich mich auch nicht in weitere Abhängigkeiten begeben, auch nicht bei der zukünftigen Königin von Frankreich.« Sie lächelte Anne entschuldigend an.

»Du bist mutig. Du wagst es, mir zu widersprechen, wenn auch auf eine charmante Art, und du wagst es, dein Leben selbst in die Hand zu nehmen.« Sie griff zu Samira herüber und streichelte ihre Hand. »Aber ich habe schon mit dieser Antwort gerechnet und daher bereits etwas vorbereitet.«

Sie griff nach der Mappe und schlug sie auf, während Renée das Tablett mit der Weinkaraffe auf einem anderen Tisch in Sicherheit brachte.

»Hier sind Urkunden und Geleitbriefe, die euch als königliche Gewürzlieferanten ausweisen. Außerdem Wechsel, die ihr bei den Fuggern in einen jährlichen Unterhalt von zweihundert niederrheinischen Gulden und Mittel zum Ankauf von Gewürzen in Höhe von fünfhundert Gulden eintauschen könnt. Alles ist schon gesiegelt und muss nur noch von euch unterschrieben werden, natürlich vor Zeugen. Ihr könnt die Schriftstücke mit in eure Unterkunft nehmen und sie auch eurem Ritter Arnold zeigen, der sollte sich mit so etwas auskennen.« Sie klappte die Mappe wieder zu und reichte sie Samira.

»Solltet ihr bereit sein, noch etwas anderes für mich zu tun«, sie senkte die Stimme, obwohl außer Renée niemand zugegen war, »dann würde ich euch dafür zusätzlich bezahlen.«

Samira schaute sie verwirrt an.

»Nun, ich meine, wenn man wie ich mehr oder weniger an einen festen Ort gebunden ist, dann braucht man Informationen, um die Welt zu verstehen. Ihr werdet, wenn ihr euch auf unsere Abmachung einlasst, viel in der Welt herumreisen und dabei auch viele Informationen sammeln können. Und für diese Informationen kann man an der richtigen Stelle Geld bekommen.«

»Ihr wollt, dass wir für Euch spionieren.« Massimo runzelte die Stirn. Er warf einen Blick zu Samira, deren Gesicht auch Missbilligung ausdrückte.

»Nein, so würde ich es nicht ausdrücken. Ich brauche Informationen, um mich richtig entscheiden zu können. Dazu muss ich wissen, wie zum Beispiel die Stimmung in

Herzogtümern und Königreichen um uns herum ist. Seht es also als euren Beitrag zu einer friedlicheren Welt, wenn ich mit eurer Hilfe die richtigen Entscheidungen treffen kann.« Sie lächelte Samira und Massimo an. »Und im Übrigen gebt ihr mir nur die Informationen, mit denen ihr selbst gut leben könnt.«

Es wurde eine lange Nacht. Nach der Rückkehr in ihre Räume klopfte Massimo bei Arnold und Christian an und sie studierten gemeinsam die Unterlagen der Herzogin. Auch Christian hatte aufgrund seiner Ausbildung zum Scriptor rechtliche Kenntnisse und diskutierte mit Arnold das Für und Wider der Verträge. Schließlich kamen sie überein, eine Nacht darüber zu schlafen.

Am nächsten Vormittag kamen sie bei der Herzogin zusammen und unterschrieben in Anwesenheit eines Advokaten die Unterlagen.

Zurück in ihrem Zimmer schmiss sich Massimo auf das Bett.

»Großer Gott, wir sind reich!« Er legte die Hände vor sein Gesicht. »Jetzt müssen wir nur noch heiraten.«

»Na also, ich dachte schon, du fragst nie«, schnurrte Samira. Ihre Löwenaugen funkelten. »Hilf mir bitte aus diesen Kleidern.«

Burg Wilhelmstein, November 1498

Am Martinstag, dem 11. November 1498, regnete es. Lis, die trotz des schlechten Wetters nach den Gänsen gesehen hatte und auf dem Rückweg im Kräutergarten einige noch brauchbare Kräuter für die Küche geerntet hatte, lief über den Wehrgang der Südmauer auf den Bergfried zu. Sie liebte diesen Weg, denn man konnte zwischen den Zinnen hindurch über die Bäume weit in die Ferne sehen. Nebelschwaden stiegen über dem Wald am Hang des Wurmtals auf. Unter den Bäumen, die noch letztes Laub trugen, hatte die Dämmerung schon Einzug gehalten. Dennoch erspähte sie mit ihren scharfen Augen eine Bewegung auf dem Weg, der von Süden her am Hang entlang auf die Burg zuführte. Ein Pferd schnaubte und Zaumzeug klirrte.

Lis rannte los, auf dreckigen nackten Füßen, schlüpfte durch die schmale Mannpforte in den Bergfried, durchquerte den Mannschaftsraum ebenfalls im Laufschritt und rannte dann so schnell sie konnte die Treppe des Palas in den zweiten Stock empor. Sie öffnete die Tür zum Schreibzimmer, wo sich, wie sie erwartet hatte, Franziska und Ria aufhielten. Sie hatten gegen die beginnende Dämmerung zwei Kerzen auf dem Schreibtisch angezündet und schrieben Informationen aus den Unterlagen von Christian und Arnold ab.

»Von Staggia nach Siena zehn Meilen und weiter nach Buonconvento acht ...«, sagte Ria, als Lis die Tür aufriss. Franziska und Ria drehten sich zu ihr um.

»Was ist los, Lis, dass du hier hereinstürzt, wie das Jüngste Gericht«, fragte Ria.

Lis musste erst wieder zu Atem kommen. Mit den Händen stützte sie sich auf den Knien ab. Der Kräuterstrauß in ihrer Linken sah recht ramponiert aus.

»Wie oft muss ich dir noch sagen, dass du bei diesem Wetter Schuhe anziehen sollst?«, fragte Franziska mit einem missbilligenden Blick auf ihre dreckigen Füße.

»Aber die Schuhe werden doch schmutzig«, japste Lis.

»Ist aber nicht wichtig«, unterbrach sie sich selbst. »Auf der Straße nach Aachen kommen Reiter, sechs Leute, einer muss sein Pferd führen, weil es lahmt.«

»Arnold?« Ria schaute fragend zu Franziska herüber.

»Wird langsam Zeit. Wenn sie nicht bald wieder da sind, kommt ihnen der Winter zuvor.« Sie hörte selbst, wie wenig Begeisterung in ihrer Stimme war. Und wenn sie Änni noch lebend wiedersehen wollen, setzte sie in Gedanken hinzu.

Doch ihre Schwester kannte sie gut genug, um den unausgesprochenen Zusatz auch ohne Worte verstanden zu haben. Anna van Elsums Beschwerden waren mit dem Ende des Sommers wieder schlimmer geworden. Die Gicht hatte ihre Hände in Klauen verwandelt, mit denen sie nichts mehr anfangen konnte und auf ihren Füßen konnte sie allenfalls ein paar Schritte gehen. Am schlimmsten aber war, dass sie immer schwächer und dünner wurde. Zusammen mit dem Körper wurde auch ihr Lebensmut immer geringer und Franziska hatte den Eindruck, dass sie nur noch weiterlebte, um Arnold noch einmal sehen zu können, der für sie der Sohn war, den sie selbst nie hatte.

»Lass uns nachsehen, wer es ist«, meinte Ria. »Aber du bringst diesen jämmerlichen Kruutwöösch in deiner Hand vorher noch schnell in die Küche«, sagte sie zu Lis, die auch sofort davonstob. »Sag in der Küche Bescheid, dass sie das Feuer anfachen und Wasser im größten Kessel heiß machen sollen«, rief sie ihr noch hinterher.

Auf dem Weg nach draußen nahmen sie zwei warme Umhänge vom Haken. Es waren nur wenige Schritte vom

Seiteneingang des Palas zur kleinen Zugbrücke, die über dem Graben zwischen Vorburg und Kernburg lag. Dort kam ihnen ein Knappe entgegen.

»Herrin, der Anführer der Gruppe behauptet, Arnold von Harff zu sein. Er wird begleitet von zwei Rittern, einem Mann, der Christian Schreiber heißt, einem Mann aus Verona und einer schwarzen Frau. Weil keiner der Wachen jemanden aus der Gruppe persönlich kennt, werden sie zur Sicherheit von vier Soldaten der Wachmannschaft bis hierher eskortiert und natürlich wurden sie vorher auf Waffen untersucht, aber seid trotzdem vorsichtig.«

Franziska spürte ein mulmiges Gefühl im Bauch. Sie fühlte in sich hinein, denn eigentlich hatte sie immer gedacht, dass sie sich freuen würde, wenn Arnold wieder zu Hause ankommen würde. Jetzt jedoch war von Freude keine Spur.

Eher empfand sie eine vage Enttäuschung und in einer Ecke ihrer Seele lauerte immer noch die rote Wut, die sie verspürte, weil Arnold und Christian sie nicht auf die Pilgerfahrt mitgenommen hatten.

Während sie in Richtung Burgtor spähte, erkannte sie auch, dass sie es genossen hatte, die Herrin der Burg zu sein und alle Entscheidungen selbst treffen zu können. Sie nahm sich vor, auch weiterhin so aufzutreten. Schließlich hatte sie die Wintervorräte angelegt und wurde von allen, die nicht dem Burgvogt unterstanden, um Rat und Entscheidungen gebeten.

Der Weg vom Tor zur Hauptburg stieg zuerst steil an und senkte sich dann zur Hauptburg wieder ab, sodass sie die Ankömmlinge erst sehen konnten, als sie etwa ein Drittel des Weges zu ihnen zurückgelegt hatten.

»Sollen wir ihnen nicht entgegengehen?«, fragte Ria ungeduldig.

»Nein, wir bleiben genau hier stehen. Das ist unsere Burg«, brummte Franziska. Ein Seitenblick in Rias Gesicht zeigte ihr, dass ihre kleine Schwester sich tatsächlich freute. Keine Spur von Zweifel oder Angst war in ihren Zügen zu sehen.

Franziska wusste schon, dass es Arnold war, als sie sein Gesicht noch nicht sehen konnte. Sie erkannte ihn an seinem Schritt. Die Gruppe wurde von zwei Fackelträgern angeführt, die rechts und links des gepflasterten Weges gingen. Arnold kam als Erster, neben ihm schritt ein Mann, der sie entfernt an den jungen Novizen erinnerte, den sie damals in Köln gepflegt hatte. Sie kramte in ihrem Gedächtnis nach den Gesichtszügen, aber sie glaubte, sie würde ihn bei einer zufälligen Begegnung nicht wiedererkennen. Er war noch ein Stück gewachsen, seine Schultern waren durch das viele Reiten breiter geworden. Die einst jungenhaften, freundlichen Gesichtszüge waren kantiger, die Haut noch braun von der Sommersonne mit feinen Lachfältchen in den Augenwinkeln. In seinen braunen Augen lag aber immer noch der gleiche fragende Blick wie damals. Ja, sie war jetzt sicher, dass auch Christian wieder nach Hause gekommen war.

Dahinter kam ein rothaariger junger Mann, der die Hand einer schwarzen Frau hielt. Franziska vermutete, dass es sich um Massimo aus Verona und die ägyptische Sklavin Samira handelte. In ihren Mienen spiegelte sich vorrangig Erschöpfung und eine Art stiller Freude wider. Hinter ihnen, außerhalb des Fackelscheins folgten noch zwei weitere Gestalten, die Franziska unbekannt vorkamen.

Arnold trat vor und richtete das Wort an Franziska.

»Franziska«, sagte er leise, »erkennst du mich?«

»Ja, Herr!« Franziska musste sich räuspern. Der Augenblick fühlte sich irgendwie feierlich an, so wie der Einzug der Heiligen Drei Könige. Sie schüttelte diesen Gedanken ab, weil ein unkontrolliertes Lachen in ihr aufzusteigen drohte.

Dann drehte sie sich um und erhob die Stimme. »Arnold von Harff ist von seiner Pilgerreise nach Hause zurückgekehrt. Lasset uns dem lieben Herrgott und der Heiligen

Mutter Maria und allen Heiligen danken, dass wir hier auf Burg Wilhelmstein wieder zusammengeführt wurden.« Applaus und Jubelrufe kamen sowohl von der Vorburg als auch vom Burghof der Kernburg auf. Die bewaffneten Wachen nahmen die Hände von ihren Schwertern und stimmten in den Jubel ein.

Ria trat unauffällig einige Schritte zurück unter den Torbogen und wandte sich zu den hinter ihr Stehenden um.

»Lis, du kümmerst dich darum, dass die Zimmer fertig gemacht werden. Aber wasch dir vorher die Füße. Gerta sorgt dafür, dass Brot, Käse und Wein auf der großen Tafel im Palas bereitstehen. Sorgt danach außerdem für ein angemessenes Abendessen. Martin kümmert sich um die Kamine, wir wollen im Palas nicht frieren. Jemand bereitet den großen Badezuber in der Badestube neben der Küche vor.«

»Das mach ich«, meldete sich eine junge Magd.

»Danke, Barbara. Alle anderen haben jetzt etwas zu tun.« Sie scheuchte sie alle zu ihren Aufgaben zurück. Dann trat sie wieder zu Franziska. Zwischen ihnen stand der kleine braunweiße Hund und schaute zu ihnen empor. Als Arnold einen Schritt auf Franziska zuging, machte Waldfee einen Satz nach vorne und kläffte ihn aufgeregt an.

»Waldfee, lass das«, sagte Ria. Sie nahm das unwirsche Fellbündel zur Sicherheit auf den Arm.

»Mijnheer, wir suchen uns dann mal einen Platz in den Mannschaftsquartieren«, meldete sich einer der Ritter in Arnolds Begleitung. »Bei der Begrüßung der Familie stören wir doch nur.«

Arnold wandte sich an den Anführer der Wachmannschaft.

»Das sind zwei Ritter in meinen Diensten, Pieter Zeilmaakers und Jakob Blijlevens. Bitte weist ihnen Unterkünfte zu und versorgt sie.« Dann drehte er sich wieder zu Franziska um und schloss sie in seine Arme.

»Du bist groß geworden.« Er ließ offen, ob er ihre Körpergröße oder etwas Anderes meinte. »Lass uns in Trockene gehen, hier läuft mir das Regenwasser den Rücken runter bis in die Stiefel.«

Ria setzte den kleinen nassen Hund wieder auf den Boden und legte, auch wenn es auf den letzten paar Schritten wenig brachte, ihren Umhang der dunkelhäutigen Frau um, denn diese hatte angefangen, mit den Zähnen zu klappern. Samira lächelte ihr dankbar zu. Böiger Wind war aufgekommen und trieb Regenfahnen um den Bergfried, der dunkel über ihnen aufragte. Franziska führte sie um die Ecke des Bergfrieds zum Seiteneingang des Palas.

»Kommt hier herüber zum Kamin.« Jemand hatte ordentlich Holz nachgelegt.

»Willkommen zu Hause!« Franziska versuchte, eine passende Stimmlage zu finden. Sie fühlte sich seltsam befangen. Ganz im Gegensatz zu ihrer jüngeren Schwester.

»Wollt Ihr uns nicht Eure Begleiter vorstellen?«, fragte sie keck, bevor die Situation peinlich werden konnte.

»Vielleicht stellt Ihr Euch selbst erst mal vor«, knurrte Arnold.

Franziska hatte sich wieder gefangen. Dankbar legte sie Ria einen Arm um die Schulter.

»Das ist ...«, hob sie an, wurde aber von Ria unterbrochen.

»Aber Ihr kennt mich doch«, meinte sie und grinste Arnold frech an.

»Nun, es ist zwei Jahre her, aber ich erinnere mich normalerweise an jedes Gesicht.« Arnold musterte sie nachdenklich, schüttelte dann den Kopf.

»Nun, ihr habt euch damals nur kurz gesehen«, half Franziska nach. Dieses Spiel kannte sie und fühlte sich sicher. »Sie hatte ganz entschieden etwas dagegen, ein Mädchen zu sein und du hast ihre Tarnung zerstört.«

Verblüffung machte sich auf Arnolds Gesicht breit. Auch Christians Blick sah nicht sehr schlau aus. Arnold sank auf einen Stuhl, der am Feuer bereit stand.

»Der Führer in den Katakomben! Natürlich!« Arnold dachte einen Moment nach. »Ich hab' doch gewusst, dass aus diesem spilligen Kerlchen mal eine schöne Frau wird.« Er schüttelte den Kopf.

»Danke«, sagte Ria mit einem frechen Zwinkern in den Augen und strich sich das Kleid über der Brust glatt.

»Aber wie kommt sie her? Sie ist die Tochter eines Verbrecherkönigs in der Kölner Unterwelt.«

»Oh, das ist eine sehr lange Geschichte«, meinte Franziska, »die wir mal in Ruhe und ausführlich erzählen werden. Die Kurzfassung ist«, hier machte Franziska eine kleine Kunstpause und schaute allen in die gespannten Gesichter, bevor sie fortfuhr. »Die Kurzfassung ist, sie heißt Maria, genannt Ria und ist meine Schwester.«

Blanke Fassungslosigkeit lag jetzt in Arnolds Blick. Man sah ihm an, dass er nicht wusste, ob er lachen oder weinen sollte.

»Gibt's hier was zu trinken?«, krächzte er. Eine Magd kam Augenblicke später mit einem Becher Würzwein. Arnolds Hände zitterten. »Gibt's vielleicht auch ein ordentliches Bier?«

»Jetzt seid ihr dran«, wandte sich Ria an die anderen. Massimo und Christian blickten sich unschlüssig an. Also ergriff Samira das Wort.

»Ich bin Samira. Die drei hier nennen mich Samira von Nubien.« Samira machte einen Schritt auf Franziska zu. »Ihr müsst Franziska sein, die Pflegetochter von Arnold. Sagt man das so?«

»Ja, das kann man so sagen!« Sie ergriff die Hände von Samira. Sie waren eiskalt. »Sag du, bitte. Du bist ganz kalt, wir haben ein warmes Bad vorbereiten lassen. Möchtest du baden?«

»Ja. Sehr gerne!« Samira zog Franziska dankbar in die Arme. Der kleine Hund auf Rias Arm knurrte warnend. »Und noch mal danke für eure Fürsorge.« Sie drehte sich zu Massimo um. »Hilfst du mir mit dem Gepäck?«

Franziska sah sich nach Lis um. »Zeig ihnen bitte, wo der Baderaum ist.«

»Massimo di Verona, zu Euren Diensten!« Massimo verbeugte sich hastig vor den Schwestern und eilte dann Lis und Samira hinterher.

Ria kicherte, als sie weg waren. Arnold hatte sich inzwischen wieder gefangen.

»Wir sollten sie verheiraten, bevor Samira schwanger wird«, brummte er und zeigte dann auf Christian.

»Christian kennt ihr ja schon.«

»Hm, ich hätte ihn nicht wiedererkannt«, sprach Ria die Gedanken von Franziska laut aus.

»Was ist eigentlich aus Lena und Hans geworden?«, fragte Christian, was Franziska einen unerklärlichen Stich versetzte.

»Die sind in meinem Haus in Köln und versuchen sich als Gewürzhändler«, antwortete Ria. »Sie sind letztes Jahr kurz vor Weihnachten hier angekommen, mehr tot als lebendig und Lena hat hier ihr Kind bekommen, eine Tochter. Im Sommer sind sie zurück nach Köln gegangen.«

»Wir haben nicht herausbekommen, was ihnen Schlimmes auf der Heimreise widerfahren ist«, setzte Franziska hinzu.

»Die Wege des Herrn sind unergründlich«, murmelte Arnold nachdenklich, als sie zum Tisch auf der Empore hinübergingen. Nur Ria hatte Franziskas Gesichtsausdruck bemerkt und überspielte die seltsame Stimmung ihrer Schwester mit Fragen.

»Was meint Ihr damit?«

»Nun, unsere jungen Turteltäubchen haben es in Paris in kürzester Zeit geschafft, zu königlichen Gewürzhändlern zu werden. Anne de Bretagne, die zukünftige Königin von Frankreich, hat Samira in ihr Herz geschlossen und ihr und Massimo angeboten, als Gewürzhändler für sie zu arbeiten. Und jetzt sind Hans und Lena plötzlich auch in den Gewürzhandel eingestiegen. Seltsame Zufälle sind das.«

»Ich finde das gar nicht zufällig«, meinte Ria scharfsinnig. »Die beiden haben bei Euch schon mitbekommen, dass der Handel mit Gewürzen unglaubliche Gewinne verspricht und in den Unterlagen, die ihr immer wieder hierher geschickt habt, ging es auch immer wieder um Gewürze, Preise und Handelswege. Da war es doch naheliegend, sich darüber Gedanken zu machen. Die beiden wollten sich vom Handel ihrer Familien distanzieren – sie haben wohl nicht das beste Verhältnis – und waren auf der Suche nach neuen Möglichkeiten.«

Arnold nickte nachdenklich. »Du hast recht, denke ich. So ganz zufällig war es wohl nicht. Was sagt der Herzog dazu?«

Ria lächelte. »Die Herzogin hat uns aufgetragen, alle wichtigen Entscheidungen mit ihr zu besprechen. Sie will Lena und Hans unterstützen. Der Herzog will sich in Zukunft auch als Händler versuchen und braucht dazu geeignete Leute. Das Problem ist wohl, dass die Zünfte in Köln eifersüchtig darüber wachen, wer unter ihrem Schutz und in ihrer Stadt Handel betreiben darf.«

»Aus gutem Grund! Wenn sie den Handel einfach freigeben, lassen sie ja eine Konkurrenz zu, die ihre Gewinne schmälert. Das wird den alteingesessenen Familien nicht gefallen.«

Zusammen mit dem Essen, das gerade aufgetragen wurde, kamen auch Massimo und Samira zurück in die große Ritterhalle. Samira hatte die einfache braune Pilgerkleidung gegen ein helles Unterkleid und ein einfaches dunkles Gewand getauscht. Lächelnd erzählte sie, dass Lis erfolglos versucht hatte, die dunkle Farbe im Badezuber von ihrer Haut zu schrubben. Lis wurde rot, sagte aber nichts.

»Gerade haben wir über den Gewürzhandel geredet«, sagte Arnold. »Herzog Wilhelm ist auch sehr an Pfeffer und anderen Gewürzen interessiert und hat Lena und Hans in seine Dienste genommen, die sich in Köln in seinem Auftrag als Gewürzhändler versuchen. Es dürfte kein Problem sein, Gewürze zu kaufen und an den Herzog oder Anne de Bretagne weiterzugeben. Aber mit Gewinn zu verkaufen, das ist nicht erlaubt und man müsste zunächst in die Zunft aufgenommen werden.

Nun, wir werden sehen«, beendete Arnold das Thema, nachdem er einen Schluck Wein genossen hatte. »Kommen wir zu anderen Fragen. Was ist mit meiner lieben Änni, lebt sie noch? Wir haben uns auch deshalb so beeilt, weil ihr in euren Briefen angedeutet habt, dass es ihr nicht gut geht.«

»Sie hat große Schmerzen und deshalb kurz vor eurer Ankunft einen Trank mit Mohnsaft bekommen. Danach schläft sie immer bis zum nächsten Morgen«, sagte Franziska. »Wie lange sie noch leben wird, wissen wir nicht. Aber ich fürchte, dass sie nur noch für den Moment weiterlebt, an dem sie sich von dir verabschieden kann.« Arnold wechselte schnell das Thema.

»Was ist mit den Unterlagen und Notizen, die wir an euch oder den Herzog geschickt haben«, fuhr Arnold fort. »Sind sie alle hier angekommen?«

Über den baldigen Tod von Änni wollte er heute Abend lieber nicht mehr nachdenken.

»Wir haben alles aus Köln mitgenommen, auch die Bücher mit den Reiseberichten. Die Unterlagen scheinen komplett zu sein, auch wenn sie auf abenteuerlichen Wegen über Jülich, Köln oder Heinsberg hierhergekommen sind«, sagte Franziska.

»Wir haben alles sortiert und in die richtige Reihenfolge gebracht und Franzi hatte die Idee, eine Liste aller Orte zu schreiben, die ihr besucht habt«, setzte Ria hinzu.

»Ich hoffe, ihr habt nicht alles durcheinandergebracht«, warf Christian ein, der bisher recht schweigsam gewesen war.

»Natürlich, wir sind ja dumme Mägdelein«, gab Ria giftig zurück. »Wir haben alles nach den Anfangsbuchstaben sortiert, war das falsch?«

Alle lachten über die schlagfertige Bemerkung. Auch Christian lachte mit, aber er nahm sich vor, gleich morgen in aller Frühe die Unterlagen zu sichten. Schließlich war er es, der aus dem Wust an Aufzeichnungen ein Buch schreiben sollte.

»Gibt es fürs Erste sonst noch etwas, was wir dringend besprechen müssten?« Arnold gähnte. »Sonst würde ich mich jetzt nämlich zurückziehen.«

»Nun, der hübsche blonde Engel hier hat neuerdings einen Verehrer.« Ria stupste Franziska mit dem Ellbogen an.

»Ria«, zischte Franziska aufgebracht, aber diese redete einfach weiter.

»In den letzten Monaten hat ein Ritter ihr den Hof gemacht, Johann von Palandt. Er sieht gut aus und hat hervorragende Manieren. Normalerweise kommt er immer am ersten Sonntag im Monat her, überbringt Geschenke und führt unsere Franzi zum Kirchgang aus. Letzten Sonntag war er aber nicht da, also gehe ich mal davon aus, dass Ihr ihn am kommenden Sonntag kennenlernen werdet.«

»Johann von Palandt, das kommt mir bekannt vor. Großer blonder Kerl, hat ein kleines Landgut in der Nähe von Erkelenz?«

»Genau der ist es!«

»Eine gute Partie, meine liebe Franziska. Dann können wir ja bald eine Doppelhochzeit feiern.« Arnold erhob sich. »Mir fallen die Augen zu und deshalb empfehle ich mich!«

Auch Christian ließ sich von Lis seine Unterkunft zeigen. Er ging mit einem undeutlichen Gefühl des Verlusts ins Bett. Die Rückkehr nach Hause, wo immer das auch sein mochte, hatte er sich irgendwie anders vorgestellt. Obwohl er todmüde war, fiel es ihm schwer, einzuschlafen.

Anna van Elsum hatte darauf bestanden, dass man ihr half, ihr bestes Kleid anzuziehen und sie in den schweren Lehnstuhl zu setzen. Dann erst erlaubte sie Arnold, ihr Zimmer zu betreten. Jemand hatte die Läden weit aufgestoßen, um frische Luft und Sonne hereinzulassen, denn über Nacht war die Wolkendecke aufgerissen und der Morgen versprach, ein warmer spätherbstlicher Tag zu werden.

Arnold kniete vor der alten Frau nieder und ergriff vorsichtig ihre gichtverkrümmten Hände, die kraftlos auf der Decke lagen, die über ihren Beinen ausgebreitet war.

»Du hast dir aber ganz schön Zeit gelassen, Jung«, brummte Änni.

»Ich habe mich so beeilt, als ich hörte …« Er ließ den Satz unbeendet, aber Änni verstand ihn trotzdem.

»Der Tod hat schon mehrfach an meinem Bett gestanden, aber ich habe ihn weggeschickt.« Langsam hob sie eine Hand und berührte seine Wange.

»Hast du alles erreicht, was du erreichen wolltest?«, fragte sie und ihre Augen funkelten.

»Ja, liebste Änni, ich habe alles gesehen, was ich mir vorgenommen habe.«

»Nur diese Insel mit dem Fegefeuer des heiligen Patrick nicht?«

»Nein, das nicht, es wäre zu beschwerlich gewesen, im Winter über das Meer zu fahren.«

»Du wirkst verändert, irgendwie weiser und reifer.«

Arnold schmunzelte. »Man geht auf eine Pilgerreise, um weiser und reifer zu werden.«

»Du weißt genau, was ich meine«, brummte Anna. »Mach dich nicht über eine alte Frau lustig!« Über ihre eingefallenen Züge ging ein Lächeln.

»Nein, ich weiß, was du meinst. Ich habe meinen Frieden mit diesem unmöglichen Jan van Issum gemacht. Wir sind zwar nicht als beste Freunde voneinander geschieden, aber wir haben unser Zusammentreffen beide ohne schlimmere Blessuren überlebt.«

»Weißt du, Jung, das nimmt mir eine große Last. Jetzt kann ich in Ruhe von hier weggehen.«

»Änni, du wirst noch nicht ...«

»Ich weiß, was ich schon die ganze Zeit spüre, also mach mir keine Vorschriften!« Sie wechselte das Thema. »Du hast diesen jungen Schreiber Christian wieder mitgebracht und einen jungen Rotschopf aus Italien und eine große, schwarze Frau aus Afrika.«

»Lis, dieses unmögliche Plappermaul.«

»Ja, sie hat mir heute Morgen beim Anziehen geholfen. Sie ist ein gutes Mädchen, sorge für sie, wenn ich euch verlassen habe.«

Wieder wollte Arnold Einwände erheben, doch Anna machte eine ungeduldige Handbewegung.

»Und hast du den Heiligen Vater getroffen?«

»Ja, und den Sultan von Kairo, den Kaiser von Konstantinopel und den König von Frankreich.«

»Das ist gut! Ich bin stolz auf dich.« Änni machte eine Pause und schloss erschöpft die Augen.

Arnold traute sich nicht, sie zu stören, indem er sich bewegte. Voller Trauer betrachtete er das Gesicht seiner alten Amme. Er ertappte sich dabei, wie er in Gedanken schon Abschied von ihr nahm.

»Was machst du denn die ganze Zeit da auf dem Boden?«, knurrte sie plötzlich, als Arnold schon dachte, sie wäre eingeschlafen. »Setz dich zu mir und erzähl mir was.«

»Wie wäre es mit Krokodilen, Palmen und Pyramiden«, fragte Arnold betont fröhlich. Er zog sich einen einfachen Schemel näher heran.

»Genau richtig für ein altes Fräuchen wie mich.« Sie schloss die Augen und griff nach seiner Hand. Arnold liefen Tränen über das Gesicht, aber er bemühte sich, seine Stimme unter Kontrolle zu halten.

Er erzählte ihr von den Schiffen mit den weißen Dreieckssegeln auf dem großen Strom Nil, von den furchterregenden Krokodilen, vom Palast des Saladin, den Pyramiden, den Dattelpalmen mit den süßen Früchten und von den Löwen in der Wüste.

Als er fertig war, hatte Anna von Elsum aufgehört zu atmen. Arnold hob sie aus dem Sessel und legte sie auf ihr Bett. Stundenlang saß er an ihrer Seite und weinte um sie.

Christian konnte schon im ersten Morgengrauen nicht mehr schlafen. Er zog sich an und machte sich auf die Suche nach der Bibliothek, wo die Unterlagen aufbewahrt wurden, wie Franziska gesagt hatte. In der Nacht hatte er Arnold eine Zeit lang bei der Totenwache beigestanden und danach konnte er nicht mehr einschlafen.

Zu seiner Überraschung saß Franziska an einem schweren Schreibtisch und hatte vor sich ein Paket mit Unterlagen. Er trat hinter sie und schaute über ihre Schulter. Sie schrieb das Wort zu Ende, legte vorsichtig die Feder beiseite und drehte sich halb zu ihm um.

»Wir haben schon vor einiger Zeit angefangen, ein Verzeichnis aller Orte anzulegen, mit Entfernungsangaben und diesen komischen Zahlen, die Arnold mit seinem Astrolabium ermittelt hat.« Sie hatte vom Weinen gerötete Augen, machte aber einen gefassten Eindruck.

»Das, äh, ist großartig.« Christian wusste nicht, was er sagen sollte.

»Ja, wir dachten, so können wir herausfinden, ob etwas fehlt. Aber das ist gar nicht so einfach.«

»Wahrscheinlich geht das nur, wenn man den Weg selbst zurückgelegt hat.«

Franziska nickte. »Ich wollte die Listen unbedingt fertig haben, wenn ihr wieder da seid und sie dann mit euch zusammen durchgehen.«

»Und, bist du fertig geworden?«

»Das ist ja das Problem, ich weiß es nicht. Ich kann nicht sagen, ob Dalmatien an Venetien grenzt oder ob da noch etwas dazwischen ist.«

»Nun, dann lass es uns zusammen durchgehen.« Er zog sich einen Schemel näher und setzte sich neben sie. Franziska packte die Unterlagen wieder in die Lederhülle und nahm ihre eigenen Aufzeichnungen zur Hand.

»Von Parenzo nach Venedig, seid ihr da über Land oder mit einem Schiff unterwegs gewesen. Da gibt es zwar eine Liste mit Orten, aber die liegen alle an der Küste.«

Christian fühlte sich immer ein wenig befangen, wenn er Franziska so nah war. Er konnte sich das auch nicht wirklich erklären, aber immer wieder, wenn er in ihrer Nähe war, dachte er an die Nacht zurück, in der er seine Erinnerung wiedergefunden hatte, damals in Köln. Neben ihm hatte Franziska gelegen und ihn warm gehalten. Er konnte sich immer noch an den Geruch ihrer Haare erinnern und hatte auch jetzt das Gefühl, ihre langen blonden Haare berühren zu müssen.

Mühsam schüttelte er die Erinnerung ab. Franziska würde wahrscheinlich diesen Johann von Palandt heiraten, der ihr schon seit Monaten den Hof machte.

Also konzentrierte er sich auf die Listen, die Franziska und Ria angefertigt hatten.

»Wir haben die Unterlagen, so wie sie angekommen sind, durchnummeriert und dann dazu diese Listen hier mit der Reihenfolge der Orte und den Entfernungen geschrieben.

Man kann immer sehen, welche Liste zu welchem Materialpäckchen gehört. Außerdem haben wir die Pakete mit Inhaltsverzeichnissen versehen, sodass man nicht immer alles durchsuchen muss, wenn man zum Beispiel das Wörterverzeichnis der arabischen oder albanischen Sprache sucht. Wobei manche Sachen auch doppelt vorkommen.«

»Das ist ... ich bin beeindruckt.« Christian war sprachlos, was Franziska sehr freute. Sichtlich stolz auf ihr Werk strahlte sie Christian an.

»Ich hatte ja gedacht ...« Christian wusste nicht, wie er den Satz fortführen sollte.

»Du hättest gedacht, dass wir dummen Mädchen alles durcheinanderbringen und besser die Finger davon lassen sollten.«

»Naja ...« Christian hob die Schultern und machte ein betretenes Gesicht.

Der große stattliche Kerl neben ihr hatte plötzlich wieder dieses Welpenhafte an sich, das sie von früher kannte, vor der Pilgerreise.

»Du gibst es ja auch noch zu!« Kameradschaftlich knuffte sie Christians Schulter. »Dabei hast du doch selbst mit deinen Briefen und den hübschen Bildern dafür gesorgt, dass ich Lesen lerne. Dann kannst du doch nicht erwarten, dass ich nicht alles lese und die Finger von euren Unterlagen lasse.«

»Nein, ich weiß noch, wie es bei mir war, als diese seltsamen Kringel plötzlich einen Sinn ergaben und ich mich in einer völlig anderen Welt befand.« Christian gab sich einen Ruck. »Was muss ich tun? Soll ich vor dir niederknien und Buße tun?«

»Na, das wäre zumindest schon mal ein Anfang.«

Christian machte Anstalten, sich vor Franziska auf den mit Binsen bestreuten Fußboden zu knien.

»Nein, bitte!«, lachte sie. »Das war doch nicht ernst gemeint.«

»Aber«, setzte sie wieder ernster geworden hinzu, »vielleicht fängt deine Buße ja damit an, dass du nie mehr sagst, dass Mädchen besser nicht Lesen und Schreiben lernen sollten.«

Christian erinnerte sich, dass er das vor zwei Jahren in Köln tatsächlich gesagt hatte. Es kam ihm so vor, als sei es ein anderes Leben gewesen. Jetzt konnte er sich nicht mehr vorstellen, warum er damals dieser Meinung war. Er schaute aus dem Fenster und dachte darüber nach, wie er damals gewesen war, geprägt von den Mönchen im Kloster, die ihn ja auch an Stelle seiner Eltern erzogen hatten.

Als er aus seinen Betrachtungen in die Wirklichkeit zurückkam, erschrak er fast darüber, wie nah ihm Franziska war. Sie stand dicht bei ihm und folgte ihrerseits flüchtigen Gedanken. Dabei umfasste sie seinen Arm, so als müsse sie sich an ihm festhalten. Christian hätte sie gern bei der Hand genommen oder besser noch in den Arm, aber sie war die Braut eines anderen. So berührte er nur federleicht mit seiner freien Hand ihr Haar und wandte sich wieder den Unterlagen zu.

Später am Vormittag kam Lis zu ihnen in die Bibliothek. Sie war sehr blass, aber sie hielt sich tapfer. Sie trat an den Schreibtisch, stemmte die Hände in die Seiten und machte ein grimmiges Gesicht.

»Ihr habt noch nichts gefrühstückt«, sagte sie vorwurfsvoll. »Es gibt zwar wegen der Trauerzeit nur Haferbrei mit Äpfeln, aber ohne Essen werdet ihr schwach und krank.«

»Du machst dir Sorgen um uns?« Franziska griff zu ihr herüber und zog sie an sich.

»Ja, ich weiß, das ist dumm«, murmelte Lis an Franziskas Schulter. »Aber ich will nicht, dass noch mehr sterben.«

»Von ein bisschen Hunger stirbt man nicht so schnell.«

»Aber es ist gut, dass du auf uns aufpasst«, setzte Christian hinzu. »Bücherwürmer wie wir vergessen manchmal die Zeit und das Frühstück.«

Lis musste kichern.

»Ich dachte immer, Bücherwürmer essen Bücher!«

Sie waren dem Pferdekarren mit dem Sarg gefolgt, den Berg hinauf nach Bardenberg, vorbei an den Katen der Bergarbeiter, die am Hang des Wurmtals nach Kohle schürften. Auf der Höhe standen verstreut um die kleine Kirche herum einige Bauernhöfe, im Ortskern, um das Gasthaus und den Zehnthof herum war die Bebauung dichter, es gab einige Läden, die frisches Brot und andere Waren anboten. Der Kirchhof war von einer niedrigen Backsteinmauer umgeben.

Sie hoben den Sarg vom Karren und trugen ihn durch die kleine Pforte bis zu dem frisch ausgehobenen Grab. Der Priester der kleinen Backsteinkirche, die Petrus und Paulus geweiht war, kam aus der Sakristei und betete mit ihnen einige Gebete, bevor der Sarg vorsichtig in das Grab herabgelassen wurde.

Franziska bekam von der ganzen Zeremonie nicht viel mit. Sie hielt sich die ganze Zeit an Arnold fest, der seinerseits ihren Halt brauchte. Für sie beide war Anna van Elsum wie eine Mutter gewesen. Arnolds Mutter war 1495 nach langer Krankheit gestorben und hatte schon früh die Erziehung Anna und später der Herzogin und dem Herzog überlassen. Franziska hatte ihre Mutter nie kennengelernt. Auch bei ihr hatte Änni die Mutterrolle eingenommen.

Am Samstag erschien Ritter Johann von Palandt in Begleitung eines Knappen auf Burg Wilhelmstein. Franziska und Samira beobachteten seine Ankunft vom Bergfried aus. Mit glänzend polierter Rüstung ritt er erhobenen Hauptes den Weg durch die Vorburg entlang, gefolgt von seinem Knappen, der neben seinem eigenen Pferd ein Packpferd an einem Führstrick mitzog.

Vor der kleinen Zugbrücke stieg der Ritter von seinem Ross. Zwei Stallburschen, die eilig hinzugekommen waren, halfen ihm dabei. Er kam auf die Füße, ohne wegen des großen Gewichts der Rüstung und des Kettenhemds zu straucheln, nahm den silbernen Helm mit dem Federbusch in den Farben der Familie von Palandt ab und schüttelte seine langen blonden Haare. Dann schritt er über die Brücke, um Arnold seine Aufwartung zu machen. Für Franziska und Samira geriet er damit außer Sicht.

»Ihr seid ein so schönes Paar.« Samira seufzte.

»Aber ihr doch auch«, antwortete Franziska. Schnell hatte sie zu der immer gut gelaunten Samira eine Freundschaft entwickelt. Jetzt nahm sie ihre Freundin bei der Hand und schaute ihr in die goldenen Augen. »Auf jeden Fall werden wir gemeinsam heiraten, du und dein Massimo und wir.

Und ich freue mich schon auf dein erstes Kind«, setzte sie hinzu. »Wie wird es wohl aussehen? Ich kann mir vorstellen, dass eine Mischung von euch beiden besonders schön aussieht.«

»Eure Kinder werden bestimmt blond, groß und blauäugig. Darauf freue ich mich schon«, entgegnete Samira. »Gehen wir ihm entgegen oder lassen wir ihn mit seiner schweren Rüstung die ganzen Treppen hochlaufen?«

»Das halte ich nicht aus, ich will doch wissen, wie du ihn aus der Nähe findest.«

Sie eilten die Treppe hinunter und bogen im ersten Stock in den Palas ab, wo sich Arnolds Räume befanden. Der Ritter hatte eben Arnold seine Aufwartung gemacht und sank nun vor seiner Angebeteten auf die Knie, was ein schepperndes Geräusch erzeugte. Franziska reichte ihm die Hand und bedeutete ihm, er solle wieder aufstehen, was er mit großer Eleganz bewerkstelligte. Samira hielt sich im Hintergrund und achtete darauf, dass ihr kein Detail entging. So bemerkte sie auch den kurzen, irritierten Blick, den der Ritter ihr zuwarf.

Danach konzentrierte er sich wieder ganz auf Franziska. »Werter Herr«, sagte er zu Arnold, ohne jedoch den Blick von Franziskas Gesicht abzuwenden, »ich habe ein Geschenk mitgebracht, das ich meiner Verlobten gerne überreichen würde.«

»Ihr seid noch nicht verlobt, wir wollten das gerade besprechen«, meinte Arnold kopfschüttelnd. »Aber wenn es Euch so drängt, ich denke, wir werden schon zu einer Vereinbarung kommen. Nur zu!«

Der Ritter löste einen an seinem Schwertgurt befestigten Lederbeutel, öffnete umständlich den Knoten und griff hinein. Vorsichtig zog er eine Kette hinaus, die sich bei näherem Hinsehen als dreireihige Perlenkette erwies. In der Mitte der zweiten Perlenschnur war ein blauer Stein befestigt.

»Ich dachte, der Aquamarin würde gut zu Euren wunderschönen Augen passen«, sagte der Ritter. »Dürfte ich meiner Angebeteten die Kette selbst um den Hals legen?«

»Nehmt Ihr das Geschenk des Ritters an, Jungfer Franziska?«, fragte Arnold betont förmlich.

»Ja, gerne!«, hauchte Franziska.

»Wohlan, Herr Ritter.«

Johann trat hinter Franziska und legte ihr die Kette um. Seine Hand, die nach vorne griff, um das freie Ende der Kette zu erwischen, strich über ihre Schulter und blieb einen Moment dort liegen, bevor er den Verschluss zusammenführte. Als er zurücktrat, fuhr sein Zeigefinger hauchzart über ihren Hals bis zum Haaransatz.

Franziska erschauderte bis zu den Zehenspitzen. Sie drehte sich zu ihm um und gab ihm einen flüchtigen Kuss auf die Wange. Dann trat sie einen Schritt zurück, damit Johann einen Blick auf das Perlencollier werfen konnte. Samira bemerkte schmunzelnd, dass der Ritter dabei auch einen tiefen Blick in ihr Dekolleté warf.

»Nun, genug geturtelt«, meinte Arnold. »Dürfte ich die Damen nun bitten, uns allein zu lassen? Wir müssen die Einzelheiten besprechen. Ihr werdet euch heute Abend beim Essen wiedersehen und morgen darf der Ritter Euch in die Kirche begleiten, bevor er wieder abreisen muss.«

Samira und Franziska verließen den Raum. An der Tür warf Franziska ihrem Ritter einen hingebungsvollen Blick zu.

»Ich habe meinen Vertrauten und Schreiber Christian hinzugebeten, der alle Abmachungen und Absprachen aufschreiben und daraus einen Ehevertrag formulieren wird«, begann Arnold die Verhandlungen. »Wir werden Euch eine Abschrift zukommen lassen, damit Ihr sie mit Euren Rechtskundigen und Eurer Familie besprechen könnt.

Aber vielleicht wollt Ihr zuerst Eure Rüstung ausziehen? Sie ist vielleicht beeindruckend, aber zum Anfertigen von Verträgen nicht besonders bequem.«

Arnold hatte Johann einen Raum zugewiesen, in dem sein Knappe mit dem Gepäck wartete. Nach einer guten Viertelstunde war er wieder da, jetzt in bequemere Hosen und Schecke gewandet. Christian fand die Farbgebung etwas gewagt, die enge gelbe Hose und die recht kurze Schecke in zwei verschiedenen Blautönen waren ihm zu grell.

Arnold bat ihn, sich zu ihnen an den schweren Eichenholztisch zu setzen. Christian saß am Kopfende, vor sich Papier, Tintenfass, Sand und mehrere Federn, Arnold und Johann saßen sich gegenüber an den Längsseiten des Tischs.

»Wir haben überlegt, dass die Hochzeit im Frühjahr stattfinden soll, vielleicht in der Woche nach Ostern?«

»Warum so spät? Ich hatte die Hoffnung, Jungfer Franziska schon vor Weihnachten nach Hause führen zu können.«

»Nun, wir hatten einen Todesfall in der Familie und befinden uns in der Trauerzeit.«

»Aber das war doch, wie mir berichtet wurde, nur eine Haushälterin?«, fragte Johann vorsichtig nach.

Arnold runzelte verärgert die Stirn.

»Darüber steht Euch kein Urteil zu, sie war nur Haushälterin, aber sie gehörte schon seit vielen Jahren zur Familie. Für Franziska hat sie die Stelle der Mutter eingenommen.

Außerdem«, setzte Arnold hinzu, »können wir dann auch die zweite Hochzeit planen ...«

»Eine zweite Hochzeit?«, unterbrach ihn Johann.

»Ja, es ist eine Doppelhochzeit geplant. Samira, die Jungfer, die Franziska eben begleitet hat, wird mit Massimo, einem italienischen Gewürzhändler, verheiratet und es ist der Wunsch von Franziska und Samira, das Ehegelübde gemeinsam abzulegen.«

»Ja, aber«, Johann rang mit den richtigen Worten, gab es dann aber auf. »Sie ist ... schwarz!«

»Und ist das ein Problem für Euch, Herr Ritter?«, fragte Arnold betont höflich. »Das färbt nicht ab!«

»Nein, nein«, lenkte Johann ein, während er rote Ohren bekam. »Obwohl ich nicht der Meinung bin, dass es dabei auf die Wünsche der Ehefrauen ankommt.«

Arnold wischte den neuerlichen Einwand beiseite.

»Wir schon, also akzeptiert es!« Es lag ihm ein oder auf der Zunge, aber er verschluckte es lieber. »Samira ist eine Königstochter aus Nubien und Massimo stammt aus einer alteingesessenen Veroneser Gewürzhändlerdynastie, also ist es keine Schande für Euch, in ihrer Gesellschaft zu heiraten.«

»Nein, wir machen alles so, wie die Jungfer es wünscht«, sagte Johann, aber in seiner rechten Wange zuckte ein Muskel.

Sie fanden Ria im Rittersaal, wo sie den Aufbau von Tischen für das abendliche Bankett zu Ehren des Ritters Johann von

Palandt beaufsichtigte. Damit sie sich das Collier besser ansehen konnte, gingen sie an die Tür, um es bei Tageslicht zu betrachten. Lis kam aus der Küche herübergelaufen, als sie die drei Jungfern an der Pforte des Palas' sah.

»Oh, das ist schön!«, sagte sie und machte einen langen Hals.

»Ja«, stimmte Ria zu. »Und du scheinst von innen heraus zu leuchten, Schwesterherz. Du bist doch nicht etwa verliebt?«

Franziska antwortete nicht, aber die Röte auf ihren Wangen wurde noch ein wenig dunkler.

»Nun, er sieht gut aus, ist vermögend und ausgesprochen freundlich und zuvorkommend zu Franzi«, setzte Samira hinzu, worauf Franziskas Gesicht noch ein wenig mehr Farbe bekam.

»Jetzt hört schon auf, ihr macht mich ganz verlegen«, sagte sie vorwurfsvoll. Die anderen kicherten.

»Wo ist eigentlich Massimo?«, fragte Samira.

»Ihr könnt auch keinen Moment *ohne* den anderen«, meinte Ria.

»Doch, natürlich, aber wir wollten noch mit Pieter und Jakob wegen des Ritts nach Aachen reden«, sagte Samira.

»Ach komm schon, wenn du ihn nicht sehen kannst, machst du dir gleich Sorgen um ihn«, zankte sie Ria weiter.

»Das ist überhaupt nicht wahr, so eine Glucke bin ich nicht!« Samira machte ein empörtes Gesicht, aber unter ihrer dunklen Haut konnte man auch eine feine Röte erahnen.

»Ich wollte dich nur ein wenig necken!«, sagte Ria und legte Samira einen Arm um die Taille.

»Das ist dir gelungen«, brummte Samira.

»Massimo ist mit den Jungs raus auf die Südweide gegangen, um sich mit ihnen zu prügeln. Sie haben Holzschwerter und so lange Stangen mitgenommen«, warf Lis jetzt ein.

»Sie prügeln sich nicht, sie machen Kampfübungen«, sagte Franziska, die gerade wieder aus ihren Träumen aufgewacht war.

»Ach wat, Kampfübungen, die prügeln sich. Sind halt Jungs!« Lis hatte zu diesem Thema eine ganz klare Meinung. Sie drehte sich um und ging zurück zur Küche. Dabei versuchte sie, sich wie ein Junge zu bewegen, was ihr recht gut gelang.

»Wenn wir irgendwann mal nicht mehr zusammen sind«, begann Franziska traurig, »wer kümmert sich dann um die Kleine?«

»Ich kann sie mit nach Köln nehmen, aber was aus mir wird, steht natürlich noch in den Sternen«, meinte Ria nachdenklich. »Ich glaube nicht, dass sie bei Arnold bleiben will. Vielleicht nehmt ihr sie mit nach Aachen und schaut, wie sie sich schickt«, sagte sie an Samira gewandt. »Und wenn das nichts für sie ist, dann bleibt sie bei Franzi und geht mit auf das Rittergut. Was sie da erwartet, weiß sie schon, die gleichen Arbeiten wie hier.«

»Das ist eine gute Idee«, sagte Samira. »Soll sie selbst entscheiden, was ihr lieber wäre. Ich gehe gleich mal hinterher und frage sie, ob sie mit nach Aachen reiten möchte.«

Sie nahm sich vor, die Köchin nach einer Salbe für blaue Flecken zu fragen. Damit würde sie Massimo heute Abend behandeln und erst dann würde sie ihm erlauben, sie zu lieben – wenn er das nach ihrer Behandlung noch konnte. Grimmig hielt sie sich an diesem Gedanken fest, um nicht darüber nachdenken zu müssen, dass sie sich irgendwann von ihren Freundinnen würde trennen müssen.

»Au, verdammt, Samira, sei doch ein bisschen vorsichtig!«

Massimo lag nackt auf der rechten Seite und Samira beugte sich über ihn. In der einen Hand hatte sie ein Töpfchen mit Arnikasalbe, die sie mit der anderen Hand auf seinen Blessuren verrieb.

»Wieso? Je besser man es einmassiert, desto besser verteilt sich das Blut unter der Haut und der Druck lässt nach«, sagte sie zuckersüß, während sie grob mit dem Handballen über eine Prellung an seiner Hüfte rieb.

»Aber das tut weh!« Massimo lachte und gleichzeitig liefen ihm Tränen über das Gesicht.

»Finger weg!«, sagte Samira und gab ihm einen Klaps auf die Hand, die nach ihrer nackten Brust griff. »Erst machen wir das hier fertig.«

Belustigt beobachtete sie, wie sein bestes Teil bei ihrer Behandlung immer wieder an Stabilität verlor. Schließlich war sie fertig.

»Und nun, mein edler Recke, ein kleiner Ritt gefällig?«, fragte sie. »Oder sind die Schmerzen gar zu schlimm?«

Später lagen sie dicht nebeneinander und Massimo ließ seine Finger an ihrer Wirbelsäule herauf und herunter gleiten.

»Ich habe Lis gefragt, ob sie mit uns nach Aachen reiten möchte. Die Kleine war Feuer und Flamme«, sagte Samira.

»Warum?«, fragte Massimo träge zurück.

»Wir müssen überlegen, was aus ihr wird, wenn wir nach der Hochzeit alle auseinandergehen. Sie hätte die Möglichkeit, mit Franzi und ihrem Ritter nach Borschemich zu ziehen oder mit uns zu gehen. Arnold will nicht zurück nach Köln, also kann er sie nicht brauchen; hierbleiben könnte sie, aber das will sie wahrscheinlich nicht«, zählte Samira auf.

»Mh, das klingt vernünftig. Kann sie reiten?«

»Denk ich doch, alle Kinder auf der Burg sitzen früher oder später auf einem Maultier oder -esel.«

»Irgendwas stört mich an diesem Ritter«, sagte Massimo nachdenklich. »Der hat dich heute beim Essen ein paar Mal so seltsam angesehen.« Er machte eine Pause. »Und Franziska auch, wenn keiner hingesehen hat.«

Samira war erstaunt, dass Massimo den Ritter auch so intensiv beobachtet hatte.

»Ich liebe dich!«, murmelte sie in sein Ohr.

»Oh, wie komme ich zu der Ehre?«

»Ich wusste nicht, wie ich dir sagen sollte, dass ich etwas an diesem Ritter nicht mag und jetzt kommst du und sagst mir genau das, was ich denke.

Es ist ja nur so ein Gefühl«, setzte sie hinzu. »Wir sollten ihn weiter beobachten, aber zunächst mal niemandem etwas sagen.« Sie spürte, dass er nickte.

Aachen, November 1498

Sie waren nach dem Frühstück aufgebrochen. Für Lis hatten sie ein kleines Pferd ausgesucht und sie ritt zwischen Massimo und Samira. Massimo hatte Pieter Zeilmaakers und Jakob Blijlevens angeheuert, sie auf dem Ritt nach Aachen zu begleiten und gegebenenfalls zu beschützen. Sie folgten dem Lauf der Wurm flussaufwärts bis nach Laurensberg und umgingen dann in westlicher Richtung den Lousberg.

Der Weg nach Aachen war nicht sehr lang, nur etwa drei Meilen. So kamen sie gegen Mittag nach Aachen und ritten durch das Ponttor in den äußeren Mauerring Aachens. Die Pontstraße führte durch Felder und Weinberge bergab zum Pontmitteltor, durch das sie den dicht bebauten Bereich innerhalb der inneren Stadtmauer betraten. Danach führte die Pontstraße wieder bergauf bis zum Markt.

An der Ecke des Marktplatzes, schräg gegenüber dem gewaltigen gotischen Rathaus befand sich das Gasthaus Zur goldenen Kette, in dem sie zwei Zimmer für sich und die beiden Ritter nahmen. Ihre Pferde hatten sie in einem Mietstall vor dem Mitteltor gelassen. Zwei Straßenjungen, die am Tor herumlungerten, trugen ihr Gepäck, kritisch beäugt von Lis.

Nachdem die Jungs das Gepäck im Innenhof abgelegt hatten und von Massimo ihren Lohn erhalten hatten, kam einer von ihnen zu Samira herüber.

»Darf ich mal fühlen?«, fragte er und ohne eine Antwort abzuwarten, leckte er an seinem Zeigefinger, ergriff Samiras Hand und rieb mit dem nassen Zeigefinger über den Handrücken.

Blitzschnell griff Samira mit ihrer freien Hand zu, packte ihn am Hals und zog ihn ein wenig in die Höhe. Dann kam sie ihm mit ihrem Gesicht ganz nah.

»Nein, darfst du nicht!«, sagte sie betont freundlich. »Und wenn du es noch einmal wagen solltest, mir so nah zu kommen, ohne zu fragen, dann beiß ich dir die Nase ab, verstanden?«

Samira entblößte ihre makellos weißen Zähne, auf die sie sehr stolz war. Der Junge versuchte zu nicken, was ihm aber schwerfiel, denn Samira hielt ihn weiterhin am Hals.

»Sag, hast du verstanden?«, knurrte sie leise und in ihre Stimme mischte sich das Grollen einer Löwin.

»Ja, Herrin!«, ächzte der Knirps und Samira ließ ihn los und stieß ihn von sich. Der Junge machte einen Satz nach hinten, nahm die Beine in die Hand und sauste zum Tor hinaus. Der andere betrachtete noch einen kleinen Augenblick genüsslich die Szene und rannte dann hinterher. Er musste so lachen, dass es ihm schwerfiel, beim Abbiegen in die Jakobstraße seine Füße voreinander zu setzen.

Massimo kam zu Samira und nahm sie in den Arm.

»Entschuldige, Liebling, damit habe ich nicht gerechnet.«

»Ach, war doch nicht so schlimm. Das macht er so schnell nicht wieder. Ich habe ihm doch ordentlich Angst eingejagt.«

Auch Lis trat näher, ihre Augen funkelten vor Belustigung.

»Das hast du gut gemacht, Herrin. Diesen Drecksäcken muss man Manieren beibringen.«

Auch wenn Samira es auf die leichte Schulter nahm, wusste Lis, dass es ihr etwas ausmachte, wenn sie wegen ihrer Hautfarbe nicht mit dem nötigen Respekt behandelt wurde.

»Sollen wir die Kerlchen für Euch suchen gehen?« Pieter hatte sich mit Jakob um das Gepäck gekümmert und daher die Szene auf dem Hof nicht mitbekommen.

»Nein, lasst uns reingehen. Mit solchen Sachen werde ich wohl leben müssen.«

Nach einem leichten Mittagessen schlenderten sie durch die Stadt. Auf dem Marktplatz vor dem Rathaus waren die Händler dabei, ihre Stände langsam aufzuräumen. Massimo trat dennoch an einen der Stände, dessen Waren größtenteils noch auf dem Tisch lagen, und beugte sich über die Auslage. Er griff nach einem kleinen Holzscheffel und nahm ein paar Körner einer Pfeffermischung aus einer Schale. Er nahm die einzelnen Pfefferkörner in Augenschein und roch an der Mischung. Der Händler schaute ihm dabei zu, sagte aber nichts.

»Gut!«, war Massimos Urteil, was den Händler augenscheinlich freute. Er witterte offensichtlich noch ein Geschäft zum Ende des Markttages.

»Was soll diese Mischung kosten?«

»Für einen Scheffel dieser Größe zwei Silberpfennig.«

»Hm. Und wie viel für ein Pfund, oder sagen wir zwei Pfund.«

Der Händler machte große Augen und wiegte den Kopf.

»Herr, das ist so viel, wie ich an einem guten Tag insgesamt verkaufe, aber für solche Mengen solltet Ihr beim Meister vorsprechen.« Er nannte ihnen die Adresse, ein Haus am Hof.

»Und ich dachte schon, du würdest ihm etwas abkaufen«, sagte Samira auf Arabisch, als sie von dem Stand weggingen.

»Nein, aber die Ware war gut. Deshalb wollte ich wissen, wo er herkommt.«

Sie hatten sich angewöhnt, Arabisch miteinander zu reden, wenn sie nicht wollten, dass jeder sie verstand. Außerdem steigerte die fremde Sprache die geheimnisvolle Ausstrahlung, die sie auf andere hatten.

Sie gingen um das Rathaus herum auf den Kaxhof, einen rechteckigen Platz, der zwischen dem Rathaus und dem Dom lag. Hier oben am Rathaus war es recht zugig; der kalte Wind trieb ausgefranste Wölkchen über einen blauen Himmel.

Der Dom lag tiefer als das Rathaus, daher konnte man ihn von hier aus gut betrachten. Die Straßenkinder, die sie aus sicherer Entfernung beobachteten, folgten ihnen und als sie anhielten, um die Aussicht zu betrachten, traute sich ein Mädchen, näher heranzutreten. Sie warf einen misstrauischen Blick auf Pieter, der Massimo und Samira in zwei Schritten Abstand folgte und einen grimmigen Blick aufgesetzt hatte, umrundete ihn und baute sich vor Samira auf.

»Herrin, wenn Ihr eine Führerin braucht, stehe ich gern zu Diensten.« Sie verbeugte sich kurz, aber nicht respektlos und Samira schaute in ein schmales Gesicht und wache Augen.

»Wie heißt du?«, fragte Samira und schaute herüber zu Massimo, der eine zustimmende Geste machte.

»Anna.« Eine Strähne ihrer dunkelbraunen Haare hatte sich aus ihrem Zopf gelöst, die sie mit der Hand hinter das Ohr strich. Ihre Ohren standen ein wenig ab, was ihr einen koboldhaften Ausdruck verlieh.

»Ich denke, wir sollten ihr die Führung überlassen«, sagte Massimo auf Arabisch.

»Wir würden zwar auch so zurechtkommen, aber Ortskundige sind immer hilfreich. Und die Kleine scheint ein helles Köpfchen zu sein.«

»So wie du!«

»Danke!«

Anna hatte der fremdländisch klingenden Unterhaltung gelauscht und, obwohl sie nichts verstanden hatte, ihre Schlüsse gezogen.

»Einen viertel Kupferpfennig die Stunde«, sagte sie strahlend. Massimo kramte in seinem Beutel und übergab ihr einen halben Pfennig.

»Die andere Hälfte bekommst du, wenn die Abenddämmerung einsetzt und wir deine Dienste nicht mehr benötigen«, setzte Samira hinzu. »Und einen weiteren Pfennig, wenn wir mit dir zufrieden sind und du morgen früh vor der Herberge auf uns wartest und wieder unsere Führung übernimmst.«

»Ich werde mich anstrengen, hochwohlgeborene Dame!«

»Wenn die wüsste ...«, brummte Massimo, wieder auf Arabisch und musste grinsen.

Anna sah ihn fragend an.

»Sei vorsichtig«, sagte Samira, »sie versteht mehr, als du denkst.«

»Euer Gatte, spricht er unsere Sprache nicht?«, fragte Anna vorsichtig.

»Oh doch, aber manchmal gibt es Dinge, die nicht jeder verstehen soll.«

»Wo spricht man denn so? Es klingt wie die Sprache der Heiden.«

»Richtig, so spricht man in Arabien, wo ich herkomme.«

»Das ist praktisch, wenn man etwas besprechen kann, ohne dass jeder es versteht«, meinte Anna. Aber ihr lag noch eine andere Frage auf den Lippen und offensichtlich musste Anna diese dann auch stellen.

»Und betet Ihr auch so seltsam, wie es die Heiden tun?«

»Nein, wir sind Christen, so wie du«, schaltete sich Massimo ein, dem der Verlauf des Gesprächs nicht behagte. »Deshalb möchten wir morgen auch zuerst in die Messe im Dom gehen.«

»Gut!« Anna schien beruhigt. »Dann betrachten wir den Dom heute nur aus der Ferne und morgen zeige ich Euch das Innere und erkläre Euch die Heiligen. Der Dom besteht aus drei Teilen, die zu unterschiedlichen Zeiten erbaut wurden.

Der mittlere Teil mit den Rundbögen und den kleinen Fenstern ist von Karl dem Großen gebaut worden und somit jetzt etwa siebenhundert Jahre alt. Anders als bei anderen Kirchen ist dieser Teil innen achteckig und hat außen sechzehn Ecken. Rechts schließt sich eine Vorhalle an, über der sich der Turm erhebt und links ist die gotische Chorhalle mit den größten Fenstern der Welt. Sie wurde 1414 eingeweiht, ist also der neueste Teil des Doms. Die Gebeine Karls des Großen liegen im Dom in einem wunderbaren Schrein und Otto III. ist im Dom begraben. Es gibt auch einen goldenen Schrein, in dem die Gebeine der Gottesmutter Maria und die Windeln Christi und noch andere Tücher liegen, außerdem liegen die Gebeine der Heiligen Anna, der Heiligen Corona und des Heiligen Leopardus im Dom.« Anna musste Luft holen.

»Alle sieben Jahre wird der Marienschrein geöffnet und die Reliquien werden von dort oben, von der Brücke zwischen dem Oktogon und dem Turm, den Gläubigen gezeigt. Deshalb haben die meisten Häuser um den Dom herum auf den Dächern große Aussichtsplattformen, weil man von dort besser sehen kann.«

»Man hat uns die Adresse eines Gewürzhändlers genannt«, unterbrach Massimo den Redefluss der kleinen Anna, »dessen Haus sich am Hof befinden soll. Kannst du uns dort hinführen?«

»Sicher! Ist nicht weit, wir gehen hier vom Kaxhof in die Krämergasse und unten links beim Dom kommt dann gleich der Hof.«

Sie wies in diese Richtung. »Unten an der Ecke zum Hof gibt es eine Bäckerei, deren süße Weckchen Ihr unbedingt probieren solltet, es sind die besten in ganz Aachen.« Ihr Magen knurrte bei diesen Worten vernehmlich.

»Hast du Hunger?«, fragte Samira.

Anna schaute auf ihre nackten Füße. »Heute noch nichts gegessen außer Wassersuppe«, sagte sie leise.

Sie gingen die Krämergasse hinab bis zum Dom. Im letzten Haus auf der Ecke bot ein Bäcker seine Waren an. Samira trat an den heruntergeklappten Laden, auf dem die Brote und Weckchen lagen und zog einige Kupfermünzen aus ihrem Beutel. Dafür kaufte sie bei der Frau des Bäckers sechs Weckchen. Massimo sah sie erstaunt an.

Samira bezahlte, reichte Massimo und Anna einen Wecken und nahm sich selbst auch einen. Genüsslich biss sie in das weiche süße Gebäck, das innen Zuckerstückchen, Rosinen und Nüsse enthielt. Während sie den Geschmack auskostete, hatte Anna ihr Weckchen schon aufgegessen. Lächelnd reichte Samira ihr einen weiteren Wecken, nicht ohne sie aufzufordern, diesen aber langsam und mit Genuss zu essen.

»Du bekommst sonst Bauchschmerzen«, sagte sie.

»Die schlimmsten Bauchschmerzen bekommt man, wenn gar nichts drin ist.« Anna hatte sich bei dem zweiten Weckchen tatsächlich ein wenig mehr Zeit gelassen.

Samira nickte, sie kannte das Gefühl nur zu gut. Anna blickte auf die beiden letzten Weckchen.

»Was sind das für Gestalten, die sich da drüben zwischen den Pfeilern der Kirche herumdrücken?«

»Das ist mein Bruder mit unserer kleinen Schwester. Sie bleiben in der Nähe, wenn ich jemand gefunden habe, den ich durch die Stadt führen kann.«

»Das ist eine gute Vorsichtsmaßnahme. Die beiden haben aber bestimmt auch Hunger?«

Mit einem bedauernden Blick nahm Anna die beiden Weckchen aus Samiras Händen und rannte hinüber zu ihren Geschwistern. Sie blieb einige Augenblicke bei ihnen, Samira und Massimo konnten nicht verstehen, was die drei besprachen. Dann kam Anna wieder zurückgelaufen.

»Ich soll Euch danken. Und mein Bruder«, Annas abstehende Ohren wurden rot, »mein Bruder meint, für eine schwarze Hexe seid Ihr wirklich nett.«

»So etwas sollte man nicht laut sagen«, mischte Massimo sich ein.

»Hat doch keiner gehört!« Dennoch sah Anna sich in alle Richtungen um, doch die Aachener gingen ihren eigenen Geschäften nach und drehten sich nicht nach ihnen um.

»Damit kann man jemanden sehr schnell in den Kerker bringen«, sagte Massimo streng.

»Ja, Herr!« Anna machte ein besorgtes Gesicht. »Mein Bruder möchte sich entschuldigen, für heute Morgen.«

»Dachte ich mir doch, dass das der kleine Gepäckträger von eben war.«

»Mhm«, sagte Anna, »ich habe ihm erklärt, dass man so was nicht macht.«

Samira lächelte Anna an und man konnte ihr die Erleichterung ansehen.

»Mein Bruder sagt, für so ein Weckchen würde er gerne noch mal Euer Gepäck tragen.«

»Sag deinem Bruder, dass wir bei Bedarf nach ihm fragen werden«, sagte Samira.

»Liebe geht durch den Magen«, setzte sie auf Arabisch hinzu. Massimo grinste sie an.

»Und jetzt zeig uns das Haus des Gewürzhändlers«, sagte er zu Anna. Die führte sie zu einem hohen Steinhaus mit drei Stockwerken, die drei Fenster in jeder Reihe waren mit Blaustein eingefasst. Im Erdgeschoss war zwischen den Fenstern in der Mitte eine Tür, zu der drei ausgetretene Blausteinstufen hinauf führten.

Massimo trat an die schwere Eichenholztür und zog an einem Messinggriff. Im Inneren des Hauses ertönte daraufhin eine Glocke. Ein Hausknecht öffnete und fragte nach ihrem Begehr. Samira und Massimo betraten das Haus und Anna wartete auf den Steinstufen.

Der Hausherr saß an einem Schreibtisch, vor sich Listen und Bücher. Er ließ sich Massimos Anliegen schildern und sie machten einen Termin für den nächsten Tag aus, nach der

Frühmesse im Dom. Dann sollte über Liefermengen und Preise verhandelt und die Qualität der Ware begutachtet werden.

    Anna, die etwa eine Viertelstunde draußen gewartet hatte, führte sie zu zwei weiteren Gewürzhändlern, bei denen sie ebenfalls für den morgigen Tag Termine ausmachten. Auf dem Weg zeigte sie ihnen die heißen Quellen, die schon die Römer sehr geschätzt hatten und die Karl dem Großen geholfen hatten, wenn sein Rheuma zu schlimm wurde. Samira rümpfte die Nase wegen des ausgeprägten Schwefelgeruchs, probierte das heiße Wasser dann aber doch und meinte, der Geschmack sei weniger schlimm, als sie erwartet hatte. Massimo hielt sich indes ein wenig abseits. Er befürchtete, dass seine Nase Schaden nehmen würde und er nicht mehr in der Lage wäre, etwas zu riechen.

Burg Wilhelmstein, November 1498

Franziska und Ria hatten ganze Arbeit geleistet. Die einzelnen Päckchen waren ordentlich beschriftet und wider Erwarten nicht durcheinandergebracht, die Listen mit den Orten, Entfernungen und den Angaben zur geografischen Breite waren nahezu komplett und in der richtigen Reihenfolge. Als Christian Franziska wieder einmal für die gute Vorarbeit lobte, strahlte diese über das ganze Gesicht.

Christian konnte sich darüber nicht wirklich freuen, denn der Ritter Johann erwartete von seiner Frau, dass sie sich um den Haushalt kümmerte. Dass Frauen Bücher lesen, hielt Johann indes für völlig überflüssig. Christian nahm sich vor, diese Dinge niemals Franziska gegenüber anzusprechen, aber es raubte ihm den Schlaf.

Hin und wieder, wenn Franziska neben ihm arbeitete, beobachtete er sie heimlich. Oft zwirbelte sie eine blonde Haarsträhne, die sich über dem Ohr aus dem Zopf befreit hatte, um ihren linken Zeigefinger, wenn sie sich besonders konzentrieren musste. Christian fand die Geste ganz hinreißend und musste sich zwingen, den Blick wieder auf seine eigenen Arbeiten zu richten.

Seite an Seite erstellten sie zwei Abschriften der Listen. Die eine sollte nach Nürnberg zu Erhard Etzlaub geschickt werden, der an Wegekarten mit Entfernungsangaben arbeitete, die andere ins Elsass nach Saint Dié zu Konrad Waldseemüller, der ebenfalls als Kartograf arbeitete und möglichst genaue Angaben für eine große Weltkarte benötigte, wie man in eingeweihten Kreisen vermutete.

Mithilfe anderer Reiseberichte und Karten, die sie auf ihren Reisen erstanden hatten, arbeiteten sie außerdem Reisewege zu Orten aus, die sie nicht besucht hatten. Die bedeutendsten Umwege waren eine Reise zum Grab des Heiligen Thomas in Indien und der Rückweg über Madagaskar und die Mondberge, in denen sich die Nilquellen befinden sollten. Arnold sah seinen Reisebericht auch als Ratgeber für zukünftige Reisende und wollte mit den zusätzlichen Wegen einerseits Hinweise auf weitere Ziele geben, andererseits aber auch verschleiern, dass sie über sechs Monate bei den Heiden in Ägypten gelebt hatten.

Am Ende der Woche kamen Samira und Massimo wieder aus Aachen zurück. Sie brachten eine kleinere Menge Gewürze mit auf die Burg, eine größere Lieferung ging nach Paris zu Anne de Bretagne. Massimo hatte nach seinen Rezepten verschiedene Variationen von Baharat zusammengemischt. Einer der Aachener Gewürzhändler hatte ihm Geld für die Rezepte geboten und ihn schließlich unter Vertrag genommen.

Falls das Wetter es zuließ, wollten Samira und Massimo noch vor Weihnachten nach Köln reisen, um Hans und Lena Leinweber zu besuchen und die dortigen Gewürzhändler kennenzulernen.

Dann aber erhielten sie die Nachricht, dass Anne de Bretagne und Ludwig von Frankreich im Januar, zwei Tage nach Dreikönige, heiraten würden. Also bereiteten sie sich auf eine Abreise Anfang Dezember vor. Sie wollten über Aachen, Lüttich und Brüssel nach Paris reisen, wo sie kurz vor Weihnachten anzukommen hofften.

Arnold hatte Briefe verschickt, die seinem Herzog und Lehnsherren Wilhelm von Jülich mitteilten, dass er wieder im Lande sei. Während er auf eine Antwort wartete, schrieb er einen Brief an die Herzogin, mit dem er ihr den kleinen Eisenring schickte, den er immer bei sich getragen hatte, wenn sie eine heilige Stätte besucht hatten und mit dem er diese wenn möglich sogar berührt hatte. Eine solche Kontaktreliquie war ein besonderes Geschenk, denn in ihr war von allen heiligen Stätten ein wenig Heiltum gespeichert.

Während Christian und Franziska weiter an dem Reisebericht arbeiteten, saß Arnold am Tisch und betrachtete noch einmal den letzten Absatz des Briefes, den er an die Herzogin geschrieben hatte.

Auch gnädige Frau so schicke ich Eurer fürstlichen Gnade hiermit ein kleines Ringlein, das ich an allen heiligen Stätten dabei hatte und sie damit angerührt habe. Ich bitte Eure fürstliche Gnade, diese geringe Gabe von mir gnädig anzunehmen. Ich habe am heiligen Grabe und anderen Stätten für Euch gebetet und immer darauf vertraut, dass wir uns wiedersehen werden.

Arnold befestigte den Ring mit etwas Draht an dem dicken Papier und faltete aus einem anderen Bogen einen Umschlag, den er beschriftete und versiegelte. Der Brief wurde einem Boten übergeben, der die strikte Anweisung hatte, niemandem zu sagen, dass sich Arnold auf der Burg aufhielt. Sie hatten Gerüchte darüber gehört, dass Maximilian sich mit einem Heer durch die Eifel nach Norden bewegt habe und nun geldrische Städte angriff, während Ludwig von Frankreich versuchte, Frieden zu stiften. In dieser verworrenen Situation wollte Arnold lieber nicht offiziell in Erscheinung treten, sondern erst einmal die Lage einschätzen.

So kam einige Tage später ein Bote des Herzogs, der eine Antwort überbrachte. Der Herzog riet ihm ebenfalls, seine Pilgerreise noch nicht offiziell zu beenden, sondern sich zunächst einmal zur Verfügung zu halten und möglichst nicht in Erscheinung zu treten. Arnold hatte alle in die Ritterhalle gebeten und ihnen erklärt, dass er im Auftrag des Herzogs möglichst unerkannt agieren sollte.

»Gibt es eine Möglichkeit, unauffällig die Burg zu betreten oder zu verlassen? Ich möchte mich ungern mit einem Seil an der Burgmauer herunterlassen.«

»Es gibt unten am Bergfried eine kleine Ausfallpforte, aber dann ist man draußen vor der Burg gleich wieder von der Burgmauer aus zu sehen«, meinte Ria, die es nicht aufgegeben hatte, nach geheimen Gängen in der Burg zu suchen. »Aber wenn du zurückkommen würdest, müsste es eine Möglichkeit geben, die Pforte von innen zu öffnen. Wir können sie ja nicht die ganze Zeit offen lassen.«

»Nein, dann lieber das Seil an der Burgmauer«, meinte Arnold. »Na, da kann man wohl nichts machen. Dann muss ich auf die Verschwiegenheit der Burgbewohner bauen.«

Lis, die heute für den Wein zuständig war, trat mit einem Krug in der Hand näher. Sie stellte den Krug auf den Tisch und knickste vor Arnold, der sie immer noch ein wenig einschüchterte.

»Herr«, sagte sie leise, »vielleicht weiß ich einen Weg.«

»Komm näher, Kind und erkläre das genauer!«

»Ich, oder eigentlich der kleine Hund von Franziska, also wir haben mal so eine komische Steintür gefunden, hinter der sich ein schwarzer Abgrund auftat. Eine Ratte hatte uns den Eingang gezeigt, deshalb dachte ich, es sei ein Tor zur Hölle und habe es schnell wieder verschlossen. Aber vielleicht, wenn ich jetzt so drüber nachdenke, kann es ja auch ein Geheimgang sein, der von dort ausgeht.«

»Verstehe ich das richtig, du kennst eine geheime Tür in einer Wand aus Stein?«, fragte Arnold zurück.

»Ja, Herr! Ist das falsch?« Lis wirkte verunsichert.

»Nein, das ist wunderbar! Findest du die Stelle wieder?«

»Sischer dat!« Sie strahlte erleichtert. »Jetzt sofort?«

»Ich weiß, Neugier ist eine Sünde! Aber ja, jetzt sofort, zumindest den Eingang will ich heute sehen.«

Lis führte sie in den Treppenturm des Bergfrieds. Der Palas hatte eigene, großzügiger angelegte Treppen, aber im Bergfried war es recht eng. So passten auch nicht alle auf die Plattform und Franziska und Ria blieben auf der Treppe, in sicherem Abstand gewissermaßen. Lis, Arnold und Christian betrachteten die Wand.

»Dieser dicke Stein, der wie ein alter Tragstein aus der Wand ragt, sieht seltsam deplatziert aus«, meinte Christian nachdenklich.

»Richtig Herr Christian, das ist gewissermaßen der Türgriff«, sagte Lis.

Christian packte den Stein mit beiden Händen und versuchte, ihn zu verschieben. Aber er ließ sich weder in irgendeine Richtung bewegen noch eindrücken oder herausziehen. Er schüttelte den Kopf.

»Geht so nicht!« Er blickte zu Lis. »Was muss ich tun?«

»Da ist so ein ... Dings.« Lis fehlte das richtige Wort. »In der Wand ist so etwas, das macht die Tür auf, wenn man daran zieht.«

»Ein geheimer Mechanismus?«, fragte Arnold. »Woran muss man ziehen?«

»Hier unten«, Lis ging auf die Knie. »Hier ist der Griff, der den ... Mechadingsbums öffnet.«

Sie kratzte vorsichtig die Mörtelbröckchen aus der Mauerritze und spähte hinein, in der Erwartung, dass ihr eine Ratte entgegen sprang. Als nichts passierte, griff sie in den Spalt und zog an dem Metallgriff. Es machte Klick.

»So, jetzt zieht an dem Stein«, sagte Lis zu Christian. Der griff zu und schwang die schwere Steintür zur Seite. Dahinter herrschte nach wenigen Schritten absolute Dunkelheit.

»Ich verstehe, dass du das unheimlich findest.« Arnold legte Lis die Hand auf die Schulter. Sie unterdrückte erfolgreich ein Zucken, denn sie erschrak immer noch, wenn jemand sie unerwartet berührte.

Arnold trat in den Gang, der anfangs noch aus gemauerten Wänden bestand, aber dann in nackten Fels überging. In dem spärlichen Licht konnte er nur wenig sehen und tastete sich vorsichtig vor. Nach ein paar Schritten kam er zurück.

»Wir brauchen Licht und wahrscheinlich auch Seile, um dort hineinzugehen. Der Tag neigt sich dem Ende zu, also werden wir morgen herauszufinden versuchen, wohin der Gang führt.«

Er unterdrückte den Impuls, Lis in den Arm zu nehmen, denn er hatte ihr vages Unwohlsein gespürt. Stattdessen ergriff er ihre Hand und schaute ihr tief in die Augen.

»Das hast du sehr gut gemacht, Kind. Ich werde mir überlegen, wie ich mich bei dir bedanken kann. Oder hast du irgendeinen Wunsch, den ich dir erfüllen könnte?«

Lis war noch nie nach ihren Wünschen gefragt worden, der Gedanke war ihr fremd.

»Ich weiß nicht ...«, antwortete sie daher und dachte intensiv darüber nach.

Währenddessen schob Christian die Geheimtür wieder zu. Es ging leichter, als er bei dem Gewicht der Steinblöcke erwartet hätte. Er ging auf die Knie und tastete zwischen den Steinen nach dem Handgriff.

Lis hatte inzwischen zu Ende nachgedacht.

»Ich seh dir doch an, dass du eine Idee hast«, ermunterte Arnold sie, der ihr Gesicht genau beobachtet hatte.

»Naja, ich weiß, das ist nicht in Ordnung, sich so was zu wünschen, aber vielleicht ...«

»Nun sag schon, wir reißen dir nicht gleich den Kopf ab.«

»Vielleicht ... ich würde schon gern«, sie holte tief Luft. »Ich würde gern Lesen und Schreiben lernen und am allerliebsten Rechnen.«

Arnold war verblüfft.

»Das sollte kein Problem sein. Aber ein Geschenk, bei dem du die meiste Arbeit hast, naja!«

»Lesen und Schreiben kann ich übernehmen«, meinte Franziska von der Treppe aus. Lis strahlte sie an.

»Vielleicht fängt sie damit erst mal an«, meinte Arnold. »So, und wer wagt sich morgen früh mit mir in den düsteren Schlund?«

»Ich!«, antwortete Ria. »Ihr wisst, ich bin gewissermaßen Spezialistin für geheime Wege in der Unterwelt.

Und ich habe auch keine Angst vor Fledermäusen«, setzte sie noch hinzu. Franziska neben ihr schauderte.

»Nehmt ihr mich auch mit?«, fragte Lis vorsichtig. »Ich bin klein und schmal.«

»Oh, mutige kleine Lis«, meinte Ria. »Du warst doch bis eben der Meinung, dass sich hinter der Wand das Tor zur Hölle befindet.«

»Ja, aber mit dir als Führerin habe ich keine Angst.«

Am nächsten Morgen betraten sie den Gang. Ria trug eine Laterne, in der eine Stundenkerze brannte. Arnold hatte sich ein Seil um den Körper gewickelt und Lis hatte eine Tasche mit Kienspänen umhängen und einen passenden Halter mit einem brennenden Span in der Hand. Christian schob die steinerne Tür hinter ihnen wieder zu, denn zunächst wollten sie ausprobieren, ob sich diese von innen öffnen ließ. Nach einer Weile ertönte das vertraute Klicken und die Tür wurde von innen aufgeschoben.

»Wartet nicht auf uns«, sagte Arnold aus der Dunkelheit heraus zu Christian und Franziska. »Wir kommen möglicherweise auf einem ganz anderen Weg zurück zur Burg.«

Christian drückte hinter ihnen die Tür wieder zu. Er und Franziska stiegen mit einem mulmigen Gefühl wieder nach oben.

Arnold hatte unwillkürlich die Stimme gesenkt.

»Los geht's, aber ganz vorsichtig.« Er überließ Ria die Führung. Sie nahmen die kleine Lis in die Mitte. Nach ein paar Schritten hörte das Mauerwerk auf und die Wände des schmalen Gangs waren aus gewachsenem Fels. Einige in den Fels gehauene Treppenstufen führten nach unten, dann kam ein abwärts geneigter Gang. Dieser endete nach etwa hundert Schritten vor einer Felswand in einer kleinen, aber recht hohen Kammer. An der Decke hingen einige Fledermäuse.

»Eine weitere Geheimtür?«, vermutete Arnold. Ria sah sich intensiv um.

»Nein! Wie sollten sonst die Fledermäuse hereinkommen?«, sagte sie. »Da oben geht es weiter. Seht ihr die Metallringe dort oben? Wahrscheinlich hing da mal ein Seil.«

»Eine Leiter wäre an dieser Stelle auch nicht schlecht«, meinte Arnold.

»Sollen wir eine Leiter holen gehen?« Ria trat ein paar Schritte zurück.

»Lieber nicht!«, sagte Arnold.

»Hm, es könnte auch so gehen.« Ria deutete auf Lis. »Stell' dich mit dem Rücken zur Wand und mache mit den Händen eine Räuberleiter, dann kann Lis einen Fuß hineinstellen und von dort auf deine Schultern klettern. Vielleicht musst du sie dann noch ein wenig hochdrücken, aber die Wand wird nach oben hin schräger, das müsste also auch gehen.«

»Einen Versuch ist es wert, wenn wir dann nicht zurück müssen.« Arnold nahm das Seil von der Schulter und knotete das eine Ende um die Lis' Taille, damit sie die Hände freihatte. Dann stellte er sich an die Felswand und formte mit den Händen einen Tritt. Lis kletterte an ihm hoch, und als sie auf seinen Schultern stand, packte Arnold ihre Fersen und stemmte sie noch ein wenig höher. Dann verschwand das Gewicht von seinen Händen, denn Lis hatte den Metallring erreicht und zog sich nun daran empor.

Auf dem Sims konnte man sitzen. Lis zog das Seil ganz hoch und fädelte es durch den Ring in der Wand. Als das eine Ende wieder unten angekommen war, löste sie den Knoten um ihren Bauch und ließ das andere Ende ebenfalls nach unten fallen. Das Seil war lang genug, um doppelt zu liegen. Arnold packte beide Enden und zog kräftig daran.

»Wenn es mich trägt, dann reicht es für dich allemal«, sagte er zu Ria, die ein Stück kleiner als er war. Er hangelte sich nach oben und drückte sich dabei mit den Füßen an der Wand ab. Lis machte ihm auf dem Sims Platz. Danach zogen sie die Laterne hoch und als diese oben angekommen war, ohne dass die Kerze verloschen war, löschte Ria den Kienspan und stellte den Halter an die Wand. Lis kramte in ihrer Tasche und holte einen neuen Kienspan und eine kleine Halterung aus gebranntem Ton heraus. Als der Kienspan entzündet war, kletterte nun auch Ria auf den Vorsprung. Bei ihr sah es so leichtfüßig aus, als könne sie einfach an der Wand hochlaufen. Oben angekommen zog sie das Seil aus dem Ring und rollte es auf.

Weil man auf dem schmalen Sims nicht ohne Gefahr aneinander vorbeikam, ging nun Lis vor. Es ging durch einen schmalen Durchlass, in dem sich Arnold seitlich fortbewegen musste. Die Fledermäuse, vom Licht aufgeschreckt, flogen dicht über ihren Köpfen durch den Spalt. Danach kamen einige grob in den Felsen gehauene Treppenstufen und von oben tropfte es. Die Stufen waren rutschig, aber in dem engen Durchgang konnte man sich gut an der Wand festhalten. Die Felsspalte knickte mehrmals ab und wurde zum Schluss so niedrig, dass man auf Händen und Knien am besten vorankam. Nur Lis konnte hier noch gehen, indem sie den Kopf einzog und sich ganz klein machte.

»Ein Pferd kriegen wir hier nicht durch«, brummte Arnold einmal. Ansonsten sagten sie nur das Nötigste.

Schließlich fiel ein wenig Licht in den Gang und sie kamen unter einer großen Felsplatte, die komplett mit Brombeeren überwuchert war, ins Freie.

Vorsichtig bahnten sie sich einen Weg durch das Brombeergestrüpp und standen schließlich auf dem Weg, der in hochwassersicherer Entfernung dem Flüsschen Wurm folgte. Von rechts waren die vertrauten Geräusche von

Spitzhacken zu hören. Die Kalkulen, in denen Kohle abgebaut wurde, waren nicht weit entfernt.

Kurz darauf trafen sie einen der Bergarbeiter, der von oben bis unten schwarz von Erde und Kohlestaub war und sprachen ihn an. Arnold stellte sich als Arndt von Kaster vor, der Mann nannte sich Peter.

»Sagt, wo könnte ich hier ein Pferd unterstellen?«, fragte Arnold.

»Herr, wir sind nur einfache Bergarbeiter. Wir haben einen Hühnerstall, aber ein Pferd könnten wir uns nie leisten.« Er dachte einen Moment nach. »Mein Schwager Johann kann nicht mehr in den Kalkulen arbeiten, er hatte einen Unfall und seitdem ein steifes Knie. Er und seine Frau, meine Schwester Katrin, haben jetzt so einen kleinen Bauernhof mit ein paar kleinen Weiden drum herum und einem Wirtschaftsgebäude. Vielleicht kann man da einen Stall einrichten.«

Anscheinend redete Peter sonst nicht so viel. Ohne weitere Worte drehte er sich um und ging voraus, den Hang hinauf zu einem kleinen Weiler namens Pley, der auf einem Hügel zwischen Bardenberg und Herzogenrath lag.

Vor einem kleinen Bauernhaus, das teils aus unregelmäßigen Veldbrandziegeln, teils aus schwarz-weißem Fachwerk gebaut war, hielt er an. Er warf ihnen noch einen prüfenden Blick zu und verabschiedete sich dann.

Für den ersten Advent hatte sich wieder der Ritter Johann angesagt. Wie immer hatte er ein Geschenk mitgebracht, diesmal waren es kandierte Früchte. Er besuchte mit Franziska, Arnold, Ria, Samira und Massimo den Gottesdienst. Danach lud Arnold sie zu einem Mittagsmahl in den Rittersaal des Palas ein, denn Johann wollte schon am Nachmittag wieder nach Heinsberg abreisen. Auch Samira und Massimo wollten sich auf den Weg machen, denn das Wetter war gut zum Reisen, kalt, aber trocken.

Franziska hatte angefangen, die Bilder, die Christian von ihrer Pilgerreise gezeichnet hatte, zu kopieren und mit kleinen Kommentaren zu einem Büchlein zusammenzufassen. Christian hatte ihr gezeigt, wie man Papierbögen richtig falzt, aufschneidet und mit dem Buchrücken vernäht, sodass ein Buch entsteht. Sie brannte darauf, es Johann zu zeigen, der sich nach dem Essen intensiv mit Arnold unterhielt und sie kaum beachtete. Sie holte das Büchlein aus der Bibliothek und setzte sich wieder an die große Tafel. Schließlich wandte sich ihr der Ritter zu. Seine Augen leuchteten und Franziska konnte nicht umhin, strahlend zurückzulächeln.

»Nun, meine Angebetete, was ist Euer Begehr?«, fragte er. Ria, die auf der anderen Seite von Arnold saß, legte schnell eine Hand vor den Mund, um zu verstecken, dass sie kichern musste.

»Nun, Herr Johann, ich wollte Euch dieses kleine Büchlein zeigen.« Sie reichte es ihm herüber. Der Ritter blätterte darin.

»Sehr hübsch, aber was hat es damit auf sich?«

»Ich habe es selbst angefertigt.« Franziska lächelte stolz.

»Ich halte nichts davon, wenn Frauen solche Dinge tun. Schreiben und Lesen ist Männersache und mein Weib braucht sich nicht um so etwas zu kümmern. Nähen und Sticken sind für ein Weib völlig ausreichend.« Er gab ihr das Büchlein zurück. »Dieses Büchlein dürft Ihr natürlich behalten, aber ich will nicht erleben, dass Ihr in meinem Hause die Feder führt oder lest«, sagte er etwas versöhnlicher.

Franziska war das Lächeln auf dem Gesicht eingefroren. Bei nächster sich bietender Gelegenheit verabschiedete sie sich.

Auch Massimo und Samira machten sich zum Aufbruch bereit. Zuvor hatte Samira Christian mit einem unauffälligen Handzeichen zu verstehen gegeben, dass er ihnen folgen sollte. Die Reisebündel lagen schon fertig gepackt an der

Tür. Samira schloss diese hinter sich und schaute Christian an.

»Wir sind sicher zwei Monate unterwegs, oder länger, wenn das Wetter schlechter wird.«

»Ja, das ist mir schon klar.« Christian blickte sie verwirrt an.

»Wir wollten uns eigentlich raushalten. Aber ich kann das nicht!« Samira blickte Hilfe suchend zu Massimo, der mit verschränkten Armen an der Wand lehnte. Massimo nickte ihr aufmunternd zu.

»Christian, du musst das verhindern!« Samira hatte ihre Stimme gesenkt.

»Was?«

»Sie darf diesen sterbenslangweiligen Trottel nicht heiraten!«

»Meinst du Franziska?«

»Wen denn sonst? Ich heirate keinen Trottel.«

»Und wie stellst du dir das vor?«

»Keine Ahnung!« Samira wirkte verzweifelt. »Warum hältst du nicht um ihre Hand an?«

»Du spinnst!«

»Findest du? Weißt du, manchmal, wenn du denkst, dass keiner hinschaut, dann hast du so einen Blick …« Samira kam Christian ganz nah und legte ihm eine Hand auf die Schulter. »Du liebst sie doch. Du versteckst es sehr gut, aber ich hab' es gesehen.«

Christian senkte den Kopf. »Wer bin ich denn? Im Gegensatz zu diesem Johann von Palandt mit seinem Rittergut?«

»Du bist der Mann, für den sie Lesen und Schreiben gelernt hat.« Massimo war dicht hinter Samira getreten und legte einen Arm um ihre Taille. »Das solltest du nicht unterschätzen. Und er will ihr das alles wieder wegnehmen. Das solltest du erst recht nicht unterschätzen.«

»Wir können dir nicht helfen«, fuhr Samira fort. »Aber vielleicht Ria. Ich glaube, sie mag diesen Johann auch nicht.«

»Habe ich euch eigentlich mal erzählt«, fragte Christian nachdenklich, »wie ich in Köln angekommen bin?«

Samira schüttelte den Kopf.

»Ich war mehr tot als lebendig, als Arnold mich aufgesammelt hat und lag in einem tiefen Fiebertraum, sodass ich nicht wusste, wo ich war und dass ich überhaupt noch lebte. Als ich wieder erwachte, wusste ich nicht, wer ich war und wähnte mich im Himmel angekommen. Vor mir stand ein blonder Engel in einer Aura aus hellem Licht. Da wusste ich, dass ich gestorben war.«

»Der Engel war Franzi?« Samira legte Christian mitfühlend eine Hand an die Wange.

»Es hat noch einen Tag und eine Nacht gedauert, bis ich wieder wusste, wer ich war und dass ich noch lebte und einen weiteren Tag, bis ich wusste, dass mein Engel Franziska heißt.« Christian schloss die Augen, um die Bilder zurückzudrängen, die mit der Erinnerung einherkamen.

»Seitdem liebe ich sie!«, setzte er leise hinzu. »Ich kann nicht anders. Ehrlich, ich hab's versucht.«

»Dann kämpfe um deine Liebste!« Samira hatte Christian die Hände auf die Schultern gelegt. »Wenn sie sich dann für den anderen entscheidet, kannst du dir wenigstens nicht den Vorwurf machen, es nicht versucht zu haben.«

»Wir müssen los! Pieter und Jakob warten unten mit den Pferden.« Massimo schüttelte Christian die Hand. »Das wird dein größter Kampf, Schreiberling!«

»Nenn mich nicht Schreiberling, außer du willst dir eine blutige Nase holen.«

»Wenn ich zurückkomme, können wir gerne auf den Übungsplatz gehen und dann sehen wir ja, wer hinterher eine blutige Nase hat.« Massimo holte mit der Rechten aus und zielte auf das Brustbein von Christian. Der fing den Schlag blitzschnell mit beiden Händen ab.

»Komm jetzt, Marco di Verona!«, sagte Samira mit erhobener Stimme.

»Oh, wenn sie mich bei meinem Namen nennt, wird's gefährlich«, sagte Massimo. »Ich folge dir auf dem Fuße, meine nubische Löwin!«

»Männer!« Samira schüttelte den Kopf und öffnete die Tür zum Gang.

»Wenn du auf die Zeichnungen weinst, können die Farben verlaufen.« Christian hatte sich auf die Suche nach Franziska gemacht und sie, wie er nicht anders erwartet hatte, in der Bibliothek gefunden. Nachdem Johann in Richtung Heinsberg und Samira und Massimo in Richtung Aachen abgereist waren, blieb noch etwas Zeit bis zum Abendessen.

»Vielen Dank auch für den guten Rat«, zischte Franziska. Aus dem Augenwinkel stahl sich eine weitere Träne und fiel auf ihren Handrücken.

Christian erlaubte sich etwas, was er bisher noch nie getan hatte. Er stellte sich dicht neben sie und legte eine Hand auf ihre Schulter. Franziska zuckte zusammen, lehnte dann aber vorsichtig ihren Kopf an seinen Arm.

»Ich verstehe das nicht. Immer wenn Johann da ist, freue ich mich so sehr und habe gleichzeitig das Gefühl, nicht gut genug für ihn zu sein. Ich habe immer gehofft, dass wir eine kleine Bibliothek haben würden oder dass ich mit ihm zusammen auch einmal auf eine Pilgerreise gehen würde. Aber es scheint ihn überhaupt nicht zu interessieren. Was mache ich denn falsch?«

Franziska schien mehr zu sich selbst zu reden, aber Christian wusste, dass er ihr eine Antwort geben würde. Ihm wurde ganz schlecht, als er erkannte, dass jetzt der richtige Zeitpunkt gekommen war. Er erwog, ob er vielleicht noch warten sollte, aber die Gelegenheit war günstig und die Zurückweisung durch Johann war noch ganz frisch. Er holte tief Luft und spürte, dass er zitterte.

»Nichts machst du falsch. Du bist in ihn verliebt, aber er liebt dich nicht. Er sieht dich wie eine hübsche Dekoration seines Rittergutes, wie einen edlen Wandteppich, den er unbedingt haben will, aber er liebt dich nicht. Im Gegensatz zu mir. Ich liebe dich seit unserer ersten Begegnung.«

Er wusste nicht, mit welcher Reaktion er gerechnet hätte, aber er war dennoch überrascht. Franziska sprang vom Tisch auf, sodass der Stuhl nach hinten kippte und einige Bögen beschriftetes Papier zu Boden segelten.

»Was willst du von mir? Warum sagst du so etwas? Lass mich gefälligst in Ruhe!« Ihr schönes Gesicht war wutverzerrt. Sie stieß ihn beiseite und rannte zur Tür hinaus.

Verdutzt sah Christian ihr nach und unterdrückte den Impuls, ihr zu folgen. Resigniert sammelte er die Papiere wieder auf und stellte den Stuhl an seinen Platz. Dann verließ er die Bibliothek und stieg die Treppe zur Plattform des Bergfrieds hinauf. Er brauchte dringend frische Luft.

Sie erschien nicht zum Abendessen, woraufhin Arnold Lis losschickte, um sie zu suchen. Nach der Abreise von Massimo und Samira war die Stimmung sowieso nicht besonders gut, aber um Arnolds Kopf schienen sich zusätzliche dunkle Wolken zu ballen.

Nach einiger Zeit kehrte Lis zurück und teilte ihnen mit, dass Franziska schlimme Kopfschmerzen habe und daher früh zu Bett gehen wollte. Sie warf Christian einen seltsamen Seitenblick zu, den er nicht deuten konnte.

»Dann eben nicht!«, brummte Arnold und tunkte verbissen sein Brot in die Kohlsuppe mit Speck. Ansonsten sagte niemand ein Wort.

Christian war überrascht, dass Franziska am nächsten Morgen wie gewohnt in der Bibliothek auftauchte. Sie setzte sich ohne ein Wort an ihren Arbeitsplatz und rückte demonstrativ noch ein wenig von ihm weg. Er tat so, als hätte er sie gar nicht bemerkt, aber aus den Augenwinkeln sah er, dass sie blass war und rot geränderte Augen hatte, so als habe sie in der Nacht lange geweint.

Franziska hatte die Aufgabe übernommen, für die fiktiven Wege nach Indien, Madagaskar und Zentralafrika Ortsnamen und Entfernungsangaben zusammenzustellen. Sie hatte verschiedene Quellen, aus denen sie Wegeverbindungen heraussuchte, zum Beispiel den Bericht von Marco Polo, eine Abschrift der Karte von al-Idrisi und Listen, die Arnold und Christian bei ihrem Aufenthalt in Kairo erstellt hatten. Christian hatte schon zuvor die arabischen Namen mit Samiras Hilfe in deutsche umgeschrieben.

Er ließ sie in Ruhe arbeiten und unterdrückte heldenhaft den Impuls, sie anzusprechen oder gar zu ihr hinüberzugehen.

Franziska hielt das Schweigen zwischen ihnen drei Tage lang aus. Aber dann, eines Nachmittags, als sie wegen der schweren Wolken vor den Fenstern schon Kerzen entzündet hatten, schob sie ihren Stuhl nach hinten und stand auf. Mit traurigem Blick stand sie mitten im Raum.

»Ich weiß überhaupt nicht, wie ich Johann das hätte erklären können«, begann sie und schaute zu Christian, der sich langsam erhob. Ärgerlich wischte sie die Tränen weg, die schon wieder in ihre Augen stiegen. »Weißt du, du bist mein Freund und hörst mir zu, aber er nicht. Außerdem hätte er in der Hochzeitsnacht eine böse Überraschung erlebt.« Sie lächelte traurig. »Wenn ein Mann mir zu nahe kommt, gerate ich in Panik, seit dieser Sache in dem römischen Keller in Köln.«

»Aber ich kann doch ...« Christian musste sich räuspern.

»Ja, du schon, aber auch nur, wenn ich damit rechne. Eine Berührung an der Schulter halte ich so gerade noch aus. Aber ich weiß nicht, was ich machen würde, wenn du mich, nur so als Beispiel, in den Arm nehmen würdest. Vielleicht würde ich dir das Gesicht zerkratzen oder dir in die, na du weißt schon, treten.«

Mehr und mehr fühlte es sich für Christian so an, als würde er sich in einem Traum befinden. Da in Träumen alles möglich ist, dachte er nicht lange nach. Es war sowieso nicht möglich, aus Franziskas Stimmungswandel schlau zu werden.

»Wir könnten es vorsichtig ausprobieren«, sagte er und machte einen langsamen Schritt auf Franziska zu. Sie hob eine Hand, als wollte sie ihn auf Abstand halten. Vorsichtig legte er seine Handfläche auf ihre. Sie spreizte die Finger und verschränkte sie mit seinen, dann hob sie auch noch die andere Hand. Christian berührte sie ebenfalls mit seiner Hand. Franziska hatte die Augen geschlossen. Sie atmete konzentriert und langsam.

»Küss mich, aber ganz vorsichtig«, flüsterte sie.

Christian kam noch etwas näher und berührte ihre Lippen mit seinen. Sie hielt es einen Augenblick lang aus und trat dann nach hinten. Auf ihrer Stirn hatten sich feine Schweißperlchen gebildet.

»Weißt du, das ist alles so schwer zu verstehen. Ich würde so gerne von dir umarmt, aber gleichzeitig versetzt mich die Vorstellung in Angst und Schrecken.«

»Ich wäre bereit, mein ganzes Leben lang nur deine Hand zu halten, wenn ich dafür mit dir zusammen sein könnte.«

Franziska strahlte ihn an. »Danke. Aber ich glaube, dass wir das schon hinkriegen würden. Mein Wunsch, dir nahe zu sein ist größer als die Angst davor. Es wird halt nur eine Weile dauern.«

»Warum bist du am Sonntag so wütend geworden?« Christian hatte sich in schlaflosen Nächten den Kopf darüber zerbrochen und alle Erklärungsversuche waren durch Franziskas heutige Reaktion zunichtegemacht.

»Nun, einer meiner größten Fehler ist der Jähzorn. Als junges Mädchen war es noch viel schlimmer als heute. Aber wenn mir jemand den Boden unter den Füßen wegzieht, dann bricht er sich immer noch Bahn. Ich war gar nicht böse auf dich, sondern auf das Schicksal, das mich in diese Situation gebracht hat. Von einem Augenblick auf den anderen war alles nicht mehr so wie vorher. Ich wusste auch schon, dass ich Johann nicht heiraten will, aber ich hatte bis dahin ja keine Wahl. Jetzt war wieder alles offen, aber wie sollte ich es Arnold sagen? Wie würde Johann darauf reagieren? In solchen Fällen überfällt mich der Jähzorn, weil ich plötzlich auf alles so böse bin.« Sie senkte den Blick.

»Willst du mich jetzt immer noch?«, fragte sie traurig.

Christian machte einen Schritt auf sie zu. Nurmehr eine Handbreit Platz war zwischen ihnen. Er hob vorsichtig die Hand und strich mit dem Zeigefinger über ihre Wange. Weil sie nicht zusammenzuckte, beugte er sich vor und gab ihr einen hauchzarten Kuss auf die Stirn.

»Ja, ich will dich immer noch!«

»Schaffst du es, einen Moment lang gar nichts zu tun?«

»Natürlich, wieso?«

Sie schloss die Lücke zwischen ihnen und schmiegte sich an ihn, legte ihren Kopf an seine Schulter. Er spürte ihre Anspannung, die kleinste Bewegung würde sie vertreiben. Ein, zwei, drei Atemzüge hielt sie aus, dann ergriff sie die Flucht.

Arnold blickte von den Briefen auf, die vor ihm ausgebreitet auf dem Tisch in der großen Halle lagen. Franziska und Christian hatten beschlossen, es nicht auf die lange Bank zu schieben und gleich mit Arnold zu reden. Wahrscheinlich würde dieser erst einmal wütend werden, aber nach ein oder zwei Tagen, wenn der Ärger erst überwunden wäre, würde man vielleicht ruhiger darüber reden können. Da sie nicht wussten, wann Arnold zu seinem Herzog reisen würde, waren sie übereingekommen, sich sofort dem unausweichlichen Gewitter zu stellen. Auch auf die Gefahr hin, dass

Arnold Christian aus seinen Diensten entließ oder Franziska zwingen würde, an den Heiratsplänen festzuhalten.

Ganz bewusst standen sie vor der Empore, sodass Arnold von oben auf sie herab schaute. Demütig hatte Christian den Blick gesenkt, Franziska machte sogar einen Knicks.

»Herr«, begann sie förmlich, »ich weiß, oft bin ich eine Enttäuschung für Euch gewesen und ich fürchte, Euch wird heute wiederum eine herbe Enttäuschung bevorstehen.«

»Was wollt ihr?« Arnold runzelte verärgert die Stirn.

»Also es ist so, Christian hat ... ich kann Ritter Johann von Palandt ... Es tut mir so leid!«

Sie kam so nicht weiter. Hilfe suchend blickte sie zu Christian. Der streckte eine Hand aus und Franziska ergriff sie.

»Ich kann Johann nicht heiraten!«, brachte sie dann atemlos heraus.

»Dafür gibt es sicher einen triftigen Grund!«, brummte Arnold unfreundlich.

»Sogar drei! Ich würde ihn nicht glücklich machen, er würde mich unglücklich machen und außerdem hat Christian um meine Hand angehalten.«

Christian blickte sie erstaunt an, dieses Detail war ihm bisher entgangen.

»Bei wem soll Christian um deine Hand angehalten haben?« Arnold war aufgestanden. Seine Stimme wurde, während er weiterredete, immer lauter. »Bei mir jedenfalls nicht!«, brüllte er. Er ließ sich auf den Stuhl zurückfallen, verschränkte die Arme auf dem Tisch und legte den Kopf auf die Hände.

»Bei allen Heiligen«, hörte man undeutlich zwischen den verschränkten Armen, »warum habt ihr euch das nicht ein bisschen früher überlegt? Das hätte uns eine Menge Ärger erspart.«

Franziska wirkte verdutzt.

»Ihr seid einverstanden?«

»Natürlich, das ist mir doch viel lieber, als dieser langweilige Ritter, den du dir da ausgesucht hast.«

»Aber ich«, meldete sich Christian vorsichtig zu Wort, »bin doch ein Habenichts.«

»Du bist nicht adlig, ein Bauernsohn und entflohener Novize, aber du wirst vermögend sein, wenn dieses Buch fertig ist und du hast alles das, was nötig ist, um Franziska glücklich zu machen. Das ist es, was zählt, nicht die Herkunft. Die verliert heutzutage sowieso immer mehr an Bedeutung.«

»Oh, äh, danke!«, sagte Christian, überrascht von dem unverhofften Lob.

Sie hatten beschlossen, es Johann von Palandt persönlich zu sagen. Arnold hatte einen Brief aufgesetzt, der Johann bat, am kommenden Sonntag, oder aber so schnell wie möglich nach Wilhelmstein zu kommen, da sie eine wichtige Mitteilung für ihn hätten.

Sichtlich geknickt hörte Johann der Erklärung von Arnold zu. Lange sagte er nichts, dann nickte er und richtete das Wort direkt an Franziska.

»Liebste Jungfer Franziska, wäre es möglich, ein paar letzte Worte unter vier Augen mit Euch zu sprechen? Vielleicht draußen auf dem Wehrgang? Ich glaube, ich brauche etwas frische Luft.«

Franziska blickte fragend zu Arnold. Der nickte.

»Ja, es ist mir ein Bedürfnis, Euch auch meine Sicht der Dinge zu erklären.«

Sie verließen den Rittersaal und traten hinaus auf den Burghof. Der Wehrgang war überdacht, dennoch trafen sie einige der umherwirbelnden nassen Schneeflocken. Franziska war das egal, sie genoss den frischen Wind. Er half ihr, einen klaren Kopf zu bewahren.

»Johann, das wäre keine glückliche Ehe geworden, wenn ich an Eurer Seite nur das tun dürfte, was Ihr für richtig haltet. So bin ich nicht und so sehr kann ich mich auch nicht verstellen. Außerdem habe ich große Angst vor Berührungen. Die Hochzeitsnacht wäre eine herbe Enttäuschung für Euch geworden.«

»Ich habe nicht die Absicht, den Ehevertrag wieder aufzulösen. Ich bestehe darauf, dass Ihr zu mir gehören werdet.«

»Johann, ich bitte Euch, es tut mir leid. Ich habe Euch etwas vorgemacht, war geblendet von Euren feinen Manieren und Eurem Auftreten und von der Idee, eine Prinzessin zu sein. Es war ein schönes Märchen, aber es ist vorbei!« Franziska hatte sich umgedreht und ging rückwärts, um ihm ins Gesicht sehen zu können. »Und es ist wirklich keine Ausrede, ich wäre nicht in der Lage, mit Euch im Bett zu liegen. Wir haben es probiert, es geht einfach nicht.«

Johanns Gesicht verzerrte sich vor Wut. »Was habt ihr probiert? Wer hat mit Euch Unzucht getrieben?«

»Keine Unzucht, Christian hat lediglich versucht, mich zu berühren.«

»Christian, dieser mittellose Schreiber? Ihr zieht diesen Wurm mir vor? Und treibt es mit ihm, während Ihr mit mir verlobt seid?«

Franziska versuchte, schneller zu gehen, um etwas Abstand zwischen sich und Johann zu bringen. Doch dann stieß sie schmerzhaft mit der Schulter gegen die Wand.

»Nun hört mir doch zu! Ich kann es mit niemandem treiben, wie Ihr so schön sagt!« Franziska spürte, wie sie zornig wurde. Sie versuchte, das Gefühl zu unterdrücken, denn vom Zorn geleitet würde sie nicht mehr vernünftig reagieren.

»Ihr Weiber seid doch alle gleich!«, zischte Johann, das Gesicht vor Schmerz und Wut zu einer hässlichen Fratze verzerrt. »Ihr könnt es doch gar nicht erwarten, verheiratet zu werden und für einen Mann die Beine breitzumachen!«

Er machte einen schnellen Schritt auf sie zu und packte sie so fest mit der linken Hand im Genick, dass Franziska Angst bekam, es würde brechen. Dann küsste er sie auf den Mund und seine Zunge drang in ihren Mund ein. Mit seiner Rechten quetschte er ihren linken Oberarm schmerzhaft zusammen.

Dann ging alles sehr schnell. Franziska beendete ihre Gegenwehr und öffnete weit ihren Mund, um gleich darauf so fest wie möglich auf seine Zunge zu beißen. Sie schmeckte Blut und ihr wurde übel. Johann brüllte auf, während Arnold und Christian von der Pforte des Palas losrannten, wie Franziska aus dem Augenwinkel sah.

Johann zuckte zurück, sodass etwas Platz zwischen ihnen entstand. Sie schüttelte seine Hände ab und schlug ihm mit ihrer linken Faust von unten gegen die Nase. Es knirschte unschön.

Johann taumelte nach hinten. Gleichzeitig krallte er sich jedoch im Stoff am Ausschnitt ihres Kleides fest und zog sie mit sich. Sie machte einen Schritt auf ihn zu, zog ein Knie hoch und rammte es ihm mit aller Kraft der Verzweiflung zwischen die Beine.

Das Ergebnis war verblüffend. Johanns Augen verdrehten sich nach oben und Franziska konnte einen Augenblick lang nur das Weiße sehen. Dann verließ alle Anspannung seinen Körper und er ließ von ihr ab. Wie eine Stoffpuppe fiel er nach hinten um und knallte auf die Planken des Wehrgangs.

Arnold hatte im Laufen erkannt, dass Franziska sich erfolgreich gewehrt hatte, und machte einen kleinen Umweg zur Küche, an deren Außenwand Feuerholz aufgestapelt war. Mit einem armlangen dicken Ast kam er kurz nach Christian bei Franziska an. Dieser hatte sich neben die auf dem Wehrgang kauernde Franziska gekniet und berührte sie vorsichtig an der Schulter. Franziska beugte sich vor und spuckte mehrmals aus.

»Holt Wein und einen Eimer Wasser herbei!«, brüllte Arnold den herbeieilenden Knechten entgegen.

»Ist er tot?«, fragte Franziska mit dünner Stimme. Sie richtete sich etwas auf und rieb sich mit dem Ärmel ihres zerrissenen Kleides den Mund ab.

»Halt mich bitte ganz fest«, sagte sie dann zu Christian.

»Aber ...«

»Kein Aber!« Sie ließ sich gegen ihn sinken und er nahm sie vorsichtig in den Arm. Sie zitterte.

»Kannst du mit mir gemeinsam aufstehen, ohne mich loszulassen?«

Christian konnte nur nicken. Er wusste aber, dass sie die Bewegung spüren würde. Vorsichtig kamen sie auf die Beine. Franziska drehte sich in seinen Armen und legte ihren Kopf an seine Schulter.

»Bringt den Wein in den Palas zum großen Kamin, schürt das Feuer und legt warme Decken bereit. Den Eimer Wasser zu mir!«, gab Arnold Anweisungen. Dann trat er grinsend zu Christian und Franziska.

»Ich hätte nie gedacht, dass du so gefährlich bist.«

»Ich habe mit Ria geübt, wie man solche Kerle abwehrt.« Franziskas Stimme klang schon wieder etwas fester. »Ich habe ihn doch nicht getötet?«, wiederholte sie ihre Frage.

»Nein, solange jemand blutet, ist er nicht tot«, meinte Arnold. Johann lag halb auf der Seite, er blutete aus der Nase. Arnold trat näher und schüttete ihm das kalte Brunnenwasser mit Schwung ins Gesicht.

»Bring sie hier weg«, sagte Arnold zu Christian.

»Aber nicht loslassen!«, sagte Franziska.

»Keine Sorge, ich muss dich nur ein bisschen anders halten.« Christian ließ den einen Arm um ihre Schulter gelegt, griff mit dem anderen in ihre Kniekehlen und hob sie hoch.

»Du hast recht, so ist es besser«, flüsterte Franziska an seiner Schulter. Sie legte die Arme um seinen Hals. Lange

Strähnen ihres blonden Haars hatten sich aus der aufwendigen Frisur gelöst, die sie heute morgen mit Marias Hilfe aus ihren Haaren geformt hatte. Sie hatte in dem kurzen Gerangel nicht gemerkt, dass Johann ihren Schleier heruntergezogen hatte.

Auf halbem Weg zum Palas kam ihnen Ria entgegen, die eine Decke um Franziska und Christian legte.

»Ist sie verletzt?«, fragte Maria besorgt.

»Ich glaube nicht, höchstens ein paar blaue Flecken.«

»Ist nicht schlimm«, hörten sie Franziska schläfrig murmeln.

»Dem Himmel sei Dank. Schwester, ich bin stolz auf dich.«

Im Weggehen hörte Christian, wie Arnold Johann ansprach. Seine Stimme klang übertrieben freundlich.

»Wenn Ihr versucht aufzustehen, schlage ich Euch mit diesem Knüppel hier Euer edles Gesicht endgültig zu Brei!«

»Ach«, rief er Ria und Christian hinterher, »und lasst diesen Ehevertrag und Tinte und Feder hier auf den Wehrgang bringen.«

»Oder wollt Ihr lieber mit Eurem Blut unterschreiben?«, wandte er sich wieder Johann zu.

Der Ritter hielt sich die Nase. Was er zu sagen versuchte, war nicht zu verstehen. Irgendjemand hatte die Wachen verständigt und so nahmen zwei Soldaten mit gezogenen Schwertern neben Arnold Aufstellung.

»Sollen wir ihn in den Kerker werfen oder in den Wassergraben?«

»Der Ritter Johann hat hier noch eine Kleinigkeit zu erledigen und möchte dann sehr gerne abreisen. Man möge schon einmal sein Pferd aufzäumen. Je nachdem, ob er sich jetzt gleich einigermaßen kooperativ zeigt, könnten wir dann immer noch entscheiden, ihn zu Fuß nach Hause zu schicken, vielleicht mit einem kurzen Bad im Burggraben. Was meint Ihr, lieber Johann?«

Nantes, Januar 1499

Das Château des Ducs de Bretagne war eine gewaltige Wasserburg. Sie befand sich noch im Bau, daher konnten bisher nur das vierstöckige Wohngebäude und die Kapelle genutzt werden. Die Kapelle ragte wie eine halbrunde Bastion aus der Mauer heraus und war rundum mit einem Wehrgang versehen.

Der Neubau der Burg war von Annes Vater François begonnen worden; nach seinem Tod hatte Anne die Arbeiten weiterführen lassen. Die gewaltigen Türme und Mauern aus Granit und Schiefer sollten ein Zeichen für die unbeugsame Haltung der Bretagne zu den Expansionsbestrebungen der französischen Krone sein.

Eine Hochzeit zwischen der Herzogin der Bretagne und dem französischen König gerade hier war daher gleichzeitig ein Zeichen der Wertschätzung wie auch der Unterwerfung. Immerhin hatte Anne es erreicht, dass durch den neuen Ehevertrag der Bretagne weitere Privilegien zugebilligt wurden. Wichtigste Voraussetzung für ein autonomes Weiterbestehen der Bretagne über Annes Tod hinaus war allerdings die Geburt eines Nachkommen, der lange genug leben würde, um Herzog oder Herzogin der Bretagne werden zu können.

Massimo und Samira waren Mitte Dezember in Paris angekommen, nur um festzustellen, dass die Hochzeit in Nantes stattfinden sollte. Also hatten sie sich einer Reisegruppe angeschlossen und gleich wieder auf den Weg gemacht. Mit dabei war auch Hofdame Renée mit ihren Eltern, dem Grafen von Penthièvre und seiner Frau.

Für Massimo und Samira war in den Wohngebäuden der Burg kein Platz mehr. Sie suchten sich eine Unterkunft in der

Nähe, zwischen der Burg und der Baustelle der neuen Kathedrale. Die alte romanische Kathedrale war mehrfach von den Normannen zerstört worden, doch der gotische Neubau war noch weitgehend unvollendet. Lediglich die Westfassade und ein Teil der Säulen des Langhauses standen schon. Die Türme erhoben sich allerdings nur ein Stockwerk über der Fassade und hatten daher keine Spitzen.

Das Wetter am 8. Januar, dem Tag der Hochzeit, war grau, nasskalt und windig. Vom nahen Atlantik her zogen tief liegende Wolken durch das Tal der Loire nach Nantes. Daher wurde die Zeremonie schnell von den Stufen der Westfassade der Kapelle, an die rechts und links die Festungsmauern anschlossen, ins Innere verlegt.

Auf dem Platz zwischen dem vierstöckigen Palais, das bei gelegentlichen Wolkenlücken im Sonnenlicht gleißend weiß aufstrahlte, und der Kapelle standen hunderte Gäste. Nur für einige waren Plätze in der Kapelle reserviert. Massimo und Samira gehörten nicht zu den Glücklichen, die mit in die Kapelle durften.

Dafür ernteten sie draußen vor der Kapelle manch irritierten Seitenblick. Massimo überragte die meisten Männer und Frauen auf dem Platz, sein roter Haarschopf war weithin zu sehen. Wer ihnen ein wenig näher stand, sah an seiner Seite eine nur ein wenig kleinere Frau mit ebenholzfarbener Haut, die ein teures Kleid in Gold- und Grüntönen trug. Es wurde getuschelt, wer dieses junge Paar im Gefolge von Anne sei, aber niemand traute sich, die beiden darauf anzusprechen. Renée ihrerseits war, was das anging, sehr auskunftsfreudig und unterstrich die exotische Aura, die von den beiden ausging.

Burg Wilhelmstein, Januar 1499

Die Stimme des alten Mannes vor dem Burgtor klang müde. Er stand im Schneematsch vor dem Tor und führte an einem Halfter einen Esel, der eine Gepäckrolle und ein kleines Mädchen trug. Die Kleine sah noch müder aus als der alte Mann.

Da Arnold auf einer geheimen Mission unterwegs war, hatte man das Tor geschlossen. Die Zugbrücke lag auf ihren Lagern, aber niemand konnte in die Burg, ohne von den Wachen eingelassen zu werden. Es schneite. Auf dem Kopf des Mannes und der Kapuze des Mädchens hatten sich Schneehäubchen gebildet.

»Können wir denn nicht wenigstens unter den Torbogen kommen?«, fragte der Mann. »Ich bin unbewaffnet, wie Ihr seht.«

Er hatte einen eigenartigen Akzent, klang irgendwie südländisch, was zu seiner trotz des Winters recht dunklen Hautfarbe passte. Seine Haare und die Bartstoppeln in seinem Gesicht waren grau, sodass er wirkte, als sei er mit Raureif überzogen.

»Wir haben schon jemanden geschickt, der die Herrschaft informiert«, sagte der Wachsoldat vom Wehrgang herab.

»Ist Arnold von Harff denn nicht hier?«

»Darüber darf ich keine Auskunft geben!«

Ria kam über den Weg von der Hauptburg her, erstieg vorsichtig die rutschigen Stufen zum Torturm und stellte sich neben die Wache.

»Was ist mit Herrn Christian? Der sollte diesen Kerl doch persönlich kennen«, fragte der Wachsoldat.

»Christian und Franziska sind beschäftigt und ich hatte gerade Zeit«, antwortete sie vage. Tatsächlich hatte sie sich erfolgreich davor gedrückt, Hühner zu rupfen und die Federn zu sortieren.

»Wer seid Ihr und was ist Euer Begehr?«, fragte sie von den Zinnen über dem Tor herab.

»Mein Name ist Vincent, ich war der Dolmetscher für Herrn Arnold von Harff, als dieser in den Ländern des Mamelukken-Sultanats unterwegs war. Ich hoffte, diesen Herrn hier treffen zu können, aber so scheint es nicht zu sein.«

»Wenn Ihr Arnold kennt, dann wisst Ihr sicher auch, wer noch mit ihm unterwegs war?«

»Sicher! Ein Schreiber namens Christian, eine nubische Sklavin mit Namen Samira und ein junger rothaariger Mann aus Verona mit Namen Marco oder Massimo.«

»Und für wen habt Ihr, außer für Arnold noch gearbeitet?«

»Für Tagrî Berdî, den Oberdolmetscher von al-Qahir und den Sultan der Mamelukken, An-Nasir Mohammad, der jetzt leider tot ist.«

»Oh. Arnold hatte befürchtet, dass er sich nicht lange halten würde.«

»Können wir unsere nette Plauderei bitte im Warmen fortsetzen? Ich weiß nicht, wie lange meine Tochter noch durchhalten kann.«

»Ja, natürlich! Seid willkommen, Vincent von Granada, und tretet ein.« Die Wache am Tor hatte ihre Antwort offensichtlich gehört und knarrend öffnete sich die Mannpforte. Als Ria am Boden ankam, war Vincent schon im Tordurchgang.

»Kannst du laufen, oder soll ich dich tragen?«, fragte sie das kleine Mädchen, das unter der dunklen Haut grau wirkte. Große braune Augen sahen sie an. Dunkle nasse Locken stahlen sich unter ihrer Kapuze hervor.

»Sie ist sehr schüchtern und beherrscht die neue Sprache noch nicht gut«, antwortete Vincent an ihrer Stelle. Ria streckte die Arme aus und die Kleine lehnte sich zu ihr herüber. Sie packte das Kind auf ihre linke Hüfte.

»Es sind nur noch ein paar Schritte, dann seid ihr im Warmen und in Sicherheit.«

»Du kannst dir nicht vorstellen, was deine Worte für uns bedeuten.« Vincent deutete eine Verbeugung an und berührte mit den Fingerspitzen seiner rechten Hand Stirn, Mund und Herz. Die Geste faszinierte Ria.

»Wie heißt du denn?«, fragte sie das kleine Mädchen an ihrer Seite.

»Aya!« Die Antwort war fast unhörbar.

Verstohlen beobachtete Ria, wie Vincent scheinbar entspannt neben ihr herging. Aus ihrer Zeit als Tochter des Königs der Unterwelt wusste sie, dass nur erfahrene Kämpfer ihre gespannte Aufmerksamkeit so verbergen konnten, wie Vincent es tat. Auch wenn es für den oberflächlichen Beobachter nicht so aussah, war ihr nach den ersten Schritten klar, dass er ein gefährlicher Krieger war.

Christian und Franziska begrüßten Vincent auf dem Burghof. Man konnte ihre Neugier nach Geschichten aus Kairo spüren, aber erst einmal hießen sie ihn willkommen und boten an, dass er ein warmes Bad nehmen könne. Derweil würden sie ein Abendessen vorbereiten lassen und dann seine Geschichte anhören.

Irgendjemand brachte eine Holzplatte mit Scheiben eines kräftigen Brots, Butter und Salz in den Rittersaal, wo sie auf das warme Bad warteten. In der Wärme vor dem Kamin und mit ein paar Bissen Brot im Bauch hatte Ayas Haut wieder einen gesunden Bronzeton angenommen. Einmal lächelte sie Ria sogar an.

Schließlich kam Lis und teilte ihnen mit, dass der Badezuber bereitet sei.

»Soll ich Euch bei der Kleinen helfen?«, fragte Ria.

»Das wäre sehr freundlich!«

Sie badeten gemeinsam das kleine Mädchen, Ria hüllte die Kleine in ein trockenes Leinentuch und wollte sich dann verabschieden, aber Aya hielt sie fest an der Hand und ließ sich nicht davon überzeugen, dass Ria nun gehen wollte. Also blieb sie.

»Geht baden, solange das Wasser warm ist«, sagte sie zu Vincent. »Ich kämme Aya derweil die Haare und schaue auch bestimmt nicht hin.« Dennoch konnte sie sich einen oder zwei Seitenblicke nicht verkneifen und als Vincent ins Wasser stieg, bewunderte sie das Spiel der Muskeln und fragte sich, wo die ganzen großen und kleinen Narben herkamen, die sich auf seiner dunklen Haut hell abzeichneten.

Er rasierte sich im Zuber sitzend mit seinem Dolch, den er in einer Lederscheide am Unterarm getragen hatte.

Schließlich erhob er sich aus dem Bad und griff nach einem Tuch, das ihn komplett einhüllte.

»Ihr habt doch geschaut!«, sagte er brummig, aber nicht unfreundlich.

Er stand vor ihr, sie musste nur ein wenig hoch blicken, also war er kleiner als Arnold oder Christian, aber seine muskulösen Schultern waren mindestens doppelt so breit wie ihre. Einen winzigen Moment lang blitzte der Gedanke auf, wie es sich anfühlen würde, in seinen Armen zu liegen, doch Ria verdrängte ihn sofort wieder.

Sie nahm Aya, deren Haare inzwischen fast getrocknet waren und die saubere Kleidung anhatte, auf die Hüfte und verließ die Badestube, damit auch Vincent sich anziehen konnte.

Beim Abendessen im Rittersaal erzählte Vincent seine Geschichte, wie er sich daran erinnert hatte, dass Arnold ihm Hilfe in jeglicher Form angeboten hätte und dass er bei seiner Flucht aus Ägypten zunächst nicht wusste, wohin er gehen sollte. Tagrî Berdî hatte persönlich dafür gesorgt, dass er eine Nacht Zeit hatte, um zu verschwinden. Dennoch war er zu seiner Frau und seinen Kindern gegangen und hatte versucht, sie mitzunehmen. Seine Frau hatte sich daraufhin von ihm losgesagt, sie wollte in Kairo bleiben, ebenso ihre älteren Kinder.

Nur die kleine Aya hatte sich an seinem Hals festgehalten und geschrien und um sich geschlagen, als er sie in die Arme ihrer Mutter übergeben wollte. Sie war immer schon Vincents Lieblingstochter gewesen und das Verhältnis zu ihrer Mutter war mit der Zeit abgekühlt. Also hatte er sie schließlich mitgenommen. Unterwegs und vor allem im Norden, wo das Wetter kalt und winterlich war, hatte er diesen Entschluss mehrfach bereut, denn er befürchtete, dass sie die Reise nicht überleben würde. Aber Aya war härter, als er gedacht hätte, berichtete er mit Stolz in der Stimme.

Schließlich war die Kleine im Sitzen eingeschlafen. Ria bot an, sie ins Bett zu bringen. Aya stimmte verschlafen zu.

»Danke, edles Fräulein Ria!«, sagte Vincent. »Ich leere noch diesen Becher mit meinem Freund Christian und dann komme ich auch nach.«

»Ria hier bleiben«, sagte Aya, als sie in ihrem Bett lag.

»Na klar, ich warte, bis dein Papa kommt.« Zufrieden schloss Aya die Augen. Sie hatten Vincent und Aya zwei kleine Zimmer mit einer Verbindungstür zugewiesen, sodass Aya auch dann in Ruhe schlafen konnte, wenn Vincent in seinem Zimmer noch Licht hatte.

»Baba und Ria!«, sagte Aya und schlief ein.

Einer spontanen Idee folgend, ging Ria in die angrenzende Kammer. Dort zog sie sich aus. Sie öffnete ihre Haare, die wild lockig auf ihre Schultern fielen und machte eine kleine Bestandsaufnahme. Ihre Hüften waren breiter geworden und ihre Brüste, die ihr damals in Köln überhaupt nicht gefallen hatten, waren zu ihrer stillen Freude zu kleinen festen Kugeln herangewachsen, so groß etwa wie ein reifer Apfel. Sie legte sich ins frisch gemachte Bett und wartete auf Vincent.

Der kam auch bald ins Zimmer, leise, um Aya nicht zu stören. Er erfasste in einem Augenblick die Situation, schloss vorsichtig die Tür und blieb dort stehen.

»Was soll das?«, fragte er leise. Ria konnte seinen Ton nicht deuten. Er war weder freundlich noch unfreundlich.

»Ist das nicht eindeutig? Ich mache Euch ein Angebot. Es gilt nur für diese Nacht, danach sehen wir weiter«, sagte Ria leise.

Vincent antwortete nicht.

»Es tut mir leid, aber edles Fräulein kann ich einfach nicht!«, setzte sie daher noch hinzu. »Oder soll ich gehen?«

Als er immer noch nicht antwortete, setzte sie sich auf die Bettkante. Einen kleinen unbesonnenen Moment lang zuckte sein Blick zu ihren Brüsten und dem dunklen Dreieck zwischen ihren Beinen. Ria spürte, dass er jetzt aufgeben würde.

»Du bist gerade so alt wie mein Ältester«, sagte Vincent resigniert. »Du könntest meine Tochter sein.«

»Hast du Sorge, dass du vielleicht zu schwach sein könntest, alter Mann?«, neckte sie ihn. Er schob von innen den Riegel vor.

»Willst du mich beleidigen?«, ging er auf das Spiel ein.

»Nein, aber wenn du Angst hast ...«

In wenigen Augenblicken hatte er sich seiner Kleider entledigt.

»Mein Angebot wird erweitert«, sagte sie im Morgengrauen. »Aber denk darüber nach, bevor du mir eine Antwort gibst.« Sie spürte, dass er etwas sagen wollte, sich dann aber anders entschied.

»Du solltest wissen«, fuhr sie fort, »dass ich nicht adlig bin. Meine Mutter war zwar von Adel, kleiner Landadel nur, aber mein Vater war ein Verbrecher, er war der Anführer einer Unterweltbande in Köln, nannte sich König der Unterwelt. Du siehst, ich bin nicht so harmlos, wie ich aussehe.«

Vincent ließ sich Zeit mit der Antwort. Ria hatte schon gemerkt, dass er gründlich nachdachte, bevor er redete.

»Ich habe dich keinen Augenblick für harmlos gehalten«, sagte er dann.

»Danke, ich verstehe das als Kompliment.« Sie hob den Kopf von seiner Schulter und lächelte.

»Das kannst du auch. Ich hätte nicht zugelassen, dass du meine Tochter ins Bett bringst, wenn du nicht etwas ganz Besonderes wärst.«

»Es ging also nur um deine Tochter?«

Vincent schüttelte den Kopf.

»Ich hätte nie erwartet, dich in meinem Bett vorzufinden. Nicht einmal gewagt, solches auch nur zu denken. Aber ich danke dir, dass du diesen Schritt getan hast. Und ich werde nie wieder sagen, dass du meine Tochter sein könntest.«

Er legte seine freie Hand auf ihre Hüfte und zog sie näher.

»Ihr habt die ganzen Waffen im Arsenal von Venedig besichtigt und gezählt?« Franziska war fassungslos, wie immer, wenn sie an diese Stelle des Berichts geriet. »Einen ganzen Tag lang Waffen zählen?«

»Ist auch nicht meine Lieblingsbeschäftigung«, brummte Christian. »Aber Arnold hatte den Auftrag, etwas über die Bewaffnung von Freund und Feind herauszufinden. Er hat auch bei vielen der größeren Geschütze das Kaliber ausgemessen. Maximilian will das wohl vereinfachen, denn wenn man im Krieg Waffen erbeutet, passen meistens die Kugeln nicht richtig.«

»Das soll ein Pilgerbericht werden, da gehören Waffen nun wirklich nicht rein.«

»Aber Abbildungen von Kleidung und wilden Tieren?« Christian wollte sie nur ärgern.

»Naja, auch nicht wirklich«, lenkte sie ein. »Das wirkt ja, als würde man nur zum Spaß auf eine solche Reise gehen, um fremde Länder und Gebräuche zu erkunden und nicht aus Demut und um seine Zeit im Fegefeuer zu verkürzen.«

»Ich denke, Arnold geht es vor allem darum, möglichst viele Leser anzusprechen«, überlegte Christian.

Seit Franziska sich so erfolgreich gegen Johann von Palandt verteidigt hatte, fiel es ihr leichter, Berührungen auszuhalten. Sie stand auf und reckte sich. Dann kam sie herüber zu Christian und schmiegte sich an ihn. Christian genoss die Momente, in denen sie übten, wie Franziska es ausdrückte. Er legte eine Hand auf ihre Hüfte und küsste sie zart auf den Mund.

Ria zeigte Vincent den geheimen Gang, der von der Burg in die Talaue führte. Als sie in der Kammer waren, in der inzwischen eine Leiter an der Wand stand, hörten sie von oben ein scharrendes Geräusch. Sofort hatte Vincent seinen Dolch wurfbereit in der Hand. Lautlos zogen sie sich einige Schritte rückwärts in den Gang zurück. Vincent schloss die Klappen der kleinen Laterne fast ganz.

Ein Bein kam in Sicht, das nach der oberen Stufe der Leiter tastete, dann eine Hand, die ebenfalls eine Laterne hielt. Der Fuß rutschte auf der feuchten obersten Sprosse ab, die Laterne rutschte aus der Hand und fiel zu Boden, wo sie erlosch. Ein unterdrückter Fluch ertönte von der Leiter, dann hörten sie, wie jemand sehr vorsichtig die Leiter herunter stieg. Etwa auf halber Höhe merkte er, dass es trotz allem noch ein wenig Licht gab.

»Ist da jemand?«, fragte Arnold. »Zeigt euch!«

Vincent öffnete die Klappen der Laterne wieder.

»Wäre ich ein Feind, wärst du jetzt tot. Du wirst unvorsichtig, mein Freund.«

»Wie soll man noch vorsichtig sein, wenn man im Stockdunkeln auf einer Leiter hängt? Und wie kann es sein, dass ich die Stimme eines Freundes höre, den ich in Syrien oder Ägypten wähnte.«

»Nun, ich bin jetzt hier und nicht mehr in Ägypten«, sagte Vincent und trat in die Kammer. Arnold drehte sich auf der Leiter und sprang dann kurzerhand die letzten Sprossen hinab auf den sandigen Grund. Er packte Vincent an beiden Oberarmen.

»Ich dachte schon, dass meine Sinne mir hier in der Dunkelheit einen Streich spielen würden, aber du bist es wirklich!«

»Du bist wirklich ein Mensch, der meint, dass nur das der Wahrheit entspricht, was er sehen oder hören kann. Aber es gibt viele Dinge, die so nicht erklärbar sind.«

»Wir sollten unsere Dispute nicht in einer dunklen Höhle führen. Lasst uns hinauf in die Burg gehen. Ich habe Hunger und Durst und das dringende Bedürfnis nach einem Bad. Seit ich in den Ländern der Ungläubigen war, kann ich davon nicht genug kriegen.« Er knuffte leicht Vincents Arm.

»Hallo, Ria!«, grüßte er überrascht. Er hatte die junge Frau hinter Vincent im Dunkeln noch nicht bemerkt. Ria trat neben Vincent.

»Hallo, Arnold.«

Vincent legte einen Arm um ihre Schultern.

»Ich sehe, du hast dich hier schon gut eingelebt«, sagte Arnold zu Vincent. »Ich muss sagen, darauf wäre ich nie gekommen, aber außer vom Altersunterschied passt ihr sehr gut zusammen.« Er grinste Vincent verschwörerisch an.

Vincent war beeindruckt, wie schnell Arnold die richtigen Schlüsse gezogen hatte.

Burg Wilhelmstein, April 1499

Samira und Massimo waren Ende Februar aus Nantes wiedergekommen. Um nicht schon wieder voneinander getrennt zu werden, planten Samira und Franziska, so schnell wie möglich zu heiraten. Doch zunächst mussten die Fastenzeit und das Osterfest hinter ihnen liegen, sodass sie die Hochzeit auf Mitte April festlegten.

Auch Arnold war immer wieder in geheimer Mission unterwegs. Er machte nur vage Andeutungen, dass er sich um Familienangelegenheiten und Aufträge des Herzogs kümmerte, ohne groß in Erscheinung zu treten. Zwischendurch arbeitete er mit Franziska und Christian am Text für den Reisebericht.

Der Tag der Hochzeit begann kühl, aber sonnig. Die Kirschbäume blühten und erste Schwalben flogen eine Handbreit über den grünen Weiden. Sie hatten beschlossen, im kleinen Kreis zu feiern, denn in beiden Fällen gab es keine Familie, die man einladen konnte und alle vier stammten aus armen Verhältnissen. Lediglich Samira hatte ihre Freundin Renée eingeladen, die mit Hochzeitswünschen von Anne und begleitet von ihren Eltern nach Bardenberg gekommen war. Massimo und Christian hatten aber verabredet, am Nachmittag ein großes Festessen im Rittersaal für das Personal der Burg und die Wachmannschaft zu veranstalten und Arnold beteiligte sich, indem er für Bier und Wein sorgte.

Für Franziska verging der Tag wie in einem Traum. Sie konnte sich hinterher daran erinnern, wie der Priester sie vor dem Kirchenportal gefragt hatte, ob sie Christian Schreiber aus Blankenheim heiraten wolle und sie erinnerte sich auch noch an die Antwort von Christian und dass neben ihnen auch Massimo und Samira getraut wurden. Der Rest des Tages ging unter in einem dauernden Hochleben, Essen, Trinken, Tanzen und Singen.

So war sie fast überrascht, als sie am Ende des Festes von einer Schar Gäste noch bis zu ihrem Zimmer geleitet worden waren und es plötzlich leise war. So leise, dass sie ihren eigenen Atem hören konnte.

»Jetzt ist es wohl soweit«, sagte sie. Ihr war ein wenig schwindelig, sie wusste nicht, ob vom Wein oder vom Tanzen.

»Wir müssen das jetzt nicht tun, das weißt du doch?«

»Natürlich, Liebster, aber wann dann?

Nein!« Sie begann, die Bänder aus dem Haar zu lösen. »Heute ist der Tag. In meiner Hochzeitsnacht werde ich endlich frei sein von diesen Ängsten. Ich weiß, was auf mich zukommt und ich will es so dringend.«

Christian half ihr mit zitternden Fingern, die Verschnürung des Kleides zu lösen und schließlich stand sie nackt vor ihm. Er küsste ihre Halsbeuge und dann legte er vorsichtig ein Hand auf ihre Brust.

»Komm schon, mach schnell, bevor ich es mir anders überlege«, flüsterte sie heiser, denn sie hatte ihre Stimme nicht mehr unter Kontrolle. Sie legte sich aufs Bett und ihre langen blonden Haare flossen um ihren schlanken Körper. Dann beobachtete sie, wie er sich ebenfalls auszog.

Sie erinnerte sich an den schlaksigen abgemagerten Christian, der vor zwei Jahren vom Fieber geschüttelt in Köln von ihr warmgehalten worden war. Alles an ihm war damals zu lang und schmal gewesen, mit zu großen Händen und Füßen wie bei einem unterernährten Hundewelpen. Jetzt war er durch die Reise viel kräftiger geworden. Als er sich neben sie legte, strich sie federleicht mit ihrer Hand über seine muskelbepackten Arme und Schultern.

Er legte die Hand auf den Hügel zwischen ihren Beinen. Als er die kleine Perle zwischen den Schamlippen fand, sog sie scharf die Luft ein.

»Hab ich dir wehgetan?«, fragte Christian besorgt und wollte sich wieder zurückziehen.

»Bleib bloß da! Ich dachte nicht, dass allein dein Finger schon so heftige Gefühle auslöst.« Sie begann zu zittern, drückte sich mit dem Unterkörper gegen seine Hand.

»Wie mag es erst sein, wenn du so ganz in mich …«, begann sie atemlos.

»Willst du es wissen?«

»Ja! Jetzt!«

Danach redeten sie eine ganze Weile nicht mehr.

Kloster Aremberg, Blankenheim, Mai 1499

Sie ritten den schmalen Karrenweg zum Kloster hinauf. Franziska hatte darauf bestanden, mitzukommen, auch wenn sie bei Ria und Vincent in der Herberge in Blankenheim hätte warten können. Sie wussten nicht, was Christian im Kloster erwarten würde, also hatten sie ausgemacht, dass Ria und Vincent am Nachmittag, wenn sie zur zweiten Stunde nicht wieder in Blankenheim erschienen, nach dem Rechten sehen und gegebenenfalls gewaltsam in das Kloster eindringen würden.

Schon am Vortag hatte Christian um eine Audienz beim Prior des Klosters gebeten, sodass sie an der Pforte empfangen wurden und ohne große Umstände in das Gemach des Priors geleitet wurden. Christian hatte sich unter dem Namen Crispin Scriptorius angemeldet und Bruder Thomas, der Pförtner, hatte ihn auch nicht erkannt, aber er war sicher, dass spätestens der Prior seine Tarnung durchschauen würde.

Sie nahmen an einem schweren Schreibtisch Platz. Der Prior saß in einem Stuhl mit geschnitzter Rückenlehne. An der Wand stand ein Stehpult, auf dem aufgeschlagen eine prächtige Bibel lag und in einer Wandnische stand eine steinerne Heiligenfigur.

Nachdem Christian Franziska als seine Frau vorgestellt hatte, kam der Prior auch gleich zur Sache.

»Junger Mann, auch wenn du hier als Fremder Einlass erbittest, sind meine Augen doch noch nicht so schwach, als dass ich nicht erkannt hätte, wer du bist.«

Die Stimme des Priors klang nicht unfreundlich, aber Franziska spürte einen harten Unterton. Sie griff zu Christian hinüber und drückte warnend seine Hand.

»Ich habe nicht damit gerechnet, dass ich lange unerkannt bleibe«, antwortete Christian.

»Ist deine bezaubernde Gemahlin über die unangenehmen Umstände deiner damaligen überstürzten Abreise im Bilde?«

»Ja, Herr, ich weiß über alles Bescheid«, antwortete Franziska anstelle von Christian. Zwischen den Augenbrauen des Priors bildete sich eine steile Falte. Um ihn zu ärgern, setzte sie noch hinzu: »Ich war daran beteiligt, ihn gesund zu pflegen, nachdem er von hier geflohen ist.«

Man sah dem Prior an, dass er nicht gerne von Frauen unterbrochen wurde. So wandte er sich dann auch wieder an Christian.

»Nun, mein Sohn, was also willst du hier? Zieht es dich zurück an den Ort deiner Missetaten?«

»Nein, ich bin gekommen, um eine Geschichte abzuschließen, gewissermaßen etwas in Ordnung zu bringen.«

Der Prior zog fragend die Augenbrauen hoch, sagte aber nichts.

»Als ich von hier fliehen musste, war ich unschuldig«, erklärte Christian. »Ein anderer hatte mich benutzt, um seine Taten zu verschleiern. Ich nehme an, dass ich exkommuniziert wurde, nachdem ich geflohen bin oder unter Kirchenbann gestellt. Auch wenn ich durch eine Pilgerreise nach Rom, Jerusalem und zu anderen Zielen Generalabsolution errungen habe, möchte ich, dass dieser Makel von mir genommen wird.«

»Dann wäre zunächst zu beweisen, dass du eine Pilgerreise gemacht hast, sonst könnte das ja jeder behaupten.«

»Das kann ich beweisen, wenn Ihr mir die Gelegenheit dazu gebt. Ich habe nicht damit gerechnet, dass ich Beweise beibringen müsste, daher habe ich sie jetzt nicht dabei.«

»Dann bleibt aber immer noch der Status quo, dass du unter Kirchenbann diese schöne junge Frau geheiratet hast, also hast du nach der Pilgerreise wieder eine schwere Sünde auf dich geladen.«

»Aber nach der Pilgerfahrt war ich doch frei von allen Strafen und Sünden.«

»Wann hast du die Pilgerreise offiziell beendet? Und wo? In Aachen oder Köln? Sind dort die entsprechenden Eintragungen in die Registerbände gemacht worden? Dann kann ich einen Boten schicken, der deine Angaben überprüft.«

Der Prior sah an Franziskas Gesichtsausdruck, dass er einen wunden Punkt berührt hatte. Er lächelte triumphierend.

»Also nicht? Dann tut es mir leid, dir mitteilen zu müssen, dass du nicht verheiratet bist und außerdem ein hinreichender Anfangsverdacht besteht, sodass ich dich den Wachen übergeben werde. Solltest du tatsächlich unschuldig sein, werden sie die Wahrheit bei der Befragung sicherlich bald aus dir herausholen.«

Er schlug mit einem hölzernen Klöppel gegen eine kleine Bronzeglocke auf seinem Schreibtisch.

»Aber hört mich doch zunächst weiter an, ich habe doch noch überhaupt nicht erklären können, wie …«

Mit einer herrischen Geste schnitt er Christian das Wort ab.

»Wir haben zur Sicherheit die Wachen bereits benachrichtigt, sie waren vor euch hier und warten draußen.«

Das Gesicht des Priors hatte einen harten Ausdruck angenommen. Offensichtlich war er nicht gewillt, weiter zu diskutieren.

Christian sah sich suchend nach einem Fluchtweg um, er fühlte sich zurückversetzt in die Zeit seiner Flucht aus dem Kloster. Panik stieg in ihm auf. Warum hatte er Franziska in Gefahr gebracht? Warum hatte er die ganze Sache nicht einfach auf sich beruhen lassen?

Franziska hingegen griff in den weiten Ärmel ihrer Robe, stand gleichzeitig auf und machte drei Schritte um den Schreibtisch herum. Der Prior, der gerade aufstehen wollte, spürte den kalten Stahl eines Dolchs an seinem linken Ohr und eine Hand auf seiner Schulter.

»Wenn ihm etwas passiert, seid Ihr tot«, sagte sie leise in sein Ohr.

»Eine weitere Sünde, mein Kind, die dich in den Kerker und in die Hölle bringen wird«, sagte der Prior. Sein betont freundlicher Ton passte nicht zu dem, was er gesagt hatte. Zu Franziskas stiller Genugtuung versuchte er allerdings unauffällig, dem Druck der Messerspitze auszuweichen.

Es klopfte an der Tür, dann wurde sie aufgestoßen. Zwei Büttel standen im Türrahmen, machten einen kleinen Schritt in den Raum und schlugen dann der Länge nach auf die Steinfliesen. Sie waren an Händen und Füßen gefesselt, was Christian aber nicht gleich bemerkt hatte. Über die am Boden liegenden Männer sprangen zwei dunkel gekleidete Gestalten in den Raum.

Obwohl er damit hätte rechnen können, erkannte er erst jetzt Vincent und Ria, die sich, je ein Wurfmesser in jeder Hand und zwei weitere in einem Gurt am Körper, rechts und links mit Abstand zu den Wachen in zwei Raumecken zurückzogen. Franziska nahm das Messer vom Hals des Priors und zog sich ihrerseits an die Rückwand des Raumes zurück.

»Wir hatten ein ganz schlechtes Gefühl, bis zum Nachmittag zu warten und sind euch gleich gefolgt«, erklärte Vincent.

»Ist alles in Ordnung bei dir, Schwester?«, fragte Ria.

»Alles gut!«, sagte Franziska. »Danke, dass ihr so schnell da wart.«

Vincent steckte eins seiner Messer weg und trat zu den Bütteln, die immer noch mit dem Gesicht am Boden lagen. Er packte erst den einen, dann den anderen Mann am Kragen und setzte sie an die Wand, sodass sie alles sehen konnten, auch das Messer, das bedrohlich vor ihrer Nase tanzte.

»Wir brauchen euch als Zeugen, also passt gut auf«, sagte er.

Der Prior hatte sich inzwischen gefasst.

»Da hast du aber in eine interessante Familie eingeheiratet«, sagte er zu Christian, der sich wieder ihm gegenüber an den Schreibtisch setzte.

»Wenn man solche Feinde wie Euch hat, braucht man gute Freunde«, gab Christian ebenso freundlich zurück.

»Ich bin nicht dein Feind, mein Sohn. Ich bin ein Mann der Kirche, unser Ansinnen ist nicht die Strafe, sondern Sühne und Vergebung.«

»Mir wird gleich schlecht«, flüsterte Ria, sodass es alle im Raum hören konnten.

»Ich gehe nicht davon aus, dass ihr mich töten oder entführen wollt«, sagte der Prior. »Also was wollt ihr dann?«

»Gerechtigkeit«, gab Christian zurück. »Ich möchte, dass ihr mir zuhört, dass der wahrhaft Schuldige zur Rechenschaft gezogen wird und am Ende, wenn alles so verlaufen ist, wie wir es uns vorgestellt haben, wäre ich bereit, dem Kloster ein Geschenk zu machen.«

Er kramte in dem Beutel an seinem Gürtel und legte einen blauen Lapislazuli und einen hell- und dunkelgrün gebänderten Malachit zwischen sich und den Prior auf den Schreibtisch.

»Das ist kein Schuldgeständnis, sondern eine Art Wiedergutmachung oder vielleicht auch ein Dank für meine Ausbildung in diesem Kloster.«

Sie hatten im Voraus viel darüber diskutiert, ob es nötig oder richtig sei, solch überaus wertvolle Steine dem Kloster zu überlassen, aber schließlich hatte sich Christian durchgesetzt. Davon abgesehen, dass die Steine ihm gehörten und er mit ihnen machen konnte, was er wollte.

Der Prior nickte ihm zu. »Ich höre.«

Christian berichtete von dem Verdacht, den er damals in der Schreibstube hatte und wie er den Cellerarius eines Abends dort angetroffen hatte. Er erklärte, wie es dem Cellerarius gelungen war, ihm die Schuld in die Schuhe zu schieben. Außerdem erzählte er von seiner Flucht und von der Pilgerreise.

Der Prior schwieg lange, dachte offensichtlich über das Gehörte nach. Dann erhob er sich. Er wirkte müde.

»Es fällt mir schwer, das zu glauben. Der Cellerarius und ich sind schon so lange hier in diesem Kloster. Aber deine Geschichte hört sich plausibel an. Ich denke, wir sollten Bruder Bartholomäus herholen und seine Version der Geschichte anhören.«

»Ich hole ihn, wenn ihr wollt«, bot Ria an. »Diese geistlichen Herren sind immer so überrascht, wenn ein Mädchen sie mit einem Messer bedroht.«

Der Prior trat zum Fenster und zeigte ihr das Küchenhaus und den Kellereingang. »Bruder Bartholomäus ist wahrscheinlich im Keller und hat bereits probiert, ob der Wein von gestern auf heute auch nicht schlecht geworden ist.«

Vincent beobachtete vom Fenster aus voller Stolz, wie Ria, einer schwarzen Katze gleich, jede natürliche Deckung und die Schatten unter Bäumen und an Hauswänden nutzte, um ungesehen über den Hof zu kommen. Sie huschte in den Weinkeller und kam nach ein paar Minuten hinter einem Mönch in einer braunen Kutte wieder heraus. Diesmal ging sie auf kürzestem Weg über den Klosterhof zurück zum Haus des Priors.

Schnaufend betrat Bruder Bartholomäus den Raum. Auf seiner Stirn standen Schweißtropfen und er roch nach Wein. Gehetzt blickte sich der Mönch um, sein Blick blieb schließlich an Christians Gesicht hängen. Es dauerte eine Weile und dann schlich sich Erkennen in seinen Gesichtsausdruck. Sein Kinn mit den darunter liegenden Speckrollen begann zu zittern. Niemand machte den Anfang und sagte etwas und schließlich hielt Bartholomäus die Stille nicht mehr aus.

»Was wollt ihr von mir?«, fragte er mit einem weinerlichen Unterton in der Stimme in die Runde.

Ria hatte sich indes wieder in die Raumecke zurückgezogen und die Kapuze ihrer Gugel von den widerspenstigen braunen Locken gezogen.

»Sagt Ihr es uns doch, Bruder Bartholomäus«, sagte Christian leise. »Ihr wisst doch genau, warum wir hier sind.«

»Ich sehe dein Gesicht in meinen Träumen, immerzu.«

»Und was sage ich dir in diesen Träumen?«

»Du sagst, dass ich für deine Vertreibung und deinen Tod verantwortlich bin. Aber jetzt sehe ich, dass du noch lebst. Du bist zurückgekehrt aus der Hölle, um mich zu holen.«

»Niemand will dich abholen«, warf der Prior ein. »Aber du wirst in die Hölle kommen, wenn du das hier nicht in Ordnung bringst.«

»Ich habe nichts getan. Er hat die Steine aus dem Scriptorium genommen.« Er deutete mit dem Finger unfein auf Christian.

»Du hast doch gerade gesagt, dass er dich in deinen Träumen für seinen Tod verantwortlich macht.« Franziska war nah an den Mönch herangetreten und verzog wegen seines strengen Geruchs angewidert das Gesicht. »Warum träumst du immerzu von ihm, wenn du ein reines Gewissen hast.«

»Weiber sind Teufelsbrut!«, heulte Bartholomäus. »Sie drehen dir das Wort im Munde herum, bis du nicht mehr weißt, was du sagen willst.«

»Antworte!«, donnerte der Abt. Auch er war um seinen Schreibtisch herum zu Bartholomäus gekommen, um ihm in die Augen sehen zu können. »Warum sucht er dich in deinen Träumen heim? Hast du ein schlechtes Gewissen? Willst du weiter von ihm träumen?«

Der Mönch ging auf die Knie und hielt wie zum Schutz beide Arme über den Kopf.

»Nein, nein! Ich will das nicht mehr!«, heulte er.

»Was? Sag es uns!« Der Prior beugte sich zu ihm herab. Er legte eine Hand auf die Schulter des Mönchs. »Du willst deine Sünde doch nicht irgendwann mit ins Grab nehmen, Bartholomäus«, sagte er leise und freundlich.

Tränen rannen über das feiste Gesicht.

»Ja, Vater, ich war's, nicht Christian. Ich habe die Steine genommen und auch Geld aus der Kasse. Vater, ich möchte die Beichte ablegen!« Er schluchzte leise.

»Nicht jetzt und nicht hier«, beschied der Abt. »Wenn ich nach dir suche, erwarte ich, dich vor dem Altar der Kapelle anzutreffen«, sagte er streng.

»Ja, Vater!« Bartholomäus nickte eifrig.

»Liegend, mit dem Gesicht zum Boden«, setzte der Prior hinzu. »Geh mir aus den Augen.«

Schwerfällig erhob sich Bartholomäus. Er war kreidebleich, schien noch etwas sagen zu wollen, aber verließ dann ohne ein weiteres Wort den Raum.

»Das wird noch ein hartes Stück Arbeit«, seufzte der Prior und setzte sich wieder.

»Ich bitte um Vergebung«, wandte er sich wieder an Christian und drehte die Handflächen nach oben. »Dir wurde grobes Unrecht angetan. Leider auch durch meine Mithilfe. Wir werden alles tun, um dich von jedem Verdacht reinzuwaschen.«

Er nahm die Steine in die Hände, betrachtete sie und legte sie wieder auf den Tisch.

»Aber warum willst du dich nach all dieser schlechten Behandlung nun auch noch bei uns bedanken?«

»Nun«, Christian überlegte einen Moment, »letztlich hat sich durch den Verdacht alles zum Guten gewendet. Wäre ich nicht gezwungen gewesen, von hier zu fliehen, wäre ich nie nach Köln gelangt und wäre nie Franziska begegnet.

Hättet Ihr mich hier nicht Schreiben und Lesen gelehrt, wäre ich nicht der Chronist des Pilgers Arnold von Harff geworden und hätte diesen Reisebericht auch nicht geschrieben. Ich hätte nie das Heilige Grab besucht, nie Rom und Kairo gesehen. Nie hätte ich solch gute Freunde gefunden.« Er spürte, dass ihm gleich die Stimme versagen würde.

»Seltsame Freunde allerdings«, meinte der Prior, auch um die Stimmung nicht zu feierlich werden zu lassen. Einer seltsamen Eingebung folgend, griff er in die Schublade seines Schreibtisches und holte ein Pergament hervor. Dann erhob er sich ächzend und ging hinüber zu Vincent.

»Ihr könnt das wahrscheinlich lesen.« Er reichte Vincent den Bogen, auf dem sich verschlungene Zeichen in einer fremden Schrift befanden. Vincent lächelte zustimmend, reichte das Pergament aber an Christian weiter.

»Man muss viel Fantasie haben, um diese Zeichen zu deuten«, sagte Vincent.

»Aber in der Regel beinhalten solche Kalligrafien den Namen Allah und Teile aus dem arabischen Glaubensbekenntnis. Ich denke, hier steht Allahu akbar und vielleicht hier unten auch noch der letzte Satz La ilaha illal-lah.«

»Sehr gut, mein Freund!«, sagte Vincent.

»Was bedeutet das?«, fragte der Prior.

»Gott ist größer«, antwortete Christian. »Und: Es gibt keinen Gott außer Allah.«

»Ich dachte mir so etwas«, sagte der Prior. »Man sagt, wenn man diese Worte ausspricht, werde man ein Moslem?«

»Ihr könnt die Worte aussprechen oder ablesen und es passiert nichts mit Euch«, meinte Vincent. »Erst wenn Ihr sie mit dem Herzen sagt, werdet Ihr den wahren Glauben erlangen.«

Der Prior schaute ihn zweifelnd an, sagte dazu aber lieber nichts.

»Das Pergament stammt aus einem Buch in unserer Bibliothek. Es besteht nur aus solch seltsamen Zeichen und wir haben noch niemanden gefunden, der es für uns übersetzen kann, wir wissen nicht einmal, wovon es handelt. Vielleicht findet ihr ja irgendwann einmal die Zeit, herzukommen und das Buch anzusehen.«

»Lasst es herholen und wir können Euch wenigstens sagen, um was für eine Schrift es sich handelt«, meinte Christian. »Aber vielleicht sollten wir diese beiden Gestalten hier erst wieder losbinden und nach Hause schicken.«

»Oh, gute Idee!« Der Prior hatte die beiden Wachen an der Wand ganz offensichtlich vergessen. Ria trat zu ihnen und schnitt die Fesseln durch. Die Männer verabschiedeten sich eilig, nachdem sie der Prior nach ihren Namen gefragt hatte und sich bestätigen ließ, dass sie alles verstanden hatten.

Ein Novize, der Christian unbekannt war, brachte schließlich ein in Leder gebundenes Buch. Sie legten es auf den Tisch und Christian und Vincent beugten ihre Köpfe darüber. Christian schüttelte schließlich den Kopf und sah zu Vincent hinüber. Der lächelte.

»Hierbei handelt es sich um eine Übersetzung eines uralten indischen Buchs ins Arabische, den ersten Band des Kamasutra. Das Werk besteht insgesamt aus sieben Bänden und befasst sich mit dem Zusammenleben von Mann und Frau. An einigen Stellen geht es ganz eindeutig um die körperliche Liebe. Ich bin nicht sicher, ob Ihr das wirklich übersetzen wollt.«

»Wir werden darüber nachdenken.«

Sie waren am Morgen von Blankenheim aus losgeritten, vorbei an der Priorei Aremberg, denn Christian meinte, dass er von dort den Weg zum Bauernhof seiner Eltern besser finden würde. Immer zu Weihnachten und Ostern durfte er als Novize das Kloster verlassen, um seine Familie zu besuchen.

Jetzt hatte er ein unwirkliches Gefühl, als sei er in die Vergangenheit versetzt worden. Gleichzeitig wusste er, dass Franziska neben ihm ritt, was ihm ein warmes Gefühl der Sicherheit gab. Die Bilder überlagerten sich, ein junger Novize in Sandalen und Mönchskutte und ein verheirateter Mann auf einem Pferd, beide auf dem Weg zum Haus seiner Eltern.

Er wusste nicht, was auf ihn zukommen würde, ob seine Eltern oder seine Geschwister noch lebten. Aber er wusste, dass er nicht heimkehren würde, höchstens zu Besuch. Wo seine neue Heimat sein würde, hatten sie noch nicht endgültig entschieden, vielleicht in Köln oder Heinsberg.

Hinter Christian und Franziska ritten Ria und Vincent, der die kleine Aya vor sich auf den Hals des Pferdes gesetzt hatte. Sie wollten Aya nicht, wie gestern, bei der Frau des Herbergswirts lassen, denn es war nicht geplant, nach Blankenheim zurückzukehren. Aya war sehr tapfer, aber sie fürchtete sich immer, wenn sie ohne ihren Vater sein musste.

Der Bauernhof lag in einer kleinen Senke. Er lag allein, eine Viertelmeile von einem kleinen Weiler mit einer Kapelle aus Bruchsteinen entfernt, aber Christian wusste, dass sich hier in der Umgebung überall kleinere oder größere Höfe in Tälern und zwischen Waldstücken versteckten. Durch eine Weide, auf der hoch das Gras stand, floss gluckernd ein kleines Bächlein, das weiter unten im Wald verschwand.

In der Nähe des Hofes war das Gras abgeschnitten oder vielleicht auch abgefressen worden, aber es waren keine Tiere zu sehen. Das Tor zum Hof stand offen, einer der beiden Torflügel hing ein wenig schief in den Angeln. Die Wände aus lehmbraunem Fachwerk waren genauso ausbesserungsbedürftig wie das Reetdach. Über dem Kamin stieg kein Rauch auf und es war still, kein Kinderlachen, keine von Menschen erzeugten Geräusche störten den Gesang der Feldlerche, die hoch am Himmel ihr einsames Lied sang.

Etwa dreißig Schritte vor dem Tor hielten sie an. Vincent ritt nah an das Pferd von Ria und reichte ihr Aya hinüber. Dann stieg er ab und hatte schon, als er auf dem Boden aufkam, eines seiner Wurfmesser in der Hand. Sein Pferd, die Zügel locker über dem Hals, folgte ihm. Vincent zog den Kopf des Pferdes zu sich herunter und flüsterte etwas in sein Ohr. Dann gab er ihm einen Klaps auf den Hals und das Tier trottete langsam zum Hoftor. Dicht hinter dem Pferd schlich sich Vincent zum Tor. Das Pferd streckte seinen Hals durch das Tor und nahm durch seine Nüstern den Geruch des Hofs auf. Dann atmete es geräuschvoll wieder aus und schritt zielstrebig in den Innenhof. Vincent folgte ihm, war aber nur Augenblicke später wieder da.

»Ihr könnt herkommen«, sagte er laut. Offensichtlich bestand keine Gefahr. Christian, Franziska und Ria ritten in den Hof. Ein schneller Überblick beim Absteigen zeigte, dass Vincents Pferd einen Wassertrog an der Wand des Stalls gefunden hatte, in dem sich tatsächlich noch ein wenig Wasser befand. Zufrieden stillte es seinen Durst.

Von der Türschwelle des Wohnhauses erhob sich schwerfällig eine verhärmt aussehende Frau mit grauen Haaren. Sie stützte sich auf eine hölzerne Mistgabel und schlurfte zu ihnen herüber.

»Verzeiht, Herr, ich bin in der Sonne eingeschlafen und habe Euch deshalb nicht gehört.« Offensichtlich wusste sie nicht genau, an wen sie sich wenden sollte und sprach deshalb Christian an, der zwar jünger war, aber die deutlich teurere Kleidung trug.

»Seid willkommen in meiner bescheidenen Hütte. Was kann ich für die edlen Herrschaften tun? Seid ihr vom Weg abgekommen?« Vorsichtig kam sie noch ein, zwei Schritte näher.

»Viel kann ich Euch nicht anbieten, nur kühles Quellwasser und frische Milch und ein wenig altbackenes Brot von vorgestern.«

In Christians Kopf bildete sich ein Name, aber das Bild, das er sah, passte nicht dazu. Er hatte seine ältere Schwester als lebenslustige, dralle junge Frau in Erinnerung, mit blonden Zöpfen und rosigen Wangen, wenn sie mit den Jungs von den anderen Höfen auf der Kirmes getanzt hatte.

Franziska stupste ihn von hinten an und er ging zwei Schritte auf seine Schwester zu.

»Catharina«, sagte er und hörte selbst, wie fremd seine Stimme klang.

Die Frau legte den Kopf ein wenig schief, schien dem Klang nachzuhorchen. Dann ging Erkennen über ihr Gesicht.

»Christian!« Sie streckte eine Hand nach ihm aus, die er mit seinen beiden Händen ergriff. »Wir haben gedacht, du wärst tot.«

Sie trat einen Schritt zurück, entzog ihm ihre Hand wieder. In ihrem Gesicht war die anfängliche Freude einem misstrauischen Ausdruck gewichen.

»Was machst du hier? Du weißt, dass du den Hof nicht erben kannst.«

»Natürlich nicht, wir sind nur hier, um euch zu besuchen«, beeilte er sich, sie zu beruhigen.

»Na gut, dann tretet ein.« Erleichterung zeigte sich auf ihrem Gesicht.

»Warum steht die Kuh noch im Stall? Das Wetter ist gut und das Gras steht hoch.«

»Ich habe keinen, der auf sie aufpassen kann. Die Kinder sind mit den Schweinen im Wald, aber sie sind noch zu klein und müssen zu dritt gehen, damit sie die Schweine auch unter Kontrolle halten können. Und ich fühlte mich heute Morgen nicht in der Lage, mit dem schweren Hammer einen Pflock in den Boden zu hauen, um sie anzubinden.«

Vincent war schon unterwegs und Christian folgte ihm, während die Frauen ins Haus gingen. Aya rannte ihnen hinterher, mit leuchtenden Augen. Sie sprang wie eine junge Ziege durch das hohe Gras. Kurz darauf hörte man kräftige Schläge von Holz auf Holz und dann führte Christian die Milchkuh auf die Weide und band sie mit einem langen Strick an den Zaunpfahl, den sie mitten in der Wiese in den Boden getrieben hatten.

Die Frauen hatten aus den mitgebrachten Vorräten und dem altbackenen, aber schmackhaften Brot eine Mahlzeit angerichtet. Während des Essens erzählte Catharina, was Christian während der letzten drei Jahre nicht erfahren hatte.

»Die Eltern sind in dem Winter, nachdem du aus dem Kloster verschwunden warst, gestorben, kurz nacheinander. Nicht aus Gram, sondern weil sie die Ruhr bekommen hatten. Und unsere beiden Brüder und mein lieber Mann«, sie spuckte das Wort förmlich aus, »haben sich im Frühjahr einem Söldnerheer angeschlossen, angeblich um den Hof finanziell zu unterstützen. Sie haben noch die Gerste und den Hafer ausgesät und sind dann verschwunden. Seitdem habe ich nichts mehr von ihnen gehört.«

»… und wahrscheinlich auch kein Geld gesehen«, ergänzte Christian.

»Wo denkst du hin?« Catharinas Wangen hatten durch das Essen ein wenig Farbe bekommen. »Ich weiß nicht mal, wie ich die Ernte einbringen soll, so wenig Geld ist übrig, dass ich keinen Knecht bezahlen könnte.«

»Ich werde euch helfen.«

»Danke! Das ist wirklich Rettung in letzter Minute. Ich hatte keine Idee, wie wir über den nächsten Winter gekommen wären. Am liebsten würde ich sagen, du sollst dein Geld behalten, aber Stolz kann ich mir im Moment nicht leisten.«

»Ihr habt euch immer für meinen Aufenthalt im Kloster krummgelegt, warum sollte ich jetzt nicht etwas zurückgeben?«

Als die Schatten länger wurden, hatten Christian und Vincent mit Ayas Hilfe den Stall ausgemistet. Die drei Kinder von Catharina, ein schlaksiges Mädchen von vielleicht zehn Jahren und zwei Jungen, die vielleicht acht und fünf Jahre alt waren, nahmen ganz unproblematisch Aya bei sich auf.

Sie blieben über Nacht und Christian sorgte dafür, dass am nächsten Tag Handwerker angeworben wurden, die das Dach ausbessern und das Tor reparieren würden. Außerdem versprach er, Catharina genügend Geld für einen Gehilfen und den Unterhalt über den Winter zukommen zu lassen.

»Kommen wieder?«, fragte Aya, als sie sich nach zwei Tagen verabschiedeten. »Schön hier!«

»Natürlich kommen wir wieder her«, sagte Ria.

»Gut!«

Roermond, Juli 1499

Bertram von Kirchrath erwachte, weil ein kleiner Spatz auf seiner Schulter gelandet war und an seinen Haaren zog. Er versuchte, sich über die Schmerzen überall in seinem Körper klar zu werden. Die Sonne schien auf sein Gesicht und er versuchte, es wegzudrehen, aber irgendetwas hielt ihn in dieser unbequemen Position fest. Auch seine Hände gehorchten ihm nicht, sie waren links und rechts von seinem Kopf in einem Holzbalken eingeklemmt. Nur seine Füße konnte er bewegen, aber dann zog es schmerzhaft an seinem Hals, also ließ er es bleiben.

Langsam wurde er immer klarer, aber immer noch konnte er nur undeutlich sehen und hatte mörderische Kopfschmerzen. Seine Zunge lag dick und trocken in seinem Mund und er hatte Durst. Trotz seiner undeutlichen Wahrnehmung war ihm inzwischen klar, dass er am Pranger stand. Nur, wie er dort hingekommen war, konnte er sich nicht erklären.

»Wasser«, krächzte er und es dauerte einen Moment, bis ihm klar wurde, dass es tatsächlich seine Stimme war, die er gerade gehört hatte. Eine alte Marktfrau, die vor ihm gestanden hatte, kicherte und ging weg.

»Wasser«, sagte Bert noch einmal etwas lauter. Die Alte kam zurück und schüttete ihm einen Eimer Wasser über den Kopf.

»Vielleicht vertreibt das deinen Rausch, Junge«, sagte sie.

Einige Straßenkinder kamen herbei und piksten ihn mit langen Haselgerten in die Seite, zwischen seine Beine und zwischen seine Pobacken. Entsetzt stellte er fest, dass er anscheinend komplett nackt war. Das Erschrecken und der

Schluck Wasser führten dazu, dass er wieder etwas klarer denken konnte.

Eines der Straßenkinder hatte sich recht nah herangetraut und versuchte, mit seiner Haselgerte seine Geschlechtsteile anzuheben. Die anderen feixten und feuerten ihren Kumpan an. Bert versuchte, nach ihm zu treten, was neuerliches Gejohle auslöste. Dann wurden die Kinder vertrieben und jemand machte sich an dem schweren Schloss zu schaffen.

»Dat krijg ik niet open.« Er verschwand wieder aus Berts Blickfeld. Ein Apfel kam herübergeflogen und zerplatzte neben Berts Kopf am Holz. Matschiger fauler Apfel spritzte in sein Gesicht. Er schloss die Augen und versuchte nachzudenken.

Langsam erinnerte er sich. Da war eine Stimme. Jemand hatte seine Geschlechtsteile gepackt und ein langes Messer angesetzt.

»Wenn du noch einmal einem kleinen Mädchen Gewalt antust, dann wirst du dein bestes Teil und deine Eier verlieren. Merk dir das, wir kommen wieder.«

Da war diese Bettlerin gewesen, die einen sabbernden Krüppel an einem Seil hinter sich herzog. Die Kleine war ganz niedlich und hatte ihm klargemacht, dass sie gegen ein etwas größeres Almosen gewisse Dienste anbieten würde. Das war zwar verboten, aber Bert hatte wenig Bedenken. Sie zeigte ihm einen schmalen Durchgang zwischen zwei Häusern und band den Krüppel am Zugang an. Dann zog sie ihn zwischen den Häusern in den Schatten, lehnte sich an die Wand und hob ihre Röcke. Bert starrte auf ihre Beine und das Dreieck aus dunklem Haar dazwischen und gleich darauf verlor er das Bewusstsein. Später erwachte er noch einmal und lag gefesselt, geknebelt und nackt in der engen Gasse. Der Krüppel hatte ein Messer angesetzt und wollte ihm offensichtlich die Geschlechtsteile abschneiden. In Panik hatte er sich gewunden, dann hatte die junge Frau seinen Knebel ein wenig zur Seite gezogen und ihm eine Flüssigkeit in den Mund geschüttet. Um nicht zu ersticken, hatte er einen Teil davon heruntergeschluckt.

»Bist du sicher, dass das nicht zu viel war?«, hatte der Mann gefragt, der plötzlich nicht mehr wie ein hilfloser Krüppel wirkte.

»Er hat einen Teil wieder ausgespuckt. Na und wenn er daran stirbt, ist es halt Pech. Wär nicht schade um ihn.« Die Frau packte ihn am Kinn und drehte sein Gesicht zu sich herum. »Liebe Grüße von der kleinen Lis«, sagte sie liebenswürdig. »In ihrem Namen verfluche ich dich! Immer wenn du einer Frau beiliegen willst, wirst du an das Messer zwischen deinen Beinen denken.« Bertram schwanden die Sinne. »Ich weiß nicht, vielleicht hätten wir ihn doch töten sollen«, hörte er noch, dann wurde es schwarz um ihn.

Als die Büttel mit einem Schlossmacher wieder bei ihm auftauchten, hatte sich sein Geist geklärt. Ihm war klar geworden, dass es sich bei der jungen Frau um Maria handelte, der jungen Frau von Burg Wilhelmstein. Wie sie es geschafft hatte, ihn zu finden, konnte er sich beim besten Willen nicht vorstellen. Dass eine Frau derartig rücksichtslos und brutal vorgehen konnte, passte nicht in sein Weltbild und er ärgerte sich maßlos, dass er sie in ihrer Verkleidung nicht erkannt hatte.

Es war ihm unsäglich peinlich, dass er nackt mitten in Roermond an einen Schandpfahl gefesselt war, aber offensichtlich hatten sie ihm seine Männlichkeit nicht genommen. Seine Zeit bei der Stadtwache war allerdings nun vorbei. Er nahm sich vor, weitere Meilen zwischen sich und Maria und ihren mörderischen Begleiter zu bringen.

Mitleid oder Reue darüber, dass er die kleine Lis geschändet und beinahe getötet hatte, empfand er indes nicht.

Köln, September 1499

Das Buch war fertig. Auf Wunsch der Herzogin hatte Christian die Kapitel mit seinen Zeichnungen illustriert. Neben detaillierten Wegbeschreibungen enthielt es die für Pilger wichtigen Angaben über die Heiligen, die man auf dem Weg finden kann, und die Ablässe, die man auf einer Pilgerfahrt erringen konnte. Aber auch weltliche Dinge kamen vor, wie zum Beispiel wichtige Handelsgüter, Sehenswürdigkeiten und Wörterverzeichnisse in verschiedenen Sprachen. Dazu hatte Arnold immer wieder Episoden ihrer eigenen Erlebnisse mit eingeflochten, so dass das Buch die Interessen eines breiten Publikums abdeckte.

Dennoch hatten sie entschieden, keine groß angelegte Produktion mithilfe der neuen Buchdrucktechniken zu starten, sondern ganz traditionell handschriftliche Kopien anzufertigen. Nur beim Material hatten sie nicht auf das traditionelle Schreibmaterial Pergament zurückgegriffen, sondern Papier verwendet.

Bis zum Schluss hatten sie immer wieder darüber diskutiert, ob Arnolds Kritik an der Kirche oder die Aussage, dass die Erde eine Kugel sei, im Buch auftauchen sollten. Christian war der Meinung, solch ketzerische Aussagen sollte man zu seiner eigenen Sicherheit besser nicht schriftlich von sich geben, aber Arnold setzte sich letztlich durch und Christian hatte den Eindruck, dass auch Franziska Arnolds Meinung war.

Sie hatten mit Graf Wilhelm einen offiziellen Übergabetermin für den Oktober auf Burg Heinsberg ausgemacht. Jetzt mussten sie nur noch die letzte Etappe der Pilgerreise absolvieren, die sie auf Burg Wilhelmstein für etwa zehn Monate unterbrochen hatten.

Von Bardenberg aus reisten sie zunächst nach Aachen und nahmen dort offiziell unter Arnolds Namen an einem Hochamt teil. Das Gepäck, das sie nicht benötigten, war in verschiedenen Transporten nach Köln, Heinsberg, Caster und zu Arnolds neuem Wohnort Nierhoven geschickt worden. Arnold hatte das Angebot seines Onkels Godart angenommen, der in den vergangenen Jahren im Haus von Arnolds Mutter gelebt hatte und Gefallen daran gefunden hatte. Er bot Arnold im Tausch für das Haus in Köln seine Burg südlich von Erkelenz an. Burg Nierhoven war eine kleine Ringwallanlage mit Wohnturm, die für Arnold günstig zwischen Heinsberg, Geldern, Caster und Jülich lag.

Arnold sorgte auch dafür, dass Samira, Massimo und Vincent als freie Bürger von Köln registriert wurden. Sie erhielten entsprechende Urkunden, die nachwiesen, dass sie dem Herzog von Jülich und damit auch König Maximilian von Habsburg angehörten und sich in den Ländern dieser Herren frei bewegen konnten.

Diese letzte Reise war von einer gewissen Wehmut überschattet, denn sie würden nicht mehr nach Wilhelmstein zurückkehren und es war absehbar, dass sich ihre Wege nach den ganzen gemeinsamen Abenteuern bald trennen würden. Trotzdem waren sie fest entschlossen, sich gegenseitig zu besuchen, wann immer es möglich war.

In Jülich kamen ihnen erste Gerüchte zu Ohren, die behaupteten, Arnold sei gar nicht auf einer Reise, sondern im Auftrag des Herzogs inkognito als Bote oder Spion unterwegs gewesen. Der Reisebericht sei daher lediglich eine Erfindung, um sein jahrelanges Untertauchen zu erklären. Arnold war sich natürlich darüber im Klaren, dass Teile des Berichts erfunden waren. Die Gerüchte waren nah an der Wahrheit und daher ging er besonders vehement dagegen vor.

In weiser Voraussicht hatten sie die Bücher nicht endgültig fertiggestellt und schon gebunden, sodass Christian einige Blätter mit einer Widmung für den Grafen und seine Frau zufügen konnte, in denen Arnold auch auf die Vorwürfe einging. Er fand deutliche Worte, nannte seine Kritiker mutwillige unbändige Kläffer und Ehrabschneider, die tatsächlich glauben, dass kein anderes Land unter der Sonne sei als jenes, in dem sie leben.

Franziska und Christian fürchteten sich ein wenig vor dem Wiedersehen mit Lena und Hans. Die beiden hatten ihnen angeboten, ihnen das Haus in der Buschgasse zu überlassen. Sie wollten in absehbarer Zeit mit ihrem Handel näher an den Altermarkt heranziehen, möglichst in die Gegend zwischen St. Aposteln und Dom.

Sie kamen an einem sonnigen Nachmittag in Köln an und suchten das Haus von Ria in der Buschgasse auf. Auch Samira und Massimo, die wie Arnold, Franziska und Christian bei Godart in der Sankt-Mauren-Straße unterkommen würden, ritten zunächst mit zu Rias Haus.

Als sie das Haus durch das große Hoftor betraten, hatte Christian nur Augen für ein kleines blondes Mädchen, das an der Hand seiner Mutter unbeholfen über das Kopfsteinpflaster des Hofs tapste. Er trat ein paar Schritte auf die beiden zu und ging vor der kleinen Lucia in die Hocke.

Lena beugte sich zu ihrer Tochter hinunter.

»Schau, Lucia, wer da kommt. Das ist dein Onkel Christian, ein ganz lieber Freund von Mama und Papa.« Sie ließ Lucia los, die zwei unbeholfene Schritte auf Christian zu machte, die kleinen Ärmchen um seinen Hals legte und ihn schmatzend auf die Wange küsste. Vorsichtig, um ihr nicht wehzutun, legte Christian die Arme um das kleine Wesen und hob sie hoch.

»Crissan!«, sagte Lucia.

Franziska kam zu ihnen und legte einen Arm um Christian.

»Das ist meine Frau, Franziska«, sagte Christian mit belegter Stimme zu Lucia.

»Ziska!«

»Hallo, Lucia.«

Hinter ihnen betraten Ria und Vincent den Hof, an den Händen zwischen ihnen hielten sie Aya, die sich unsicher umschaute.

Franziska ging demonstrativ hinüber zu Lena und umarmte sie. Sie wollte ihr zeigen, dass sie keinen Groll mehr hegte. Jetzt, wo sie mit Christian verheiratet war, hatte sie dazu auch die nötige Sicherheit. Auch Ria löste sich von Mann und Stieftochter und begrüßte Lena. Hans hielt sich zunächst ein wenig abseits, kam dann aber ebenfalls näher. Es war offensichtlich, dass Lena die Herrin des Hauses war.

Sie setzten sich an den großen Tisch in der Küche. Traudi, die Haushälterin, hatte große Mengen süße Weckchen mit Zuckerstückchen, Korinthen und Safran gebacken, die nicht nur den Kindern schmeckten. Lena und Hans erzählten, dass sie im Moment als Gewürzkrämer arbeiteten und regelmäßig einen Stand auf dem Altermarkt hatten. Hans machte eine Ausbildung bei einem Gewürzgroßhändler, sodass sie demnächst vielleicht auch mit größeren Mengen handeln durften, wenn sie in die Gewürzhändlergilde in Köln aufgenommen würden. Die Herzogin von Jülich hatte diesbezüglich Unterstützung angeboten. Schnell war klar, dass Massimo und Samira mit Lena und Hans kooperieren würden, damit sie, wenn sie auf Reisen waren, in Köln eine feste Adresse hatten.

Als es in der engen Küche wegen der vielen Menschen zu stickig wurde, nahm Hans Massimo mit nach draußen und gemeinsam begutachteten sie die Waren und Lagerräume. Vincent begleitete sie, beteiligte sich aber nicht am Fachsimpeln über Pfeffer und andere Gewürze.

Arnold schaute hinauf zum Baukran, der in schwindelerregender Höhe auf dem Südturm des Doms saß. Der schräge Ausleger sah seit jeher so aus, als würde ihn der nächste Herbststurm auf die Häuser der Stadt werfen. Seile und Rollen knarrten im Wind, gearbeitet wurde nicht.

Sie betraten den Dom durch die Eingangshalle im Südturm. Arnold und Christian hatten ihre Pilgergewänder angezogen, die anderen kamen in festlicher Sonntagskleidung und versuchten, einen Platz möglichst weit vorne zu bekommen. Arnold und Christian wurden zum Altar gebeten, vor dem schon andere Pilger warteten, die ihre Reise noch vor sich hatten oder die aus verschiedenen Richtungen unversehrt wieder nach Köln heimgekehrt waren. Am Ende der Messe sprach Bruder Hieronymus mit den heimgekehrten Pilgern den Pilgersegen und nahm sie offiziell wieder in die Gemeinschaft der Gläubigen auf.

Heinsberg, Oktober 1499

Die Burg von Heinsberg lag auf einem von tausenden Händen aufgeschütteten Hügel. Diese sogenannte Motte war zweigeteilt. Auf dem stadtwärts gelegenen Hügel befand sich die Vorburg, in deren Umfriedung auf der Basis der alten Kirche im vergangenen Jahrhundert eine neue gotische Backsteinkirche entstanden war. Von der Vorburg gelangte man über eine Brücke zur Hauptburg. Dass diese aus einer Ringwallanlage mit Holzpalisade entstanden war, konnte man nicht mehr erkennen. Gewaltige Mauertürme schützten einen schlanken Bergfried, einen Saalbau und verschiedene kleinere Gebäude, zum Beispiel das Küchenhaus.

Der Herzog von Jülich nutzte eine Unterbrechung der Friedensverhandlungen von Orléans dazu, in seinem Herzogtum nach dem Rechten zu sehen. Zu Ehren von Arnold ließ er im Rittersaal von Burg Heinsberg ein großes Festmahl veranstalten, bei dem auch das fertige Buch mit dem Pilgerbericht an den Herzog und die Herzogin überreicht wurde.

Stundenlang war Arnold von alten Freunden und solchen, die sich als seine Freunde betrachteten, begrüßt worden. Es gab Trinksprüche und Schulterklopfen. Irgendwann verschwammen die Gesichter und die Segenssprüche, Heiratsangebote, Fragen und Anspielungen wiederholten sich. Im Geiste versuchte Arnold sich hinterher auch an jene zu erinnern, die Abstand gehalten hatten oder womöglich sogar eine abfällige Bemerkung fallen ließen.

Am Abend nach dem Festmahl stand Arnold mit Franziska und Christian auf dem Bergfried und schaute in den Sternenhimmel, über den immer wieder kleine Wölkchen zogen. Arnold war aufgewühlt und benötigte dringend einen klaren Kopf.

Er sog tief die klare, kalte Luft ein und in Gedanken war er bei seiner Reise und den Menschen, die ihm wichtig waren. Christian neben ihm hielt Franziska im Arm und Arnold beschloss, dass es auch für ihn endlich an der Zeit wäre, nach der Frau seines Lebens zu suchen. Weit blickten sie über das Heinsberger Land, das mit silbernen Mondlicht-Flecken getupft war.

»Jetzt werde ich wohl irgendwann doch noch heiraten müssen«, sagte Arnold mit einem nachdenklichen Blick auf das glückliche Paar an seiner Seite.

Personenverzeichnis

Historische Personen sind mit einem * Stern versehen.

Arnold von Harff* – Ritter des Herzogs von Jülich, Herr zu Nierhoven, macht eine Reise zu den drei wichtigsten Pilgerzielen der Christenheit: Rom, Jerusalem, Santiago
Wilhelm IV. von Jülich und Berg, Herzog* – Arnolds Lehnsherr und Ziehvater
Sybilla von Brandenburg* – Wilhelms zweite Ehefrau
Maria von Jülich* – einziges Kind von Sybilla und Wilhelm
Maximilian I. von Habsburg* – König und später Kaiser des Heiligen Römischen Reichs Deutscher Nation
Guntram von Beeck – einer von Arnolds Freunden, die wider Erwarten nicht mit auf Pilgerreise gehen wollten
Christian Schreiber – flüchtiger Novize aus dem Kloster Aremberg bei Blankenheim in der Eifel
Änni (Anna van Elsum) – Arnolds Haushälterin in Köln
Franzi (Franziska) – Findelkind in Arnolds Haushalt mit Problemen beim Lesen und Schreiben
Maria (Ria) – noch so ein verlorenes Kind, rettet Franziska das Leben
Bruder Hieronymus – Bibliothekar des Domklosters
Lena Leinweber – Pilgerin aus Köln auf der Suche nach Maria Magdalena und sich selbst
Hans Leinweber – Lenas Mann
Massimo (Marco) di Verona – ein findiger Straßenjunge mit trauriger Vergangenheit und guter Nase
Samira – Sklavin aus Zentralafrika, zeitweise im Besitz von Christian
Lis – Straßenkind aus Köln, später im Dienste des Haushalts der Familie von Harff.

Heinrich Mahr (Hein) – passt auf das Haus von Marias Großmutter in der Buschgasse auf
Gertraud (Traudi) – Köchin in Marias Haus

Jan van Issum – in Zweikampf von Arnold schwer verwundet und sehr nachtragend
Bert und **Arndt** – Handlanger von Jan
Sophie – Jans Schwester, schön, aber langweilig
Carl van Egmond* – Herzog von Geldern, Gefolgsmann von Karl von Frankreich, Lehnsherr von Jan van Issum, Gegner von Wilhelm von Jülich und Berg

Conrad – Oberländer-Kapitän auf dem Rhein
Gernot Richter – Richter zu Rüdesheim am Rhein
Gottfried (Götz) von Berlichingen zu Hornberg* – gar nicht friedlicher jugendlicher Raufbold
Konrad von Berlichingen zu Hornberg* – Onkel von Götz
Georg Gossembrot* – bürgerliches Finanzgenie, das zu Höherem berufen ist und daher eine Burg besitzt

BARDENBERG / BURG WILHELMSTEIN

Cornelius Sevenich – Burgvogt von Burg Wilhelmstein
Johann Peter Sevenich – sein Sohn
Tom – Stallbursche auf Burg Wilhelmstein
Grit – Hebamme von Bardenberg
Bertram von Kirchrath – Wachsoldat auf Burg Wilhelmstein
Johann von Palandt – Ritter im Dienste des Herzogs von Jülich
Pieter Zeilmaakers, Jakob Blijlevens – zwei Ritter auf der letzten Etappe der Reise

ROM / VENEDIG / RHODOS

Andreas Barberer* – Wirt in Rom
Johan Payl* – Freund Arnolds, Vertrauter des Papstes
Alexander VI., Rodrigo Borgia* – Papst mit Hang zu schönen, jungen und immer jüngeren Frauen
Lucrezia* – wunderschöne, gefährliche Tochter des Papstes
Giovanni Sforza* – (noch) Ehemann von Lucrezia, Herr von Pesaro
Césare*, Giovanni*, Jofré* – Söhne des Papstes
Laura* – noch eine Tochter des Papstes
Giulia Farnese*, »**la Bella**« – Mätresse des Papstes, Mutter von Laura
Alessandro Farnese* – Bruder von Giulia, vom Papst protegiert
Vanozza de Cattanei* – noch eine Mätresse des Papstes, Mutter von Lucrezia, Césare, Giovanni, Jofré
Girolamo Savonarola* – Dominikanermönch aus Florenz, schärfster Gegner des Papstes und damit einer Meinung mit Arnold
Agostino Barbarigo* – Doge von Venedig
Andrea Loredano* – Kapitän eines stolzen Kriegsschiffs
Pierre d'Aubusson* – Großmeister des Johanniter-Ordens

KAIRO

An-Nasir Mohammed IV.* – nicht ganz rechtmäßiger Sultan der Mamelukken, Sohn des verstorbenen Sultans Quayitbay
Vincent de Granada – Dolmetscher »Trutschelman«
Tagrî Berdî* – Wesir und Oberdolmetscher von Kairo
Salomo ben Levi – Rabbi und Schriftgelehrter, Nachbar von Arnolds Haushalt in Kairo
Lilith – Salomos Tochter

Karim ibn Mohammed – Gewürzhändler
Ibrahim – sein ältester Sohn
Akilah – seine Tochter
Methusalem – alter Mann am Ufer des roten Meeres, der zwar blind ist, aber noch sehr gut in die Vergangenheit sehen kann
Zhèng Hé* – Admiral der legendären Schatzflotte des chinesischen Kaisers aus Nanjing

JERUSALEM

Gregorius de Triest – Abt des Klosters auf dem Zionsberg bei Jerusalem
Bruder Godefrid – ein deutscher Bruder aus Sankt Vith

KONSTANTINOPEL

Bayazid II.* – Sultan des osmanischen Reiches
Frank Kassan* – Ritter des türkischen Sultans aus der Steiermark

BRETAGNE

Pierre – Hüter der heiligen Quelle im Wald von Chesnay
Armand de Chesnay – Burgherr von Château de Chesnay
Jeanette de Chesnay – seine Frau
Isabelle – ihre Tochter

ERKELENZ

Leonard von Schwanenberg* – Bürgermeister von Erkelenz binnen
Martin Buix – Stadtschreiber von Erkelenz
Daem van Mennekrath – Wachsoldat am Bellinghover Tor
Johann van Sittard – Verräter, ebenfalls Wachsoldat
Godart van Rossum – Anführer der Truppen des Herzogs

PARIS

Anne de Bretagne* – Herzogin der Bretagne und ehemalige und zukünftige Königin von Frankreich
Ludwig XII. von Orléans* – König von Frankreich, Annes zukünftiger Gemahl
Renée de Penthiévre – Hofdame von Anne

BLANKENHEIM

Bruder Bartholomäus – Cellerarius des Klosters Aremberg
Catharina – Schwester von Christian

Zeittafel

778, 15. August	Schlacht von Roncesvalles in den Pyrenäen: Die Armee Karls des Großen wird vernichtet, Roland, »der letzte Paladin«, fällt und wird auf dem Pass begraben.
1250	Gründung des ägyptischen Mamelukken-Sultanats durch General Aybak al-Malik al-Muizz. In der Folgezeit erobern die Mamelukken die Kreuzfahrerstaaten im Heiligen Land zurück.
3. Sept. 1260	Die Mongolen, die bereits Delhi und Bagdad erobert haben, erleiden an der Goliathquelle (Ain Djalut) bei Nazareth in Palästina eine vernichtende Niederlage. Die Sieger, die Mamelukken, gelten seitdem für die arabischen Staaten im Westen als Retter des Islam.
1271 – 1295	Reise Marco Polos nach China
1291	Mit Akkon fällt die letzte Kreuzfahrerfestung in Outremer an das Mamelukken-Sultanat.
1306	Beginn des Schismas: Der Papst flieht nach Avignon, zeitweise gibt es mehrere Gegenpäpste.
1347 – 1353	Schwarzer Tod: Erste Pestwelle in Europa mit bis zu 25 Mio. Todesopfern
1396	Schlacht von Nicopolis: Das Heer des »letzten Kreuzzuges« wird durch die Osmanen bei Nicopolis vernichtend geschlagen.
1400	Zweite Pest-Pandemiewelle
1414, November	Konzil von Konstanz: Das Schisma wird wieder aufgehoben, Wiederentdeckung der Antike, Beginn der Renaissance
1431 – 1433	Siebte und letzte Reise der Schatzflotte unter Admiral Zhèng Hé
1448/49	Ausbruch der Pest in Deutschland, Dänemark, dem Baltikum, Schweden, den Niederlanden und England
1451	Geburt von Christoph Kolumbus in Genua
1452	Eroberung Konstantinopels durch die Osmanen
1455, 9. Januar	Geburt von Wilhelm von Jülich, später Wilhelm IV., Herzog von Jülich und Berg

1459, 22. März	Geburt von Maximilian von Habsburg, Sohn von Kaiser Friedrich III. und Eleonore Helena von Portugal, später König und dann Kaiser des Heiligen Römischen Reichs
1467, 13 Mai	Geburt von Sybilla von Brandenburg, später Herzogin von Jülich und Berg
1468	Al-Ashraf-Quayitbay wird Sultan der Mamelukken.
1471	Geburt von Arnold von Harff, zweiter Sohn von Adam von Harff und Rikarda von Hoemen auf Schloss Harff bei Caster.
1475	Wilhelm wird Herzog von Jülich und Berg
1477	Maximilian heiratet Maria von Burgund, eine Liebesheirat.
1480	Die Türken versuchen erfolglos, Rhodos zu erobern.
1481	Bayazid II. wird Sultan des Osmanischen Reiches.
	Wilhelm von Jülich heiratet Sybilla von Brandenburg.
	Ein schweres Erdbeben zerstört viele Städte im östlichen Mittelmeerraum.
1482	Maria von Burgund stirbt bei einem Jagdunfall.
	Lienhard Holle bringt eine Neuauflage der *Cosmographia* von Ptolemäus in Ulm heraus.
1483	Arnold von Harff studiert in Köln an der Artistenfakultät die sieben Künste, *septem artes liberales*: Grammatik, Rhetorik, Dialektik, Arithmetik, Geometrie, Musik, Astronomie. Es war gewissermaßen das Grundstudium *(studium generale)*, bevor man sich auf Medizin, Jura oder Theologie spezialisieren konnte.
1486	Maximilian I. von Habsburg, »*der letzte Ritter*«, wird römisch-deutscher König, Krönung in Aachen am 9. April
1488	Bartholomeo Diaz umfährt erstmals das Kap der Guten Hoffnung.
	Maximilian wird von aufgebrachten Untertanen in Brügge, das zu Burgund gehört, eingekerkert. Sein Vater Friedrich III. schickt eine Armee, der auch Einheiten des Herzogs von Jülich angehören, zur Befreiung seines Sohnes.
1490	Maximilian heiratet Anne de Bretagne *per procurationem*, also in einer Fernehe.
1491	Die Ehe Maximilians mit Anne de Bretagne wird annulliert, damit Anne und Karl VIII. von Frankreich heiraten können. Maximilians Tochter Margarethe (*

	1480), die Karl eigentlich heiraten sollte und die daher am französischen Hof erzogen wurde, wird von Karl verstoßen, aber erst 1493 zurück geschickt.
	Karl VIII. versucht erfolglos, Metz und das gesamte linke Rheinufer (und damit auch das Herzogtum Jülich) zu erobern.
	Geburt von Maria von Jülich (3. August), der einzigen Tochter und späteren Erbin Wilhelms von Jülich.
1492	Schwarzer Tod in Ägypten: Die Pest tötet etwa ein Drittel der Mamelukken.
	Maximilian führt Krieg gegen Frankreich.
	In Nürnberg wird der sogenannte Behaim-Globus angefertigt, der die Erde erstmals als eine Kugel darstellt, allerdings ohne die Kontinente Amerika und Australien.
	Kolumbus landet am 12. Oktober auf der Insel Hispaniola und glaubt, er habe in westlicher Richtung Indien erreicht.
	Karl von Egmond wird Herzog von Geldern.
	Rodrigo Borgia wird Papst Alexander VI.
1493, 12. Juni	Lucrezia Borgia heiratet Giovanni Sforza, den »Herrn von Pesaro«.
1493, 25. September	Kolumbus bricht zu seiner zweiten Reise auf.
1494	Seit Herbst laufen Friedensverhandlungen zwischen Jülich und Geldern, allerdings nicht sehr erfolgreich.
	Wilhelm kauft Ländereien um Wassenberg, Melick und Herkenbosch.
	Maximilian heiratet Bianca Maria Sforza.
1495	Reichstag von Worms, auf dem gegen den Willen von Maximilian unter anderem der sogenannte »große Landfrieden« beschlossen wird.
1496	Maria von Jülich wird mit Johann von Cleve verlobt.
	Quayitbay stirbt (8. August) und wird von seinem Sohn An-Nasir Muhammad IV. abgelöst, was bei den Mamelukken normalerweise nicht vorkam, denn der Sultan wurde üblicherweise gewählt.
1496, 7. November	Arnold von Harff tritt von Köln aus seine Pilgerreise zu den wichtigsten Heiligtümern der Christenheit an.
1497	Giovanni Caboto (John Cabot) erreicht Nordamerika.

	Amerigo Vespuccis »erste Reise« nach, naja, nennen wir es mal »Amerika«.
1497, 14. Juni	Juan Borgia wird von aufgebrachten Römern ermordet und angeblich in den Tiber geworfen.
1497, 20. Dezember	Papst Alexander löst die Ehe seiner Tochter Lucrezia mit Giovanni Sforza auf. Angeblich sei Giovanni impotent. Giovanni rächt sich, mit dem Gerücht, der Papst und Cesare wollten mit Lucrezia ungestört Blutschande betreiben können.
1498	Vasco da Gama erreicht Indien auf dem östlichen Seeweg, um Afrika herum.
	Kolumbus stößt im Bereich der Orinoco-Mündung erstmals auf amerikanisches Festland.
	Karl VIII. von Frankreich stirbt bei einem Unfall (April).
	Ludwig XII. wird König von Frankreich. Er vermittelt zwischen Jülich und Geldern. Parallel dazu macht Wilhelm gegen Geldern mobil und erobert die Geldrische Enklave Erkelenz (21. August), gewissermaßen als Pfand in den erneuten Friedensverhandlungen.
	An-Nasir Muhammad wird von Kanzler Tuman Bay festgenommen und hingerichtet. Neuer Sultan wird Az-Zahir Qânsûh.
	Arnold von Harff bricht seine Pilgerreise ab und kehrt, zunächst inoffiziell, vermutlich im Spätherbst, nach Heinsberg zurück.
1499	Anne de Bretagne heiratet Ludwig XII. von Frankreich (8. Januar). Als Gegenleistung für die Aufhebung der Ehe Ludwigs mit seiner ersten Frau Johanna verlangt Papst Alexander die Verheiratung seines Sohnes Cesare mit einer französischen Adligen.
	Erster Erfolg bei den Friedensverhandlungen zwischen Jülich und Geldern: Am 20. Juni wird der sogenannte Präliminarfrieden von Herkenbosch geschlossen. Wilhelm reist daraufhin nach Orléans, wo ein offizieller Friedensvertrag ausgehandelt wird, der am 29. Dezember in Kraft tritt. Wilhelm muss Erkelenz an Geldern zurückgeben.
	Arnold übergibt sein Buch an seinen Herrn Wilhelm, datiert ist diese Übergabe auf Oktober 1499 und auch die Reise soll so lange gedauert haben, vermutlich um die »Umwege« nach Indien und Zentralafrika zu erklären und Zeit zu erhalten, das Buch zunächst einmal fertig zu schreiben.

	Arnold tauscht das Haus seiner Mutter in Köln mit der Burg seines Onkels Godart. Er lebt fortan auf Burg Nierhoven bei Lövenich.
1500 / 1501	In Nürnberg erscheinen kurz nacheinander die »Romweg-Karte« und die »Landstraßen-Karte« von Erhard Etzlaub, die Breitengrade angeben und die Entfernungen zwischen den Orten mit gepunkteten Linien darstellen, wobei jeder Punkt einer deutschen Meile (ca. 7,4 km) entspricht.
1504	Arnold heiratet Maria von Bongart und Bredenbend. Nur wenige Monate später stirbt Arnold. Er wurde nur 33 Jahre alt.
1505	Arnolds Tochter wird geboren, allerdings wird sie nur etwa 10 Jahre alt. Arnold und seine Tochter sind in Lövenich begraben, von Arnolds Grab ist noch die Grabplatte erhalten, die sich heute in der Krypta der Kirche befindet.
1507	Waldseemüllers Weltkarte, in der er den neuen Kontinent *America* nennt, erscheint in Saint Dié.
1508	Maximilian von Habsburg wird Kaiser des Heiligen Römischen Reichs.
1509	Maximilian lässt Maria von Jülich in der Erbfolge (Jülich-Berg) zu.
1510	Maria heiratet Johann von Cleve.
1511	Die *Carta Itineraria Europa* von Waldseemüller erscheint in Straßburg.
	Herzog Wilhelm von Jülich stirbt (am 6. September).
	Maria von Jülich wird Herzogin von Jülich-Cleve-Berg.
1516	Wilhelm (V., genannt Wilhelm der Reiche) von Jülich-Cleve-Berg wird geboren.
	Die Osmanen erobern Syrien und Palästina.
1517	Die Osmanen erobern Ägypten. Damit endet das Mamelukken-Sultanat.
	Martin Luther schlägt 95 Thesen an die Pforte der Schlosskirche zu Wittenberg. Die Folge: Reformation, Gegenreformation, jahrzehntelange Religionskriege mit Millionen von Toten.

Nachwort

Arnold von Harff heiratete im Jahr 1504 Margarethe von Bongart und Bredenbend. Von seinem Onkel Godart hatte er eine Wasserburg in Erkelenz-Lövenich übernommen, im Tausch gegen das Haus seiner Mutter in Köln in der Sankt- Mauren-Straße (heute: Mohrenstraße). Er starb 1505 und wurde vermutlich in der Lövenicher Pfarrkirche begraben. Die Geburt seiner Tochter im gleichen Jahr erlebte er daher nicht mehr. In der Krypta der heutigen Kirche findet man Arnolds Grabplatte, das Grab ist nicht mehr vorhanden.

Herzog Wilhelm von Jülich erlebte im Jahr 1510 noch die Hochzeit seiner einzigen Tochter, die von Maximilian in der Erbfolge zugelassen worden war, bevor er 1511 verstarb. Der Witwensitz der Herzogin war Bedburg-Caster, also wahrscheinlich Burg Harff, ein Indiz für die enge Verbindung der Familie von Harff zum Hof des Herzogs.

In der Zeit, in der Arnolds Reisebericht geschrieben wurde, muss Arnold sich irgendwo versteckt haben, denn er war nachweislich schon 1498 wieder im Lande, gibt aber selbst an, dass er erst im November 1499 nach Hause kam. Dann konnte er aber gleich das fertige Buch an seinen Herzog übergeben, das er ganz sicher nicht auf der Reise schon fertig geschrieben haben konnte.

Dass Arnold auf seiner Reise Begleiter hatte, sagt er selbst mehrfach in seinem Bericht. Allerdings gibt er nicht an, welche Reisegefährten ihn wie lange begleiteten. Lediglich Vincent, der »Trutschelman« (von Dragoman, arabisch tarğumān abgeleitet) kommt namentlich in Arnolds Reisebericht vor. Alle anderen Hauptpersonen der Geschichte gehen auf mein Konto.

Kloster Aremberg und Château de Chesnay sind ebenfalls erfunden. Auf dem Aremberg bei Blankenheim gibt es eine kleine Ruine, die vielleicht einmal zu einer Burg gehört hat und das Château de Chesnay hat für alle, die sich ein wenig in der Bretagne auskennen eine wirklich frappierende Ähnlichkeit mit dem etwa 40 km entfernten Château de Hunaudaye. Burg Wilhelmstein bei Bardenberg gibt es dagegen tatsächlich. In dem Einschnitt zwischen der Vorburg und der Kernburg befindet sich heute ein Amphitheater, das im Sommer für vielfältige Veranstaltungen genutzt wird. Auch die alten Bergwerke am Hang des Wurmtals findet man heute noch, wenn man genau hinschaut. Die Stammburg derer von Harff in Bedburg-Kaster wurde im Jahr 1972 zerstört, um einem Braunkohle-Tagebau Platz zu machen, ebenso wie die Reste der Burg Paland in Erkelenz Borschemich im Jahr 2015.

Die Texte in den Briefen nach Hause sind teils wortwörtlich, teils sinngemäß aus der Übersetzung[1] des Reiseberichts der Professoren Helmut Brall-Tuchel und Folker Reichert übernommen, gewissermaßen um in meinem fiktionalen Text den tatsächlichen Arnold zu Wort kommen zu lassen. Auch das Brieflein an die Herzogin entspricht teilweise dem Wortlaut, soweit ich es entziffern konnte.

Apropos Wortlaut: Arnold verfasste seinen Reisebericht in seiner Muttersprache, dem niederdeutschen Dialekt Ripuarisch. Dieser klingt wie eine Mischung aus Niederländisch und dem niederrheinischen Platt. Das war unüblich, genauso wie viele andere Dinge, die Arnold gesagt oder getan hat. Normalerweise wurden solche Berichte in Latein abgefasst, das Arnold sicher auch beherrschte.

---

[1] Brall-Tuchel, Helmut; Reichert, Folker: Rom – Jerusalem – Santiago. Das Pilgertagebuch des Ritters Arnold von Harff (1496 – 1498). Böhlau-Verlag, Köln, Weimar, Wien, 3. Aufl. 2009

Arnold sah sich als Pilger, Wegweiser und Dichter. Teile seines Buches sind erfunden. Das war bei solchen Pilgerberichten durchaus üblich, manche Pilgerreisen haben tatsächlich nur auf dem Pergament oder Papier stattgefunden. Offensichtlich wurde dies auch schon zu Arnolds Zeit kritisch gesehen. Pilgern war der Pauschaltourismus des Mittelalters. Daher sagte schon Thomas von Kempen: Qui multum peregrinantur, raro sanctificantur. Sinngemäß: Wer viel pilgert, ist selten heilig. Auch Arnold hatte bei seiner Pilgerreise nicht nur religiöse Motive, er interessierte sich für Sprachen, Währungen, Waffen und besonders die Kaliber von Schusswaffen, Handelsbeziehungen und ganz besonders für Pfeffer. Zu seiner Zeit war Pfeffer tatsächlich Gold wert. Nach heutigem Goldpreis würde damit ein Pfund Pfeffer etwa 25.000 € kosten. Ist doch ganz klar, dass man bei solchen Gewinnspannen versuchte, möglichst neue Wege zu den Anbaugebieten zu finden. Kolumbus übrigens fand keinen Pfeffer, aber etwas Ähnliches, nämlich Piment, das daher auch Nelkenpfeffer genannt wird. Allerdings traf er auf zwei andere »Gewürze«, die schnell ähnliche Preise erzielten: Vanille und Kakao.

Danksagung

Selbstverständlich hat meine Familie mit Rat und Tat dazu beigetragen, dass diese Geschichte zu einem Buch geworden ist. Allen voran natürlich meine Frau und Muse, die sich jahrelang mehr oder weniger gelehrte Vorträge über alle möglichen Themen anhören musste, zum Beispiel über die Wasserversorgung in Jerusalem oder die Anzahl der Türme in der römischen Stadtmauer. Sie hat es auch mit Fassung getragen, dass ich jahrelang (mit wechselhaftem Erfolg) Arabisch gelernt habe.

Alle Familienmitglieder wurden außerdem als Korrekturleser eingesetzt: Unser Sohn Felix und unsere Schwiegertochter Ina, meine Schwestern, meine Mutter mit ihrem Lebensgefährten. Felix und Ina haben einen ganzen Sommerurlaub damit verbracht, das Buch zu lesen und mit mir Korrekturen zu besprechen. Vielen Dank für eure Geduld, Unterstützung und Zuspruch.

Ein besonderer Dank gilt meiner ehemaligen Klassenkameradin Wilma, deren Familie Burg Wilhelmstein besitzt und die mich mit zusätzlichen Informationen versorgt hat.

Den Professoren, die den Reisebericht von Arnold von Harff ins Hochdeutsche übersetzt haben, Helmut Brall-Tuchel und Folker Reichert, danke ich für die freundliche Genehmigung, einige Textteile wörtlich abschreiben zu dürfen und für Hinweise, Informationen und Literaturtipps.

Die Teams der Stadtbücherei Erkelenz und unserer Lieblingsbuchhandlung (Buchhandlung Wild in Erkelenz) haben freundlicherweise eine Vorabversion des Buches gelesen und für durchaus lesbar befunden. Frau Rademacher von der Stadtbücherei hatte die Idee, den Vorabdruck in den

Bestand der Stadtbücherei testweise aufzunehmen, wo er eifrig ausgeliehen und gelesen wurde.

Schließlich haben Frau Thoms, Frau Behr und das Team des acabus-Verlags mir die Chance gegeben, den Text als Buch zu veröffentlichen. Sicher ist es nicht selbstverständlich, dass ein Verlag die Wünsche des Autors zum Beispiel bei der Gestaltung des Buchcovers berücksichtigt. Dem Lektor Michael Haitel danke ich herzlich für die fruchtbare Zusammenarbeit, durch die der Roman den letzten Schliff bekommen hat.

Ohne Euch alle wäre dieses Projekt nicht gelungen! Vielen Dank!

Thomas Hohn
DAS UNDENKBARE UNIVERSUM
MEISTER ECKHART UND DIE ERFINDUNG DES JETZT

Paperback
384 Seiten
Preis 16,00 EUR
ISBN 978-3-86282-821-0
lieferbar

Ebook epub
ISBN 978-3-86282-823-4
Ebook PDF
ISBN 978-3-86282-822-7

Ein Mönch, der auszog, die Welt zu verändern.

Europa im Spätmittelalter: Andersdenkende werden verfolgt, es gibt blutige Auseinandersetzungen. Ein junger Mann, der als „Meister Eckhart" in die Geschichte eingehen wird, wagt ein kühnes und ungeheuerliches Abenteuer: Er sucht die Erkenntnis, will mehr Wissen als erlaubt ist. Doch seine Widersacher wollen ihn stoppen, mit Intrigen, Verleumdung und der Macht der Inquisition ...

Noch Jahrhunderte später inspiriert Meister Eckhart Menschen auf der ganzen Welt. Thomas Hohn lässt in diesem packenden Mittelalter-Thriller den Philosophen und Mystiker lebendig werden und erzählt eine mitreißende und berührende Geschichte über Liebe, Verlust und Genialität.

Sven R. Kantelhardt
DAS SPITAL ZU JERUSALEM

Paperback
434 Seiten
Preis 18,00 EUR
ISBN 978-3-86282-766-4
lieferbar

Ebook epub
ISBN 978-3-86282-767-1
Ebook PDF
ISBN 978-3-86282-768-8

Ein historischer Roman über Seefahrt, Krieg, Handel und den Ursprung des Johanniterordens

Man schreibt November 1095: Papst Urban ruft zum Kreuzzug ins „Heilige Land". Ein Heer von Bauern und Tagelöhner sammelt sich in Frankreich, italienische Kaufleute gründen die erste „Compagnia", um die Kreuzfahrer von See zu unterstützen. Ein junger Mainzer Jude, ein verliebter Patrizier und die fromme Tochter eines amalfitanischen Kaufmanns werden vom Strudel der Ereignisse mitgerissen und treffen unverhofft aufeinander im „Spital zu Jerusalem".

Sven R. Kantelhardt, der Autor von „Der Schmied der Franken" und „Mönchsblut," nimmt uns mit in die frühe Geschichte dieses außergewöhnlichen Ortes und lässt uns eintauchen in die Zeit der großen Kreuzzüge und Eroberungen.